PERLES DE LUNE

DI MORRISSEY

PERLES DE LUNE

traduit de l'anglais (Australie)
par Penny Lewis

l'Archipel

Ce roman a été publié sous le titre
Tears of the Moon
par Pan Macmillan Australie.

Notre catalogue est consultable à l'adresse suivante :
www.editionsarchipel.com

Éditions de l'Archipel
92, avenue de France
75013 Paris

ISBN 978-2-8098-4494-8

Prologue

Broome, 1905

Le plongeur bougeait au ralenti, ses bottes lestées soulevant de petits nuages de sable gris. Il n'entendait rien d'autre que le sifflement de l'air qui lui parvenait par le tuyau et sa propre respiration régulière. Lorsqu'il expirait, des grappes de bulles transparentes, renfermant une haleine légèrement teintée de piment et de sauce soja, se frayaient un chemin jusqu'à la surface de l'océan Indien située trente brasses plus haut où elles finissaient par éclater, près du lougre auquel il était relié.

À son bord, pour le guide vigilant, malgré ce que suggérait sa posture voûtée et somnolente, les colonnes régulières de bulles indiquaient que la remontée se déroulait normalement. Entre ses doigts couraient la corde de signal et la ligne de vie en fibre de coco tenant lieu de cordon ombilical entre ces hommes qui évoluaient dans deux univers différents. Ignorant le grincement des pompes manuelles, le bruit ambiant et le bavardage de l'écailler, le guide continua à suivre la progression du plongeur descendu explorer les fonds marins.

Ce dernier, un Japonais, travaillait seul. Il connaissait son métier et se savait capable de maintenir une position stable, en profondeur, et de « voir » les coquillages. Il marchait d'un pas lourd sur le sable, son panier de corde quasiment rempli des mollusques à coquilles larges, plates et grises, si difficiles à repérer pour certains. Pendant près d'une heure, il évolua dans un monde à la fois beau et inquiétant, secret et magique, sans se laisser déconcentrer. Non seulement sa fascination initiale pour les fonds marins avait fini par s'étioler, mais le manque d'attention pouvait au mieux lui faire rater une prise de choix, au pire provoquer un accident.

L'homme à la silhouette bulbeuse coiffée d'un casque à hublot en cuivre avait été embauché pour une durée de cinq ans sur l'île Thursday, avant de signer un contrat de trois ans à Broome. Il comptait parmi les meilleurs de sa profession, l'un des rois de Shiba Lane, ceux qui marchaient sur le plancher marin comme si de rien n'était, sans souffrir du mal des profondeurs, et dénichaient plus de coquillages que les Blancs, les Malais ou les Aborigènes. Il s'était constitué un joli pactole au fil des saisons, mais celle-ci serait la dernière. Il profiterait de la mousson pour repartir au Japon, dans la préfecture de Wakayama, et retrouver Akiko-*san*.

Penser à cette femme suffit-il à le distraire ? Sa vision périphérique, toujours en alerte, fut-elle troublée un instant par le souvenir de cette peau douce, de ces cheveux soyeux et de cette jolie voix ? Ou les dieux avaient-ils décidé que son heure était venue ? La petite amulette en os de baleine nichée entre les différentes épaisseurs de flanelle, de caoutchouc et de toile ne put le protéger des événements qui s'enchaînèrent.

Du coin de l'œil, il perçut un mouvement soudain puis une grande forme argentée qui s'approchait de lui : un espadon gigantesque. La bouffée d'air qu'il expulsa par inadvertance entraîna une explosion de bulles qui effraya l'animal. Celui-ci vira brusquement, devancé par son rostre mortel qui fendait l'eau, et fonça droit devant, sans chercher à éviter le tuyau d'air et la corde de sécurité qui se trouvaient sur son chemin.

L'artère de caoutchouc rouge qui sinuait au-dessus du plongeur fut partiellement endommagée, et l'air qui s'en échappa provoqua un tourbillon qui le déséquilibra. Il tenta fébrilement de fermer la valve d'échappement pour emprisonner l'oxygène restant dans son scaphandre, en espérant que cette petite réserve lui permettrait de regagner la surface.

Son guide prit conscience de la catastrophe en sentant le soubresaut, le relâchement du tuyau d'air puis les tractions frénétiques du plongeur qui lui signifiait ainsi de le remonter en urgence.

En temps normal, cette étape s'effectuait par paliers, le plongeur se reposant à intervalles réguliers pour permettre à son corps de s'adapter et d'éviter l'accumulation d'azote dans le sang. Mais le guide, comprenant que le plongeur était en manque d'oxygène, décida d'agir au plus vite et d'ignorer les risques de paralysie pourtant élevés.

Ses cris alertèrent le reste de l'équipage du lougre, et les hommes chargés d'actionner la pompe manuelle redoublèrent d'effort pour alimenter le plongeur en oxygène malgré la déchirure béante du tuyau, en espérant qu'un souffle de vie se frayerait tout de même un chemin jusqu'à lui.

Le plongeur sentait la pression qui montait. Ses articulations étaient comme prisonnières d'un carcan qui se resserrait à mesure que son corps comprimé et malmené était tracté vers la surface, ballotté comme une poupée de chiffon.

Dans ses derniers instants de conscience, il espéra que l'équipage réussirait à colmater rapidement la fuite d'air et le ramènerait à un palier où il pourrait rester suspendu plusieurs heures, le temps que son organisme se réadaptât.

Les côtes australiennes bruissaient de récits miraculeux et tout autant de destins terribles frappant les plongeurs en eau profonde. Certains périssaient noyés, aspirés par un courant traître, un tourbillon sous-marin ou un cratère caché sur le plancher marin, d'autres ne survivaient pas à leur rencontre malheureuse avec des raies géantes, des espadons, des requins ou des baleines. Et en surface, le béribéri, les cyclones, les naufrages et les mutineries tuaient tout aussi rapidement. Les accidents de décompression n'étaient pas toujours fatals, mais le plongeur se retrouvait alors aveugle, difforme et condamné à rester à terre. Les rues de Broome étaient hantées par ces hommes qui auraient préféré mourir en plongeurs plutôt que d'avoir la malchance de survivre.

Ils connaissaient le danger, mais ils couraient le risque.

Le lougre chancela lorsque tous les marins présents se penchèrent pour hisser à bord le plongeur ruisselant d'eau, ses bottes de métal et son casque retombant avec fracas sur les planches du pont.

Les hommes secouèrent la tête en apercevant la peau noire à travers le hublot. Une fois le casque dévissé, ils furent confrontés à une vision d'horreur : les yeux avaient été arrachés, un globe reposant sur une joue, du sang coulait des oreilles, du nez et de la bouche. Alors que certains corps étaient comprimés dans le corselet et le casque, qu'il fallait alors découper pour les libérer, ce plongeur avait peut-être encore un souffle de vie en lui. Ils replacèrent le casque sur sa tête, réparèrent le tuyau et glissèrent doucement le plongeur dans l'eau, tant qu'il était encore possible de le sauver.

Le deuxième plongeur qui se trouvait à bord l'accompagna et attendit, flottant dans le silence irréel de la mer. Il ajusta la pression de l'air dans la combinaison et le casque en priant pour voir le noir disparaître au profit d'une peau claire et la tête blessée se redresser dans son carcan de métal.

Les deux hommes restèrent ainsi côte à côte pendant une heure. Finalement, le deuxième plongeur demanda par une traction sur la corde à être remonté. Il espérait que, son heure venue, sa propre mort serait rapide.

Le corps fut extrait de la combinaison, et lorsque le lougre s'écarta de la flotte pour reprendre le chemin de Broome, les écaillers retournèrent à leur tâche sur le pont.

La première huître prise dans le panier du plongeur décédé révéla lors de son ouverture une perle rose à l'arrondi parfait. Sa beauté charmerait une femme privilégiée dans une ville lointaine mais elle avait un prix, et quel prix.

1

Sydney, 1995

Lily, assise à même le sol dans la chambre de sa mère, avait l'impression d'être une intruse. Des tiroirs de sous-vêtements, des papiers personnels, des bijoux et deux boîtes à chapeaux remplies de souvenirs de voyages étaient éparpillés autour d'elle. Le lit croulait sous les piles de vêtements et de chaussures, le parfum de sa mère, Herbe bleue, flottait dans l'air. Lily aurait aimé pouvoir pleurer.

Elle avait repoussé le plus longtemps possible le moment où elle devrait trier les affaires de sa mère. Mais maintenant que l'appartement était sur le marché et que plusieurs semaines avaient passé depuis les obsèques, elle n'avait plus le choix.

Voyant que le crépuscule tombait, Lily se leva, alluma la lumière et alla se verser un verre de vin.

Comment expliquer qu'elle ne se fût jamais sentie vraiment proche de sa mère, et que celle-ci n'eût pas de famille? Certes Lily avait aimé sa mère, qui lui avait toujours paru différente des autres, mais elle aurait tant voulu mieux la connaître. La connaître *vraiment*: les événements marquants de sa vie qui l'avaient meurtrie ou, au contraire, remplie de joie, les rêves qui ne s'étaient jamais réalisés, autant de sujets qu'elles n'avaient jamais abordés ensemble. Lily n'avait pas osé, et il était désormais trop tard. Cette prise de conscience provoquait chez elle un sentiment de culpabilité, d'échec et de déception. Le chagrin était un catalyseur et, à présent, Lily avait l'impression que le sol tremblait sous ses pieds. Georgiana, une excentrique qui avait toujours eu la bougeotte, avait rempli leur vie de voyages et d'histoires à dormir debout, soulignant leur chance de ne pas avoir les contraintes qui allaient de pair avec les attaches familiales: c'était elles deux contre le reste du monde. Et Lily l'avait crue – jusqu'à ce qu'elle ressentît le désir de poser ses valises et de fonder un foyer.

Non seulement Lily n'avait jamais rencontré la famille de sa mère, mais elle avait à peine connu son père. Georgiana avait eu raison de plusieurs maris, le premier étant le père de Lily. Ils s'étaient rencontrés pendant la guerre, lui était un charmant soldat américain, elle était jeune et avait soif d'aventure. Après une cour rapide et un mariage que Georgiana avait qualifié de «sobre», elle avait embarqué sur un navire réservé aux épouses de guerre.

Lily était née en 1947, mais apparemment la vie à Torrance en Californie n'avait pas été à la hauteur des attentes de Georgiana, qui avait vu trop de films américains. Elle avait divorcé alors que Lily était encore toute petite et jugé inutile de rester en contact avec son ex-mari, prétextant auprès de Lily qu'il ne s'était jamais intéressé à elle. Lorsque Lily avait évoqué ses grands-parents paternels, Georgiana avait souligné une nouvelle fois qu'elles devaient s'estimer heureuses d'être libres comme l'air et de pouvoir choisir leurs amis, au lieu de s'encombrer d'une famille désagréable.

Lily avait retenu de son enfance la vie en pensionnat et les vacances avec sa mère dans des lieux exotiques, de précieux moments à deux. Georgiana n'imposait jamais la présence de ses compagnons à Lily, et celle-ci avait toujours le cœur brisé quand le moment venait de quitter sa mère si pleine de vie à la fin du séjour pour retourner à l'internat.

Georgiana refusait de parler de sa famille, se contentant de temps à autre de remarques désinvoltes ou d'anecdotes généralement peu flatteuses. Un jour, elle avait tout de même lâché qu'elle avait dû rester discrète sur ses origines lorsqu'elle avait débarqué aux États-Unis en tant qu'épouse de guerre.

— Cela dit, ça n'avait pas grande importance, étant donné que la famille de ton père venait d'un village perdu au fin fond de la Californie.

Lily avait donc été confiée à d'autres durant toute son enfance, retrouvant sa mère pour voyager et séjourner dans de grands hôtels sous les tropiques où, quelques minutes après leur arrivée, Georgiana avait déjà toute une cour d'admirateurs, de domestiques et de compagnons de fête.

La seule allusion que Georgiana avait consentie à propos de ses parents était que son père avait trouvé la mort en France pendant la Première Guerre mondiale, avant sa naissance, et que sa mère avait vécu en Australie-Occidentale, une région que Georgiana avait en horreur. À force d'en faire voir de toutes les couleurs à tout le monde, elle avait été envoyée en pension à Perth, qu'elle préférait largement. Dès qu'elle en avait eu la possibilité, elle s'était installée à Sydney, où elle avait travaillé comme secrétaire et rencontré son futur mari.

Lily n'en savait pas plus sur sa famille. Elle n'avait que de vagues souvenirs de leur visite chez son arrière-grand-mère, une dame très gentille avec qui elle s'était promenée dans un magnifique jardin en fleurs. Elle avait toujours eu envie de retourner là-bas, mais les projets de Georgiana passaient en premier. Puis Lily avait été envoyée dans une pension huppée de jeunes filles à Sydney et n'avait jamais revu aucun membre de la famille, Georgiana ayant décrété qu'il n'y avait pas région plus arriérée que l'Australie-Occidentale.

Lorsque Lily avait à son tour attendu une fille, elle s'était permis d'écrire à Georgiana afin de savoir s'il y avait des maladies héréditaires dans la famille. Georgiana avait balayé ses craintes d'un revers de main, soulignant qu'elle ne savait quasiment rien des antécédents médicaux de son père et qu'elle n'allait certainement pas essayer de contacter sa famille, quand bien même elle saurait où la trouver. Dans sa lettre, Georgiana avait formulé la chose en ces termes :

La vie commence à la naissance. De toute façon, on ne peut pas changer le passé. J'ai toujours voulu faire en sorte que tu sois libre. Tu apprendras ce que tu devras apprendre en temps voulu. Ce qu'on ne sait pas ne nuit pas.

Si ces lignes avaient laissé Lily perplexe, elle avait compris qu'elle n'en obtiendrait pas davantage de sa mère. Stephen, avec qui elle était alors mariée, lui avait dit de ne pas s'inquiéter. Pour sa part, il avait toujours été soulagé que son excentrique et imprévisible belle-mère restât à l'écart de leur vie. D'une nature discrète et réfléchie, il ne s'était pas attiré les bonnes grâces de Georgiana, qui avait applaudi en apprenant leur divorce. Ainsi, quand elle venait rendre visite à Lily et à sa fille Samantha, sans cet homme qui n'avait été qu'un élément extérieur et perturbateur, elle avait droit à toute leur attention.

De son côté, Lily avait toujours mis un point d'honneur à ce que Stephen jouât son rôle de père auprès de Samantha, bien consciente que toute jeune fille avait besoin d'une figure masculine dans sa vie. Il s'était révélé un père dévoué, bien que distant car vivant dans une autre ville.

Lily soupira, regrettant de ne pas avoir insisté auprès de Georgiana pour qu'elle lui racontât tout ce qu'elle savait sur sa famille. Elle brûlait de connaître les origines de sa mère, et il était désormais trop tard. Trop tard pour comprendre cette personne rebelle, frivole, indépendante, qui avait croqué la vie à pleines dents. Elle ne l'avait même jamais appelée « maman », car Georgiana disait que cela lui donnait un coup de vieux. Même à la fin de sa vie, elle avait continué à vouloir séduire et à paraître plus jeune que son âge. Et quand elle venait voir Lily, elle disait à Samantha de l'appeler Georgia, et non « mamie ».

Si Lily et Samantha s'en étaient amusées à l'époque, Lily considérait à présent l'entrain parfois forcé de sa mère comme une façon pathétique d'attirer l'attention.

À l'adolescence, les amies de Lily avaient envié sa mère glamour, drôle et un peu fantasque. En réalité, l'égocentrisme et les caprices de Georgiana avaient privé d'une famille Lily qui restait seule avec son ressentiment.

Alors qu'elle ressassait, Lily prit soudain conscience qu'elle reproduisait le comportement de Georgiana en s'isolant du reste du monde. Lorsqu'elle avait annoncé en douceur la nouvelle de sa mort à Samantha, celle-ci avait pris l'avion depuis Melbourne pour assister aux obsèques, qui s'étaient tenues en comité restreint. Comme ses partiels approchaient, Lily l'avait encouragée à repartir tout de suite après. Elle se demandait maintenant comment sa fille appréhendait ce décès, le premier à survenir dans leur petite cellule familiale.

Amère à l'idée que, dans d'autres cultures, le deuil était un moment de partage, Lily s'étira et alla ouvrir l'armoire. Elle était vide à l'exception de plusieurs cintres en satin et d'une vieille valise de cuir dont Georgiana lui avait dit qu'elle renfermait ses objets les plus personnels. Si Lily n'avait jamais ouvert cette valise, elle avait réussi à convaincre sa mère d'en sortir son testament et tous les autres documents importants pour les déposer dans un coffre à la banque.

Lily tira la valise jusqu'au centre de la pièce, but une gorgée de vin, souleva les attaches patinées par le temps, puis le couvercle. Dans une légère odeur de naphtaline, elle écarta une couche de papier de soie et découvrit une multitude de photographies et de lettres. Elle en feuilleta quelques-unes dans une pile prise au hasard ; c'était la correspondance reçue par Georgiana de la part des nombreux hommes de sa vie. D'autres venaient de personnes qu'elle avait rencontrées lors de ses voyages et à qui elle avait continué d'écrire pendant un temps.

En reconnaissant une écriture enfantine dans une autre liasse, Lily fut touchée de voir que toutes les lettres qu'elle avait envoyées à sa mère pendant sa scolarité étaient soigneusement maintenues ensemble par un ruban. Georgiana n'avait pas été une correspondante aussi assidue, privilégiant le téléphone, et Lily l'avait toujours vaguement soupçonnée d'écrire des missives destinées à être lues en public, pour ravir un auditoire. En effet, les rares fois où Georgiana prenait la plume, c'était pour se répandre sur un papier à lettres d'hôtel en descriptions farfelues de contrées exotiques et en anecdotes amusantes mais largement exagérées.

Parmi les dizaines de photos que contenait la valise et qui montraient Georgiana avec ses amis et au cours de ses voyages, Lily en remarqua une qui était enveloppée dans un papier de soie jauni. En le rabattant, elle découvrit un portrait sépia dans un petit cadre argenté, celui d'un bel homme en costume blanc, coiffé d'une casquette de capitaine légèrement oblique. L'esquisse d'un sourire et son regard rieur venaient nuancer la pose formelle. Elle n'avait jamais vu cet homme et se demanda un instant s'il pouvait s'agir de son père, avant de se rappeler qu'il avait servi dans l'armée de terre. Elle ouvrit le cadre et déchiffra une inscription au dos du cliché : « Broome, 1910. »

Ensuite, Lily tomba sur des photos prises à des bals, à des dîners et dans les jardins de maisons qu'elle ne connaissait pas. Sur plusieurs d'entre elles figurait un homme en uniforme dont la voiture indiquait qu'il se trouvait aux États-Unis. Sur d'autres, prises aux quatre coins du monde, Georgiana était immanquablement le point d'attention, posant devant des éléphants, des châteaux ou au centre d'un groupe d'amis tout sourire. Il y avait aussi des photos de Lily petite en train de jouer avec un bateau, sur un manège ou dans sa tenue du dimanche avec chapeau, rubans et souliers vernis.

Or tous ces clichés ne retraçaient la vie de Georgiana qu'après son départ de l'Australie, aucun ne témoignait de ses origines familiales, de son enfance ou de son pays – aucun, hormis cette mystérieuse photographie encadrée prise à Broome.

Alors qu'elle fouillait au fond de la valise, Lily sentit une boîte sous ses doigts. Elle y trouva une lettre et un tissu qui semblait protéger une sorte de cylindre bosselé. D'une main tremblante, elle ouvrit la lettre que sa mère lui avait adressée.

Lily chérie,

J'ai toujours voulu te donner ceci, sans jamais trouver le bon moment. Je me suis abstenue car je savais que tu poserais des questions alors que je ne détiens pas toutes les réponses.

Avec la jeunesse instable que j'ai eue, je ne me suis jamais intéressée au passé. Et j'ai préféré m'en tenir à ce bon vieil adage qui dit : « Ce qu'on ne sait pas ne nuit pas. » Depuis la guerre, ma philosophie a toujours été de vivre au jour le jour.

À présent, ces perles sont à toi, après avoir appartenu aux femmes de notre famille depuis des générations. Ma grand-mère me les a confiées avec ces paroles : « Fais comme moi et garde-les près de ton cœur. Si elles ne sont pas choyées et entretenues, à l'image de l'amour, elles deviendront poussière. »

Sache que tu as été toute ma vie et que, à ma façon, je me suis occupée au mieux de toi. Tu es la seule famille dont j'ai eu besoin.

Avec tout mon amour,

Maman

Lily fondit en larmes à cette lecture. De mémoire, elle n'avait jamais entendu Georgia se désigner sous le nom de « maman ».

— Pourquoi ne me l'as-tu pas dit plus tôt ? Je n'avais que toi ! Tu étais ma mère, oui, mais cela ne me suffisait pas.

Lily sanglota de plus belle en songeant à ce qu'elle avait perdu, à sa mère, à la quasi-inconnue qu'elle avait été, à cette famille qu'elle n'avait jamais rencontrée, et à sa propre fille, à qui elle n'avait aucun passé à transmettre.

Après avoir séché ses larmes, encore tremblante d'émotion, elle écarta les pans du tissu et découvrit une aumônière de velours bleu. Elle en desserra les liens puis sortit un collier de perles absolument sublime. Lily les fit courir entre ses doigts en retenant son souffle, mais son attention fut plus particulièrement attirée par le pendentif en nacre au centre du collier : il arborait un symbole étrange composé de plusieurs lignes parallèles, de cercles concentriques et d'un X.

Sans hésiter, Lily attacha la rangée de perles autour de son cou et serra au creux de ses mains le pendentif dont le contact à la fois doux et frais lui procura une forme d'apaisement.

Alors qu'elle fermait les yeux, un souvenir resurgit dans sa mémoire comme à travers un écran de fumée. Elle avait déjà vu ce magnifique collier. Il avait brillé sur la soie bleu marine d'une robe portée par… la dame du jardin. D'autres détails lui revinrent : une promenade main dans la main entre les massifs, la voix de son arrière-grand-mère lui indiquant le nom de chaque fleur. Lorsqu'elle s'était penchée vers Lily en souriant, la fillette avait tendu la main et touché le pendentif. Son arrière-grand-mère l'avait laissée le porter en disant : « Un jour, il te reviendra, Lily. » Sur ce, Georgia, qui les avait rejointes, avait décrété que Lily restreint ridicule avec ce collier qui lui arrivait aux genoux, puis l'avait rendu à sa propriétaire pour éviter toute casse.

Lily, qui n'y avait plus repensé, se souvenait à présent avec précision de l'incident qui s'était produit à Perth, où avait vécu son arrière-grand-mère. Elle se demanda pourquoi elle n'avait jamais vu ce bijou sur Georgia, alors qu'il était visiblement ancien et de grande valeur, mais surtout précieux de par sa dimension patrimoniale. Pour Lily, c'était le seul lien qu'elle avait avec son passé et la famille qu'elle n'avait pas connue.

Lily vida son verre de vin en étirant ses jambes ankylosées puis arpenta l'appartement de sa mère, le superbe collier toujours à son cou.

Elle faillit prendre son téléphone pour appeler sa fille mais se retint, préférant éviter de perturber avec sa confusion et son chagrin une jeune étudiante en pleins partiels. Ses pensées se tournèrent alors vers l'homme qui partageait sa vie. Elle savait que Tony l'écouterait avec bienveillance, seulement c'était le genre de conversation pour laquelle elle avait besoin d'une proximité physique ; elle voulait avoir toute son attention, pouvoir pleurer dans ses bras.

Soudain, Lily se sentit terriblement seule.

Au cours des jours suivants, elle s'employa à régler les dernières affaires de sa mère, entre succession, don d'effets personnels et mise en vente de l'appartement, tout en ne parvenant pas à chasser son sentiment de déracinement et de chagrin, qui le disputait à une envie de plus en plus obsédante de combler les trous de son passé. La découverte du collier de perles avait libéré un torrent d'émotions. Elle se surprit à étudier son reflet dans le miroir, à scruter ses traits, à chercher des indices susceptibles de la renseigner sur les ancêtres qui peuplaient son passé – donnant finalement naissance à cette personne appelée Lily. D'où venait-elle ? Quels gènes avait-elle transmis à sa propre fille ?

Comme si elle avait pressenti son besoin, Samantha l'appela.

— Je pense bien à toi, maman. Ça doit être difficile de mettre les affaires de Georgia en ordre. J'aimerais pouvoir te rejoindre, t'aider, et puis j'aurais certainement moins de mal à me rendre compte si j'étais avec toi.

— Oui, moi aussi, j'aimerais que tu sois là, mais tu as tes partiels, Samantha. Enfin, je ne te cache pas que c'est… étrange.

Samantha perçut le tremblement dans la voix de sa mère.

— Papa m'a demandé de tes nouvelles. Il n'ose pas te déranger mais il te souhaite bon courage.

— Je m'en sors, tu me connais. Seulement…

Lily n'alla pas au bout de sa phrase.

— Seulement quoi, maman ? Elle ne te manque pas, dis-moi ? Ce n'est pas comme si elle avait été très présente.

— Mais c'était ma mère, Samantha… et je ne peux pas m'empêcher de m'interroger. Sur elle et sur sa vie.

— C'est sûr que nous ne savons pas grand-chose, lança Samantha avec dureté. Je la trouvais tellement égoïste de tout garder pour elle, de ne jamais rien nous dire. Dès que je lui posais une question sur sa famille, elle me répondait que je n'avais pas besoin de savoir. Mais il s'agit de notre histoire ! C'est comme si elle avait faire table rase.

Et maintenant, nous nous retrouvons toutes les deux avec quelques lettres et des photos de personnes dont nous ignorons tout. Un jour, j'aurai une fille : qu'est-ce que je lui dirai ?

— Calme-toi, Samantha, inutile de te mettre dans des états pareils. Enfin, sur le fond, tu as raison. C'est précisément pour cela que je flanche. Et comme tu sembles en souffrir aussi, je culpabilise.

— Nous pourrons toujours essayer de reconstituer notre arbre généalogique plus tard. Je n'aime pas te savoir si triste. Veux-tu que je te rejoigne ?

— Non, ma puce. Dans quelques mois, c'est les vacances. Reste concentrée sur tes révisions. Ensuite, nous aurons tout le temps de nous payer un petit plaisir en allant dans un bel endroit – enfin, si tu n'as pas de projets, bien sûr.

— Ce serait super. Il n'y a plus qu'à fixer une date. Je t'aime, maman.

— Moi aussi, je t'aime. À bientôt, Samantha.

Lily raccrocha, à la fois réconfortée que sa fille eût pensé à elle et démoralisée à l'idée que l'histoire était en train de se répéter. Songeuse, elle rangea les lettres et les photos dans la valise en cuir, à l'exception du portrait encadré de l'homme de Broome et des perles, qu'elle garda pour dormir. Contre sa peau, elles semblaient irradier de chaleur. Quand Lily se réveilla au beau milieu de la nuit, elle les contempla au clair de lune et crut qu'elles avaient pris vie, tant leur éclat était singulier.

À son réveil le lendemain matin, elle avait pris une décision. Elle poserait le congé de longue durée auquel elle avait droit et s'absenterait trois mois de la clinique où elle travaillait comme laborantine. Elle se le devait, ainsi qu'à sa fille. Car plus Lily y réfléchissait, plus elle se disait que sa mère lui avait caché quelque chose, des secrets qu'elle avait préféré enfouir et oublier.

Tony, son compagnon, s'étonna de sa démarche.

— Pourquoi te lancer dans ces recherches maintenant ? Tu m'as dit que le passé de ta mère t'avait beaucoup travaillée quand tu étais enceinte. Mais aujourd'hui, qu'est-ce que cela changera ?

Ses questions posées avec douceur incitèrent Lily à chercher les réponses au plus profond d'elle-même. À plusieurs reprises, elle avait ressenti le besoin de partir en quête de ses origines. Sa grossesse l'avait amenée à s'interroger sur l'hérédité, son patrimoine génétique, mais la période avait été trop chargée pour qu'elle donnât suite. Elle avait toujours voulu s'asseoir avec sa mère autour d'un verre de vin et lui poser les questions qui la taraudaient, sans que cela n'arrivât jamais

Peut-être était-ce le choc, le bouleversement émotionnel provoqué par le décès de Georgia, le deuil, la prise de conscience qu'elle devait quelque chose à sa fille ; quoi qu'il en soit, Lily savait que le moment était venu de se pencher sur sa vie – passée, présente et à venir.

Curieusement, cette perspective la revigora et elle dit tout haut :

— J'espère que tu as enfin trouvé la paix, Georgia. En ce qui me concerne, certaines questions sont restées en suspens. Des histoires de famille. Je pars pour l'Australie-Occidentale.

Lily porta le collier à sa bouche, déposa un baiser sur le pendentif et, pour la première fois depuis de nombreuses semaines, laissa échapper un éclat de rire.

En classe affaires, Lily était plongée dans la lecture d'un quotidien australien lorsqu'une hôtesse de l'air abaissa sa tablette pour y déposer un plateau-repas.

Lily sursauta et sourit.

— Désolée, j'étais complètement ailleurs.

La jeune femme en uniforme lui rendit son sourire.

— Thé ou café ?

— Thé, s'il vous plaît.

— Vous allez à Darwin pour les vacances ? demanda l'hôtesse en la servant.

Les membres d'équipage avaient remarqué la belle femme d'une quarantaine d'années qu'était Lily. Elle avait un pantalon beige et une chemise crème, de discrets bijoux en or et une chevelure noire, épaisse et frisée. « Classe », c'était le mot qu'ils trouvaient le plus approprié pour la décrire. Il y avait de quoi se perdre dans la contemplation de son teint mat, de ses grands yeux foncés et de ses lèvres pleines.

Lily répondit de sa voix douce et grave :

— Non, ensuite je prends un autre avion pour Broome.

— Oh, c'est une jolie ville.

— J'y vais pour régler des affaires de famille. Combien de temps dure la correspondance à Darwin ?

— Cinq heures.

L'hôtesse sourit et passa à la rangée suivante.

Quand elle revint plus tard pour lui proposer une deuxième tasse de thé, Lily avait incliné son siège et fermé les yeux. Elle ne dormait pas mais elle était fatiguée, tant émotionnellement que physiquement. L'appartement de Georgiana était vide, nettoyé et confié à un agent immobilier, elle avait bouclé sa valise tard la veille au soir et remis un double des clés à la gardienne. Après s'être levée tôt, elle avait appelé Samantha pour la prévenir qu'elle séjournerait à l'hôtel Continental de Broome. Elle lui avait promis d'appeler régulièrement.

Lily considérait à présent ce voyage comme un tournant dans sa vie. Elle prenait conscience qu'elle naviguait à vue depuis un bon bout de temps et qu'elle ne pourrait pas avancer avant d'avoir affronté le passé. D'aucuns trouveraient sans doute étrange d'attendre la quarantaine pour se pencher sur son identité, mais la vie était ainsi faite.

Avec le père de Samantha, elle avait formé un couple qui pouvait difficilement être plus conventionnel, et au fil du temps, les sentiments avaient fini par disparaître. Chacun avait pris une direction différente, lui s'enfermant dans le vase clos de l'université lorsqu'il était devenu conférencier, elle commençant à élargir ses horizons, comme en quête d'une autre vie.

Quatre ans après son divorce, elle avait rencontré Anthony Jamieson – Tony –, qui avait perdu son épouse deux ans plus tôt. Cet événement l'avait amené à refouler ses émotions et, en dépit de son aisance relationnelle et de son professionnalisme au travail, il était un homme vulnérable. À cinquante-deux ans, il n'avait pas pensé s'engager de nouveau, étant très pris par son métier, ses enfants et ses petits-enfants. Mais face à Lily, il avait baissé la garde, la laissant s'ancrer dans son cœur et dans son âme.

Après leur rencontre, ils avaient continué à vivre séparément pour mieux entretenir la flamme. D'une part, Tony ne voulait pas être responsable d'autrui; d'autre part, Lily avait retenu une leçon précieuse de la période de célibat qui avait suivi son divorce: savoir être seule et ne s'en remettre à personne d'autre qu'à soi-même.

Le chemin avait été semé d'embûches et parfois même arrosé de larmes, mais Lily n'avait pas fléchi, devenant solide, autonome, mais aussi plus douce et plus calme. Tony s'émerveillait souvent de sa profonde empathie, de sa chaleur et de sa tolérance. Sans même s'en rendre compte, elle avait pris l'habitude de donner et non plus de recevoir. Seulement les liens qui unissaient deux êtres étaient fragiles, ils pouvaient se distendre jusqu'à craquer comme un élastique, rien n'était jamais acquis. La vie était une somme d'ajustements mineurs mais constants, et il fallait savoir resserrer et desserrer ces liens dès lors que le besoin s'en faisait sentir. Lily en était là: elle avait actuellement toute la latitude nécessaire à une prise de recul par rapport à de nombreux aspects de sa vie. Et quand bien même elle ne trouverait pas toutes les réponses, pour la première fois depuis longtemps, elle avait un objectif.

Lily bougea en sentant l'avion qui amorçait sa descente sur Darwin. Lorsqu'elle quitta la fraîcheur de la cabine, la bouffée d'air chaud qui l'enveloppa évoqua l'Asie. Les palmiers maigrelets et la lumière aveuglante du soleil lui confirmèrent qu'elle était bien dans le Nord. Un homme en short, chaussettes hautes et chemisette blanche accueillit les passagers à la descente de l'avion.

— Vous trouverez vos bagages là-bas, sur la gauche, indiqua-t-il.

— J'espère que non, sourit Lily. Ils sont censés me suivre jusqu'à Broome.

— C'est tout le mal que je vous souhaite!

Après avoir revérifié l'heure du décollage, elle prit un taxi et demanda à aller au musée.

— Il y a une superbe exposition, et c'est un beau bâtiment. Pour une fois, ils ont bien bossé à la mairie, commenta le chauffeur avec une pointe de cynisme.

Il roula jusqu'à un promontoire près de Mindil Beach et déposa Lily devant un édifice entouré de verdure. Dès qu'elle franchit les portes de verre, son attention fut attirée par de grandes sculptures aborigènes en bois venues des îles situées au nord de Darwin et de la terre d'Arnhem. Elle s'absorba dans la contemplation de leurs ornements ocre très mystérieux qui invitaient à la méditation et à la réflexion.

Les autres salles accueillaient une grande exposition d'art aborigène du nord de l'Australie, des œuvres sur bois et sur toile à mille lieues du mode de pensée occidental. Tout avait trait à une culture ancestrale, à un monde spirituel, peu accessible au profane, appelé le Temps du Rêve. En flânant dans la galerie, Lily se sentit une étrange familiarité, comme une connexion avec ces œuvres d'art, même si leur sens lui échappait.

Une flèche et un panneau indiquant « Musée de la marine » la tirèrent de l'état proche de la transe qui s'était emparé d'elle. Accélérant le pas, elle arriva dans une galerie qui surplombait une collection d'embarcations. Elle n'avait jamais rien vu de tel : des pirogues et des canoës aborigènes en bois, de petits bateaux aux voiles de forme étrange, de gigantesques *praos* utilisés par les marchands indonésiens, un bateau de réfugiés vietnamiens, des pirogues à balancier de Papouasie-Nouvelle-Guinée.

Pour finir, Lily découvrit la pièce maîtresse de l'exposition qui la laissa bouche bée. C'était un lougre perlier d'un blanc étincelant dont toutes les voiles avaient été hissées. À côté était exposée une ancienne combinaison de plongeur perlier flanquée de son casque en acier qui ressemblait à un bulbe. Soudain, elle repensa à l'élégant marin dont elle avait apporté la photo dénichée dans les affaires de sa mère. Alors qu'elle le revoyait posant fièrement à la barre du lougre, un léger sourire se dessina sur ses lèvres. Pendant de longues minutes, elle étudia le bateau dans les moindres détails et laissa courir sa main sur les courbes de la coque.

— Magnifique, chuchota-t-elle. Absolument magnifique.

Dans d'autres musées, elle avait appris que, pendant des siècles, des bateaux étrangers avaient sillonné les eaux et le littoral australiens bien avant l'arrivée du navigateur anglais James Cook sur la côte Est du pays. Des hommes à la peau mate avaient entrepris un long périple depuis Macassar à chaque mois de décembre, arrivant à bord de leurs *praos* durant la mousson dans le nord-ouest du pays pour troquer du tissu, des outils en métal, du tabac et du riz contre des concombres de mer et de l'écaille de tortue. Les concombres de mer séchés, parfois appelés *trepang* et très prisés des médecins et des gourmets chinois, étaient ensuite revendus à prix d'or.

Pendant plusieurs mois, ces hommes des archipels vivaient, travaillaient et commerçaient avec les tribus locales, avant de rentrer lorsque les vents de sud-est se levaient.

Les commerçants et les marins qui naviguaient poussés par les vents de la mousson n'étaient ni des colons, ni des impérialistes, mais de simples travailleurs venus des Moluques, un archipel d'îles productrices d'épices situé de l'autre côté de la mer du Timor. Tant qu'ils respectaient les us et coutumes ancestrales en matière de commerce, ces visiteurs avaient droit à un accueil bien plus chaleureux que celui réservé aux marins portugais et hollandais arrivés là suite à une erreur de navigation, alors qu'ils cherchaient à rallier leurs comptoirs. Quand le hasard ou le manque d'eau potable et de nourriture les obligeait à accoster, le plus souvent, cela dégénérait en conflit avec les tribus locales, et de nombreux morts étaient à déplorer dans les deux camps.

Lily consulta sa montre puis, après un dernier regard au lougre, regagna l'accueil d'un pas rapide et demanda où elle pouvait trouver plus d'informations sur l'industrie perlière. Une jeune femme serviable lui conseilla de visiter le Musée de la perle situé dans le centre-ville et appela un taxi.

Cette fois, Lily se retrouva devant une vieille bâtisse en bois en contrebas de la falaise sur laquelle le centre-ville de Darwin avait été construit. Elle s'acquitta des cinq dollars d'entrée et pénétra dans ce qui ressemblait à un petit cinéma plongé dans l'obscurité.

Des lumières bleues fluorescentes éclairaient de grands aquariums sur fond d'inspirations, d'expirations et de gargouillis de bulles diffusés par haut-parleur. Dans une salle en forme de casque de scaphandre, divers objets étaient exposés et des télévisions miniatures montraient des scènes sous-marines de pêche à la perle telle qu'elle était pratiquée jadis. Pour finir, à côté d'un grand écran où un documentaire retraçait l'histoire de la perliculture moderne, des photos en couleurs éclairées par des projecteurs montraient des aiguilles venant piquer les muscles des huîtres, puis des coquillages ouverts sur des perles mouillées et étincelantes, et enfin, de magnifiques pièces de joaillerie au prix exorbitant que l'on pouvait trouver dans les bijouteries internationales.

Lily, davantage intéressée par l'industrie perlière à l'ancienne, observa attentivement les photos sépia, les coupures de journaux, les équipements de plongée, les outils d'écaillage et la sélection de perles classées par valeur exposée dans une vitrine. Puis, dans un coin plus sombre, elle vit un fragment de la coque d'un petit lougre qui témoignait de la finesse de sa construction.

D'autres clichés montraient des ponts de lougres jonchés de monticules de nacre, des membres d'équipage à la peau foncée et des plongeurs japonais qui, casque de scaphandre au creux du bras, souriaient par-dessus le col de leur combinaison de toile. C'était tout juste si Lily ne sentait pas les effluves des cordages en fibre de coco, du goudron et des embruns.

Une voix derrière d'elle et une puissante odeur de tabac la firent se retourner, et elle se retrouva nez à nez avec un homme corpulent en chemise bleu marine ornée d'un badge indiquant le nom « Dave ».

— Le sujet vous intéresse ? s'enquit-il avec un sourire.

— Oui. Vous travaillez ici ?

— Tout à fait. Vous pouvez me poser toutes les questions que vous voulez.

Lily sourit en imaginant la réaction de Dave si elle lui demandait de l'éclairer sur l'histoire de sa famille. Au lieu de quoi, elle répondit :

— Je vais à Broome, donc j'ai eu envie de réviser un peu.

— Vous prenez le vol de 15 heures, c'est ça ? Vous avez choisi l'endroit idéal pour passer le temps. J'ai vécu quelque temps à Broome. J'ai commencé sur un chantier naval, puis j'ai été embauché dans l'une des plus grandes fermes perlières de la région. Rien à voir avec l'ancien temps.

Il marqua une pause, le temps de contempler les photos.

— Les conditions de travail étaient peut-être rudes à l'époque, mais l'industrie perlière faisait rêver. Aujourd'hui, ce n'est plus qu'un business comme un autre. Cela dit, la concurrence reste féroce. Il suffit que quelqu'un découvre un nouveau procédé et tous les autres se jettent dessus. On dit aussi que les exploitations les plus isolées sont parfois pillées en pleine nuit. Les grosses perles de Broome atteignent des prix démentiels à l'étranger, parfois des centaines de milliers de dollars la rangée ! Je connais peut-être votre famille. Ce n'est pas bien grand, Broome.

— J'en doute, je n'ai plus personne là-bas. Ils sont tous décédés. Y a-t-il beaucoup de vestiges de l'ancien temps à voir en ville ? enchaîna Lily, préférant changer de sujet.

— Grâce à lord McAlpine, certains vieux bâtiments – Chinatown, le cinéma en plein air – ont été préservés. Dommage que les promoteurs qui débarquent dans des petites villes ne soient pas tous aussi scrupuleux. Si vous voulez retrouver le Broome d'antan, vous n'avez qu'à humer l'air de la mangrove, marcher sur les débris de coquillages et contempler les épaves des hydravions à marée basse. Promenez-vous sur la plage et c'est le voyage dans le temps garanti. Mais regardez bien ce lougre. On n'en trouve plus de tels aujourd'hui.

Lily commençait à étouffer, enfermée dans ce petit musée obscur où les bruits de respirations et de bulles d'air lui donnaient le tournis.

— Merci pour votre aide, Dave. Je vais chercher un hôtel où manger un sandwich avant de retourner à l'aéroport.

— Essayez l'hôtel Darwin. C'est mon point de chute préféré et là-bas aussi, vous aurez un aperçu de l'ancien temps.

Lily rit.

— Merci pour l'adresse.

Sur ce, elle se dirigea vers la sortie accompagnée de Dave qui lui donna toutes sortes d'indications. Soulagée de retrouver la lumière, elle chaussa ses lunettes de soleil et se dirigea d'un pas lent vers les marches qui montaient vers le quartier commercial. Elle rêvait d'une bière frappée et d'un sandwich à déguster dans la fraîcheur de l'hôtel.

2

L'avion atterrit à Broome peu avant le coucher du soleil, et alors qu'elle traversait le tarmac, Lily sentit que la chaleur de la journée commençait à laisser place à la fraîcheur tropicale du soir.

La navette de courtoisie était conduite par un jeune homme affable qui travaillait comme barman et réceptionniste à l'hôtel Continental. Au cours de ses quelques recherches sur Broome, Lily avait vu des photos de ce que l'on appelait le « Conti » au temps de sa splendeur, dans les années 1900. Mais en arrivant, elle trouva que le bâtiment bas et tout en longueur rappelait davantage un motel des années 1960 qu'un joyau de l'époque coloniale. Le cadre peu luxueux était toutefois largement compensé par l'ambiance chaleureuse qui y régnait. Après être entrée dans une chambre qu'elle jugea simple mais confortable, elle actionna le ventilateur et eut le plaisir de découvrir un petit patio meublé d'une table et d'une chaise au cœur des bougainvilliers.

Lily passa un coup de brosse dans sa longue chevelure noire et fournie, retoucha son rouge à lèvres et descendit au Lugger Bar, le « bar du lougre ». Le passé se rappelait de nouveau à elle, songea-t-elle avec un sourire.

Si l'endroit était typique des débits de boissons australiens, il était calme, avec seulement quelques clients, et elle ne se sentit pas mal à l'aise en se sachant la seule femme présente. Après avoir commandé un verre de vin, elle flâna dans la salle en contemplant les grandes photos encadrées aux murs qui montraient des scènes du vieux Broome – des lougres amarrés le long de la jetée, couchés sur le flanc à marée basse ; des plongeurs japonais vêtus de combinaisons boursouflées, casque sous le bras ; des travailleurs asiatiques assis à côté de montagnes de coquillages, occupés à écailler et à trier.

Soudain, Lily se sentit inexorablement attirée par le romantisme de l'époque. Si seulement l'avion avait pu la ramener au Broome des années 1900 ! Elle avait beau ne pas connaître cette ville, le simple fait d'être là la submergeait d'émotion. Restait à espérer que le passé n'avait pas été entièrement gommé et que sa quête allait déboucher sur autre chose qu'une impasse.

Un petit homme bedonnant aux cheveux gris et à la peau tannée, vêtu d'un t-shirt à la couleur passée, pivota sur son tabouret de bar et engagea la conversation.

— C'était le bon vieux temps, ma petite. On savait vivre, dans les années 1920.

— Je parie que vous êtes d'ici, répondit Lily en lui décochant un sourire.

— Plus ou moins.

Lily longea les tables vides imitant le style Tudor et rejoignit le vieil homme.

— Vous vivez à Broome depuis longtemps ?

— Trop longtemps. Tous ceux qui viennent passer une ou deux saisons à Broome ne repartent jamais. À la retraite, j'ai bien essayé de vivre à Perth mais je n'ai pas tenu. Et vous, vous êtes ici en vacances ?

— Si on veut. Je suis venue faire des recherches sur l'histoire de Broome, les familles d'autrefois…

— Incroyable ! Et pourquoi donc ?

Lily but une gorgée de vin, le temps de peser sa réponse.

— J'hésite à écrire un livre, ou alors à retracer un arbre généalogique.

— À mon avis, vous allez plutôt découvrir deux ou trois cadavres qui traînent dans les placards, dit le vieil homme avec un clin d'œil. Vous comptez commencer par où ?

— Je ne sais pas trop. Qu'est-ce que vous me conseillez ?

— Vous feriez mieux d'aller à la Société hystérique qui est juste au coin de la rue. Enfin, je dis ça, je n'y ai jamais mis les pieds.

Lily rit.

— La Société historique, vous voulez dire ?

— Oui, enfin bref, elle est dans l'ancienne maison des douanes. Ce n'est pas bien grand, mais vous y découvrirez peut-être des choses utiles. À part ça, je ne vois pas trop.

L'homme vida son verre et jeta un regard appuyé à Lily. Celle-ci eut un temps d'arrêt, finit par comprendre et commanda deux autres verres.

— Je m'appelle Lily Barton.

Ils se serrèrent la main.

— Enchanté. Moi, c'est Howard.

— Alors, dites-moi, Howard, connaissez-vous des anciens avec qui je pourrais discuter, des plongeurs, des descendants de familles établies ici depuis longtemps ?

— L'ancien que je suis ne fait pas l'affaire, peut-être ? plaisanta Howard. Plus sérieusement, vous trouverez de tout en ville. Il y a bien Mme Fong qui pourrait vous renseigner, son père était plongeur et elle a travaillé comme femme de ménage chez des Blancs fortunés dans sa jeunesse. Depuis, les Fong ont bien réussi. Ici, les gens qui travaillent dans la perle sont relativement nouveaux.

Lily sortit de son sac la vieille photo de l'homme en uniforme blanc et la montra à Howard.

— Il fait partie de l'histoire de ma famille, mais je ne sais rien de lui.

Le barman et les autres clients s'approchèrent pour étudier le cliché.

— Tout ce que je peux vous dire, c'est que ce n'est pas le Premier ministre, dit Howard. Désolé, je ne vois pas. C'était avant que je sois né.

Comme les autres n'en savaient pas plus, Lily rangea la photo dans son sac.

La conversation se poursuivit, les autres piliers de bar s'amusant à régaler Lily d'anecdotes certes hautement improbables mais qu'elle écouta avec beaucoup de plaisir. Puis, la faim et la fatigue se faisant sentir, elle décida de prendre congé.

— Ma journée a duré trois heures de plus que la vôtre grâce aux fuseaux horaires, expliqua-t-elle. Vous avez tous été d'excellente compagnie. Je suis sûre que nous aurons une autre occasion de discuter ensemble.

— Oui, avec plaisir. Vous nous trouverez au bar tous les soirs ou presque, répondit chaleureusement Howard.

Tous suivirent du regard Lily dont la silhouette élancée s'éloignait sur les pelouses plongées dans l'obscurité.

— Joli brin de femme. Qu'est-ce qu'elle cherche, à votre avis ? demanda Howard.

— Difficile à dire, répondit le barman. Tout ce que je sais, c'est qu'elle a réservé pour au moins deux semaines.

Le lendemain matin, Lily petit-déjeuna dans son patio privatif à l'ombre des magnifiques bougainvilliers. Un mot d'excuse l'informa qu'il n'y avait malheureusement pas de croissants, remplacés par des muffins, et que le journal n'arriverait que par le vol du soir. Une multitude de brochures sur les attractions touristiques de Broome et de la région de Kimberley lui fut également proposée. Elle alluma la radio installée sur sa table de chevet et tenta de trouver un bulletin d'information, pour finalement renoncer et boire son thé tant qu'il était encore chaud.

Un peu plus tard, vêtue d'un jean et d'une chemise, Lily demanda à la réception le chemin de la Société historique, mais l'employée la regarda d'un air perplexe.

— Il me semble qu'elle se trouve dans l'ancienne maison des douanes, précisa Lily.

— Oh, c'est dans le centre commercial Seaview, à deux pâtés de maisons d'ici.

Dehors, Lily fut accueillie par l'air chaud et une brise qui lui caressa la peau. Elle avait parcouru quelques mètres à peine lorsqu'elle se figea en découvrant, de l'autre côté de la route, une vue époustouflante sur l'immensité de Roebuck Bay. Une eau turquoise venait lécher le rivage bordé de rochers orangés et d'une épaisse mangrove, le tout sous un ciel d'un bleu si pur qu'il apparaissait presque translucide. Elle resta ainsi de longues minutes, fascinée, en se demandant si l'on s'habituait un jour à cette magnifique palette de couleurs.

Quand elle se remit en route, ce fut pour s'arrêter de nouveau un peu plus loin et admirer cette fois un vestige du passé. Elle ne comprit pas immédiatement ce qui avait ainsi attiré son attention dans cette échoppe fermée face à la mer. La rouille de ses tôles rappelait les rochers de la baie, et par les fenêtres et les fissures qui traversaient les murs de part en part, on devinait un amoncellement de vieux paniers à huîtres, de filets et de cordages. Elle contourna la petite bâtisse isolée et la prit en photo, sans vraiment savoir pourquoi cet endroit l'intriguait tant.

Arrivée devant le petit édifice en bois blanc qui abritait désormais la Société historique, elle lut sur sa façade une plaque qui fournissait quelques informations sur son ancienne fonction de maison des douanes. Du matériel de plongée, des pompes de lougres et des articles ménagers de l'époque des pionniers étaient disposés devant, dans un petit jardin ; le long d'une véranda, des vitrines d'exposition étaient proposées au public.

Lily se dirigea vers la porte d'entrée surmontée d'un panneau « Espace climatisé – Entrez », puis remarqua un petit mot manuscrit : « FERMÉ – RÉOUVERTURE DANS QUELQUES JOURS ». Elle se demanda depuis combien de temps il était affiché et s'il y avait tout de même moyen d'accéder au musée. Finalement, elle retourna au Continental, demanda le numéro d'une agence de location de voitures et téléphona.

Lily n'eut pas à patienter bien longtemps avant de voir arriver une femme souriante au volant d'une petite citadine. Ensemble, elles se rendirent au cabanon en tôle qui tenait lieu de bureau. En chemin, la femme raconta sa vie à Lily, expliquant qu'elle et son mari avaient retrouvé un nouveau souffle depuis qu'ils avaient quitté la côte Est pour s'installer à Broome – de quoi s'interroger sur l'influence de la géographie quant à la bonne santé du couple.

Après avoir dégainé sa carte de crédit, Lily emprunta une route poussiéreuse, bordée de petits pavillons nichés dans la végétation tropicale, et se gara devant l'office de tourisme. À l'intérieur, on lui confirma que la Société historique était fermée.

— La bénévole qui s'en occupe a des problèmes familiaux et sa remplaçante est absente. Quel genre d'informations recherchez-vous ? demanda la jeune femme à l'accueil.

Lily déroula une nouvelle fois son histoire. Lorsqu'elle exprima son intérêt pour l'histoire et le développement économique de la région, l'employée de l'office de tourisme claqua des doigts.

— Si vous disposez d'un moyen de transport, je connais un endroit qui devrait vous intéresser plus haut sur la côte, dit-elle en se munissant d'une carte. La route est sèche et il y a peu de circulation en ce moment, vous devriez vous en sortir.

— Quel est cet endroit ? demanda Lily.

— Cape Leveque. Vous y trouverez de vieilles missions où on pourra sans doute répondre à vos questions. Si vous avez envie de voyager dans le temps, je vous conseille de commencer par là-bas.

Lily repartit avec des cartes routières et une panoplie de brochures pour ce que l'employée appelait son « équipe ». L'office de tourisme devait avoir l'habitude des journalistes, des réalisateurs de documentaires ou des auteurs de guides de voyage qui se présentaient avec toute une bande. D'après le rapide coup d'œil qu'elle jeta à la carte, Cape Leveque n'était pas tout près.

Elle traversa la ville et se gara à Napier Terrace. Là encore, une étrange impression de déjà-vu s'empara d'elle tandis qu'elle passait devant les anciens hangars de stockage, la longue jetée, la mangrove traversée par des canaux, les vasières mises à nu par la marée basse.

Elle s'arrêta à Streeter's Jetty où la vase était couleur ardoise. À l'âge d'or de Broome, avant la Première Guerre mondiale, quatre cents lougres jouaient des coudes pour trouver un espace où mouiller près de la jetée et le long de l'avant-côte, où l'eau pouvait atteindre les dix mètres de profondeur. Depuis, la végétation de la mangrove avait repris le dessus, formant ainsi tout un dédale de canaux naturels.

Les images de cette jetée et de l'avant-côte où flottaient les lougres ancrés à marée haute ou reposant sur la vase à marée basse allaient de pair avec l'évocation du nom de Broome. Sur la vieille promenade en bois déserte réchauffée par le soleil, Lily essaya de visualiser le paysage d'autrefois, les hommes qui s'affairaient sur les bateaux, travaillant à des réparations diverses et variées, l'effervescence dans les hangars, les conversations où se mêlaient de multiples langues étrangères, les ordres criés par les maîtres perliers, les coquilles qui s'entrechoquaient dans les sacs, le tintement des sonnettes de bicyclettes. Elle croyait presque sentir les effluves de la cuisine asiatique épicée, le parfum doux du tabac indonésien, l'iode des coquillages, le goudron des bateaux. En réalité, il ne flottait dans l'air que les embruns et l'humidité de la mangrove.

Lily longea un ancien bureau de maître perlier fraîchement repeint et devenu le siège d'une société exportatrice de perle. Puis, regardant un peu plus au loin dans la baie, elle aperçut une langue de sable qui bordait un canal. Assise au bord de l'eau, une silhouette voûtée et coiffée d'un chapeau rabattu sur les yeux tenait une ligne de pêche.

Lily sauta du muret et marcha d'un pas lourd sur le sable. Alors qu'elle approchait de la silhouette, elle vit qu'il s'agissait d'une vieille femme aborigène. Elle lui sourit et la dépassa pour se rendre à l'autre extrémité de la langue de sable où un petit yacht était amarré dans quelques centimètres d'eau, tout près du rivage. Dans le labyrinthe formé par ces étroits canaux qui se ressemblaient tous, la navigation devait parfois être cauchemardesque.

Lily rebroussa chemin et s'arrêta à la hauteur de la vieille femme au moment où celle-ci remontait sa ligne pour inspecter l'appât.

— Ça ne mord pas ? lança Lily.

La femme réajusta le morceau de viande, fit tournoyer la ligne dans un geste leste au-dessus de sa tête, la lança et la suivit du regard tandis qu'elle replongeait dans le canal.

— Il y a beaucoup de poissons par ici ? demanda Lily en avisant un sac en plastique qui flottait à la surface.

— Ça peut aller. Ils sont pas toujours terribles, mais on peut pas se plaindre.

— Et qu'est-ce que vous pêchez ?

— Des poissons-chats, des fois des mulets. Y en avait des beaux avant, mais maintenant, avec toutes ces ordures…

— Vous vivez à Broome depuis longtemps ?

— Toute ma famille travaillait ici.

— Que faisait-elle ?

— Un peu de tout, le ménage, la lessive…

Elle retroussa les lèvres, laissant apparaître un sourire édenté.

— On travaillait pour les Blanches. Mon arrière-grand-mère, ma grand-mère, ma mère, toutes pour la même famille. Mais je suis trop vieille, maintenant.

Elle avait des mains noueuses d'homme, des jambes fines marquées de veines et de bosses, unc staturc imposante et une chevelure grise et clairsemée masquée par un chapeau en coton.

— Je m'appelle Lily, dit-elle en s'asseyant sur le sable.

— Et moi, c'est Biddy. Je vis pas loin d'ici. Et ceux-là, c'est des gens de mon clan.

D'un coup de menton, elle désigna une dizaine d'hommes assis à l'ombre d'une vieille cabane. À leurs pieds, un tas de bouteilles de bière vides et des fûts de vin en métal témoignaient de leurs journées passées à boire.

— Y en a qui sont bons à rien, poursuivit Biddy. Les hommes travaillaient dur dans l'ancien temps. Faut dire, on manque de boulot.

— Parlez-moi du passé, Biddy. À quoi ressemblait la vie jadis ?

Biddy éprouva la ligne enroulée autour de son doigt, puis s'inclina légèrement en arrière, plongea dans ses souvenirs et se lança dans des anecdotes hautes en couleur ponctuées de gloussements. Elle évoqua les grandes villas, les beaux meubles…

— Quand je pense que certains avaient des chaises et d'autres trucs fabriqués avec de l'or, de la nacre et je sais pas trop quoi d'autre…

Lorsqu'elle décrivit les robes richement brodées, les uniformes des hommes, les fêtes, Lily repensa à la photo du marin souriant dans son beau costume blanc.

— C'était quelque chose de laver tout ça. Ces m'sieurs-dames se changeaient plusieurs fois par jour. Et je parle pas des chaussures ! Rien que les blanches, le patron en avait quinze paires. Enfin, c'était des gens bien.

Lily écouta, posant une question de temps à autre, tandis que le récit de Biddy insufflait de la couleur au Broome sépia qu'elle avait en tête.

Biddy lui expliqua ensuite qu'elle avait travaillé presque toujours pour la même famille jusqu'à la guerre.

— Nos vies ont été chamboulées. Ça s'est arrangé depuis mais… Pour plein d'anciens, ce sera plus jamais pareil. Bon, moi, ça va. Ma petite-fille s'en sort très bien.

Lily se prit d'affection pour Biddy, son humour et ses observations pleines de bon sens sur l'existence.

— Avez-vous été bien traitée autrefois, Biddy ?

— Oui, avec les Blancs pour qui je travaillais, on était comme une famille. Et puis y avait tout mon clan à Broome, les oncles et les tantes du bush… Maintenant, il reste plus que nous.

— Et avez-vous connu des périodes difficiles ? s'enquit Lily.

Biddy haussa les épaules.

— Y a eu des hauts et des bas. Maintenant que je suis vieille, je passe mon temps à pêcher. Faut bien s'occuper, pas vrai ?

Lily sourit devant cette façon d'aborder la vie. Elle-même avait toujours aimé les parties de pêche dans le silence à bord d'une barque avec une ligne à main. Quoi de mieux pour réfléchir ou rêvasser ?

— La marée monte, remarqua Biddy. Elle va mettre un coup de propre.

Comme l'eau commençait à lécher les savates déchirées de Biddy, elle entreprit de remonter sa ligne. Bilan de la pêche : un bidon en plastique, un bouchon, une bouteille de limonade et tout de même un gros poisson-chat dont Biddy avait retiré les épines venimeuses.

— Vous êtes en vacances à Broome ? demanda-t-elle en rassemblant ses affaires.

— Plus ou moins.

Biddy dévisagea Lily avec intensité.

— C'est une belle ville. Y a de quoi visiter.

— J'en ai bien l'intention.

Lily rebroussa chemin jusqu'aux boutiques de perles aménagées dans d'anciens hangars de stockage, tourna au coin d'une rue et déboucha dans ce qui restait de Chinatown. Les ruelles tortueuses, les boutiques sombres et étroites, les cantines, tout évoquait ici un passé trouble. Malgré les rénovations entreprises par la ville pour séduire les touristes, le passé demeurait visible et Lily était ravie de trouver une telle authenticité.

Dans la soirée, elle décida de monter à pied jusqu'à l'hôtel Mangrove, qui surplombait Roebuck Bay, pour y prendre un verre et admirer le coucher de soleil avant de se mettre en quête d'un restaurant où dîner.

En marchant dans Bedford Park, elle passa devant l'ancien tramway hippomobile incrusté de rouille qui permettait jadis de se rendre à Streeter's Jetty, ainsi que devant la réplique du coffre de Dampier. Lily s'arrêta le temps de lire l'inscription retraçant l'histoire de l'intrépide pirate anglais devenu explorateur, qui avait accosté sur la côte Nord de ce que l'on appelait alors la « Nouvelle-Hollande » à bord du *Cygnet* en 1688. Puis elle traversa la route du front de mer, déserte à cette heure-ci, et se dirigea vers une grande bâtisse ancienne entourée d'arbres voûtés. Sur trois des côtés de la véranda, des treillis faisaient office de brise-vues, une éolienne surmontait le toit et sur la clôture en bois blanc, une pancarte indiquait « Galerie ».

Intriguée, Lily avança dans le jardin au sol sablonneux jonché de feuilles et monta les marches menant à la véranda. À l'intérieur, elle passa devant des paravents indonésiens en bois sculpté qui barraient l'accès aux pièces privées de la maison et franchit une double porte laissée ouverte. Celle-ci donnait sur une grande salle à haut plafond que Lily supposa être l'espace principal de la galerie. Sous les poutres apparentes peintes en blanc et équipées de ventilateurs, des peintures à l'acrylique mêlant style aborigène et contemporain, des aquarelles de paysages terrestres et marins, ces derniers peuplés de créatures fantastiques, décoraient les murs. Des panneaux disposés un peu à l'écart proposaient de magnifiques esquisses de plantes et de reptiles, petites par leur taille mais époustouflantes par leur niveau de détail.

Après s'être crue seule pendant quelques instants, Lily fut rejointe par une femme petite et mince d'environ trente-cinq ans aux boucles auburn et à la peau pâle. Vêtue d'un sarong et d'une blouse en coton, les pieds chaussés de sandales de cuir, elle tenait des rouleaux de soie peinte à la main.

— Bonsoir, dit-elle gaiement. Vous arrivez tard, je m'apprêtais à fermer.

— Désolée, s'excusa Lily. Je passais par là quand j'ai vu la pancarte et la porte ouverte, mais si je dérange…

— Vous ne me dérangez pas le moins du monde, l'interrompit la femme en posant les rouleaux de soie sur une vitrine d'exposition. Prenez votre temps. Ces œuvres sont toutes d'artistes locaux.

Lily balaya la salle du regard.

— Elles sont sublimes, et l'espace les met en valeur. Cette villa est manifestement ancienne. Savez-vous si une famille y a vécu ?

— Oui, c'est ensuite devenu une boutique. C'est un bonheur d'habiter dans l'une de ces vieilles demeures. Les constructions récentes ne sont pas adaptées au climat, trop de gens viennent s'installer ici pour rester cloîtrés sous la climatisation. On n'a pas besoin d'air conditionné dans une maison conçue correctement.

Lily regarda par la double porte-fenêtre donnant sur la baie où le soleil était en train de se coucher.

— C'est si paisible...

La femme vint se poster près de Lily pour profiter de la vue.

— Oui. Je n'ai jamais regretté mon choix.

Elle lança à Lily un regard avisé.

— Beaucoup de femmes divorcées viennent s'installer ici. C'est très apaisant.

Lily dévisagea la propriétaire de la galerie qui respirait la sérénité et l'assurance.

— Vous ne souffrez pas de la solitude ? lui demanda-t-elle.

La femme laissa échapper un petit rire.

— Pas du tout. Comme toutes mes amies, je me suis remariée. Avec un homme plus jeune. Vous êtes venue seule ?

— Oui.

— À quel hôtel êtes-vous descendue ?

— Au Conti, et j'allais voir le coucher de soleil au Mangrove.

— Vous laisserez-vous tenter par un verre de vin sur la véranda ? Le panorama est magnifique. Mon mari et ma fille sont à un cours de musique et je cherchais un prétexte pour boire un verre. Au fait, je m'appelle Deirdre.

Elles s'installèrent dans des fauteuils en bois de vigne garnis de coussins en cuir tressé, puis Deirdre remplit deux grands verres de vin et posa les pieds sur la balustrade, près de la bouteille.

— Alors, qu'est-ce qui vous amène à Broome ? Vous n'avez pas une allure de touriste. En fait, on pourrait presque croire que vous êtes d'ici.

Elle désigna les fleurs de frangipanier dont Lily avait décoré sa longue chevelure et sa robe ample et blanche de style hawaïen.

Lily but une gorgée de vin.

— Depuis peu, je m'interroge à propos de moi-même et il semblerait que certaines réponses se trouvent dans cette ville. Je ne suis pas très avancée pour l'instant.

Lily marqua une pause.

— Désolée si j'ai l'air de cultiver le mystère.

— Vous venez de divorcer ou je me trompe ?

— Ma mère est décédée récemment, et c'est là que j'ai commencé à me poser des questions. Sur moi, sur elle, sur ma famille, sur mes projets de vie... ce genre de choses.

— Tout le monde connaît ça à un moment ou à un autre. Certaines personnes passent outre et continuent à vivre leur vie, d'autres prennent une décision radicale ou, comme vous, se mettent en quête de réponses.

— J'ai fait les trois, reconnut Lily.

— Et c'est tant mieux. C'est une démarche qui peut être douloureuse, mais on en ressort grandi, on prend confiance en soi, et à partir de là, on ne vit plus que du positif.

Deirdre les resservit en vin.

— Lâchez prise, ne courez pas plusieurs lièvres à la fois. Parfois, tout se réagence sans qu'on sache trop comment.

Le soleil descendait dans l'axe de la bouteille de vin, sa grosse forme arrondie luisant à travers le verre. Lily et Deirdre étaient confortablement installées et à l'aise l'une avec l'autre, de cette façon qu'ont les femmes de se trouver des affinités presque instantanément.

Après avoir bu son vin, Lily se leva.

— Merci pour le verre, c'était vraiment très gentil de votre part. Je crois que je vais retourner en ville et manger des fruits de mer. Avez-vous une bonne adresse à me conseiller ?

— Allez au Noshi, près du Pearl Palace, indiqua Deirdre. Pendant que j'y pense, j'organise un vernissage jeudi soir au Cable Beach Club, si vous voulez vous joindre à nous.

— Avec plaisir. Comment s'appelle l'artiste ?

— Rosie Wallangou. Je déposerai une invitation à la réception du Conti. Quel est votre nom de famille?

— Barton. Lily Barton.

Deirdre rechaussa ses sandales et descendit l'escalier.

— Prenez le chemin qui contourne la ville par-derrière, ce sera plus rapide. Vous le verrez après la maison du capitaine Tyndall.

— Où se trouve cette maison?

— Un peu plus loin, au sommet de la colline. Elle est superbe. Bonne soirée!

Dans les dernières lueurs du jour, Lily s'arrêta pour contempler la villa face à la baie. Elle était effectivement splendide, avec sa véranda spacieuse et cernée par les frangipaniers et les bougainvilliers.

— Eh bien, capitaine Tyndall, on peut dire que vous aviez du goût, murmura-t-elle.

Subjuguée par ce cadre romantique, Lily se demanda si ce capitaine Tyndall s'était installé sur la véranda pour profiter pleinement du panorama sur Roebuck Bay, si paisible avec sa mangrove, ses canaux et ses eaux étincelantes.

Après avoir suivi des yeux un voilier solitaire qui gagnait le large, elle regagna le centre-ville à pied, dénicha un petit restaurant où elle s'offrit une entrée, un plat et un dessert qu'elle dégusta dehors à la lueur des flambeaux. Puis elle rentra à l'hôtel en savourant la brise fraîche du soir.

Un message de Tony l'attendait à la réception. Il partait pour New York, l'appellerait dès que possible et pensait fort à elle. Lily ressentit une bouffée d'amour, comme à chaque fois qu'elle pensait à lui, et rangea soigneusement le message.

Dans la lumière vive du matin, Lily poussa sur le côté le plateau du petit déjeuner – toujours pas de croissants ni de journal – et étudia la carte sommaire de la région située au nord de Broome. Elle acheta un filet de mandarines et deux bouteilles d'eau, les fourra dans un sac, puis prit la route. En quelques minutes, elle sortit de la ville, et une demi-heure plus tard, le bitume laissa place à une piste de terre orange qui semblait s'étirer jusqu'à l'horizon. De par sa légèreté, le véhicule était difficile à manœuvrer dans la poussière et Lily veilla à ralentir.

Elle roula en silence car l'autoradio ne captait aucun signal et la voiture n'était pas équipée de lecteur cassette. À travers ses lunettes de soleil, la route lui apparaissait brun foncé et aucun véhicule n'était manifestement passé par là depuis un certain temps. Heureusement, elle avait dit à la jeune femme de la réception où elle allait, en lui demandant d'appeler la police si elle n'était pas rentrée à 20 heures.

La conduite exigeait de plus en plus de concentration à mesure que la couche de terre s'épaississait sous les roues. Alors que Lily s'efforçait de rester au milieu de la piste, où la surface semblait plus stable, soudain, la petite voiture dérapa, fit un tête-à-queue et termina sa course dans un fossé où la terre était encore plus friable.

Lorsque Lily, tremblant comme une feuille, réussit à sortir de l'habitacle, ce fut pour s'enfoncer jusqu'à mi-mollets dans une poussière rouge qui ressemblait à du talc ; quant à la voiture, elle était enlisée jusqu'aux essieux. Lily scruta les environs en espérant voir un tronc de niaouli ou des branchages à placer sous les roues pour les dégager, mais elle était perdue au milieu de nulle part. Elle ne vit rien d'autre que quelques buissons et un arbre rachitique au bord de la route dont le feuillage clairsemé n'offrait quasiment pas d'ombre.

En fouillant la voiture, Lily ne dénicha qu'un cric avec lequel elle creusa tant bien que mal la terre autour des roues. Elle essaya de bouger la voiture mais celle-ci ne fit que s'enfoncer encore davantage, les pneus tournant dans le vide. Elle poussa un juron et s'adossa à la voiture le temps de manger une mandarine.

Le soleil était désormais haut dans le ciel, il faisait largement plus de trente degrés et Lily sentait la chaleur qui se réverbérait contre la carrosserie, mais elle devait rester près du véhicule. De toute façon, elle n'avait guère d'autre choix.

En fin d'après-midi, alors qu'elle avait mangé tous ses fruits et bu l'une de ses deux bouteilles d'eau, elle commença à se dire qu'il ne viendrait plus personne à une heure pareille et qu'elle devrait se préparer à passer la nuit dans la voiture. Le temps que l'employée de l'hôtel donnât l'alerte, la nuit serait tombée et on ne partirait sans doute pas à sa recherche avant le lendemain matin. Elle n'avait pas peur, mais elle était agacée de s'être mise dans cette situation. On lui avait assuré que la route était praticable à bord d'un véhicule classique, or la petite citadine fournie par l'agence de location convenait tout juste à des routes en bordure de plage.

Au coucher du soleil, Lily était en train de piquer du nez quand elle crut entendre quelque chose, une sorte de cri d'animal. Elle alla se poster en plein milieu de la route sans fin dont l'ocre avait tourné au bronze et regarda des deux côtés et regarda des deux côtés.

— Ohééé! cria-t-elle dans l'immensité désertique.

Elle sursauta en voyant deux cavaliers aborigènes à la carrure impressionnante surgir de derrière les buissons. Et manifestement, la surprise était réciproque.

— Vous êtes tombée en panne, m'dame? lança le premier homme.

— Non, c'est un accident, vise un peu la voiture, déclara son compagnon avant que Lily n'eût le temps de répondre.

Ils mirent pied à terre et inspectèrent le véhicule.

— Ça fait longtemps que vous êtes là?

— Depuis ce matin. Pourriez-vous me donner un coup de main?

— Vous êtes toute seule?

Lily acquiesça. Les deux hommes se consultèrent du regard, lâchèrent les rênes de leurs montures et refirent le tour de la voiture.

— Vous allez où?

— J'étais censée me rendre à Cape Leveque.

— C'est pas une route pour ce genre de voiture.

— En effet, mais c'est celle que m'a attribuée l'agence de location. Si vous arrivez à me dégager de là, je pourrai rentrer à Broome.

À force de bouger la voiture en tous sens, de la tirer, de la pousser, les deux hommes réussirent à la replacer dans l'axe de la route.

— Oh, merci beaucoup. J'ai eu de la chance de tomber sur vous. Qu'est-ce qui vous amène par ici, d'ailleurs ?

— On est des vachers, on garde du bétail dans une mission pas loin.

— Et cette mission, où se trouve-t-elle ?

— À Beagle Bay. Au croisement que vous avez passé, c'était à droite. Vous feriez mieux de dormir là-bas.

— Vous avez raison, je n'ai pas très envie de tenter la conduite de nuit.

Lily avisa les derniers rayons du soleil tandis que les deux hommes allaient récupérer leurs chevaux.

— Où allez-vous maintenant ? demanda-t-elle.

— Le troupeau nous attend près d'un point d'eau, on va le rejoindre.

— Eh bien, encore merci pour votre aide.

Lorsque Lily serra la main aux deux hommes, elle fut surprise par la mollesse de leur poigne.

— Pas de problème, sourit le plus jeune.

Sur ce, ils montèrent en selle d'un mouvement gracieux qui laissa Lily stupéfaite.

Elle rebroussa chemin et roula à une allure prudente jusqu'à un embranchement assorti d'un poteau penché et d'une vieille pancarte qui traînait par terre. À la lumière des phares, elle lut : BEAGLE BAY – 8 km.

Sur l'étroite piste encore plus chaotique, elle redoubla de prudence, restant la plupart du temps en deuxième vitesse, si bien qu'au moment où elle atteignit la mission, il faisait désormais nuit noire. Alors que, de prime abord, les lieux semblaient déserts, Lily finit par distinguer des ombres qui se tenaient à côté de petites maisons trapues, ainsi que quelques lanternes. En persévérant sur la piste sablonneuse, elle arriva à hauteur d'un petit cimetière délimité par une clôture et s'arrêta net, subjuguée par la vision qui surgit devant elle.

Sous une lune haute et pleine, une église d'un blanc immaculé luisait dans la nuit. Lily coupa le moteur et descendit de voiture pour profiter pleinement de la scène. Puis, comme la vieille porte en bois arquée était entrebâillée, elle approcha et entra d'un pas hésitant.

Pendant plusieurs secondes, elle cligna des yeux en se demandant dans quel monde étrange et merveilleux elle venait de pénétrer. En effet, l'intérieur du bâtiment scintillait du sol au plafond, éclairé par la lumière laiteuse du clair de lune qui filtrait à travers les vitraux. Lily s'éclaira au moyen d'un cierge qu'elle trouva sur une petite table à côté d'une boîte d'allumettes.

Un éclat argenté émanait de centaines de coquillages nacrés, dont certains avaient été découpés dans des formes géométriques de façon à ceindre le pourtour des fenêtres, des tableaux et des fresques, recouvrant ainsi le moindre centimètre des murs et des plafonds.

— C'est absolument magnifique, s'exclama Lily en souriant avec ravissement.

Après un moment passé dans ce lieu rassérénant, elle souffla le cierge, retourna à la voiture et se gara sur le côté de la petite église. Puis elle se pelotonna sur la banquette arrière et s'endormit presque aussitôt.

3

Au petit matin, alors que le soleil réchauffait l'habitacle, Lily commença à émerger. Soudain, entendant qu'on toquait à la vitre, elle ouvrit les yeux pour de bon et se redressa.

Une tête et des épaules d'homme se dessinaient contre la lumière vive du matin. Comme il frappait de nouveau avec insistance, Lily descendit la vitre de quelques centimètres.

— *Guten Morgen*, dit-il d'un ton enjoué.

— Euh… bonjour.

— Vous dormiez.

— En effet.

L'homme âgé aux cheveux gris ébouriffés passa par l'ouverture une banane à la peau tachetée.

— Voulez-vous partager mon petit déjeuner ?

Lily accepta le fruit avec gratitude, déverrouilla la portière et descendit de voiture.

— J'ai eu un petit accident et je me suis retrouvée coincée sur la route. Je m'appelle Lily.

— Et moi, je suis le frère William. Quel bon vent vous amène ?

— Je comptais monter encore un peu plus au nord, mais je me suis dit qu'il était plus prudent de passer la nuit ici que de rentrer à Broome.

— Je prenais toujours le bateau pour me rendre en ville. Je ne conduis plus, ma vue a trop baissé.

— Vous alliez en bateau d'ici à Broome?

— Oui, ou en partant de Lombadina. C'est à cent cinquante kilomètres.

Lily s'assit à côté de lui sur les marches en pierre de l'église et mangea la banane en l'écoutant.

— Un jour, je devais rentrer de Broome en pleine tempête et le voyage sur une mer démontée m'a pris quasiment une semaine. Quand on est arrivés à Beagle Bay, on n'a pas pu accoster à cause de la houle. Je suis monté dans un canot de sauvetage avec trois autres hommes, on a ramé sur près de deux kilomètres jusqu'au rivage. Mais on a chaviré, donc il a fallu nager dans une marée qui montait à la vitesse de huit nœuds, autrement dit dans une eau de plus de douze mètres de profondeur. J'ai nagé, prié, nagé, prié, et on y est arrivés.

Sa démonstration souriante convainquit Lily que rallier Broome en bateau n'était pas nécessairement plus facile qu'en voiture. La mer pouvait se révéler tout aussi piégeuse. Elle opina d'un air admiratif tandis que le frère William achevait son récit.

À la vue de son visage creusé de rides profondes, Lily se rendit compte que le frère William était plus âgé qu'elle ne l'avait cru. Il portait une chemisette bleue ainsi qu'un ample pantalon gris maintenu par une vieille ceinture. Il semblait en bonne santé, ses yeux, quoique légèrement larmoyants du fait de son âge, étaient d'un bleu vif, et son accent allemand était reconnaissable entre mille.

— Vous vivez à la mission?

— Oui, depuis longtemps, et c'est mon église que vous voyez là, dit-il en désignant avec fierté le petit édifice. Qu'est-ce que vous en dites?

— Elle est sublime! s'exclama Lily, tout sourire. Parlez-moi des coquillages nacrés. Je les ai trouvés magnifiques hier soir au clair de lune.

Le frère acquiesça avec enthousiasme.

— Ce n'est pas tout. Regardez.

Il désigna le clocher surmonté d'une sphère en cuivre et d'une croix dont les incrustations de nacre brillaient au soleil.

— Maintenant, venez voir l'intérieur à la lumière du jour.

Il leur fallut un moment pour s'habituer à la pénombre. La nacre luisait subtilement, les perles disposées en forme d'étoile qui décoraient le plafond bleu du sanctuaire étincelaient dans les rayons du soleil qui parvenaient à percer l'épaisseur des vitraux.

— L'évêque Gibney et les moines trappistes se sont établis ici au début des années 1890, dans ce qui n'était encore qu'un petit village du bush. Cette église a été construite pendant la Première Guerre mondiale. Les briques des murs ont été fabriquées sur place, mais en l'absence de mortier, les missionnaires et les autochtones ont acheminé des coquillages par brouettes entières depuis la plage et les ont brûlés entre des piles de bois pour obtenir de la chaux. Et nous devons toutes ces décorations au frère Droste. Vous voyez la grande étoile en nacre au-dessus de l'autel ? Elle aurait sa place dans n'importe quelle cathédrale ! souligna le frère William avec fierté.

— Et quelles sont ces pierres bleues entre chaque coquillage ? demanda Lily.

— Ce sont les opercules derrière lesquels s'abritent les mollusques. Et ici, les colonnes ont été incrustées de brisures. On dirait des opales aux couleurs de l'arc-en-ciel.

— Le temps semble s'être arrêté. À croire qu'il n'y a jamais eu la guerre.

— La région était plus active autrefois, à l'époque où on vendait du bois qui servait à la construction des lougres. Après bien des efforts pour convaincre les Aborigènes de quitter leur désert afin de venir ici et de scolariser leurs enfants, une belle exploitation de bétail a vu le jour. Ils la gèrent encore aujourd'hui.

Le frère William s'interrompit le temps de pousser un soupir nostalgique.

— Les premiers prêtres et moines pallottins étaient bien plus occupés que moi. Je passe le temps en célébrant la messe le dimanche et en parlant aux quelques visiteurs qui s'aventurent jusqu'à la mission.

— D'où venez-vous ? Vous n'avez pas envie de retourner au pays ?

— Je n'ai plus de famille à Munich et je serai enterré ici, avec ceux de mes frères qui sont restés eux aussi. Ils sont tous morts de vieillesse. Quoique, il y a aussi eu des accidents. Est-ce que vous aimez l'histoire ?

— Oui.

— J'ai un journal dans lequel l'un de mes prédécesseurs relate les débuts de la mission. Il a été complété au fil des ans puis imprimé en plusieurs exemplaires. Il vous intéressera peut-être.

Le frère William s'éclipsa dans sa chambre, une petite pièce spartiate qui jouxtait une cuisine et une salle à manger. Pendant que Lily patientait dehors, elle entendit une femme qui s'affairait en réprimandant deux jeunes enfants. L'un sortit en claquant la porte de la cuisine, puis s'arrêta net en voyant Lily et la regarda timidement.

— Bonjour, dit-elle. Comment allez-vous, jeune homme ?

— Bien, répondit-il en révélant des dents éclatantes qui contrastaient avec sa peau foncée.

Après qu'il fut rentré en gloussant, sa mère parut sur le seuil et sourit à la visiteuse.

— Puis-je vous aider ? demanda-t-elle. Il y a une petite épicerie pas loin, elle doit être ouverte à cette heure-ci.

— Ça va aller, merci. J'attends le frère William. Il a quelque chose à me montrer.

— Je suis en train de préparer son petit déjeuner, vous lui direz que c'est bientôt prêt. Voulez-vous vous joindre à lui ? Vous êtes bien matinale.

— Avec plaisir.

Lily la suivit à l'intérieur.

Autour d'une assiette de toasts qui disparaissaient sous des filets de hareng en boîte, le frère William retraça l'évolution du quotidien à la mission. Dans les premiers temps, elle avait ressemblé à un petit village européen avec sa quarantaine de bâtiments, dont un couvent pour les sœurs, des écoles, des dortoirs et des réfectoires séparés pour garçons et filles, un fournil, un abattoir, une blanchisserie, des huttes, une chèvrerie, un entrepôt de stockage, une tannerie, des logements pour les missionnaires, les gardiens de troupeaux, les employés aborigènes et leurs familles. Un peu plus loin, là où la piste rejoignait la route menant à Broome et aménagée par le frère Droste en 1921, se trouvait un campement de ceux qu'on appelait à une époque les « Noirs du bush ».

Il lui montra des photos jaunies d'enfants pieds nus en blouse, pantalon et chemise qui fixaient l'objectif d'un regard à la fois doux et méfiant. Ils se tenaient sagement aux côtés de prêtres pallottins en habit religieux.

— C'étaient de bons enfants. Ils cousaient très bien, travaillaient dans les potagers, apprenaient leurs leçons, chantaient pour Dieu de tout leur cœur. Pendant longtemps, la vie ici était telle que l'évêque l'avait rêvée, mais… ils ont fini par retourner à leur vie d'avant.

Sur ce, le frère William haussa les épaules.

— Et aujourd'hui ?

— Je dirais que c'est un compromis entre nos deux mondes, répondit-il avec tact, avant de tendre à Lily un livre à la couverture mouchetée de moisissures. Malheureusement, le journal n'est plus en très bon état et les pages ont tendance à coller, mais il reste lisible.

Lily le feuilleta avec précaution, s'arrêtant de temps à autre pour lire quelques passages.

— Frère William, ce livre m'a tout l'air d'être captivant, mais il devrait être conservé dans de meilleures conditions et mis à la disposition des historiens.

— Oh, il y en a un ou deux exemplaires en Europe. Je me disait que celui-ci avait sa place à Broome.

— Oui, à la Société historique, par exemple. Je m'apprête à m'y rendre.

— Dans ce cas, remettez-le-leur. J'en ai un autre exemplaire. Il sera peut-être mieux conservé dans l'air conditionné.

— Ça me semble judicieux, dit Lily en séparant deux pages collées par l'humidité. J'aimerais beaucoup le lire dans son intégralité. Je le ferai à la Société historique.

— C'est une bonne histoire qui se lit comme un roman, sourit le frère William. Vous y apprendrez beaucoup de choses sur ce lieu.

— Vos prédécesseurs ont eu une riche idée en consignant leurs observations. Les temps changent si rapidement...

— Pas dans la région de Kimberley. Mais oui, c'est une bonne chose que notre travail ne tombe pas dans l'oubli.

En voyant le frère William ainsi songeur, Lily se demanda si son œuvre serait un jour célébrée autrement que dans le cadre d'une congrégation réduite à quelques ouailles. Même si les missionnaires avaient cru agir pour le mieux en cherchant à améliorer les conditions de vie des Aborigènes, Lily savait que, à la lumière des connaissances modernes, le sujet était controversé. Mais elle n'allait pas se lancer dans ce genre de polémique avec le vieux religieux.

Tous deux discutèrent encore un peu, puis Lily annonça qu'elle devait reprendre la route.

— Merci encore, frère William, pour cette conversation passionnante. Je vous promets de confier ce journal aux bons soins de la Société historique.

Elle serra la main du frère.

— Dieu vous bénisse, mon enfant. Prenez quand même le temps de vous promener un peu avant de repartir. Si vous croisez des fantômes du passé, sachez qu'ils sont bien intentionnés.

Elle suivit son conseil et parcourut en voiture les vestiges de la mission qui dataient de son âge d'or – des bâtiments désertés, les ruines d'un puits, des carrioles et du matériel agricole hors d'usage, des enclos en bon état et une grange qui abritait du fourrage. Lorsqu'elle entra ensuite dans l'épicerie, ce fut comme un bond en avant dans le temps, entre les surgelés, les magazines, les friandises, la borne de jeu vidéo et les articles ménagers. Lily racheta des bouteilles d'eau et des barres chocolatées pour le trajet du retour.

Avant de reprendre la route, elle s'arrêta devant le petit cimetière qui jouxtait l'église. Un trappiste français, plusieurs prêtres pallottins, deux nonnes, plusieurs enfants et de nombreux adultes aborigènes y étaient enterrés. En constatant que les autochtones reposaient dans des sépultures chrétiennes, Lily se demanda si ces convertis n'auraient pas préféré être inhumés sous des arbres funéraires traditionnels. Elle s'apprêtait à partir quand une stèle différente des autres retint son attention. C'était une pierre toute simple dont la seule décoration était un coquillage nacré qui scintillait au soleil. Lily retint son souffle en étudiant de près le dessin qui y était gravé.

Tremblante, elle s'accroupit et parcourut du bout des doigts les lignes et les cercles agencés comme sur le pendentif qui ornait le collier de perles de sa mère. Elle prit en photo la pierre tombale et le dessin en nacre en gros plan – certainement un symbole tribal.

Qui reposait ici ?

Elle retourna à l'église en espérant y trouver le frère William pour l'interroger sur cette étrange tombe, qu'elle sentait liée au passé de sa propre famille. La cuisinière, qui balayait les marches de l'église, indiqua qu'il s'était retiré dans sa chambre pour prier et qu'il avait demandé à ne pas être dérangé pendant une heure.

Sur le coup, Lily fut déçue mais repensa au carnet dans lequel les frères racontaient l'histoire de la mission. Elle était sûre d'y trouver des réponses. Elle reprit la route, pressée d'en savoir plus.

Dans l'après-midi, ce fut une Lily couverte de poussière, fatiguée, écrasée de chaleur et en retard de trente-six heures qui se présenta à la réception de l'hôtel.

— Je suis rentrée ! annonça-t-elle d'un ton enjoué.

Une jeune femme qu'elle n'avait encore jamais vue la regarda sans comprendre.

— Où étiez-vous ?

— Où est la personne qui s'occupe de la réception d'habitude ? Brune, les cheveux courts et bouclés…

— Oh, Bridget. Elle a pris quelques jours de congé. Est-ce que je peux vous aider ?

— Non, merci quand même, murmura Lily en se dirigeant vers sa chambre.

Elle prit une douche et s'allongea sur son lit pour faire une sieste et repenser à la vieille mission. Elle avait beau admirer le courage et le dévouement des premiers missionnaires, elle ne pouvait s'empêcher de trouver leur bilan discutable : une poignée de convertis, une éducation pour quelques-uns qui réussiraient modestement dans le monde des Blancs, tout au plus une protection contre les massacres perpétrés par les colons. Mais à quel prix ? Toute une culture perdue, des langues disparues, des coutumes réprimées car jugées primitives et païennes par ignorance.

Elle rouvrit les yeux et, presque hypnotisée par le mouvement du ventilateur qui tournait lentement au plafond, s'interrogea sur sa propre attitude vis-à-vis des Aborigènes. Pendant plus d'un dîner avec ses amis de Sydney, elle avait plaidé avec fougue en faveur des gestes de réconciliation initiés par le gouvernement envers les autochtones, de leurs droits fonciers, d'un accès amélioré aux soins et d'un meilleur niveau de vie. Mais avant de venir à Broome, elle n'en avait jamais rencontré, elle ne s'était jamais vraiment intéressée à leur histoire et à leur identité.

Une citadine branchée qui baigne dans le politiquement correct, voilà ce que je suis, songea-t-elle. Biddy, la vieille femme qui pêchait sur la langue de sable, était la première Aborigène à qui elle avait adressé la parole. Curieusement, elle n'avait pas vécu cette rencontre comme un grand événement sur le coup. Elle s'était faite spontanément, chacune acceptant l'autre telle qu'elle était. Mais avec le recul, ce moment avait marqué Lily ; elle avait sympathisé avec quelqu'un qui pêchait encore comme ses ancêtres quarante mille ans plus tôt. Quant aux vachers, elle avait cru les voir sortir de terre, comme s'ils ne faisaient qu'un avec celle-ci, avant de disparaître tout aussi naturellement. Et elle s'était sentie tellement à l'aise avec eux, ainsi qu'avec la vieille femme. Pourtant, ils n'avaient rien en commun.

Ses paupières s'abaissèrent doucement, la mélodie imaginaire d'un didgeridoo lointain la berça, elle se sentit partir dans un autre monde... lorsque la sonnerie du téléphone retentit.

C'était Deirdre qui la rappelait à propos du vernissage au Cable Beach Club. Elle lui proposa de l'emmener en voiture, ce que Lily accepta avec gratitude, et toutes deux convinrent de se retrouver à l'hôtel Mangrove.

Perché au sommet d'une falaise, l'hôtel rénové tout récemment jouissait d'une vue imprenable sur la mangrove et le coucher de soleil à marée montante.

Lily s'installa dans le jardin avec un verre de vin à l'écart des touristes, des habitants de la ville et d'un groupe de cadres venus de Perth pour un séminaire. Une fois son verre terminé, elle approcha du bord de la falaise pour contempler la mangrove, où reposait la carcasse d'une barque dont les flancs se remplissaient au rythme de la marée.

— Puis-je vous offrir un deuxième verre de vin ?

Au son de cette voix amicale, Lily se retourna et découvrit un homme séduisant qui lui souriait.

— Ken Fitzgerald, je suis le gérant de l'hôtel. Est-ce que vous séjournez ici ? C'est la première fois que je vous vois.

Après avoir échangé quelques mots avec cet homme ouvert et affable, Lily ne fut pas surprise d'apprendre qu'il venait du monde agricole.

— Le contraste doit être rude entre la vie à la campagne et la gestion d'un hôtel.

— Pas vraiment, les êtres humains doivent être nourris et abreuvés, comme le bétail, répondit Ken avec un petit rire. Cependant, je ne vous cache pas que quitter l'exploitation n'a pas été une mince affaire. Ma femme, Lola, s'occupe de tout ce qui est administratif. Broome va connaître un afflux de touristes dans les prochaines années.

Lorsqu'il exposa ses projets et ceux de la ville, Lily écouta avec une certaine tristesse.

— J'espère que la ville conservera son patrimoine autant que possible, souligna-t-elle.

— Ne vous inquiétez pas pour ça, Broome saura rester sauvage et pittoresque ! Ici, le passé n'est jamais bien loin.

Lily arriva au Cable Beach Club accompagnée de Deirdre et de son jeune et beau mari. Là-bas, pas grand-chose ne rappelait l'ancien temps, entre les jardins savamment travaillés et les pavillons d'inspiration orientale décorés d'ornements rutilants en laque rouge et dorée. L'éclairage tamisé, les torches à la citronnelle et la caresse de la brise charriant les doux effluves de fleurs accompagnèrent Lily tandis qu'elle traversait une véranda de bois menant à une grande salle où se tenait le vernissage.

Les premiers invités, parfaits reflets de la société éclectique de Broome, se répartirent dans la salle en sirotant du champagne et en bavardant. Pendant que Deirdre s'occupait de la vente des catalogues et des présentations, Lily partit à la découverte des estampes encadrées, des toiles, des tissus et des sculptures aborigènes de style contemporain spectaculaires et agencées avec goût.

Alors qu'elle se perdait dans la contemplation de ces œuvres qui irradiaient à la fois de vitalité et de mystère, Deirdre la rejoignit et lui tapota le bras.

— Lily, je te présente notre artiste, Rosie Wallangou.

Lily s'arracha à sa contemplation en s'attendant à découvrir une femme âgée et sage, pour finalement se retrouver face à une belle Aborigène d'une quarantaine d'années elle aussi. Elle portait une longue robe en soie à motifs traditionnels ainsi que de curieux bijoux en bois et en pierre. Ses boucles fournies, retenues sur le côté par un coquillage, retombaient sur ses épaules. De par sa tenue, son grand sourire et son regard profond, elle avait une présence époustouflante.

— J'aime beaucoup votre travail, au point que j'ai du mal à trouver les mots. Ces tableaux sont tout simplement… magiques, murmura Lily.

— « Magiques », répéta Rosie, songeuse, en la Lily droit dans les yeux, avant d'ajouter d'une voix douce : vous n'avez pas tort.

— Ils ne sont pas faciles à comprendre, même quand on a lu le cartel associé à chacun, poursuivit Lily. Mais c'est comme si quelque chose m'attirait vers eux. Je pourrais les contempler pendant des heures alors que je n'en saisis pas le sens.

Rosie rit.

— C'est peut-être en cela qu'ils sont magiques. Il faut prendre le temps de les étudier, de découvrir certaines choses par soi-même.

— Rosie vient d'exposer à New York, intervint Deirdre. Tout le monde a été conquis par son travail, là-bas.

— C'est formidable.

Lily hocha la tête, impressionnée sans être surprise. Ces œuvres étaient puissantes et elle savait que l'art aborigène avait pris beaucoup de valeur.

— Les New-Yorkais ont des goûts changeants, nuança Rosie en haussant les épaules. Ce qui est très recherché aujourd'hui ne le sera peut-être plus demain.

Pour Lily, il ne faisait aucun doute que son travail puisant dans ses racines et son histoire, sublimées par son style si personnel, ne tomberait pas dans l'oubli de sitôt.

Alors que Deirdre allait saluer l'ancien Premier ministre d'Australie-Occidentale, Rosie prit Lily par le bras.

— Venez, je vais vous montrer mes pièces préférées de l'exposition.

Absorbée et fascinée, Lily écouta Rosie lui expliquer ce qui avait inspiré ses tableaux. Petit à petit, comme si un rideau était en train de se lever, elle commença à entrevoir l'histoire et le message de chacune de ses œuvres. Elle essaya de s'en ouvrir à Rosie, pour finalement lâcher avec timidité :

— J'ai l'impression de m'exprimer très maladroitement.

— Disons que vous commencez à apprendre la langue, répondit Rosie avec bienveillance. Plus vous les regarderez, plus vous arriverez à les « lire » et à vous y immerger.

Lorsque Deirdre revint chercher Rosie, que réclamaient d'autres convives, Lily remercia l'artiste de lui avoir accordé tout ce temps.

Rosie répondit par un sourire amical.

— Je suis sûre que nous nous reverrons. Allez voir là-bas, il y a encore d'autres œuvres que vous trouverez peut-être intéressantes, indiqua-t-elle en désignant d'un signe de tête l'autre extrémité de la salle.

Lily prit une coupe de champagne sur un plateau et se dirigea vers les tableaux qu'elle n'avait pas encore vus. Et dès que son regard accrocha le plus grand d'entre eux, elle sentit ses jambes flageoler. Sur un fond qui restituait avec fidélité et subtilité la couleur ocre de la terre du nord-ouest de l'Australie, Rosie avait peint dans un style traditionnel un dessin que Lily reconnut aussitôt : les lignes parallèles, les cercles concentriques, le X... Elle pivota, la main tremblant si fort qu'elle renversa son champagne. Pendant que Deirdre prononçait un discours de bienvenue, Lily se fraya un chemin au fond de la salle jusqu'à une petite table où une jeune femme vendait des catalogues et notait les acheteurs intéressés.

Lily se pencha vers elle et chuchota :

— S'il vous plaît, mettez un autocollant rouge sur le numéro dix-neuf. Il me le faut.

La jeune femme vérifia le catalogue et secoua la tête.

— Je suis désolée mais cette toile n'est pas à vendre.

Lily déglutit, bafouilla un « merci » et attendit impatiemment la fin des différentes interventions. Puis, perdant espoir de pouvoir s'entretenir seule à seule avec Rosie, elle s'excusa et se joignit au petit groupe qui l'entourait.

— Rosie, j'aimerais *vraiment* acheter l'un de vos tableaux, mais celui qui m'intéresse n'est pas à vendre. Je me demandais s'il était possible de vous faire changer d'avis.

Rosie perçut l'empressement dans la voix de Lily et le groupe se tut.

— De quelle œuvre s'agit-il ?

Au moment où Lily le désigna, elle surprit un changement d'expression sur le visage de Rosie.

— Cette peinture figure dans chacune de mes expositions et je ne m'en séparerai jamais. J'y tiens tout particulièrement.

— Mais que signifie ce symbole? insista Lily. Je dois absolument savoir.

Pendant quelques secondes, Rosie la regarda droit dans les yeux avant de répondre:

— Eh bien, c'est l'une des œuvres dont il faut trouver le sens par soi-même.

Les autres invités guettèrent la réaction de Lily. Pour adoucir son propos, Rosie ajouta gentiment:

— Peut-être qu'un jour, vous percerez sa signification réelle. Voici ma carte.

Alors que Lily, au bord des larmes, se détournait en rangeant maladroitement le petit carton blanc dans son sac, Rosie consentit à lâcher un indice:

— Souvenez-vous du nom de ce tableau: *Perles de lune*.

À 10 heures le lendemain matin, Lily entra dans le bâtiment climatisé de la Société historique. Une brune énergique, permanente impeccable et lunettes accrochées à une chaînette, était en train de ranger dans une bibliothèque une pile de dossiers étiquetés renfermant des photos, des lettres et des coupures de presse. Elle remarqua Lily et s'installa à l'accueil pour l'encaisser.

— Vous êtes touriste? demanda-t-elle en chaussant ses lunettes.

— Oui et non, répondit Lily.

La femme lui jeta un regard interrogateur.

— Je suis venue visiter le musée mais aussi faire quelques recherches. Je m'appelle Lily Barton. Oh, pendant que j'y pense, je suis allée à la mission de Beagle Bay hier et le frère William m'a demandé de vous confier cet objet pour archivage.

Elle sortit le journal de son sac.

— J'aimerais toutefois le lire avant, si c'est possible.

— Oui, bien sûr. Voilà qui est très gentil de sa part. J'ai effectivement entendu parler de cet ouvrage.

Après l'avoir feuilleté, elle le rendit à Lily.

— Muriel McGrath. En quoi puis-je vous être utile ?

— Je ne sais pas trop. Je pensais d'abord visiter les différentes salles puis, si vous avez une minute, revenir vous poser des questions.

— Très bien. En attendant, je vais brancher la bouilloire. Thé ou café ? Je n'ai que de l'instantané, malheureusement.

— Un café, ce sera parfait. Merci.

— À l'entrée, c'est la bibliothèque. Vous y trouverez des documents, des livres, des journaux, des lettres, des photos et j'en passe. Nous devons ces archives aux familles établies depuis longtemps dans la région. Au fond, il y a deux salles d'exposition avec toutes sortes d'objets…

Sur ce, Muriel s'éclipsa dans une pièce qui tenait lieu à la fois de cuisine et de bureau privé.

Lily se plongea d'abord dans les archives, feuilleta les recueils de coupures de presse et se familiarisa avec l'histoire du cimetière japonais, où reposaient de nombreux plongeurs. Puis elle passa aux photos, qui donnaient un aperçu immédiat du quotidien au siècle dernier : Chinatown avec ses cantines et ses fumoirs à opium, un nettoyeur de perles indien, le tramway hippomobile qui longeait le front de mer, les huttes de Dampier Creek avec, au premier plan, des lougres échoués sur la plage. Une photo prise près des hangars de tri en 1914 montrait les monticules de nacre récoltés au cours de l'année – mille six cents tonnes, d'après la légende.

Lily passa ensuite dans la première salle d'exposition. Elle y découvrit un scaphandre grandeur nature, un poumon d'acier utilisé dans les accidents de décompression ainsi qu'une multitude d'outils employés dans l'industrie perlière, des instruments de navigation, un boulier chinois, des origamis confectionnés pour les festivals et divers objets du quotidien.

Après avoir contourné un paravent chinois orné de fleurs, elle se retrouva face à la reconstitution d'un salon edwardien, meubles massifs et mannequins de cire grandeur nature à l'appui. Celui qui figurait la maîtresse de maison, en robe à tournure brodée et collier de perles, tenait la main d'un petit garçon aux longues boucles en tenue de marin. Pudiquement placée à l'arrière-plan, une domestique aborigène en robe noire et tablier amidonné complétait la scène.

Lily trouva la salle étrangement réaliste entre la chaise longue, les cendriers kitsch en nacre et la table de jeu en marqueterie. L'ensemble formait un tout harmonieux, contrairement à d'autres collections issues de dons privés qui pouvaient donner une impression de bric-à-brac.

Elle effleura la têtière en crochet disposée sur le dossier d'un fauteuil, puis parcourut les murs où des tableaux et des photographies étaient accrochés dans des cadres sculptés. Alors qu'elle les regardait les uns après les autres, soudain, elle retint son souffle en reconnaissant, entre deux scènes de pêche, le portrait en pied d'un homme de belle prestance en uniforme blanc – le même qui figurait dans le cadre en argent de Georgiana.

Stupéfaite, elle resta un long moment devant le portrait incroyablement réaliste, jusqu'au regard pétillant, presque moqueur. Une fois remise, elle lança d'une voix forte :

— Muriel ! Puis-je vous poser une question ?

— J'arrive, le café est prêt.

Muriel entra avec un plateau. Après l'avoir posé délicatement sur la petite table en marqueterie près de la chaise longue, elle remarqua la pâleur de Lily.

— Que se passe-t-il ? s'enquit-elle.

— Qui est cet homme ? demanda Lily d'une voix étranglée en désignant le portrait.

— Il est beau, n'est-ce pas ? C'est le capitaine John Tyndall, sans doute le plus grand des maîtres perliers.

— Que savez-vous sur lui ?

— Si le sujet vous intéresse, ça tombe bien, sa vie a été largement documentée. J'ai trouvé une photo de lui dans les effets personnels de ma mère, mais son nom n'était pas indiqué au dos.

— Je vois. Asseyez-vous et buvez votre café.

Elle tendit un mug à Lily et la regarda prendre une bonne rasade. Puis elle rapprocha un fauteuil et poursuivit :

— C'est un personnage haut en couleur du début du siècle. Voudriez-vous en savoir plus sur son histoire personnelle ?

— Oh que oui ! s'exclama Lily, retrouvant son enthousiasme une fois le choc passé. Je crois que nous sommes de la même famille.

— Ça alors. Et on ne vous a jamais parlé de lui ? Quel est votre degré de parenté ?

— Je n'ai que très peu d'informations. Je n'ai pas connu mon père et ma mère était très secrète, elle ne parlait jamais de sa famille. Donc à son décès, quand j'ai trouvé la photo avec l'inscription « Broome » au dos, j'ai voulu tenter de trouver un début de réponse aux questions que je n'ai jamais posées de son vivant, dit Lily, une boule dans la gorge.

Muriel lui tendit une assiette de biscuits.

— Avec les drôles d'histoires que j'ai entendues depuis que je dirige cet endroit, plus rien ne me surprend. Chaque famille a des cadavres dans le placard, et on n'est pas toujours ravi de découvrir les scandales qui ont émaillé la vie de ses ancêtres.

Lily sourit.

— Déjà, si j'ai les pièces du puzzle, ce sera un bon début.

Muriel prit le mug des mains de Lily et se pencha pour débarrasser le plateau.

— Je crois que j'ai encore mieux. Enfin, si le capitaine Tyndall est effectivement votre ancêtre. Je reviens, dit-elle avec un sourire mystérieux.

Lily retourna voir le portrait et s'absorba dans la contemplation du visage qui lui était de plus en plus familier.

— Alors, qui êtes-vous et que savez-vous des *Perles de lune* ? dit-elle tout haut.

Muriel revint les bras chargés de quatre épais carnets reliés de cuir.

— Ah, vous connaissez l'expression ? C'est une légende indienne. Pour les hindous, les perles sont les larmes de la lune tombées dans l'océan. Cela explique que selon certains, les perles portent malheur. Tenez, ceci devrait vous intéresser.

Elle déposa son chargement sur la table.

— Pfiou, ça en fait, de la lecture. Ce sont les journaux intimes d'Olivia, et il y a aussi de nombreuses photos. Ces documents ne sont pas disponibles à l'emprunt, mais n'hésitez pas à revenir aussi souvent que vous le souhaitez pour les consulter. Vous pouvez même camper ici le temps de votre lecture. Saviez-vous que tous ces meubles proviennent de la maison du capitaine Tyndall ?

Elle désigna un fauteuil à dossier droit dont le cuir était élimé.

— Qui était Olivia ? demanda Lily, un peu perdue. Son épouse ?

— Ah, c'est une longue histoire pleine de rebondissements. Mieux vaut commencer par le début. Mettez-vous à l'aise, et si vous voulez que je vous ravitaille en café, vous n'avez qu'à crier. Les quelques touristes qui viennent visiter le musée ne devraient pas vous déranger. On ne peut pas dire qu'ils se pressent ici par cars entiers ! J'espère que vous trouverez ce que vous cherchez.

— Merci, Muriel.

Lily déglutit avec difficulté. Tout s'enchaînait si vite... La vie du capitaine Tyndall allait-elle la renseigner sur sa propre histoire ?

Elle s'empara du premier des volumes et en caressa la couverture. Le cuir était doux et le livre semblait vivant, comme si la couverture ne demandait qu'à être ouverte pour laisser s'échapper les personnages qui peuplaient ses pages. Lily sentit son cœur palpiter, consciente que tout un passé familial venait d'être placé entre ses mains.

Elle lut la première entrée du journal, écrite d'une main fluide sur l'épais papier ivoire.

4

Côte nord-ouest de Nickol Bay, 1893

À la pâle lueur du clair de lune, une goélette robuste baptisée *Lady Charlotte* progressait difficilement dans la houle et le brouillard. Lorsqu'elle se fut abritée dans le calme tout relatif d'une crique, le fracas des vagues sur les récifs prit un rythme régulier, évoquant la respiration rauque d'un monstre marin.

Sous le soleil levant, une chaloupe s'engagea à la faveur d'une éclaircie dans un étroit bras de mer à présent visible entre les rochers. Malgré le passage dégagé et la présence de l'équipage qui ramait avec vigueur, Olivia Hennessy, se croyant cernée par le danger, se cramponnait au châle drapé sur son ventre arrondi comme à une bouée de sauvetage. Conrad Hennessy essaya de la rassurer d'un sourire, mais elle gardait les yeux rivés sur le rivage désolé.

La décision d'accoster ici avait été mûrement réfléchie. Conrad avait expliqué à Olivia que le capitaine ne pouvait pas rallier Cossack à cause du vent qui se renforçait. Le voyage ayant déjà pris du retard, il voulait continuer au plus vite vers le nord jusqu'à Broome puis mettre le cap sur Singapour, où il devait acheminer des marchandises. Conrad et Olivia pouvaient soit accoster à Broome et entreprendre tout un périple jusqu'à Cossack soit, d'après le plan rudimentaire de cette région encore peu cartographiée, débarquer ici et rejoindre directement leur future propriété par la route.

Olivia, qui était à un stade très avancé de sa première grossesse, avait suffisamment souffert du mal de mer depuis Fremantle et ne souhaitait désormais qu'une chose, retrouver la terre ferme.

Conrad avait donc demandé au capitaine de les mener jusqu'au rivage avec leurs bagages. Ensuite, il se rendrait à Cossack, situé à une journée de marche, et trouverait un haquet ou une carriole pour la fin du voyage. Le capitaine s'était montré sceptique, mais devant l'insistance du couple à esquiver la tempête qui menaçait, il avait fini par accepter.

Lorsque la coque crissa contre le fond caillouteux, deux hommes sautèrent dans l'eau et traînèrent la chaloupe jusque sur la grève, bordée par des buissons bas et des arbres frêles ; au-delà, la végétation était plus dense. Une fois qu'Olivia eut atteint le rivage avec l'aide des marins, elle s'assit sur le sable mouillé, son épaisse jupe tissée et son jupon étalés en corolle autour d'elle, pendant que Conrad donnait des instructions aux marins et les aidait à déposer leurs bagages à terre.

Olivia n'avait pas imaginé leur arrivée ainsi. Quand elle et Conrad avaient quitté Londres pour Fremantle, ils s'étaient vus partir pour une grande aventure. Ils fonderaient une dynastie et un travail acharné leur vaudrait de se retrouver à la tête d'une belle exploitation, sur les terres qu'ils avaient achetées au sud de la ville côtière de Cossack, dans le nord-ouest de l'État d'Australie-Occidentale. Conrad s'était abondamment informé sur les opportunités qu'offrait la région. Il y avait été encouragé par Olivia, bien décidée à prendre un nouveau départ après la mort de son père veuf. Désormais à la tête d'un beau pécule grâce à la vente du commerce familial, elle s'était dit que la vie serait meilleure dans les colonies pour elle et son époux, comptable de formation.

Ils avaient investi dans du matériel agricole, des équipements du quotidien et suffisamment de produits de première nécessité pour tenir un an. Les mises en garde entendues à Fremantle au sujet des Aborigènes cannibales, des pirates sans foi ni loi qui écumaient les mers, des personnages interlopes qui peuplaient les petites villes côtières et la rigueur du quotidien ne les avaient pas dissuadés, car une chose demeurait certaine à leurs yeux : au nord-ouest, la fortune n'attendait qu'eux.

Le capitaine, toujours admiratif devant la détermination enthousiaste avec laquelle les pionniers partaient à l'aventure, seuls sur une terre inconnue, avait laissé au jeune couple de quoi monter un campement de fortune – des bâches, des cordes, quelques vivres et deux tonneaux d'eau de pluie – puis avait pris congé. Olivia et Conrad avaient alors rejoint le littoral sous le regard des autres passagers contents de ne pas être à leur place.

Alors que la goélette s'éloignait vers le nord, sous un vent de plus en plus fort et un baromètre en baisse, tous deux accusèrent le coup. Comme Olivia glissait sa main dans celle de Conrad, celui-ci redressa les épaules et embrassa du regard la brousse environnante.

— Trouvons un endroit où installer le campement.

À la tombée de la nuit, ils venaient de terminer leur abri de fortune, aménagé à l'aide de troncs enfoncés dans la terre qu'ils avaient recouverts de bâches et de branchages. Après avoir disposé leurs bagages tout autour en guise de murs, ils s'installèrent le plus confortablement possible pour dormir. Mais impossible de fermer l'œil entre le grondement des vagues, les bruits étranges qui provenaient du bush et le bourdonnement incessant des insectes. Malgré tout, Olivia préférait de loin être sur la terre ferme que subir une nuit de plus l'obscurité oppressante de sa cabine à bord du *Lady Charlotte*.

Alors qu'ils étaient blottis l'un contre l'autre, Conrad lança sur un ton qu'il voulut badin :

— Dire que j'ai promis à ma chère épouse une vie meilleure et que nous voilà lotis comme les autochtones.

Olivia, incapable de répondre avec la même légèreté, murmura d'une voix tremblante :

— J'espère que tu ne seras pas absent trop longtemps. J'ai peur… Les indigènes, cet endroit, l'arrivée imminente du bébé…

— Si je pouvais, je rallierais Cossack au pas de course. Mais tu dois être forte, ma chérie. Et puis tu as le pistolet, donc tout se passera bien. Nous savions qu'il nous faudrait de la foi et du courage.

Olivia demeura silencieuse. Jamais elle ne s'était doutée que son courage serait mis à l'épreuve de cette façon et aussi tôt.

Conrad partit pour Cossack le lendemain matin, bottes fermement lacées, chapeau panama sur le crâne pour protéger sa pâleur toute britannique, gourde d'eau et fusil en bandoulière. Avec sa chevelure cuivrée et ses yeux gris clair, il n'avait pas franchement l'allure d'un aventurier intrépide.

Après avoir une nouvelle fois montré à Olivia comment se servir du pistolet, il lui avait rappelé l'importance de garder le petit feu allumé et de s'abriter du soleil brûlant. Alors qu'Olivia suivait des yeux sa silhouette élancée qui s'éloignait sur la terre sablonneuse, prenant d'un pas résolu la direction indiquée par la boussole, elle s'effondra et éclata en sanglots, tant elle tremblait pour lui, pour elle-même et leur enfant à naître, face à l'inconnu qui les attendait.

Si tous deux avaient grandi dans le sud de Londres, ils s'étaient rencontrés seulement lorsque Conrad avait été engagé comme comptable et intendant dans le commerce de son père. Il était tombé amoureux de la jolie jeune femme à l'esprit vif qui s'était montrée intéressée et douée aussi bien pour tenir les registres que pour servir les clients. Conrad lui avait fait la cour avec succès et le père d'Olivia, soulagé de voir sa fille unique épouser un homme convenable, l'avait promu et avait augmenté son salaire.

À sa mort un an plus tard et après en avoir longuement discuté avec Conrad, Olivia, l'unique héritière du patrimoine paternel, avait vendu le commerce et utilisé la somme ainsi obtenue pour financer leur projet d'installation en Australie.

En dépit de leur manque de connaissances en matière d'agriculture, on leur avait assuré qu'une main-d'œuvre qualifiée était toujours prête à travailler pour les nouveaux arrivants.

Conrad était un homme bon, mais en le voyant sur cette terre âpre et dangereuse, Olivia s'interrogea sur sa capacité à s'adapter. De fil en aiguille, cela l'amena à réfléchir à sa propre situation. Pour l'instant, elle ne s'était guère éloignée de l'abri mais la mer étincelante, les embruns et les oiseaux l'attiraient de plus en plus. D'un pas hésitant, elle marcha jusqu'au bord de l'eau et contempla l'horizon brouillé où planait une longue ligne de nuages noirs. Puis elle baissa les yeux et remarqua à ses pieds des coquillages, des gravillons et des fragments de coraux incrustés comme des bijoux dans le sable. Spontanément, elle s'assit, retira ses bottes, ses épais bas de coton et décida de marcher jusqu'à un promontoire qu'elle apercevait au loin.

Elle revint au campement avec les pieds endoloris – elle n'avait jamais parcouru une telle distance sans être chaussée. Les rubans du bonnet de paille qu'elle tenait à la main traînaient jusqu'à terre, les peignes qui d'habitude maintenaient ses cheveux en place étaient dans sa poche et une brise marine chatouillait ses abondantes boucles rousses. Dans cette atmosphère libératrice et revigorante, l'enfant qu'elle portait bougea avec ce qu'elle interpréta comme du plaisir.

Elle mangea du pain accompagné de viande séchée, but un peu d'eau et s'endormit paisiblement, même si elle croyait encore sentir les mouvements du bateau après ce long voyage.

Cette nuit-là, la tranquillité du lieu fut brisée lorsque la grosse tempête qui s'était formée au-dessus de l'océan Indien déferla sur le littoral, accompagnée d'une pluie cinglante et de vents hurlants. Terrifiée, Olivia se tapit dans son abri alors que le ciel et la terre semblaient pris dans un corps-à-corps climatique. Les bâches furent déchiquetées, les bagages, malles et paniers tourneboulèrent et le feu s'éteignit en quelques minutes. Olivia chercha refuge dans la végétation plus dense du bush, glissant et trébuchant, s'orientant à la lumière des éclairs, puis se cramponna à un arbre et pria pour survivre à cette nuit. Elle pria aussi pour son mari, en espérant qu'il avait atteint la ville avant le début de ce cauchemar.

Le lendemain matin, Olivia profita du retour au calme pour revenir à la cabane. Comme des débris jonchaient la plage et son petit campement, elle entreprit laborieusement de remettre tout en ordre du mieux possible. Elle renoua les bâches aux troncs d'arbres, vida un panier en osier rempli d'eau, mit ses vêtements à sécher sur des buissons. Si l'eau et la nourriture étaient intactes, le foyer était détrempé et la boîte d'allumettes avait disparu. Alors qu'elle s'affairait, gênée par son ventre proéminent, elle se sentit soudain épiée, mais pas un son, pas un mouvement ne lui confirmèrent que quelqu'un rôdait effectivement dans les parages. Elle garda toutefois le pistolet à portée de main.

Après une pause à la mi-journée, Olivia décida d'aller explorer la plage pour voir les dégâts causés par la tempête. Alors que, la veille, elle était partie vers le sud, elle prit la direction du nord et arriva à une petite avancée. Après avoir maladroitement escaladé les rochers, elle découvrit une scène à laquelle elle ne s'était pas préparée. Un fatras de bois brisé, d'effets personnels et d'équipements de navigation s'étalait sur la plage à perte de vue. Son cœur se glaça quand elle comprit avec effroi qu'elle était devant un bateau naufragé – certainement le *Lady Charlotte*, dont elle venait de débarquer.

Elle ne trouva pas le courage de s'approcher pour inspecter les débris de plus près et se dépêcha de rebrousser chemin, se sentant vulnérable et minuscule face à cette terre mystérieuse qui l'écrasait de par son immensité et la force de ses éléments. Elle conclut que c'était une contrée à laquelle on ne pouvait se fier, que sa beauté piégeuse pouvait se révéler d'une férocité implacable.

Le ventre tendu et le cœur serré, Olivia marcha d'un pas lourd sur le rivage. Elle vit de jolis coquillages à ses pieds, mais la fatigue qu'elle ressentit à la seule idée de se pencher pour les ramasser suffit à l'en dissuader.

Lorsqu'elle releva la tête à l'approche de « sa » bande de sable, elle s'arrêta net, plissa les yeux pour mieux voir et se sentit prise de vertiges et de tremblements. Ses pires craintes s'étaient réalisées : des Aborigènes dans le plus simple appareil, à la carrure athlétique et aux cheveux crépus fouillaient dans ses affaires avec une curiosité manifeste. Cette intrusion dans le petit cocon qu'elle s'était confectionné en pleine nature lui apparut comme une violation intolérable.

— Partez ! Partez ! s'exclama-t-elle avec fureur en courant vers eux, sans songer aux conséquences de son attitude.

Les hommes se figèrent et écoutèrent ses protestations en la regardant d'un air perplexe. Pour eux, elle ressemblait à un gros oiseau affolé à la démarche dandinante qui croassait en agitant ses ailes, prêt à mener contre ces chasseurs aguerris une attaque déterminée mais vouée à l'échec. Quand ils comprirent que cette créature était en réalité une femme enceinte, l'amusement l'emporta sur la méfiance, aidé par l'explication de l'un des hommes qui avait vu l'épave. Ils se concertèrent rapidement puis attendirent l'arrivée de cette survivante furieuse pour la saluer.

À la vue des lances qu'ils arboraient tous et de leur supériorité aussi bien physique que numérique, Olivia s'interrogea sur le bien-fondé de son initiative qui consistait à foncer tête baissée vers une mort certaine. La peur l'emportant sur la rage, elle s'arrêta, ferma les yeux en attendant la lance qui n'allait pas manquer de la transpercer et enfouit son visage dans ses mains, ses dernières pensées étant pour son enfant.

Comme rien ne venait, elle releva la tête et constata que la plage était déserte. Toujours nerveuse, elle approcha à pas lents de son abri en se préparant à voir des hommes armés de lances surgir des buissons, mais il n'y avait pas âme qui vive. Olivia trouva le pistolet puis tomba à genoux, les joues ruisselantes de larmes.

Finalement, la faim et une douleur dans le bas-ventre l'obligèrent à se ressaisir. Elle s'était attendue à rencontrer des difficultés dans sa nouvelle vie de pionnière, et voilà qu'elle s'effondrait dès les premiers jours. Elle entreprit de ramasser des herbes, de réaménager un petit foyer puis, cherchant de quoi produire une flamme, fouilla parmi le désordre de ses effets personnels, avant d'enfin accepter l'évidence : la boîte d'allumettes était bel et bien perdue. Elle tapa du pied dans un geste d'agacement. Même si la perspective de manger froid et cru ne l'enchantait pas, elle n'avait d'autre choix que de s'alimenter. Il en allait de sa santé et de celle du bébé.

Pendant qu'elle réfléchissait, son attention fut soudain attirée par un mouvement indistinct qu'elle perçut du coin de l'œil. Elle pensa tout d'abord à un animal. Il y eut un bref éclair de couleur puis, entre deux arbres, elle vit passer un homme nu à la peau foncée. Et elle ne rêvait pas, c'était bien son bonnet de paille qu'il portait sur son postérieur, les rubans rouges noués autour du ventre. Lorsqu'elle s'empressa de détourner le regard, ce fut pour constater avec effarement que deux autres autochtones se tenaient près du panier en osier sur lequel elle avait mis ses vêtements à sécher. L'un avait coiffé son jupon, l'autre examinait ses plus belles bottes d'un air perplexe.

— Ouste ! Du balai ! s'écria Olivia, offusquée.

Sur ce, elle s'empara du pistolet, se débattit quelques instants avec et réussit à tirer dans la direction de la plage. Les deux Aborigènes prirent la fuite avec ses vêtements.

Olivia, qui avait les jambes en coton, essaya de réfléchir calmement à la suite. Tenant toujours le pistolet, elle se penchait avec peine pour ramasser sa lingerie tombée sur le sable quand un cri retentit dans son dos.

— Ohé !

Olivia lâcha ses affaires, fit volte-face et leva le pistolet dans la direction de la voix. Elle eut alors la surprise de distinguer la silhouette élancée d'un homme blanc qui se tenait sur le petit promontoire. Il portait un chapeau de paille, une ample chemise blanche, des braies et des bottes. À la vue du pistolet qu'il arborait à la ceinture, elle déduisit que ce n'était pas un survivant du naufrage. Alors qu'il approchait, elle remarqua qu'un petit homme à l'allure orientale, coiffé d'un drôle de couvre-chef, le suivait à quelques pas.

Le Blanc, apparemment très détendu, était d'une beauté frappante malgré sa barbe de trois jours. Grand et brun, il avait des lèvres charnues, retroussées en un sourire généreux, et des joues tannées qui faisaient ressortir ses yeux bleu ciel. Ses boucles étaient longues pour un homme, mais surtout, il se distinguait par la grosse perle qu'il portait à l'oreille gauche. Olivia resta néanmoins sur ses gardes. Elle entendait encore le capitaine du *Lady Charlotte* se répandre sur les pirates sans foi ni loi qui écumaient les mers du nord de l'Australie et les contrebandiers qui se livraient à des trafics d'alcool, de femmes, de tout ce qui pouvait être volé puis revendu aux navires de passage.

— Qui êtes-vous ? Que voulez-vous ? cria-t-elle à l'homme qui marchait dans sa direction.

Il s'arrêta et fixa le pistolet braqué sur lui.

— Ce que *moi*, je veux ? répondit-il d'un ton goguenard en levant exagérément les mains pour feindre la reddition. J'ai cru, madame, que vous aviez besoin d'être secourue.

Olivia rougit, prenant conscience qu'elle le tenait toujours en joue, et abaissa son revolver. Son soulagement de se retrouver face à un Blanc le disputait à la nervosité, et elle constata que lui aussi se montrait prudent en l'approchant.

— Je me demandais comment vous étiez parvenue à gagner le rivage saine et sauve alors que tous les autres ont péri, mais avec un tel ventre, vous avez dû bénéficier d'un traitement de faveur.

— Vous vous trompez, rétorqua Olivia.

Tous deux se regardèrent fixement. Dans la voix de l'homme, Olivia crut reconnaître une élocution irlandaise avec une pointe d'accent yankee. En tout cas, il s'exprimait avec intelligence et courtoisie. Ils échangèrent un bref sourire.

Maintenant qu'il pouvait l'observer de plus près, il la trouva fort jolie avec son nez légèrement retroussé, ses yeux verts et ses lèvres pleines.

— Je suis le capitaine John Tyndall, mon bateau est amarré dans la crique voisine. J'ai accosté dès que j'ai vu l'épave.

Olivia déglutit avec difficulté en pensant aux autres passagers et à l'équipage qui avaient trouvé la mort dans des conditions effroyables.

— Il n'y a pas de survivants ? s'enquit-elle.

— Malheureusement non. Cette côte est bordée de récifs, elle est déjà dangereuse par beau temps, alors à la saison des cyclones… Vous êtes seule ?

— Non, mon mari est avec moi, s'empressa de répondre Olivia. Nous avons débarqué avant la tempête. Nous allons nous installer à l'intérieur des terres.

— Je ne peux donc pas proposer à la jolie naufragée que vous êtes une couchette jusqu'à Broome, sourit l'homme. Plus sérieusement, c'est une contrée inhospitalière : vous n'espérez tout de même pas circuler à pied ? Je devrais prévenir votre époux que le trajet ne sera pas de tout repos, surtout dans votre état. Où est-il ?

— Ne vous inquiétez pas, merci quand même, rétorqua Olivia, mal à l'aise. Conrad est parti chercher des chevaux à Cossack. Nous séjournerons là-bas jusqu'à l'accouchement, puis nous rejoindrons notre ferme.

L'homme esquissa une moue sceptique.

— Ça fait une sacrée trotte. Vous êtes courageuse de rester seule ici. Avez-vous rencontré la tribu locale ?

Même si cette femme avait du cran, il sentait qu'elle s'efforçait de cacher sa peur.

— J'ai effectivement vu des autochtones. Savez-vous s'ils sont dangereux ? À Fremantle, on nous a parlé du massacre des explorateurs survenu à La Grange il y a quelques années.

— Méfiez-vous des versions que l'on vous sert, surtout dans cette partie du monde. Sachez, chère amie, que ce massacre visait à venger le meurtre purement gratuit de vingt Aborigènes – des femmes, des enfants et des vieillards. Je vous suggère de vous lier d'amitié avec les gens d'ici. Je doute qu'ils vous considèrent comme un danger ou une menace.

Olivia, tentant d'ignorer le tremblement de ses lèvres, mit un point d'honneur à rester ferme. Elle jeta toutefois un œil inquiet à l'Asiatique qui se tenait derrière le capitaine sans piper mot. Lorsque leurs regards se croisèrent brièvement, il lui adressa un sourire qui la déconcerta.

— Merci pour votre proposition. Nous nous reverrons peut-être à Broome, dit-elle avec une politesse affectée.

L'homme souleva son chapeau, esquissa une révérence et répondit :

— C'est possible, en effet.

Sur ce, il tourna les talons et retourna vers la crique où le *Lady Charlotte* s'était échoué. Olivia supposa que les deux hommes allaient sauver ce qui pouvait l'être et reprendre la mer.

Cependant, si elle les avait suivis, elle les aurait vus se frayer un chemin dans la brousse et marcher jusqu'au campement où vivaient les Aborigènes qu'elle avait aperçus. À son arrivée, l'homme blanc, qui parlait suffisamment bien leur langue pour se faire comprendre, leur demanda de garder un œil sur la femme de la plage. Après avoir discuté d'autres sujets avec les anciens de la tribu, les deux hommes regagnèrent leur goélette.

Pendant ce temps, Olivia, terrassée par un épuisement tant physique que moral, réfléchissait, assise à même le sol et adossée à un tronc d'arbre. Bien sûr, jamais elle n'aurait accepté de partir avec l'inconnu, mais elle aurait peut-être pu lui demander de l'emmener à Cossack où elle aurait attendu Conrad, au lieu de quoi elle l'avait congédié comme un intrus à un thé entre dames. Cette visite avait au moins eu le mérite de briser son impression d'extrême solitude. Si seulement Conrad pouvait revenir avant la tombée de la nuit ! Soudain, elle regretta de ne pas avoir demandé d'allumettes à ce capitaine. Elle se leva, marcha péniblement jusqu'au promontoire rocheux, mais aucun signe d'une quelconque embarcation.

Et pas de nouvelles non plus de son époux en fin d'après-midi. Olivia contempla d'un regard morne le petit tas d'herbes séchées et de brindilles auquel elle n'avait pas réussi à mettre le feu. Elle grignota quelques flocons d'avoine, but un peu, puis se débarbouilla à l'eau de mer. Elle savait que le sel lui tiraillerait la peau, mais elle ne voulait pas puiser dans les précieux fûts. Puis, fatiguée, elle s'assit sur le sable humide et laissa tremper ses pieds gonflés et douloureux dans la mer pour les soulager.

Au crépuscule, il fut temps de regagner l'abri. Pendant quelques instants, elle crut sentir une odeur de brûlé, mais le ciel était dégagé. Pourtant, lorsqu'elle arriva à son campement de fortune, elle se figea et cligna des yeux pour s'assurer qu'elle n'avait pas la berlue.

L'un des Aborigènes qu'elle avait croisés plus tôt dans la journée était assis en tailleur près de son semblant de foyer. Concentré sur sa tâche, il frottait un petit bâton sur un morceau de bois en s'interrompant de temps à autre pour souffler dessus. Une étincelle jaillit, suivie d'une autre, puis une petite volute de fumée s'éleva dans les airs et l'herbe s'embrasa. Lorsque le feu crépita pour de bon, il se releva et adressa à Olivia, qu'il avait ignorée jusque-là, un sourire béat.

— Merci, murmura-t-elle.

D'une voix gutturale, il prononça une réponse brève dans une langue qu'elle n'avait jamais entendue. Reconnaissante, elle tendit ses mains au-dessus de la flamme synonyme de sécurité, de lumière et de repas chaud. Elle s'absenta quelques instants le temps d'aller chercher du bois ; à son retour, l'homme s'était volatilisé.

Cette nuit-là, elle dormit d'un sommeil régulièrement interrompu par des attaques de moustiques. À l'aube, Olivia jeta une branche sur les braises rougeoyantes et, soulagée de la voir s'embraser, retrouva un peu d'allant. Conrad serait de retour dans la journée, elle en était persuadée. En l'attendant, elle mit un peu d'ordre dans la cabane et ramassa du bois. Mais elle s'inquiéta en constatant que l'un des deux fûts était quasiment vide. L'autochtone qui avait ravivé le feu pourrait peut-être l'accompagner jusqu'à un point d'eau.

Olivia avait beau ne percevoir aucun signe de vie alentour, son intuition lui disait que les Aborigènes n'étaient pas loin et gardaient un œil sur elle.

En fin de matinée, elle fut prise d'un malaise et imputa la douleur qu'elle ressentait dans tous ses membres au manque d'aliments consistants. Elle but un peu d'eau puis voulut se changer les idées en partant à la découverte de la végétation qui bordait les dunes de sable blanc. Mais après quelques centaines de mètres parcourus sur une terre sableuse et rouge, entre les buissons et quelques gommiers rachitiques, la chaleur commença à lui peser, si bien qu'en arrivant dans une petite clairière, elle préféra prendre le temps de se reposer un peu à l'ombre. À peine eut-elle fermé les yeux qu'une vive douleur la traversa de part en part. Elle remonta les genoux vers le menton lorsqu'une nouvelle contraction la transperça, accompagnée d'une prise de conscience terrible : Olivia allait accoucher seule et en pleine nature.

Elle poussa un cri, lutta pour se relever, ses mains soutenant le poids du bébé qui poussait vers le bas avec insistance. Elle tituba sur quelques mètres, mais la douleur la cloua de nouveau au sol. Recroquevillée sur le flanc, Olivia se balança en gémissant tandis que les contractions semblaient la tenailler des pieds à la tête puis, craignant pour sa survie et celle de son enfant, finit par crier le nom de son époux.

Olivia n'était plus qu'à demi consciente lorsqu'elle sentit une main douce caresser son front chaud et deux autres, plus fermes, qui empoignaient ses jambes. On était en train de la soulever de terre.

— Conrad, je savais que tu serais de retour, soupira Olivia en luttant pour ne pas sombrer.

Quand elle ouvrit les yeux avec soulagement, elle se retrouva nez à nez non pas avec son mari, mais avec une femme à la peau et aux yeux foncés. Deux autres femmes aborigènes tiraient sur ses vêtements en murmurant des paroles incompréhensibles sans qu'Olivia, saisie d'une nouvelle contraction, eût la force de les repousser. Elle finit par comprendre que ces femmes étaient là pour l'aider, se calma tant bien que mal et entreprit de travailler de concert avec elles. Après lui avoir retiré sa jupe volumineuse ainsi que son jupon, elles la firent s'accroupir, penchée en avant. Olivia sentit le bébé glisser le long de son corps tandis qu'elle s'arc-boutait en poussant des hurlements d'effort, encouragée par les murmures d'approbation de l'Aborigène qui avait pris la direction des opérations. Soudain, l'accouchement fut terminé, l'enfant tourné face contre terre, le cordon coupé avec une pierre tranchante et le placenta expulsé à l'aide d'une pression sur le ventre.

Les femmes aidèrent Olivia à se rallonger, lui montrèrent le nouveau-né – un garçon – avec de larges sourires puis s'affairèrent autour de lui. Constatant que la jeune mère peinait à reprendre son souffle, les femmes lui administrèrent une sorte de substance gélatineuse qu'elle suçota conformément à leurs instructions. Très vite, elle sentit qu'elle retrouvait des forces. S'en remettant désormais entièrement à ces femmes, elle les regarda appliquer une sorte d'onguent à base de cendres sur son entrejambe meurtrie. Puis elles allumèrent un petit feu, creusèrent un trou et enterrèrent le placenta. Après avoir déposé des feuilles vertes sur le foyer, elles brandirent le bébé au-dessus de la fumée et dessinèrent un motif sur sa peau pâle avec une pâte ocre et grise.

Conformément au rite ancestral du Temps du Rêve, les trois femmes psalmodièrent doucement pour associer l'enfant à son lieu de naissance, où son esprit retournerait après son passage sur terre. Olivia, ignorant tout de cette tradition, se contenta de contempler son fils, soulagée de le voir calme, éveillé et entre des mains expertes. Lorsque les femmes le lui rendirent, Olivia le porta à son sein et sourit pour la première fois.

Les Aborigènes la laissèrent dormir quelque temps puis l'aidèrent à regagner le campement avec l'enfant. Le feu qui crépitait et le fumet alléchant d'un poisson en train de cuire sur les braises firent prendre conscience à Olivia qu'elle mourait de faim. Quand elle fut installée, l'une des femmes retira le poisson du feu à l'aide d'un bâton.

Après l'avoir laissé refroidir, elle racla les écailles brûlées et découpa la chair blanche en filets qu'elle tendit à Olivia. Celle-ci mangea avec voracité. Avant de repartir, les femmes ajoutèrent au feu des feuilles vertes produisant une fumée à l'odeur puissante et prirent congé. Allongée près du foyer, Olivia contempla longuement son fils, émerveillée par le petit être si parfait qu'elle tenait au creux de ses bras.

5

À l'aube, Olivia se réveilla dans une atmosphère moite et étouffante, percluse de courbatures, après une nuit difficile au cours de laquelle les insectes n'avaient cessé de les importuner, elle et le bébé. Elle savait que sa léthargie, son épuisement n'étaient pas dus à l'accouchement mais aux conditions climatiques. Alors qu'elle essayait d'encourager son fils à téter, le désespoir s'insinua en elle comme l'humidité à travers ses vêtements inconfortables. Quelque chose était-il arrivé à Conrad ? Pourquoi n'était-il toujours pas revenu avec la carriole ? La responsabilité du petit être vulnérable qu'elle tenait dans ses bras aurait déjà été écrasante en temps normal, mais dans un tel dénuement, elle en devenait paralysante. Comment Olivia allait-elle survivre aux prochaines heures, sans parler des jours, des mois, des années qui se profilaient ? Elle jeta d'un geste las une branche sur le feu, consciente qu'elle devrait plutôt se secouer et manger pour garder des forces.

Elle était en train de bercer le bébé lorsqu'elle entendit des voix. Quelques instants plus tard, elle vit approcher les trois femmes aborigènes, accompagnées d'une fillette âgée d'une dizaine d'années qui la regarda avec une curiosité teintée de timidité. Les femmes avaient apporté de la nourriture qu'elles déposèrent devant elle dans un petit plat en bois, puis la plus âgée porta délicatement le bébé à son propre sein, sous le regard stupéfait d'Olivia. Celle-ci eut comme premier réflexe de reprendre l'enfant, avant de se raviser, rassurée par les sourires doux et les gestes bienveillants de ses compagnes. Se sentant moins seule, elle goûta du bout des dents la nourriture qu'on lui proposait. Les femmes desserrèrent l'étoffe en coton dans laquelle le bébé était emmailloté pour lui permettre de se dégourdir un peu, sous le regard amusé de la fillette. Une autre femme agitait une poignée d'herbes au-dessus de sa tête pour le protéger des insectes.

Olivia trouva délicieux l'espèce de gâteau aux graines trempé dans du miel, ainsi que le bâtonnet blanc de la taille d'un doigt et au goût de noisette qu'elle préféra ne pas regarder de trop près, étant donné sa ressemblance avec une limace. Après avoir mangé, elle se sentit mieux et remercia les femmes d'un grand sourire en se léchant les doigts. Les femmes rirent puis, avec force gestes, invitèrent Olivia à les suivre à l'intérieur des terres. Passée une première hésitation, elle décida de leur faire confiance, convaincue par leur gentillesse. Elles déroulèrent une sorte de harnais en fourrure de kangourou, le lui passèrent autour de la tête et y placèrent le bébé afin qu'il se retrouvât lové contre sa mère. Déplorant soudain la perte de son bonnet de paille, Olivia coiffa un autre chapeau, prit le bâton que la fillette lui tendait et suivit les femmes dans le bush.

Les Aborigènes marchaient tranquillement, s'arrêtant parfois pour cueillir des baies. Toutefois, Olivia nc tarda pas à fatiguer; à l'évidence, ces gens trouvaient normal qu'une femme venant d'accoucher continuât à s'activer, ce qui contrastait avec les usages de son monde. Lorsque l'une des Aborigènes lui proposa de porter le bébé, elle accepta bien volontiers.

Si elle regrettait de ne pouvoir communiquer avec ces femmes à la voix si douce, elle appréciait leur compagnie et se sentait en sécurité parmi elles.

Bientôt, elles atteignirent un étang et s'assirent à l'ombre des pandanus et des gommiers qui le bordaient. Olivia s'adossa à un arbre et regarda les femmes qui ramassaient de quoi manger dans les plantes aquatiques et les buissons dépassant de la vase alentour. L'une d'elles mit la main sur un énorme serpent d'eau douce qu'elle rapporta sur la rive et tua aussitôt. Olivia comprit d'après leurs gestes qu'il serait servi à leur prochain repas.

Sur le chemin du retour, elles s'arrêtèrent le temps de déterrer deux gros œufs enfouis dans le sol sablonneux, de capturer un petit goanna et de secouer un arbre pour récolter des graines dans un récipient en bois. Les bâtons dont elles ne se séparaient jamais, courts mais massifs et pourvus d'une extrémité taillée en forme de pointe, étaient versatiles, maniables et manifestement indispensables à la survie. Les femmes portaient par ailleurs une ceinture en crin tressé à laquelle elles glissaient de petits outils, ce qui leur laissait les mains libres pour chasser et porter les enfants. Olivia était d'ailleurs fascinée par l'adresse qu'elles démontraient quand elles attrapaient les petits animaux.

Plus tard dans la journée, lorsque plusieurs hommes sortirent des buissons qui bordaient la plage un peu plus loin, les femmes leur firent signe de les rejoindre au campement. Ils hésitèrent puis, après avoir discuté entre eux, avancèrent tous ensemble. Olivia les trouvait intimidants, et c'était visiblement réciproque. Leur quasi-nudité la gênait ; cependant elle ne pouvait s'empêcher d'admirer leur physique à la fois fin et tout en muscles. Aux gestes des femmes, Olivia comprit qu'elles parlaient de nourriture, et cela entraîna un torrent de paroles. Suivant une direction indiquée par les hommes, elle remarqua des rochers disposés en rond qui se remplissaient à marée haute. Des nasses avaient été disposées au fond du trou d'eau ainsi formé. Maintenant que la mer s'était retirée, des poissons se retrouvaient pris dans ce piège à l'efficacité redoutable et les Aborigènes n'eurent plus qu'à aller se servir. Ils ramassèrent également des crustacés qui furent ajoutés aux réserves de nourriture.

Ensuite, ils allumèrent derrière la cabane plusieurs petits feux dont la fumée éloignait les insectes, ainsi qu'un grand foyer délimité par un cercle de pierres pour y préparer le repas. Installée un peu à l'écart, Olivia observa les femmes qui mettaient de côté des braises chaudes et les enfouissaient avec le poisson et les crustacés. En songeant que leur dextérité et leur autosubsistance auraient fasciné Conrad, elle se rendit compte avec un pincement au cœur qu'elle n'avait pas pensé à lui depuis plusieurs heures.

Ne voulant pas déranger, elle resta assise près du petit feu allumé devant sa cabane. Finalement, ce fut la fillette qui s'approcha d'un air timide et l'invita d'un geste à les rejoindre.

Les hommes terminèrent de manger au moment où le soleil amorçait sa descente vers la mer. Installés à l'écart, ils dévisageaient Olivia avec distance et détachement. Lorsqu'on lui donna sa part de fruits de mer, elle la dévora avec appétit. Comment pourrait-elle un jour remercier ces gens ? Elle espérait seulement qu'ils resteraient dans les parages jusqu'au retour de Conrad. Car il allait revenir sain et sauf, elle n'en doutait pas. *Il le fallait.* Assise avec le bébé au creux des bras, elle observa et écouta le groupe qui discutait. En voyant que de la nourriture était mise de côté, elle se dit qu'il faisait partie d'une tribu élargie vivant un peu plus loin.

Olivia sourit aux Aborigènes avec gratitude et leur signifia par gestes que le repas était délicieux. Ils acquiescèrent avec satisfaction, conscients de son isolement et de son dénuement aussi bien matériel que psychologique. Pour la première fois, Olivia se demanda si, en s'installant ici, elle et Conrad n'allaient pas priver une population locale de ses terres alors que l'on venait de l'accueillir si généreusement.

Elle cessa d'y penser en entendant son fils qui s'agitait. Elle voulut s'isoler du groupe pour lui donner le sein, avant de se dire qu'elle faisait preuve d'une pudeur ridicule étant donné que ses compagnons vivaient quasiment nus. Elle ignora donc sa gêne et contempla le bébé qui tétait goulûment.

Au coucher du soleil, ils éteignirent le feu, rassemblèrent leurs armes et leurs outils, et les femmes suivirent les hommes dans le bush. Seule la fillette jeta un dernier regard à Olivia en partant.

Constatant l'efficacité des foyers résiduels laissés par les Aborigènes pour éloigner les moustiques et les mouches des sables, Olivia prit exemple, alluma deux autres feux qu'elle recouvrit des mêmes feuilles à l'odeur pénétrante et s'allongea par terre aux côtés de son fils.

Le lendemain matin, Olivia se rendit compte qu'elle commençait à adopter une routine basique, comme dans une maison. Elle baigna son bébé dans l'océan puis le ramena au campement pour rincer le sel à l'eau douce. À la fois pleine d'énergie et rassérénée par la placidité de son fils, elle sentait au plus profond d'elle-même que Conrad était sur le chemin du retour. En nettoyant le campement, elle n'eut pas le courage de fouiller dans les bagages à la recherche des affaires de nouveau-né et se contenta de langes confectionnés dans un jupon déchiré. Puis elle installa le nourrisson dans le porte-bébé aborigène et partit se promener sur la plage. Olivia prit plaisir à faire un peu d'exercice et se surprit à s'activer ainsi après l'accouchement, au lieu de traîner au lit à boire du bouillon comme cela aurait été le cas à Londres.

Elle ramassa des coquillages dont une troque magnifique puis, imitant les femmes de la tribu, fouilla le sable mouillé à l'aide de ses orteils et dénicha ainsi une demi-douzaine de crustacés qui ressemblaient à des moules.

Quand elle regagna le campement, plusieurs hommes munis de filets et de lances se trouvaient sur le rivage pour prendre le départ de ce qui était *a priori* une partie de pêche. Un homme mit à l'eau une petite pirogue en bois, tandis que deux autres prenaient place sur un radeau en troncs de mangrove à l'équilibre précaire. Elle reconnut l'un de ceux qu'elle avait vus la veille ; il leva le bras pour la saluer puis désigna la cabane. Olivia y découvrit un morceau de tronc creusé et poli, garni d'une doublure douce en fourrure animale, et comprit qu'il s'agissait d'un berceau. Ravie de ce cadeau, elle y déposa le bébé qui s'y sentit aussitôt à l'aise. Le Blanc qu'elle avait croisé sur la plage avait été de bon conseil lorsqu'il lui avait dit de se lier d'amitié avec les Aborigènes, alors qu'elle et Conrad avaient lu les récits des premiers explorateurs qui dépeignaient les autochtones comme des barbares primitifs. Même si leur mode de vie paraissait bien simple comparé aux chichis du monde civilisé d'Olivia, elle commençait à se dire qu'ils avaient tout simplement trouvé le fonctionnement qui répondait le mieux à leurs besoins.

Olivia et Conrad s'apprêtaient à s'installer sur ce qu'ils avaient cru être une surface inoccupée, une parcelle achetée au gouvernement de Perth. Ils s'étaient imaginés en train de débroussailler le terrain, de construire une maison, de planter des récoltes, d'élever du bétail. Dans ce rêve, pas d'Aborigènes, pas d'aléas de la vie en pleine nature sur une terre hostile, pas d'échec. Olivia était déjà déconcertée par la vie en Australie, qui semblait terriblement rigoureuse. Les Aborigènes, songea-t-elle, s'adaptaient aux ressources en nourriture et aux lieux qui offraient une possibilité de vie en groupe, où primait la communion avec la nature.

Olivia soupira, se sentant dépassée par le sujet, mais résolut d'apprendre le plus possible des autochtones, dont elle regrettait de ne pas connaître la langue. Assise tranquillement à l'ombre d'un arbre à côté de son enfant, elle regarda les hommes qui pagayaient le long du littoral sur l'eau étincelante. Au son des cris d'oiseaux étranges, alors qu'une brise humide soufflait dans ses cheveux, elle absorbait le rythme des lieux tout en attendant calmement le retour de son mari. Elle n'avait besoin de rien d'autre en cet instant.

Un peu plus au nord, une goélette blanche approchait d'une petite île située à quelques encablures du continent, où des criques et des anses sableuses regorgeaient de concombres de mer. Malgré sa superficie réduite, deux kilomètres de long sur cinq mètres de large, sa plage principale grouillait de monde. Une flotte de *praos* venus des Indes orientales néerlandaises, quelques huttes et la fumée de nombreux feux atténuaient son côté sauvage. John Tyndall, le capitaine de la goélette baptisée *Shamrock*, sourit en contemplant le paysage qui s'offrait à lui puis, en deux temps trois mouvements, affala la grand-voile et présenta la proue au vent. Son second, un Malais prénommé Ahmed, alla se poster près de la chaîne de mouillage alors que le bateau continuait à avancer. Lorsqu'il fut assez proche du rivage, Ahmed assena un coup de marteau sur la chaîne pour la libérer, et elle se déroula dans un vacarme qui fit s'envoler les mouettes dans un concert de criaillements. Tyndall, toujours à la barre, se détendit, balaya une nouvelle fois la plage du regard en songeant que, décidément, il aimait cette vie. Un paradis tropical, ni plus ni moins, et l'occasion de conclure quelques affaires.

Tyndall se régalait des surprises que réservait la vie, se délectait de l'imprévisible et croyait dur comme fer que rien n'arrivait jamais par hasard ici-bas. Pour peu que l'on sût faire preuve d'un peu d'audace, les planètes semblaient ensuite s'aligner comme par enchantement. Quand on lui disait qu'il avait la veine des Irlandais, Tyndall répondait que c'était un état d'esprit, qu'il savait saisir les opportunités dès qu'elles se présentaient.

Lorsque John Tyndall repensait à son parcours émaillé de joies, de malheurs et d'aventures, il avait parfois du mal à y croire lui-même. Lui qui avait commencé comme apprenti charpentier sur un chantier naval de Belfast avait toujours eu la mer dans le sang, naviguant sur des petits bateaux de pêche dès sa plus tendre enfance. Son intelligence et sa grande capacité d'apprentissage lui avaient valu de traverser l'Atlantique à bord de navires commerciaux et de décrocher son certificat de deuxième lieutenant. S'il n'avait jamais laissé la gent féminine insensible, Tyndall, qui vivait par et pour la mer, hésitait à s'engager sérieusement – surtout depuis qu'il était tombé entre les griffes d'Amy O'Reilly, une femme aussi jolie qu'ambitieuse qui travaillait comme servante dans une pension de famille. John Tyndall, avec son physique avantageux, son caractère facile et son avenir prometteur, lui était apparu comme une chance de s'élever. Elle s'était arrangée pour croiser son chemin et, comme prévu, il n'avait pu résister à ses charmes. Très vite, Tyndall, alors âgé de vingt ans, s'était retrouvé marié à une femme enceinte qui l'exhortait à tirer sa future famille vers le haut. Il avait alors pris le premier bateau pour l'Australie afin de s'y renseigner sur les opportunités de carrière.

Dès son arrivée à Sydney, il avait trouvé du travail sur un chantier naval de Balmain et envoyé sa première paie à Amy en la prévenant qu'il allait reprendre la mer, cette fois sur un baleinier, pour gagner davantage.

Cependant Amy, pas très emballée par ses descriptions de la vie à Sydney, avait commencé à échafauder d'autres projets d'avenir. En cachette de Tyndall, elle s'était servie de l'argent qu'il lui avait envoyé pour s'installer à Londres et travailler dans une pension de famille en attendant de pouvoir le rejoindre. Lorsque Tyndall avait renvoyé de l'argent à leur domicile de Belfast, le père d'Amy, un ivrogne qui vivait sous leur toit, s'était empressé de l'encaisser et de le dilapider en alcool. Peu après, il avait reçu une lettre de sa fille qui se lamentait d'avoir perdu l'enfant et de vivre dans des conditions précaires, alors que un Londres était frappé par une épidémie de grippe. Quand elle avait demandé si Tyndall avait donné signe de vie, son père lui avait répondu par la négative et déploré sa fausse couche.

Amy, qui n'était pas femme à laisser passer une chance de s'élever de sa condition, s'était liée avec un vieux propriétaire terrien écossais qu'elle avait rejoint dans le nord du pays. Dans le même temps, un incendie avait détruit sa pension de famille, faisant plusieurs victimes. Le prêtre de la paroisse avait écrit au père d'Amy pour lui annoncer sa disparition. L'homme, en état d'ébriété, n'avait pas attendu la confirmation du décès pour aller au pub et annoncer la nouvelle à la cantonade. Le même soir, en rentrant chez lui, il était tombé dans un plan d'eau et s'était noyé. Lorsqu'une nouvelle lettre de Tyndall était arrivée, le postier du village la lui avait retournée en l'informant du triste destin d'Amy et de son père. Aucun d'eux n'ayant de famille proche, Tyndall avait tourné définitivement le dos à l'Ancien Monde.

À vingt-cinq ans, il était désormais un beau célibataire en passe de devenir un citoyen du nord-ouest de l'Australie-Occidentale, une région qui excitait son tempérament d'aventurier. Il était respecté et apprécié des autochtones et des Occidentaux qu'il ravitaillait le long de la côte. Il pouvait passer toute une nuit à boire sur le port avec des marins et, le lendemain soir, se présenter frais et dispos à un dîner organisé par un commerçant de la classe moyenne qui avait une ou deux filles à marier. Les jeunes femmes de la haute société n'étaient pas insensibles au charme de John Tyndall, auquel concouraient son caractère bien trempé et les anecdotes largement romancées que l'on murmurait sur son passé.

De son côté, Tyndall n'était pas pressé de s'installer définitivement sur la terre ferme tant il adorait la mer, son bateau et la liberté. Il avait bien eu quelques aventures avec des habitantes de l'île Thursday, mais rien n'égalant la confusion des sens qui s'était emparée de lui au contact d'Amy. Il gardait toutefois la conviction que quelque part se trouvait une femme intelligente et belle, partageant son appétit pour la vie et sa philosophie, à savoir que, en amour comme à la guerre, c'était chacun – et chacune – pour soi.

À la vue du village éphémère sur la plage, Tyndall sourit en repensant à son étrange rencontre avec cette Mme Hennessy quelques jours plus tôt : au moins, ici, personne n'allait le menacer avec un pistolet. Elle avait du cran, mais seraitelle suffisamment solide pour survivre dans cette région âpre et reculée ? Comme tant d'émigrants anglais, elle n'avait sans doute pas idée de ce qui l'attendait. Quant à son époux, il pouvait s'estimer heureux d'avoir une femme aussi jolie et courageuse à ses côtés. Tyndall espéra que tout se passait bien pour elle et décida de longer la plage en retournant à Cossack pour voir si le campement des Hennessy était toujours là.

Un appel d'Ahmed le tira de sa rêverie et il se prépara à accoster.

L'île servait de camp de base aux pêcheurs macassars depuis des générations. L'économie de nombreuses localités de l'île des Célèbes dépendait en grande partie du concombre de mer, qui était vendu aux commerçants chinois. À Ujung Pandang, les hommes embarquaient parfois jusqu'à vingt sur leurs *praos* et, poussés par les vents de mousson, atteignaient la terre qu'ils appelaient « Marege » en une dizaine de jours. Dans la baie de Kimberley, ils retrouvaient les tribus locales avec qui ils avaient l'habitude de commercer et rentraient au pays lorsque les alizés du sud-est commençaient à souffler.

La plage était un véritable village miniature. Les *praos* et les canoës en bois gisaient sur la grève. Des hommes s'affairaient autour de foyers circulaires en pierre où les concombres de mer étaient bouillis dans de grands chaudrons, avant d'être mis à sécher dans des cabanes en bambou. D'autres battaient du kaolin, une argile blanche qui servirait à consolider les bateaux. Des huttes au toit grossièrement tressé étaient installées à l'ombre des arbres, et devant un grand feu de camp se côtoyaient des Aborigènes âgés et des chefs macassars qui partageaient leurs pipes de tabac.

Ils apostrophèrent Tyndall lorsqu'il accosta sur la plage à bord de sa chaloupe. Il répondit à ses amis en malais et en pidgin aborigène.

Après avoir découvert cet endroit par hasard deux ans plus tôt, Tyndall revenait une fois par saison et apprenait beaucoup au contact des pêcheurs et des membres des tribus locales. C'était également un lieu précieux de troc. Il apportait des produits frais, du riz, de la farine, du sucre, des confitures, du matériel de pêche et de navigation qu'il échangeait contre des tortues, des crustacés ainsi que des concombres de mer qu'il revendait aux Chinois des villes côtières et de Fremantle.

Tyndall savait que les arrangements commerciaux entre ces deux communautés bien différentes l'une de l'autre s'étaient développés à force de patience et d'ouverture d'esprit mutuelles. Il avait eu vent de tensions occasionnelles liées à des vols d'objets convoités, de désaccords au sujet de femmes – les Aborigènes qui tombaient enceintes de Macassars élevaient leur enfant au sein de leur tribu d'origine – ou d'un non-respect des traditions nécessitant des représailles. Cependant, depuis des siècles, ces échanges de bons procédés se faisaient la plupart du temps sans heurts, dans un respect réciproque.

Lorsque Tyndall eut rejoint les hommes assis autour du feu, ils partagèrent les dernières nouvelles. Plus tard, ils procéderaient à l'échange des cadeaux autour d'un bon repas certainement accompagné d'alcool macassar.

L'un des doyens aborigènes demanda à Tyndall s'il lui avait apporté la hache à long manche qu'il lui avait promise. Tyndall lui répondit qu'il avait non seulement l'outil tant convoité mais aussi une pierre d'aiguisage. S'ensuivit une longue discussion entre Aborigènes que Tyndall eut du mal à suivre, mais il était apparemment question d'une expédition prévue à l'intérieur des terres. Il attendit d'avoir presque vidé son mug de thé pour réorienter la conversation sur la hache et le paiement.

Tyndall fut déconcerté en voyant l'ancien désigner la perle qu'il portait à l'oreille gauche, puis joindre ses mains en coupe et indiquer la direction du sud. Il finit par comprendre que, en guise de rétribution, on l'invitait à récolter de la nacre dans un endroit que la tribu était seule à connaître. La proposition séduisit Tyndall autant qu'elle le surprit. La roue du destin, songea-t-il, était peut-être en train de tourner en sa faveur.

Tyndall retourna à sa chaloupe restée sur le sable et, sans qu'il eût besoin de l'appeler, Ahmed apparut aussitôt à ses côtés. Sans un mot, ils poussèrent l'embarcation à l'eau et Ahmed s'empara des rames. Il était allé voir les Bugis sur leur campement pour prendre des nouvelles de sa terre natale. Il n'y était pas retourné depuis deux ans et son sauvetage par Tyndall sur une île inhabitée de la mer de Timor. Un cyclone avait coulé le lougre perlier venu de Broome sur lequel Ahmed travaillait et dont il était l'unique rescapé. Ahmed, persuadé que Tyndall était un sauveur envoyé par Allah, lui était resté dévoué et attaché.

Le lendemain, fidèles à leur parole, les Aborigènes emmenèrent Tyndall et Ahmed jusqu'au lieu de pêche. Les deux hommes, qui n'étaient pas des pagayeurs aussi efficaces que les Aborigènes, peinèrent à tenir le rythme tandis que les pirogues en bois brut de leurs amis filaient sur l'eau en manœuvrant adroitement entre les rochers et les bancs de sable. Arrivés à l'embouchure d'une rivière marécageuse qui se jetait dans la mer, les Aborigènes s'assirent sur une bande de sable gris jonchée de racines de mangrove et expliquèrent qu'il fallait attendre la marée basse.

Lorsque l'eau se fut enfin retirée, ils se munirent de longs bâtons avec lesquels ils entreprirent de fouiller le sable en agitant les pieds pour débusquer des coquillages.

Rapidement, ils récoltèrent de grosses huîtres à la coque hermétiquement fermée, recouverte d'une mousse visqueuse et de coquillages miniatures. Ahmed et Tyndall les ouvrirent et découvrirent de la chair et du muscle reposant dans une coquille iridescente. Finalement, ce furent trois petites perles rondes que Tyndall glissa dans sa poche avec satisfaction. Les hommes s'affairèrent jusqu'au soir, remplissant les pirogues de coquillages à écailler. Puis ils profitèrent de la marée montante pour retourner sur l'île aux concombres de mer à la lumière du soleil couchant.

Tyndall était ravi. Maintenant qu'il savait où se trouvaient les bancs d'huîtres, il pouvait faire de la pêche à la perle une source supplémentaire de revenus. Comme les Aborigènes lui avaient également indiqué d'autres bancs qui se trouvaient plus au sud, en pleine mer, une idée commença à germer dans son esprit. Au cours des vingt dernières années, l'industrie de la perle était devenue une activité extrêmement lucrative, malgré des baisses périodiques et des catastrophes comme le cyclone qui avait coulé quarante lougres et plusieurs centaines d'hommes. C'était un secteur investi par des gens qui avaient le goût du risque et gardaient jalousement le secret sur les perles qu'ils dénichaient, par peur de la concurrence. Mais en ayant accès à des gisements prolifiques, aidé par les connaissances de ses amis autochtones, et s'il se trouvait un associé disposant d'un capital, Tyndall pourrait entrer dans la cour des grands et se mesurer aux perliers qui régnaient en maîtres sur le marché.

Le soir venu, alors qu'Ahmed et lui étaient assis près du feu et que les pêcheurs de concombres de mer vaquaient à leurs occupations, il ne put résister à la tentation d'ouvrir d'autres huîtres. En faisant rouler les petites billes couleur de lune au creux de sa main, il dit à Ahmed :

— Mon ami, j'envisage de devenir perlier. Nous commencerons par pêcher à marée basse en attendant de pouvoir acheter un nouveau bateau.

Ahmed, impassible, acquiesça très légèrement d'un hochement de tête.

— Ou de construire le plus beau des lougres, *tuan*.

— Cossack sera notre point de chute dans un premier temps, mais personne ne doit entendre parler de cet endroit. Puis nous irons tenter notre chance à Broome. Je crois que l'opportunité que je guettais est enfin en train de se présenter.

— C'est le destin, *tuan*. Le moment est venu.

Tyndall sourit. Ahmed, en musulman dévot, pensait qu'une entité supérieure présidait à la vie de chacun et qu'il ne servait à rien de vouloir infléchir le cours des choses. Sa placidité face aux bonheurs et aux coups du sort que la vie leur réservait agaçait parfois Tyndall, mais en cet instant, lui aussi sentait que les dieux étaient de son côté.

6

Conrad Hennessy ne se considérait pas comme quelqu'un de courageux, se contentant d'admirer les exploits de ses contemporains depuis son fauteuil au coin du feu. Et pourtant, il se découvrait des ressources insoupçonnées alors qu'il devait débroussailler, parfois à la hache, la végétation sauvage pour ménager un passage à la carriole et aux deux chevaux achetés à Cossack après quarante-huit heures de recherches et de négociations.

Sa prudence naturelle était éclipsée par sa volonté désespérée de retrouver Olivia, qui l'attendait depuis plusieurs jours. Il ne cessait d'exhorter les chevaux à avancer, tout en se félicitant d'avoir acheté des bêtes robustes et habituées au bush. La marche aller avait été bien plus longue et pénible qu'escompté. Puis à son arrivée en ville, il avait cru comprendre, d'après ses quelques discussions avec les habitants de Cossack, que le nord-ouest de l'Australie était une région plus hostile qu'il ne l'avait imaginé. Elle offrait peut-être des opportunités aux aventuriers, aux têtes brûlées et aux personnes dures au mal, capables de surmonter tous les obstacles pour réussir dans la vie, mais lui avait espéré une contrée plus clémente, plus organisée, avec davantage d'infrastructures. Restait à espérer que la parcelle qu'il avait achetée serait conforme à ses attentes et au compte rendu favorable du gouvernement qui l'avait encouragé à tenter sa chance.

Trop occupé à manœuvrer au mieux les chevaux sur le chemin accidenté, il ne remarqua pas le tronc d'arbre et le rocher en travers qui cachaient une cavité. L'un des chevaux trébucha et se renversa sur le flanc, entraînant son congénère et la carriole dans sa chute.

Conrad fut projeté à terre et resta abasourdi un moment alors que l'une des bêtes, bloquée sous la carriole et prise de panique, tentait désespérément de se redresser. Conrad put la sauver mais dut abattre l'autre. Quant à la carriole, elle était endommagée mais roulait encore. Après l'avoir redressée, il vérifia sa boussole d'un œil morne et reprit la route à un rythme plus tranquille.

Pour Olivia aussi le temps passait lentement, sans toutefois qu'elle se sentît seule ou démoralisée car les femmes aborigènes et leurs enfants venaient la voir plusieurs fois par jour. Après s'être assurées qu'Olivia ne manquait de rien, elles s'extasiaient devant le bébé avec force rires et bavardages.

Olivia, surprise de la vitesse à laquelle elle reprenait des forces, accompagna les femmes un matin alors qu'elles allaient relever les nasses de pêche à marée basse. Elle s'assit sur le sable avec le bébé pendant qu'elles récupéreraient les poissons pris au piège, observant les bécasses qui dansaient sur le sable mouillé et les fous austraux qui plongeaient dans l'eau à la recherche de nourriture. Absorbée par ce spectacle, elle songea qu'ici, les hommes et la nature formaient un tout. Pour la première fois de sa vie, elle ressentit un désir intense d'appartenance qu'elle médita en caressant distraitement la tête de son bébé.

Le lendemain, Olivia laissa le bébé endormi sous l'abri et profita de la marée basse pour aller relever les nasses avant l'arrivée des Aborigènes. En approchant, elle vit une nuée de fous austraux et de pélicans fondre sur les poissons capturés dans un concert de criaillements. Elle se mit à courir vers eux en hurlant et en agitant son chapeau avec de grands gestes. Sur ce, plusieurs Aborigènes hilares surgirent des buissons et l'imitèrent.

Au même moment, Conrad atteignit le sommet d'une dune. La vision qu'il découvrit alors de son épouse bien-aimée, poursuivie par des autochtones qui gesticulaient armés de lances, l'emplit d'effroi, si bien qu'il dégaina son fusil.

Juste avant qu'il tirât, le cheval perdit l'équilibre et glissa au bas de la dune sur son arrière-train, déviant la trajectoire de la balle. Conrad constata avec stupéfaction qu'Olivia courait vers lui en agitant les bras.

— Non! Non, Conrad! lui cria-t-elle de loin.

Il sauta de la carriole, se précipita à sa rencontre et la prit dans ses bras.

— Ce sont des amis, Conrad, articula Olivia entre deux sanglots. Ils m'ont aidée.

— Olivia, ma chérie, ma bien-aimée...

Il la serra tout contre sa poitrine, submergé par le soulagement. Puis, lorsqu'il recula d'un pas, il se rendit compte qu'elle ne portait que des sous-vêtements, une camisole et un jupon, qu'elle marchait pieds nus, que ses cheveux détachés tombaient sur ses épaules, et surtout que son ventre rond avait disparu. Sans prononcer un mot, il caressa doucement sa peau qui avait retrouvé toute sa douceur et sa souplesse.

Olivia sourit avec tendresse et lui prit la main.

— Tout va bien, Conrad. Viens avec moi.

Folle de joie, elle l'accompagna jusqu'au campement tandis qu'il lui racontait son périple cauchemardesque, tout en essayant d'intégrer l'idée qu'Olivia avait accouché. Elle le fit s'asseoir, se glissa sous l'abri et en ressortit le berceau de bois où le bébé dormait, emmailloté dans un jupon déchiré.

— Nous avons un fils, Conrad, annonça-t-elle d'une voix douce.

— Mais comment est-ce possible, ma chérie? Ici, toute seule... Oh, cela a dû être terrible.

— Non, j'ai eu la chance de rencontrer des femmes aborigènes qui ont été aux petits soins pour moi.

Conrad la regarda, effaré à l'idée qu'il venait de tirer sur les membres de la même tribu.

— Va t'occuper du cheval pendant que je mets l'eau à bouillir et ne t'inquiète pas trop pour le coup de feu, le rassura Olivia. Je suis sûre qu'ils reviendront. Nous trouverons sans doute le moyen de nous rattraper. Oh, j'ai tellement de choses à te raconter.

— Moi aussi, dit Conrad, accusant soudain le coup. C'est un miracle si j'ai pu revenir, et je ne sais vraiment pas comment nous allons réussir à repartir. La nature est si hostile, nous n'aurions jamais dû accoster…

Olivia prit sa main entre les siennes.

— Conrad chéri, le *Lady Charlotte* a fait naufrage et il n'y a aucun survivant. Nous avons pris la bonne décision. Et puis vois le bon côté des choses : nous avons un fils.

Olivia retourna sur la plage et, voyant que deux poissons avaient été jetés sur le sable, appela les Aborigènes. Si elle n'obtint pas de réponse, elle eut l'intuition que la tribu n'était pas bien loin.

Pendant ce temps, Conrad amena le cheval à l'ombre, l'attacha à un arbre et examina la carriole ensablée. Puis, lorsqu'il demanda de l'eau à Olivia, revenue de la plage, il constata que le tonneau était quasiment vide.

— Les Aborigènes pourraient peut-être nous montrer où trouver de l'eau. Nous devons nous ravitailler avant de reprendre la route.

— Arrête de t'inquiéter, Conrad. Repose-toi un peu, le poisson est presque cuit. Alors, raconte-moi : à quoi ressemble la ville ?

Conrad se mordit la lèvre.

— C'est un endroit assez désolé, malheureusement ; pas ce à quoi nous nous attendions, mais nous y trouverons tout le nécessaire. Des moutons arriveront par bateau dans une semaine, et je prévois d'en acheter pour lancer notre exploitation. Tu risques toutefois de ne pas être très à l'aise à Cossack, j'ai croisé très peu de femmes et les conditions de vie semblent assez rudimentaires.

— Je vois. Je m'en remets à ton jugement, Conrad. Tu sais, j'ai beaucoup appris auprès des Aborigènes, et j'espère en retrouver près de notre ferme.

Conrad la dévisagea avec stupéfaction, lui qui n'avait pas prévu de partager sa terre avec des indigènes. Il craignait pour son futur bétail et sa famille, qu'il ne voulait pas voir ciblée par des expéditions punitives.

— Nous verrons, dit-il en caressant la tête du bébé. Notre fils est magnifique, Olivia.

Pour la première fois depuis leurs retrouvailles, ils échangèrent un sourire apaisé.

Après le repas, Olivia retourna sur la plage pour jeter les arêtes de poisson dans l'eau et débusquer quelques crustacés. Au campement, Conrad était en train de s'extasier devant les doigts et les orteils de son fils, qu'il tenait dans ses bras, quand une ombre vint masquer le soleil. Il releva la tête avec surprise et se retrouva face à trois femmes aborigènes qui le regardaient fixement, visiblement amusées de voir un homme dorloter un enfant. Elles s'accroupirent à sa hauteur, effleurèrent le visage du bébé puis désignèrent celui de Conrad. Lorsqu'elles commencèrent à discuter dans leur propre langue, Conrad supposa qu'il était le sujet de la conversation et se sentit mal à l'aise. Alors qu'il esquissait tant bien que mal un sourire maladroit, les femmes éclatèrent de rire. Heureusement, Olivia ne tarda pas à revenir.

Elle prit le bébé et le tendit aux femmes, qui acquiescèrent avec satisfaction en tapotant son petit ventre rond.

Conrad s'efforça de ne pas poser le regard sur les seins lourds des femmes ou sur leur intimité à peine couverte de quelques herbes, leur seul artifice étant un bracelet tissé. En revanche, il n'y avait aucun doute quant à la bienveillance qui émanait d'elles. Conrad caressa la tête de son fils, désigna Olivia et remercia timidement ses compagnes, qui partirent dans un nouvel éclat de rire.

Olivia prit alors la main de Conrad et l'unit à celle de la doyenne, qui l'avait aidée à accoucher. Celle-ci comprit le geste et acquiesça avec solennité. Puis, muni de paniers, le petit groupe se dirigea vers la plage pour récupérer le contenu des nasses.

— Ces pièges sont bien conçus, dit Conrad en les observant. Penses-tu que nous pourrions leur demander où nous approvisionner en eau potable ?

Olivia prit dans ses bras le bébé qui commençait à pleurer et déboutonna son corsage.

— Va les voir avec l'un des tonneaux et montre-leur le fond d'eau, je suis sûre qu'elles comprendront. Leur campement ne doit pas être bien loin.

— D'accord.

Conrad détourna les yeux du sein nu d'Olivia et partit pour la plage avec le tonneau sous le bras.

Olivia ferma les yeux tandis que le bébé tétait avec contentement. Puis, alors qu'elle essayait de lui faire prendre l'autre sein, elle entendit des pas derrière elle. Elle se retourna, pensant voir Conrad revenir avec de l'eau, pour finalement découvrir la silhouette élancée de John Tyndall, le capitaine de la goélette.

Il s'éclaircit la voix et tourna la tête le temps qu'Olivia recouvrît sa poitrine.

— Excusez-moi, bafouilla-t-il. En voyant la fumée, j'ai compris que vous étiez toujours là et j'ai voulu venir aux nouvelles.

Il osa enfin regarder Olivia. Assise à même le sol, elle offrait une vision chaleureuse et apaisée avec ses orteils qui dépassaient de son jupon abîmé, le bébé accroché à son sein et ses cheveux ondoyant autour de son joli visage.

— Bon, je vois que vous avez l'air d'aller très bien. Félicitations. Dois-je comprendre que vous avez accouché seule ?

— J'ai eu de l'aide, répondit Olivia avec un sourire timide. Les femmes aborigènes ont été formidables, elles ont surgi de nulle part pour se porter à mon secours.

Tyndall opina, s'abstenant de mentionner la conversation qu'il avait eue avec les anciens de la tribu lors de sa précédente visite.

— Et votre mari, quelles sont les nouvelles ?

— Il est rentré cet après-midi. Il est parti chercher de l'eau avec les femmes.

En balayant le campement du regard, Tyndall remarqua la carriole sur la plage.

— Je suis épaté, la route est très difficile.

— En effet, il m'a prévenue que le trajet à trois serait éprouvant. Et à peine était-il arrivé qu'il s'est mis à tirer sur les Aborigènes à cause d'un malentendu.

— Il n'y a pas eu de victime ? s'enquit Tyndall en fronçant les sourcils. Autrement, il risque de se retrouver avec une lance fichée dans la jambe, voire pire. C'est la loi du talion dans ce pays.

— Mon Dieu. Non, personne n'a été blessé. Pensez-vous qu'il risque quelque chose ?

Olivia, inquiète, tourna la tête vers la plage.

— Je vais voir ce qu'il en est, répondit Tyndall avant de s'éloigner d'un pas décidé.

Les deux hommes revinrent ensemble quelques instants plus tard en discutant avec animation. Lorsqu'ils s'arrêtèrent pour examiner la carriole, Olivia posa son bébé endormi et les rejoignit.

— Ah, ma chérie, la salua Conrad. Quelle chance que le capitaine Tyndall nous ait trouvés ! Il dit qu'il a vu la fumée.

— As-tu trouvé de l'eau ?

— Les femmes m'ont accompagné jusqu'à une petite source.

— Et nous avons fait la paix avec les autochtones, renchérit Tyndall.

— Il parle leur langue, précisa Conrad, impressionné.

John Tyndall avisa la carriole.

— Je doute que votre attelage soit d'attaque pour le voyage retour, dit-il avec une moue dubitative. Je peux toujours vous conduire par bateau jusqu'à Cossack. Il devrait y avoir assez de place sur ma goélette pour vous et vos effets personnels.

— En voilà une offre généreuse, dit Conrad avant d'ajouter, voyant que son épouse restait sur la réserve : tu n'es pas d'accord, Olivia ?

— Je n'aime pas l'idée de reprendre la mer.

— Faites-moi confiance, madame Hennessy, il n'y a plus de houle et le voyage sera bien plus facile et rapide.

— Dans ce cas, si Conrad est d'accord... Ce serait très aimable à vous.

Le lendemain matin, Olivia et Conrad embarquèrent à bord de la goélette avec le plus d'affaires possible, laissant le reste au campement et libérant le cheval dans la nature. La goélette leva l'ancre après qu'Ahmed eut remonté de la cale de quoi préparer un curry de poisson accompagné de riz. La nuit venue, Olivia descendit dans la cabine du *Shamrock*, un espace exigu où régnait une chaleur étouffante, et s'allongea sur une couchette minuscule. Elle regrettait presque sa cabane rudimentaire et la lueur du feu de camp qui, en plus d'être réconfortant, produisait une fumée diablement efficace contre les moustiques.

Le lendemain, Olivia prit place sur le pont avec son bébé, qui n'avait toujours pas de prénom, mais la chaleur était écrasante. Quant à Conrad, il se tenait près de John Tyndall à la barre tandis qu'Ahmed les guidait depuis le beaupré dans Butcher's Inlet, un estuaire bordé de mangrove.

Ils longèrent l'île Jarman, un point de mouillage à quatre milles de la côte. De nombreux capitaines y jetaient l'ancre pour ne pas subir un marnage atteignant parfois cinq mètres, puis transportaient passagers et marchandises sur des chaloupes jusqu'au littoral. Tyndall et Ahmed préférèrent naviguer avec prudence jusque dans la crique et mouiller à Deep Hole Jetty.

Lorsqu'elle mit pied à terre à Cossack, Olivia était trop fatiguée et démoralisée pour trouver quoi que ce fût de positif à la bourgade construite sur une bande de sable cernée de marécages. Elle vit bien quelques édifices publics en pierre, dont une maison des douanes et une poste, mais remarqua davantage une rangée de bâtisses dont les toits étaient maintenus en place par de lourdes chaînes.

Elle interrogea du regard Tyndall qui haussa les épaules.

— Les willy-willies. Le vent peut souffler fort à la saison des cyclones.

Tyndall fit monter Olivia et Conrad dans un sulky et leur montra rapidement Cossack, pendant qu'Ahmed acheminait leurs affaires sur un haquet jusqu'au pied-à-terre du capitaine.

La petite ville était nichée entre deux collines rocheuses, Nanny Goat et Reader Head, qui surplombaient la mer. Il y avait une promenade qui partait du sud et traversait la mangrove jusqu'à Roebourne, une église en bois et quelques échoppes, mais la partie la plus animée et bigarrée était le quartier chinois situé à l'ouest, près du cimetière. Ils passèrent devant plusieurs épiceries, un tailleur indien, une pâtisserie chinoise, des thermes turcs, des fumeries d'opium, des maisons de passe japonaises et des débits de boissons bondés. Les habitations étaient généralement de plain-pied. Quant aux Aborigènes, comme l'expliqua Tyndall, ils avaient installé leurs huttes, ou *mia-mias,* en périphérie de la ville.

Olivia trouva que tous ces gens d'origines diverses semblaient décidément bien rustres et louches. Elle ne vit que deux femmes, une Européenne d'âge mûr à la mine fatiguée et une jeune Japonaise vêtue d'un kimono aux couleurs vives qui se dépêcha d'entrer dans un établissement discret.

Le soir venu, après avoir pris leurs quartiers dans la maison simple mais fonctionnelle de Tyndall, Olivia et Conrad discutèrent de la suite. Si Conrad voulait se rendre aussi vite que possible sur la terre qu'ils avaient achetée, il s'inquiétait pour la santé d'Olivia.

— Je voudrais que tu prennes le temps de te reposer mais d'un autre côté, je n'ai pas envie de m'attarder ici. On dit que la mousson est terrible et j'espérais que nous serions installés avant.

Malgré la fatigue du voyage et de l'accouchement, Olivia ne voyait pas d'objection à reprendre la route. Elle aussi voulait poser ses valises pour de bon et la perspective de séjourner dans cette ville sordide ne la réjouissait guère.

— Dans ce cas, je suis d'accord pour partir, Conrad. Maintenant que je sais comment vivent les femmes aborigènes, j'aborde les choses différemment. J'ai du mal à l'expliquer, mais c'est comme s'il était préférable de s'adapter au plus vite plutôt que de maintenir les difficultés à distance. D'ailleurs, je me sentais mieux sur la plage que dans l'obscurité de la cabine. Partons, et je t'aiderai dans la mesure du possible.

Conrad, pris d'un élan d'amour et de fierté, se pencha et l'embrassa sur le front.

— Je veux que tu t'occupes avant tout de toi et de l'enfant. Je te promets qu'un jour, tu auras une demeure splendide, entourée du beau jardin dont tu as toujours rêvé.

Olivia sourit.

— En parlant de notre future maison, je me demande à quoi ressemble le cottage.

Ni Conrad ni Olivia n'étaient préparés à ce qui les attendait. Après un trajet pénible en carriole sur une piste de terre et de sable, munis seulement d'une carte approximative, ils finirent par localiser leur propriété.

Sur une parcelle laissée à l'abandon, ce qu'on leur avait vendu comme un cottage était en réalité un assemblage grossier de planches et de troncs d'arbres, surmonté d'un toit en acier recouvert d'une épaisse couche de chaume pour garder la fraîcheur. Des volets de bois montés sur des gonds de cuir faisaient office de fenêtres dans les deux pièces principales, et un appentis à l'arrière de la maison abritait une cheminée munie d'un conduit en brique. Le tout était meublé de quelques meubles rustiques laissés là par les anciens propriétaires. En voyant le rosier des haies qui poussait sur un côté de ce triste logis, Olivia sentit une boule se former dans sa gorge. Elle cueillit une fleur et huma son parfum délicat en se demandant ce qu'il était advenu de la famille qui les avait précédés, de ses rêves, de ses espoirs.

— Au moins, personne n'a eu envie de s'installer ici en notre absence, commenta Conrad en feignant la légèreté, alors que lui aussi était sous le choc. Tout n'est pas conforme à ce qu'on nous a présenté à Fremantle.

— Nous n'avons plus qu'à nous activer avant la tombée de la nuit, s'empressa de répondre Olivia pour s'efforcer de masquer sa déception et la peur qui commençait à la gagner.

Elle dépoussiéra une chaise à la hâte et s'assit pour allaiter le bébé. De son côté, Conrad ressortit avec l'intention de décharger les bagages, mais il ne put qu'appuyer son front contre la carriole et fermer les yeux, alors que des larmes de déception lui brûlaient l'intérieur des paupières.

Quelques jours plus tard, avec l'aide de deux employés qui arrivèrent avec une charrette chargée de matériel, le quotidien commença à s'organiser, et Olivia put même servir un premier dîner digne de ce nom avec, au menu, du corned-beef suivi d'un pudding aux fruits secs. Un bouquet de roses au centre de la table donnait un air festif au repas, tandis que la lumière tamisée qui émanait des lampes à pétrole atténuait la rusticité des lieux. Le bébé, qu'Olivia et Conrad avaient finalement décidé de prénommer James, dormait dans son berceau aux pieds de sa mère.

Conrad posa son mug de thé noir et prit la main d'Olivia.

— Ma chérie, je pense que nous devrions rendre grâce au Seigneur pour ce repas et Lui demander de bénir notre foyer.

Se souvenant des prières sans artifices de son père, Conrad baissa la tête et dit :

— Nous Te remercions, Seigneur, pour cette nourriture sur notre table, pour ce toit au-dessus de nos têtes et pour Ta protection.

Olivia murmura un « Amen » et songea au révérend Albert Cochrane de Londres, en regrettant que celui-ci ne pût baptiser le bébé.

Les semaines passèrent, et plus Conrad inspectait leur domaine, plus il prenait conscience que la terre était pauvre et peu propice à l'élevage bovin ou ovin. Pour ne rien arranger, le point d'eau n'était pas suffisant et il faudrait trouver un endroit où creuser un puits – à l'évidence, il avait moins plu que d'habitude lors de la dernière mousson. La région souffrait de la sécheresse et seules les mouches prospéraient. Les premiers moutons étaient censés arriver bientôt à Cossack et Conrad avait prévu d'aller les chercher avec l'un des employés, car en plus de ne pas être un cavalier accompli, il n'avait encore jamais guidé de troupeau. Heureusement, il pouvait compter sur l'aide de John Tyndall qui, lors de son prochain passage, leur livrerait en carriole le reste de leurs affaires ainsi que du matériel agricole.

Par une matinée d'été brûlante, Olivia s'affairait dans leur petite maison, fatiguée après une nuit difficile que James avait passée à s'agiter et à pleurer. Conrad achevait la construction d'une grange et les deux employés plantaient les barrières d'un paddock. À midi, elle enveloppa le déjeuner de Conrad – de la viande séchée et du pain – dans un torchon et se prépara à le lui porter avec une gourde en fer-blanc remplie de thé chaud. Avant de partir, elle alla voir le nourrisson qui dormait près de leur lit dans un berceau confectionné à partir d'une caisse en bois. D'habitude, elle le prenait avec elle dans un porte-bébé ressemblant à celui qu'utilisaient les Aborigènes, car la proximité avec son corps semblait le calmer. Mais comme il dormait bien après une longue tétée, elle décida pour une fois de le laisser là et de rejoindre Conrad.

Celui-ci, qui se débattait avec du fil de fer, profita de la venue d'Olivia pour lui demander de l'aide et tous deux s'affairèrent sans beaucoup parler. Lorsqu'ils eurent terminé, Conrad s'épongea le front et balaya les environs du regard.

— Il y a un vent chaud qui souffle de plus en plus fort, remarqua-t-il. Veux-tu déjeuner avec moi ?

— J'ai déjà mangé et j'ai laissé James dans son berceau.

— C'est l'occasion de passer un peu de temps ensemble.

Ils s'assirent par terre, adossés au tronc d'un arbre qui projetait une ombre agréable.

— Je sais que les débuts sont éprouvants mais j'ai confiance, l'élevage de moutons sera une réussite, assura

Conrad. Il nous manque juste un peu de pluie pour que la verdure repousse. Je vais me renseigner sur les autres sources de revenus à envisager. Nous pourrions par exemple acheter quelques bovins…

Il détailla ses projets d'avenir avec un entrain forcé, presque désespéré. Olivia savait qu'il s'imaginait à la tête d'un gigantesque élevage paissant dans une prairie verdoyante bordée de granges, pendant qu'elle, la passionnée de fleurs, aménagerait un magnifique jardin devant leur maison.

Seulement elle était lasse, démoralisée, elle ne voyait que l'âpreté du quotidien : la chaleur, les mouches, la solitude, les incendies…

Justement, elle sentit une odeur étrange et bondit.

— Conrad, je vois de la fumée… Il y en a trop pour que ce soit notre cheminée. Viens vite !

Tous deux se levèrent, coururent entre les arbres et montèrent au sommet d'une butte. De là, ils découvrirent leur cottage en proie aux flammes.

— Oh, mon Dieu ! James ! hurla Olivia.

Elle voulut s'élancer mais se prit les pieds dans sa jupe. Conrad, pris de panique, la devança. Lorsqu'ils atteignirent enfin le cottage, ils virent avec horreur le toit de leur chambre s'effondrer. Tel un monstre vorace qu'aurait excité le vent chaud soufflant par rafales, le feu acheva de ravager l'habitation. Conrad, hurlant de terreur, voulut entrer mais la chaleur, la fumée et les étincelles projetées par l'incendie l'en empêchèrent. Olivia, sans entendre ses propres cris qui lui déchiraient la poitrine, l'empoigna et tous deux tombèrent à terre, alors que leur fils et leur avenir mouraient sous leurs yeux.

Dans le bush silencieux, partiellement brûlé par le feu qui s'était propagé de la maison aux arbres voisins, pas un oiseau ne chantait, pas un insecte ne bougeait. Olivia, qui avait perdu toute notion du temps, se tenait immobile devant la tombe et revivait la scène cauchemardesque, sans qu'elle pût changer quelque chose à l'enchaînement des événements qui l'avaient meurtrie dans sa chair. Soudain, elle tomba à genoux devant le monticule de terre marqué par une croix de bois toute simple, enfouit ses mains dans la poussière rouge et laissa libre cours à son chagrin.

Alors qu'elle entendait des pas lents dans son dos, elle ne bougea pas, n'ayant pas la force d'affronter Conrad et son regard éperdu de chagrin. Jusque-là, elle avait rejeté chacun des efforts maladroits qu'il avait entrepris pour la consoler.

Il y eut une toux discrète, suivie de ces mots prononcés par une voix masculine et douce :

— Madame Hennessy, je n'ai pas les mots…

Elle leva lentement la tête et rencontra le visage affligé du capitaine John Tyndall. Celui-ci s'accroupit à sa hauteur et retira son chapeau. Elle ne réagit pas, prenant à peine acte de sa présence.

— En arrivant ici avec votre matériel, j'espérais voir une belle avancée… Je ne m'attendais pas à… à un tel drame. J'aimerais trouver des paroles réconfortantes, mais…

Les traits dévastés d'Olivia, sa posture recroquevillée près de la tombe de son bébé le bouleversèrent, lui qui avait été marqué par la force et la vitalité qu'elle avait démontrées après l'accouchement.

— Il n'était pas baptisé, murmura-t-elle enfin. Nous voulions l'appeler James. Il n'ira pas au paradis… Il va rester ici, tout seul…

Tandis que des larmes ruisselaient sur ses joues, Tyndall, d'abord démuni, lui prit la main et la serra entre les siennes.

— Les femmes aborigènes qui vous ont aidée à accoucher… Dites-moi, vous souvenez-vous si elles ont procédé à une sorte de rituel ?

Retrouvant un peu d'énergie, Olivia hocha la tête et lui relata du mieux possible la petite cérémonie à laquelle elle avait assisté.

— Que signifiait-elle ? lui demanda-t-elle.

— Que l'esprit de votre fils est en sécurité. Selon la tradition aborigène du Temps du Rêve, à la mort, l'esprit repart là où il a vu le jour, sur un lieu où il trouvera la joie et la paix. Il ne fait aucun doute que votre fils a été baptisé, madame Hennessy… à la façon aborigène.

Olivia le regarda droit dans les yeux, ses traits s'adoucissant l'espace d'un instant. Puis elle voulut se tourner de nouveau vers la tombe, mais Tyndall la prit par le bras et l'aida à se relever.

— Je vais vous reconduire en ville et vous pourrez loger chez moi aussi longtemps que vous voudrez, dit-il avec douceur. Je dormirai sur mon bateau. Cela ne me dérange pas du tout, je procède à quelques changements à bord en vue d'une nouvelle entreprise.

Tyndall la soutint jusqu'aux ruines du cottage, où une tente avait été installée, puis alla voir Conrad, qui pansait les chevaux attelés à sa carriole avec le dos voûté et l'énergie d'un vieillard. Il plongea la main dans une besace posée sous la banquette et en sortit une bouteille.

— Le soleil n'est pas encore couché, monsieur Hennessy, déclara-t-il en brandissant la bouteille, mais il est l'heure de prendre un petit remontant.

Il prit deux tasses en fer-blanc qui traînaient près du feu, jeta le reste de thé qu'elles contenaient et les remplit de rhum. Les deux hommes s'assirent à l'ombre de la carriole, s'adossèrent contre une roue et tendirent les jambes.

— À l'avenir, monsieur Hennessy, dit Tyndall en levant sa tasse.

Conrad lui jeta un regard désespéré en luttant contre les larmes.

— L'avenir…, lâcha-t-il d'une voix étranglée alors qu'il levait à son tour sa tasse d'un geste mou. Nous allons de catastrophe en catastrophe depuis notre arrivée dans ce maudit pays.

Il porta péniblement le rhum à ses lèvres et déglutit avec difficulté. Tyndall but aussi puis resserra ses mains autour de la tasse.

— En effet, cette terre peut se montrer cruelle, et elle l'a été envers vous plus qu'envers quiconque. Mais la vie doit continuer. Avez-vous des projets ?

— Oui, quitter cet endroit, rétorqua Conrad avec amertume. Je doute que nous ayons les compétences et la volonté nécessaires au lancement d'une exploitation. Nous trouverons peut-être mieux en ville et il me reste quelques économies.

Tyndall réfléchit un moment en sirotant son rhum.

— Eh bien, voilà qui est intéressant, dit-il enfin. Vous m'avez parlé de votre expérience lorsque nous naviguions vers Cossack, et il se trouve que j'ai en tête un petit projet qui pourrait vous convenir.

Conrad le regarda fixement.

— De quoi s'agit-il ?

— De la pêche à la perle, mon ami.

Sous la tente, Olivia versa délicatement dans un bocal la poignée de terre rouge qu'elle avait ramassée sur la tombe et vissa le couvercle. En se mordant les lèvres, elle le déposa dans la malle qui contenait le peu de vêtements qui lui restait, la ferma et ressortit.

7

Après avoir traversé la mangrove qui baignait à marée basse dans une vase rougeâtre, les trois hommes atteignirent une zone dégagée où un lougre reposait sur le flanc, la coque calée par des sacs en toile de jute.

Sous le regard de Conrad, Ahmed contourna le bateau, souleva un sac, toqua sur la coque et scruta l'intérieur par un interstice entre deux planches. De son côté, Tyndall inspecta le gréement puis vérifia l'état du pont et des attaches.

— Alors, qu'en penses-tu, Ahmed ? Est-ce que ce bateau est en état de prendre la mer ?

— Ça se tente, *tuan*.

— J'imagine que c'est le seul moyen d'être fixé, dit Conrad.

Celui-ci, qui trouvait la touffeur de la mangrove particulièrement oppressante, retira son chapeau et s'épongea le front.

— Comme certains avec les chevaux, Ahmed a un sixième sens s'agissant des bateaux, expliqua Tyndall. Ce lougre n'est pas de toute première jeunesse mais son bois vient de l'intérieur des terres, c'est du solide.

À marée haute, Tyndall et Ahmed s'activèrent de concert pour renflouer le *Bulan,* sous le regard admiratif de Conrad. Posté sur le pont, il suivait leurs directives en se demandant s'il se sentirait un jour à l'aise sur l'eau. Alors que le lougre prenait la mer, ses voiles gonflées par le vent, il prit une profonde inspiration, soulagé de sentir les embruns après l'atmosphère moite et écrasante de la vasière. Il saisissait un peu mieux ce que Tyndall appelait « l'appel du large ». Jamais il n'aurait imaginé prendre part à une activité aussi aléatoire que la pêche à la perle, lui qui n'avait quasiment connu que le commerce du père d'Olivia à Southwark. S'il restait sur ses gardes quant à ce nouveau projet, Tyndall avait su se montrer persuasif, tout en reconnaissant que l'industrie perlière était lucrative mais non dénuée de risques, tant physiques que financiers. Cependant, avec sa connaissance des nouveaux gisements, ses relations, son bagout et son sens des affaires, les choses semblaient bien engagées.

Alors que Tyndall et Ahmed vérifiaient ce que le *Bulan* avait dans le ventre, Conrad repensa aux quelques semaines qui s'étaient écoulées depuis leur retour en ville.

Après avoir reconduit Conrad et Olivia jusqu'à sa petite maison de Cossack, Tyndall leur avait soumis l'idée d'un investissement commun dans un lougre perlier. Lorsque Conrad avait souligné que ce domaine lui était totalement inconnu, Tyndall lui avait rappelé son inexpérience en matière d'agriculture et d'élevage de bétail.

Puis, à leur grande surprise, Olivia avait pris la parole.

— Conrad, je pense que tu devrais y réfléchir. Tu as un esprit rigoureux et mathématique. Je suis sûre que le capitaine Tyndall ne comptait pas t'installer à la barre d'un lougre.

Et puis, au fond, elle savait que Conrad n'était absolument pas de taille à affronter la nature hostile qu'ils venaient de fuir. Si James avait vécu, elle se serait battue aux côtés de son mari pour tirer le meilleur parti de cette nouvelle vie. Mais depuis les retrouvailles avec le capitaine Tyndall, elle jugeait plus sage que Conrad s'engageât dans un projet porteur de deux promesses : une source de revenus rapides et un changement de vie radical. Elle avait encore du mal à cerner Tyndall, dont le caractère bien trempé la perturbait, mais son instinct l'incitait à lui faire confiance. De par les relations qu'il entretenait avec les Aborigènes, il se distinguait des autres Européens qu'elle avait rencontrés et qui méprisaient les autochtones.

Installés dans des fauteuils en bois de Malacca, tous trois profitaient de la fraîcheur du soir sur la véranda de Tyndall. Les hommes buvaient un grand cru de whisky et Olivia, une citronnade.

— C'est le meilleur moment de la journée, affirma Tyndall. L'occasion idéale de se détendre en contemplant le monde et en s'émerveillant des opportunités qu'il nous offre. À la vôtre.

Il leva son verre en direction des Hennessy.

— Concernant notre partenariat, voici comment je vois les choses. J'ai l'idée générale, quelques maigres économies mais pas de gestionnaire ; vous, vous disposez d'un capital et avez besoin d'un projet plus porteur qu'un troupeau de moutons affamés au fin fond de l'outback. Est-ce que j'oublie quelque chose ?

— Non, c'est un bon résumé, répondit Conrad.

— Bien. La majeure partie de votre capital servira à l'achat du lougre. Nous ne pêcherons pas la perle en eau profonde dans un premier temps, donc nous pourrons utiliser la goélette, et nous n'avons pas encore à nous soucier des cyclones. Enfin, je suggère que nous nous installions à Broome, car tout se joue là-bas, et que nous fassions moitié-moitié sur les bénéfices.

Conrad remuait son verre d'un air pensif. La perspective d'un changement aussi radical le gênait, sans oublier le fait que la majeure partie de leur capital provenait de l'héritage d'Olivia, suite à la vente du commerce de son père. C'était elle qui avait eu l'idée d'émigrer en Australie après avoir lu des récits de fortunes acquises à force de travail – mais aussi grâce à une part de chance –, elle qui avait eu soif d'aventure et de nouveauté, rêvant depuis toujours de ne pas être une femme comme les autres.

— Cela m'a l'air un peu risqué mais c'est sans doute parce que je ne connais absolument pas l'industrie perlière, dit Conrad après avoir bu une gorgée de whisky. À vrai dire, j'hésite à engager tout l'argent qu'il nous reste dans ce projet.

Tyndall se leva.

— Je vais me promener dans le jardin le temps que vous en discutiez en tête à tête.

Il descendit une volée de marches en bois, marcha jusqu'à un frangipanier dans un coin reculé du jardin et se mit à cueillir quelques fleurs.

Avant que Conrad prît la parole, Olivia chuchota avec fermeté :

— Accepte.

La détermination dans sa voix stupéfia son mari.

— Mais nous n'en savons que très peu sur lui, même s'il a été extrêmement bon à notre égard. Il sillonne peut-être la côte depuis un moment, mais lui aussi est novice dans le domaine de la perle. On dit cependant qu'il a bonne réputation.

— Premièrement, je ne crois pas que nous ayons le choix, deuxièmement, mon intuition me dit que c'est une bonne idée de travailler avec lui. Pour le reste, même si toute personne n'étant pas alcoolisée du matin au soir et possédant une paire de chaussures correctes est considérée comme respectable dans cette ville, je dois reconnaître qu'il m'inspire confiance.

Les doutes de Conrad s'envolèrent face à l'attitude résolue d'Olivia, qu'il découvrait sous un jour nouveau. Il passa un bras autour de ses épaules et s'efforça de parler avec assurance.

— Alors c'est d'accord, nous allons nous associer à Tyndall. J'espère juste être à la hauteur de ses attentes concernant la gestion à terre.

— Je suis sûre que oui, répondit Olivia en lui prenant la main. Il reste une chose dont je voudrais te parler… J'aimerais participer à ce projet, moi aussi.

— Comment cela ? demanda Conrad, pris de court. C'est déjà le cas, nous investissons ton argent.

— Je voudrais travailler pour de vrai, prendre en charge le volet administratif, par exemple.

Sa voix trembla légèrement, et la décideuse hardie qui s'était manifestée quelques minutes plus tôt laissa place à une jeune femme vulnérable.

— J'ai désespérément besoin d'une occupation, Conrad. Cela m'aiderait à... à avancer.

— Entendu, ma chérie. Je le mentionnerai.

Il se leva et rejoignit Tyndall. Les deux hommes allumèrent leur pipe, appuyés à la clôture qui séparait le jardin de la route poussiéreuse. Ils discutèrent quelques instants, se serrèrent la main puis regagnèrent la véranda.

— Marché conclu ! s'exclama Tyndall en remontant les marches. Bienvenue à bord. Quant à vous, madame Hennessy, quelques fleurs pour célébrer l'occasion.

D'un geste théâtral, il tendit à Olivia une branche chargée de fleurs de frangipanier. La jeune femme éclata de rire.

— Merci bien, cher monsieur, répondit-elle avec une politesse exagérée.

Tyndall ayant pris congé, elle resta seule sur la véranda pendant que Conrad se changeait pour le dîner. À son retour, il la trouva qui pleurait en silence.

— Ma chérie, dois-je comprendre que tu regrettes ?

— Je pense à James, murmura-t-elle entre deux sanglots. Oh, Conrad, notre si beau bébé. Quelle tragédie... Nous remettrons-nous un jour ?

— Olivia, ma chérie, je comprends ce que tu ressens. Bientôt, nous allons prendre un nouveau départ.

Il la prit dans ses bras et la serra un long moment contre lui.

N'ayant pas le pied marin, Conrad espérait que ses nouvelles fonctions n'impliqueraient pas de passer trop de temps sur un bateau, mais Tyndall lui avait assuré que son travail consisterait à gérer les affaires depuis la terre. Pour l'heure, il fallait trouver un équipage et préparer une première expédition.

— Profitez que nous soyons en mer pour démarcher nos futurs partenaires, préconisa Tyndall. Nous devons savoir qui est digne de confiance s'agissant des prix et des livraisons, qui est le meilleur nettoyeur de perles, qui sont les acheteurs les plus honnêtes...

Conrad n'y comprenait goutte mais opina en promettant de faire au mieux. Il avait du mal à s'habituer à l'approche cavalière et nonchalante de Tyndall vis-à-vis des affaires – et de la vie en général.

Alors que le lougre fendait la mer, poussé par une forte brise qui gonflait ses voiles, Tyndall et Ahmed échangèrent un hochement de tête approbateur.

— C'est un bon bateau que nous avons là, Conrad, lui cria Tyndall. Il ne reste plus qu'à négocier l'achat.

— Qu'est-il arrivé à l'ancien propriétaire ? s'enquit Conrad, curieux de savoir ce qui l'avait fait renoncer à la pêche à la perle.

— Un requin lui a croqué la jambe. Il reste à terre, maintenant. Le *Bulan* ne lui sert plus à rien, donc nous allons lui faire une offre qu'il ne pourra pas refuser, répondit Tyndall avec un rictus.

— Que signifie ce nom, Ahmed ? demanda Conrad au Malais qui enroulait une corde en silence.

Il peinait à cerner le petit marin aux yeux noirs et impénétrables. Rien ne lui échappait, il semblait anticiper le moindre geste du capitaine avec qui il communiquait la plupart du temps par des signes ou des regards furtifs. Si, de toute évidence, Tyndall le tenait en grande estime, Conrad ne pouvait s'empêcher de le considérer soit comme un domestique, soit comme un garde du corps, soit comme un pirate – image renforcée par le *kris* en argent protégé par un fourreau en bois tressé qu'il arborait à la ceinture de son sarong.

— *Bulan* veut dire « lune », *tuan*, répondit Ahmed. Ça porte malheur de changer le nom d'un bateau, précisa-t-il d'un ton ferme, au cas où cela viendrait à l'esprit de Conrad.

Ce dernier se crispa, décidément mal à l'aise avec les Asiatiques et les Aborigènes. Il avait beau s'estimer issu d'une race supérieure, il ne pouvait s'empêcher de se sentir comme vaguement menacé par leur présence. Il trouvait d'autant plus curieux qu'Olivia fût aussi détendue avec les personnes de couleur.

Après avoir négocié un prix avec le propriétaire unijambiste du lougre, Tyndall et Conrad signèrent les papiers et lui remirent l'argent. Alors qu'ils remontaient gaiement la rue principale en direction du bureau des affaires maritimes pour officialiser le changement de propriétaire, Tyndall assena à Conrad une claque vigoureuse dans le dos.

— Cerise sur le gâteau, il a un vieux local qui lui servait de bureau sur l'embarcadère de Broome et il dit que nous pouvons nous en servir. Il n'y va plus, il passe son temps dans les bordels et dans les pubs.

Conrad se dépêcha de retrouver Olivia pour lui annoncer la nouvelle.

— Nous avons acheté le bateau pour une bouchée de pain, lui annonça-t-il avec enthousiasme. Mon Dieu, ce Tyndall est un génie. Il a quasiment vidé une bouteille de whisky avec cet homme avant d'attaquer les négociations.

Olivia rit.

— J'ai comme l'impression que toi aussi, tu as eu droit à ton verre. Donc nous voilà perliers. Incroyable, n'est-ce pas ?

Conrad la serra dans ses bras avec effusion.

— Et pourtant vrai ! Ça y est, ce pays commence enfin à me plaire.

Lorsqu'ils arrivèrent à Broome, Olivia et Conrad louèrent une maisonnette sur Walcott Street aux Bateman, une famille accueillant d'habitude des acheteurs français de perles qui venaient passer trois mois par an en ville. De son côté, Tyndall s'installa sur Hamersley Street, près du front de mer, dans un cottage plus petit qui appartenait à un marchand chinois.

Sans perdre de temps, il écuma les hôtels, les débits de boissons et les auberges qui accueillaient toute une population d'hommes polyglottes venus d'Asie et du Pacifique pour travailler sur les flottes perlières. Comme la fin de la saison approchait, certains marins étaient déjà disponibles et il n'eut aucun mal à en trouver plusieurs dotés de bonnes références, qu'Ahmed prit soin de vérifier.

Broome était une ville extraordinaire, effervescente, animée, où tout paraissait possible. Olivia fut immédiatement conquise, et même Conrad, plus conservateur, dut reconnaître son charme tout colonial.

Le port abritait plusieurs centaines de lougres perliers qui récoltaient la nacre ensuite envoyée dans les usines de boutons du monde entier. Quant aux perles, elles étaient convoitées par des négociants experts venus de Paris, Londres, New York, Singapour, Hong Kong ou Shanghai pour le compte des bijouteries les plus prestigieuses. Si la vente de nacre était un commerce très ouvert, tout ce qui concernait les perles semblait auréolé de secrets et de mystères. Certains plongeurs ou membres d'équipage n'hésitaient pas à en dérober pour les revendre au marché noir.

Les habitations spartiates étaient construites principalement en tôle ondulée, la peinture était considérée comme accessoire et les foyers plus aisés tâchaient de compenser ce dépouillement par l'aménagement d'un beau jardin. Dans cette ville sans fioritures, écrasée de soleil à la saison sèche ou fouettée par les orages de mousson, le quartier commercial était dominé par les marchands chinois, qui jouaient également le rôle de banquiers et d'usuriers. Quant au pouvoir administratif, il reposait entre les mains de la minorité occidentale.

L'édifice le plus remarquable était Cable House, qui se distinguait par son élégante structure en bois et en fer, sa salle de billard splendide et surtout la merveille de technologie qu'il abritait, un câble télégraphique permettant d'assurer la liaison entre cette colonie reculée de l'Empire britannique et Londres.

Quelques jours après leur arrivée, Conrad rendit visite au magistrat résident, C. R. Hooten qui, comprenant rapidement qu'il avait affaire à un gentleman marié à une jeune femme de bonne famille, nota d'ajouter les Hennessy à sa future liste d'invités. Dans la communauté blanche qui fonctionnait selon une certaine hiérarchie, les nouveaux arrivants étaient scrutés de près.

— Je suis sûr que mon épouse invitera la vôtre sans tarder pour la présenter aux autres femmes de notre communauté. Il y a peu de vraies dames ici, et certaines ont des origines discutables.

Conrad fut choqué par le clin d'œil qui ponctua cette phrase. Il n'était pas sûr de bien saisir l'allusion du magistrat, même si Tyndall avait évoqué la prolifération de maisons closes à Broome.

En deux mots, Conrad relata les tragédies qui les avaient frappés depuis leur arrivée.

— Vous avez joué de malchance, commenta le magistrat. Si vous me permettez cette suggestion, votre épouse devrait passer sous silence ses… hum, ses contacts avec les Aborigènes. Nous ne nous mélangeons pas à eux, bien sûr. Certains se montrent travailleurs, mais la plupart sont des fainéants qui prennent la poudre d'escampette au moment où on a le plus besoin d'eux. Ils ont cette tradition de… vagabondage, voyez-vous. Je ne leur fais jamais totalement confiance. Je me demande toujours si on ne va pas me viser avec une lance au beau milieu de la nuit.

— Pourquoi donc ?

— Oh, ils voient des insultes partout et ont la vengeance facile. Des femmes et des enfants qui vivaient seuls dans des fermes ont été victimes d'attaques terribles. Vous avez eu raison de renoncer à cette exploitation.

Sur ce, le magistrat, ravi d'avoir un nouveau public, se lança dans le récit de sa propre arrivée à Broome.

— Tout était mal organisé, et puis avec cette fichue marée basse… J'étais tiré à quatre épingles, avec les plumes, les médailles pour l'accueil officiel, et me voilà à patauger dans une vase puante sur près d'un kilomètre. Autant vous dire que j'étais en piteux état quand j'ai salué la ville ! Pour en revenir aux étrangers, il y a toujours des problèmes avec eux. Les Koepangers, les Malais, les Japonais, et bien sûr les Aborigènes… Ils se battent soit entre eux, soit avec les autres communautés. Quant aux perliers, quand ils ne sont pas en train de boire, de se livrer à du trafic ou de tuer leurs membres d'équipage, ils se plaignent des conditions de vie !

Il s'empressa d'ajouter :

— Bien sûr, un gentleman comme vous sera le bienvenu. Les perliers ne sont pas tous des bandits, j'en connais certains qui sont tout à fait recommandables.

Hooten partit dans un grand éclat de rire, tandis que Conrad se demandait dans quelle catégorie se rangeait Tyndall.

Quelques jours plus tard, Olivia reçut avec des sentiments mitigés le carton d'invitation qui la conviait officiellement à prendre le thé à la Résidence. Elle avait hâte de reprendre une vie sociale tout en espérant qu'elle n'aurait pas à revenir sur le passé, car sa peine était encore immense. Même si les gens ne pensaient pas à mal, elle devinait sous leur sollicitude une curiosité morbide qui l'affligeait encore plus.

Après avoir inspecté sous toutes les coutures sa tenue, une robe de taffetas noir avec chapeau et gants assortis, Olivia descendit les marches de la véranda et eut la surprise de trouver Ahmed qui l'attendait dans un petit sulky. Il l'aida à s'installer sur la banquette.

— *Tuan* m'envoie, il dit que vous voulez faire bonne impression à la Résidence.

— Voilà qui est très aimable de la part de *tuan* Hennessy ! s'exclama-t-elle.

— Je parle de *tuan* Tyndall, rectifia Ahmed.

Après avoir pris les rênes, il jeta un coup d'œil à Olivia et l'avertit avec un sourire en coin :

— Je suis moins doué avec les chevaux qu'avec les bateaux, *memsahib* !

— Ce n'est pas loin, je comptais marcher.

— Les femmes de perliers ne se déplacent pas à pied, rétorqua Ahmed.

Olivia apprécia le trajet jusqu'à la Résidence, une bâtisse à un seul étage tout en longueur qui dominait des palmiers et une pelouse verdoyante. Une jeune bonne blanche et un domestique malais l'accompagnèrent jusqu'à un portique ombragé situé à l'arrière, où plusieurs femmes étaient installées dans des fauteuils en rotin. Mme Hooten, la maîtresse de maison, l'accueillit chaleureusement.

Pendant que le domestique malais, vêtu d'un costume amidonné blanc et coiffé d'un petit turban, lui servait une tasse de thé, elle fut présentée aux autres convives et la conversation tourna très rapidement autour du quotidien à Broome. Chaque dame y alla de son conseil sur le recrutement du personnel. Olivia retint qu'il lui fallait trouver un cuisinier chinois ou japonais, un boy koepanger pour nettoyer l'argenterie, un Aborigène pour s'occuper du jardin et une autre pour la lessive.

Elles essayèrent également, en faisant preuve de tact, d'en apprendre davantage sur Olivia et Conrad, leur milieu et leurs projets. Lorsque Olivia murmura que ceux-ci avaient changé en raison des circonstances et que l'industrie perlière était une aventure aussi excitante qu'inattendue, Mme Hooten se voulut rassurante.

— De nombreux éleveurs sont devenus perliers. Il est difficile de faire paître des troupeaux sur de telles terres, et rares sont ceux qui réussissent. En théorie, tout le monde devrait pouvoir gagner sa vie, la mousson est très bénéfique aux cultures, et ce ne sont pas les surfaces qui manquent. Mais je suis sûre que la chance va vous sourire, désormais. D'après mon mari, l'industrie perlière est en plein essor. Je déplore toutefois qu'elle brasse autant de personnages interlopes, en particulier ces Asiatiques…

Avant qu'Olivia n'eût le temps de répondre, l'épouse d'un maître perlier réputé détourna la conversation.

— Vous voudrez certainement rejoindre certains de nos comités, madame Hennessy. Nous organisons des bals, des courses, des concerts ainsi qu'un superbe pique-nique annuel qui est en passe de devenir l'un des événements les plus importants de l'année.

— À vrai dire, je pensais travailler.

Cette réponse d'Olivia, pourtant pleine d'entrain, jeta un froid. Ce fut finalement Mme Hooten qui rompit le silence.

— Travailler, madame Hennessy ? Dans quel secteur ?

— Je voudrais m'occuper du volet administratif de notre future compagnie.

— Vraiment ? Comme c'est *intéressant.*

Mme Hooten haussa un sourcil en triturant d'un air songeur la lorgnette qu'elle portait accrochée à un collier de grosses perles. Puis elle s'adressa à ses convives d'une voix qui fit presque trembler les tasses de thé.

— Mesdames, je pense que l'air s'est suffisamment rafraîchi pour nous permettre de jouer au croquet. Allons, toutes sur la pelouse !

Olivia, se rendant compte qu'elle venait de commettre un impair, prit bonne note : à l'avenir, elle devrait se montrer plus discrète sur son implication dans la compagnie, bien que sa détermination fût plus forte que jamais. Dans le même temps, elle pressentait le rôle crucial que jouerait son acceptation par les notables de la ville, surtout dans une communauté aussi restreinte. Gardant cela à l'esprit, elle se mêla au groupe qui se dirigeait vers le terrain de croquet et s'efforça de montrer un peu d'enthousiasme.

Plus tard, elle retrouva Ahmed qui l'attendait patiemment devant le portail pour la conduire à Dampier Terrace. En chemin, ils longèrent des huttes de marins, des hangars de tri et de conditionnement de coquillages, la jetée où les lougres étaient amarrés, un site de construction de bateaux et de fabrication de voiles, un atelier de sellerie et de cordonnerie, une épicerie et l'hôtel Dampier, très prisé des Japonais d'après Ahmed. Il s'arrêta finalement devant un bâtiment de bois blanc à deux étages qui abritait plusieurs bureaux et un atelier de nettoyage de perles.

Ahmed désigna fièrement une nouvelle enseigne apposée près d'une entrée étroite : *L'Étoile de la mer & Co.*

Olivia ne comprit pas tout de suite.

— C'est le nom que *tuan* nous a donné, m'dame.

Avec une solennité étudiée, il aida Olivia à descendre du sulky. Elle souleva légèrement le bas de sa robe et monta l'escalier branlant qui menait à deux petites pièces.

Conrad était assis devant une pile de papiers et de dossiers. Il se leva dès qu'Olivia entra, contourna le bureau et la serra dans ses bras.

— Notre compagnie ouvre officiellement aujourd'hui. À défaut d'activité, il y a une foule de documents à remplir. Qu'en penses-tu ? demanda-t-il en embrassant d'un geste le mobilier spartiate et les murs nus.

— C'est un bon début, tout en sobriété, approuva Olivia.

Conrad sourit.

— « Tout en sobriété » ? Je te conseille d'aller voir à côté.

Ils y trouvèrent Tyndall, affalé sur une chaise pivotante, les pieds croisés sur une table vide à l'exception d'une bouteille de whisky. Le reste de la pièce était en désordre. Le sol disparaissait sous les cordages, les voiles, le matériel de navigation, les sacs de sucre, les cartons de thé ; des cartes maritimes étaient épinglées au mur, ainsi qu'un pectoral décoré de nacre suspendu à un clou. Dans un coin se trouvait un deuxième bureau sur lequel Ahmed avait soigneusement entreposé des boîtes de conserve hermétiques contenant du curry et d'autres épices dont les effluves embaumaient les lieux.

Olivia en resta bouche bée.

Sous son regard stupéfait, Tyndall retira lentement ses pieds du bureau et se leva.

— Profitez du spectacle, madame Hennessy. C'est le début d'un empire commercial. Ça sent le succès, vous ne trouvez pas ? dit-il sur un ton exagérément sérieux.

— En toute franchise, je sens surtout l'odeur du curry, répondit Olivia avec un sourire. Qu'est-ce que c'est que tout cela ?

— Des outils de travail. L'ancien propriétaire du bateau disposait d'un tas de matériel dont il n'avait plus l'utilité. C'était une aubaine, je lui ai racheté l'ensemble à un prix défiant toute concurrence.

— Cela justifiait-il d'ouvrir une bouteille de whisky? J'essaie simplement de comprendre comment les affaires fonctionnent dans ce pays, s'empressa-t-elle d'ajouter, voyant que Tyndall était piqué au vif. Et qui a décidé du nom de la compagnie? Il est bien trouvé, mais j'aurais pu y aller de ma petite suggestion aussi.

Tyndall se figea, estomaqué. Cette femme avait un de ces toupets!

— C'était mon idée, Conrad m'a laissé l'initiative. Je n'ai pas pensé à vous consulter, j'ai cru que cela vous était égal.

— Olivia...

Conrad voulut intervenir, mais son épouse l'ignora.

— Cela m'intéressait au plus haut point, capitaine Tyndall. Je suis votre associée à part entière. J'en ai discuté avec mon mari et je souhaite être impliquée dans toutes les tâches, même les plus insignifiantes. J'ai besoin de m'occuper l'esprit.

Tyndall vit dans cette dernière phrase une allusion à la perte de son fils, tout en percevant chez cette jeune femme une force insoupçonnée qui ne demandait qu'à s'exprimer.

— Veuillez m'excuser pour ce manque de tact, dit-il en se radoucissant.

— C'est un joli nom et j'espère qu'il nous portera chance, répondit Olivia sur le même ton.

Conrad profita d'une pause pour détourner la conversation.

— Alors, ce thé? As-tu trouvé les autres dames de la ville agréables?

— Oui, même si la formalité britannique me paraît en total décalage avec Broome. Nous avons prévu de nous revoir dans les semaines à venir. Ce sera l'occasion de mieux les connaître, mais je sais déjà qu'elles aiment cancaner.

— Et vous devez adhérer au Club, Conrad, renchérit Tyndall. Construire un réseau ne peut être que bénéfique.

Conrad acquiesça.

— En effet, le magistrat résident m'a déjà conseillé de me rapprocher des francs-maçons. Mais je pensais plutôt m'inscrire au club de cricket, plus pour le sport que pour les relations. J'ai envie de manier la batte.

— Êtes-vous inscrit ? demanda Olivia à Tyndall.

— Je n'en ai pas encore eu l'occasion. Je suis encore considéré comme un nouveau venu dans la région. Mais une fois que je serai installé, pourquoi pas ?

En le voyant esquisser un rictus, Olivia devina qu'il n'était pas près de rejoindre un club de gentlemen blancs. Tyndall menait une vie simple et marginale, d'après ce qu'elle avait pu observer. Il ne semblait pas très à l'aise sur terre alors qu'il était le plus heureux du monde en mer, sur sa goélette.

— Je vais descendre le long de la côte et retrouver les Aborigènes qui m'ont indiqué les gisements de perles. Je pense embaucher un peu de main-d'œuvre pour les récoltes en eau peu profonde et sur la plage. Souhaitez-vous venir ? demanda Tyndall à Olivia en haussant un sourcil.

— Je dois terminer de nous installer mais j'apprécie votre attention. Ce sera pour la prochaine fois, répondit-elle en ignorant son ton taquin. J'oubliais : merci d'avoir pensé au sulky. Je crois que mon arrivée à la Résidence n'a pas manqué de panache.

Ils échangèrent un sourire rapide, puis Conrad se tourna vers Tyndall.

— En effet, c'était très aimable à vous. Nous allons devoir nous équiper d'un moyen de locomotion.

— Mieux vaut attendre d'avoir vendu notre première cargaison. J'espère que L'Étoile de la mer va vite engranger des bénéfices, remarqua Olivia en accentuant le dernier mot à dessein.

Sur ce, elle sortit sous le regard soulagé de Tyndall.

— Eh bien, Conrad, je crois que les ordres sont parfaitement clairs.

Il lâcha un petit rire, tout en espérant que l'entente ne serait pas trop mauvaise avec l'épouse de son associé.

***

Alors que Conrad était ravi de retrouver un travail de bureau, Tyndall et Ahmed repartirent en mer pour leur plus grand plaisir. Secondés par deux Koepangers, ils mirent le cap au sud en direction des viviers encore inexploités en eau peu profonde que les Aborigènes avaient indiqués à Tyndall. Sur place, ce dernier engagea plusieurs batteurs sur grève pour la pêche à marée basse et convint de les rémunérer en tabac, en farine et en sucre. Il fallait des yeux aiguisés pour repérer les huîtres plates et grises enfouies dans le sable vaseux.

Pendant plusieurs jours, le travail se déroula à un rythme lent car il fallait composer avec les marées, mais malgré tout, les coquillages récoltés s'entassaient à un rythme régulier sur la plage. Les deux Koepangers les écaillaient sous le regard attentif d'Ahmed. Même s'ils avaient bonne réputation, le Malais ne faisait confiance à personne s'agissant de perles ; il savait que la tentation était là et qu'un geste vif et discret suffisait à l'assouvir.

Lorsque la cale du lougre fut remplie, ils chargèrent sur le pont les derniers sacs de coquillages qu'ils n'avaient pas eu le temps d'ouvrir et repartirent pour Broome, où ils arrivèrent avec la marée montante. Dès que le *Bulan* eut accosté, Tyndall envoya Ahmed prévenir Conrad. Celui-ci accourut et monta sur le pont encombré pour serrer la main de Tyndall.

— En voilà une belle cargaison ! J'imagine que la cale est pleine aussi ?

— À ras bord, Conrad, et c'est de la qualité. Il n'y a pas beaucoup de perles, surtout de la nacre, mais il nous reste encore à écailler tout ce que vous voyez sur le pont. De votre côté, quelles sont les nouvelles ?

— J'ai rencontré la plupart des négociants en nacre pour parler chiffres. Rien n'est encore décidé. Je dois dire que certains sont très louches. J'ai reçu un télégramme de Perth envoyé par le représentant d'un marchand européen de perles qui souhaite poser une option sur les premières que nous trouverons. À votre avis, comment ont-ils entendu parler de nous ?

— Le bouche-à-oreille est roi ici. Le marché de la perle est sans pitié et les sommes en jeu sont colossales. Le moindre renseignement vaut de l'or, et je ne serais pas étonné qu'un habitant de cette ville se rémunère en diffusant ce genre d'informations dans le Sud.

Conrad et Tyndall voulurent profiter de la marée qui continuait à monter pour décharger le *Bulan* avant que celui-ci ne s'échouât dans la vase. Les autres membres d'équipage se mirent torse nu et balancèrent les sacs d'huîtres hors du lougre, sous le regard de Conrad qui procédait au décompte. La cargaison fut ensuite acheminée jusqu'au hangar d'écaillage situé au village de huttes en bordure de la ville.

Le lendemain, les Koepangers et Ahmed s'attelèrent à l'écaillage, mais à peine eurent-ils commencé qu'Olivia arriva à l'improviste. Ils s'interrompirent dès qu'elle poussa la porte coulissante en acier galvanisé et s'arrêta sur le seuil, sa silhouette se découpant contre la lumière vive du soleil. Une fois ses yeux habitués à la pénombre, elle distingua les trois hommes assis sur de petits tabourets au milieu de grands récipients métalliques et d'une pile de sacs.

— *Apa kabar*, dit Olivia, répétant la formule qu'Ahmed lui avait apprise avant de reprendre la mer.

— Ah, *baik, baik, saja*, répondit Ahmed avec un grand sourire. Entrez, venez voir vos coquillages.

Olivia, dans un premier temps saisie par un relent de mollusques avariés, perçut à mesure qu'elle approchait du groupe une odeur plus fraîche et iodée d'huître que l'on venait d'ouvrir. Elle s'assit sur le tabouret qu'Ahmed lui proposa, avisa les coquillages et en prit un.

— La récolte a été bonne, m'dame.

— Je vous crois sur parole, Ahmed.

Elle examina la coquille grande comme une soucoupe et caressa ses rugosités, peinant à se rendre compte que son avenir dépendait d'un objet aussi incongru.

— En regardant cette huître, il est difficile d'imaginer qu'elle recèle peut-être une jolie perle.

Ahmed se munit d'un couteau à lame plate et l'inséra dans le muscle qui maintenait les deux valves hermétiquement fermées. Après avoir fouillé la chair caoutchouteuse nichée au cœur du tissu appelé manteau, il en sortit une petite perle à la forme irrégulière. Il expliqua à Olivia que c'était une perle dite « baroque », donc de faible valeur, néanmoins elle resta subjuguée par l'étrange animal qui se révélait sous ses yeux. Elle ne perdit pas une miette des explications d'Ahmed tandis qu'il lui détaillait les différentes parties du mollusque, jusqu'à la rangée de cils qui servait à filtrer l'eau et à capturer le plancton. Il les identifia par leurs noms malais et anglais, qu'Olivia tenta de mémoriser au fur et à mesure. Quant aux Koepangers, ils se déridèrent quelque peu, allant jusqu'à s'amuser de ses efforts de prononciation.

Ils éclatèrent de rire pour de bon lorsque Olivia essaya d'ouvrir une huître. Un échec la laissa avec plusieurs coupures aux mains dont elle rit à son tour.

— Ce n'est rien de grave, dit-elle en s'essuyant les mains avec un mouchoir. Je sais que cela s'apprend, mais je préfère vous déléguer cette étape.

Olivia prit l'habitude de venir tous les jours au hangar d'écaillage, apportant parfois un casse-croûte préparé par son cuisinier chinois – une initiative pour le moins inhabituelle qui s'ébruita rapidement, suscitant des haussements de sourcils chez les Blancs et une perplexité teintée de respect du côté des Asiatiques. Dans tous les cas, la nouvelle venue ne laissait pas indifférent.

Elle s'attribua également la tâche de transmettre à Conrad la récolte du jour, le plus souvent des baroques. Quand l'écaillage prit fin une semaine après le retour au port, Olivia dit au revoir à l'équipage en souhaitant que la prochaine expédition fût aussi fructueuse. Alors qu'il la raccompagnait à la porte du hangar, Ahmed remarqua parmi les débris jonchant le sol une huître qui n'avait pas été ouverte et la ramassa d'un air distrait. Puis, comme toujours, il remercia Olivia pour le repas.

— C'est avec plaisir, Ahmed, et puis cela me donne un prétexte pour être présente au cas où vous trouveriez une perle de valeur.

— Pas encore, m'dame, peut-être la prochaine fois.

Alors qu'il s'apprêtait à rejoindre ses compagnons, il s'arrêta et ouvrit l'huître à l'aide de son couteau. Il examina la chair et devina, au moment où ses doigts rencontraient une petite bosse, qu'il venait de dénicher un véritable joyau aux reflets ambrés d'au moins vingt-quatre grains.

— Allah est grand, murmura-t-il en la faisant rouler au creux de sa paume.

Il voulut rattraper Olivia, qui marchait sur le petit chemin menant en ville, puis se ravisa et glissa la perle dans sa poche. Les Koepangers échangèrent un regard sans rien dire.

Conrad était enchanté des chiffres notés dans son registre et de la collection de perles rangée dans un petit coffre avec lequel il rentrait tous les soirs.

— C'est un succès, sur le papier tout du moins, annonça-t-il à Olivia tandis qu'ils se rendaient à l'hôtel Continental pour déjeuner. Bien sûr, nous allons avoir des dépenses conséquentes, des salaires à verser, des réparations à prévoir et j'en passe, mais l'horizon semble s'éclaircir.

Conrad profita du déjeuner pour parler à Olivia de ses visites au hangar.

— Ce n'est pas vraiment nécessaire, tu sais. J'ai confiance en Ahmed pour tout ce qui concerne les chiffres.

— Je sais, Conrad, mais comme je te l'ai dit, je suis une associée à part entière et j'en apprends beaucoup sur le commerce de la perle grâce aux récits de nos employés. Certains sont drôles, d'autres absolument dramatiques. Le sujet est vraiment fascinant.

Conrad était gêné. Au club, il avait surpris des remarques venant de ses compagnons sur les visites d'Olivia au village. Les ragots en ville allaient manifestement bon train.

— C'est que… certaines personnes trouvent ta démarche un peu étrange, ma chérie.

— Oui, j'imagine, mais elles vont devoir s'y faire, répliqua Olivia avec fermeté avant de changer de sujet. Cet Ahmed est impressionnant. Je pourrais lui confier ma vie, je crois.

Conrad joua le jeu, soulagé d'être sur un terrain moins glissant.

— Il est sans aucun doute dévoué à John, qui l'a sauvé en mer, et travaille très dur. C'est tout de même drôle qu'il ne semble pas songer à sa propre réussite – peut-être parce qu'il est musulman. Il prie sans arrêt, ce que je trouve un peu dérangeant.

Au cours de la semaine suivante, Tyndall et Ahmed modifièrent le gréement ainsi que l'espace de stockage du lougre. Avant de reprendre la mer, Tyndall et Conrad prièrent Olivia de les rejoindre au Continental pour le déjeuner.

— Quelle agréable surprise, capitaine Tyndall, dit-elle après que le serveur leur eut servi des flûtes de champagne.

— Nous avons quelque chose à fêter, dit Tyndall en lui remettant une petite aumônière. Votre premier retour sur investissement.

Olivia le regarda sans comprendre.

— Eh bien, ouvrez, dit le capitaine en souriant.

Olivia secoua l'aumônière et retint son souffle en voyant tomber au creux de sa paume une grosse perle montée sur un anneau en or.

— Ahmed l'a trouvée dans la dernière huître qu'il a ouverte, expliqua Conrad. Nous avons décidé qu'elle te reviendrait.

Olivia, à court de mots, glissa la bague à son annulaire droit, prit le temps de l'admirer et regarda ses deux compagnons avec gratitude.

— Elle est magnifique. Merci du fond du cœur. Et merci à Ahmed.

8

Olivia avait pris l'habitude de marcher le long du front de mer en fin d'après-midi pour contempler le soleil rouge qui plongeait progressivement dans les eaux turquoise de Roebuck Bay. Ce spectacle l'émerveillait, tout comme l'activité qui régnait sur Streeter's Jetty, une longue promenade tout en bois construite par le perlier anglais du même nom et qui s'étendait jusqu'à Dampier Creek, ses campements d'autochtones et sa végétation luxuriante. C'était là que les lougres jetaient l'ancre puis reposaient à marée basse sur leur flanc arrondi, comme après le passage d'un ouragan.

Ici, on s'affairait sans cesse, soit pour décharger les bateaux, soit pour se préparer à prendre la mer. Olivia se savait observée avec méfiance et curiosité par les marins de toutes origines qui s'interpellaient, chantaient tout en s'occupant des voiles, des réparations ou encore du tri des huîtres. Ils finirent toutefois par s'habituer à la présence de cette belle dame qui, contrairement aux autres Blanches, déambulait parmi eux, observait leur travail avec intérêt, leur souriait timidement et les saluait en malais.

Un soir, elle vit le *Bulan* rentrer au port avec Tyndall à la barre et avança sur la jetée. En la reconnaissant, Tyndall leva sa casquette de capitaine, la salua et pointa un pouce vers le haut.

— Comment avez-vous su que j'arrivais ? Vous avez deviné que je rentrais avec une belle cargaison et vous avez voulu vérifier par vous-même ?

Olivia rit.

— Pure coïncidence, je vous assure, même si Ahmed a dit ce matin que vous seriez bientôt de retour. Je crois d'ailleurs qu'il aurait voulu partir avec vous, plutôt que de tenir les comptes au hangar. Alors, cette pêche mérite-t-elle que nous sabrions le champagne ?

Tyndall lança une corde, amarra le bateau au ponton et tendit la main pour aider Olivia à monter.

— Le résultat est satisfaisant. Encore un joli profit que Conrad va pouvoir noter dans ses registres impeccablement tenus.

Ne tolérant pas la moindre pique à propos de son mari, Olivia le défendit aussitôt.

— Ils sont impeccablement tenus, en effet, et il ne saurait en être autrement. C'est la clé d'une bonne gestion : la rigueur.

Tyndall leva les mains d'un geste théâtral.

— Pardonnez-moi, ce n'était pas une critique. Vous avez raison, bien sûr. Disons que la comptabilité n'est pas mon domaine de prédilection. Venez plutôt voir ce que nous rapportons.

Les deux Koepangers se dépêchèrent de soulever la trappe, révélant une cale remplie de sacs d'huîtres à ras bord. L'odeur était tellement forte qu'Olivia dut se boucher le nez.

— Nous avons trouvé un bon gisement mais je pense qu'il est déjà passablement entamé. Encore un voyage et il sera épuisé.

Ils allèrent à l'arrière du bateau, dans la cabine.

— Mon Dieu ! s'exclama Olivia avec surprise. Elle est d'une propreté impeccable.

— C'est la clé d'une vie agréable à bord : la rigueur, rétorqua Tyndall.

Olivia se crispa légèrement en remarquant son rictus moqueur et s'assit sur l'une des deux couchettes.

— Comme vous dites. J'aimerais vous accompagner lors de votre prochaine sortie en mer.

Tyndall n'en crut pas ses oreilles.

— À quoi bon ? C'est… Enfin, c'est ennuyeux, inconfortable… et puis ce n'est pas l'usage.

— « Ce n'est pas l'usage » ? Mon Dieu, je croirais entendre Conrad quand il se lance dans une tirade conservatrice. Pourtant, j'ai ouï dire que certaines épouses de perliers participaient aux expéditions. Je ne pense pas que cela sera ennuyeux, et vous êtes bien placé pour savoir que je saurai m'accommoder du manque de confort, capitaine Tyndall.

En bon marin, ce dernier privilégia le cap le plus sûr.

— Très bien, si Conrad est d'accord, vous pourrez venir. Maintenant, laissons l'équipage décharger la cargaison. J'aimerais reprendre la mer dans quelques jours.

Conrad fut pris de court par la demande d'Olivia.

— Hors de question. C'est dangereux, inconfortable et ce n'est pas l'usage. Pas du tout, même.

Après avoir difficilement réprimé un sourire, Olivia lui rappela posément que certaines épouses de perliers accompagnaient leur mari, allant parfois jusqu'à passer toute la saison sur le bateau.

— Certes, mais ce n'est pas avec ton mari que tu partirais, souligna Conrad, une pointe de triomphe dans la voix.

— Est-ce important ?

— Si c'est important ? Enfin, Olivia, as-tu perdu la raison ? On va se demander quelle mouche t'a piquée.

— Ne sois pas insultant, Conrad, rétorqua Olivia.

— Excuse-moi. Mais tout de même, que vont penser les gens ?

— Je suis sûre que le capitaine Tyndall est un homme de confiance, et puisque tout le monde sait que je suis associée à part entière dans cette entreprise, j'estime que ma requête est on ne peut plus sensée. Je vais vivre une superbe aventure. Je pars, un point c'est tout.

— Mais tu as le mal de mer.

— J'étais malade à bord du *Lady Charlotte* à cause de la houle et de ma grossesse.

Olivia marqua un temps d'arrêt, s'assit dans un fauteuil en rotin puis poursuivit d'une voix brisée par l'émotion :

— Il y a une autre raison pour laquelle je dois partir, Conrad. Nous pourrons nous arrêter à Cossack en allant vers le sud. J'ai beau essayer de continuer à vivre, une part de moi-même est enterrée là-bas. J'ai vraiment besoin d'y retourner, de me recueillir sur sa tombe. Peux-tu comprendre, Conrad ? Il s'agit de notre fils.

Conrad s'approcha, s'accroupit à sa hauteur et lui prit les mains.

— Je comprends, mais ce n'est pas une décision à prendre à la légère.

Soudain, il sourit, certain d'avoir la solution à ce dilemme.

— Eh bien, si cela te tient tant à cœur, vas-y, mais seulement si John est d'accord. Après tout, c'est lui, le capitaine.

— Bien sûr.

Olivia sourit et sauta au cou de son mari.

Tyndall était assis sur le bordé du *Bulan*, concentré sur l'épissure d'une corde, lorsqu'un baluchon atterrit à ses pieds dans un bruit sourd. Il le fixa quelques instants en songeant : *Mon Dieu, elle a eu gain de cause*, puis se retourna lentement et vit Ahmed, le sourire jusqu'aux oreilles, qui se tenait sur le ponton avec Olivia, légèrement en retrait.

— Eh bien, me voilà, lança-t-elle avec une pointe de défi dans la voix.

Tyndall sourit.

— C'est ce que je vois. Bienvenue à bord.

Il lui tendit la main et l'aida à se hisser sur le pont.

— Je ne pensais pas que ce projet fou irait à son terme, reconnut Tyndall.

— Cela peut paraître fou, en effet, mais je me fiche du qu'en-dira-t-on. De toute façon, j'ai parfois du mal à croire à tout ce qui s'est passé depuis mon arrivée en Australie.

Tyndall, remarquant que son regard s'assombrissait, se dépêcha de ramasser son baluchon et se dirigea vers la cabine.

— En tout cas, la météo s'annonce bonne et la mer devrait être calme. Venez voir votre suite.

Il fut content de voir un sourire fugace passer sur les lèvres d'Olivia.

Posté devant la fenêtre de son bureau, Conrad suivit des yeux le *Bulan* qui avançait dans la baie bordée de mangrove. L'image d'Olivia qui se tenait à la poupe du bateau, sa jupe gonflée par la brise, retenant son chapeau d'une main et agitant l'autre vers lui se grava dans sa mémoire. Il sentit son estomac se tordre un instant à l'idée que sa femme prenait le large au propre comme au figuré, avant de se raisonner. Non, ainsi qu'il fallait s'y attendre, Olivia mûrissait, changeait... Mais ce qu'elle pouvait être imprévisible et rebelle! Cela s'expliquait certainement par les épreuves qu'ils avaient endurées. Conrad soupira, espérant que cette exubérance était passagère, et se remit au travail.

Poussé par une brise régulière, le *Bulan* fendait les flots, traçant un sillon d'écume sur son passage tandis qu'Olivia, debout près du grand mât, se tenait à une drisse et respirait les embruns à pleins poumons. Elle s'était éclipsée dans la cabine pour troquer sa jupe longue et son corsage étriqué contre ce qu'elle appelait son « uniforme », à savoir un pantalon noir et ample ainsi qu'une blouse blanche qu'elle avait confectionnés elle-même en s'inspirant du pyjama de son cuisinier chinois. Cette tenue était pratique, légère et confortable. Elle avait également prévu des chaussures en toile à semelle plate.

Tyndall dissimula sa surprise tant bien que mal.

— C'est ce que j'appelle un accoutrement parfaitement pensé, commenta-t-il en haussant les sourcils.

Si Ahmed ne pipa mot et demeura impassible, Olivia crut déceler une lueur amusée dans son regard sombre.

Le lougre voguait avec aisance en penchant légèrement à bâbord tandis que les voiles étaient réglées de façon à suivre un cap sud-ouest. Olivia ferma les yeux pour mieux absorber la sensation du vent qui soufflait presque de travers, le roulis du bateau, les légères vibrations de la coque et du pont, les cliquetis du gréement, les claquements des voiles et des cordages, les gerbes d'eau, l'iode sur ses lèvres.

Enivrée par ce sentiment de liberté et de plénitude, elle était réellement détendue, presque apaisée, pour la première fois depuis la mort de James.

Au bout d'une heure, Olivia rouvrit les yeux et regarda derrière elle. À la barre, Ahmed surveillait tour à tour les voiles et le compas, Tyndall était penché sur une corde et les Koepangers raccommodaient des sacs en toile de jute. Cette organisation était rassurante, et elle sourit chaleureusement à Tyndall lorsque celui-ci la salua en soulevant sa casquette. Elle avança sur le pont en se retenant aux cordages pour ne pas tomber puis, sans dire un mot, s'assit à côté de lui, les bras autour des genoux, et observa l'épissure en œil qu'il réalisait sur le cordage.

Après qu'ils eurent jeté l'ancre pour la nuit, Ahmed prépara à la lueur d'une lanterne et du clair de lune un dîner de riz, de poisson et de légumes épicés sur un réchaud. Alors qu'elle dégustait le contenu de son assiette en fer-blanc sur le pont, bercée par le clapotis des vagues, Olivia songea que c'était l'un des repas les plus agréables qu'elle eût connus. Puis, un peu fatiguée par l'air marin, elle se retira dans la cabine, ouvrit les hublots et sombra aussitôt dans un profond sommeil. Sur le pont, Ahmed et Tyndall s'allongèrent dans des hamacs accrochés aux bômes du bateau et conversèrent encore un peu moitié en malais, moitié en anglais.

Ils naviguaient depuis deux jours lorsque Olivia évoqua la possibilité d'une escale à Cossack afin qu'elle se recueillît sur la tombe de son fils. Tyndall accepta sans l'ombre d'une hésitation.

Olivia se dirigea lentement vers le petit cimetière isolé où son fils avait été inhumé voilà presque une éternité. Leur bref séjour à Cossack ne représentait que des souvenirs tristes, et elle remercia une fois encore le ciel pour l'apparition de John Tyndall dans sa vie. Broome et le commerce de la perle lui avaient permis d'accepter la perte de James. Elle éprouvait à présent le besoin de lui dire au revoir, de faire un geste montrant qu'elle ne l'avait pas abandonné.

Au cimetière, Tyndall resta en retrait tandis qu'Olivia s'approchait de la petite sépulture. Elle s'agenouilla sur la terre sèche et sableuse, déposa un bouquet de fleurs sauvages sur la minuscule pierre tombale et songea à tout ce qu'elle ne partagerait jamais avec son fils. Elle ne le verrait pas grandir ni découvrir le monde, elle ne pourrait jamais lui témoigner son amour de mère, qui l'étreignait douloureusement. Ses bras étaient comme vides, et elle se mit à pleurer doucement. Puis elle pria en silence, passa légèrement la main sur le monticule et y déposa un baiser du bout des doigts. Quand elle se releva, Tyndall lui prit le bras et leurs regards se croisèrent brièvement. Puis ils rebroussèrent chemin jusqu'au sulky qu'ils avaient loué.

Olivia resta silencieuse une bonne partie de la journée, contemplant la mer ou le littoral d'un air absent, assise à l'ombre des voiles. Lorsque Ahmed lui apporta à boire et à manger, elle le remercia d'un hochement de tête et d'un sourire. Tyndall se tint lui aussi en retrait, maniant la barre et essayant d'appréhender les émotions qui devaient assaillir la jeune femme.

Le lendemain, alors que le soleil était à son zénith, le *Bulan* s'engagea dans une petite anse. Tyndall, Olivia et Ahmed montèrent dans une chaloupe pour rejoindre la plage. À peine eurent-ils posé le pied sur le sable que des cris de bienvenue résonnèrent.

Olivia eut le plaisir de reconnaître, parmi les Aborigènes qui approchaient, les femmes et les hommes qui lui étaient venus en aide après son accouchement. Tyndall la consulta du regard puis leur expliqua d'une voix douce le malheur qui l'avait frappée. Les femmes claquèrent de la langue et répondirent en parlant à toute vitesse. Tyndall traduisit.

— Elles disent que, conformément à la tradition du Temps du Rêve, votre enfant repose en paix.

Voyant Olivia qui s'affaissait légèrement, Tyndall lui prit le bras et l'entendit ravaler un sanglot.

— Transmettez-leur toute ma gratitude, s'il vous plaît, dit-elle en se redressant.

Les hochements de tête rassurants des femmes lui furent d'un grand réconfort. Elles l'entraînèrent sous un arbre immense, formèrent un cercle et se mirent à psalmodier en chœur. Presque en transe, l'esprit vide, Olivia s'assit et assista à la cérémonie en pleurant doucement. Lorsque les femmes se turent, elle se sentit puiser de la force dans ce chagrin partagé et éprouva plus que jamais une reconnaissance incommensurable envers la tribu.

De retour sur la plage, Olivia constata que le déchargement du matériel de pêche avait commencé avec l'aide des Aborigènes. Tyndall informa Olivia que les négociations concernant la pêche à marée basse étaient terminées et que les hommes se mettraient au travail dans deux jours, le temps d'organiser un rituel.

— Pour rien au monde ils n'y renonceraient, expliqua-t-il. Ici, les choses se font soit à leur rythme, soit pas du tout.

— Nous n'avons pas la même notion du temps, n'est-ce pas ? souligna Olivia d'un air songeur.

— Nous n'avons pas la même notion du monde, répondit Tyndall en retournant à son déchargement.

Olivia s'assit sur la plage et inspira profondément en observant les uns et les autres qui s'affairaient. Elle médita la dernière remarque de Tyndall, tout en repensant à la spontanéité avec laquelle elle avait accueilli les manifestations de chagrin des femmes aborigènes. Après cette cérémonie aussi émouvante que cathartique, elle ressentait un apaisement et une légèreté incroyables. James était en paix.

Quand les Aborigènes furent prêts à se mettre au travail, ils attendirent la marée basse puis explorèrent la vase, remplissant des petits paniers tressés avec le fruit de leur récolte. Certains s'aventurèrent un peu plus loin, fouillant l'eau avec leurs orteils ou leurs yeux aiguisés, tandis que d'autres plongeaient depuis le lougre à une dizaine de mètres de profondeur, pour remonter à la surface avec plusieurs coquillages à la fois.

Tyndall supervisa le travail avec satisfaction.

— Ce sont des plongeurs naturellement doués mais ils étaient terriblement maltraités autrefois, expliqua-t-il à Olivia. Il y a vingt ou trente ans, les premiers perliers, en tout cas les moins scrupuleux, kidnappaient les autochtones, y compris des femmes, pour les faire plonger et les tuaient à la tâche. On disait d'ailleurs que les femmes étaient encore plus à l'aise sous l'eau que les hommes.

— Cela a dû être terrible ! s'exclama Olivia, choquée. Pourquoi les autorités ne sont-elles pas intervenues ?

— Le gouvernement a fini par légiférer, seulement voter une loi au Parlement est une chose, l'appliquer en est une autre, surtout dans une région reculée telle que celle-ci. Au moins, il a mis fin à la vente d'esclaves aborigènes.

— Les autochtones utilisent-ils les équipements de plongée modernes ?

— Certains oui, mais ce sont surtout les Japonais et les Malais qui maîtrisent ce matériel. Et ils sont plus fiables que les Aborigènes, qui partent arpenter le bush sur un coup de tête. Pour eux, l'argent n'a pas d'importance. Comme le temps.

Tyndall sourit.

— Et que pensez-vous des Malais ? demanda Olivia.

— Ne vous risquez pas à tâter de leur couteau. Certains ont été pendus pour avoir haché menu leur capitaine.

— Ahmed semble en effet très attaché à son poignard… à son *kris,* rectifia Olivia.

— Oh, soyez sans crainte, dit Tyndall d'un ton rassurant. Ahmed est différent.

Soudain, une bourrasque charria une odeur telle qu'Olivia eut un mouvement de recul, comme si on venait de lui assener un coup. En la voyant grimacer, Ahmed et Tyndall éclatèrent de rire.

— Venez, vous allez découvrir une autre façon de récolter les perles.

Elle appliqua sur son nez le mouchoir propre que lui donna Tyndall, puis le suivit avec Ahmed jusqu'à deux baquets en bois exposés au soleil brûlant dont s'échappaient des vapeurs putrides. Chacun était rempli de petits coquillages baignant dans l'eau de mer qui fermentaient et se décomposaient avec la chaleur. Sous l'effet de la pourriture, les perles tombaient au fond du baquet et seraient récupérées plus tard.

— Malodorant mais efficace, souligna Tyndall.

Dans l'après-midi, Olivia, pieds nus et le pantalon retroussé jusqu'aux genoux, aida à charger la récolte du jour dans la chaloupe, que les Koepangers acheminèrent ensuite jusqu'au lougre. Elle eut plaisir à participer à cette activité physique et malgré son bonnet de paille, ses joues prenaient des couleurs au contact du vent et du soleil.

Plus tard, alors qu'ils étaient tous ensemble autour du feu, les Aborigènes entonnèrent des chants traditionnels en se balançant et en donnant le rythme à l'aide de bâtons de pluie et de boomerangs ornés de gravures. Constatant qu'Olivia piquait du nez sous l'effet de ce spectacle hypnotique, Tyndall murmura quelques mots à Ahmed, qui se leva et la raccompagna à la chaloupe. Alors qu'ils regagnaient le *Bulan* à la rame, Olivia se laissa bercer par le clapotis de l'eau et la musique envoûtante qui lui parvenait depuis la plage.

— De quoi leurs chansons parlent-elles, Ahmed ?

— De leur peuple et de la nature. Ils vivent ici depuis longtemps, m'dame.

Une fois à bord, Olivia s'allongea sur sa couchette et s'endormit, se sentant comme chez elle dans les entrailles exiguës du lougre.

Le lendemain matin, une intense activité régnait sur le *Bulan* qui se préparait à repartir. Lorsque Olivia comprit qu'ils ne retourneraient pas à terre, elle fut déçue de ne pas pouvoir prendre congé de ses amis aborigènes. Alors qu'elle se tenait sur le bastingage en attendant qu'on levât l'ancre, deux pirogues approchèrent. Ahmed et Tyndall allèrent à tribord pour accueillir les visiteurs. Olivia les rejoignit et demanda :

— Que veulent-ils ?

— Nous dire au revoir. Nous risquons de ne pas les recroiser de sitôt, répondit Tyndall, qui souleva sa casquette en guise de salut.

Les hommes de la première pirogue l'interpellèrent en agitant les bras, tandis que la deuxième transportait les deux femmes qu'Olivia considérait comme ses amies et bienfaitrices. Ils signifièrent qu'ils souhaitaient approcher encore un peu, cognèrent doucement contre le maître-bau du *Bulan* et lancèrent quelque chose sur le pont.

Tyndall ramassa le paquet enveloppé dans des herbes tressées.

— Ils disent que c'est un cadeau pour vous porter chance.

— Mon Dieu, j'aimerais tant leur offrir quelque chose en retour. Dites-le-leur et remerciez-les, s'empressa de répondre Olivia, bouleversée par ce geste.

Tyndall transmit, puis traduisit la réponse des Aborigènes.

— Les femmes aimeraient avoir votre bonnet. Êtes-vous d'accord pour vous en séparer ?

— Bien sûr, rit Olivia.

Tyndall lui souleva légèrement le menton, détacha le ruban d'un geste rapide, puis prit le bonnet de paille et le lança aux femmes. Celle qui réussit à l'attraper au vol s'en coiffa aussitôt. Satisfaits d'avoir accompli leur mission, les Aborigènes regagnèrent le rivage à la rame, puis l'ancre du *Bulan* se leva dans un grincement métallique et on hissa la grand-voile. Olivia fixa la plage jusqu'à ce qu'elle ne fût plus qu'une mince ligne à l'horizon.

Une fois au large, elle ouvrit le paquet et découvrit un bracelet en fibres végétales marron et vertes tressées de façon à former un motif qui courait sur toute la longueur.

— C'est une amulette porte-bonheur, un symbole de la lignée des ancêtres, expliqua Tyndall.

— Quelle gentille attention, répondit Olivia en glissant le bracelet par-dessus sa manche en mousseline. Je le garderai toujours sur moi.

La proximité qu'elle ressentait avec ces femmes s'en trouva encore renforcée. Par ce bracelet, elles lui souhaitaient de trouver le bonheur, y contribuaient à leur manière, et cela procura à Olivia un sentiment de bien-être et de sécurité. Elle avait à cœur d'entretenir cette amitié et résolut de les revoir dès que possible.

Une forte brise poussait le lougre lourdement chargé, tandis qu'une houle de plus en plus forte mouillait le pont d'écume, poussant Olivia à regagner la cabine. Bientôt, un banc de nuages apparut à l'horizon nord et Tyndall tapota le baromètre.

— Il baisse, dit-il en malais à Ahmed. Je n'aime pas trop ce qui se profile, mon ami. À ce rythme, il va nous falloir trouver un abri.

— On est loin de la côte, *tuan.*

— Passe-moi la carte.

Le Malais ouvrit l'écoutille, descendit les quelques marches et vit Olivia qui se reposait sur la couchette. Il sourit, trouva la carte et se dépêcha de regagner le pont.

Quelques instants plus tard, Olivia, sentant que le bateau virait brusquement de bord, passa une tête à l'extérieur.

— Que se passe-t-il ?

Tyndall désigna les nuages au nord qui s'épaississaient à vue d'œil.

— Avec le grain qui arrive, je préfère accoster sur une île que je connais. Simple précaution.

À peine eut-il prononcé ces mots qu'une vague verte déferla par-dessus le bordé côté bâbord, inondant tout le pont et manquant de faire chavirer le bateau.

Olivia poussa un cri.

— Pas de panique ! Nous n'allons pas couler, mais il faut sacrifier une partie du chargement en pontée.

Tyndall hurla un ordre aux Koepangers, qui sectionnèrent les cordes maintenant les sacs d'huîtres ensemble et jetèrent ces derniers par-dessus bord.

— Très bien ! cria-t-il dès qu'ils eurent terminé. Je vais positionner le bateau nez au vent. Olivia, venez sur le pont et tenez la barre pendant que nous nous occupons des voiles.

Olivia courut vers la poupe, se plaça près de Tyndall et saisit la barre tandis que les voiles claquaient furieusement. Elle réprima la panique qui l'envahissait en se remémorant ce que Tyndall lui avait appris au cours des jours précédents. Elle s'efforça de stabiliser le bateau pendant quelques minutes, le temps que l'équipage carguât la grand-voile et la misaine.

Dès que ce fut chose faite, Tyndall se dépêcha de la rejoindre, tourna la barre d'un geste sec et le lougre mit cap vers l'ouest en retrouvant sa stabilité.

Il se tourna vers Olivia et sourit.

— Merci.

— À quoi devons-nous nous attendre, maintenant ?

— Je dirais qu'un willy-willy se prépare, ce qui n'est pas très étonnant à l'approche de la mousson. Soit il va perdre en intensité de lui-même, soit ça va souffler fort. Je ne prends aucun risque. Il y a une île à quelques heures d'ici où nous pourrons nous abriter. Vous feriez mieux de redescendre.

Tyndall eut beau parler posément, Olivia le sentit tendu. Cependant, l'impression qu'il donnait de pouvoir contrôler n'importe quelle situation la rassura et elle regagna la cabine.

Après plusieurs heures passées sur sa couchette à écouter le fracas des vagues et les hurlements du vent, elle s'inquiéta en constatant qu'ils naviguaient toujours alors que le soleil n'allait plus tarder à se coucher. Elle fut donc infiniment soulagée d'entendre Tyndall s'écrier : « Terre ! »

Si l'île n'était qu'une tache sombre à peine visible, l'entrée dans le lagon qui leur servirait de refuge était clairement délimitée par l'écume blanche des vagues venant se briser sur les rochers. À leur arrivée, ils découvrirent toute une flotte de lougres qui avaient jeté l'ancre.

Lorsqu'ils eurent mouillé à l'écart des autres bateaux, les Koepangers et Ahmed s'abritèrent sous le gaillard, Tyndall descendit et verrouilla l'écoutille à double tour.

Dans l'atmosphère chaude et moite de la cabine, Olivia se sentait transpirer de la tête aux pieds.

— J'ai bien peur que nous soyons là pour un moment ! cria Tyndall pour couvrir les rafales de vent. Quand nous serons dans l'œil du cyclone, il y aura un moment de répit puis viendra le deuxième front.

Durant cette attente qui sembla durer une éternité, Olivia interrogea Tyndall sur sa jeunesse en Irlande mais il ne s'étendit pas, préférant la distraire avec le récit de ses aventures vécues à bord des baleiniers. Olivia, les yeux écarquillés, n'en perdit pas une miette.

— Ces histoires semblent tout droit sorties d'un roman. Après avoir connu tout cela, songez-vous à vous installer et à mener une vie normale, capitaine Tyndall ?

— « Normale », c'est-à-dire ?

Olivia s'apprêtait à répondre lorsqu'elle prit conscience que la coque du bateau se balançait un peu plus doucement. Cela ne dura pas, le vent se mit à souffler de plus belle, et entre l'air étouffant de la cabine et le roulis du bateau, elle finit par se demander si elle avait eu raison d'insister pour être du voyage. Elle se cala sur sa couchette et ferma les yeux en s'efforçant de penser à tout sauf à l'endroit où elle se trouvait.

Alors qu'elle désespérait de voir cette tempête prendre fin un jour, le vent retomba pour de bon. Ils sortirent sur le pont pour prendre une bouffée d'air frais et constater les éventuels dégâts, mais le *Bulan* était intact. Ahmed et Tyndall échangèrent un regard satisfait, tous deux ravis que leur bateau eût ainsi tenu le choc.

Après une nuit rendue difficile par les attaques de moustiques, tout l'équipage se retrouva sur le pont pour un petit déjeuner de riz sucré et de fruits séchés que prépara Ahmed.

— Il n'y a pas un bruit sur les autres embarcations, remarqua Olivia. Les gens ont dû rester à terre.

— Nous irons voir ce qu'il en est après avoir inspecté le bateau.

Pendant que les hommes vérifiaient l'état du gréement, Olivia remit en état la cambuse, s'émerveillant du talent qu'avait Ahmed pour cuisiner dans un espace aussi réduit et sur un réchaud minuscule. Puis elle se lava dans un seau d'eau, enfila son « pyjama » de rechange et releva sa chevelure en un chignon haut de façon à avoir moins chaud. Enfin, elle sortit de son baluchon un onguent parfumé à la rose et l'appliqua sur son visage qui brunissait à vue d'œil.

À midi, Tyndall et Ahmed mirent la chaloupe à l'eau, attendirent qu'Olivia s'y installât puis gagnèrent le rivage à la rame. Une fois sur l'île, alors qu'ils marchaient sur un chemin sablonneux à travers la végétation dense, des voix, des rires et des cris leur parvinrent. Tyndall et Ahmed, partis en éclaireurs, furent choqués par ce qu'ils découvrirent dans une clairière.

Lorsque Olivia les rejoignit à l'ombre de grands arbres, Tyndall retira sa casquette de capitaine et la lui tendit.

— Rabattez-la sur vos yeux, ne parlez à personne et restez bien derrière nous, lui ordonna-t-il.

À son ton, Olivia comprit qu'elle ne devait pas discuter. Elle jeta tout de même un regard par-dessus l'épaule de ses deux compagnons et porta une main à sa bouche.

Sur une petite estrade en bois érigée au centre de la clairière se tenaient six pauvres femmes d'âges différents ligotées ensemble. Quatre étaient aborigènes, l'une était à moitié chinoise et à moitié aborigène, la dernière et la plus jeune était une métisse d'une beauté confondante. Olivia trouva qu'elle ressemblait à une biche, avec ses grands yeux sombres et apeurés et son corps fluet.

— Que se passe-t-il ? chuchota-t-elle, abasourdie.

— C'est un *barracoon*, un marché aux esclaves. Je croyais que cela n'existait plus.

Olivia fut trop stupéfaite pour répondre.

— *Tuan*, regardez qui voilà, chuchota Ahmed. Toujours le même.

Il désigna d'un coup de menton un homme trapu qui avait la peau tannée, une barbe broussailleuse, un anneau doré à l'oreille et un grand chapeau en feuilles de pandanus. Armé d'un fouet et d'un pistolet glissé à sa large ceinture, il déambulait parmi les Blancs massés devant l'estrade qui lorgnaient les femmes comme des maquignons.

— Karl Gunther, maugréa Tyndall.

— Il a l'air absolument odieux, dit Olivia.

L'homme s'amusa à tâter les fesses des femmes avec le manche en bambou de son fouet, à le promener entre leurs jambes et à faire gigoter leurs seins, puis annonça d'une voix de stentor :

— Messieurs, maintenant que vous avez inspecté la marchandise, voyons qui repartira avec ces charmantes créatures !

Il partit dans un rire gras et bondit sur l'estrade, tandis que les hommes commençaient à enchérir.

Ahmed dit quelques mots à Tyndall en malais. Les deux amis semblaient se mettre d'accord sur quelque chose.

— Est-ce que j'arrive trop tard ou acceptez-vous le sang neuf ?

Gunther toisa Tyndall qui avançait. Il remarqua également derrière lui, restés à la lisière de la forêt, son second malais et son mousse vêtu d'un uniforme noir et blanc.

— Capitaine Tyndall, voyez-vous ça ! Le sang neuf et l'argent frais sont toujours les bienvenus.

Le regard de Gunther était froid et dur ; quant à son ton, il n'avait rien d'accueillant. Olivia comprit que les deux hommes s'étaient déjà croisés et ne s'appréciaient guère.

Sur ce, les enchères reprirent. Dès qu'une femme était vendue et que l'argent était versé à Gunther, celui-ci sectionnait sa corde d'un geste brutal et la remettait à son nouveau propriétaire.

Olivia frémit.

— C'est barbare ! Ne pourraient-ils pas au moins les habiller ? Quelle honte !

— Chut, m'dame, répondit Ahmed. S'ils vous voient, on va avoir de gros ennuis.

Tyndall se tenait sur le côté, les bras croisés, et assistait à la scène. Il restait deux femmes, la superbe métisse qui baissait la tête, ses cheveux longs et raides couvrant ses seins ronds, et une Aborigène qui serrait les poings en regardant les hommes d'un air de défi.

— Elle m'a tout l'air d'être une sauvageonne, celle-là! commenta l'un des acheteurs.

— Le dressage promet! renchérit Gunther. Quant à l'autre, c'est la crème de la crème, une petite vierge noire prête à être déflorée!

Il savait qu'il en tirerait un bon prix et avait même hésité à la garder pour lui. Seulement, ne possédant plus de lougre, il n'avait plus l'utilité d'une femme sans expérience, que ce fût dans son lit ou pour les corvées à bord.

Les enchères se poursuivirent sous le regard impassible de Tyndall. Puis, alors qu'il ne restait plus que deux acheteurs potentiels, Tyndall doubla d'une voix ferme et claire le dernier prix qui avait été annoncé, provoquant la stupéfaction de Gunther.

— Il ne va pas acheter cette fille! dit Olivia, qui peinait à se contenir.

Ahmed posa une main sur son bras.

— Je lui ai demandé de la sauver, m'dame. Elle est macassar, comme moi.

Sans trop y croire, un homme tenta de damer le pion à Tyndall, qui renchérit encore.

— Elle est donc à vous, capitaine Tyndall, annonça Gunther d'un ton maussade, voyant que les autres hommes secouaient la tête à contrecœur.

Ahmed profita du fait qu'il comptait son argent pour entraîner Olivia dans la forêt et la soustraire ainsi aux regards. Tyndall détacha et jeta la corde qui entravait la jeune femme, puis retira sa chemise et lui couvrit les épaules. Elle la resserra autour de son corps et suivit le capitaine sans broncher, tandis que Gunther les fusillait du regard. Une dénonciation de Tyndall n'était pas à exclure, aussi décida-t-il d'entreprendre un long voyage qui le tiendrait éloigné du nord-ouest de l'Australie pendant un bon bout de temps.

Tyndall resta sur le rivage tandis qu'Ahmed ramenait Olivia et la jeune femme au lougre. Lorsqu'elles furent toutes deux montées à bord, Olivia retira la casquette et adressa un regard bienveillant à la nouvelle venue. Celle-ci était encore apeurée, mais l'étonnement de se retrouver face à une Blanche l'emporta et elle finit par esquisser un sourire.

Pendant qu'Ahmed allait récupérer Tyndall, Olivia prit la jeune femme par la main pour lui montrer la cabine. À la seule vue de la petite ouverture débouchant sur ce qui ressemblait à une cale obscure, elle se dégagea brutalement, regagna le pont en courant et plongea.

Olivia poussa un cri et se pencha par-dessus le bordé, tandis que Tyndall rejoignait la fuyarde en quelques brasses. Lorsqu'il l'empoigna, elle le roua de coups de poing, tandis que ses bras et ses jambes qu'elle agitait en tous sens les entraînaient sous l'eau. Finalement, Tyndall réussit à la maîtriser en passant un bras autour de sa poitrine et nagea jusqu'à Ahmed, qui approchait dans la chaloupe. Ensemble, ils aidèrent la jeune femme à y monter.

— On vous aide ! On est vos amis ! lui cria Ahmed en malais.

Elle répéta le dernier mot, « *kawan* », et le regarda d'un air décontenancé.

Une fois tous trois remontés à bord du lougre, Olivia demanda à la jeune femme par l'intermédiaire d'Ahmed comment elle s'appelait.

— Niah, répondit-il.

— Niah…, répéta Tyndall, songeur. Au moins, nous savons que tu sais nager ! Je pourrais me servir de toi pour la plongée !

À ces mots, Olivia vit rouge.

— Comment ? Je croyais que vous alliez lui rendre sa liberté !

— Eh bien, pas ici, en tout cas. Gunther lui remettrait la main dessus en un rien de temps. Et puis j'ai payé le prix fort.

Il esquissa un rictus en voyant la mine furieuse d'Olivia, puis se tourna de nouveau vers la jeune femme.

— Alors, Niah, que va-t-il advenir de toi ?

Quand il poursuivit en malais, Niah répondit en semblant plus détendue. Olivia les regarda tour à tour et demanda à Ahmed :

— Que lui a-t-il dit ?

Ahmed sourit et détourna la tête.

— Rien, m'dame.

Tyndall haussa un sourcil et expliqua.

— Elle vient de me faire une offre que certains hommes auraient du mal à refuser. Auriez-vous l'amabilité de lui donner quelque chose à se mettre sur le dos ?

Olivia les fixa tous les trois puis alla chercher une longue étoffe blanche dans la cabine.

Un peu plus tard, alors que Tyndall manœuvrait la barre en sifflotant et qu'Ahmed et les Koepangers s'affairaient à écailler les huîtres, Olivia prit le temps d'observer Niah. Celle-ci, drapée dans l'étoffe blanche et installée bien confortablement en tailleur, tressait calmement ses longs cheveux noirs. Remarquant alors le coquillage gravé qu'elle portait en pendentif, Olivia réprima un cri de surprise : le bijou arborait le même dessin que le bracelet offert par les femmes aborigènes.

9

Le retour du capitaine Tyndall à Broome avec une jeune métisse ne passa pas inaperçu, tout comme la participation de Mme Hennessy au voyage.

Après que le *Bulan* eut jeté l'ancre, les deux femmes, suivies d'Ahmed qui portait les bagages, empruntèrent la jetée avec solennité. Niah marchait un pas derrière Olivia, qui avait revêtu une tenue plus conventionnelle. Mais les regards inquisiteurs qui observaient la petite procession identifièrent très vite la « robe » blanche de Niah comme étant un jupon féminin, probablement celui de Mme Hennessy.

Quant à Tyndall, gai comme un pinson, il fermait la marche en portant sous le bras sa sacoche de voyage en cuir élimé qui contenait des documents, de l'argent, des perles et l'indispensable bouteille de whisky.

Lorsqu'ils atteignirent le bout de la jetée, Conrad courut à leur rencontre. Il embrassa Olivia puis, remarquant Niah, haussa un sourcil perplexe à l'attention de Tyndall. Celui-ci répondit par un sourire et un clin d'œil.

— Ma chérie, je vous ai vus accoster. Je suis tellement soulagé de te retrouver saine et sauve ! J'ai entendu dire qu'il y avait eu un gros coup de vent. Est-ce que tu t'es bien amusée ?

Les yeux pétillants d'Olivia, ses joues rougies et son grand sourire répondirent à sa question.

— Oh, elle va avoir plein de choses à vous raconter, dit Tyndall.

— Et la pêche a-t-elle été bonne?

— Tout à fait, malgré quelques pertes en cours de route. Votre épouse s'en est admirablement bien sortie, finalement. Je ne connais pas beaucoup de femmes qui auraient supporté de telles conditions.

— Pas de mal de mer, pas de remarques intempestives? demanda Conrad sur le ton de la plaisanterie.

— Non, j'ai même pris la barre une fois, intervint Olivia un peu vivement.

— Vous saurez tout, mais pensez à vous servir un bon verre de rhum d'abord, conseilla Tyndall. Madame Hennessy, ce fut un plaisir. Grâce à vous, cette expédition a été mémorable.

Sur ce, il s'éloigna en sifflotant, soulagé de la tournure des événements. Avec un peu de chance, ce voyage mouvementé dissuaderait Olivia de reprendre la mer un jour.

Surprenant le regard curieux que Conrad jeta à Niah, Olivia signifia à cette dernière d'approcher.

— Conrad, je te présente Niah. Elle va emménager chez nous, je t'expliquerai plus tard.

— Je vais chercher un sulky, m'dame, dit Ahmed.

Il s'éloigna après avoir confié le baluchon d'Olivia à un Conrad éberlué.

— Olivia, que se passe-t-il? chuchota-t-il. J'ai déjà dû justifier ta participation à l'expédition. Les gens ont compris pour James, mais certains ont tout de même trouvé cela, je cite, « un peu fort ». Que vais-je dire pour la fille?

— Ne te sens pas obligé de parler tout bas, Conrad, elle ne comprend pas l'anglais. Nous allons la prendre sous notre aile et nous n'aurons qu'à la présenter comme ma dame de compagnie.

— Ce sera un peu difficile à croire, vu qu'elle ne parle pas anglais et que tu ne parles pas malais, souligna Conrad en l'aidant à monter dans le sulky.

— Dans ce cas, j'apprendrai le malais! Oh, Conrad, il faut absolument que je te raconte son histoire!

Niah fut installée dans une petite chambre du quartier des domestiques, au grand désespoir du cuisinier chinois. Il craignait en effet de devoir former aux tâches ménagères cette fille qu'il considérait comme une sauvageonne.

Après avoir prié Yusef, son domestique malais, d'expliquer l'organisation du quotidien à Niah, Olivia rejoignit Conrad sur la véranda.

— Ah, Olivia. Assieds-toi, prends une boisson fraîche, raconte-moi toute cette... aventure et explique-moi pourquoi nous nous retrouvons avec une nouvelle, euh... résidente.

Olivia s'affala dans le fauteuil le plus proche et reprit depuis le début.

— Oh, Conrad, c'était affreux... Cette pauvre fille...

Dans un premier temps effaré par les risques qu'Olivia avait pris, Conrad ne put qu'admirer le panache dont son associé avait à nouveau fait preuve, même s'il n'appréciait pas d'être ainsi mis devant le fait accompli.

Tyndall arriva au coucher du soleil et s'installa sur la véranda avec Conrad autour d'une bouteille de rhum. Olivia, qui avait revêtu une robe légère en mousseline fleurie et attaché ses cheveux en un chignon flou, les rejoignit et s'installa sur une chaise longue en osier avec un verre de citronnade.

— Serez-vous des nôtres pour le dîner, capitaine Tyndall ? demanda-t-elle. Maintenant que le calme est revenu dans la maisonnée.

— L'arrivée de cette fille provoque quelques remous, souligna Conrad, la mine inquiète. Elle se dispute avec le domestique au sujet de je ne sais quoi. J'espère qu'elle ne va pas être source de problèmes. Va-t-elle rester sous notre toit ou avez-vous d'autres projets ?

— Ahmed et moi allons parler de son avenir. En attendant, Mme Hennessy m'a promis de veiller sur elle. Ce sera l'occasion idéale d'apprendre le malais.

— C'est bien mon intention, dit Olivia, relevant le défi. Ahmed et vous ne pourrez plus rien me cacher.

Tyndall leva son verre.

— Dans ce cas, je porte un toast à votre réussite. Si je puis me permettre, je vous trouve bien… apprêtée, ce soir.

Olivia sourit. Elle comprit qu'il avait déjà quelques verres de rhum dans le sang.

— Et je vous remercie pour l'invitation, mais j'ai prévu de rejoindre quelques amis. D'ailleurs, je sors du Continental.

— Mon Dieu, j'espère que le magistrat résident ignore la petite escapade d'Olivia, soupira Conrad.

— Vous n'empêcherez jamais les gens de cancaner. Je les ignore et je vis ma vie, affirma Tyndall.

— J'entends bien, mais lorsque l'on aspire à un certain rang dans la société, il convient de peser ses actes avant d'agir. Il n'est pas possible de n'en faire toujours qu'à sa tête.

— Est-ce vraiment ton ambition, Conrad ? Aspirer à un certain rang dans la société ? demanda Olivia avec le plus de tact possible. Si mes initiatives te mettent dans l'embarras, tu m'en vois désolée.

Tyndall lança un regard en coin à Olivia qui affichait une mine contrite, mais il comprit à ses yeux verts qui pétillaient qu'elle ne regrettait pas le moins du monde son voyage à bord du *Bulan*.

— Ne vous inquiétez pas, Conrad, la réputation de votre femme n'est pas entachée. Maintenant, parlons affaires. Nous devons expérimenter la pêche dans les bas-fonds, et cela implique de nouveaux investissements.

— De quelle nature ? s'enquit Conrad, sachant que les caisses n'étaient pas pleines, loin de là.

— Il faut équiper le lougre d'une nouvelle pompe et agrandir le quartier de l'équipage. La goélette tiendra lieu de vaisseau mère. Nous devrons également trouver un plongeur et un guide.

— Tout cela, c'est votre domaine, dit Conrad. Pour ma part, plus j'en apprends sur l'industrie perlière, plus elle me passionne !

— Capitaine Tyndall, vous l'avez converti, souligna Olivia, contente de constater que la réserve et la prudence naturelles de Conrad étaient balayées par la perspective de trouver des perles de valeur.

En effet, comme beaucoup d'autres avant lui, Conrad avait attrapé le virus. Il avait commencé à se renseigner sur le sujet par le biais de lectures et de discussions avec des experts. Ainsi, il avait appris que les baroques et les perles impossibles à désolidariser des coquilles pouvaient malgré tout être écoulées et représenter une source non négligeable de revenus. Il connaissait désormais les différents types de perles et les circuits de vente – officiels, impliquant des déclarations en règle auprès de la douane, et officieux : marché noir, acheteurs situés à Singapour, Hong Kong ou Melbourne.

— En votre absence, je me suis également lié d'amitié avec le meilleur nettoyeur de perles de la ville, à qui nous pourrons confier notre première récolte, ajouta Conrad. Il s'appelle Tobias Metta.

Celui-ci, un Ceylanais, avait vécu à Singapour. Conrad avait pris l'habitude de lui rendre visite dans son atelier, un lieu quelconque où les outils étaient réduits au strict nécessaire : une loupe, une lime d'orfèvre plantée dans un bouchon de liège, un couteau à plusieurs lames parfaitement aiguisées, un polissoir, une pince, du papier de verre, de la poudre de rubis, un chiffon doux et une balance à plateaux.

Son visage rond, brillant et lisse affichait constamment un sourire bonhomme. Ses mains, toutes boudinées qu'elles étaient, s'activaient avec une légèreté et une dextérité telles qu'elles évoquaient deux créatures dansant et voletant autour de la perle en train d'être façonnée sous la lame ou sous la lime. Malgré la pression inhérente à son métier – Tobias Metta était tout de même un faiseur de fortunes –, il avait pour habitude de travailler dans la bonne humeur.

— Le marché de la perle implique de prendre des risques, monsieur Hennessy : soit le pêcheur vend immédiatement mais à petit prix, soit il parie que sous la surface se cache une beauté parfaite. Si celle-ci n'existe pas, il m'est impossible de la fabriquer car je ne suis pas magicien, avait expliqué Toby en souriant. Mais je peux contribuer à la révéler.

Conrad n'en revenait pas de voir, parfois en l'espace de quelques minutes, une perle toute terne se transformer en un joyau iridescent.

— C'est passionnant ! J'aimerais beaucoup le voir travailler, s'exclama Olivia. Y verrait-il un inconvénient ?

— Toby est imperturbable même quand il y a des visiteurs. Il est d'une adresse et d'une rapidité incroyables, alors qu'il a entre les doigts une matière qui pourrait être détruite en deux temps trois mouvements. Vous vous rencontrerez demain.

Sur ce, Tyndall reposa son verre et les Hennessy pour leur hospitalité.

— Avant de partir, je vais parler à Niah pour essayer de la calmer et de lui expliquer la situation. Puis-je la voir ?

— Si seulement je pouvais l'aider, communiquer avec elle, soupira Olivia.

En accompagnant Tyndall à l'intérieur, Conrad lui demanda :

— Est-ce vraiment une sauvageonne, John ?

— Comme toutes les femmes, plaisanta Tyndall avant d'ajouter sur un ton plus sérieux : elle est des Indes, Conrad. C'est une culture très différente.

Niah était dans sa chambre, assise en tailleur sur un lit de camp. Elle regarda fixement Tyndall dès qu'elle le vit entrer puis l'assaillit de questions.

— *Lambat*, plus lentement, dit Tyndall.

La jeune femme écouta ce que le capitaine avait à lui dire puis celui-ci appela Yusef, qui était dans la salle servant de buanderie et de cuisine.

— Yusef, tu dois veiller sur elle et être son ami. Mme Hennessy va lui trouver des vêtements, parce qu'elle risque de ne pas rentrer au pays avant longtemps.

Niah, en larmes, se jeta au cou de Tyndall et se lança dans une logorrhée en malais qu'il eut du mal à suivre. Lorsqu'il eut réussi à la tranquilliser, il se tourna à nouveau vers Yusef.

— Elle ne veut pas rentrer chez elle ? Qu'est-ce que c'est que cette histoire d'homme méchant ?

Yusef traduisit.

— *Tuan*, elle dit qu'elle a été donnée en mariage à un vieillard. Elle veut pas retourner auprès de lui.

— Et sa famille accepterait-elle de la reprendre ? A-t-elle au moins quelque part où aller ?

Niah secoua vigoureusement la tête et serra d'un geste nerveux le coquillage qu'elle portait en pendentif.

— Elle dit qu'elle a été capturée par un Blanc et mise sur un bateau avec d'autres femmes, ajouta Yusef en regardant Niah avec compassion. Elle a trop peur de rentrer.

— Hmm, marmonna Tyndall. Si je comprends bien, nous ne pouvons pas la renvoyer chez elle.

Conrad, qui assistait effaré à la conversation, secoua la tête.

— Nous ne pouvons ni la garder ni la mettre à la rue.

Niah agrippa à nouveau Tyndall par le col de sa chemise et se mit à parler à toute vitesse.

— Elle dit qu'elle m'appartient parce que je l'ai sauvée, expliqua le capitaine en se dégageant.

— Oh..., murmura Conrad, complètement déboussolé.

Olivia, qui venait aux nouvelles, surprit ce dernier échange.

— Vous ne pouvez décemment pas l'accueillir, capitaine Tyndall. Nous allons devoir en toucher un mot aux responsables de la paroisse. Il serait peut-être préférable qu'elle aille dans un couvent. Nous trouverons bien une mission qui acceptera de l'accueillir.

Tyndall se mordit la lèvre sans répondre. Il s'adressa d'une voix douce à la jeune femme puis demanda à Olivia de lui faire préparer un repas par le cuisinier.

— Je crois qu'elle se sent mieux maintenant qu'elle s'est défoulée sur nous.

Olivia se tourna vers Niah. Si elle semblait toujours apeurée, ses grands yeux marron brillaient d'une légère lueur – une lueur de victoire.

Le lendemain matin au siège, Tyndall, qui souffrait d'une belle gueule de bois, annonça qu'il avait trouvé un plongeur pour la saison suivante.

— Un Japonais qui a d'excellentes références. Mais ce qu'il peut descendre comme whisky !

Olivia haussa un sourcil.

— Voulez-vous nous accompagner chez le nettoyeur de perles ?

Tyndall grimaça, s'affala sur son fauteuil de bureau et mit les pieds sur la table.

— Je ne suis pas de taille à affronter ce moulin à paroles de Toby Metta ce matin. Quant à l'acheteur que vous verrez ensuite, j'ai un seul conseil à vous donner : ne cédez pas.

— Ne vous inquiétez pas, John, nous nous occupons de tout, assura Conrad.

Tout comme elle avait été enchantée par sa première visite au hangar d'écaillage situé au village de l'avant-côte, Olivia fut conquise par l'ambiance qui régnait dans l'atelier du nettoyeur de perles. Ce dernier la reçut avec effusion, se dépêcha d'épousseter une chaise en bois courbé et se frotta les mains avec enthousiasme.

— C'est très aimable à vous de venir dans mon humble atelier, dit-il avec une petite courbette. Rares sont les dames qui s'aventurent jusqu'ici. Sachez que vous serez la bienvenue à toute heure.

L'accent chantant du Ceylanais et sa politesse excessive amusèrent Olivia, qui se prit aussitôt de sympathie pour lui.

— J'espère qu'ensemble nous produirons de magnifiques perles, monsieur Metta.

— Tout à fait, tout à fait, madame Hennessy. J'en suis certain. Mais vous en avez déjà d'excellentes.

Il ouvrit un tiroir et sortit une petite aumônière dont il vida le contenu dans la paume de sa main.

— Regardez, dit-il d'un air triomphant.

Olivia retint son souffle en découvrant quatre perles à la subtile teinte rosée qui brillaient tels des phares dans une nuit sans lune.

— Oh, elles sont sublimes. N'est-ce pas excitant, Conrad ?

— Je n'ai eu à retirer que quelques couches, expliqua Toby. C'est un travail très simple, comme peler un oignon. Vous devriez en tirer un bon prix malgré leur petit calibre.

Il vida une autre aumônière qui contenait une douzaine de perles plus petites.

— Et un petit complément, dit-il en riant. J'ai dû en jeter quatre qui étaient irrécupérables. Toutes mes excuses.

Ils le payèrent pour sa prestation et acceptèrent son invitation pour le *tiffin*, le déjeuner, le dimanche suivant. La réputation de Tobias Metta était telle parmi les maîtres perliers de Broome que même les plus racistes se pressaient chez lui et son épouse, Mabel. Non seulement on y mangeait fort bien, mais Toby, qui savait presque tout ce qui se passait dans le milieu de la perle à Broome, laissait parfois échapper une information importante.

Une fois les perles protégées par une housse en peau de chamois et rangées dans le sac d'Olivia, les Hennessy se rendirent à l'hôtel Continental, où ils avaient rendez-vous avec un acheteur de perles du nom de Jules Barat.

Une fois les présentations terminées, M. Barat prit soin de verrouiller la porte de sa chambre. C'était un homme de petite taille et d'une politesse très formelle pour son jeune âge. Il avait un nez aquilin, un bouc et des lunettes cerclées d'or qui soulignaient ses grands yeux marron. Entre son style raffiné – il était vêtu à la dernière mode parisienne – et ses manières typiquement françaises, il détonait à Broome.

Lorsqu'ils eurent tous les trois pris place autour d'une petite table en rotin, Jules Barat y posa un plateau en bois garni d'une feutrine verte, une balance à plateaux miniature, une loupe oculaire de bijoutier et un petit calepin.

Il s'inclina vers Olivia et parla d'une voix suave mâtinée d'un fort accent.

— Ai-je la permission de Madame pour retirer ma veste ?

— Je vous en prie.

Pendant que M. Barat glissait sa veste sur le dossier de sa chaise, Olivia sortit les perles de l'aumônière et les déposa sur la feutrine. Consciente que ce premier butin était modeste, elle prit les devants.

— Comme vous le savez, nous sommes une jeune compagnie. Nous comptons augmenter significativement notre chiffre au fil des saisons.

— Bien sûr. La qualité, pas la quantité, c'est ce que nous recherchons en joaillerie, répondit-il en inclinant légèrement la tête.

M. Barat procéda ensuite à ce qui était manifestement son petit rituel personnel. Il réajusta les jarretières de chemise qui maintenaient ses manches retroussées, assouplit ses doigts, retira ses lunettes, qu'il essuya avant de les poser à côté du plateau, puis chaussa sa loupe oculaire. Après un examen minutieux, il pesa chaque perle et prit des notes dans son calepin. Pour finir, il détacha la feuille où figuraient des calculs et la poussa face cachée vers Conrad. Celui-ci la consulta rapidement puis la tendit à Olivia sans broncher. Il avait l'air satisfait, le prix proposé correspondait peu ou prou à l'estimation de Toby. Néanmoins, Olivia esquissa une moue.

— Ce ne peut être votre dernier prix, monsieur Barat, le défia-t-elle.

Conrad et l'acheteur de perles la regardèrent en écarquillant les yeux.

— Madame Hennessy, je suis un expert, pas un maquignon.

— Certes, mais…

— Olivia…, intervint Conrad, effaré par son attitude.

L'acheteur scruta Olivia sans ciller.

— J'ai des frais considérables à couvrir. Si vous préférez vous rendre directement à Paris ou à Londres…

Il haussa les épaules.

— De plus, nous nous voyons pour la première fois, nous n'avons pas une relation commerciale justifiant que je vous propose *un prix spécial*[1]…

1. En français dans le texte. (*N.d.T.*)

— Au contraire, le moment est idéal, souligna Olivia. Un prix spécial cimenterait notre collaboration, car nous saurions que vous êtes quelqu'un d'honnête et de raisonnable. Et cela nous éviterait de négocier avec d'autres acheteurs.

Conrad, surpris mais aussi fier de l'audace de son épouse, jugea préférable de garder le silence. Olivia venait de marquer un point.

L'acheteur de perles déplia ses lunettes, les rechaussa lentement et reprit la feuille de papier. Il biffa le nombre qui figurait tout en bas, en écrivit un nouveau et rendit le papier à Olivia.

— Cela suffira-t-il à cimenter notre relation, madame Hennessy ? demanda-t-il avec une lueur amusée dans le regard.

Cette fois, elle lui décocha un sourire éclatant.

— Je vous confirme que oui, et c'est avec joie que nous vous retrouverons lors de la saison prochaine. N'est-ce pas, Conrad ?

— Euh… Oui, tout à fait…, murmura-t-il en jetant un regard au papier qu'Olivia lui montrait.

L'acheteur de perles se leva et remit sa veste.

— Permettez-moi de vous inviter au Lugger Bar pour célébrer notre accord autour d'un apéritif.

Niah semblait plus apaisée. Comme elle rechignait à porter des vêtements européens, Olivia commanda plusieurs sarongs chez un tailleur indien. Ils étaient des plus pratiques, et Olivia n'excluait pas d'en emporter un si elle venait à repartir en expédition à bord du *Bulan*. Elle déplorait que Conrad n'aimât pas davantage la mer, autrement ils auraient pu naviguer ensemble.

Si Conrad restait insensible à l'appel du large, il était parfaitement réceptif à celui des perles, si bien qu'il passait de plus en plus de temps au hangar où travaillaient les écaillers.

— Ah, vous sortez enfin le nez de vos livres de comptes, dit Tyndall, un jour qu'il vérifiait un chargement de nacre prêt à être expédié.

— J'espère que bientôt, les ventes de perles rattraperont voire dépasseront les ventes de nacre, répondit Conrad avec enthousiasme. L'entrevue avec M. Barat m'a fait forte impression. C'est un marché vraiment à part, n'est-ce pas? Tout est différent: la pêche, le nettoyage, la revente... Quand allons-nous commencer à explorer les bas-fonds?

Tyndall éclata de rire.

— Bon sang, Conrad, vous êtes mordu! Cependant, il va falloir patienter le temps de la mousson. Nous n'allons pas reprendre la mer avant quelques mois. Mais nous avons de quoi nous occuper: compléter l'équipage, modifier le lougre...

— Le scaphandre que nous avons commandé devrait arriver de Perth par le prochain bateau à vapeur.

— Et je compte l'essayer en eau profonde, annonça Tyndall. Cet équipement ne doit pas être bien difficile à manipuler.

— Est-ce bien raisonnable, John? C'est tout de même risqué, si j'en crois les histoires terribles qu'on entend. Et pensez au pauvre bougre à qui nous avons racheté le bateau: il n'est plus bon à rien.

— Ne vous inquiétez pas, assura Tyndall, constatant l'inquiétude sincère de Conrad. Ahmed veillera sur moi depuis la surface et notre plongeur me donnera plein de bons conseils. Ce qui me fait penser: il doit encore signer son contrat.

Olivia attendait avec impatience que L'Étoile de la mer se lançât dans la « vraie » pêche à la perle, selon sa formule. Elle voulait savoir dans les moindres détails quelles modifications seraient apportées au lougre et à quoi servaient les nouveaux équipements qui s'accumulaient dans le bureau de Tyndall. Elle se proposa même de participer aux négociations avec le plongeur japonais.

— Là-dessus, vous n'aurez pas votre mot à dire, contra Tyndall en secouant l'index. Personne n'acceptera de travailler pour nous si une femme est impliquée.

Pour toute réponse, Olivia le fusilla du regard.

— C'est culturel, n'y voyez rien d'insultant, précisa-t-il, avant de changer de sujet. Avez-vous vu le matériel de plongée ? Je viens de faire vérifier le casque.

Il lui montra le coin de la pièce où étaient entreposés une combinaison de plongée, des bottes en métal et un casque.

— Ces bottes sont gigantesques, remarqua Olivia.

— Allez-y, essayez-les.

Olivia s'exécuta puis éclata de rire.

— Je ne peux pas marcher, elles sont trop lourdes !

Tyndall se saisit du casque en cuivre et en laiton.

— Pendant que vous y êtes, n'oubliez pas le couvre-chef.

Il le plaça délicatement sur les épaules d'Olivia puis recula d'un pas.

Soudain, le rire étouffé d'Olivia laissa place à un appel au secours, ses jambes cédèrent alors qu'elle tentait de soulever les pieds et elle bascula en avant. Tyndall se précipita pour la rattraper, mais il perdit l'équilibre à son tour et tous deux tombèrent à la renverse en éclatant de rire.

— Au nom du ciel, Olivia, qu'est-ce que tu fabriques ? s'étrangla Conrad, qui venait de monter l'escalier. Que se passe-t-il ?

— Nous essayons le matériel, Conrad, voilà tout.

Étendue de tout son long par terre, ses pieds prisonniers des bottes de plongée, elle regarda Conrad, d'abord sérieusement, puis partit dans un nouvel éclat de rire devant l'absurdité de la situation.

— Enfin, Olivia, c'est très gênant ! Tu te conduis comme une enfant !

Pendant que Conrad regagnait en trombe son bureau, Olivia et Tyndall ne purent s'empêcher de le singer.

Quelques mois plus tard, les affaires reprirent pour L'Étoile de la mer. Le *Bulan* disposait désormais du matériel nécessaire pour plonger dans les bas-fonds, dont une nouvelle pompe manuelle, et d'un quartier plus spacieux pour les membres d'équipage ; quant au *Shamrock*, il servirait de vaisseau mère pour le transport du matériel, des vivres et des récoltes.

La veille du départ, Tyndall dîna chez les Hennessy. Niah, qui servait à table, avait désormais quelques notions d'anglais et comprit que Tyndall et Ahmed reprenaient la mer le lendemain matin.

Tyndall et Conrad célébrèrent le début de la nouvelle saison en buvant beaucoup plus que de raison. Lorsque Olivia raccompagna Tyndall à la porte, elle se douta qu'il allait terminer la soirée dans les bars de Chinatown.

— Pas d'excès et ne ratez pas la marée demain matin ! lui lança-t-elle en agitant un index dans sa direction.

— Ahmed veille au grain, ne vous inquiétez pas. J'espère que vous ne vous ennuierez pas trop en mon absence, articula-t-il avec quelque difficulté. Vous allez devoir jouer à la dame du monde.

— Nous nous débrouillerons très bien sans vous, répondit-elle, s'efforçant de ne pas montrer son mécontentement face à l'ivresse de Tyndall. Contentez-vous de rentrer avec une belle cargaison.

— Vous ne regrettez pas de rester à terre ?

Tyndall se pencha légèrement pour scruter Olivia, mais celle-ci se tenait sur la véranda et son visage se fondait dans la nuit.

— Bonne fin de soirée, capitaine Tyndall, rétorqua-t-elle d'un ton ferme. Et bon voyage.

Conrad ronflait déjà dans son fauteuil et Olivia soupira en suivant des yeux Tyndall qui s'éloignait en titubant légèrement. Ce devait être une belle aventure que de naviguer jusqu'aux gisements perliers qui se cachaient à plusieurs brasses de profondeur. Un jour peut-être…

Le lendemain matin, alors que Conrad se déplaçait à petits pas dans la maison en se plaignant d'une migraine, Ahmed, la mine inquiète, arriva sur une bicyclette qu'il avait empruntée.

— M'dame, pas de *tuan* sur la goélette.

— Je le savais, s'agaça-t-elle en assenant un coup au chambranle de la porte. Il est allé à Chinatown après être parti tard d'ici hier soir. Conrad, tu ferais mieux d'aider Ahmed à le trouver.

— Il peut être n'importe où, gémit Conrad en se tenant la tête.

— Je connais ses adresses, dit Ahmed. L'équipage est prêt, on doit pas rater la marée.

Conrad soupira.

— Dis-moi où le chercher, je demande à ce qu'on prépare le sulky.

Après leur départ, Olivia eut une illumination et se précipita au siège de la compagnie. Le bureau de Conrad était fermé à clé, mais Olivia entendit un choc sourd provenant de la pièce voisine et ouvrit prudemment la porte.

Tyndall dormait profondément, affalé dans un fauteuil en rotin, un pied se balançant dans le vide. Il portait sa tenue de la veille, il n'était pas rasé et ronflait, les lèvres légèrement écartées. Une bouteille de whisky vide traînait par terre.

— Tyndall ! cria Olivia en claquant la porte.

Il fallut plusieurs secondes au capitaine pour émerger et identifier la silhouette campée devant lui.

— Avez-vous passé la nuit ici ? demanda Olivia.

— Non…

Il se redressa en se frottant le visage.

— Quelle heure est-il ?

— L'heure d'embarquer. Ahmed vous cherche. L'équipage est à bord. On n'attend plus que vous !

— Très bien, je mets les voiles.

Il se leva lentement, coiffa sa casquette et salua Olivia avec malice.

— John Tyndall, vous êtes incorrigible.

— Que deviendrais-je sans une associée pour me garder sur le droit chemin ? lança Tyndall en descendant l'escalier.

Alors qu'Olivia rentrait chez elle en fulminant, Yusef courut à sa rencontre, complètement paniqué.

— M'dame, Niah est partie !

— Quoi ?

Olivia se précipita dans la chambre de Niah et constata que ses rares effets personnels avaient disparu.

Dans l'après-midi, alors que le *Shamrock* avait gagné le large dans le sillage du *Bulan* et de plusieurs autres lougres, le plongeur japonais monta sur le pont en affichant une mine perplexe.

— Je crois qu'on a une passagère clandestine, dit-il à Tyndall en désignant sa cabine.

En effet, Tyndall descendit et trouva Niah assise le plus sereinement du monde sur sa couchette. Dès qu'elle le vit, elle lui décocha un large sourire.

10

Par l'intermédiaire d'un lougre qui rentrait avec un plongeur malade, Olivia et Conrad reçurent un message les informant que Niah se trouvait à bord du *Shamrock*. La jeune femme, consciente que Tyndall n'était pas ravi de sa présence, restait seule la plupart du temps. On lui installa une couchette improvisée dans la cambuse, derrière un rideau de toile, où elle s'était cachée le temps que la goélette gagnât le large.

Au fil des jours passés en mer ou sur les gisements d'huîtres, Niah se rendait de plus en plus utile sur le bateau, nouant des relations polies mais distantes avec les équipages du *Bulan* et du *Shamrock*. Le cuisinier du *Shamrock* la traitait comme une servante, l'envoyant chercher du riz ou des tasses de chicorée noire pour accompagner les repas. Elle discutait surtout avec Ahmed – leurs origines communes facilitaient la communication. Niah profitait de leurs trajets à bord de la chaloupe entre les deux navires pour interroger le Malais sur le Blanc qui, après l'avoir sauvée de l'esclavage, prenait soin de l'ignorer.

Ahmed répondait à ses questions en veillant à ne pas s'étendre ; par loyauté envers Tyndall, il évitait de donner des informations trop personnelles. Il appréciait la compagnie de Niah qui, en plus d'avoir de l'humour et un caractère plutôt facile, était d'une beauté stupéfiante. Cependant, il s'interrogeait sur l'attitude de son capitaine. La distance qu'il maintenait avec Niah serait difficilement tenable avec le temps, et... Enfin, tout était entre les mains d'Allah Tout-Puissant, estimait Ahmed.

Certains soirs, en particulier le dimanche si le temps était calme, nombreux étaient les lougres et les goélettes à se retrouver au même endroit pour jeter l'ancre. Les équipages et les capitaines se rendaient mutuellement visite, dînaient ensemble, buvaient, jouaient aux cartes ou aux dés. Tyndall en profitait pour entretenir ses relations, surtout avec les capitaines indépendants ou appartenant à de petites flottes. Anticipant déjà la suite, il leur proposait ses services de transport de marchandises ou de ravitaillement en nourriture, en carburant et en alcool.

Tyndall avait fixé une règle stricte à Niah lorsque les équipages d'autres bateaux venaient passer la soirée à bord du *Shamrock*: elle devait rester dans la cabine principale et n'en ressortir qu'après le départ du dernier invité.

Un soir, elle était assise dos au grand mât, ses genoux repliés sous le menton, et contemplait la mer éclairée par la lune. Alors qu'elle se laissait bercer par le clapotis de l'eau et le léger cliquetis du gréement, elle constata que tous les bateaux avaient éteint leurs lumières à l'exception de l'*Ambrosia*, la goélette de « Wild » Bill Leven. À la lueur d'une lanterne qui se balançait doucement sur le côté, elle distingua une chaloupe dans laquelle un homme montait maladroitement. S'ensuivirent un cri, un choc sourd, un juron et des rires tandis que la petite embarcation menaçait de chavirer. Après plusieurs au revoir articulés avec difficulté, l'homme regagna le *Shamrock* à la rame, non sans zigzaguer.

Niah ne bougea pas jusqu'à ce qu'elle entendît la chaloupe heurter l'échelle de corde. Voyant que Tyndall se débattait avec l'amarre, elle se pencha, la saisit et la tint fermement pendant que le capitaine montait maladroitement à bord. Après avoir trébuché plusieurs fois, il regagna sa cabine en titubant et sans dire un mot, à croire qu'il ne l'avait pas vue.

Lorsque Niah eut amarré correctement la chaloupe, elle descendit à son tour et trouva Tyndall vautré sur la couchette, une jambe et un bras pendant dans le vide.

Niah s'accroupit pour lui retirer ses chaussures et ses chaussettes. Alors qu'il entrouvrait les yeux, elle acheva de le déshabiller méthodiquement.

Après avoir contemplé Tyndall quelques instants, Niah dénoua son sarong avec un sourire satisfait et le laissa choir. Le visage de Tyndall changea d'expression à la vue du corps nubile légèrement éclairé par la lune qui filtrait à travers les hublots, et quand Niah s'allongea doucement sur lui, il n'hésita pas longtemps avant de la prendre dans ses bras musclés.

Le lendemain matin, Ahmed prépara une tasse de thé noir dans la cambuse et se dirigea vers la cabine avec l'intention de réveiller le capitaine toujours couché. Au niveau de l'écoutille, il s'arrêta en voyant Niah qui dormait blottie contre Tyndall.

Il allait s'éclipser lorsque son capitaine ouvrit les yeux, bâilla et sourit.

— Merci pour le thé, Ahmed. J'arrive dans quelques minutes.

Ahmed acquiesça, impassible, remonta sur le pont et s'affaira autour de la cargaison de coquillages. Après l'avoir rejoint, Tyndall, étonnamment frais et dispos, apostropha le cuisinier puis annonça avec entrain :

— Aujourd'hui, j'explore les profondeurs.

Ahmed le regarda avec surprise.

— Vous êtes sûr, *tuan*, après... une telle soirée ? Faut pas plonger avec de l'alcool dans le sang.

— J'ai eu le temps de cuver. Non, je suis bien décidé. Dis à Yoshi qu'il peut se reposer aujourd'hui et que c'est moi qui enfile le scaphandre. J'ai entendu assez de belles histoires de la part de nos amis plongeurs, j'ai envie de voir tout cela de mes propres yeux.

Ahmed s'abstint de protester. Il opina, regagna le *Bulan* à bord de la chaloupe et prévint l'équipage.

Tomoko Yoshikuri, le plongeur japonais, n'était pas ravi de ce qu'il considérait comme un caprice, car ce serait au moins une demi-journée de travail de perdue alors qu'il était rémunéré en fonction du poids pêché. Cependant, il n'avait pas voix au chapitre car Tyndall était à la fois le propriétaire du bateau, un marin aguerri et un maître perlier respecté. Avant de signer leur contrat, Yoshi et Takahashi Ono, son guide, s'étaient renseignés. Alors que certains marins malais étaient considérés comme des tire-au-flanc, Ahmed disposait d'une solide réputation, et sa loyauté indéfectible à l'égard de Tyndall était gage de confiance pour les deux Japonais.

Yoshi alla s'asseoir à l'ombre et attendit, persuadé que Tyndall se contenterait d'un seul essai.

Il observa le guide et Ahmed qui préparaient le matériel de plongée. Yoshi était un homme placide qui puisait sa sérénité dans l'acceptation d'une vie toute tracée. Un vieux samouraï qui avait ouvert une petite école dans son village après l'abolition du shogunat lui avait enseigné que le succès résidait dans le labeur, la connaissance et la bienveillance vis-à-vis d'autrui. Enfant, il avait rêvé de quitter son village pour découvrir le monde, à une époque où le Japon était en pleine évolution. Le pays sortait d'un système féodal pour embrasser des idées et des usages plus occidentaux, et les notables n'étaient plus les guerriers mais les marchands.

Cinq ans plus tôt, Yoshi avait quitté son village de la préfecture de Wakayama, sur l'île d'Honshû, pour le Kimberley australien, laissant derrière lui les pinèdes touffues et les falaises dominant une mer hérissée de récifs. Sur cette terre quasiment inexploitable, les villageois, des pêcheurs et baleiniers pour la plupart, menaient une existence précaire. Yoshi se souvenait encore du jour terrible où, alors qu'il n'était qu'un enfant, il avait vu les hommes les plus forts du village, dont son père, prendre la mer pour capturer un baleineau. La mère, rendue furieuse par les cris de son petit, avait pulvérisé les canots et tué tous leurs occupants.

Les jeunes villageois étaient nombreux à chercher du travail ailleurs, et certains choisissaient de rallier le nord de l'Australie à bord de frêles embarcations pour tenter leur chance dans la pêche aux fruits de mer ou à la perle. De par leur don pour la plongée, leur connaissance innée de la mer et leur force aussi bien physique que mentale, ils avaient excellente réputation, et ainsi s'instaura une relation étroite entre une île japonaise et une contrée reculée de l'immense continent australien. Bientôt, des maîtres perliers de tout le nord de l'Australie firent appel à leurs services.

À force d'entendre des plongeurs rentrés au pays raconter leurs parties de pêche, Yoshi, alors adolescent, avait décidé qu'un jour, lui aussi prendrait part à ce qui semblait être une grande aventure. Un été, lorsque des agents représentant les perliers de l'île Thursday étaient venus recruter, Yoshi s'était présenté à eux et on l'avait engagé. Il avait appris les rudiments du métier dans une flotte du détroit de Torres, puis avait été approché par un perlier qui projetait d'exploiter de nouveaux gisements situés au large de l'Australie-Occidentale. Même si les coraux et les palmiers du détroit de Torres lui manquaient, il s'était adapté sans difficulté à la rigueur de Broome. Comme la rémunération était bonne, il mettait de côté une partie de l'argent qu'il envoyait à ses frères et sœurs restés au village. Dès qu'il était à terre, il se rendait au petit temple construit par la communauté japonaise de Broome afin de brûler de l'encens et prier pour sa mère décédée lors de sa première année hors du Japon. Yoshi voulait rendre visite à sa famille, mais il comptait d'abord gagner suffisamment d'argent pour se marier et ramener son épouse avec lui à Broome.

À l'approche de la trentaine, Yoshi était à présent un plongeur relativement âgé, mais il avait encore de nombreuses années de travail devant lui à condition de se montrer prudent. D'ailleurs, peu de plongeurs étaient aussi conscients que lui du danger. Il avait une règle : ne jamais prendre de risques inutiles. Il avait entendu trop d'histoires d'hommes au corps broyé par la pression sous-marine qui, quand elle ne les tuait pas, les paralysait à vie.

En l'occurrence, Yoshi jugeait que Tyndall prenait un risque inutile. Quel besoin avait-il de descendre ? Ce n'était pas un jeu, songea Yoshi en sirotant un thé chaud servi dans une petite tasse en porcelaine bleue. Taki, son second, la lui avait apportée avec un haussement de sourcils et un geste du menton en direction de Tyndall, qui se glissait un justaucorps de flanelle pendant qu'Ahmed préparait le scaphandre. Niah, vêtue d'un sarong, assistait à la scène depuis le bordé près de la poupe et souriait aux grimaces de Tyndal, qui enfilait couche après couche pour affronter le froid des profondeurs.

— Yo, ho, ho, Yoshi ! lança le capitaine, de fort belle humeur. Je m'apprête à revêtir le scaphandre du meilleur plongeur de la région. De quoi ai-je l'air ?

Toutes les personnes présentes sur le pont, y compris les Malais, regardèrent Tyndall avec une mine impénétrable. Tyndall savait qu'il était ridicule, engoncé ainsi, chaussettes dépareillées aux pieds. Mais personne ne réagit sauf Niah, qui étouffa un gloussement auquel Tyndall répondit par un clin d'œil malicieux.

Ahmed et Taki l'aidèrent ensuite à enfiler l'encombrant scaphandre en toile caoutchoutée, les chaussures lestées et les gants. En bon professionnel, Yoshi surveillait chaque étape à distance, sans bouger du toit où il était accroupi. Il attendit que l'équipage s'apprêtât à placer le casque sur les épaules de Tyndall pour rejoindre le petit groupe. Yoshi assista avec attention à la pose du plastron de cuivre et de laiton sur l'encolure renforcée du scaphandre. Enfin, une corde en fibre de coco fut attachée à sa taille. Tyndall s'en servirait pour communiquer avec Taki depuis les profondeurs et inversement.

Yoshi se décida enfin à parler.

— Respirez calmement, ne paniquez pas, restez concentré et regardez toujours où vous mettez les pieds. Pour rappel, c'est une traction sur la corde pour avoir plus d'air, deux pour avoir plus de mou, trois en cas d'urgence. Quand Taki tire trois fois, c'est qu'il faut remonter.

Ils répétèrent les gestes tandis que Tyndall étouffait et transpirait dans le scaphandre. Ahmed esquissa un rictus.

— Aujourd'hui, *tuan* travaille pas, il profite du paysage.

Cette pique était destinée à Yoshi mais ce dernier ne montra aucune réaction.

— Je ne fais pas ça pour m'amuser, Ahmed, répondit Tyndall. Il faut que je remonte avec quelque chose ou je serai la risée de toute la côte.

Il avança de quelques pas vers l'échelle puis s'arrêta.

— Hé, est-ce que nous ne devrions pas organiser une cérémonie, quelque chose… ?

Les plongeurs étant superstitieux, la plupart avaient des porte-bonheur sur eux, priaient ou procédaient à un petit rituel personnel avant de descendre à plusieurs brasses de profondeur. Ils avaient beau multiplier les plongées, ils savaient que chacune présentait un risque d'accident susceptible de leur coûter la vie. Ainsi, Yoshi gardait toujours sur lui un portique rouge miniature appelé *torii*, symbole du shintoïsme, pour se protéger des monstres marins qui rôdaient sous la surface de l'eau.

Pendant que Yoshi secouait la tête devant tant de désinvolture, Niah courut vers Tyndall, décrocha son pendentif et le lui passa autour du cou. Il jeta un coup d'œil au dessin gravé et sourit, appréciant ce geste spontané.

Enfin, on le coiffa du casque en cuivre qui fut fixé au plastron, après en avoir rincé les hublots à l'eau de mer pour éviter la buée.

Après un dernier salut de la main, Tyndall recula jusqu'au bord et se laissa tomber à l'eau. Une fois qu'il eut actionné la valve d'échappement d'air placée sur son casque, il glissa lentement vers le fond où l'attendait un monde de couleurs et de lumières sans cesse changeantes. Arrivé sur le plancher marin, il régla la valve de pression pour être le plus à l'aise possible. Dans un premier temps, il sentit comme des aiguilles qui lui transperçaient le crâne et les articulations, car son corps se rebellait contre cet état qui n'avait rien de naturel. Une fois habitué au sifflement étonnamment fort de sa respiration, au cliquetis de la pompe actionnée sur le pont qui résonnait dans tout le tuyau et au gargouillis des bulles, il actionna la corde pour signifier au guide de lui donner plus de mou.

Tyndall entama son exploration en marchant d'un pas lent, ses bottes de plomb soulevant des nuages de sable beige jonché de cailloux, d'algues et de fragments de coraux. Heureusement, ici, le plancher marin était dégagé, sans algues piégeuses redoutées des plongeurs car elles pouvaient parfois cacher des gouffres et de dangereuses créatures.

En scrutant le sable d'un peu plus près, Tyndall remarqua des huîtres à demi enfouies, se pencha pour les ramasser et les plaça dans un panier en osier attaché à une deuxième corde.

En surface, Taki suivait la progression de Tyndall grâce aux mouvements dessinés par la ligne de vie. Quant à Ahmed, il surveillait le gouvernail et le foc de façon que le *Bulan* ne dérivât pas trop fortement, ce qui aurait mis Tyndall en danger.

Depuis le bordé, Niah suivait du regard le tuyau d'air et la ligne de vie qui disparaissaient dans les profondeurs tranquilles. Lorsqu'elle se détourna brièvement, elle surprit Ahmed qui la dévisageait avec attention et songea que sans la présence de l'équipage, il aurait certainement évoqué sa présence dans le lit de Tyndall. En lisant l'avertissement dans ses yeux sombres, elle comprit immédiatement que si elle venait à blesser ou à mécontenter le capitaine, il viendrait lui demander des comptes. Sans se laisser décontenancer, elle soutint le regard d'Ahmed puis se débarrassa de son sarong et plongea dans l'eau avec grâce.

Tyndall, qui se trouvait à une profondeur de quatre ou cinq brasses, retint son souffle en apercevant du coin de l'œil une ombre qu'il prit pour un requin. Mais quand il tourna la tête, il vit Niah, nue à l'exception d'une étoffe nouée autour de sa taille, qui approchait telle une sirène en battant des jambes, ses cheveux flottant derrière elle en cascade. Il croisa son regard rieur et tendit maladroitement sa main gantée vers sa poitrine. Elle lui envoya un baiser, saisit le panier de coquillages et le remonta à la surface en le faisant glisser le long de la corde.

Elle se hissa à bord avec l'aide de deux membres d'équipage et balança le panier à moitié rempli sur le pont.

— C'est tout ce qu'il a ramassé ? lança Ahmed sans un regard pour la jeune femme. Remettez le panier à l'eau.

Yoshi s'abstint de tout commentaire et se remémora sa découverte du monde sous-marin, qu'il considérait parfois comme le sien. Personne ne savait qu'en travaillant, il fredonnait les chansons que sa mère lui avait apprises durant son enfance. C'était un univers familier, et malgré le danger et le froid souvent intense, il se sentait en paix sous l'eau. Les frasques des autres plongeurs pendant les escales, les intrigues, les bagarres, les bordels, les jeux d'argent, la solidarité entre Japonais, rien de tout cela ne l'intéressait. Sa réputation de solitaire était d'ailleurs l'une des raisons pour lesquelles Tyndall et Ahmed l'avaient choisi.

Rhabillée et ignorée des membres d'équipage qui se remettaient au travail, Niah reprit sa place au bordé et contempla le débit constant des bulles émises par Tyndall.

Si ce dernier vivait une aventure fascinante, il avait l'impression d'être sous l'eau depuis des heures et commençait à ressentir des courbatures un peu partout. Sans ses bottes lestées qui le maintenaient au fond et le rai de lumière filtrant depuis la surface, il aurait facilement pu perdre tous ses repères et se croire dans un songe aquatique. Pour se reconcentrer, il suivit du regard un petit crustacé qui progressait sur un rocher incrusté de corail.

— Baleine ! cria Niah en apercevant soudain un jet au loin.

Les membres d'équipage levèrent la tête et regardèrent dans la direction qu'elle indiquait. Les secondes puis une minute s'égrenèrent dans le plus grand silence. Yoshi se leva, les mains en visière, Taki tira trois coups rapides sur la corde de Tyndall, les écaillers dégainèrent leurs couteaux en scrutant eux aussi la mer. Alors qu'Ahmed se tournait vers Niah en haussant un sourcil, une baleine gigantesque surgit de l'eau à quelques mètres du lougre dans un vacarme assourdissant, ses nageoires heurtant la coque.

Niah poussa un hurlement tandis que le *Bulan* vibrait sous la violence de l'impact assené par le gigantesque animal. Aussitôt, Taki signifia à Tyndall par plusieurs tractions sur la corde qu'ils allaient le remonter, Ahmed et les marins entreprirent de hisser les voiles.

— Vite, *tuan*, vite ! s'écria Niah en empoignant Taki.

Ahmed lui ordonna en malais de reculer. Elle obtempéra et regarda en se tordant les mains Taki qui remontait frénétiquement la ligne de vie. Encore une fois, la baleine refit surface, les fixant d'un œil paradoxalement petit mais majestueux et révélant une peau incrustée de bernacles.

La panique s'empara de l'équipage lorsque le cétacé frôla le bateau sur le flanc tribord et manqua de le faire chavirer. Déséquilibré, Taki lâcha momentanément la ligne de vie et le tuyau.

Tyndall, qui avait ressenti une secousse le tirant brutalement vers la surface, leva la tête en se demandant ce qui se passait, puis un deuxième soubresaut le tracta une nouvelle fois vers le haut. Alors que la pression enserrait son crâne comme dans un étau, il se força à respirer calmement tout en essayant d'évaluer la situation. S'ensuivit une accalmie qui le laissa suspendu dans l'eau tel un pantin à sa ficelle.

Quand il regarda de nouveau vers le haut, ce fut pour assister à une scène cauchemardesque qui le saisit d'effroi. La silhouette du *Bulan* lui apparut minuscule comparée à l'immense forme sombre qui rôdait juste sous la coque. Comprenant que c'était une nageoire caudale de baleine qui se trouvait entre lui et le lougre, il ne put qu'écarquiller les yeux avec horreur. C'était plus une question de secondes avant que le dos de la baleine ne vînt percuter le *Bulan*.

Sur le pont, tout le monde perdit une nouvelle fois l'équilibre alors que la baleine râpait la coque avec son flanc. Maintenant que toutes les voiles étaient hissées, le lougre pouvait enfin avancer. Seulement, il fallait d'abord récupérer le capitaine sain et sauf, or cela était impossible étant donné que la baleine lui barrait le passage. Pendant que Taki bloquait le tuyau et la ligne de vie, Ahmed se concerta brièvement avec Yoshi puis hurla à ses compagnons de prendre tous les objets métalliques qui leur tombaient sous la main – wok, outils, n'importe quoi – et de les entrechoquer en espérant que le bruit ferait fuir la baleine. Quant à Niah, elle se rua dans la cabine, saisit le fusil de Tyndall et vérifia qu'il était chargé.

— *Tidak!* cria Ahmed, épouvanté de la voir remonter armée sur le pont.

En effet, une baleine blessée et rendue folle de douleur risquait de pulvériser le bateau en quelques secondes. À ce moment-là, le *Bulan* fut secoué par un nouveau soubresaut qui déséquilibra Niah. Elle lâcha le fusil, un coup partit et la balle se perdit dans la mer. La détonation eut toutefois l'effet escompté car la baleine disparut aussi vite qu'elle s'était montrée. Pendant quelques secondes, tous se figèrent, sidérés d'avoir eu une telle chance.

Or, dans sa fuite, la baleine trancha la ligne et le tuyau de Tyndall. Celui-ci tournoya et crut que son casque allait être arraché par l'effet de succion que l'animal produisit en regagnant les profondeurs. Par miracle, il leva instinctivement les bras et réussit à empoigner la corde utilisée pour remonter les paniers à la surface. Il se sentit étouffer alors que l'air de sa combinaison fuyait par le tuyau rompu et dut s'accrocher à la corde des deux mains pour ne pas couler comme une pierre.

Voyant qu'il n'avait pas la force de nager jusqu'à la surface, Taki donna l'alerte et plongea avec Yoshi. Ils atteignirent Tyndall en quelques secondes, le prirent chacun par un bras et regagnèrent la surface sous les acclamations de l'équipage. Ils le calèrent contre l'échelle, le temps de lui retirer son casque. L'air frais l'aida à reprendre connaissance, et il réussit à grimper maladroitement l'échelle avant de s'écrouler sur le pont. Il saignait du nez et des oreilles, son teint était gris cendre. Niah se précipita vers lui et posa sa tête sur ses genoux tandis que les hommes le libéraient du scaphandre et des bottes. Puis Niah lui retira ses gants et frictionna ses mains entre les siennes jusqu'à ce que Tyndall reprît des couleurs. Alors qu'elle se penchait pour embrasser le pendentif qu'il portait toujours autour du cou, Ahmed donna l'ordre de repartir.

Le lendemain, Tyndall était rétabli et insista pour mener l'expédition à son terme. Yoshi approuva mais plongea avec la peur au ventre pour la première fois de sa vie, ayant encore en mémoire l'attaque de baleine qui avait tué son père.

Pendant le reste du voyage, qui se déroula sans autre incident notable, Tyndall trouva une grande source de joie auprès de Niah; et celle-ci ne faisait aucun mystère de sa dévotion et de son attachement envers le capitaine.

Un soir, dans l'intimité de la cabine, elle interrogea Tyndall sur les autres femmes de sa vie, notamment sur Mme Hennessy. Il entreprit de lui expliquer qu'ils étaient simplement amis et associés.

— Pourquoi toi jamais marié? demanda Niah, employant un nouveau mot qu'elle avait appris.

Tyndall ferma les yeux de plaisir tandis que qu'elle lui massait le cuir chevelu de ses doigts vigoureux.

— Hum, je l'ai été. Dans un pays très lointain et très froid qui ne te plairait pas.

Considérant que le passé n'avait pas d'importance, il n'avait pas repensé à Belfast depuis des années.

— Où est partie femme?

— Au paradis, je suppose. Chez les esprits. Elle est morte. Maladie grave.

Il n'avait plus envie de parler et guida les mains de Niah jusqu'à la base de sa nuque.

— M'dame Hennessy mariée aussi, lâcha Niah après quelques instants de silence.

Tyndall fronça légèrement les sourcils.

— Oui, c'est exact, répondit-il, comptant en rester là.

— Toi bien aimer m'dame Hennessy?

À ces mots, Tyndall se raidit et lui saisit les mains en la foudroyant du regard.

— Où veux-tu en venir, bon sang? Est-ce que je l'aime bien? Oui, c'est une jeune femme agréable. Pourquoi cette question?

— M'dame Hennessy pas aimer moi. Pas aimer nous ensemble.

— Foutaises.

— Elle renvoyer Niah.

— Mais non.

Comme Tyndall l'attirait vers lui, elle le chevaucha, légère comme une brise marine, ses cheveux et sa peau sentant le sel. Alors qu'elle enfouissait son visage dans le cou de Tyndall, celui-ci prit conscience de la situation: Niah percevait Olivia comme une menace, et cette parenthèse romantique prendrait fin lorsqu'ils retrouveraient Broome et ses curieux. Soudain, l'idée de devoir renoncer à cette jeune femme aussi belle qu'affectueuse le glaça. Mais en sentant sa passion grandir sous les mains expertes de Niah, Tyndall décréta qu'il serait toujours temps d'y penser plus tard.

Ahmed, qui s'inquiétait pour l'avenir, profita d'un soir où Tyndall et lui regagnaient le *Shamrock* à bord de la chaloupe pour aborder le sujet avec tact. Tyndall resta vague, lui-même perturbé de s'être attaché de la sorte à Niah. Au fond, il enviait le quotidien d'Olivia et de Conrad, leur complicité.

— Je ne sais pas quoi faire, Ahmed. J'imagine qu'elle pourrait avoir une utilité sur le bateau. Elle ne veut pas rentrer au pays, elle n'a nulle part où aller.

— Son «utilité» va faire parler, *tuan*, soupira Ahmed. Et c'est pas bon pour les affaires ni pour m'dame et m'sieur Hennessy. En ville, c'est chacun sa place. Y a des règles.

Tyndall s'efforça de sourire.

— Je sais bien. Mais elle est gentille, futée et plus facile à vivre que la plupart des femmes de Broome.

À l'approche du *Shamrock,* il discerna sur le pont la silhouette de Niah qui se dessinait contre le ciel étoilé. La bouffée de désir aussi agréable qu'impétueuse qui l'étreignit fut presque aussitôt douchée par l'apparition d'Olivia

Hennessy dans son esprit. En effet, le retour s'annonçait délicat car il lui faudrait la prévenir de la tournure des événements. Quant aux habitants de Broome, ils accepteraient cette relation à condition qu'elle demeurât discrète. Après tout, personne n'ignorait ce qui se passait dans Shiba Lane le soir, voire en plein après-midi pendant la mousson. Mais Tyndall avait beau essayer de se raisonner, la perspective d'affronter Mme Hennessy le mettait mal à l'aise. Il comprit soudain qu'elle était plus qu'une associée. Il ne voulait pas la décevoir, non pas parce qu'ils travaillaient ensemble, mais parce que c'était Olivia. Il se dépêcha de balayer cette pensée, aidé en cela par la vue du corps sensuel de Niah qui l'accueillit avec un grand sourire, ses longs cheveux ondulant dans la brise légère du soir.

11

L'arrivée d'un bateau à vapeur faisait immanquablement sensation, et les familles se massaient sur la jetée pour l'accueillir comme il se devait. C'était un événement mondain pour lequel les Blancs paradaient dans leurs habits du dimanche. Les femmes portaient des chapeaux à larges bords ainsi que des ombrelles en dentelle et prenaient soin de soulever l'ourlet de leur robe pour éviter la poussière rouge. Elles étaient escortées de leurs époux tirés à quatre épingles tandis que les enfants, surexcités, couraient et sautillaient le long du front de mer. Des gouvernantes chinoises et malaises surveillaient les plus jeunes ou poussaient des bébés installés dans des landaus anglais.

Le magistrat résident et quelques invités triés sur le volet comptaient parmi les rares personnes que le capitaine acceptait de recevoir à bord. Les passagers profitaient de la marée basse, quand le bateau reposait sur la vasière, pour en faire le tour à pied et admirer la coque. Ils allaient également se promener dans Broome, non sans froncer le nez en passant devant les hangars à huîtres et les échoppes chinoises qui servaient de la soupe de nouilles, du poulet chop suey ou encore du riz sauté. Ils avaient parfois la surprise de croiser des ouvriers aborigènes ou de se voir proposer des perles par de drôles de personnages tapis dans l'ombre d'une porte cochère ou d'une ruelle. En périphérie de la ville, il n'était pas rare d'apercevoir Mohammed et

Moosha Khan qui guidaient leurs chameaux chargés de marchandises à destination des exploitations agricoles et des mines d'or du Kimberley.

Pendant ce temps, les membres d'équipage n'étaient pas en reste, car eux aussi avaient leurs propres affaires à mener, qu'elles fussent officieuses – marché noir, échanges de marchandises de contrebande – ou officielles, comme des remises de colis postés depuis un port étranger. Quand les acheteurs de perles européens mettaient pied à terre, ils étaient reçus en grande pompe par les maîtres perliers, tandis que les plongeurs japonais allaient flâner dans Chinatown. Dans la fameuse Shiba Lane qui grouillait de monde, les tripots et les maisons closes faisaient le plein de visiteurs et d'argent.

Ce jour-là, une vingtaine de lougres et plusieurs goélettes rentrèrent au port par la même marée, se disputant des espaces de mouillage au plus près de la jetée ou préférant au contraire jeter l'ancre dans les criques alentour.

Les retrouvailles entre membres d'une même famille et l'activité des équipages qui procédaient au déchargement donnaient à voir un spectacle bruyant, chaotique et pittoresque, entre brouettes, haquets, wagonnets, cargaisons d'huîtres, sacs de courrier, bagages et marchandises venues du Sud.

Yoshi fendit la foule de badauds en portant son casque tel un insigne indiquant son rang. Lorsque Olivia et Conrad arrivèrent enfin sur la jetée, la majeure partie de la cargaison avait été déchargée du *Bulan*. À bord du *Shamrock*, Tyndall se préparait à reprendre la mer en direction du village de huttes sur l'avant-côte tant que la marée était haute.

— Ils sont là ! s'exclama Olivia en tirant Conrad par la main. Capitaine Tyndall !

Celui-ci leva le nez de l'amarre autour de laquelle il s'affairait et agita la main.

— Content de vous voir, répondit-il en aidant Olivia à monter à bord. Bonjour, Conrad. J'espère que vous avez été plus productifs que nous ! plaisanta-t-il.

Olivia ne laissa pas le temps à son mari de répondre.

— Quelle joie de vous retrouver tous, et désolée pour le retard. Vous devez penser que nous sommes de piètres associés !

Tyndall sourit.

— Non, non, je comprends parfaitement. La Belle au bois dormant ne saurait être dérangée au lever du soleil pour des considérations aussi triviales que les affaires.

Comme Olivia faisait mine de le bousculer, Conrad émit un rire forcé.

— Alors, cette expédition, John ? s'enquit-il.

— Époustouflante, dans la mesure où nous avons croisé la route d'une baleine. Mais je vous raconterai tout cela plus tard, peut-être ce soir si nous dînons ensemble au Conti ? En tout cas, Conrad, sachez que vous utiliserez plus d'encre noire que d'encre rouge dans vos registres.

Conrad sourit.

— Vous m'en voyez ravi. Moi aussi, j'ai à vous parler concernant notre expansion.

— Où est Niah ? demanda soudain Olivia, la voix tendue.

— Déjà à terre, répondit Tyndall avec détachement. Elle n'était pas d'une grande utilité ici.

Olivia le regarda, effarée.

— Vous l'avez laissée partir comme ça, après tout ce qui s'est passé ? Quelle mouche vous a piqué ?

— Allons, du calme, protesta Tyndall, gêné de sa réaction. Elle est libre, vous savez.

— Savez-vous au moins pourquoi elle a pris la fuite en premier lieu ?

Tyndall rabattit sa casquette avant de répondre, pas très à l'aise :

— Pour résumer, elle a jugé qu'elle m'appartenait et s'est cachée dans la cambuse. Sa présence n'a finalement pas posé de problème.

Alors qu'il s'efforçait de rester de marbre, il ne put s'empêcher d'esquisser un rictus, qui devint en quelques secondes un sourire radieux et éloquent.

— Pour tout vous dire, nous allons vivre ensemble.

— Mon Dieu…, suffoqua Conrad.

Olivia, furieuse et consternée, planta son regard dans celui de Tyndall, qui pétillait malgré la situation embarrassante, puis tourna les talons et descendit du bateau en trombe. Conrad lui emboîta le pas après avoir donné rendez-vous à Tyndall pour le soir même au Continental.

Pendant que Conrad retournait au siège, Olivia ouvrit d'un geste sec son ombrelle pour se protéger du soleil et marcha à grandes enjambées jusque chez Tyndall.

Après être entrée sans frapper, elle se figea sur le seuil du salon, stupéfaite de trouver Niah qui dormait sur une chaise longue en rotin, coiffée d'une casquette de marin appartenant à Tyndall.

— Réveille-toi, Niah, réveille-toi, lui ordonna Olivia en la secouant vigoureusement.

La casquette glissa et la jeune femme ouvrit péniblement les yeux.

— Bonjour, m'dame.

Elle se redressa avec langueur pendant qu'Olivia s'asseyait sur une chaise, le dos bien droit.

— Alors, Niah, que s'est-il passé ? Pourquoi t'es-tu enfuie et qu'en est-il du capitaine Tyndall ?

Comme Niah baissait les yeux, Olivia insista.

— Nous sommes très en colère contre toi, Niah. Tu nous as causé beaucoup d'inquiétude. Si tu étais malheureuse, pourquoi ne nous avoir rien dit ?

Niah releva la tête et rejeta les épaules en arrière en affichant une mine décidée.

— Capitaine Tyndall et moi, amour. Moi vivre ici maintenant. Pardon inquiéter vous et *tuan*, m'dame. Penser que vous renvoyer moi.

S'ensuivit un silence, le temps qu'Olivia mît un peu d'ordre dans ses pensées.

— C'est impossible, Niah. Quoi qu'il se soit passé en mer… c'est terminé. Tu ne peux pas vivre ici.

La jeune femme se pencha pour ramasser la casquette et la fit tourner entre ses doigts en souriant.

— John dire aimer Niah.

Olivia ferma les yeux quelques instants, sidérée par ce qu'elle venait d'entendre et furieuse contre Tyndall qui avait eu le toupet de séduire cette fille.

— Bien, je vais régler le problème directement avec lui, finit-elle par dire sèchement en se levant. Cela ne peut tout simplement pas continuer, Niah.

Mais, au lieu de retourner au port, Olivia rentra chez elle et s'installa sur la véranda le temps de reprendre ses esprits. Elle avait beau essayer, elle ne pouvait ignorer le tourbillon de pensées et d'émotions qui l'assaillait.

Lorsque Conrad rentra à son tour, elle s'était calmée. Elle aborda le sujet alors que tous deux se préparaient pour le dîner au Continental.

— Je risque d'avoir du mal à rester polie avec Tyndall, Conrad. Il a dépassé les bornes. Il a manifestement séduit Niah, et celle-ci est assez maligne pour profiter de la situation.

— Tu as sans doute raison, ma chérie, concéda Conrad, mais le problème s'annonce difficile à régler s'il s'est vraiment entiché d'elle, et cela semble être le cas.

— Conrad, tu dois bien reconnaître que cette histoire va nous porter un coup. Enfin, porter un coup à nos affaires.

Conrad songea à la réaction de ses compagnons de loge, sans parler de celle des Hooten et des autres notables si lui et Olivia donnaient l'impression de cautionner cette relation.

— La situation est délicate, je suis d'accord. Nous pourrions prétexter que Tyndall l'a engagée comme domestique.

Après réflexion, Olivia ne vit aucune alternative.

— Cela pourrait être une solution, à condition que Tyndall ne s'exhibe pas en ville avec elle. Il va falloir que tu lui parles, Conrad.

Ce dernier soupira et jugea nécessaire de se servir un remontant avant d'aller dîner. Il ne se sentait pas de taille à aborder des sujets aussi sensibles, tout comme il se savait incapable de raisonner Tyndall. Quant à Olivia, elle semblait affectée plus que de raison.

Sur la véranda de l'hôtel se pressaient les perliers et leurs épouses ainsi que d'autres personnalités en vue de Broome. Toby Metta, qui avait fière allure dans son costume sombre, circulait parmi les maîtres perliers qui arboraient des uniformes blancs à boutons brillants et des souliers immaculés. On lui chuchota plusieurs fois à l'oreille que de belles cargaisons de perles allaient bientôt arriver à son atelier. Mabel, son épouse, drapée dans un sari de couleur vive et brodé d'or, agita la main en direction d'Olivia.

Conrad guida Olivia jusqu'à la dernière table disponible puis commanda un gin tonic et une citronnade à un serveur.

— Olivia, tu es ravissante, dit-il en piochant des noix et des fruits secs disposés dans une petite coupelle en argent. On ne voit que toi parmi toute cette foule.

— Merci, Conrad. Tu es très élégant, toi aussi.

Olivia avait été surprise de voir Conrad arborer avec assurance un uniforme de maître perlier. Il était désormais très impliqué dans le club de cricket et trouvait les réunions hebdomadaires de la loge maçonnique, dont Olivia ne savait pas grand-chose, très enrichissantes et « utiles ».

— Mon Dieu, as-tu remarqué les perles que portent certaines de ces femmes ? On dirait un concours, sourit Olivia.

— Je trouve un peu idiot de dilapider les profits ainsi, au lieu de revendre le fruit de la pêche.

Sans répondre, Olivia effleura la bague qu'elle portait au doigt.

— Nous allons passer une bonne soirée. J'ai entendu dire qu'un spectacle de magie était prévu au coucher du soleil.

— Passionnant. Oh, voilà Tyndall.

Olivia le suivit du regard, légèrement tremblante, alors qu'il traversait la pelouse d'un pas nonchalant. Lui aussi portait un costume blanc, qu'il avait toutefois agrémenté d'une touche personnelle. Alors que les notables les plus en vue arboraient des boutons dorés – pour certains en souverains d'or –, la plupart des hommes avaient des boutons argentés. Tyndall, lui, avait choisi des boutons de nacre assortis à sa boucle d'oreille, et son col était ouvert. Quand Olivia l'avait rencontré sur la plage de Cossack, elle avait été déconcertée par sa prestance, et ce soir, elle devait reconnaître qu'il ne la laissait pas indifférente. Il donnait l'impression d'avoir quitté son lougre à l'instant, avec ses cheveux bouclés négligemment passés derrière les oreilles. À l'inverse, Conrad était certes tiré à quatre épingles mais tout lisse, comme fraîchement repassé après avoir été sorti d'un placard.

Lorsque Tyndall s'arrêta pour saluer une famille, Conrad sourit en remarquant les filles du couple qui le dévoraient des yeux.

— C'est un charmeur, il pourrait séduire n'importe quelle femme de Broome ou d'ailleurs. Malheureusement, son choix s'est porté sur une personne plus… discutable.

— Si sa relation avec Niah s'ébruite, certaines jeunes femmes vont tomber de haut. Il devrait peut-être songer à fonder un foyer avec quelqu'un de sérieux, cela réglerait le problème, répondit Olivia.

Tyndall approcha, serra la main de Conrad et s'inclina devant Olivia. Après avoir commandé à boire, il s'affala dans un fauteuil en étirant ses longues jambes devant lui.

— Alors ? lança-t-il.

— « Alors » quoi ? répéta Olivia.

— On dirait que c'est le calme plat, ce soir.

— Racontez-nous cette histoire de baleine, dit Conrad, n'osant pas parler de Niah.

— Ah, je peux dire que cela s'est joué à pas grand-chose.

Tyndall relata l'incident avec un luxe de détails. En sirotant son verre, Conrad se demanda si Tyndall n'exagérait pas un peu ; cependant, son récit serait facile à corroborer. Quant à Olivia, elle fut traversée par des émotions diverses en apprenant que Tyndall avait frôlé la mort.

— Heureusement, vous n'aurez pas à réitérer l'expérience, dit Conrad.

— Au contraire, j'y compte bien, affirma Tyndall avec un large sourire.

— À l'évidence, vous aimez vivre dangereusement, souligna Olivia.

Tyndall lui répondit par un regard perçant en se demandant si elle ne faisait pas allusion à Niah. Après un silence pour le moins gênant, Conrad prit son courage à deux mains.

— John, je crois que nous devons parler de cette jeune femme…

— Ici, maintenant ? lança Tyndall, affectant une mine ennuyée.

Avec tact, Conrad énuméra les points qu'Olivia et lui avaient abordés, pour finalement conclure :

— Nous sommes associés, tous les trois, et les actions de chacun ont des répercussions sur les autres ainsi que sur la compagnie.

— Eh bien, je ne voudrais surtout pas être une source d'ennuis ou d'embarras…

— Il fallait y penser avant, l'interrompit Olivia.

Tyndall se tourna vers elle, le regard étincelant.

— Ne vous êtes-vous jamais laissé submerger par les émotions ? Écoutez, il va falloir vous y faire. Niah est chez moi et elle y restera.

Olivia demeura bouche bée devant tant d'audace et de franchise. Tyndall n'avait même pas l'intention de sauver les apparences.

— Je pourrais toujours prétendre que je l'emploie comme servante ou comme cuisinière, mais qui y croirait ? poursuivit-il. Je refuse de jouer les hypocrites. Préféreriez-vous que je mente ?

— Ne nous emportons pas, John, intervint Conrad. Je comprends votre point de vue, mais vous devez vous aussi concevoir qu'Olivia et moi ayons du mal à l'accepter, surtout du jour au lendemain. Cependant, nous n'avons pas d'autre choix que de nous plier à votre décision.

Olivia tourna son verre entre ses doigts, puis but une gorgée pour se laisser le temps de maîtriser sa colère.

— C'est entendu. Néanmoins, malgré toute la compassion que j'ai envers Niah, il me sera impossible de la recevoir chez moi, lâcha-t-elle enfin.

Tyndall acquiesça.

— Je comprends et je l'accepte. Sachez que je suis désolé de vous avoir froissés. J'espère que le temps fera son œuvre.

Il vida son verre puis, signifiant que le sujet était clos, se pencha vers ses associés.

— Maintenant, parlons affaires.

Olivia se perdit dans la contemplation des jardins au crépuscule pendant que les deux hommes passaient les derniers chiffres en revue. En plus d'être peinée par ces tensions naissantes, elle en voulait à Tyndall d'avoir séduit Niah et ainsi gâché une amitié qui lui était devenue précieuse.

Après dîner, le prestidigitateur entra en scène et reçut un accueil chaleureux. Il jongla, joua les cracheurs de feu et exécuta des tours de passe-passe qui laissèrent les spectateurs médusés. Pour le bouquet final, il sortit un paquet de cartes de tarot et choisit plusieurs personnes afin de leur lire l'avenir. Ses prédictions étaient divertissantes, plutôt conformes à la réalité, quoique parfois un brin vexantes. L'assistance applaudit sans se douter que le « devin » avait mené son enquête auprès des échoppes et des hangars pour glaner des informations sur la vie des notables présents. Pour sa dernière prédiction, il se rua sur Tyndall, qui prit plaisir à se faire un peu prier avant de s'asseoir au centre de la salle.

Le prestidigitateur tira les cartes, les retourna, les étudia quelques instants et annonça :

— La chance et la fortune croiseront bientôt votre route.

Un murmure parcourut la salle, et certains se fendirent d'allusions aux perles qu'il avait dénichées lors de sa dernière expédition. Mais la remarque finale du magicien acheva d'emporter l'assistance.

— Vous êtes très heureux en amour. Je vois quatre femmes dans votre vie… Vous paierez le prix fort pour leur amour, mais il sera unique.

Lorsque Tyndall regagna sa table sous les applaudissements, les rires et les remarques grivoises, Olivia l'accueillit par un haussement de sourcils.

— Quatre femmes dans votre vie?

— En tout cas, j'espère qu'il a vu juste pour la fortune, s'empressa de répondre Conrad en aidant Olivia à se lever. Il est tard, rentrons. John, je vous vois demain au village.

Tyndall bâilla.

— Je ne pense pas, mon ami. Demain, c'est repos. Je ne bouge pas de chez moi.

Il leur décocha un clin d'œil et un large sourire qu'Olivia ignora, se contentant de lui souhaiter une bonne soirée d'un ton sec.

Le lendemain matin, Olivia attendit que Conrad fût parti pour se rendre chez Tyndall. Elle n'avait presque pas fermé l'œil de la nuit et ressentait le besoin d'avoir une discussion franche avec son associé.

Tyndall vivait désormais dans une villa sur pilotis avec une belle hauteur de plafond et une véranda munie de stores en bambou qui courait tout autour. Devant, des flamboyants et des frangipaniers disséminaient des fleurs orange et crème sur l'herbe sèche de chaque côté de l'allée. Olivia s'arrêta un instant près des arbres qui bordaient la clôture, fit claquer le portail à dessein et se dirigea vers la porte. Après qu'elle eut signalé sa présence, un Chinois rondouillard arriva d'un pas traînant en s'essuyant les mains et en plissant ses yeux myopes. Lorsqu'elle demanda à voir le maître de maison, l'homme tourna les talons et disparut sans prononcer un mot.

Elle entendit Tyndall soumettre le cuisinier à un interrogatoire serré quant à la personne qui osait l'importuner. Puis il sortit dans le couloir en lançant d'un ton exaspéré:

— Qui est-ce?

— C'est moi, capitaine Tyndall. Je veux vous parler.

Tyndall se figea. Vêtu d'un pantalon en coton et d'un simple maillot de corps, il avait une serviette jetée sur l'épaule et les cheveux mouillés. Après s'être excusé pour sa tenue, il invita Olivia à s'asseoir sur la véranda, demanda qu'on leur servît deux verres de citronnade puis s'éclipsa. Il revint quelques instants plus tard en boutonnant sa chemise.

— J'ai une petite idée de ce qui vous amène ici. Alors?

— Quelle est la situation, capitaine Tyndall, et comment comptez-vous la dénouer?

— « Dénouer » quoi? Je croyais que le sujet était clos.

— Quelle est la nature exacte de votre relation avec Niah?

— Cela me paraît plutôt évident: nous sommes amants et elle est ici chez elle. Je lui trouverai une occupation, elle est intelligente et apprend vite.

— Vous m'en direz tant, rétorqua Olivia. Enfin, c'est honteux! Comment avez-vous osé? Ce n'est pas juste pour elle, tout comme ce n'est pas juste pour Conrad et moi. Cette relation n'a pas d'avenir, et je vous croyais au-dessus de ces… de ces séducteurs qui s'entichent d'autochtones.

— C'est donc cela qui vous dérange? Sa couleur de peau? Vous avez bien accepté l'amitié des Aborigènes qui vous sont venus en aide.

— Ce n'est pas tout. Elle est si jeune! s'exclama Olivia, qui commençait à s'agacer des questions et de la mine satisfaite de Tyndall. Elle vous voit comme un moyen de rester à Broome et de se faire entretenir.

Tyndall se crispa.

— Où est le problème? Dans d'autres cultures, Niah serait déjà mariée. Je vous croyais un peu plus progressiste. On croirait entendre les dames qui prennent le thé à la Résidence.

Olivia hésita un instant. Elle avait en effet développé des affinités avec les Aborigènes qui n'étaient pas considérées comme conventionnelles, elle s'était même félicitée de son ouverture d'esprit dans cette société corsetée.

Elle n'eut pas le temps de répondre que Tyndall renchérit, gagné par la colère:

— Ne jouez pas les hypocrites, Olivia! Vous défendez ces opinions tant qu'elles n'empiètent pas sur votre petite vie tranquille. Vous êtes jalouse d'une fille de couleur qui n'a pas la même éducation et la même culture que nous. Dire que je *vous* croyais au-dessus de ça !

— Il ne s'agit pas de moi, nous sommes tous concernés, y compris cette fille ! Elle est vulnérable et vous l'avez séduite, pas seulement physiquement, mais en la berçant de fausses promesses. Que va-t-elle devenir ?

— Vous en souciez-vous vraiment, Olivia ? Ou est-ce que ce sont les apparences qui vous importent ?

— Bien sûr que je m'en soucie ! Et je me soucie de vous, John ! C'est de la folie de l'accueillir sous votre toit.

— Vous êtes jalouse, Olivia, purement et simplement. Laissez-nous tranquilles et cessez donc de juger les autres.

— Et vous, John Tyndall, interrogez-vous sur vos propres motivations.

Sur ce, elle se leva et faillit bousculer le cuisinier chinois éberlué qui apportait une carafe et des verres. Alors qu'elle redescendait l'allée en trombe, elle entendit Tyndall lui lancer d'un ton moqueur :

— Au moins, nous nous appelons enfin par nos prénoms !

Olivia, fulminante, claqua le portail et prit le chemin du retour, le menton fièrement dressé. Cette marche eut le mérite d'apaiser sa colère, aidée en cela par la chaleur plombante du soleil qui filtrait à travers son ombrelle blanche. Tyndall avait un de ces toupets ! Pourquoi serait-elle jalouse ? Elle était mariée, Tyndall pouvait bien coucher avec qui il voulait. Aurait-elle été aussi contrariée s'il avait séduit une jolie Blanche ? Était-elle gênée que Tyndall eût choisi une fille que leurs amis et partenaires d'affaires considéreraient comme inférieure ? Ou aurait-elle réagi de la sorte face à n'importe quelle conquête de Tyndall ?

Conrad passa la soirée le nez dans des revues et des journaux arrivés en Australie plusieurs mois après leur publication. De son côté, Olivia, installée sur la véranda, profitait des bruits nocturnes du jardin et de la brise qui charriait le parfum entêtant des fleurs de frangipaniers mêlé à une légère odeur de vase. Elle regrettait de s'être querellée avec Tyndall, tout en étant soulagée d'avoir exprimé ce qui la tourmentait. Elle décida de laisser la situation suivre son cours tout en espérant que Tyndall saurait se montrer discret, voire qu'il finirait par recouvrer la raison. Elle resterait cordiale avec lui pour le bien de L'Étoile de la mer, mais il ne faisait aucun doute que leur amitié était mise à mal par la présence de Niah.

Au même moment, Tyndall était lui aussi installé sur sa véranda et sirotait un dernier verre, plongé dans ses pensées. Niah le rejoignit et s'assit à ses pieds en appuyant la tête contre son genou. Il lui caressa distraitement les cheveux en repensant à cette journée éprouvante. Le conflit qui l'opposait à Olivia le chagrinait, il prenait conscience que leur amitié lui était précieuse, indépendamment de toute considération financière. L'approbation d'Olivia lui tenait à cœur et il avait du mal à accepter ce sentiment. De plus, il était saisi par le contraste entre son regard glacial, sa politesse distante et le souvenir qu'il avait d'elle sur le *Bulan* dans son drôle de pyjama, cheveux au vent et réapprenant à rire. Mais Niah n'eut qu'à caresser doucement ses cuisses pour qu'il lui accordât toute son attention et cessât de penser à son associée.

La relation entre Tyndall et Olivia évolua progressivement et subtilement au cours des trois années qui suivirent. Leur partenariat se renforça à mesure que chacun reconnaissait les compétences de l'autre, et même si leur amitié subsistait, leur ancienne complicité avait disparu. Il leur arrivait d'échanger un sourire fugace quand ils réagissaient de la même façon à une remarque ou à un événement, mais un voile tombait rapidement sur les yeux d'Olivia et elle détournait la tête.

Tyndall, comprenant qu'il y avait désormais des limites à ne pas dépasser, surveillait ses manières et ne se permettait plus de taquiner Olivia comme avant. Dans le même temps, Olivia tâchait de se montrer moins critique et gardait ses jugements pour elle. Cependant, la gouaille de Tyndall, dont Conrad était dépourvu, lui manquait cruellement.

Quant à Conrad, qui ignorait la tension sous-jacente entre Tyndall et Olivia, il était satisfait du trio qu'ils formaient. La naissance de leur fils Hamish, deux ans plus tôt, avait été une grande joie et une distraction bienvenue. Côté affaires, Conrad constatait avec étonnement que l'intérêt et l'implication d'Olivia dans la compagnie perduraient, malgré le temps et l'attention que lui demandait l'enfant.

Olivia prit son fils Hamish par la main et l'accompagna sur la jetée. Le petit garçon sauta de joie à la vue de tous les lougres qui se préparaient à partir avec la marée. Il lâcha la main d'Olivia et courut vers le *Bulan* aussi vite que le lui permirent ses petites jambes potelées.

— Ahmed, j'arrive !

Le Malais, avec qui l'enfant avait noué un lien particulier, se pencha, le prit dans ses bras et le hissa sur le pont.

Olivia sourit en les regardant. Ahmed était d'une patience d'ange avec son fils, il lui apprenait les différents types de nœuds, le laissait tourner la manivelle de la pompe et lui inculquait quelques rudiments de malais, comme à Olivia.

— Tout est prêt, Ahmed ? lui demanda celle-ci.

— Oui, m'dame, y a plus qu'à larguer les amarres.

— Qu'en est-il du nouveau lougre ?

— L'*Annabella* va être confié à Yoshi, je reste sur le *Bulan* et *tuan* partira à bord du *Shamrock* qui servira de bateau mère. Je me sens en veine ; à mon avis, ce sera une belle expédition.

— J'espère, Ahmed. Rends-moi ce ouistiti, que nous puissions dire au revoir à Yoshi. Bon voyage !

Après avoir récupéré Hamish, Olivia marcha jusqu'à l'*Annabella*, amarré un peu plus loin. Yoshi, son précieux casque en cuivre calé sous le bras, Taki, son guide, et le second attendaient sur la jetée. Yoshi feignit l'effroi quand Hamish se rua sur lui en réclamant de porter le casque.

— Il est trop grand et trop lourd pour un petit bonhomme comme toi, expliqua le plongeur. Il faut d'abord que tu grandisses.

Olivia échangea quelques mots avec les trois hommes puis prit congé. C'était la première fois qu'un lougre prenait la mer sans Ahmed ou Tyndall à bord pour superviser les opérations. D'un commun accord, Tyndall et les Hennessy en avaient confié la navigation à Yoshi, qui s'était toujours montré honnête et fiable. Le plongeur s'inclina respectueusement devant Olivia, qui répondit par un signe de tête en lui souhaitant bonne chance. Pour finir, elle approcha du *Shamrock* avec Hamish et apostropha Tyndall, qui apparut sur le pont.

— Ho ! cria Hamish dès qu'il l'aperçut.

— Ho toi-même, Hamish.

Tyndall sauta à terre et le prit dans ses bras. Le bambin toucha doucement la perle qu'il portait à l'oreille.

— Elle est jolie.

— J'espère que nous allons en rapporter plein d'autres, n'est-ce pas, Olivia ?

— Ahmed dit qu'il a un bon pressentiment. Comptez-vous passer tout ce temps sur les gisements ? Cela s'annonce difficile pour Niah.

Celle-ci devait en effet accoucher dans quelques mois. Tyndall avait annoncé la nouvelle aux Hennessy avec détachement, mais au fond, il était fou de joie et très fier.

— Non, j'ai prévu de ravitailler la flotte au sud en eau et en vivres.

— Si vous voyez mes amis aborigènes, dites-leur que tout le monde va bien.

— Entendu.

Tombant à court de politesses, ils se turent et échangèrent un regard. Sur ce, Niah rejoignit Tyndall sur le pont et agita la main vers Hamish.

— Bon voyage, Niah. Et prends soin de toi.

Même si les Hennessy n'avaient plus reçu Niah sous leur toit, ils entretenaient avec elle une relation pouvant s'apparenter à de l'amitié. Niah se rendait utile au village, Olivia continuait à lui apprendre l'anglais et Niah à lui inculquer des notions de malais.

Olivia regarda Niah. La longue étoffe dans laquelle elle était drapée, semblable à celles que portaient les femmes des mers du Sud, ne cachait pas le ventre arrondi par l'enfant qu'elle portait avec grâce et légèreté.

— J'espère que le bébé n'arrivera pas en avance, dit-elle, sincèrement inquiète.

— Ça va aller, m'dame.

— Nous prendrons exemple sur vous, assura Tyndall.

Tyndall regretta aussitôt sa remarque, craignant qu'elle ne ravivât des souvenirs douloureux. Mais la naissance d'Hamish avait aidé Olivia à surmonter la perte de son premier fils. D'ailleurs, elle envisageait de reprendre la mer avec Hamish jusqu'au sud pour lui montrer le lieu de naissance de son frère et lui raconter son histoire.

Avant de partir, Olivia répondit :

— Conrad vous souhaite bonne route. À bientôt.

Tyndall suivit du regard Olivia et son fils qui remontaient la jetée avec un mélange de sentiments qu'il peinait à cerner. Lorsqu'il se tourna de nouveau vers Niah, celle-ci le regarda avec douceur.

— Moi aussi, je te donnerai un fils, Tyndall. Tu verras.

— Pas avant que nous soyons rentrés sains et saufs à Broome, j'espère ! s'exclama-t-il en éclatant de rire.

Quelques semaines plus tard, Niah et Tyndall profitaient de la fraîcheur du soir sur le pont tout en admirant le phénomène annuel connu dans la région sous le nom d'« escalier vers la lune ». À la surface de la mer, des perturbations atmosphériques invisibles divisaient l'éclat argenté de l'astre en plusieurs strates, formant une série de marches qui semblaient monter jusqu'à lui.

— On montera un jour tout là-haut ? lança Niah en désignant la lune.

— Tu n'y arriveras jamais avec un ventre pareil, plaisanta Tyndall.

Quand Niah se lova contre lui, il l'enlaça et sentit le pendentif qu'elle portait sur sa poitrine.

— Parle-moi de ce bijou, dit-il, songeur.

— C'est l'emblème de mon peuple. Il y a que les femmes qui le portent.

— Que signifie-t-il ?

— La mère de ma mère venait d'ici. Elle s'est mariée à un Macassar et elle a quitté l'Australie pour partir très loin.

— Et sais-tu de quelle tribu aborigène elle faisait partie ?

La jeune femme secoua la tête d'un air mélancolique. Tyndall comprit que sa famille devait lui manquer, surtout à l'approche de l'accouchement.

— Ils devaient vivre sur la côte.

Tyndall n'insista pas et s'absorba dans le spectacle des marches qui scintillaient dans l'eau. Il était heureux auprès de cette femme toute en simplicité, et la naissance de l'enfant achèverait de le combler. Il se surprit alors à ressentir l'envie de mener une vie de couple posée, à l'image d'Olivia et de Conrad. En devenant père, il allait laisser une empreinte sur cette terre. S'il avait jusqu'à présent mené une vie aussi aventureuse, c'était peut-être parce qu'il n'avait eu à se soucier de personne d'autre que de lui-même. Lorsqu'il se pencha pour déposer un baiser sur la joue de Niah, celle-ci le regarda en souriant.

À son tour, elle désigna la perle de Tyndall dans laquelle la pleine lune se reflétait.

— Et ça, ça vient d'où ?

— Je l'ai gagnée aux cartes et je l'ai trouvée si belle que j'ai décidé d'en trouver plein d'autres.

— C'est une larme de lune, dit Niah en caressant la perle de la même couleur que l'astre qui les éclairait. Ma mère racontait que quand la déesse de la lune pleure, ses larmes tombent dans l'océan et donnent des perles.

— C'est magnifique, Niah… Des larmes de lune… Ça me plaît beaucoup.

Gagnée par le sommeil, Niah s'étira.

— Bébé et moi, on va dormir maintenant.

Le *Shamrock* jeta l'ancre dans la crique où Tyndall avait rencontré Olivia après le naufrage du *Lady Charlotte*. Ce jour-là, il faisait beau et la mer était calme, aussi Tyndall et Niah décidèrent-ils de passer quelques heures sur la plage pour pique-niquer.

Il la guida à travers les dunes et sur la piste sablonneuse jusqu'à l'étang. Après avoir mangé, Tyndall s'installa pour remplir son carnet de bord et Niah partit explorer les environs.

Rapidement, elle remarqua des traces de passage dans la végétation, et en arrivant dans une clairière jonchée de coquilles vides, elle comprit que l'endroit servait régulièrement de campement. Comme Olivia avant elle, Niah s'assit à l'ombre, ferma les yeux et se sentit gagnée par un sentiment de paix et de sécurité. Elle allait s'assoupir lorsqu'elle entendit des femmes aborigènes l'interpeller.

Alors que Niah ne s'attendait pas à les comprendre, étonnamment, certains mots lui étaient familiers. Reconnaissant des salutations que sa grand-mère aborigène lui avait apprises, elle les répéta avec une curiosité et une joie immenses, tandis que les souvenirs et les questions se bousculaient dans son esprit. Les femmes s'attroupèrent et demandèrent des nouvelles de Tyndall, dont elles avaient reconnu la goélette. Niah désigna le chemin qu'elle venait d'emprunter puis son ventre arrondi avec un sourire jusqu'aux oreilles.

— C'est le bébé de Tyndall.

Son annonce suscita un flot d'exclamations ravies. Alors que le petit groupe s'apprêtait à rejoindre le capitaine, la doyenne se mit soudain à gesticuler en parlant à toute vitesse et en désignant le pendentif en coquillage de Niah.

Celle-ci fut prise de tremblements en comprenant qu'elle avait un lien avec cette tribu et se dépêcha d'aller retrouver Tyndall.

Après les salutations d'usage, Niah lui expliqua en deux mots que les femmes avaient remarqué son pendentif et que leur langue ne lui était pas tout à fait inconnue. Puis ils s'assirent en cercle sous un arbre et avec l'aide de Tyndall qui joua les interprètes, les Aborigènes relatèrent l'histoire de la femme partie vivre par-delà les vents de mousson. Munie d'un bâton, la doyenne dessina dans le sable le dessin gravé sur le pendentif, expliquant que les traits horizontaux représentaient la mer, le grand cercle, la lune, et les petits cercles… Comme elle butait sur le terme, elle désigna avec un large sourire la perle que Tyndall portait à l'oreille.

Ensuite, les femmes montrèrent à Niah et Tyndall les vestiges de foyers aménagés par les Macassars pour la cuisson des concombres de mer. Malgré son gros ventre, Niah s'assit sur le sable, caressa les vieilles pierres et essaya d'imaginer les générations qui l'avaient précédée en ce lieu. Tyndall l'observa, comprenant l'importance du moment. Chez sa compagne, la joie enfantine avait laissé place à une prise de conscience plus profonde, celle d'avoir découvert un nouveau lien avec le passé de sa famille.

— Maintenant, je connais ma famille et je peux raconter son histoire à notre bébé.

— C'est incroyable. La vie est décidément pleine de surprises, répondit Tyndall, profondément ému par la joie de Niah. Tu as retrouvé tes ancêtres et renoué avec le Temps du Rêve.

Lorsque la nouvelle fut parvenue au reste de la tribu, à la tombée de la nuit, tout le monde rejoignit Niah et Tyndall sur la plage autour d'un grand feu de camp. Après moult délibérations parmi les anciens, il fut décidé qu'une cérémonie était de rigueur. Un *corroboree* se tiendrait le soir suivant.

Quand les femmes expliquèrent à Niah que c'était un rituel célébrant le retour aux sources, elle sentit des larmes de joie couler sur ses joues à l'idée de se savoir réunie avec une partie de sa famille.

Le lendemain, alors que le crépuscule laissait place à une douce nuit, les membres de la tribu qui ne participaient pas activement au rituel s'assirent en demi-cercle auprès de Tyndall et de Niah.

Soudain, sans la moindre annonce, au son des chants et des bâtons de pluie, des hommes surgirent de l'obscurité et entamèrent une danse. Ils arboraient sur leur corps, tracé à l'argile blanche, le même dessin que celui qui ornait le pendentif. Certains incarnaient les marins venus de Macassar manœuvrant leurs *praos* sur les flots, d'autres, leurs propres ancêtres qui les accueillaient à terre. Puis, dans une superbe pantomime, ils recréèrent la pêche aux coquillages et la cuisson du concombre de mer dont ils évoquèrent l'odeur pestilentielle s'échappant des marmites, ce qui provoqua l'hilarité de l'assistance. Ensuite, une femme fut prise à part et embarquée par les visiteurs sur leur bateau, accompagnée par les lamentations de sa famille. Son retour, un bébé dans les bras, fut l'occasion de donner une grande fête, puis elle dut repartir. Pour finir, les anciens entonnèrent une mélopée qui célébrait à la famille, les esprits de la mer et les grands oiseaux marins grâce auxquels la tribu communiquait, restant ainsi unie malgré la distance. Bien qu'il ne comprît pas tout, Tyndall saisit le propos dans sa globalité : la séparation physique ne viendrait jamais à bout des liens familiaux tissés au fil des générations. Quand la danse prit fin, il constata que Niah, particulièrement sensible à ce message, avait les joues luisantes de larmes.

Après six semaines en mer, le *Shamrock* prit la tête de la flotte et regagna Broome sur une mer d'huile. Comme l'accouchement était imminent, Tyndall avait jugé préférable de rentrer au port.

Deux jours plus tard, Olivia fut réveillée à l'aube par Ahmed qui tambourinait à la porte d'entrée.

— M'dame, le bébé arrive et on trouve personne pour aider Niah. *Tuan* vous réclame !

Elle s'habilla à la hâte, confia Hamish à Conrad et se précipita en sulky chez Tyndall. Pendant ce temps, Ahmed partit au village chercher une Aborigène dont on disait qu'elle avait l'habitude des accouchements.

Olivia entra dans la chambre pour trouver un Tyndall inquiet qui faisait les cent pas avec un verre de rhum, tandis que Niah gémissait sur le lit.

— Vous n'êtes d'aucune utilité, John. Allez attendre sur la véranda, dit Olivia avec fermeté.

— Si vous le dites, opina Tyndall, soulagé d'être autorisé à s'éclipser.

Niah se mit debout pour marcher un peu et soulager la douleur. Lorsque Olivia voulut la convaincre de se rallonger, elle préféra s'accroupir et se balancer d'avant en arrière.

Sur ce, l'Aborigène prénommée Minnie entra.

— Ahmed est venu me trouver.

Olivia acquiesça, heureuse de se savoir secondée par une femme aussi solide et aussi calme.

Minnie se pencha sur Niah et lui murmura quelques mots. Niah se redressa, lui prit la main, répondit dans la même langue et réussit à esquisser un sourire.

Quelques minutes plus tard, le bébé désireux de venir au monde entama sa descente. Comme Niah insistait pour rester en position accroupie, Minnie hocha la tête.

— Si elle veut accoucher de cette façon, ce n'est pas le moment d'en débattre, dit Olivia.

Minnie se plaça derrière Niah et la cala contre son ample poitrine. Grimaçant sous l'effort, la jeune femme poussa jusqu'à ce que le bébé reposât entre les mains calmes d'Olivia.

Pendant que Minnie procédait à l'expulsion du placenta, Olivia nettoya le nouveau-né, l'enveloppa dans un lange de coton et le tendit à Niah. Celle-ci hocha la tête en souriant avec satisfaction, reposa la tête sur l'oreiller et ferma les yeux pour se reposer après cet effort intense.

Avec le bébé niché au creux de son bras, Olivia sortit sur la véranda que Tyndall arpentait de long en large.

— John, c'est terminé. Tout s'est bien passé.

Il la rejoignit en deux enjambées.

— Garçon ou fille? chuchota-t-il.

— Vous avez une magnifique petite fille.

Olivia plaça l'enfant dans les bras de Tyndall et écarta légèrement les pans du lange pour qu'il pût l'admirer à sa guise.

— Oh, Olivia, c'est une véritable merveille…

— Allez rejoindre Niah, John, répondit Olivia, sentant une boule naître dans sa gorge.

Tyndall, émerveillé par l'enfant, rentra sans dire un mot. Olivia le suivit du regard, rassembla ses affaires en silence, redescendit l'allée qui traversait le jardin et referma le portail derrière elle.

12

— Tyndall est un homme changé, annonça Conrad, mi-amusé mi-surpris. Il est en adoration devant sa fille. Qui l'eût cru ?

En observant Tyndall qui berçait l'enfant et lui tenait des propos sans queue ni tête à grand renfort de gazouillis, Olivia se surprit à éprouver une pointe de jalousie. Elle était également assaillie par d'autres sentiments qu'elle ne parvenait pas à cerner et encore moins à expliquer. Son attachement était très fort envers cette sublime petite fille qu'elle avait aidé à mettre au monde, et la joie sans retenue de Tyndall, ses anecdotes sur les progrès quotidiens de l'enfant, ses interrogations de jeune père faisaient qu'elle se sentait plus proche de lui. De plus, la tolérance d'Olivia vis-à-vis de Niah et son aide lors de l'accouchement avaient contribué à apaiser leurs relations.

Olivia ne pouvait s'empêcher de comparer les deux pères radicalement différents qu'étaient Conrad et Tyndall. Conrad était affectueux avec son fils, mais conservateur ; ainsi, il estimait qu'un bébé devait être élevé par sa mère et qu'il n'interviendrait que plus tard pour le guider dans l'existence. Olivia le surprenait à secouer la tête d'un air amusé quand il prenait l'envie à Tyndall de s'asseoir par terre en tailleur et de chanter des chansons à sa fille. Alors, Conrad regardait Ahmed en se tapotant la tempe pour signifier que le *tuan* perdait la tête. Mais Ahmed était également béat devant l'enfant, s'amusait du moindre de ses gestes et jouait avec elle par terre. Le soir, après la dernière tétée, Tyndall emmenait souvent la fillette chez Conrad et Olivia. Elle dormait dans ses bras d'un air satisfait pendant que les adultes bavardaient autour d'un verre face au coucher de soleil.

Le petit Hamish restait auprès de Tyndall et observait le nouveau-né avec grand intérêt, riant aux éclats lorsque ses petits doigts s'enroulaient autour de son pouce. Souvent, Tyndall le soulevait et l'installait à ses côtés dans le fauteuil pour le rapprocher de la sublime fillette au teint mat, prénommée Maya, et ces marques d'affection touchaient Olivia.

Au sein des francs-maçons, Conrad était parfaitement conscient des haussements de sourcils que suscitait la vie privée de Tyndall.

Le commandant Ralph White, un vétéran de l'armée britannique devenu propriétaire terrien, s'était pris d'affection pour Conrad.

— Un drôle d'associé que vous vous êtes trouvé là, mon garçon, lui confia-t-il un jour, sa moustache cirée restant parfaitement immobile alors qu'il secouait la tête avec perplexité. Ce n'est pas un mauvais bougre, j'imagine, et je crois savoir qu'il vous a aidés, vous et votre épouse, dans des moments pénibles. Mais tout de même, ce bébé n'est pas bon pour les affaires…

— Je vous le concède, soupira Conrad. Tyndall a toujours été anti-conformiste.

— Il n'est pas le premier et ne sera pas le dernier à se garder une maîtresse sous le coude, peu importe sa couleur de peau, mais de là à s'afficher avec elle… Et puis les dames sont un peu chiffonnées de voir l'une des leurs se montrer aussi… tolérante.

Si l'homme s'exprimait avec bienveillance, Conrad se doutait que les conversations allaient bon train et on l'avait mandaté pour aborder le sujet avec lui.

— Tyndall est mon associé et je le respecte pour son honnêteté et son professionnalisme, répondit Conrad, sentant le rouge lui monter au front. Le reste, c'est *sa* vie privée et franchement, je ne vois rien qui pourrait changer cet homme. Il entend vivre selon ses propres règles. Cependant, je ne manquerai pas de lui rappeler, une fois de plus, combien son comportement me semble déplacé.

Conrad espéra se montrer plus affirmatif qu'il ne l'était en réalité. Il savait pertinemment que Tyndall continuerait d'agir à sa guise. Toutefois, il lui en toucherait un mot, et Olivia pourrait peut-être lui demander d'être un peu plus discret.

Le commandant changea de sujet et enchaîna sur son activité d'élevage, qui s'avérait très lucrative.

— Je songe même à me lancer dans la laine même si, entre les indigènes qui tuent les animaux à coups de lance, la rudesse du climat et le manque de fiabilité des employés, il y a de quoi hésiter. Et dites-moi, quand aura lieu le prochain match de cricket ? Vous êtes un excellent batteur.

Sur ce, ils commandèrent une nouvelle tournée et revinrent sur le dernier match du club, au cours duquel Conrad s'était illustré en marquant des points décisifs pour la victoire de son équipe.

Les aléas climatiques dictaient la vie dans le Nord-Ouest, et Broome dut affronter une mousson particulièrement éprouvante. Dans cette humidité qui épuisait les corps, étourdissait les esprits et exacerbait les susceptibilités, un incident mineur prenait parfois des proportions exagérées. Ainsi, la communauté asiatique était en proie à de vives tensions. Ahmed en informa Tyndall, qui à son tour dit aux Hennessy et à Niah d'éviter Shiba Lane.

Ce quartier, aussi appelé Chinatown, consistait en un labyrinthe de ruelles qui s'étendait depuis les dunes de sable où l'entrepreneur Kamematsu Shiba avait construit la première pension japonaise. Des cabanes de guingois, des épiceries, des baraques abritant des maisons closes et des tripots constituaient un vrai petit village au sein de Broome.

Ses ruelles étaient autant de chemins de fuite depuis ou vers les autres quartiers de la ville, et à la vue d'un couteau, on trouvait toujours le moyen de se cacher en une seconde sous une porte cochère, dans un escalier branlant ou une arrière-salle louche.

Shiba Lane accueillait d'autres ethnies et de façon générale, toutes les origines cohabitaient, unies par un accord tacite : c'était les gens de couleur contre les patrons blancs, la police, la justice et les membres des yakuzas, hommes de main à la solde de Japonais puissants qui dirigeaient des sociétés secrètes.

Avec la mousson qui tardait à arriver, les invités à la garden-party du magistrat résident désespéraient d'être un jour soulagés de la chaleur et de l'humidité oppressantes. Des nuages orageux s'amoncelaient dans le ciel puis glissaient au-dessus des eaux tranquilles de la baie avant d'aller se perdre dans le désert. Le drapeau australien, adopté récemment, celui de l'Australie-Occidentale et l'Union Jack pendaient piteusement à leur hampe, mais le maître des lieux tenait à ces symboles qui asseyaient son autorité et lui conféraient un statut plus important qu'il ne l'était en réalité.

Olivia ferma son éventail, s'excusa auprès des dames rassemblées sur la terrasse et rejoignit Conrad, qui conversait avec le magistrat résident, Mme Hooten, le commandant White et son épouse.

De toutes les femmes de notables, Olivia trouvait qu'Amelia White était la plus abordable car elle n'exigeait jamais rien. L'air de flotter dans un nuage de gin et de lavande, elle contemplait le monde de son regard bleu pâle et absent, un sourire énigmatique aux lèvres – tout le contraire de son mari, un homme impétueux, bruyant, sanguin et dominateur.

Olivia voyait d'un bon œil l'amitié qui liait Conrad et le commandant, même si l'arrogance du militaire l'exaspérait. Depuis qu'il avait pris Conrad sous son aile, ce dernier se sentait disposer d'un appui dans la société fermée de Broome.

Comme tous les autres convives, ils évoquèrent la rixe survenue le matin même entre des Japonais et des Koepangers et dont la cause demeurait obscure. Il était question d'une insulte suite à laquelle les Japonais avaient pourchassé les Koepangers le long du front de mer.

Dans la journée, chaque camp avait rallié des partisans et plusieurs bagarres avaient éclaté, faisant plusieurs blessés graves, si bien que deux officiers de police avaient fini par intervenir pour ramener le calme. On ne déplorait aucun autre incident depuis deux heures.

Mme Hooten rassembla les convives devant le buffet installé dehors où trônait un grand gâteau en l'honneur du magistrat résident, dont c'était l'anniversaire. Après plusieurs toasts et discours, le magistrat souffla les bougies puis se munit de son sabre de cérémonie. Mais alors qu'il s'apprêtait à couper le gâteau, des cris retentirent devant le portail de la Résidence. Les convives effarés se retournèrent pour découvrir une horde de Japonais furieux qui brandissaient des bâtons, des couteaux et des pierres.

— Que se passe-t-il ? s'exclama le magistrat alors que les femmes couraient se réfugier dans la maison.

— Barricadez toutes les issues ! ordonna le commandant White.

Deux hommes se précipitèrent vers le portail en fer forgé dont les assaillants secouaient les grilles en vociférant.

— Les Koepangers ont tué un Japonais ! traduisit un invité.

— Seigneur, tout cela va mal finir, murmura Conrad avec inquiétude tandis qu'Olivia, restée à ses côtés, fixait la foule qui réclamait justice.

— Chassez-les, Ralph, exigea Mme Hooten sans lâcher ses assiettes à dessert. Ils vont gâcher la fête.

À peine eut-elle achevé sa phrase qu'une pierre vola par-dessus la grille.

— Hennessy, allez veiller sur les femmes, commandant, alertez les autorités ! cria le magistrat. Il vaut mieux agir avant que la situation dégénère. Jones, rassemblez les hommes sur la véranda.

Très vite, un policier armé d'un pistolet arriva, la mine inquiète.

— Monsieur, on raconte qu'un plongeur japonais est tombé aux mains d'un groupe de Koepangers et qu'il a été battu à mort. Les Japonais exigent que vous convoquiez tous les Koepangers pour qu'ils vous livrent les coupables.

— Merci, commissaire. Avant toute chose, il faut disperser les émeutiers.

— Je crains qu'ils ne soient déchaînés, monsieur.

— Très bien.

M. Hooten donna des instructions. En quelques minutes, assisté du commandant, il avait rassemblé tous les hommes derrière lui.

— Messieurs… chargez !

Le magistrat résident s'élança en brandissant son sabre de cérémonie, suivi de l'élite de Broome armée de parapluies, de cannes, de balais et de râteaux.

En voyant la foule disparate courir ainsi sur la pelouse, les Japonais se figèrent pendant quelques secondes, puis tournèrent les talons et regagnèrent Shiba Lane.

Les notables retournèrent près du buffet, pas peu fiers, et demandèrent qu'on leur servît à boire.

— La nuit s'annonce mouvementée, nuança toutefois le magistrat.

Elle fut en effet émaillée d'incidents au cours desquels des bandes de Japonais traquèrent les Koepangers dans les habitations, les échoppes et les campements. Ils ne cherchaient plus les coupables, tous les Koepangers étaient désormais en danger. Certains se cachèrent dans le *pindan* en espérant que les Japonais ne s'y aventureraient pas en pleine nuit et que les esprits s'apaiseraient d'ici le lever du soleil.

L'ampleur des troubles étant jugée trop importante par la police, il fallut nommer des citoyens responsables au titre de commissaires spéciaux, Conrad et le commandant White étant de ceux-là.

Constatant que les émeutes se poursuivaient encore le lendemain, le magistrat résident, flanqué du sergent O'Leary et des commissaires spéciaux, proclama devant l'hôtel Buccaneer Arms l'entrée en vigueur d'un couvre-feu dont la violation serait passible de poursuites.

— Enfermez-les tous ensemble dans le même hangar à perles, cela réglera le problème ! cria quelqu'un dans la foule.

Mais malgré l'intervention du magistrat, pas une maison, pas un bâtiment n'était à l'abri. On rapporta des jets de pierre sur des vérandas ainsi que des mises à sac de commerces et de bureaux.

À la tombée du crépuscule, alors que des rixes éclataient toujours dans la ville, Conrad se munit de son pistolet pour patrouiller les rues avec d'autres commissaires spéciaux, sous le regard inquiet d'Olivia.

— Je t'en conjure, Conrad, sois prudent, lui dit-elle.

— Bien sûr. Nous devons nous montrer, autrement ces gens vont se croire tout permis. Mais les Blancs ne sont pas visés, je ne risque rien, répondit-il avec plus d'assurance qu'il n'en ressentait vraiment. Dis à Minnie qu'elle ne doit pas sortir et à Hamish que je lui raconterai une histoire, si je rentre avant qu'il s'endorme.

Olivia l'embrassa puis appela Minnie, que les Hennessy employaient désormais comme gouvernante, et toutes deux fermèrent la porte à double tour derrière Conrad.

D'abord, il rendit visite à Tyndall. Celui-ci le prévint qu'il passerait la nuit au siège de L'Étoile de la mer.

— Je vais profiter de ma patrouille pour passer voir Toby Metta, l'informa Conrad. Je suppose que lui aussi préfère dormir sur place avec les perles.

— Bonne idée, Conrad. En effet, il travaille actuellement sur cinq de nos plus belles trouvailles. Faites attention à vous.

— Merci. Vous aussi, John.

Ahmed, tapi dans l'ombre, suivit du regard Conrad qui s'éloignait.

Un calme relatif semblait revenu sur la ville. Les habitants respectaient le couvre-feu, même si Conrad entendait crier et tambouriner alors qu'il se dirigeait vers Chinatown. Il fronça le nez en humant les effluves typiques de ces ruelles où se mêlaient encens et épices. À l'approche du Star Hotel, une silhouette sombre courut se réfugier sous une porte cochère. La porte s'ouvrit juste assez pour laisser passer l'homme, et Conrad eut le temps d'apercevoir les couleurs vives d'un kimono à la lueur d'un lampion.

Il frémit en songeant à la façon dont étaient traitées les Japonaises. Dieu seul savait ce qu'on leur avait promis pour les convaincre de monter sur un bateau pour l'Australie.

Conrad ignorait tout des maisons de geishas ; en réalité, la plupart de ces femmes étaient ici de leur plein gré pour exercer leur profession et amasser une petite fortune avant de retourner au pays. Elles jouaient un rôle primordial au sein de la communauté japonaise de Broome, et l'argent versé par certains de leurs courtisans était secrètement réinvesti dans des entreprises prospères. Toutefois, il était vrai que d'autres femmes, des campagnardes pauvres et illettrées, finissaient dans des maisons closes.

Conrad arriva sans encombre à l'atelier du nettoyeur de perles. La porte était verrouillée et les volets fermés, mais il devina une lueur à l'intérieur.

— Toby, c'est moi, Conrad, dit-il en grattant à la porte. Est-ce que vous êtes là ?

Après un silence, il entendit que l'on tirait un objet lourd.

— Conrad, mon ami, chuchota Toby.

— Je viens aux nouvelles, nous nous doutions que vous passeriez la nuit ici.

La porte s'ouvrit sur le bras potelé de Toby qui attira Conrad à l'intérieur.

— Vous êtes bien courageux d'arpenter seul les rues. Courageux et peut-être inconscient. Enfin, je suis content de vous voir. Une tasse de thé ?

En balayant la pièce du regard, Conrad remarqua le pistolet posé sur l'établi.

— Vous êtes prévoyant. Va pour le thé, avec plaisir.

— J'ai beaucoup de perles de valeur ici, y compris les vôtres, bien sûr, et il est de ma responsabilité de veiller sur elles. J'ai entendu dire que des Chinois vendaient de la gélignite. Décidément, pour certains, l'argent n'a pas d'odeur.

— De la gélignite ? Dieu du ciel, pour quoi faire ?

— Venir à bout de ceci, dans un premier temps, répondit Toby en désignant le coffre-fort installé dans un coin de l'atelier.

Les deux hommes burent leur thé à la lueur d'une simple lampe à huile.

— Avez-vous eu le temps de travailler sur nos perles ? demanda Conrad en parlant un peu plus doucement que nécessaire.

Toby embrassa l'extrémité de ses doigts.

— Certaines sont superbes. J'ai terminé et le résultat est magnifique. Je vais vous montrer.

Avant que Conrad n'eût le temps de protester, inquiet d'une éventuelle entrée par effraction, Toby ouvrit le coffre, en sortit une petite bourse de velours noir et le referma.

— Tenez, Conrad, rapprochez-vous de la lumière.

Il ajusta la lampe posée sur le bureau et vida le contenu de la bourse dans la paume de sa main boudinée. Le visage de Conrad s'illumina à la vue des grosses perles rondes et luisantes.

— En effet, elles sont sublimes. Olivia nous en tirera un bon prix auprès de M. Barat. Je n'aurai pas la patience d'attendre, puis-je les prendre pour les lui montrer ?

— Est-ce bien raisonnable ? s'enquit Toby en rangeant les perles.

— Je suis armé et il ne viendra à l'idée de personne que je me promène avec cela sur moi. Les perles plairont à Olivia, en plus de lui changer les idées. Elle est perturbée par toute cette agitation. Cependant, la tension retombe depuis que le magistrat a montré les muscles.

— Si vous insistez.

— Puis-je vous laisser seul ? demanda Conrad en empochant les perles.

— J'ai une grosse canne en plus du pistolet. Je me sens en sécurité et de toute façon, c'est après les Koepangers que les fauteurs de troubles en ont. En attendant le retour à la normale, Mabel a jugé préférable que je dorme ici cette nuit.

— Entendu. Dans ce cas, je vais rentrer, Toby. Je me suis assez montré pour ce soir.

— Soyez prudent, mon ami, et bonne nuit.

Sur ce, il raccompagna Conrad à la porte, la verrouilla à double tour et remit en place la lourde chaise de chêne.

Conrad emprunta une promenade en bois, ses talons claquant dans le silence de la nuit, puis s'engagea sur la route poussiéreuse de Dampier Terrace. Il crut un instant entendre marcher derrière lui et s'arrêta, mais il n'y avait pas un chat. Une centaine de mètres plus loin, il traversa la route et s'engagea dans une ruelle. D'épais nuages transpercés d'éclairs s'amoncelaient dans le ciel, masquant la lune, et le tonnerre grondait au loin.

Alors qu'il s'apprêtait à tourner à un coin de rue, Conrad surprit une ombre qui passait entre deux maisons. Il se figea, la main sur son pistolet, mais ne vit rien de plus et finit par repartir. Il n'avait avancé que de quelques pas lorsqu'il fut empoigné par-derrière et entraîné dans l'entrée d'une blanchisserie chinoise. Un bras passé autour de sa gorge l'empêcha d'appeler à l'aide, et alors qu'il essayait de se dégager, il sentit une douleur atroce lui transpercer la poitrine et s'affaissa.

Son assaillant, un Koepanger, était en train de lui faire les poches quand il entendit des gens crier et accourir. Il se dépêcha de s'emparer du pistolet de Conrad et de l'aumônière puis voulut s'enfuir, mais un *kris* lui trancha la gorge. Ahmed rangea l'arme dans son fourreau et reprit les perles. Alors qu'il était encore penché sur le corps, une dizaine de Japonais apparurent au coin en hurlant et en brandissant des bâtons. Ahmed récupéra le pistolet de Conrad sur le cadavre du Koepanger et, toujours accroupi, tira deux coups de feu rapides de façon à frôler la tête des Japonais, qui s'arrêtèrent net. Ahmed sauta par-dessus les cadavres et disparut dans une ruelle ; au même moment, le commandant White et plusieurs commissaires spéciaux armés arrivèrent sur les lieux.

Dès que les Japonais eurent pris la fuite, le commandant White se précipita vers les deux hommes qui gisaient à terre. Ignorant l'Asiatique, il fit rouler l'Européen sur le côté.

— Juste ciel, c'est Conrad Hennessy, murmura-t-il dans un souffle.

En dépit du couvre-feu, la nouvelle du meurtre de Conrad se répandit dans la ville comme une traînée de poudre. Arrivé rapidement sur place, Tyndall eut confirmation de la mort de son ami et associé. Il alla voir Toby Metta, qui lui relata la visite de Conrad. Le nettoyeur de perles se tordait les mains, son visage sombre et lisse ruisselant de larmes.

— Je l'ai prévenu qu'il était imprudent de sillonner les rues ainsi, surtout avec des perles sur lui. Mais il tenait à faire son devoir. Il était tellement bon, tellement bon...

Incapable de prononcer un mot, Tyndall toucha le bras de Toby, hocha la tête en signe de soutien et de compassion puis retourna sur la scène de crime.

Alors que le corps de Conrad était évacué, le commandant White, le magistrat résident et le chef de la police se tournèrent vers Tyndall. Les quatre hommes restèrent silencieux quelques instants dans la ruelle obscure ; non loin de là, des badauds ayant choisi d'ignorer le couvre-feu étaient maintenus à distance par des policiers et discutaient des détails sordides du meurtre.

Le magistrat résident prit Tyndall par le bras.

— Capitaine Tyndall, je sais combien c'est pénible, mais nous pensons que vous êtes le plus à même d'annoncer la nouvelle à Mme Hennessy. Bien sûr, si vous préférez que...

— Non ! l'interrompit Tyndall. C'est à moi de lui dire et à personne d'autre.

— Mme Hooten et ses autres amies lui rendront visite plus tard dans la matinée.

Tyndall secoua la tête.

— Je vous préviendrai en temps voulu. Je m'occupe de tout… pour l'instant. Demandez à un médecin de faire porter des sédatifs.

En plus de sa fermeté, il y avait quelque chose dans l'attitude de Tyndall qui dissuada ses compagnons d'insister.

Le capitaine marcha à pas lents dans les rues sombres vers la villa des Hennessy, tout en réfléchissant à la façon la plus adéquate d'annoncer à Olivia qu'elle était veuve.

Arrivé devant le portail, il l'ouvrit le plus discrètement possible. Alors qu'il remontait l'allée, il vit une silhouette se lever sur la véranda.

— Olivia ?

— Non, c'est Minnie, m'sieur. Je vous attendais.

Tyndall tenta de déchiffrer son expression.

— Vous êtes au courant, n'est-ce pas ?

— Oui. Je vais la chercher.

Debout dans l'obscurité, il leva la tête vers le ciel zébré d'éclairs où les nuages filaient à toute vitesse, poussés par le vent.

Olivia arriva, un grand châle autour de ses épaules.

— Où est Conrad ? murmura-t-elle. Est-ce que c'est grave ?

— Oui, Olivia.

— Je veux savoir, John. Qu'est-il arrivé à Conrad ? insista-t-elle d'une voix plus forte.

— Il est mort, Olivia. Tué dans la rue. C'est arrivé si vite, je doute qu'il ait compris… Oh, Olivia…

Alors qu'il tendait les bras, elle étouffa un cri et fondit en larmes, le visage enfoui dans ses mains. Le temps que Tyndall s'approchât, elle s'était affaissée contre un pilier de la véranda. Il s'assit auprès d'elle et l'enlaça en regrettant de ne rien pouvoir faire qui pût soulager la douleur étreignant ce petit bout de femme.

Il finit par la soulever et la porter jusque dans une chambre d'amis, où il l'étendit sur le lit. Comme Minnie les rejoignait, Tyndall la pria d'apporter de l'alcool. Assis patiemment près du lit alors qu'Olivia buvait un verre de brandy, il répondit à ses questions avec franchise, n'éludant aucun détail. Lorsque Minnie revint avec les calmants livrés par le médecin, Olivia les avala sans protester.

Puis elle se rallongea et murmura :

— Je vais devoir l'annoncer à Hamish…

— Demain, Olivia.

Il lui prit la main et écarta doucement les cheveux qui retombaient sur son front.

Sous l'effet des calmants, elle sombra dans un sommeil agité de cauchemars, sans jamais lâcher la main de Tyndall. Plusieurs fois, elle hurla tout en dormant. Après l'un de ces cris d'angoisse, Tyndall s'allongea à ses côtés et la prit dans ses bras pour la bercer et lui murmurer des paroles réconfortantes.

Durant la nuit, la tempête éclata enfin. Le vent et la pluie se déchaînèrent, noyant la respiration haletante et les gémissements de tristesse d'Olivia.

Au lever du soleil, l'orage tropical était passé. Profitant de ce qu'Olivia dormait enfin paisiblement, Tyndall, exténué, sortit de la chambre et demanda à Minnie de veiller sur elle.

La ville s'éveillait, mais tout semblait différent à la lumière des derniers événements. En rentrant chez lui, Tyndall fut accueilli par une Niah en pleurs qui tenait Maya dans ses bras.

Il la serra contre lui un moment, puis recula et caressa la joue de l'enfant endormie.

— J'étais auprès d'Olivia, elle est en état de choc. Est-ce que tu as vu Ahmed ?

Niah secoua la tête.

— *Tuan* et m'dame Metta sont venus. À part eux, j'ai vu personne.

Tyndall réfléchit quelques instants puis se servit un verre de whisky.

— Fais-moi couler un bain, s'il te plaît, Niah.

— Tu es très fatigué, tu as besoin de sommeil.

— Plus tard, j'ai d'abord quelques affaires à régler.

Ils échangèrent un bref sourire puis Niah alla dans la salle de bains. Tyndall s'assit sur la véranda et regarda dans le vide en songeant aux complexités de son monde – un monde qui avait radicalement changé en l'espace d'une nuit.

Alors qu'il s'habillait, Niah le rejoignit dans la chambre.

— Minnie a apporté un message, John.

— J'arrive tout de suite.

— Elle est pas restée, elle a juste dit qu'Ahmed est au village.

Tyndall marcha à pas lents jusqu'à l'avant-côte, qu'il trouva déserte, puis traversa la mangrove jusqu'au bush. Depuis la véranda du hangar, il avait aperçu un filet de fumée provenant d'un feu de camp.

En quelques minutes, il arriva au village qui consistait en quelques huttes de guingois bricolées à la va-vite avec des plaques de tôle et de vieilles toiles de jute. Sur le sol encore détrempé après le déluge de la nuit passée, des Aborigènes étaient blottis les uns contre les autres. Il les salua dans leur langue natale et rejoignit un groupe d'anciens assis sur des bûches disposées à l'ombre d'un banian. Tyndall leur proposa des cigarettes, qu'ils acceptèrent volontiers.

Sur ce, Ahmed arriva au camp avec un Aborigène armé d'une lance. Il s'accroupit sous le banian et prit la cigarette que lui tendait Tyndall. Les traits tirés, il prit quelques bouffées puis dit en malais :

— Désolé, *tuan*, je marchais trop lentement et il m'a distancé. C'était difficile d'y voir quelque chose en pleine nuit.

Tyndall posa une main sur l'épaule de son ami.

— Je suis sûr que tu as fait au mieux, Ahmed. Merci d'avoir veillé sur Conrad et d'avoir réglé son compte à ce salaud d'assassin. Le problème, c'est qu'il s'agit d'un meurtre. Personne ne t'a vu ?

— Non, je crois pas. Pas de près, en tout cas.

Tyndall réfléchit en tirant sur sa cigarette.

— As-tu raconté à quelqu'un ce qui s'est passé ?

— Non, mais vous connaissez les Aborigènes. Ils devinent…

— Ils ne diront rien, du moins pas aux autorités.

Tyndall écrasa sa cigarette dans le sol boueux et passa un bras autour des épaules d'Ahmed.

— Je retourne au hangar. Rejoins-moi dans quelques minutes, fais comme si de rien n'était et pas un mot à qui que ce soit. Si on te pose la question, dis que tu as passé la nuit ici. D'accord ?

Ahmed opina.

Après avoir échangé encore quelques mots avec les anciens, Tyndall leur serra la main et repartit.

Au bout d'une heure passée à faire mine d'inspecter le hangar et les bateaux, Ahmed et Tyndall retournèrent en ville. Le double meurtre avait ramené tout le monde à la raison, les boutiques rouvraient et les bars des hôtels étaient pris d'assaut par les habitants avides de nouvelles et de ragots. Non seulement Tyndall savait qu'on s'attendait à le voir dans les établissements fréquentés par les maîtres perliers, mais il voulait entendre ce qui se disait sur les derniers événements.

On n'évoqua que brièvement le Koepanger tué, et encore moins son assassin, les conversations tournant principalement autour de Conrad. Les amis de Tyndall tinrent à lui témoigner leur sympathie à grand renfort d'alcool, et le soleil était déjà couché lorsqu'il regagna son bureau en titubant.

Le sergent O'Leary savait ce dont il avait besoin : une bonne dose de brandy. Les dernières vingt-quatre heures avaient été éprouvantes : trois morts dont un Blanc, de nombreux blessés, surtout des Asiatiques, quelques biens endommagés et des notables affolés. Heureusement que l'assassin d'Hennessy avait été tué. Par un Asiatique, selon les Japonais, sans doute un Malais. Enfin, cela ne l'avançait guère, la ville n'en manquait pas. Et à coup sûr, ils auraient tous un alibi solide.

O'Leary était un Irlandais qui avait pu s'établir en Australie suite à une mission accomplie avec succès pour le vice-roi des Indes. D'abord en poste à Fremantle puis à Perth, il avait intégré la police montée du Nord-Ouest, une région qui avait su parler à son goût pour l'aventure. Il évoquait souvent son départ prochain, sans jamais franchir le pas, et quand il allait en vacances dans le Sud, il n'avait qu'une envie, retrouver la ville dans laquelle il se sentait chez lui. Ses dix années de service à Broome et ses montées en grade lui valaient le respect des Blancs, qui le considéraient comme un représentant de la loi sévère mais juste. Et il était plus craint que respecté par les Asiatiques et les Aborigènes.

L'administratif n'étant pas son point fort, Sean O'Leary travaillait de façon à réduire au maximum la paperasse et les procédures, quitte à parfois passer en force. Il était donc d'autant plus ennuyé par les tracasseries qui se profilaient après les derniers événements et espérait qu'elles seraient limitées, à défaut d'être totalement évitées.

À son réveil, Tyndall trouva le sergent O'Leary assis en face de lui, les pieds croisés sur son bureau et un verre de whisky à la main.

— J'allais vous donner cinq minutes de plus, le temps de me servir un autre verre, puis j'ai finalement décidé de réveiller la Belle au bois dormant. J'ai pris le temps de réfléchir, John. Encore une journée difficile.

— Vous permettez ? demanda Tyndall en tendant la main vers la bouteille de whisky.

— Je vous en prie. C'est à vous, après tout.

Tyndall se versa un demi-verre et le leva en direction du policier, qui l'imita. Tous deux burent une gorgée.

— Vous êtes en service ? demanda Tyndall d'un ton détaché.

— Non, malgré l'uniforme.

Les deux hommes se ressemblaient beaucoup, même si O'Leary était assez âgé pour être le père de Tyndall. Ils venaient tous les deux d'Irlande, et c'était ce lien avec l'île d'Émeraude qui les avait rapprochés au point de boire quelques verres ensemble, dans un bar d'hôtel, au bureau après le travail, chez l'un ou chez l'autre. O'Leary se servait de Tyndall pour se tenir informé de tout ce qui se passait dans le monde de la perle. Tyndall en était conscient mais n'y voyait pas d'objection, et puis il savait tenir sa langue quand cela était nécessaire.

— Comment Mme Hennessy a-t-elle réagi ? s'enquit le policier.

— Mal, ainsi qu'on pouvait s'y attendre. Il va lui falloir du temps pour s'en remettre.

— Bien entendu. Quelle terrible affaire. Au moins, on nous a épargné le calvaire d'un procès. Le meurtrier a eu ce qu'il méritait.

— Je lève mon verre à cette bonne nouvelle.

Tyndall joignit le geste à la parole.

— C'est tout de même étrange d'avoir retrouvé ce Koepanger égorgé sur les lieux dans la foulée, poursuivit O'Leary. À croire qu'il était suivi. Enfin, lui ou Hennessy.

Tyndall se crispa légèrement et tenta de cacher sa réaction en prenant une lampée de whisky, mais O'Leary ne se laissa pas berner.

— Peut-être. Je n'y avais pas pensé.

— Les Japonais m'ont parlé d'un Asiatique, sans doute un Malais. À propos, avez-vous des nouvelles d'Ahmed ?

— Oui, il est venu travailler ce matin, répondit Tyndall d'un ton neutre, désormais sur ses gardes. Nous avons inspecté le hangar et les bateaux, puis je l'ai libéré.

— Toby Metta m'a dit qu'il avait confié des perles à Hennessy avant son meurtre. On ne les a pas retrouvées sur lui. Qu'en pensez-vous ?

— Cela m'a tout l'air d'être un vol. Quelle perte, répondit Tyndall, feignant la contrariété.

— En effet. Et vous comptiez me parler de ces perles, n'est-ce pas ?

— Évidemment. Je vous ressers ?

Sans attendre la réponse, Tyndall remplit les verres. O'Leary scruta son ami par-dessus le bord du sien, puis but une gorgée.

— Ce serait un sacré sac de nœuds si ces perles venaient à réapparaître. Sans parler du gaspillage d'argent public qu'entraîneraient les différentes actions en justice.

Leurs regards se croisèrent.

— Je ne pense pas que cela se produira, répondit Tyndall d'une voix posée.

Le sergent vida son verre d'un trait et sourit.

— Tant mieux, John. D'une certaine façon, nous pouvons dire que justice a été rendue.

— Sans tracasseries administratives.

— Comme vous dites. Sans tracasseries administratives.

***

Ahmed passa au siège le lendemain et trouva son capitaine en train de trier les papiers et les dossiers de Conrad. Lorsque Tyndall leva la tête, Ahmed tendit le bras et posa l'aumônière contenant les perles sur le bureau. Les deux hommes se regardèrent quelques instants sans prononcer un mot. Après le départ d'Ahmed, Tyndall rangea les perles dans le coffre.

Les obsèques de Conrad Hennessy se tinrent sous des trombes d'eau au point que, lors de la mise en terre, les parois en argile rouge de la cavité dans laquelle on abaissait son cercueil s'effondrèrent, recouvrant les fleurs disposées dessus d'une masse boueuse.

Olivia tenait par la main Hamish, qui jetait des regards inquiets à Tyndall, Minnie, Ahmed et Yoshi sans bien comprendre pourquoi son papa n'était plus là. Niah resta à la maison avec Maya et attendit le retour de Tyndall, sachant qu'il serait auprès d'Olivia. Pendant un temps, la compassion l'emporta sur la jalousie.

Dans la soirée, après avoir aidé Minnie à coucher Olivia, toujours sous sédatifs, Tyndall se rendit au Lugger Bar et s'étourdit dans l'alcool.

Tenant à peine debout, il sortit dans la fraîcheur du soir qui lui fouetta l'esprit un instant, mais il demeurait obsédé par le visage tragique d'Olivia et furieux du sort infligé à Conrad. Alors que la compagnie survivrait sans doute, rien ne comblerait le vide laissé dans la vie d'Olivia et d'Hamish par ce meurtre aussi brutal que gratuit.

Alors qu'il errait en titubant dans le parc situé en face du Continental, Ahmed surgit de l'obscurité.

— *Tuan*, j'ai un sulky. Il vaut mieux rentrer chez vous et éviter Shiba Lane.

— Je marche au hasard, Ahmed. Quel drame...

— Je sais, *tuan*.

Ahmed prit son ami par le bras et lui fit rebrousser chemin.

— Pauvre Olivia, poursuivit Tyndall. Il va falloir veiller sur elle et sur l'enfant. Oh, ma chère Olivia...

Les effets du sédatif s'étant dissipés, Olivia se réveilla à l'aube, la tête lourde, la bouche pâteuse et la gorge sèche. Sans déranger Minnie, elle habilla Hamish, encore tout ensommeillé, le prit par la main et sortit avec lui dans la ville silencieuse. Elle marcha d'un pas lent, portant Hamish de temps en temps quand il fatiguait. Lorsqu'ils eurent atteint le cimetière où reposait Conrad, elle s'arrêta sur la terre rouge de la tombe fraîchement creusée.

Des souvenirs de Londres lui revinrent en mémoire ; le crépuscule tombant sur le commerce de son père un après-midi d'hiver, Conrad penché sur ses livres de comptes, leur mariage en petit comité, au cours duquel son père veuf l'avait fièrement confiée à Conrad. Puis la mort de son père, survenue si vite, leur décision audacieuse d'émigrer en Australie pour y commencer une nouvelle vie, sa grossesse... Comme Conrad le disait toujours, « Lorsqu'une porte se ferme, une autre s'ouvre ».

Elle repensa au petit James, inhumé sur la côte, et se demanda s'il ne devrait pas reposer auprès de son père.

— Où est papa ? demanda soudain Hamish.

— Il est au paradis, dans un endroit merveilleux, mon chéri. Mais en venant ici, nous pouvons lui parler.

Les yeux d'Hamish s'embuèrent.

— Pourquoi papa est parti ?

— Oh, mon trésor… Il n'a pas voulu nous abandonner.

Olivia s'agenouilla à sa hauteur et le serra contre sa poitrine.

— Parfois, Dieu demande aux anges de prendre certaines personnes pour les remonter au paradis. Il sait que toi et moi allons être forts, que le capitaine Tyndall, Minnie, Ahmed et tous les autres vont veiller sur nous et qu'un jour, nous nous retrouverons.

— Mais je veux mon papa…, répondit Hamish, qui pleurait toujours.

Olivia le serra encore plus fort contre elle et murmura, les larmes aux yeux :

— Il me manque aussi, mon chéri…

Quelques instants plus tard, elle se dégagea et essuya ses larmes puis celles de son fils.

Hamish lui prit la main et tous deux rentrèrent tristement à la maison.

Deux écaillers assistèrent de loin à ce pèlerinage.

— Je parie qu'elle va vendre ses parts au capitaine Tyndall et rentrer au pays par le premier bateau, dit l'un.

— C'est pas une femme ordinaire, répondit l'autre. Tu sais qu'elle va au hangar pour apporter à manger aux écaillers. J'avais jamais entendu ça. Mais c'est sûr que c'est pas un endroit pour une veuve et son fils.

Pendant les deux semaines qui suivirent, Olivia ne quitta quasiment pas sa chambre. Elle alla jusqu'à refuser d'ouvrir les volets de bois, prévus pour résister aux cyclones, car elle préférait rester dans l'obscurité. Les visiteurs étaient refoulés, seule Minnie avait le droit d'apporter des repas auxquels Olivia touchait à peine. On laissait Hamish entrer à intervalles réguliers pour qu'il vît sa mère. Il ne comprenait pas vraiment ce qui était arrivé à son père et à leur vie bien ordonnée.

Pour le garçonnet, le meilleur moment dans ces journées difficiles était le coucher du soleil, quand Tyndall franchissait le portail avec la petite Maya dans les bras. Il s'installait sur la véranda et demandait à Minnie d'aller chercher Olivia. Comme celle-ci refusait systématiquement de le rejoindre, il restait assis à siroter un verre de rhum, comme du vivant de Conrad, en regardant Hamish jouer avec la fillette qu'il adorait tant.

Un soir, Tyndall reposa son verre vide avec force, confia les enfants à Minnie, entra dans la maison d'un pas décidé et alla frapper à la porte de la jeune veuve.

— Il est temps, Olivia. Temps de quitter cette pièce.

Il n'obtint qu'un silence pour toute réponse, mais sachant qu'elle l'écoutait, il frappa de plus belle.

— Il est temps, Olivia !

— Je vous en prie, John, laissez-moi tranquille.

— Pas question. Vous devez sortir et reprendre le cours de votre vie. Pour Hamish. Et pour Conrad. Il me manque aussi, Olivia.

S'ensuivit un son étouffé.

— Bon Dieu, je ne parlerai pas une seconde de plus à travers cette porte. J'entre.

— Non ! S'il vous plaît, partez.

Tyndall ouvrit la porte en grand. Après s'être figé sur le seuil en essayant de distinguer quelque chose dans l'obscurité, il se dirigea vers les fenêtres dont les volets ne laissaient filtrer qu'un mince rai de lumière.

— Je vous ai dit de me laisser tranquille, insista Olivia d'une voix faible mais nerveuse qui tendait vers l'hystérie.

— Vous n'avez qu'à balancer un objet contre le mur, si cela peut vous défouler.

Après qu'il eut ouvert les volets d'un geste vigoureux, les dernières lueurs du crépuscule ainsi que le parfum émanant des arbustes tropicaux s'engouffrèrent dans la pièce qui sentait le renfermé.

Puis Tyndall se tourna vers Olivia qui était prostrée dans un fauteuil, le dos voûté.

Feignant de ne pas remarquer ses cheveux ébouriffés, ses traits tirés et son teint blême, il s'adressa à elle avec fermeté.

— Olivia, je compte sur votre présence demain matin au siège. Une montagne de documents vous attend et vous allez devoir prendre la relève de Conrad sur les tâches administratives, car je n'y comprends rien. C'est à croire qu'un déluge de papier s'est abattu sur L'Étoile de la mer. Et puis nous avons une nouvelle saison à préparer. Je pensais mettre le cap au nord, cette fois.

Son coup d'éclat eut l'effet escompté, en particulier sa suggestion de partir pour le nord alors que ses lougres allaient toujours au sud.

— Pourquoi au nord ?

Intérieurement, Tyndall poussa un soupir de soulagement. Olivia continuerait à porter le deuil, mais au moins il avait provoqué une réaction et elle cesserait bientôt d'être prisonnière de son chagrin.

— La rumeur parle de gisements inexploités, expliqua-t-il. Je voudrais vérifier par moi-même.

Sur ce, il tourna les talons et se dirigea vers la porte. Avant de prendre congé, il lança l'air de rien par-dessus son épaule :

— Si Hamish et vous voulez être de la partie… En attendant, je vous dis à demain.

Il referma doucement la porte derrière lui, s'y appuya et inspira un grand coup. Son cœur saignait pour Olivia, qui semblait tout bonnement dévastée.

De son côté, Olivia fulminait. *C'est du Tyndall tout craché*, songea-t-elle. *Il ne me demande pas si j'ai envie de travailler, il me met devant le fait accompli.*

Elle arpenta la chambre, s'arrêta devant la fenêtre puis jugea qu'il était temps de prendre un bain.

Une fois dans l'eau, sa colère laissa place à un élan d'affection pour le capitaine et sa gentillesse brute de décoffrage. Elle savait qu'il avait raison, qu'elle devait penser à Hamish et à la compagnie. Conrad parti, c'en était terminé de la vie qu'ils avaient partagée. Elle devait désormais poursuivre seule son chemin et arrêter de s'apitoyer sur son sort.

13

Ainsi, Olivia entama son processus de deuil. Lorsqu'elle sortit de sa chambre pour affronter à nouveau la réalité, elle refoula son chagrin qui devint une douleur intime. La vie continuait, et si Olivia se laissait porter, elle deviendrait plus facile jour après jour.

Elle apprécia la marche matinale pour se rendre au village de l'avant-côte. Il ne faisait pas encore trop chaud et elle puisa une certaine forme de réconfort dans le spectacle des lougres que l'on rénovait durant la basse saison, amarrés dans la baie aux couleurs toujours aussi extraordinaires.

Elle fut également stimulée par l'activité qui régnait sur le front de mer. Après avoir vidé leurs nasses, des pêcheurs chinois et manillais se dépêchaient de regagner le centre-ville avec leur poisson frais, qu'ils transportaient dans des paniers accrochés à une perche en bambou placée en travers des épaules ; des marins allaient et venaient avec toutes sortes de marchandises ; des charpentiers philippins suspendus dans des harnais de fortune réparaient des mâts ; des voiliers malais découpaient et cousaient de grands pans de toile.

Les hommes qui travaillaient sur le campement de L'Étoile de la mer furent heureux de la retrouver. Même ceux qui hésitaient sur le comportement à adopter dans de telles circonstances vinrent à sa rencontre pour lui prendre les mains et lui adresser leurs condoléances. Olivia, très touchée par leur accueil, sourit et les remercia. Sous le coup de l'émotion, elle sentit ses genoux trembler mais se força à poursuivre avec une inspection du hangar et d'un bateau en cale sèche. D'un geste, elle salua Tyndall qui se tenait sur le pont d'un lougre ancré dans la baie.

Ensuite, elle se rendit au siège mais une fois devant la porte du bureau de Conrad, elle n'en menait pas large. Elle s'arrêta sur le seuil, prit une profonde inspiration et entra. Des documents étaient étalés sur la table dans un désordre qui aurait fait grincer Conrad des dents, le tiroir supérieur du meuble de classement était ouvert et laissait entrevoir des dossiers pêle-mêle, preuves que Tyndall avait vainement tenté de s'occuper de la paperasse.

Elle s'attela au rangement, et une heure passa sans qu'elle s'en rendît compte. Puis, entendant des pas discrets dans l'escalier, elle leva la tête et vit Ahmed qui se tenait sur le seuil.

— *Selamat pagi*, m'dame.

— Bonjour, Ahmed. Je t'en prie, entre.

Ahmed avança jusqu'au bureau et ignora le geste d'Olivia qui l'invitait à s'asseoir.

— M'dame…

Ahmed, trop peiné, ne put poursuivre.

Alors qu'Olivia hochait légèrement la tête pour l'encourager, il porta la main à son *kris* et murmura :

— Désolé, m'dame. Je suis arrivé trop tard.

Olivia porta une main à sa bouche et étouffa un petit cri, avant de se reprendre.

— Merci, Ahmed. Inutile de m'en dire plus.

Il s'inclina et tourna les talons. Olivia attendit qu'il fût sorti pour enfouir son visage dans ses mains et pleurer en silence.

***

Plus tard dans la matinée, Tyndall arriva, s'assit sur une chaise et croisa les pieds sur le bureau rangé.

— John, s'il vous plaît.

— Je suis content de vous voir ici, se contenta-t-il de répondre.

— Merci. Les employés m'ont accueillie très gentiment au campement.

— Ils vous estiment beaucoup. Ils respectaient Conrad, mais vous, c'est autre chose. Vous le savez, bien sûr.

— Je n'y avais jamais vraiment réfléchi. En tout cas, je suis très sensible à leur soutien.

S'efforçant de garder une contenance, elle se leva pour aller prendre un dossier dans le meuble de classement.

— J'ai posé une option sur un nouveau lougre, annonça Tyndall.

Aussitôt, Olivia se retourna.

— Un nouveau lougre ? Mais nous ne nous sommes même pas concertés ! N'est-ce pas un peu précipité ?

— Si, tout en étant parfaitement sensé. C'est une bonne affaire et nous devons continuer sur notre lancée. Asseyez-vous, que je vous explique plus en détail.

Olivia obtempéra et prit des notes dès qu'elle comprit que Tyndall avait déjà toute une stratégie.

— Yoshi aura désormais deux casquettes : plongeur et capitaine de l'*Annabella*. Il a embauché un membre de sa famille pour le seconder à la plongée.

— C'est une bonne idée. Il a prouvé qu'il était travailleur et loyal.

— Oui, mais certains disent que je suis fou, qu'on ne peut pas faire confiance aux Japonais, qu'ils volent les plus belles perles pour les revendre au marché noir.

— Qu'en est-il de vous et d'Ahmed ? Avez-vous confiance en Yoshi ?

— Absolument.

— Alors moi aussi.

Olivia posa son crayon et s'adossa à sa chaise.

— Maintenant, parlons de mon avenir. J'ai l'intention de rester à Broome et, si vous le permettez, de m'impliquer encore davantage dans la compagnie. J'aimerais notamment mettre l'accent sur les activités de ravitaillement, car elles ont tout l'air d'être lucratives.

Tyndall sourit.

— Je n'en attendais pas moins de vous. Même si ce sera beaucoup de travail, vous savez que vous pourrez compter sur moi, Olivia.

— Merci, John, et merci de vous être montré aussi ferme à mon égard. Votre discours n'était pas facile à entendre mais nécessaire.

Quelques jours plus tard, Tyndall envoya un sulky chez Olivia avec un message lui demandant de le rejoindre accompagnée d'Hamish sur Streeter's Jetty. Olivia ne fut pas peu surprise de retrouver Ahmed, Yoshi, Taki ainsi que tous les membres d'équipage rassemblés sur le ponton. Pendant qu'ils l'accueillaient chaleureusement, Hamish se précipita vers Ahmed, qui le souleva de terre et s'amusa à le chatouiller.

— Pourquoi nous avez-vous fait venir, John ? demanda Olivia.

— Nous avons pensé qu'Hamish voudrait baptiser le nouveau lougre. Nous avons préparé la bouteille de champagne, il n'a plus qu'à détacher la corde.

— Excellente idée.

Les hommes s'écartèrent pour la laisser approcher. Elle découvrit alors le nom inscrit en lettres noires sur la coque blanche du lougre fraîchement repeint : *Conrad*. Elle se tourna vers Tyndall, les yeux mouillés de larmes.

— Nous espérons que vous approuvez l'initiative, dit-il gentiment. Lorsque Hamish l'aura baptisé, peut-être voudrez-vous monter à bord et faire un tour dans la baie.

— Avec grand plaisir, articula-t-elle, la voix étranglée par l'émotion.

À la barre, soutenu par Ahmed, Hamish poussait des cris de joie alors que le lougre de douze mètres de long fendait l'écume, l'eau éclaboussant le pont par-dessus le bordé.

Olivia inspecta tous les équipements en détail, du compresseur pour les plongeurs au futur lieu de stockage des huîtres en passant par les deux grandes citernes d'eau pouvant contenir jusqu'à mille litres chacune. Près de la poupe, elle découvrit, au même niveau que le pont, une cabine qui comportait deux couchettes, et à l'avant le petit gaillard prévu pour héberger l'équipage. Celui-ci comptait le même nombre de Japonais et de Koepangers, un équilibre garant de sécurité et d'efficacité. Par le passé, il était arrivé que des marins d'une même ethnie se mutinassent pour faire main basse sur les perles, prétextant à leur retour au port que le capitaine était passé par-dessus bord lors d'une tempête.

Olivia hocha la tête en humant l'odeur de peinture fraîche et de vernis.

— Non seulement ce bateau m'a tout l'air d'être fiable, mais il est très beau. Conrad serait très content.

Pour la première fois, elle réussit à prononcer le prénom de son défunt mari sans qu'il s'étranglât dans sa gorge. Elle lança un sourire reconnaissant à Tyndall, qui lui sourit en retour et caressa la chevelure claire d'Hamish.

Depuis le rivage, Niah suivait des yeux le nouveau lougre qui voguait dans la baie. Elle se sentait délaissée, car depuis la mort de Conrad, c'était comme si Tyndall avait deux familles. Elle avait beau comprendre que Mme Hennessy occupât une place importante dans l'activité professionnelle de son compagnon, elle déplorait que Tyndall s'intéressât désormais presque plus à Hamish qu'à sa propre fille. Il était obsédé par le travail, le nouveau bateau, Mme Hennessy et le recrutement de l'équipage, ne daignant accorder de l'attention à Niah qu'à la nuit tombée.

En regagnant la maison de Tyndall, elle s'arrêta pour regarder la route sablonneuse qui menait au *pindan* et au lieu de vie de son peuple, en bordure de la côte.

Elle changea de direction et se rendit chez les Hennessy, où elle trouva Minnie qui triait le linge à repasser dans la buanderie.

Le cœur lourd, elle s'assit sur une marche avec Maya. Minnie lui jeta un regard furtif, puis la rejoignit et lui murmura des paroles réconfortantes dans sa langue maternelle, tout en lui tapotant la main.

Les trois années qui suivirent resserrèrent encore les liens entre Olivia et Tyndall, leur association au sein de L'Étoile de la mer les réunissant autour d'intérêts communs.

Tyndall éprouvait un respect toujours grandissant pour sa perspicacité, son jugement et son sens des affaires – au point qu'un jour, il reconnut qu'elle était « aussi douée qu'un homme ». Olivia prit sa remarque pour un compliment, tout en étant un peu agacée. Très peu de Blanches s'investissaient dans la vie économique de Broome et elle ne voyait aucune raison justifiant que, à compétences égales, les femmes fussent éclipsées au profit des hommes.

Si Tyndall accompagnait parfois Olivia aux rendez-vous avec M. Barat, il restait en retrait et la laissait mener les négociations. Une fois que toutes les parties étaient d'accord sur un prix, il prenait le relais pour le volet plus informel de l'entrevue. Olivia et Tyndall savaient combien l'amitié nouée avec l'acheteur français était précieuse.

De son côté, Olivia apprit à mieux cerner la personnalité de Tyndall à force de l'observer au travail, contenant difficilement son impatience face à un douanier bureaucrate et mesquin qui avait décidé de lui chercher des noises, pour ensuite mener des négociations empreintes d'humour et de respect avec un fabricant de voiles malais.

Quant à son penchant pour la boisson, si elle ne l'appréciait toujours pas, elle le tolérait, bien consciente qu'à Broome, les tractations entre hommes se déroulaient la plupart du temps autour d'une bouteille.

En plus de trouver leur duo efficace, Olivia chérissait désormais le soutien émotionnel et l'amitié de Tyndall. Celui-ci avait gardé l'habitude de passer à la villa en fin de journée pour prendre un verre devant le coucher de soleil, comme du vivant de Conrad. Désormais, c'était Olivia et Tyndall qui parlaient affaires, échafaudaient des projets et se tenaient mutuellement informés des dernières nouvelles qui circulaient en ville, leurs considérations portant rarement sur le monde au-delà de Broome et de Roebuck Bay.

Dans la vie de Tyndall, Niah et Ahmed passaient après Olivia, devenue le centre de son quotidien. Et Olivia s'appuyait de plus en plus sur Minnie, qui dirigeait la maison et s'occupait d'Hamish, épaulée en cela par Rosminah, une jeune Malaise.

Minnie avait une fille et un mari, Alf, un métis partagé entre ses origines asiatiques et aborigènes. Il avait exercé comme plongeur jusqu'à ce qu'une paralysie partielle le forçât à rester à terre et à gagner sa vie en travaillant dans une boulangerie tenue par sa famille chinoise. Il livrait le pain à bord d'une carriole tôt le matin puis passait le reste de la journée assis à l'ombre avec son cousin Willy au campement Kennedy, situé sur une petite colline qui surplombait Dampier Creek. La fille de Minnie, prénommée Mollie, était élevée par des proches et venait parfois aider sa mère chez Olivia. Niah et Maya leur rendaient souvent visite quand Olivia était au travail, et avec Rosminah et Hamish, c'était une joyeuse petite bande qui se rassemblait dans le jardin des Hennessy.

Or Niah jalousait de plus en plus la complicité qui unissait Tyndall et Olivia. Quand elle se plaignait du temps qu'ils passaient ensemble, Tyndall balayait ses remarques d'un revers de main, invoquant « les affaires » et « les responsabilités ». Niah se sentait menacée en tant que compagne, mais aussi en tant que mère, car Tyndall la privait de plus en plus de Maya. Il emmenait sa fille partout avec lui et lui parlait comme à une adulte ; dans le même temps, il ne confiait pas grand-chose à Niah. En bref, ils ne formaient plus une famille.

Quand Niah voyait Olivia et Tyndall discuter au hangar ou au bureau des lougres, leur amitié et leur complicité étaient flagrantes. Il y avait entre eux une énergie, une alchimie qui les liait et dont ni l'un ni l'autre ne semblait conscient. Ils partageaient des choses dont Niah serait toujours exclue, le peu d'emprise dont elle disposât encore sur Tyndall se limitant à leur couche.

La jeune femme ne s'épanchait pas auprès de tierces personnes – elle n'avait de toute façon pas grand monde à qui se confier –, mais Minnie voyait clair dans les tourments qui l'agitaient.

Pendant de nombreuses semaines, Niah rongea son frein. Un soir, profitant de l'absence de Tyndall et de Maya, qui étaient chez Olivia, elle partit pour le village de l'avant-côte où elle avait prévu de retrouver Minnie au coucher du soleil. À son arrivée, celle-ci la regarda avec compassion.

— Tu as des soucis, hein ?

— Oui, ma tante. Je me sens mal et ça dure depuis un moment.

Ainsi que le voulait la coutume aborigène, Minnie était devenue la « tante » de Niah depuis que toutes deux s'étaient découvert des origines communes. Minnie venait du même clan, mais elle s'était installée en ville après son mariage. Niah essaya d'expliquer combien sa vie la frustrait, même si elle avait un bienfaiteur à ses côtés.

Minnie l'écouta s'inquiéter de la relation fusionnelle entre Tyndall et leur fille, tout en dessinant sur le sable le dessin du pendentif.

— Pourquoi tu dessines ça, ma tante ?

— C'est le symbole de notre clan. Toi et Maya devriez peut-être participer aux cérémonies des femmes.

Niah, les yeux étincelants, sourit à Minnie.

— Comment je peux les rejoindre ?

— Wally est au campement Kennedy. Attends qu'il revienne et il t'accompagnera. Mais c'est une longue marche. Prépare quelques affaires.

Niah rentra à la villa, satisfaite et déterminée. Plus tard dans la soirée, après avoir accueilli Tyndall avec un grand sourire, elle profita d'un moment en tête à tête avec Maya pour lui annoncer le voyage initiatique à venir et s'efforça de répondre à ses nombreuses questions.

Lorsque la mousson toucha à sa fin, Tyndall annonça son intention d'explorer de nouveaux bancs nacriers à bord du nouveau lougre et proposa à Olivia de l'accompagner avec Hamish. Dans un premier temps, elle hésita, car le jeune garçon n'avait encore jamais navigué aussi loin. Elle préféra le consulter d'abord.

— Le capitaine Tyndall nous invite à partir avec lui pour un petit voyage le long de la côte. Qu'en dis-tu ?

— On resterait tout le temps sur le bateau ?

— Oui, sachant que tu risques d'avoir le mal de mer ou de t'ennuyer.

— Oh non, ce sera amusant ! s'exclama Hamish avec un enthousiasme contagieux. Et je te promets d'être sage.

— D'accord, mais ce ne sera que pour quelques jours et à condition que tu obéisses à Ahmed et Tyndall sans broncher, entendu ?

Tyndall exposa la situation à Niah.

— Il n'y aura pas assez de place à bord pour Maya et toi. Je veux que ce soit un événement mémorable pour Hamish, il souffre de l'absence de son père et j'ai à cœur qu'il apprenne à connaître la mer, à l'aimer. Ce ne sera qu'un petit voyage.

Il souleva Maya et la fit sauter en l'air, déclenchant des rires en cascade. La fillette tendit la main et attrapa la boucle d'oreille, qui l'intriguait depuis toujours. Il la serra fort contre lui.

— Tu seras bien sage en mon absence.

— Je veux venir aussi.

— Peut-être la prochaine fois.

Il déposa un baiser sur le sommet de son crâne et caressa la joue de Niah.

Alors que le *Conrad* s'éloignait de la jetée, Hamish agita les bras en direction de Niah et de Maya jusqu'à en avoir des courbatures.

Niah avait participé aux préparatifs du voyage sans décrocher un mot, ou tout comme. Cela n'avait pas échappé à Olivia, qui avait essayé de la sortir de son isolement.

— Niah, je sais que tu aimerais venir, mais la navigation serait compliquée avec deux enfants à bord. C'est une question de sécurité. Enfin, Tyndall cherche surtout à distraire Hamish.

Olivia avait alors surpris sur son visage une expression énigmatique qui l'avait mise mal à l'aise, avant d'être rapidement supplantée par un sourire d'une chaleur dont Niah n'était pas coutumière. Olivia lui avait rendu son sourire sans se douter une seconde de ce que projetait la jeune femme.

Une fois le *Conrad* hors de vue, Niah prit Maya par la main et monta à bord du tramway tracté par un vieux cheval gris qui reliait l'embarcadère à Chinatown. À l'approche de l'avant-côte, elle descendit et s'engagea sur une piste poussiéreuse. Elle traversa la mangrove jusqu'à atteindre une petite butte où se trouvait un campement de fortune.

Un homme d'âge mûr se leva et la salua d'un geste.

— Bonjour, je suis Wally. Minnie m'a prévenu.

Il sourit à Niah et posa la main sur la tête de Maya.

— Alors comme ça, on va présenter la petite à sa famille ?

Wally, qui avait mis de l'eau à bouillir, tendit à Niah une tasse de café chaud.

— Ça vous dit, du corned-beef ? proposa-t-il.

Comme Niah et Maya acquiesçaient, il découpa des tranches de viande qu'il posa sur un pain bien frais, tout juste cuit dans la cendre.

— La marche sera longue ? s'enquit Niah.

Wally haussa les épaules.

— Assez, oui. On part demain, d'accord ?

— Très bien.

Pour la première fois depuis des années, Niah reprit confiance en l'avenir. Elle rentra tranquillement à la villa et prépara un petit baluchon.

Le lendemain matin à l'aube, Niah passa dire au revoir à Minnie.

— C'est la bonne décision, assura cette dernière en la prenant dans ses bras.

Niah opina.

— J'écoute mon cœur. Maya doit connaître le Temps du Rêve.

— Toi aussi, Niah. Tu as besoin d'une vraie famille.

Sur ce, Niah et Maya allèrent retrouver Wally.

— Bonjour. Donne-moi ton sac.

Il prit le baluchon de Niah puis tous trois se mirent en route. Un peu plus tard, alors que le soleil était levé pour de bon, Wally se dirigea vers un tronc creux d'où il sortit une lance, un bâton propulseur et un grand couteau de chasse.

Après avoir marché toute la matinée, le petit groupe passa le début d'après-midi à l'ombre pour se reposer et repartit lorsque la fraîcheur du crépuscule commença à se faire sentir. Soit Wally portait Maya, soit elle trottinait quand elle en avait l'énergie. Ce fut également l'occasion pour Niah de s'initier à la chasse et de découvrir que cette terre *a priori* hostile ne manquait pas de ressources. À la tombée de la nuit, elle s'endormit paisiblement à la belle étoile, sa fille blottie contre elle.

Le *Conrad* vira à bâbord, projetant de l'eau qui éclaboussa le visage d'Hamish. Celui-ci rit aux éclats et lécha le sel qui s'était déposé sur ses lèvres. Il tenait bon la barre, guidé par Ahmed, sous le regard attendri d'Olivia et de Tyndall. Contrairement à son père, Hamish se passionnait pour la navigation. La journée, ils profitaient du beau temps, le soir, ils se prélassaient sur le pont, où l'enfant apprenait à reconnaître les constellations et à naviguer en s'aidant des étoiles. Les connaissances pratiques de Tyndall se mêlaient à la conception mystique qu'Ahmed avait de la mer, du vent et des étoiles, et Olivia buvait leurs paroles.

Puis, depuis son hamac installé dans la petite cabine qu'il partageait avec Ahmed et Yoshi, Hamish s'endormait au son de leurs récits du monde sous-marin et des étranges créatures qui le peuplaient.

Après plusieurs nuits de bivouac, Wally annonça à Niah avec un grand sourire :

— On est sur les terres du clan. Tes pieds doivent le sentir. Tends l'oreille et tu entendras des chansons.

Il s'interrompit et scruta le sol, l'air de percevoir une vibration au loin.

— Ils arrivent, ajouta-t-il avec satisfaction.

Lorsque le *Conrad* regagna Broome, Tyndall en confia l'amarrage à Ahmed et raccompagna Hamish et Olivia chez eux. Non seulement le voyage avait permis de s'assurer des bonnes performances du bateau – étape indispensable aux projets de plongée plus au nord, dans une zone que l'on disait prometteuse –, mais Hamish avait retrouvé le sourire. Si Olivia restait dubitative quant à la nouvelle lubie de son fils, à savoir devenir maître perlier, elle était infiniment reconnaissante envers Tyndall pour ce voyage dont elle rentrait apaisée.

Quand Tyndall, après avoir pris congé devant le portail, se dépêcha de rentrer auprès de Niah, il eut la surprise de trouver une maison vide. Il prit un bain et se changea en songeant aux bons moments qu'avait passés Hamish. Une fois habitué au roulis et aux règles en vigueur sur le bateau, il s'était passionné pour la navigation, avait appris à pêcher et à effectuer de menues tâches comme lover correctement des cordages ou astiquer le cuivre du compas. Tyndall avait hâte que Maya fût assez grande pour réitérer l'expérience.

Il entendit du mouvement dans le quartier des employés et appela l'*amah*.

— Rosminah, où est Niah ? demanda-t-il.

— Partie, m'sieur.

— En ville ? A-t-elle dit à quelle heure elle rentrerait ?

— Non, partie pour une grande marche. Elle a dit qu'elle allait voir son peuple. Elle a emmené Maya.

Tyndall en resta stupéfait. Une fois qu'il eut intégré la nouvelle, il s'assit sur une chaise, la tête basse, comprenant à quel point il avait négligé Niah, et même Maya, obsédé qu'il était par sa réussite. Il pouvait difficilement reprocher à sa compagne de vouloir retrouver sa famille. Mais toutes deux lui manquaient et il espérait les voir rentrer bientôt car leur place était ici, auprès de lui.

Le lendemain matin, ce fut un Tyndall morose et souffrant d'une belle gueule de bois qu'Olivia trouva au campement.

— Niah a peut-être mal pris que nous partions avec Hamish, dit-elle en lui préparant un thé bien fort. Je la trouve sur la réserve depuis quelque temps. Et maintenant qu'elle connaît sa tribu d'origine, il paraît normal qu'elle veuille présenter Maya aux autres membres.

— Maya est aussi *ma* fille, et elle n'a strictement rien à faire là-bas.

— Comment pouvez-vous en être sûr, John ?

Olivia sentit son cœur se serrer en percevant le désespoir dans le regard de Tyndall et culpabilisa ; elle n'était peut-être pas étrangère à cette situation.

— Je crains que vous n'ayez d'autre choix que d'attendre, ajouta-t-elle.

— Évidemment, vous avez raison. C'est tout ce qu'il me reste à faire.

Olivia lui tendit un mug de thé. Elle avait entendu dire que les Aborigènes partaient parfois plus de six mois d'affilée, et elle espérait que Niah serait de retour avant.

— Au moins, nous savons qu'elle est en sécurité.

Tyndall ne répondit pas.

***

Pendant plusieurs semaines, Niah découvrit sa famille éloignée, les rituels, les sites sacrés, les légendes et un sentiment d'appartenance. La tribu accueillit Maya au travers d'une cérémonie simple et émouvante célébrée par les femmes, au terme de laquelle la fillette se vit remettre un pendentif identique à celui de sa mère. Ainsi, toute sa vie, Maya aurait un lien avec ses ancêtres.

Les doyennes, qui étaient en adoration devant la magnifique fillette, s'amusaient à lui chanter des chansons et pouvaient passer des heures à lui montrer comment confectionner avec du raphia des bracelets ornés du symbole de la tribu. Mère comme fille en profitèrent pour se familiariser avec leur langue et leur culture.

Niah avait suffisamment confiance en ces femmes pour leur confier Maya pendant qu'elle partait chasser et cueillir des fruits. Elle avait tant à apprendre.

Un jour, Niah éprouva le besoin d'être seule. Comme souvent, ses pensées se tournèrent vers Tyndall et Broome. Pendant que les autres ramassaient des coquillages, Niah escalada des rochers et arriva dans une crique déserte. Après avoir marché encore un peu, elle s'assit sur le sable pour contempler les vagues. Quelque part, de l'autre côté de l'océan, se trouvait l'île où elle avait grandi et où son autre famille vivait encore. Elle entendait encore sa grand-mère lui parler du « pays par-delà les vents de mousson ». Plus tard, la mère de Niah lui avait raconté comment sa grand-mère y était retournée en bateau, pour rentrer les bras chargés de cadeaux offerts au cours d'une grande cérémonie. Niah, en revenant par hasard sur la terre de sa grand-mère, avait bouclé la boucle.

Plongée dans ses pensées, elle n'entendit pas que l'on approchait derrière elle. Soudain, un bras lui enserra la gorge et elle se retrouva plaquée face contre terre.

— Je te tiens !

Le visage de Karl Gunther, fendu d'un rictus narquois, s'approcha à quelques millimètres du sien.

— En voilà une agréable surprise, ma jolie. Quel bon vent t'amène ?

— Je... je suis venue avec Tyndall, balbutia Niah.

— Ah oui ? Bizarre, je ne vois son bateau nulle part.

Il la força à se mettre debout. Lorsque Niah voulut crier, il l'en empêcha en plaquant une main sur sa bouche.

— Pas un bruit ou tu vas le regretter. Viens avec moi.

Il la traîna sur le sable tandis qu'elle essayait de se dégager en le griffant et en lui donnant des coups. Il finit par la gifler si violemment qu'elle perdit connaissance, la chargea sur son épaule et se dépêcha de quitter la plage.

Niah reprit connaissance dans la pénombre d'une cabine et comprit aux sons et aux mouvements du bateau que celui-ci se préparait à prendre la mer. Elle tenta de se lever, pour constater qu'elle était bâillonnée et qu'une corde maintenait ses mains et ses chevilles fermement attachées dans son dos. À force de se débattre, elle tomba de la couchette, roula à terre et poussa un gémissement apeuré.

Après que le bateau eut levé l'ancre, Gunther descendit et la tira brutalement pour qu'elle se mît debout.

— Alors comme ça, tu es tombée ? Ma pauvre…

Il la poussa sur la couchette.

— Inutile de lutter, ça ne sert à rien. Au contraire, si tu es gentille, peut-être que tout se passera bien.

Elle lui lança un regard noir de colère tandis qu'il s'affairait dans la cabine. Puis il ressortit non sans lui décocher un sourire pervers. Niah songea à sa fille. Au moins, Maya était en sécurité, mais Niah devait à tout prix fuir ce bateau et la retrouver.

Plusieurs heures passèrent, rendues plus pénibles encore par la faim et la soif. Puis Gunther redescendit, lui ôta son bâillon, dénoua les liens qui entravaient ses mains et lui donna de l'eau. Après avoir bu à grandes lampées, elle se redressa et le fixa.

— Épargne-moi ce regard, maugréa Gunther. Si tu tiens à la vie, tu as intérêt à être très gentille…

Alors qu'il lui caressait le menton, Niah résista difficilement à l'envie de lui crever les yeux. Avant de repartir, il rattacha l'une de ses mains à ses chevilles.

Le cuisinier lui apporta une assiette de riz avec quelques tranches de poisson séché. Niah lui adressa quelques mots en malais, mais il ne répondit pas et remonta sur le pont. Elle mangea avec sa main laissée libre et attendit.

Gunther la rejoignit dans la soirée, ivre, et l'obligea à s'allonger sur la couchette recouverte d'une simple natte. Il sortit un couteau, découpa son sarong et le balança pardessus son épaule. Souriant à la lueur de la lanterne, il fit courir la lame sur la poitrine de Niah puis jusqu'à son basventre, sans jamais la quitter des yeux. Niah ne broncha pas.

— Tu as tout compris, inutile de résister, articula-t-il avec difficulté.

Il se baissa, coupa la corde qui entravait les chevilles de Niah et la menaça de son couteau pour l'obliger à écarter les jambes. Comme Niah ne bougeait toujours pas, Gunther retira son pantalon, se jeta sur elle et la caressa avec rudesse, soufflant sur elle une haleine chargée de rhum qui faillit la faire suffoquer.

Soudain, Niah releva les genoux et lui assena un coup violent à l'entrejambe, tout en essayant de s'emparer du couteau avec sa main restée libre. Ses gestes étaient rapides et agiles. Tous deux roulèrent à terre, Gunther peinant à respirer sous l'effet de la douleur, et ils cherchèrent chacun à ramasser le couteau tombé sur le plancher. Gunther finit par s'en saisir et voulut frapper Niah au cou. Si celle-ci réussit à esquiver, elle rsentit toutefois la lame lui entailler profondément l'épaule. Elle flanqua un coup de coude à Gunther, visant ses dents, lui arracha le couteau et le poignarda. Profitant du fait qu'il roulait sur le flanc en hurlant de douleur, elle se releva péniblement et se dépêcha de monter sur le pont.

Les membres d'équipage, qui dînaient à la lueur d'une lanterne accrochée au gréement, levèrent la tête comme un seul homme en voyant la captive nue, couverte de sang et paniquée qui se tenait devant eux, des morceaux de corde pendant encore à ses mains et à ses chevilles. Niah sut tout de suite qu'elle ne pouvait pas compter sur leur aide. Dès qu'elle entendit Gunther jurer et remonter les marches d'un pas lourd, elle tourna les talons et plongea par-dessus le bordé.

Niah coula dans l'eau sombre, battit des jambes de façon à se débarrasser des restes de corde et nagea jusqu'à ce qu'elle fût obligée de remonter à la surface pour reprendre son souffle. Le cœur battant, elle avala de grandes goulées d'air en scrutant les environs. Comme la lune était masquée par les nuages, il lui fallut plusieurs secondes avant de s'habituer à l'obscurité. Elle finit par distinguer les contours du lougre de Gunther, qui s'éloignait. Puis elle tourna la tête et aperçut la côte, qu'elle parviendrait peut-être à atteindre à la nage. Seulement, au moment de s'élancer, elle fut prise d'une peur panique en se rappelant que ces eaux étaient infestées de requins. Heureusement, il était peu probable que Gunther partît à sa recherche, étant donné sa blessure et l'obscurité ambiante.

Elle bénit son enfance passée dans l'eau. Mais elle avait beau nager avec vigueur, elle devait marquer de fréquentes pauses pour récupérer. Par chance, elle sentit que le courant lui était favorable et la portait vers le rivage.

Après ce qui lui parut une éternité, elle perçut enfin le grondement des vagues qui s'écrasaient sur la plage. Soudain, un courant l'entraîna au-dessus d'un récif corallien qui lui écorcha les jambes, mais elle réussit à le dépasser en quelques brasses et à retrouver une eau plus calme.

Enfin, elle vit une bande de sable blanc et sentit qu'elle avait pied. À peine eut-elle atteint le rivage qu'elle perdit connaissance, épuisée par l'hémorragie et l'effort intense qu'elle venait de fournir.

L'aube se leva sur la jeune femme nue et toujours inconsciente aux membres lacérés de coupures. Du sang gouttait encore de son épaule. Dans la matinée, la température qui commençait à grimper aida Niah à reprendre connaissance et elle parvint à s'agenouiller. Elle avait beau se sentir faible, il lui fallait à tout prix trouver un abri. D'un pas chancelant, elle s'engagea dans les fourrés qui bordaient la plage et atteignit un petit ruisseau sur lequel elle se jeta pour boire. Après avoir déniché un grand pan d'écorce qui lui permettrait de se protéger du soleil, elle emprunta une piste longeant le cours d'eau.

Alors qu'elle sentait ses dernières forces l'abandonner, Niah aperçut enfin quelques huttes serrées les unes contre les autres et, derrière, une grande tour blanche. Au même moment, un petit garçon et une petite fille aborigènes surgirent devant elle, crièrent d'effroi en la voyant et rebroussèrent chemin.

Après avoir réussi à les héler, Niah s'évanouit de nouveau.

À son réveil, elle était étendue sur un petit lit, dans une chambre toute blanche qui ressemblait à une cellule. Une croix noire était accrochée au mur et les rayons du soleil, accompagnés d'une légère brise, filtraient à travers une fenêtre encadrée par des volets de bois. Lorsqu'elle tourna la tête, elle se trouva face à un homme blanc vêtu d'une longue robe sombre. Assis à son chevet, il la regardait avec un sourire empreint de bienveillance. Il lui tendit un bol et l'aida à ingérer le bouillon froid qu'il contenait. Comme elle reprenait un peu de force, elle baissa les yeux et constata qu'elle portait une tunique blanche et ample. Alors qu'elle essayait de lever son bras bandé, en vain, elle fut prise d'une bouffée de chaleur et de tremblements. Voyant qu'elle paniquait, l'homme lui parla gentiment avec un accent comme elle n'en avait jamais entendu chez les Blancs de Broome.

— Je suis le frère Frederick et vous vous trouvez à Beagle Bay. N'ayez pas peur. Vous êtes très malade. Reposez-vous. Vous essaierez de manger plus tard, d'accord ?

Niah reposa la tête sur l'oreiller et ferma les yeux.

Pendant trois jours, elle combattit la fièvre et l'infection provoquées par le corail mortel qui l'avait empoisonnée. Elle avait perdu beaucoup de sang et le frère Frederick pria longuement pour le salut de cette femme dont l'état lui inspirait tant d'inquiétude. Niah était trop faible pour parler, tout juste réussit-elle à répondre au frère Frederick quand celui-ci lui demanda son prénom, et au fil des heures, son souffle vital s'épuisa.

Comprenant que la fin était proche, le frère Frederick la souleva de son lit et la porta jusqu'à l'église blanche, dont l'intérieur plongé dans la pénombre offrait une fraîcheur bienvenue. Il allongea Niah sur une natte devant l'autel, alluma des cierges, s'agenouilla auprès d'elle et leva les bras vers le ciel.

— Seigneur, bénissez cette pauvre âme, accueillez-la en Votre royaume et donnez-lui tout Votre amour. Que sa vie n'ait pas été vaine !

Niah ouvrit les yeux et vit l'autel incrusté de nacre qui étincelait à la lumière des cierges. Un bref sourire se dessina sur ses lèvres sèches et elle porta une main faible à son pendentif. Le frère Frederick comprit alors qu'elle s'était en quelque sorte reconnue dans les coquillages dont les murs étaient parés du sol au plafond. Puis Niah renversa la tête en arrière et mourut dans ses bras.

Le frère Frederick l'enterra dans le petit cimetière qui jouxtait l'église.

Il marqua l'emplacement de la sépulture par une pierre tombale toute simple au centre de laquelle il incrusta le pendentif à l'aide d'une pâte à base d'argile et de chaux. L'étrange dessin avait beau le laisser perplexe, il sentait qu'il était symbolique et lourd de sens. Par la suite, il mentionna l'événement dans son journal et n'en parla plus jamais.

Loin de la mission, sur la côte, les femmes de la tribu suivirent du regard la coque noire et les voiles rouge foncé du lougre de Gunther qui s'éloignait. Dans le sable, elles repérèrent des traces de lutte ainsi que le bâton fouisseur de Niah. Même si les enlèvements de ce type n'étaient pas rares, elles en furent profondément affectées et redoublèrent d'attention à l'égard de Maya, qu'elles intégrèrent définitivement au clan. Elles l'emmenèrent sillonner la région tout en gardant espoir qu'un jour, Niah serait de retour.

14

En l'absence de Niah et de Maya, Tyndall dépérissait, oscillant entre dépression, colère et chagrin éthylique. S'il maudissait Niah d'être partie et enrageait de ne pouvoir soustraire Maya au bush, il s'estimait au fond responsable de cette situation.

Les premiers temps, Olivia s'efforça d'être patiente et compréhensive – jusqu'au jour où elle jugea que le moment était venu de se montrer ferme à l'égard de Tyndall, comme il l'avait été après la mort de Conrad.

Elle le trouva au siège, avachi sur sa chaise et pas rasé, devant l'incontournable bouteille de whisky posée sur un bureau en désordre où traînaient pêle-mêle un tas de documents, sa casquette de capitaine et le jouet préféré de Maya, un lougre miniature. Lorsque Olivia entra, il la sonda longuement du regard.

— Vous avez votre mine de bonne Samaritaine, finit-il par lancer avec amertume.

— Vous vous faites du mal, John. Cela n'avance à rien de noyer votre chagrin dans l'alcool.

— Comme c'est original. Arrêtez vos leçons de morale.

— Écoutez, je me fiche de votre vie privée, mais votre attitude défaitiste et vos frasques dans les bars de Shiba Lane compromettent la compagnie. Il y a des tensions entre nos membres d'équipage et des bagarres éclatent, au point qu'Ahmed et Yoshi doivent parfois s'interposer. Et alors que certains de nos concurrents ont déjà repris la mer, nous perdons notre temps à errer au campement.

— Comment savez-vous à quoi j'occupe mes journées?

— C'est une petite ville, au cas où vous l'auriez oublié. Tout se sait ici, vous êtes la risée de Broome. Ne laissez pas les gens croire que votre vie ne rime plus à rien parce que votre maîtresse vous a abandonné.

Tyndall plissa les yeux.

— C'est ce qu'on raconte?

Olivia fit oui de la tête.

— Eh bien, dites à ces commères d'aller se faire foutre.

Il balaya le jouet d'un revers de main, prit la bouteille et tourna le dos à Olivia.

— Vous devenez vulgaire, John.

Comme il ignorait Olivia et portait la bouteille à ses lèvres, elle se pencha par-dessus le bureau, l'attrapa par l'épaule et le força à la regarder.

— John Tyndall, vous êtes... vous êtes... un vrai goujat, bafouilla-t-elle, les joues brûlantes de colère.

Elle tourna les talons et quitta le bureau en trombe, laissant un Tyndall cramponné à sa bouteille, aussi penaud que stupéfait.

Après avoir poussé un énième soupir d'agacement, Olivia se rendit au hangar pour y retrouver Ahmed. Yoshi et lui avaient décidé de commencer à charger le *Conrad* et le *Shamrock*.

— Vous avez dit à *tuan* qu'il fallait partir?

— Oui, mais étant donné l'alcool qu'il a dans le sang, je doute que cela ait un quelconque effet.

— On peut pas attendre le retour de Niah. Il faut qu'on remonte la côte au plus vite. Et si on kidnappait un capitaine?

Olivia esquissa un sourire. C'était la meilleure suggestion qu'elle eût entendue depuis un moment. Après l'avoir dévisagée un instant, Ahmed demanda:

— Vous pensez que Niah et Maya vont rentrer?

— Oui, Ahmed. Ce départ n'a rien d'étonnant. Niah voulait rencontrer son peuple et le capitaine la négligeait.

L'expression de culpabilité qui passa brièvement dans le regard d'Olivia n'échappa pas à Ahmed.

— *Tuan* travaillait beaucoup et Niah pensait qu'à elle. Elle rentrera à la fin de la saison et tout redeviendra comme avant.

— J'espère que tu as raison, Ahmed. As-tu des nouvelles du capitaine Evans ?

— Non, m'dame, mais vous inquiétez pas, il est en mer. *Tuan* devra bientôt le ravitailler.

Ils s'abstinrent de le dire tout haut, mais Olivia et Ahmed étaient soulagés que leur nouvelle recrue ne sût rien de l'état de Tyndall.

Thomas Evans avait grandi à Liverpool et commencé à travailler dès l'adolescence comme matelot sur la Sinclare Line. Puis il avait gravi les échelons jusqu'à être recruté sur des navires de commerce à destination de l'Inde et de l'Australie. Ensuite, ses rêves de fortune l'avaient amené à s'installer à Marble Bar, connu pour ses mines d'or. Mais, ne rencontrant pas le succès escompté et se languissant de la mer, il était parti pour Broome et était devenu capitaine. Cet homme tranquille, qui ne buvait pas, était membre de la loge de Roebuck et, à ce titre, avait côtoyé Conrad Hennessy, qu'il avait tenu en haute estime.

Tyndall et Olivia avaient donc été ravis lorsque Evans avait accepté leur proposition de prendre la barre de l'*Annabella*.

Si seulement Tyndall pouvait revenir à la raison et se remettre au travail, songea Olivia. Elle comprenait que Maya lui manquât et que l'absence de nouvelles fût difficile à vivre. Jugeant qu'il avait besoin de se changer les idées et tenant à ce qu'ils se réconciliassent après leur dernière dispute, elle décida de lui envoyer un joli carton d'invitation, écrit à la main, pour le convier à dîner.

Dès qu'ils se recroisèrent au campement, il sortit la missive de sa poche.

— Vous pouvez m'expliquer, Olivia ? dit-il en la lui agitant sous le nez.

— C'est une invitation à dîner. Je vous en prie, venez. C'est pour célébrer la reprise de l'activité et souhaiter à L'Étoile de la mer une saison couronnée de succès.

— Je déteste les dîners formels. Blablater, parler de la pluie et du beau temps… ça me hérisse.

— J'aimerais vraiment que vous veniez. S'il vous plaît.

— Je risque de mal me comporter, d'insulter une femme, d'envoyer bouler un notable, d'abuser de l'alcool…

— Peut-être, mais il vous arrive aussi d'être charmant et bien élevé. Ne soyez pas en retard ! lança-t-elle d'un ton enjoué, croisant les doigts et ignorant le grognement que Tyndall émit pour toute réponse.

Il arriva délibérément avec un peu de retard mais tiré à quatre épingles, pour faire plaisir à la maîtresse de maison. Devant le portail, constatant l'absence d'autres sulkys et le calme qui régnait dans la demeure, il se demanda s'il ne s'était pas trompé de date ou d'heure. Après avoir fouillé ses poches à la recherche du carton d'invitation, pour finalement se rendre compte qu'il l'avait oublié chez lui, il monta les marches et fut accueilli par Minnie qui arborait un large sourire.

— Vous êtes de corvée ce soir, hein, Minnie ?

— Pas longtemps. J'aide en cuisine et je rentre chez moi.

Tyndall entra dans la salle à manger et se figea en découvrant une table pour deux dressée avec la plus belle porcelaine, le plus beau cristal, et décorée de fleurs et de chandeliers. Olivia, très en beauté dans une robe vaporeuse rose pâle, les cheveux coiffés en un chignon asymétrique, vint à sa rencontre avec un sourire malicieux.

— Où sont les autres invités ? demanda Tyndall, éberlué.

— Il semblerait que nous ne soyons que deux. Asseyez-vous, John. Je voulais passer un moment avec mon associé et ami, que je respecte et qui m'a manqué dernièrement.

— Vous m'avez piégé. Je n'apprécie pas, dit Tyndall d'un ton toutefois affable.

— J'étais obligée, sinon vous ne seriez pas venu. Il faut que nous discutions.

— Nous passons notre temps à cela.

Il prit la bouteille de champagne et entreprit de les servir.

— C'est faux. Dernièrement, nous nous sommes disputés, querellés, et quand nous retrouvons un semblant de communication, c'est pour parler affaires. Le moment est venu de repartir du bon pied. De repenser notre relation.

— Que voulez-vous dire ? lança Tyndall en lui tendant une flûte. Cessez donc de tourner autour du pot.

Olivia tourna la flûte en cristal entre ses doigts et parla d'une voix douce, en évitant son regard.

— Nous avons chacun connu une grande perte, et même si la vôtre n'est que temporaire, je pense que nous avons besoin de nous soutenir mutuellement.

Elle se décida enfin à lever les yeux vers lui.

— Je me sens seule et je n'ai personne à qui me confier. Conrad me manque. De plus, la ville spécule à mon sujet et même si les épouses de notables ne pensent pas à mal, je me sens obligée d'avoir un comportement irréprochable. Je ne peux pas être moi-même.

— Et porter un pyjama comme sur le *Bulan* ? sourit Tyndall.

Tous deux rirent et trinquèrent.

— C'était fabuleux, soupira Olivia. Je crois que j'ai la mer dans le sang.

Soudain, Tyndall se rendit compte que leur premier voyage avait contribué à lui faire accepter la mort du petit James. Peut-être qu'un deuxième l'aiderait à surmonter le chagrin qu'elle cachait si bien la majeure partie du temps.

— Que diriez-vous de passer quelques semaines à bord du *Shamrock* ? Nous en profiterions pour plonger au nord de la côte et réapprovisionner les autres bateaux. Je ne suis pas contre un peu de compagnie.

Olivia sentit une vague de soulagement l'envahir.

— Je trouve l'idée merveilleuse. Oui, ce sera avec plaisir. Rosminah aidera Minnie à s'occuper d'Hamish.

— Il ne sera pas ravi de rester à terre.

— C'est un voyage trop long, et puis il ne peut pas manquer l'école.

Lorsque le dîner fut servi, Olivia rapporta à Tyndall les dernières nouvelles qu'elle avait lues dans la presse anglaise, puis ils évoquèrent l'avenir de la compagnie.

Une fois les assiettes à dessert débarrassées, Minnie vint leur souhaiter une bonne nuit. Elle avait l'air inquiète.

— Que se passe-t-il, Minnie ?

— J'ai vu les signes, y a un gros coup de vent qui se prépare.

— Pourtant, la saison des cyclones est passée.

— Les signes annoncent un gros coup de vent, répéta Minnie avec entêtement.

Après son départ, Olivia haussa les sourcils.

— D'habitude, vous ne rejetez pas « les signes ». Qu'en pensez-vous ?

Tyndall se leva, consulta le baromètre accroché au mur, à côté d'une horloge de navire en laiton, et le tapota, l'air songeur.

— Il est en baisse, mais pas suffisamment pour que nous cédions à la panique.

Il alla récupérer sa casquette de capitaine, qu'il avait laissée sur la véranda.

— Merci pour ce succulent dîner. Et pour… votre amitié. Ne vous inquiétez pas, L'Étoile de la mer s'apprête à vivre de nouvelles aventures.

À ces mots, il sortit dans la nuit et jeta un regard inquiet au ciel.

Le soleil se leva dans un ciel qui commençait à se charger de nuages, le vent soufflait de plus en fort, des moutons se formaient à la surface de l'eau et le baromètre continuait à baisser. Olivia adressa un triste sourire à Minnie et se rendit au siège. En chemin, elle remarqua que certains commerçants barricadaient leurs boutiques et que les habitants stockaient de l'eau et des vivres par précaution, le tout dans une humidité particulièrement oppressante.

Après qu'elle eut sorti les dossiers et les documents les plus importants pour les ranger dans le coffre-fort, elle se rendit compte que Tyndall avait gardé les clés. Alors qu'elle réfléchissait, agenouillée près du coffre, elle sentit soudain tout le bâtiment vibrer, frappé par une rafale de vent. Aussitôt, elle rassembla les documents et courut au village. Sur le front de mer, des marins pris de panique s'affairaient à sécuriser le matériel et à renforcer le mouillage des bateaux. L'eau gonflait à vue d'œil, comme si elle s'apprêtait à régurgiter l'intégralité des fonds marins.

Olivia s'arrêta un instant, tendit l'oreille et perçut, par-dessus le bruit ambiant, une sorte de gémissement lointain qui lui glaça le sang.

En mer, la flotte essayait de s'abriter, sous une chaleur telle que le calfatage des planches fondait et que les attaches métalliques brûlaient la peau.

À bord de l'*Annabella*, le capitaine Evans, voyant que le baromètre était en chute libre, donna l'ordre d'affaler les voiles, de verrouiller les écoutilles et d'attacher à l'aide de cordes tout ce qui pouvait l'être. Après avoir également hissé les deux chaloupes sur le pont, l'équipage prépara les ancres flottantes.

Le lendemain aux premières lueurs du jour, le cyclone s'abattit sur la flotte, accompagné de rafales hurlantes et d'un déluge de pluie. Certains capitaines tentèrent de résister en déployant les tourmentins ; d'autres, dont Evans, préférèrent s'en remettre aux bouées flottantes. Il savait que leurs chances de survie étaient minces.

Les premières pertes à déplorer furent une vieille goélette chargée de coquillages qui, après avoir perdu ses mâts et son gréement, heurta un lougre de plein fouet. Les deux bateaux disparurent dans les flots tandis que les membres d'équipage surnageaient tant bien que mal. Evans ne put les secourir, car malgré l'ancre flottante en poupe et les mâts nus, l'*Annabella* était ballotté en tous sens. Le capitaine, accroché par la taille à une ligne de vie, se cramponnait à la barre et manœuvrait désespérément dans la houle.

Très vite, les vagues qui déferlèrent sur le pont emportèrent les chaloupes, dont les amarres n'avaient pas résisté, puis vint le tour de la pompe et du gaillard d'avant, entraînant la chute des deux marins koepangers. Une fois debout, ils obéirent à Evans qui leur hurla de recouvrir le trou béant à l'aide d'une bâche. Puis, alors qu'ils cherchaient refuge près de la poupe, une vague encore plus forte que les autres déferla sur le pont, brisa le grand mât et emporta les deux hommes. Evans se pencha sur la mer démontée mais ne vit personne. Il tambourina à la porte de la cabine et appela à la rescousse les plongeurs. Ceux-ci saisirent des lignes de vie et entreprirent d'abattre ce qui restait du mât et du gréement, conscients que leur survie dépendait de leur rapidité d'action ainsi que d'une grande part de chance.

Lorsque la tempête atteignit Broome, elle déchira la mangrove et balaya comme des fétus de paille les bateaux amarrés dans la rade. Olivia venait tout juste d'arriver au village de l'avant-côte quand une rafale faillit la soulever de terre. Le temps que Tyndall l'entraînât dans l'un des hangars de tri, les plaques de tôle ondulée s'envolèrent pour terminer leur course contre des arbres que le vent rugissant avait dépouillés de leurs feuilles.

Olivia saisit Tyndall par le bras et lui hurla à l'oreille :

— Je dois rejoindre Hamish !

— Ne vous inquiétez pas, Minnie a l'habitude et va veiller sur lui. Mais nous devons sortir d'ici, la tôle risque de nous trancher vifs ! cria-t-il.

Il courut sur la plage d'un pas mal assuré en tirant Olivia derrière lui. Un lougre qui appartenait à un autre perlier gisait sur le flanc, ses mâts fichés dans le sable.

La cale leur offrit un abri providentiel contre le vent et la pluie torrentielle. De temps à autre, des vagues venaient s'écraser contre la coque, mais le bateau en partie enfoncé dans la vase par la violence de la tempête tint bon.

Tyndall prit dans ses bras Olivia qui ne pensait qu'à son fils, priant pour qu'il fût sain et sauf. Il ne cessa de la rassurer : avec Minnie, Hamish était entre de bonnes mains.

Dehors, il faisait noir comme en pleine nuit et le bruit de la tempête était si fort qu'Olivia crut assister à la fin du monde. Lorsqu'une accalmie survint enfin, elle consulta Tyndall du regard.

— Trop risqué, dit-il. Mieux vaut attendre ici.

En effet, quelques instants plus tard, la tempête redoubla d'intensité. Olivia perdit la notion du temps, elle était en état de choc, incapable de penser ou de ressentir, uniquement consciente de la chaleur et de la force qui émanaient du corps de Tyndall. Celui-ci pensait aux équipages en mer et aux pertes qu'ils allaient essuyer. Son inertie des dernières semaines avait cela de positif qu'Ahmed et Yoshi étaient restés à terre et il pria pour leur salut, tout comme il pria pour celui des marins de l'*Annabella*.

À la tombée de la nuit, les vents baissèrent en intensité, avant de retomber pour de bon. Les sons de la vie qui reprenait à Broome, signe que le cauchemar était terminé, commencèrent à se répandre dans un paysage dévasté. Tyndall et Olivia se tinrent par la main alors qu'ils regagnaient difficilement la villa Hennessy parmi la boue et les débris, sans vraiment prendre conscience du spectacle de désolation qui se révélait à eux. Arrivés dans la rue d'Olivia, ils avancèrent au son des appels à l'aide et des grincements du bois et de la tôle que l'on déplaçait pour mieux constater les dégâts. Le ciel nocturne était encore couvert, mais dans la pénombre, Olivia vit que la clôture à l'avant de sa maison s'était envolée et qu'un arbre avait été déraciné. Mais surtout, l'arrière de la maison, où se trouvaient les chambres, s'était effondré et le toit avait disparu. Elle se précipita à l'intérieur en trébuchant sur les débris.

— Oh mon Dieu, non… Hamish ! Hamish, je suis là…

Tyndall, passé devant Olivia, appela Minnie dans l'obscurité puis se tourna vers elle et lui intima l'ordre de se taire. Enfin, ils entendirent des pleurs d'enfant et la voix forte de Minnie qui criait :

— Dans la chambre de M'dame !

Alors qu'Olivia et Tyndall progressaient à tâtons dans la pièce désormais à ciel ouvert, une flamme s'alluma soudain sous le grand lit à baldaquin en bois massif. Deux visages apparurent, éclairés par la bougie que tenait Minnie. Tyndall s'en empara et aida la gouvernante à sortir, pendant qu'Olivia prenait Hamish dans ses bras.

— Ce lit a pas bougé d'un pouce. Bonne cachette, hein ? sourit Minnie, avant d'ajouter, voyant l'état de la pièce : oh, je comprends mieux tout ce raffut.

Elle sortit de la poche de son tablier une deuxième bougie et une boîte d'allumettes qu'elle tendit à Tyndall.

— J'ai pas eu le temps de prendre autre chose.

Dans la cuisine, elle trouva un reste de brioche et prépara du thé, puis ils s'installèrent dans la partie intacte de la maison pour dormir jusqu'à l'aube.

Aux premières lueurs du jour, Tyndall s'aventura dehors. Il s'inquiétait pour le mari de Minnie, resté dans leur hutte à Kennedy's Knoll.

Il resta sans voix en découvrant les dégâts causés par le cyclone, alors même que celui-ci avait déjà perdu en intensité avant de toucher Broome. Il se rendit immédiatement au port et vit qu'une dizaine de lougres en route pour Roebuck Bay avaient atteint la rade avant de s'écraser sur les rochers ou d'être soufflés jusque dans la mangrove. Sur des kilomètres, le littoral qui bordait la mer boueuse était jonché d'algues, de bois, de chaloupes fracassées, d'épaves et de cadavres d'oiseaux morts. Surtout, les corps de marins gisant sur le sable présageaient d'un terrible bilan humain.

Plus tard, des récits d'héroïsme, de survie et de tragédies s'ébruiteraient en ville : le vieux capitaine blanc secouru par son équipage malais, qui l'avait maintenu à la surface jusqu'à ce que tous atteignissent la côte sains et saufs ; des naufragés aux vêtements arrachés rendus presque aveugles par le vent chargé de sable qui les avait fouettés jusqu'au sang, leur faisant vivre un véritable enfer ; un écailler décapité par une plaque de tôle ; et tant d'autres âmes qui avaient péri noyées.

Broome n'était plus une ville mais un champ de bataille. Des maisonnettes avaient été ravagées et emportées à plusieurs kilomètres dans le *pindan*, des locaux commerciaux avaient été rasés. Shiba Lane n'avait pas été épargné, mais même si de nombreux bâtiments avaient perdu leurs toits et leurs balcons, la plupart étaient encore debout, semblant se soutenir mutuellement.

Dans les campements aborigènes en lisière de la ville, il n'y avait pas grand-chose à sauver mais tous les Aborigènes avaient survécu en trouvant refuge parmi l'épaisse végétation. Dès qu'il vit Tyndall, Alf approcha en tenant par la main Mollie, la fille de Minnie. Tyndall l'informa que sa femme était saine et sauve.

— Dites-lui de pas venir ici avant un bout de temps, indiqua Alf en haussant les épaules. J'ai encore des choses à récupérer dans les arbres.

Tyndall dut ensuite se résoudre à se rendre au siège de L'Étoile de la mer. Par chance, le bâtiment partiellement endommagé tenait encore debout. Ahmed dormait à même le sol dans l'un des bureaux, la tête posée sur une voile enroulée.

Après que Tyndall l'eut réveillé, ils partirent ensemble pour l'avant-côte afin de dresser un premier bilan. Le hangar en tôle ondulée, qui servait également à héberger l'équipage, avait souffert mais ne serait pas difficile à réparer. La coque du *Bulan*, resté en cale sèche, était intacte, cependant le gréement avait subi de gros dégâts.

— On ne va pas le remettre à l'eau de sitôt, dit Tyndall. Les réparations vont nous prendre au moins deux semaines.

Ils sortirent une chaloupe pour aller inspecter le *Conrad*, l'un des rares bateaux dont l'ancre avait tenu bon durant la tempête. Il était bas sur l'eau car sa cale principale était inondée.

— Il va falloir pomper et réparer le gréement, mais le bateau s'en sort bien, dit Tyndall.

— Son nom lui a porté chance, commenta Ahmed en souriant.

— Tu as sans doute raison.

Ensuite, ils ramèrent jusqu'au *Shamrock*, qui penchait dangereusement sur le côté et menaçait de chavirer. Les deux hommes réussirent à l'emmener un peu plus au large et à renforcer son mouillage. Il y avait de l'eau dans tous les compartiments mais peu de dégâts.

— Encore un bateau qui a eu de la chance, Ahmed. La veine des Irlandais ! remarqua Tyndall avec un grand sourire, sachant combien son ami était superstitieux.

Au total, trente lougres furent perdus en mer ; quant à l'*Annabella*, il navigua difficilement jusqu'à Broome sous un gréement rafistolé à la hâte et sans ses deux mâts. Evans fut félicité pour son sang-froid, même s'il préférait invoquer modestement la bonne fortune.

Au terme de plusieurs semaines de réparations, les bateaux rescapés repartirent en mer. Yoshi partit à bord du *Conrad*, et une fois les mâts et la pompe de l'*Annabella* remplacés, Evans reprit le chemin du large. Tyndall annonça qu'il enverrait le *Shamrock* le ravitailler et récupérer la cargaison dans deux semaines.

Alors que Tyndall était resté discret sur Niah et Maya ces derniers temps, il aborda le sujet avec Olivia et lui avoua que l'absence de nouvelles lui était difficilement supportable.

Ils étaient assis sur la véranda d'Olivia, dans la pénombre crépusculaire. En entendant sa voix trembler d'émotion, elle se pencha vers lui et lui prit la main.

— Nous devrions peut-être ébruiter l'affaire, suggéra-t-elle. Ne pourriez-vous pas trouver un peu de soutien auprès de la police ou des autochtones ?

Tyndall haussa les épaules.

— J'en ai déjà touché un mot à O'Leary. La région se situe en dehors de son périmètre.

Plus tard, Olivia décida d'en parler à Minnie.

— Niah et Maya manquent beaucoup au capitaine Tyndall. Penses-tu pouvoir te renseigner sur l'endroit où elles se trouvent ?

— Pourquoi ? Si Niah est prête à rentrer, elle rentrera. Mais je peux redemander. Wally saura.

— Wally ? Qui est-ce ? Et comment cela, « redemander » ?

En observant le visage fermé de Minnie, Olivia sentit un frisson lui parcourir l'échine. La gouvernante, d'ordinaire si joyeuse, franche et ouverte, lui cachait quelque chose.

— Wally appartient au même clan que moi. C'est une sorte de cousin.

— Et que sait-il à propos de Niah ?

Comme Minnie ne répondait pas, Olivia insista.

— Je t'en prie, Minnie, c'est important. Si tu as des informations, tu *dois* m'en parler.

— Niah a emmené Maya faire son initiation et découvrir sa famille. Elles vont bien.

— Minnie ! Tu *sais* où elles se trouvent et pourquoi elles sont parties ?

— Alf et moi, on est des citadins maintenant, alors je sais plus trop ce qui se passe dans le clan. Niah était malheureuse, elle m'a demandé conseil et je lui ai dit de partir avec Maya voir la tribu. On est tous de la même famille, du même peuple. Wally les a accompagnées. Il est peut-être rentré.

Malgré le choc de cette révélation, Olivia commençait à y voir plus clair.

— Je t'en prie, Minnie, il faut que nous sachions. Ce n'est pas juste pour le capitaine Tyndall. Il aime la petite Maya, c'est sa fille. Et j'imagine qu'il aime Niah aussi, à sa façon.

— Je vais voir ce que je peux faire.

Olivia s'apprêtait à prendre congé lorsqu'elle se tourna une dernière fois vers Minnie.

— Que veux-tu dire par « On est tous de la même famille » ?

Minnie esquissa un geste vague.

— Vos amis de la plage et moi, on est comme qui dirait parents. Wally aussi est de cette tribu. Sauf qu'il vit soit en ville, soit dans le bush.

Olivia regarda fixement Minnie.

— Si je comprends bien, les femmes que j'ai rencontrées sur la côte près de Cossack appartiennent à *ta* tribu ?

— Oui, mais la police m'a prise pour m'envoyer à l'école dans une mission. J'ai appris les coutumes des Blancs pour les servir plus tard. Et je me suis mariée avec Alf, qui est métis. Mais j'ai retrouvé mon peuple. Même si on a des vies différentes, on se donne des nouvelles. Ça reste la famille.

— Je n'en reviens pas. Qui d'autre est au courant ?

— Ahmed ; c'est pour ça qu'il est venu me trouver pour accoucher Niah. Et il sait que mon peuple vous a aidée.

Olivia s'assit, le temps de digérer cette avalanche d'informations. Elle se demanda si elle comprendrait un jour la mentalité des Aborigènes, leurs valeurs et leur approche de la vie.

Elle finit par dire d'une voix posée :

— Minnie, quand Wally réapparaîtra, pourras-tu lui demander de se renseigner sur l'endroit où se trouvent Niah et Maya, leur état de santé et leurs intentions ?

— Ça coûte rien d'essayer. Vous inquiétez pas, m'dame.

Dans l'attente d'informations plus précises, Olivia décida de ne rien dire à Tyndall.

Il fallut patienter deux semaines. Le bouche-à-oreille fonctionna à plein régime et Minnie finit par apprendre que Niah avait été enlevée par Karl Gunther et peut-être tuée. La mine défaite, elle annonça la nouvelle à Olivia.

— Et Maya, qu'est-elle devenue ? Elle est si jeune…

— Elle va bien. Elle est avec sa famille, ses oncles et ses tantes s'occupent d'elle. Elle apprend à vivre comme eux en attendant le retour de sa maman.

— Et si Niah ne revient pas ? s'exclama Olivia, agacée. La place de Maya est ici, auprès de son père.

— Maya est avec les siens, répliqua Minnie avec entêtement.

— Sais-tu où elle se trouve ?

Minnie secoua la tête.

— La tribu est partie en errance, mais elle va revenir. C'est mieux que Maya reste avec les siens. Tyndall peut pas s'occuper d'une petite fille.

— Mais ici, elle pourrait aller à l'école et vivre comme nous. Elle est à moitié blanche, Minnie.

La gouvernante haussa les épaules.

— Maya reviendra peut-être à Broome un jour.

Olivia comprit que c'était un dialogue de sourds. Et elle savait ce que dirait Tyndall : que si Maya restait dans le bush, elle oublierait son père et cette partie de sa vie.

Au siège, lorsque Olivia lui rapporta avec tact ce qu'elle avait appris, Tyndall ne s'épancha pas. Elle remarqua toutefois que le lougre miniature de Maya était réapparu sur son bureau. Il se leva, approcha de la fenêtre et contempla quelques instants l'activité sur Streeter's Jetty, où l'on réparait encore les dégâts provoqués par le cyclone. Alors qu'elle s'était attendue à ce qu'il perdît son sang-froid et se lançât dans une diatribe, elle trouva sa souffrance muette plus éprouvante encore.

— S'il vous plaît, Olivia, laissez-moi seul. Mais merci de… de vous être renseignée.

Ils en restèrent là. Pendant quelques jours, Tyndall ne lui rendit plus visite au coucher du soleil, et elle le soupçonna de noyer son chagrin seul dans le whisky. Et quand il réapparut, il parla uniquement affaires.

Olivia ne fut donc pas peu surprise lorsqu'il lui lança de but en blanc dix jours plus tard :

— Seriez-vous toujours partante pour prendre la mer vers le nord ?

— J'aspire à un peu de calme et de tranquillité, acquiesça Olivia. La ville est encore sens dessus dessous.

— J'en ai envie aussi. J'ai beaucoup réfléchi ces derniers temps et je crois que je commence à accepter la situation. Je n'y peux pas grand-chose, de toute façon.

— Étant donné les circonstances, ce voyage nous fera sans doute du bien, souligna Olivia d'une voix douce.

Ils passèrent à l'organisation, et Tyndall en profita pour souligner que ce n'était pas un voyage d'agrément mais une expédition de pêche à la perle des plus sérieuses. Il avait l'intention d'explorer de nouveaux gisements repérés par le passé. À sa connaissance, aucun autre lougre de Broome ne se trouvait dans cette zone. Le *Shamrock*, converti en bateau de plongée, disposait désormais de pompes, et Ahmed serait son guide. Si la pêche s'avérait lucrative, ils feraient passer le mot aux autres lougres de la compagnie pour qu'ils les rejoignissent.

Lorsque Olivia apparut sur le pont vêtue de ce qu'il appelait son « pyjama », un immense sourire se dessina sur le visage de Tyndall.

— Pas de commentaire, plaisanta Olivia en agitant l'index.

Il lâcha la barre et leva les bras en signe de reddition.

— Je n'oserais pas, vous savez que je suis un gentleman. À vrai dire, je suis même surpris que vous me prêtiez une intention pareille.

Si le temps était radieux et la bonne humeur de rigueur, surtout quand Olivia prêtait main-forte à l'équipage, hissant les voiles, prenant la barre et s'essayant même au maniement de la pompe, les plongées s'avérèrent décevantes. Quand Tyndall regagnait la surface et montait l'échelle de corde, il abaissait le pouce avant même d'avoir retiré son casque. Il y avait bien des coquillages mais ils étaient de petite taille, avec une couche de nacre toute mince et sans lustre qui ne présentait guère d'intérêt.

Olivia, sentant que l'énervement le gagnait, lança un matin l'idée d'une randonnée sur la côte. Après avoir pris deux gourdes d'eau, ils gagnèrent le rivage à la rame, traînèrent la chaloupe sur la grève et empruntèrent un petit chemin.

En longeant ainsi un bras de mer qui s'enfonçait dans les dunes, ils découvrirent un ruisseau bordé d'une végétation luxuriante. À environ deux kilomètres à l'intérieur des terres, le ruisseau s'élargit jusqu'à former un grand lac d'eau douce, cerné par des falaises de roche rouge dont coulait une cascade.

— C'est magnifique !

Tyndall marcha jusqu'à une bande de sable fin, posa sa gourde puis ôta ses chaussures, sa casquette et sa chemise.

— Tournez-vous ! cria-t-il à Olivia.

Sur ce, il retira son pantalon et plongea dans le lac.

— Venez ! L'eau est excellente.

À son tour, Olivia se mit en sous-vêtements et se laissa glisser dans l'eau. Après s'être rafraîchis et détendus, ils s'assirent à l'ombre et contemplèrent le lac dont la surface scintillait au soleil.

— C'est le paradis, non ? dit Tyndall en souriant à la vue d'Olivia et de ses cheveux mouillés. Vous ne regrettez pas d'être venue ?

— Pas du tout.

Ils se dévisagèrent pendant de longues secondes, puis Tyndall se pencha vers Olivia et l'embrassa tendrement.

— Vous êtes superbe, lui chuchota-t-il.

Olivia se crut alors transportée dans un autre monde, comme si le passé s'effaçait et qu'elle était prise avec Tyndall dans une bulle hors du temps où seul comptait l'instant présent. Les gens, les lieux, les événements n'avaient plus d'importance ; ne subsistaient que ce lieu magnifique, cette tranquillité et cet homme à ses côtés. Elle s'abandonna à ses caresses comme lui aux siennes.

Leurs corps fusionnèrent jusqu'à ne former qu'un, leur respiration et leur plaisir à l'unisson. Ils prirent le temps de s'explorer, de ressentir, de s'absorber l'un en l'autre, entraînés tour à tour dans des tourbillons d'énergie et des vallées de tendresse et de douceur. Ce fut une communion de corps, d'âme et d'esprit telle qu'ils n'en avaient jamais connue auparavant.

Après ce moment de passion qui les laissa à bout de souffle et stupéfaits d'une telle extase, ils retournèrent se baigner dans le lac, cette fois dans le plus simple appareil, et s'amusèrent à s'éclabousser comme des enfants. Puis il fut temps de se rhabiller et de retourner à la goélette. Tout en ramant, Tyndall contempla les yeux pétillants d'Olivia et son grand sourire.

— Ton visage nous trahit, plaisanta-t-il.

— Et tu n'es pas en reste.

Ils échangèrent un regard complice, se promettant chacun de leur côté de ne rien laisser paraître devant l'équipage.

Mais Ahmed ne fut pas dupe une seconde. Il les observa discrètement, remarquant les joues rosies d'Olivia, qui ne s'éloignait jamais longtemps de Tyndall ; quant à ce dernier, il affichait une nonchalance contredite par les regards brûlants de désir qu'il jetait à la dérobée à Olivia.

Le soir venu, après qu'Olivia se fut retirée dans sa cabine, Tyndall s'installa dans la sienne pour étudier une carte à la lueur d'une lanterne. Ahmed passa la tête à l'intérieur.

— On change d'endroit ? demanda-t-il en remarquant la carte.

Ahmed avait hâte de reprendre pour de bon la pêche à la perle.

— Oui. Il y a quelque temps, j'ai croisé dans un bar un vieux loup de mer qui avait une jambe de bois. Il m'a parlé de l'archipel des Boucaniers, d'après lui le plus bel endroit qui soit.

Tyndall plaça un rapporteur sur la carte.

— C'est là-bas qu'il a perdu sa jambe ? s'enquit Ahmed.

Tyndall ignora sa question.

— Quelques jours de navigation, *a priori* sur une route facile… Oui, ça me semble être une bonne idée.

Il leva les yeux vers Ahmed et ne put s'empêcher d'esquisser un sourire un peu gêné.

— L'occasion ne se présentera peut-être pas deux fois. Cela fera aussi du bien à Mme Hennessy, après le cyclone… et tout le reste. Et à moi aussi.

Il pensa à Niah et Maya pour la première fois de la journée et son visage s'assombrit.

Ahmed acquiesça, impassible.

— *Bagus.* Dans ce cas, je dis aux autres qu'on fait route vers… où, *tuan* ?

— La péninsule de Camden, cap nord-nord-est, indiqua Tyndall en repliant la carte.

Au large de Cape Leveque, comme le mauvais temps menaçait, il fut décidé d'amarrer la goélette dans une crique bordée de mangrove dont la végétation dense les protégerait du vent. Les racines des arbres poussaient à l'air libre et s'entremêlaient jusqu'à quatre mètres au-dessus du sol, formant une canopée impénétrable. Curieux d'explorer, Tyndall et Olivia s'aventurèrent dans ce labyrinthe en se servant des racines les plus basses comme marchepieds. De temps à autre, ils dérangeaient des perches grimpeuses qui se prélassaient sur les branches des arbres. Alors ces longues créatures ressemblant à des poissons-chats sautaient dans l'eau marécageuse ou s'y laissaient glisser.

Ensuite, ils naviguèrent pendant deux jours dans des conditions idéales jusqu'à l'archipel des Boucaniers et Yambi Sound. Après avoir contourné une grande île corallienne, ils atteignirent la péninsule de Camden puis l'île Auguste.

— C'est à croire que nous sommes les premiers à venir ici, dit Olivia, la main en visière, en observant l'île apparemment déserte à la végétation luxuriante.

Ils mouillèrent l'ancre au pied de falaises de grès rose qui s'élevaient à une centaine de mètres, avec des baobabs à leur sommet qui se détachaient sur l'horizon et des buissons touffus à leur base. Les seuls sons qui leur parvenaient étaient des criaillements d'oiseaux et un écoulement de cascade.

Tyndall poussa Olivia du coude.

— C'est un endroit parfait pour plonger, dit-il en désignant l'extrémité de l'île, où le vert émeraude de l'eau indiquait une belle profondeur.

— C'est magnifique, soupira Olivia. Il règne ici une atmosphère à la fois paisible et mystérieuse, tu ne trouves pas ? Ou est-ce moi qui m'imagine des choses ?

— Je te propose d'aller sur l'île pour en avoir le cœur net, proposa Tyndall avec entrain.

Ahmed, le guide et le second, armé d'un fusil, embarquèrent dans une première chaloupe, Tyndall et Olivia dans l'autre, puis ils ramèrent jusqu'à une plage de sable blanc en forme de croissant ombragée par de grands arbres. Après avoir remonté les chaloupes sur la grève, ils se répartirent les zones à explorer.

— On tire un coup de feu si on trouve de la nourriture, deux si on est en danger, dit Ahmed.

— Et nous, si nous avons besoin d'être secourus ? s'enquit Olivia.

— Tu n'as qu'à crier. Et ne t'inquiète pas, j'ai mon pistolet, sourit Tyndall.

Olivia sortit de sa poche un couteau rangé dans un étui de cuir.

— Je saurai me défendre, ajouta-t-elle avec un regard noir qui lui valut des rires étouffés de la part de l'équipage.

Le couple s'enfonça dans la jungle où se mêlaient plantes étranges et fleurs exotiques. Sous la canopée, la chaleur était parfaitement supportable, contrairement à Broome. Dans un arbre, Tyndall aperçut un serpent enroulé comme une vigne autour d'une branche, la tête vers le sol, mais jugea préférable de ne pas le montrer à Olivia.

Ils trouvèrent un semblant de sentier qui permettait d'atteindre le plateau au sommet des falaises. Au cours de leur ascension, ils prirent le temps de s'arrêter régulièrement pour admirer le panorama sur les eaux translucides, la goélette, qui ressemblait à une maquette, et les îles à l'horizon. Enfin, alors qu'ils étaient presque arrivés, ils remarquèrent une crête dont le rebord, tout juste assez large pour marcher et dont l'à-pic donnait sur la jungle en contrebas, menait à des grottes.

— Te sens-tu le courage d'aller voir ? demanda Tyndall.

Olivia acquiesça et lui emboîta le pas. Le cœur battant, elle déglutit avec difficulté et s'efforça de regarder droit en avançant avec précaution.

Lorsqu'ils entrèrent dans la grotte du milieu, la plus grande, ce fut pour découvrir une sorte d'antichambre d'où partaient plusieurs passages étroits. Tyndall prit Olivia par la main, tous deux baissèrent la tête et empruntèrent un couloir qui débouchait sur une autre cavité. Dès que les yeux d'Olivia se furent accoutumés à l'obscurité, elle laissa échapper un cri et recula. Ils se tenaient devant un amas d'ossements humains et de squelettes entiers, des crânes les fixaient de leurs orbites vides et leurs mâchoires dépourvues de lèvres semblaient ricaner en silence.

— Oh, c'est affreux. Qu'est-ce que c'est que cet endroit ? chuchota-t-elle.

— Une catacombe aborigène.

Tyndall avança.

— Ne les dérange pas, cela pourrait nous porter malheur.

— Je veux seulement regarder de plus près.

Il désigna un ensemble d'ossements.

— Celui-ci a été inhumé avec ses objets fétiches.

Effectivement, Olivia distingua un grand pectoral en nacre.

— Penses-tu que ce soit de la nacre d'ici ?

— Possible.

— Allons-nous-en. Je trouve ce lieu effrayant.

Ils rebroussèrent chemin et achevèrent leur ascension jusqu'au plateau. Une fois arrivés, ils virent en contrebas une petite tache qui bougeait sur l'eau : c'était l'une des deux chaloupes qui regagnait la goélette.

— Ils vont peut-être mettre les voiles et nous laisser ici, plaisanta Olivia.

— Eh bien, quitte à être abandonnés sur cette île déserte, autant en profiter.

Sur ce, Tyndall la prit dans ses bras, l'embrassa et l'entraîna au pied d'un baobab. Olivia s'abandonna alors aux caresses de la brise, à la chaleur du soleil et aux lèvres de son compagnon.

Le lendemain, Tyndall plongea pour la première fois au large de l'île. Après une heure passée dans l'eau, il remonta avec un panier rempli de coquillages. Son enthousiasme était débordant.

— C'est magnifique par ici, Olivia. Toi qui voulais t'essayer à la plongée, tu dois absolument voir ça ! Et douze brasses de profondeur, cela reste raisonnable.

Sa verve balaya l'appréhension d'Olivia, qui avait toujours voulu voir les fonds marins. Tyndall et Ahmed étaient d'excellents professeurs et elle avait assisté à suffisamment de plongées pour connaître la procédure. De plus, Tyndall pourrait l'accompagner car le *Shamrock* disposait désormais de deux pompes manuelles.

Elle eut toutefois un moment de doute lorsqu'elle se laissa glisser dans l'eau, pensant que le poids du scaphandre l'empêcherait de regagner la surface. Puis elle se sentit légèrement étourdie et comprit qu'il était temps de régler son réducteur de pression.

Alors qu'elle était plus à l'aise, Tyndall apparut à ses côtés et lui signifia de regarder autour d'elle. Rien ne l'avait préparée au monde silencieux et enchanteur qu'elle découvrit. De minuscules poissons fonçaient droit sur le hublot de son casque, la regardaient puis repartaient tout aussi rapidement en un nuage coloré ; la végétation sous-marine ondoyait au rythme d'une musique imaginaire ; les coraux, qui explosaient comme autant de feux de Bengale, abritaient toute une faune et une flore microscopiques. Tyndall désigna la base d'un récif corallien. Dans un premier temps, elle ne distingua rien, puis deux yeux se détachèrent de la pénombre et elle se retrouva nez à nez avec les lèvres charnues d'un mérou gigantesque, doté d'une gueule assez grande pour gober une botte de plongeur. Partout où elle posait son regard, le spectacle était d'une beauté incroyable. Au début, elle sentit que Tyndall guettait le moindre de ses faits et gestes, mais à mesure qu'elle évoluait avec lenteur dans cet univers fascinant, elle finit par l'oublier et perdit toute notion du temps.

Finalement, Tyndall la guida sur le plancher marin jusqu'à une bande de sable qui passait entre deux affleurements coralliens. Il désigna une saillie, et comme elle secouait la tête sans comprendre, il se pencha et ramassa un coquillage perlier de belle taille. Olivia en aperçut alors d'autres habilement camouflés. Après qu'ils en eurent récolté une demi-douzaine, Olivia désigna un emplacement avec un signe interrogateur. Tyndall tendit sa main gantée et sentit ce qui semblait être une huître nichée dans le corail. Comme elle était bien cachée et difficile à déloger, Tyndall força, sans succès. Alors qu'il s'apprêtait à renoncer, Olivia vint lui prêter main-forte et ensemble, ils la désincrustèrent. Après avoir pris le temps d'admirer l'immense coquille sous tous les angles, Tyndall la glissa dans son panier et leva un index vers la surface. Tous deux tirèrent sur leur ligne pour indiquer aux guides qu'il était temps de remonter.

Ce ne fut qu'après dîner, après avoir mouillé un peu plus au large, que Tyndall et Ahmed procédèrent à l'écaillage. L'un des coquillages révéla une perle à l'arrondi parfait. Malgré sa toute petite taille, Olivia exulta. Tyndall ouvrit ensuite ce qu'il désigna à l'équipage sous le nom d'« huître d'Olivia ».

Le mollusque résista longuement, ses muscles le maintenant hermétiquement fermé. Tyndall s'appliqua jusqu'à ce que la lame de son couteau s'insérât entre les deux valves. Enfin, l'huître s'ouvrit. Ils n'eurent pas besoin de retirer la chair pour distinguer le brillant d'une grosse perle bien ronde.

Olivia, accroupie à côté de Tyndall, se pencha pour mieux voir.

— Il y en a plusieurs, murmura-t-elle dans un souffle.

Les autres membres d'équipage approchèrent la lanterne, pendant que Tyndall raclait la chair avec délicatesse.

Tous retinrent leur souffle en découvrant, incrustées au fond de la coquille, sept grosses perles, dont chacune se vendrait à coup sûr à un excellent prix. Mais ce qui subjugua surtout l'assistance fut leur disposition : les sept perles étaient soudées les unes aux autres en forme d'étoile.

Olivia et Tyndall échangèrent un regard incrédule.

— Mon Dieu, c'est incroyable, murmura Tyndall.

— Cela vaut une fortune, renchérit Olivia, stupéfaite.

Derrière elle, les membres d'équipage partirent dans un échange en japonais et en malais, tandis qu'Ahmed adressait en silence une prière de remerciement à Allah.

— Les plus grands joailliers du monde vont se battre pour nous acheter ce bijou, s'enthousiasma Tyndall.

— Bijou que nous appellerons L'Étoile de la mer, bien sûr. C'est tout de même un curieux écho au nom de notre compagnie, souligna Olivia, sa voix reflétant la stupéfaction générale. J'en frémirais presque.

— Tout ce qui nous a menés jusqu'à cette trouvaille est un peu étrange, quand on y pense. Plus rien ne sera comme avant, Olivia.

Leurs regards se croisèrent pour la première fois depuis l'ouverture de l'huître, et Olivia ne put qu'acquiescer.

15

Maya ressentait encore l'absence de sa mère. Les femmes lui avaient dit que Niah était partie rejoindre ses ancêtres mais qu'elle veillait sur sa fille depuis les étoiles et serait toujours à ses côtés, même si Maya ne la voyait pas.

— Parfois, quand le vent souffle dans tes cheveux ou qu'il caresse ton visage, c'est ta maman qui te touche. Quand tu manges bien, que tu trouves une source d'eau pure, c'est grâce à elle, lui expliquèrent-elles.

Maya peinait à saisir cette idée abstraite, elle qui voulait simplement entendre la voix chantante de sa mère, se faire cajoler et sentir son parfum.

Son père lui manquait aussi, son rire, ses plaisanteries et les longs moments passés dehors à « découvrir le monde ». Alors que sa mère appartenait au monde du désert, son père appartenait à celui de la mer. Elle se revoyait assise dans un hangar d'écaillage ou sur le pont d'un lougre échoué pendant que les hommes travaillaient ; jouant par terre, dans le bureau de Tyndall, avec son propre bateau miniature ; se promenant dans les rues de Broome, assise sur les épaules de son père ; s'agrippant à sa chevelure bouclée d'une main, l'autre posée sur son oreille parée d'une perle.

Ces souvenirs, très précis dans un premier temps, finirent par être relégués dans un coin de sa mémoire à mesure qu'elle découvrait un nouveau quotidien. La vie en communauté fut une révélation pour elle, tout comme la compagnie d'autres enfants avec qui jouer et tant d'oncles, de tantes et de grands-mères. Elle marchait sagement aux côtés de la fillette plus âgée à laquelle on avait attribué le rôle de grande sœur, s'amusait avec les autres enfants quand ils marquaient une pause près d'un étang, et après dîner, alors que la tribu était regroupée autour du feu, elle se pelotonnait sur les genoux de la femme la plus proche.

Tyndall, ne supportant pas l'idée que Maya ne rentrerait peut-être jamais, finit par demander à ses amis aborigènes de se renseigner sur l'endroit où elle se trouvait. Il apprit ainsi que la tribu que lui et Olivia avaient rencontrée sur la côte était en errance.

En attendant le prochain rendez-vous avec M. Barat, qui n'aurait pas lieu avant quelques semaines, Olivia et Tyndall se gardèrent bien d'ébruiter leur trouvaille, ce qui n'empêcha pas toutefois les rumeurs de circuler. Olivia savait pertinemment que les collectionneurs et les acheteurs sérieux ne s'intéresseraient pas à des perles qui étaient déjà passées de main en main.

— Au moins, pendant ce temps, ce n'est pas sur nous qu'on cancane, plaisanta Tyndall.

— Crois-tu que nous sommes la cible de ragots ? Je ne pense pas. Personne ne sait.

En voyant la mine inquiète d'Olivia, Tyndall éclata de rire.

— Dois-je comprendre que tu as honte de moi ?

— Non, mais officiellement, je porte toujours le deuil et tu n'es pas célibataire.

Olivia se décida enfin à aborder le sujet qui la taraudait le plus à propos de leur relation.

— Que se passera-t-il si Niah revient ?

— Je doute de la revoir un jour, répondit Tyndall. Et puis celle que je veux retrouver, c'est Maya. Niah est charmante mais elle ne peut pas me donner ce que tu m'apportes, Olivia.

— Mais l'avenir, John ? demanda-t-elle d'une voix douce.

— Je crois malheureusement que nous allons devoir nous montrer un peu roublards.

— Je comprends, et il faut aussi que je pense à Hamish.

La nouvelle nature de leur relation demeura donc secrète. Leur complicité professionnelle, le soutien qu'ils s'étaient témoigné au cours de ces mois pénibles perdurèrent, et personne à Broome ne remarqua le moindre changement.

Cependant, ils étaient constamment en quête d'intimité et ce fut ainsi que, sur un coup de tête, Tyndall lança l'idée d'aller passer quelques jours à Perth.

— J'ai prévenu M. Barat par télégramme, nous en profiterons pour le voir là-bas directement et procéder à la vente des perles. Nous avons essayé de ne pas ébruiter la nouvelle mais les gens vont comprendre, s'ils apprennent que nous partons pour le Sud.

Soudain, Tyndall s'emballa, agitant les bras vers le ciel avec un enthousiasme juvénile.

— Oh, imagine, Olivia ! Nous pourrions prendre une chambre dans un bel hôtel, manger au restaurant, visiter la ville tout en restant anonymes !

— C'est d'accord, allons-y ! s'exclama Olivia.

Ils décidèrent d'attendre la fin de la saison pour partir. Tout fut arrangé : Hamish serait confié aux bons soins de Minnie, le capitaine Evans superviserait la remise en état des lougres et Ahmed, le tri et l'expédition des cargaisons.

Sitôt sur le vapeur à destination de Fremantle, Olivia et Tyndall déposèrent leurs précieuses perles dans le coffre-fort du capitaine puis profitèrent de la vie à bord, malgré leurs cabines séparées.

Arrivés à Fremantle, ils remontèrent le fleuve Swan en bateau jusqu'à Perth et choisirent un hôtel discret dans lequel ils s'enregistrèrent sous le nom de M. et Mme Johnston. M. Barat les y retrouva et les salua chaleureusement. Si son sixième sens lui souffla que leur relation avait évolué, il s'abstint de tout commentaire par discrétion et passa au sujet de sa visite.

— Si vous venez à moi au lieu d'attendre que je vienne à vous, c'est que vous avez quelque chose de particulier à me montrer, n'est-ce pas ?

Dans un silence de cathédrale, Olivia ouvrit délicatement une pochette de velours dont elle sortit l'huître et ses sept perles. M. Barat resta sans voix.

— Est-ce assez particulier à votre goût ? demanda Tyndall avec un petit sourire.

M. Barat acquiesça sans quitter les perles des yeux.

— C'est un miracle. D'où viennent-elles ?

— D'un lieu particulier, lui aussi, répondit Olivia d'une voix douce. Mais quand bien même nous retournerions là-bas, je doute que nous trouvions quoi que ce soit de semblable.

Le Français prit l'huître des deux mains et la souleva avec révérence, comme s'il s'agissait d'un objet sacré.

— Ce n'est pas donné à tout le monde d'admirer pareille merveille. J'en suis d'autant plus honoré.

— Vous êtes notre ami et nous avons confiance en vous.

M. Barat accueillit la réponse d'Olivia par une petite révérence, puis examina les perles de plus près.

— Je suis heureux que vous n'ayez pas essayé de désolidariser les perles. Cela aurait pu les abîmer et leur état d'origine contribue à leur valeur. Ce sera à l'acheteur d'aviser par la suite.

Tyndall et Olivia échangèrent un regard soulagé.

— Nous nous sommes rangés à l'avis de Tobias Metta. Nous lui avons fait jurer de garder le secret, indiqua Olivia.

— C'est un homme de jugement. Les collectionneurs ont parfois des lubies, et certains recherchent avant tout des perles que personne n'a jamais vues. La vente doit alors se dérouler dans la plus grande discrétion.

— En effet, abonda Olivia, l'invitant à poursuivre.

— Je pourrais me rendre à Londres et m'adresser aux agents d'Hatton Garden. Ils représentent des acheteurs qui seraient prêts à débourser une fortune pour un tel trésor. Mais la décision vous revient, bien sûr.

Sur ce, il replaça l'huître dans sa pochette en velours.

Olivia et l'acheteur français discutèrent brièvement de la commission et des détails de la transaction, comme à leur habitude, tandis que Tyndall les écoutait, légèrement amusé. C'était un exercice qu'ils appréciaient, une sorte de pas de deux où alternaient pourparlers et silences savamment étudiés, et qui n'était pas sans évoquer une partie d'échecs.

Au cours de la saison suivante, les pertes dues au cyclone furent largement compensées.

— Nous sommes en pleine expansion ! déclara Tyndall après avoir consulté les livres de comptes.

Les lougres amarrés à Broome se comptaient par centaines, des aventuriers et des entrepreneurs venaient du monde entier en espérant faire fortune grâce aux gisements perliers. Certains plaçaient les économies d'une vie dans un bateau ou s'associaient à des investisseurs, mais la plupart échouaient par avidité ou par malchance.

Quant à L'Étoile de la mer, elle disposait désormais de douze lougres.

— À ce rythme, nous n'allons pas tarder à être débordés, constata Olivia. Il devient de plus en plus difficile de trouver des employés honnêtes, or il nous faut des écaillers blancs sur chaque bateau pour surveiller l'ouverture des coquillages. Je persiste à croire qu'il y a des pertes malgré les coffres à perles.

Une invention ingénieuse avait en effet conquis l'industrie : il s'agissait d'un conduit dans lequel on déposait les perles et relié à une boîte verrouillée que seul le détenteur de la clé pouvait ouvrir. Dès qu'Olivia avait vu cet équipement, elle en avait fait installer un sur chaque lougre.

— Tu es une femme d'affaires redoutable, Olivia, la taquina Tyndall avant de lui déposer un baiser sur l'oreille.

Elle rougit et murmura :

— Attention, quelqu'un pourrait entrer dans le bureau.

Tyndall prit l'un des coffres à perles et le secoua.

— De quel lougre vient-il ? Cette récolte a l'air prometteuse.

— Le capitaine Evans vient de l'apporter de l'*Annabella*. Mais d'après lui, ces bancs-là sont moins prospères que ceux de l'année dernière.

— Hmm. Il est peut-être temps de retourner sur d'anciens gisements, dit Tyndall, songeur. Ils ont dû se renouveler.

— Je propose de garder cette information pour nous. Inutile que la moitié de la flotte de Broome pêche dans *nos* eaux, renchérit Olivia avec un large sourire.

— Si nous pouvions cultiver les huîtres perlières dans des conditions contrôlées et ensuite les récolter, nous deviendrons riches comme Crésus. Avec la garantie de produire des perles dans les normes, précisa-t-il.

— Crois-tu que nous verrons cela un jour ?

— J'ai entendu des rumeurs concernant des expériences, et j'ai pour habitude de dire que rien n'est impossible.

— Toi qui restes optimiste en toutes circonstances, dis-moi où envoyer les bateaux la saison prochaine.

— Celle-ci n'est pas terminée. Nous devrions peut-être préparer deux lougres et partir en éclaireurs.

Tyndall et Olivia prirent le *Shamrock* et Ahmed, le *Bulan,* en veillant à ne pas ébruiter leur destination, en l'occurrence le golfe de King Sound, au nord. Ils naviguèrent sur une mer si agitée qu'Olivia ne fut pas étonnée d'apprendre par Tyndall que peu de bateaux s'aventuraient dans cette zone.

Ils étaient accompagnés de Yoshi, qui plongerait avec Ahmed depuis le *Bulan*, et Taki, qui ferait office de guide pour Tyndall à bord du *Shamrock*.

Après une première tentative infructueuse, l'ordre fut donné d'aller encore un peu plus au large. Une heure plus tard, Tyndall, pourtant à trente brasses de profondeur, n'eut pas plus de chance et tira sur sa ligne de vie pour signifier à Taki que la plongée était terminée. La remontée fut longue et très progressive, car il y avait des paliers à respecter. Tyndall rongea son frein au cours de cette procédure qui visait à empêcher la formation de bulles d'azote dans ses tissus, sous peine de ressentir des douleurs atroces connues sous le nom de « mal de décompression ».

Lorsque Taki l'eut hissé hors de l'eau, il s'affala sur le pont.

— Belle perte de temps, grommela-t-il tandis qu'on lui retirait son casque et ses bottes lestées. Il n'y a strictement rien. C'est à se demander si des braconniers ne nous ont pas devancés.

— Penses-tu qu'Ahmed et Yoshi auront plus de succès ?

— Allons leur demander.

Ils se rapprochèrent du *Bulan* et hélèrent Ahmed mais celui-ci secoua la tête, pouce vers le bas.

Le lendemain matin, Tyndall et Ahmed prirent la direction de l'île Adele pour tenter leur chance sur des gisements encore inexplorés.

Le deuxième jour en fin d'après-midi, ils remarquèrent une tache à l'horizon et mirent cap à bâbord. Alors qu'ils se rapprochaient de la petite île à première vue aride et rocailleuse, ils repérèrent un bras de mer débouchant sur une étroite bande de sable.

— Regarde les palmiers. Cela m'a tout l'air d'une végétation tropicale et je vois de la fumée à l'intérieur des terres, dit Olivia en tendant la longue-vue à Tyndall.

Il s'en munit et balaya l'île.

— Curieux. D'après la carte, le lieu est inhabité.

Les bateaux mouillèrent près de la plage alors que la lumière du jour commençait à baisser. Ahmed et Yoshi vinrent chercher Tyndall en chaloupe, puis tous trois accostèrent sur l'île.

Après avoir tiré la chaloupe sur la grève, ils s'engagèrent sur un sentier qui s'enfonçait dans la forêt de palmiers. Au bout de quelques minutes, Ahmed poussa Tyndall du coude et se tapota le nez. Le capitaine acquiesça, humant lui aussi des effluves de nourriture. Quelques instants plus tard, ils entendirent le crépitement d'un feu et des éclats de voix.

Dans une clairière un peu plus loin, ils découvrirent des huttes en chaume ainsi que de petites bâtisses en bois et en pierre jouxtant un grand espace protégé par un toit. Plusieurs femmes aborigènes installées devant des feux de camp cuisinaient, des hommes aiguisaient des outils et nettoyaient de grandes carapaces de tortues. Tyndall remarqua que l'une des huttes disposait d'une porte en bois fermée par un cadenas métallique.

Un vieillard se leva, dévisagea les trois nouveaux venus et répondit au salut de Tyndall par un « 'Jour, m'sieur ».

Tandis que les femmes restaient en retrait, les hommes, intrigués, s'attroupèrent sans hostilité.

Tyndall et Ahmed essayaient de comprendre en quoi consistait ce lieu inattendu lorsque la petite foule s'écarta pour laisser passer un homme costaud d'une quarantaine d'années. En dépit de ses pieds nus et de l'allure décontractée que lui conféraient son pantalon élimé et sa chemise en coton, il dégageait une certaine autorité.

— Je suis le père Anders, annonça-t-il avec un grand sourire, d'une voix sonore mâtinée d'un fort accent hollandais. Bienvenue dans notre mission.

— Une mission, vous dites ? s'exclama Tyndall. Dans un lieu aussi reculé ?

— Une léproserie, pour être tout à fait exact. Les gens que vous voyez ici sont des proches et des… soignants, expliqua Anders. Les *malades* vivent à part, précisa-t-il alors que Tyndall et Ahmed balayaient les alentours du regard.

— Je vois. Et comment vous approvisionnez-vous en matériel, en vivres, en eau, en bois… ?

— Nous vivons en autarcie, répondit le Hollandais d'un ton énigmatique. Nous disposons de nos propres bateaux, qui sont amarrés à la pointe de l'île. Je suppose que vous êtes arrivés par la plage.

Tyndall hocha la tête.

— Nous avons mouillé pour la nuit, et si nous pouvions avoir de l'eau, éventuellement une ou deux noix de coco… nous vous en serions reconnaissants.

Le père Anders sourit et tourna ses paumes vers le ciel.

— Le Seigneur ne prône-t-Il pas le partage ?

— Alors à demain matin.

Tyndall serra la main du Hollandais puis rebroussa chemin avec Ahmed et Yoshi.

— Qu'en penses-tu, Ahmed ? Je doute fort que notre nouvel ami soit un prêtre ou un quelconque bienfaiteur. Il ne m'inspire aucune confiance.

— Et cette hutte fermée à clé, y a quoi là-dedans ?

— Je pense que nous devrions jeter un œil à leurs bateaux.

Tyndall, Ahmed et Yoshi se rendirent au lieu que le père Anders leur avait indiqué. Après s'être frayé un chemin parmi la végétation dense, ils atteignirent un petit promontoire. À la faveur de la lune qui se levait, ils distinguèrent une crique discrète où étaient ancrés plusieurs lougres et un ketch, apparemment désertés. Des chaloupes reposaient sur le sable.

— Je vais voir, *tuan* ? proposa Ahmed.

Tyndall hésita, conscient que lui et Yoshi éveilleraient les soupçons, contrairement à un Malais. Il finit par hocher la tête.

Ahmed choisit une chaloupe de petite taille et rama en silence jusqu'aux bateaux en les observant attentivement. Puis, sous le regard surpris de Tyndall et Yoshi, il attacha une corde au ketch, grimpa à bord et ouvrit une cale.

Enfin, il se dépêcha de regagner le rivage tout aussi discrètement, et les trois hommes s'isolèrent sous les arbres.

— La cale est remplie de tortues et de coquillages.

— Je crois savoir où ils ont trouvé ceux-ci, marmonna Tyndall.

— C'est des braconniers, pas des missionnaires. On fait quoi, *tuan* ?

— Filons discrètement, nous les dénoncerons plus tard. Je parie que ces bateaux viennent des Indes néerlandaises et que les autochtones sont traités comme des esclaves.

Alors qu'ils cheminaient entre les palmiers, Yoshi, qui fermait la marche, apostropha ses compagnons. Tyndall et Ahmed se retournèrent et virent que l'un des hommes croisés à la mission le tirait par le bras.

— S'il vous plaît, aidez-moi à quitter cet endroit, bafouilla l'homme, qui parlait à toute vitesse. Je veux partir, retrouver ma femme et mes enfants.

Aux questions d'Ahmed, l'homme répondit qu'il avait été embauché comme marin sur l'un des bateaux hollandais, qu'il avait été amené sur l'île contre son gré, avec d'autres Koepangers ainsi que des Aborigènes, et qu'ils y étaient retenus prisonniers. Il expliqua que le prêtre hollandais était en réalité un capitaine qui se servait du lieu comme camp de base pour le braconnage. Dans la région, on savait que de nombreuses îles malaises faisaient office de base arrière pour le trafic d'armes, le braconnage et l'esclavage.

Après s'être concertés brièvement, Tyndall et Ahmed acceptèrent de prendre l'homme avec eux. Sur ce, ils se dépêchèrent de regagner la plage plongée dans la pénombre.

Lorsqu'ils rejoignirent le rivage, ce fut pour trouver un étrange comité d'accueil. Tyndall poussa un cri de rage en reconnaissant l'homme trapu et costaud qui était à la tête du petit groupe : Karl Gunther.

Il lui sauta à la gorge et tenta de l'étrangler. Les compagnons respectifs des deux hommes s'interposèrent puis chaque camp toisa l'autre en brandissant des couteaux et des pistolets.

— Où est-elle ? hurla Tyndall. Qu'est-ce que vous lui avez fait ?

Gunther, un peu sonné par l'agression, ignora la question.

— Comment nous avez-vous trouvés ? Qui vous a dit de venir ici ?

— Personne, c'est un heureux hasard, Gunther ! Maintenant, dites-moi où est Niah !

— Elle est partie, elle a plongé de mon bateau. *Kaputt.* Les requins l'auront dévorée.

Tyndall s'affaissa, se doutant que Gunther disait la vérité.

— Et pourquoi elle aurait sauté par-dessus bord ? Pour vous fuir !

Pris d'un regain de colère, Tyndall voulut empoigner Gunther de nouveau mais Yoshi et Ahmed le retinrent.

Gunther avança d'un pas.

— Vous ne pourrez pas partir d'ici. Une petite visite à Anders s'impose.

— Pas de folie, Gunther. Quoi que vous fassiez, notre équipage ira voir immédiatement les autorités. Je vous conseille de nous laisser quitter l'île.

— Pourquoi devrais-je...

Avant qu'il n'eût le temps d'achever sa phrase, un coup de feu retentit et une balle se ficha à ses pieds, projetant une gerbe de sable et le faisant reculer d'un bond. Au tir qui provenait de la forêt succédèrent deux autres à quelques secondes d'intervalle. Gunther et ses trois acolytes prirent la fuite, entraînant le Malais avec eux.

Taki et Olivia, armée du pistolet, apparurent entre les palmiers et accoururent sur la plage.

— Es-tu indemne, John ? s'écria-t-elle avec effroi.

Ils tombèrent dans les bras l'un de l'autre.

— Oui, plus de peur que de mal. Seigneur, tu aurais pu nous toucher !

— J'ai visé vers le bas, sourit Olivia. Ne me remercie pas.

Tyndall éclata de rire, l'enlaça brièvement et entraîna son groupe vers les chaloupes.

— Qu'est-ce qui t'a pris d'accoster, et armée, en plus ? lui demanda-t-il alors qu'ils regagnaient le *Shamrock* à la rame.

— Tu étais parti depuis longtemps, la nuit n'allait pas tarder à tomber et j'ai eu une intuition.

Elle haussa les épaules.

— Nous venions d'entrer dans la forêt quand Gunther et ses sbires sont arrivés sur la plage. Nous avons attendu et assisté à la scène.

Dans la soirée, alors qu'une brise emmenait les deux bateaux au large et en lieu sûr, Tyndall relata d'une voix étranglée à Olivia son affrontement avec Gunther et les propos que celui-ci avait tenus.

— Je suis désolée pour toi, John, dit Olivia en lui prenant la main. C'est terrible. Si nous prévenons les autorités, elles pourront peut-être intervenir.

— Non, cela ne sert à rien. Je n'ai aucune preuve et il n'y aura plus aucune trace du passage de Gunther sur cette île d'ici quelques jours, je peux te l'assurer.

Lorsque Olivia annonça la mort de Niah en mer à Minnie, celle-ci accueillit la nouvelle en silence.

— Je m'inquiète pour la petite Maya, poursuivit Olivia. Elle n'a pas l'habitude de vivre en pleine nature. Penses-tu qu'elle va bien ?

— Elle va vite apprendre, et puis la tribu s'occupe d'elle.

— Y a-t-il un espoir qu'elle revienne, Minnie? Tyndall est son père, après tout.

— Maya connaîtra son histoire quand elle sera grande et elle choisira.

— Ce n'est pas juste! Enfin, au moins, elle est en famille. Mais Niah doit manquer à cette pauvre petite.

— Niah était de ma famille aussi.

En percevant le chagrin de Minnie, Olivia lui dit d'une voix douce :

— Tu n'as pas à t'en vouloir, Minnie. Tu as fait ce que tu as jugé bon pour toutes les deux.

Olivia prit alors conscience que Minnie était elle aussi une parente éloignée de Maya. S'il y avait de quoi se perdre dans les liens de parenté complexes des Aborigènes, tout espoir de voir Maya rentrer un jour auprès de Tyndall n'était peut-être pas perdu.

***

Un jour, Olivia trouva au courrier arrivé par bateau à vapeur une lettre de M. Barat annonçant à mots couverts que la transaction avait abouti : le bijou connu désormais sous le nom d'« Étoile de la mer » avait été vendu pour une somme faramineuse à un prince indien. Celui-ci, bien connu de la haute société londonienne, ne voyait pas d'objection à ce que la transaction fût rendue publique ; aussi la presse anglaise s'en fit-elle l'écho. Les articles étaient assortis de photographies montrant le prince vêtu de vêtements somptueux, une chanteuse de music-hall à un bras, une actrice à l'autre. Figurait également un portrait fourni par M. Barat du capitaine John Tyndall, le « flamboyant maître perlier de Broome, en Australie », à qui l'on devait cette découverte fabuleuse. Le prince avait envoyé les perles, toujours incrustées dans leur coquille, chez Tiffany's afin qu'elles fussent montées en broche.

Après avoir discuté de l'utilisation de cette soudaine rentrée d'argent, Olivia et Tyndall choisirent de réinjecter le plus gros de la somme dans la compagnie. Olivia décida également d'en investir une partie dans une maison à Fremantle, et Tyndall annonça son intention de construire une maison sur une colline surplombant la mer, non loin du village.

Quelques semaines plus tard, profitant d'un moment avec Olivia sur sa véranda, il lui montra les plans.

— C'est un palais, John ! s'exclama Olivia, stupéfaite. C'est gigantesque, et ce jardin… De la véranda, le panorama sur la baie sera magnifique.

— Tu verrais la flotte rentrer au port, dit-il timidement.

— De ta maison ?

Olivia le regarda sans comprendre.

— Eh bien, oui… Je me disais que cette maison pourrait être aussi la tienne.

Elle retint son souffle, tandis que son cœur battait la chamade, puis esquissa un sourire mutin.

— Ne serais-tu pas en train de suggérer que nous officialisions notre relation ?

— Hum, eh bien… Oui, on peut dire que je viens de te demander en mariage. Je t'ai toujours aimée, Olivia, depuis notre première rencontre sur la plage. Pensant n'avoir aucune chance, je me suis résigné à n'être que ton associé, tout en admirant la femme extraordinaire que tu es. Mais nous avons fini par nous trouver et je ne supporte plus de devoir cacher mes sentiments.

Olivia fut ébranlée par cette déclaration. Elle n'avait jamais voulu reconnaître que leur rencontre semblait relever du destin, elle avait lutté contre l'attirance qu'elle éprouvait envers cet homme, déterminée à ne pas céder. Car une fois qu'elle lui succomberait, elle serait à jamais liée à lui et elle le savait. Elle n'avait jamais ressenti une telle passion, une telle évidence : ils étaient faits l'un pour l'autre. Depuis qu'ils étaient amants, elle n'osait se projeter au-delà de chaque moment passé ensemble.

— Olivia, dis quelque chose…

En lui prenant la main, Tyndall constata qu'elle tremblait. Elle porta l'autre main à sa bouche.

— Ce n'est rien, tout va bien. Je t'aime aussi. Oui, John Tyndall, j'accepte de vous épouser.

Il la souleva de terre et l'embrassa avec fougue. Quelques instants plus tard, ils prévinrent Minnie, qui sourit et se contenta d'un sobre « Je me disais bien », mais son visage radieux était éloquent.

Olivia attendit d'être seule avec Hamish après dîner pour lui annoncer la nouvelle. Il fut aussitôt ravi et soulagé. Lui qui était pétri d'angoisses à propos de l'avenir depuis la mort de son père n'aurait plus à s'inquiéter pour sa mère.

Comme Tyndall ne voulait pas d'annonce officielle, ils se contentèrent d'informer leurs amis et connaissances à mesure qu'ils les voyaient. Toutefois, la nouvelle se répandit rapidement à Broome, et elle ne surprit personne. La plupart des gens considéraient cette union comme un arrangement logique et commode entre associés, ils n'étaient pas nombreux à percevoir la passion qui unissait le couple. Olivia et Tyndall avaient chacun un passé qui devait être pris en compte et respecté, mais leur complicité, leurs liens charnels et émotionnels étaient devenus leur raison de vivre. Dans cette relation, ils trouvaient un nouveau sens à leur vie, un sentiment d'accomplissement, et leur joie était telle qu'ils appréhendaient presque de l'exposer au monde.

Une fois la touche finale apportée aux plans de la maison, la construction débuta. Tous les matins et tous les soirs, Tyndall et Olivia visitaient le chantier main dans la main, imaginant leur vie future dans les différentes pièces de la demeure.

La date de la noce fut fixée plusieurs mois à l'avance : la cérémonie se tiendrait dans la petite église en bois et serait suivie d'une réception dans le jardin de l'hôtel Continental. Alors que les futurs mariés aspiraient à quelque chose de simple, la ville prenait l'événement à cœur et tout le monde tenait à aider ou à y assister.

— Ce sera sans doute la fête la plus égalitaire et la plus éclectique que l'on ait vue à Broome, plaisanta Tyndall. Le magistrat résident et Mme Hooten vont côtoyer nos membres d'équipage et toutes les personnes avec qui nous travaillons !

En effet, certains notables s'étaient émus d'apprendre que Tyndall et Olivia avaient prévu de convier l'ensemble de leurs amis, indépendamment de leur statut et de leur origine. Ahmed serait témoin, Hamish accompagnerait sa mère jusqu'à l'autel et Mabel Metta serait demoiselle d'honneur. Minnie reçut son propre carton d'invitation et s'empressa d'acheter deux chapeaux flambant neufs pour elle et sa fille Mollie.

La veille du mariage, le bateau à vapeur parti de Fremantle arriva par la marée de l'après-midi. Juste après la cérémonie, Olivia et Tyndall y embarqueraient, destination Perth, où ils passeraient leur lune de miel.

Comme à l'accoutumée, les badauds étaient présents en nombre pour assister à l'arrivée du vapeur. Mais parmi les passagers, une personne retint plus particulièrement leur attention. Si elle était séduisante, certaines dames étaient tentées de penser que ses manières et son style vestimentaire manquaient de subtilité. Elle avait en effet un ensemble de lin blanc qui, en plus de souligner ses courbes, laissait entrapercevoir ses chevilles, une chevelure d'un blond trop éclatant pour être tout à fait naturel et des lèvres rouge vif.

Une fois à terre, elle s'arrêta le temps de promener ses yeux bleus sur la foule à la recherche de bras pour l'aider, puis envoya un garçon de cabine chercher un porteur. Un jeune Indien, cousin de Tobias Metta, fut le premier à se saisir de ses bagages.

— D'autres malles se trouvent encore en soute, indiqua-t-elle. J'espère qu'il y a de quoi les transporter.

— Oh oui, m'dame, c'est pas les sulkys qui manquent pour aller à l'hôtel. Vous inquiétez pas.

— Je ne descends pas à l'hôtel, je vais rejoindre mon mari.

— D'accord, m'dame.

Il se dépêcha de hisser les premières valises dans un sulky puis l'aida à monter. Sitôt installée, elle ouvrit son ombrelle.

— J'ai très chaud. Est-il possible de récupérer le reste de mes bagages plus tard ?

— Très bien, m'dame. Vous allez à quelle adresse ?

— Chez John Tyndall, le maître perlier. Je suis son épouse, Amy Tyndall.

Le porteur et le cocher du sulky la regardèrent fixement.

— Le capitaine Tyndall ? Il sait que vous arrivez ? s'enquit le cocher.

La femme sourit.

— Non, c'est une surprise. J'arrive directement de Londres.

Dès le départ du sulky, le porteur fonça tout droit au siège de L'Étoile de la mer et monta les marches quatre à quatre.

16

Tyndall eut le plus grand mal à comprendre ce que l'homme en sueur essayait de lui expliquer. C'était une histoire à dormir debout.

— Une femme blanche, cheveux blonds, vêtements élégants, dit qu'elle est l'épouse du capitaine Tyndall et a demandé à mon frère de la conduire chez vous.

Il se tordit les mains d'un air désolé, regrettant d'être le messager d'une nouvelle aussi inopportune.

Tyndall lui lança une pièce et le remercia, puis se renversa dans sa chaise et ferma les yeux.

Il se revit, jeune et timide, à l'époque où il avait été comme ensorcelé par Amy, ses yeux bleus et charmeurs, sa bouche rieuse, son corps voluptueux. Son père l'avait mis en garde contre « ce genre de fille », mais elle s'était arrangée pour croiser son chemin où qu'il allât. La rapidité de sa cour n'avait eu d'égale que sa naïveté. Elle lui avait annoncé sa grossesse avec force cris et pleurs. Alors, une fois remis du choc, il avait assumé ses responsabilités et épousé la plus jolie fille du village.

Le lit étroit au matelas affaissé, le cottage crasseux, la toux de son beau-père alcoolique, les complaintes et le tempérament soupe au lait de celle qu'il avait fini par voir sous son vrai jour, à savoir une jeune femme oisive et gâtée, avaient incité Tyndall à partir pour Belfast puis pour Londres à la recherche d'un travail. Il avait voulu que ce mariage fût une réussite et espéré qu'une fois sous leur propre toit, le quotidien s'apaiserait. Il se souvenait de s'être senti libre en mer, tout en ayant des remords de délaisser sa jeune épouse. La nouvelle de la perte de l'enfant et du décès supposé d'Amy l'avait attristé mais aussi soulagé, libéré de sa culpabilité.

Avec la réapparition soudaine d'Amy dans sa vie, Tyndall nageait en pleine confusion et se sentait gagné par la colère. Pourquoi aujourd'hui, alors qu'il s'apprêtait à trouver le bonheur auquel il avait toujours aspiré auprès d'Olivia ?

Il se leva d'un bond. Seigneur, celle-ci devait l'apprendre de sa bouche. Quel cauchemar ! Il comprit qu'aux yeux de la loi, il était toujours marié à Amy, à moins qu'elle eût demandé la dissolution de leur union en invoquant la disparition de Tyndall tant d'années plus tôt. Mais il sentit son cœur se serrer de plus belle en songeant qu'elle s'était présentée au port comme son épouse. Cet imbroglio devait être démêlé au plus vite. Il prit sa casquette et sortit du bureau en trombe.

Rosminah et Ah Sing, le cuisinier chinois, coururent à sa rencontre dès qu'ils le virent remonter l'allée. Il remarqua une malle sur la véranda.

— *Tuan*, une dame est arrivée et veut plus partir. Elle est entrée, elle s'est assise, elle a demandé du thé et de la citronnade. Elle dit qu'elle s'appelle Mme Tyndall, se lamenta le cuisinier.

— Ne t'inquiète pas, Ah Sing. Je vais régler tout ça. Où est-elle ?

— Dans le salon, répondit le cuisinier, le visage luisant de sueur.

Tyndall entra, Rosminah sur les talons.

— M'dame me demande de nettoyer ses vêtements, dit la jeune domestique. Je fais quoi, *tuan* ?

— Rien, Rosminah. Je vais lui parler.

Tyndall prit une profonde inspiration et pénétra dans le salon formel dans lequel il n'allait quasiment jamais. Sur le seuil, il se figea à la vue d'Amy, assise dans un fauteuil en rotin. Après toutes ces années, chacun prit le temps de jauger l'autre en silence. S'ils s'étaient croisés dans la rue, ils se seraient reconnus immédiatement.

Amy tenait une tasse de thé qu'elle posa avec délicatesse sur un petit guéridon. Puis, tendant la main, elle dit d'un air triomphal :

— Bien le bonjour, Johnny Tyndall.

Son amusement sautait aux yeux, et elle parut d'autant plus heureuse en avisant l'homme séduisant qui lui faisait face.

— Quelle allure ! Moi qui t'ai choisi pour ton physique, tu ne m'as jamais déçue.

Tyndall ne bougea pas d'un pouce.

— Qu'est-ce que tu fabriques ici, Amy ? C'est insensé. Je n'arrive pas à croire que tu réapparaisses dans ma vie comme si de rien n'était. Tu aurais dû me prévenir par courrier, au lieu de te présenter devant ma porte

— Quel accueil... J'ai entrepris un long voyage pour te retrouver.

— Et tu vas repartir sans tarder. Tu ne peux pas rester ici.

— Tu n'es pas sérieux. Je suis ton épouse. Tu es pris de court, voilà tout, dit Amy d'une voix enjôleuse. Je sais ce que tu ressens, Johnny. Moi aussi, j'ai eu un choc en te découvrant dans le *Telegraph*. Après tant d'années passées à me demander ce que tu étais devenu, à souffrir de ton abandon... Moi, ta petite femme... Qu'ai-je fait pour mériter pareil accueil, Johnny ?

Ses yeux bleus s'embuèrent tandis que sa voix chevrotait.

— J'ai cru que tu étais morte, pour l'amour du ciel ! tonna Tyndall. Et toi, tu n'as pas pu m'attendre à Belfast. Non, il a fallu que tu partes pour Londres et que tu nous laisses penser, ton père et moi, que tu avais passé l'arme à gauche. À quoi as-tu employé toutes ces années ?

— Comment oses-tu me crier dessus ? rétorqua-t-elle d'un ton glacial. Cela n'a pas été facile pour moi, tu sais. J'ai perdu le bébé, il y a eu une épidémie de grippe et je suis partie vivre en Écosse dans l'attente de ton retour. Mais tu n'es jamais revenu, n'est-ce pas?

— Parce que c'était inutile. Le prêtre m'a écrit pour me prévenir que ton père s'était noyé et que la rumeur te disait morte à Londres. Qu'étais-je censé faire? Et comment as-tu fini en Écosse?

Amy baissa les yeux.

— J'avais un bienfaiteur. Dieu sait ce qu'il serait advenu de moi sans lord Campbell… et sa chère famille, s'empressa-t-elle d'ajouter.

— Je vois, marmonna Tyndall, qui voyait clair dans son jeu. Et maintenant, te voilà. Si c'est de l'argent que tu veux, tu aurais pu m'écrire.

— Aurais-tu répondu à une telle lettre? lança Amy, le défiant du regard.

— Au risque de te surprendre, il y a encore des hommes honnêtes sur cette terre.

— Je ne veux pas d'argent. Oh que non.

— Alors qu'est-ce que tu veux?

— *Toi*, mon cher mari. C'est à croire que Dieu et le destin ont décidé de nous réunir après un terrible malentendu. Je suis ici pour reprendre la place qui me revient, à tes côtés.

Ses lèvres se retroussèrent en un sourire hypocrite qui écœura Tyndall.

— C'est le discours que tu vas servir à tout le monde, je me trompe?

Tyndall se doutait qu'Amy avait soigneusement répété ses répliques.

— C'est la vérité, n'est-ce pas?

— Mais non, Amy, bon Dieu! J'ai eu tout le loisir de réfléchir ces dernières années, et tu sais quoi? Je suis arrivé à la conclusion que tu m'avais piégé. Et je vais te dire autre chose: tu te manifestes trop tard. Je suis sur le point d'épouser la femme que j'aime.

— Mais comment donc? demanda calmement Amy en feignant la sollicitude. Nous sommes mariés.

— Plus pour longtemps, car nous allons divorcer. Il est hors de question que tu reviennes dans ma vie. Tu as flairé l'argent. Si tu es là, c'est uniquement à cause des perles.

Le visage d'Amy se durcit, sa mâchoire se crispa.

— Jamais je n'accepterai de divorcer, et tu peux compter sur moi pour ne pas céder un pouce de terrain. Je suis venue avec des documents, un certificat de mariage et des lettres. Je pourrai prouver que tu m'as abandonnée et réclamer un… dédommagement.

Sur ce, elle reprit sa mine faussement gentille.

— Est-ce une perspective si terrible, Johnny ? Que je reprenne ma place d'épouse ? Beaucoup d'hommes t'envieraient. Plus rien ne me retient en Grande-Bretagne. J'ai l'intention de rester ici, à tes côtés.

— Mais je ne veux pas de toi ! s'écria Tyndall, furieux d'être piégé par cette femme dangereuse et fourbe.

— Prends le temps d'y réfléchir. Tu es sous le choc, mais tu vas t'habituer à l'idée. Au fait, il vaudrait mieux informer ton amie de ta situation réelle, souligna Amy avec morgue.

— Tu ne peux pas rester ici, martela Tyndall, qui crut sentir le sol se dérober sous ses pieds.

— Qu'est-ce que tu vas faire ? M'envoyer à l'hôte, me mettre à la rue ? J'aurais beaucoup de peine, et que penseraient les gens ?

Pour l'heure, Tyndall n'avait d'autre choix que de concéder sa défaite. La jeune et ambitieuse villageoise qu'il avait été contraint d'épouser était devenue une femme rusée, calculatrice et aguerrie, habituée à obtenir ce qu'elle voulait.

Il sortit de la maison en trombe. Dieu du ciel, comment allait-il annoncer la nouvelle à Olivia ? Ce serait un coup terrible, mais il ne doutait pas que sa bonté et l'amour qu'elle lui portait les aideraient à surmonter cette épreuve. Il chasserait Amy de sa vie, à n'importe quel prix.

Olivia était au siège pour régler quelques formalités avant le mariage et la lune de miel. Tyndall la rejoignit et lui annonça la nouvelle. Après un silence sidéré, elle lui demanda de récapituler depuis le début.

Il résuma la situation en deux mots puis se tut, tandis qu'Olivia s'adossait lentement à sa chaise sans le quitter des yeux.

Soudain, des larmes de souffrance mêlée de rage ruisselèrent sur ses joues.

— Comment as-tu pu ne pas me dire que tu étais *marié*? Ou que tu avais été marié, peu importe…

— Je croyais qu'elle était morte. Je n'avais plus pensé à elle depuis des années ! Je n'étais qu'un jeune homme, elle avait disparu…

— Et tu n'as pas tenté de découvrir ce qui lui était arrivé ? Tu étais son époux…

— J'avais à peine vingt ans et je me trouvais à l'autre bout de la planète. Le prêtre me l'a annoncé dans une lettre… Pour l'amour du ciel, Olivia, essaie de comprendre…

— C'est précisément ce que je fais. J'essaie de comprendre comment l'homme que j'aime, l'homme que je considère comme mon âme sœur, l'homme avec qui je me voyais passer le reste de ma vie a pu me mentir et me duper.

— Non, Olivia, ce n'était pas intentionnel…

— Y a-t-il autre chose que tu m'aies caché, John ? Comment pourrais-je avoir à nouveau confiance en toi ?

— Nous allons trouver une solution, Olivia. C'est malheureux, sa venue tombe au plus mauvais moment mais…

— Elle tombe à pic, au contraire ! Et si nous nous étions mariés ? Tu serais en prison pour bigamie !

— Nous n'allons pas renoncer à notre union, Olivia. Cela risque de prendre un peu de temps mais il y a forcément une issue. Elle n'est mue que par l'appât du gain.

— Je ne pense pas, John…

— Tu ne penses pas quoi ? Que l'argent soit sa seule motivation ?

— Que nous devrions nous marier.

— Olivia, tu n'es pas sérieuse ! Nous n'allons pas renoncer au bonheur à cause de ce maudit… contretemps.

Olivia se détourna de son visage tordu d'angoisse.

— Il n'y a pas que cela. Le fait que tu ne m'aies rien dit…

— *Je ne savais pas!*

— Mais tu aurais dû m'en parler, nous avons évoqué ton passé. C'est très blessant. Et bien sûr, je ne peux pas rester en ville.

Soudain, Olivia se leva d'un air résolu.

— Je vais m'installer à Fremantle. Hamish sera scolarisé à Perth et je trouverai bien une occupation.

— Tu es folle, Olivia? Ne précipite rien. Et L'Étoile de la mer? Tu en détiens la moitié. Tu ne peux pas laisser la compagnie en plan.

— Je resterai associée mais à distance. Enfin, si tu préfères racheter mes parts…

— Olivia, arrête, je t'en supplie.

— John, il est préférable que tu me laisses seule. Tu ne me feras pas changer d'avis. Tu m'as profondément blessée et il faut que je tourne la page. Tout cela est très… pénible. Et as-tu pensé aux répercussions publiques de cette affaire? À ma réputation? Nous allons être la cible de tous les ragots de la ville.

— Olivia, si c'est ce qui t'inquiète, je te promets de clarifier la situation aux yeux de tous.

— Mais cela ne change pas le fond du problème.

— Une fois que j'aurai divorcé, nous pourrons nous retrouver.

— Non, c'est impossible. Et rien ne dit qu'elle accepterait? Pourquoi aurait-elle entrepris un tel voyage, si ce n'est pour être avec toi?

Tyndall, ne sachant que répondre, se contenta de marmonner tristement:

— Elle vient d'arriver. Je voulais m'assurer que tu l'apprennes directement par moi.

— Ah, parce que d'autres personnes connaissent déjà son existence, si je comprends bien? John, va-t'en, s'il te plaît.

Comme Tyndall avançait bras tendus vers Olivia, celle-ci eut un mouvement de recul.

— Non ! cria-t-elle en lui tournant le dos.

Tyndall, abasourdi, sortit d'un pas lent. Le cœur brisé, Olivia l'écouta qui descendait l'escalier, bouleversée à l'idée qu'elle ne toucherait peut-être jamais plus son bien-aimé.

La lumière vive éblouit Tyndall. Lorsqu'il rabattit sa casquette de sorte à ombrager son visage, il se rendit compte que sa vision était brouillée par de chaudes larmes. Il jugeait tout de même la réaction d'Olivia disproportionnée. Pourquoi aurait-il dû mentionner ce qui n'était rien de plus à ses yeux qu'un épisode insignifiant de son passé ? Tout ce qu'il souhaitait désormais, c'était passer le restant de ses jours auprès d'Olivia.

Il rentra chez lui, toujours bouillonnant de colère envers Amy. Comment osait-elle s'imposer de la sorte sous son toit ? Elle était une parfaite inconnue, Tyndall ne chérissait aucun des moments qu'ils avaient vécus ensemble. Il s'était laissé étourdir par les plaisirs de la chair, qu'il avait découverts entre les bras d'une jeune femme plus au fait que lui. Sur le moment, il ne lui était pas venu à l'idée de s'étonner d'une telle expérience, il s'était tout bonnement oublié dans les bras d'une partenaire énergique et demandeuse. À leur mariage précipité, une simple formalité, avaient succédé les disputes, les caprices, les larmes et l'exigence d'une vie meilleure – un lourd fardeau pour le jeune homme de vingt ans qu'il était alors.

Il rentra chez lui en claquant la porte et appela Rosminah.

— Où est Madame ? lui demanda-t-il.

— M'dame Amy se repose, *tuan*. Elle a voulu que je range ses affaires, j'ai pas pu dire non, *tuan,* répondit Rosminah, penaude.

— Eh bien, remets tout dans ses valises. Elle ne reste pas.

Il tambourina à la porte de la chambre d'amis et l'ouvrit en grand lorsque Amy dit fraîchement « Entrez », l'air de vivre là depuis des mois.

Assise devant la coiffeuse, elle brossait ses longs cheveux blonds, une étole de satin couvrant la peau blanche de ses épaules. Elle se retourna et lui lança un regard faussement ingénu.

— C'est inconvenant de faire ainsi irruption dans le boudoir d'une dame, Johnny. Mais comme tu es mon mari…

— J'ai donné l'ordre à Rosminah de rassembler tes affaires. Il est hors de question que tu restes une minute de plus ici.

— *Je suis ton épouse.* Toute la ville doit le savoir à l'heure qu'il est.

— C'est peut-être ce que dit ton bout de papier rapporté d'Irlande, mais je vais y remédier. Je veux divorcer au plus vite.

— Et quel motif invoqueras-tu ? Je ne veux pas divorcer ; quant à toi, tu vas passer pour un imbécile, pour ne pas dire un goujat, si tu me traites de la sorte.

Elle se replaça face au miroir et lança un regard au reflet de Tyndall.

— Et comment a réagi ton ex-fiancée ?

— Amy, je veux que tu quittes cette maison. Je couvrirai tes frais.

— Je le sais, Johnny. Néanmoins, je reste ici. C'est chez moi, dorénavant.

Alors qu'elle souriait, Tyndall sentit un frisson lui parcourir l'échine en voyant passer la lueur de malice et de détermination qui éclairait son regard.

— Très bien. Dans ce cas, j'irai vivre au Continental.

— Ce serait dommage de gaspiller ainsi notre argent, Johnny. Je suis là pour très, très longtemps. Et à quoi bon alimenter les ragots ?

Un silence s'installa. Amy avait raison, mais en l'autorisant à rester, Tyndall reconnaissait ses droits en tant qu'épouse. Il devait réfléchir à une stratégie. Il tourna les talons, sortit en trombe de la maison et fila tout droit au village.

Amy finit rapidement de s'habiller. Elle avait déjà soutiré toutes les informations qu'elle voulait à une Rosminah tremblante comme une feuille, et sa petite enquête menée à bord du vapeur l'avait suffisamment renseignée sur L'Étoile de la mer. Une fois prête, elle se munit d'une ombrelle et envoya Rosminah lui trouver un moyen de locomotion.

Olivia, restée au siège, échafaudait un projet après l'autre. En s'encombrant l'esprit de considérations matérielles, elle s'efforçait de ne pas penser à ce que serait sa nouvelle vie sans Tyndall.

Lorsqu'elle entendit frapper à la porte, son cœur s'arrêta de battre un instant. Elle ne voulait parler à personne.

— Entrez, soupira-t-elle.

Après avoir rangé une dernière liasse de documents, elle pivota vers la porte et se figea.

S'ensuivit un silence durant lequel les deux femmes se jaugèrent ouvertement.

Aux yeux d'Olivia, la tenue d'Amy était incongrue et bien trop élégante, entre le chemisier blanc en dentelle au col fermé par une broche, la jupe de soie crème cintrée à la taille et ourlée sur le côté en un froncé étudié, et ses gants assortis à son ombrelle. Pour compléter le tableau, elle portait un bibi décoré d'une petite plume et d'une épingle à strass.

Aux yeux d'Amy, Olivia était une femme sans style et falote. La robe lilas toute simple qu'elle portait sans corset, l'absence d'accessoires, à l'exception du ruban de velours noir qui maintenait ses cheveux attachés à la base de la nuque, évoquaient une femme qui se souciait peu de la mode et des apparences. Elle devait toutefois reconnaître que la beauté naturelle d'Olivia lui inspirait une admiration mâtinée d'envie.

— Bonjour, je suis madame John Tyndall. Vous devez être Olivia Hennessy.

Olivia se crispa en entendant la façon dont Amy accentua le « madame ».

— En effet. Que puis-je pour vous ?

Amy, parfaitement détendue, posa son ombrelle contre le mur et entreprit de retirer l'un de ses gants.

— J'ai voulu venir ici pour me renseigner sur les affaires de mon mari. Pouvez-vous m'expliquer de quoi il retourne ?

Après tout, je suis concernée, souligna-t-elle avec un sourire éclatant.

— Je vous demande pardon ?

— Je suis l'épouse du capitaine Tyndall. Ce qui est à lui est à moi. J'aimerais voir quelques perles.

Olivia rougit et s'efforça de se contenir.

— Nous ne les laissons pas traîner ici. Sachez qu'il ne suffit pas d'un coup de baguette magique pour qu'elles remontent par poignées entières du fond de l'océan, répliqua-t-elle. Et vous m'en voyez désolée, mais je n'ai pas le temps d'en discuter. Soit dit en passant, cette société m'appartient pour moitié, et j'y *travaille*.

— Ce qui fait de nous des associées par ricochet, lança Amy sans se départir de son sourire.

À ces mots, Olivia décida de ne plus feindre la politesse.

— Il est hors de question que vous vous impliquiez dans la compagnie tant que j'y détiendrai des parts.

— C'est ce que nous verrons. En tout cas, j'espère que nous saurons nous entendre, parce que j'ai l'intention de rester à Broome. Aux côtés de mon mari.

Elle reprit son ombrelle.

— Bonne journée, madame Hennessy.

Après l'avoir regardée sortir d'un pas assuré, Olivia se dirigea vers la porte à grandes enjambées, la claqua à grand bruit et se rassit, tandis que la fureur laissait place à l'abattement. Elle savait désormais à qui elle avait affaire, ce qui était le but recherché par Amy avec cette visite. Jamais celle-ci ne renoncerait à Tyndall, elle était âpre au gain et attirée aussi bien par la fortune que par l'homme. Leur relation avait peut-être été éphémère et orchestrée de bout en bout par Amy, ainsi que Tyndall l'avait décrit, mais de toute évidence, elle n'abandonnerait pas la partie aussi facilement. Olivia devait bien reconnaître que ni elle ni Tyndall ne faisaient le poids face à une telle femme.

Olivia envoya quérir Ahmed. À son arrivée, elle lui expliqua ses projets d'une voix tendue.

Ahmed avait été informé de l'existence d'Amy par Tyndall ainsi que par le porteur. Désemparé, il se tordit les mains en secouant la tête.

— Oh, m'dame, quelle mauvaise nouvelle. C'est pas une gentille femme. *Tuan* a promis de la chasser. Ce sera bientôt réglé. Restez, m'dame, on a besoin de vous.

Il esquissa un sourire.

— On vous aime, m'dame. Vous et *tuan* vous marierez plus tard.

— Ahmed, il y a comme un obstacle blond prénommé Amy qui se dresse entre nous. Et en ce qui me concerne, lorsque la confiance entre deux personnes est brisée, plus rien ne peut redevenir comme avant. Je ne resterai pas ici. J'ai aussi ma fierté, tu sais. En tout cas, sache que cette femme est dangereuse.

Ahmed hocha la tête d'un air compréhensif.

— Je veux pas que vous partiez, mais c'est peut-être mieux pour l'instant. Est-ce que je peux aider ?

— J'ai besoin de bras pour m'aider à préparer mes affaires et à les acheminer au bateau. Minnie gardera un œil sur la maison et je tâcherai de trouver une place à Yusef ailleurs.

— Lui et Rosminah veulent se marier. Il peut peut-être travailler chez *tuan*.

— Oui, je suis sûre qu'il aura de quoi faire avec la nouvelle maîtresse de maison. Je n'arrive pas à croire qu'elle a emménagé chez lui. Enfin, si, maintenant que je l'ai rencontrée.

De retour au village, Ahmed informa Tyndall qu'Amy était allée voir Olivia et que celle-ci prévoyait de partir à bord du vapeur dans deux jours.

Tyndall donna un coup de pied à la chaise la plus proche.

— Maudite soit cette femme. Comment ose-t-elle narguer Olivia ? As-tu essayé de la dissuader, Ahmed ? Lui as-tu dit que nous avions besoin d'elle pour la compagnie ? J'ai besoin d'elle aussi mais je suis la dernière personne qu'elle acceptera d'écouter, hélas.

— M'dame dit que cette femme est dangereuse. Mais vous avez blessé M'dame aussi, *tuan*. Elle dit qu'il y a plus de confiance.

Comme Tyndall demeurait silencieux, il secoua tristement la tête.

— Ça sent mauvais, *tuan*. Très mauvais.

— Ahmed, je te jure que je vais trouver une solution. Dieu sait laquelle, cela risque de prendre du temps, mais j'épouserai Olivia.

Au coucher du soleil, il cessa d'errer autour des lougres comme une âme en peine et se résolut à rentrer chez lui. Il ne voyait toujours pas comment écarter Amy et convaincre Olivia de renoncer à son projet insensé d'installation à Fremantle.

Il pénétra dans la maison silencieuse avec appréhension et demanda au domestique de lui servir à boire. Il avait hésité à aller au Lugger Bar mais n'avait finalement pas eu le courage d'affronter les questions qui ne manqueraient pas de lui être posées. En effet, tout Broome bruissait de la nouvelle. Lors de sa promenade matinale en ville, Amy avait pris soin de se montrer dans chacune des boutiques.

Trouvant la maison décidément bien calme, Tyndall appela Rosminah mais ce fut le cuisinier chinois qui apparut.

— Rosminah est pas là, *tuan*. Elle est partie avec M'dame. Fallait quelqu'un pour porter les valises.

Le cœur de Tyndall bondit dans sa poitrine.

— Madame est partie ? Où ça ?

— Dans la nouvelle maison, *tuan*. M'dame a demandé pourquoi y a pas beaucoup de meubles ici. Rosminah a vendu la mèche.

— *Quoi ?* Elle s'est installée dans notre nouvelle maison ?

Le cuisinier, impressionné par la fureur de Tyndall, esquissa un mouvement de recul puis opina.

Tyndall ressortit en trombe. C'en était trop. Amy profanait la demeure que lui et Olivia avaient conçue ensemble et prévu d'habiter après leur mariage.

Il gravit la colline en courant, ne s'arrêtant qu'une fois devant le portail pour reprendre son souffle. Les malles d'Olivia étaient entreposées sur la véranda, les fenêtres étaient ouvertes et les bagages d'Amy se trouvaient près de la porte, à moitié vidés.

Suffoquant de rage et d'épuisement, Tyndall s'élança en interpellant Rosminah. Celle-ci sortit aussitôt, avec un chapeau d'Amy dans une main et une paire de chaussures dans l'autre.

— Lâche ça, Rosminah, ordonna Tyndall à bout de souffle. Et rentre à la maison tout de suite.

— Elle dit que je dois l'aider, *tuan*, balbutia Rosminah.

Comme elle fondait en larmes, Tyndall se radoucit.

— Tu ne travailles pas pour cette femme, Rosminah. Tu n'as d'ordres à recevoir de personne à part de moi, ton *tuan*. Compris ? Maintenant, rentre à la maison et restes-y.

Sur ce, Amy parut sur le seuil, la mine parfaitement sereine.

— Enfin, Johnny, en voilà des histoires ! Tu effraies cette pauvre fille alors que j'ai besoin d'aide pour m'installer.

Tyndall arracha le chapeau et les chaussures des mains de Rosminah et les balança aux pieds d'Amy.

— Tu n'emménageras pas ici !

— Mais c'est déjà fait, très cher. Comme tu m'as demandé de quitter l'autre maison, j'ai cru que ce serait un bon compromis.

— Tu m'en diras tant. Je veux que tu remontes sur ce bateau à vapeur et que tu partes pour Fremantle. Nous négocierons à distance.

Elle éclata d'un rire cristallin, comme une mère patiente face à un enfant récalcitrant.

— Il n'y a rien à négocier. Je suis ton épouse, ma place est ici et tu ne me verras pas mourir de faim dans les rues de Broome. Que diraient les gens ?

Elle marqua une pause, le temps de s'installer dans un fauteuil.

— Allons, Johnny, ne fais pas de difficultés. J'ai parlé à Mme Hennessy aujourd'hui. Je dois dire qu'elle n'a pas été très aimable, d'ailleurs. Enfin, je crois savoir qu'elle part vivre à Fremantle, donc le problème est réglé, n'est-ce pas ?

Tyndall resta sans voix.

— Au fait, elle m'a dit qu'elle était associée dans votre compagnie perlière. J'imagine que tu auras besoin de moi pour la remplacer, étant donné l'évolution de la situation.

Tyndall la fixa, abasourdi. Le cerveau en ébullition, il chercha désespérément un moyen de reprendre la main.

— Très bien, Amy, lâcha-t-il enfin. Tu peux t'installer ici *temporairement*, je dormirai dans l'ancienne maison. Dès que le divorce sera prononcé, tu partiras.

— Johnny, très cher… Quand vas-tu enfin comprendre que je ne divorcerai pas, et donc que je n'irai nulle part ? Il va falloir t'habituer à cette idée. Et tu verras que je ne suis pas devenue moins désirable avec le temps, souligna-t-elle avec un sourire enjôleur. Tu n'as tout de même pas oublié combien ma compagnie était agréable.

— Eh bien si, j'ai oublié. Je t'ai rayée de ma mémoire. Et je n'ai aucune intention de réveiller quelque romance que ce soit. Notre histoire est terminée, Amy. Morte et enterrée.

— C'est ce que nous verrons.

Elle se leva et se dirigea vers la porte. Sur le seuil, lorsqu'elle se tourna une dernière fois vers Tyndall, toute son amabilité feinte s'était envolée de son visage.

— N'oublie pas que j'ai des documents ainsi que des copies rangées sous clé à Perth. Autrement dit, cette situation n'est pas près d'évoluer. Et avant que j'oublie, si tu décides de jouer les égoïstes en gardant tous tes domestiques pour toi, je vais devoir en embaucher d'autres – à tes frais, naturellement.

Sur ce, elle disparut à l'intérieur.

Pour Olivia, les deux jours suivants se déroulèrent comme dans un brouillard. Les nuits étaient comme un tunnel sombre qu'elle traversait en cauchemardant dans l'attente de l'aube, et une fois le soleil levé, elle devait se confronter à la dure réalité. De plus, elle eut toutes les difficultés du monde à expliquer à Hamish, perplexe et effrayé, le changement radical qui se profilait.

— Qu'est-ce qu'elle fait là, cette dame ? Pourquoi oncle John ne l'a pas chassée ? On devait vivre tous ensemble après le mariage.

— Dans la vie, les choses ne se passent pas toujours comme on le voudrait... Parfois, les grands cessent de s'aimer et il faut s'adapter.

— Ça ne donne pas envie de grandir.

— Oh, mon chéri, je te promets que tout ira bien. Tu seras dans une école formidable à Perth, tu vas apprendre plein de choses et je ne serai pas loin, dans notre maison de Fremantle. Ce ne seront pas les occupations intéressantes qui manqueront le week-end.

— Mais on ne verra plus oncle John, Ahmed, Yoshi et tous les autres...

Olivia déglutit avec difficulté.

— Tu pourras revenir... pour les vacances. Nous garderons notre maison ici.

Si Olivia était obnubilée par l'idée de fuir Broome définitivement, Hamish ne devait pas non plus croire que tout ce qu'il avait connu et aimé était balayé d'un revers de main.

— Ton père et moi voulions de toute façon t'envoyer dans un pensionnat. Si je m'installe à Fremantle, je serai près de toi.

En percevant le chagrin d'Hamish, Olivia le serra fort contre elle.

— Oh, Hamish, tu dois me croire quand je te dis que tu n'as pas à t'inquiéter. Fais-moi confiance, mon chéri.

Toby et Mabel Metta furent d'une aide et d'un soutien sans faille. Ils se portèrent volontaires pour conduire mère et fils à l'embarcadère au tout dernier moment et soustraire ainsi Olivia aux regards des curieux.

— Olivia, je vous en supplie, réfléchissez bien, l'implora toutefois Tobias. N'est-ce pas une fuite en avant ? Laissez le temps à John de démêler ce sac de nœuds.

— Il n'a jamais cessé de vous aimer, et réciproquement, renchérit Mabel.

Olivia leva le nez de sa valise.

— Oui, j'ai bien réfléchi et oui, je prends la fuite. Je ne supporterai pas de rester dans un lieu où tout me rappelle la duperie dont j'ai été victime.

— John n'a jamais été mal intentionné. Nous, les hommes, nous avons tendance à ne pas regarder en arrière. Beaucoup de gens dans cette ville ont un passé dont ils ne sont pas fiers. Vous savez malheureusement d'expérience que la vie continue.

— Il aurait dû me prévenir. J'aurais été préparée, persista Olivia.

— Nous en avons parlé de nombreuses fois. Si nous ne pouvons pas vous faire changer d'avis, chère Olivia, laissez-nous vous aider au mieux.

— Merci, Mabel. Voici des lettres qui expliquent mes nouveaux projets à mes connaissances, dont les Hooten, si vous voulez bien les envoyer.

— Je ne suis pas sûre que vous ayez à vous justifier, Olivia.

— Non, mais j'y tiens, Tobias. C'est ma décision. Je tiens à conserver un semblant d'intégrité.

— Et qu'en est-il de la compagnie? Vous n'allez pas pouvoir vous absenter longtemps, Olivia.

Le nettoyeur de perles persistait à juger disproportionné ce départ décidé à la hâte.

— J'y réfléchirai plus en détail une fois que je serai installée, dit Olivia avec un sourire triste.

— J'ai toujours su que vous étiez une femme forte, assura Mabel en serrant Olivia dans ses bras. Faites ce qui vous semble le mieux. Nous garderons un œil sur L'Étoile de la mer, et si vous avez besoin de quoi que ce soit, surtout n'hésitez pas.

— Merci. Merci à tous les deux.

***

Au coucher du soleil, les Metta conduisirent Olivia et Hamish à l'embarcadère et les aidèrent à monter à bord du vapeur. La plus grande partie de leurs bagages avait été envoyée en amont et Olivia préféra ne pas s'attarder sur le pont en attendant la marée. Lorsque les Metta retournèrent à terre après un dernier adieu, Mabel se tapota les yeux avec un mouchoir.

Sitôt dans la cabine, Hamish l'explora jusque dans les moindres recoins, sans remarquer l'expression affligée de sa mère quand celle-ci découvrit, dans ce qui aurait dû être une suite de lune de miel, une bouteille de champagne assortie d'une carte de bienvenue écrite par le capitaine du vapeur et adressée à « M. et Mme John Tyndall ». Olivia la jeta et se laissa tomber sur le lit.

Les membres d'équipage s'affairaient au village comme à chaque fin de journée, tous conscients que le départ du vapeur était imminent.

Ahmed assista aux préparatifs depuis la fenêtre du bureau en sachant que Tyndall se trouvait au village avec une bouteille de whisky. *Les voies d'Allah sont impénétrables*, songea-t-il. S'il compatissait avec son patron, il estimait néanmoins que seule une raison supérieure pouvait expliquer ce bouleversement dans leur vie.

À son arrivée au hangar, Tobias Metta desserra sa cravate et le col de sa chemise. Tyndall leva la tête vers lui mais n'eut même pas la force de le saluer.

— Eh bien, elle est montée à bord et semble décidée à aller au bout de cette folie. Mabel et moi avons fait des pieds et des mains pour la raisonner. Elle a un caractère bien trempé, John, et elle souffre. Cet incident l'a blessée au plus profond d'elle-même.

— Je ne comprends pas les femmes, murmura Tyndall, désespéré. Moi aussi, je souffre.

— Mabel a essayé de m'expliquer que les hommes et les femmes ne réagissaient pas de la même façon face à de tels événements.

— C'est le moins que l'on puisse dire. Pourquoi n'a-t-elle pas voulu rester auprès de moi, Toby ?

— Elle a été heurtée dans ses sentiments et dans sa fierté. Il faut laisser passer l'orage, et ensuite, peut-être que l'horizon se dégagera.

Tyndall remplit son verre et poussa la bouteille vers le nettoyeur de perles, qui se servit à son tour une grande rasade. Lui qui d'ordinaire consommait peu d'alcool avait besoin d'un remontant.

— Mabel se demande pourquoi on ne vous a pas vu à l'embarcadère, dit-il après avoir bu une gorgée.

— Pour que je me ridiculise et que la nouvelle se répande dans toute la ville ? De toute façon, elle avait prévenu qu'elle ne voulait voir personne, et je n'ai pas voulu la contrarier.

— D'après Mabel, vous devriez être en train de la débarquer de force de ce fichu bateau. Elle dit que vous vous aimez mais que vous êtes tous les deux aussi têtus que bêtes.

Gêné de s'être laissé aller à de telles confidences, Tobias but une autre gorgée pour masquer son malaise.

Après avoir jeté un regard à son ami, Tyndall claqua soudain son verre sur la table, saisit sa casquette et partit en courant.

Il arriva à l'embarcadère alors que les dernières lueurs du jour se fondaient dans un ciel couleur lavande. Les rares badauds encore présents sur le quai agitaient la main en direction du vapeur qui s'éloignait, ses lumières se reflétant sur les eaux calmes de la baie.

17

Deux années passèrent sans amélioration notable. Amy campait sur ses positions et le divorce était dans l'impasse.

De son côté, Olivia se tenait à sa décision de conserver une relation purement professionnelle avec Tyndall. Elle validait les comptes désormais tenus par un parent de Tobias Metta, que Tyndall avait embauché, et négociait avec M. Barat directement à Perth. Les perles et les registres lui étaient livrés par courrier recommandé, et à la fin de la dernière saison, Ahmed s'était rendu à Fremantle pour les lui remettre en main propre.

Même si cette organisation n'était pas idéale, même si elle privait Olivia de voir les perles prendre vie sous les doigts experts de Toby, elle donnait satisfaction. Olivia fut heureuse de revoir Ahmed, de prendre des nouvelles de ses amis et de connaître les derniers potins de Broome. Si elle ne mentionna pas Amy, elle déduisit des quelques bribes d'information lâchées par Ahmed que la situation n'avait pas évolué. Il y avait bien des questions personnelles qui la taraudaient, mais Ahmed n'aurait pas pu y répondre.

Dès son arrivée, Amy avait fait forte impression en ville. Lorsque les Hooten l'avaient conviée pour le thé, elle avait livré une version pour le moins romancée de son histoire avec Tyndall, racontant avec force détails comment ils s'étaient « perdus » puis retrouvés, pour leur plus grand bonheur, grâce au bijou désormais connu sous le nom d'« Étoile de la mer ». Les dames accueillirent ce récit avec scepticisme mais s'abstinrent de tout commentaire. Des rumeurs circulaient déjà sur la relation volatile qu'entretenaient Amy et Tyndall.

Malgré tout, elle réussit à charmer les notables.

— Quelle créature, commenta le magistrat résident. À la place de Tyndall, je ne l'aurais pas laissée disparaître aussi facilement.

— Et quel coup du sort, cette arrivée la veille de la noce ! J'ai eu de la peine pour la pauvre Olivia, souligna le commandant White.

— J'imagine que cette union entre Mme Hennessy et Tyndall était motivée par des raisons professionnelles. Mme Hennessy ne tardera certainement pas à trouver un autre mari à Perth.

Les dames aussi compatissaient avec Olivia, éclaboussée par le scandale, et s'accordaient à dire qu'elles non plus n'auraient pas toléré d'être la cinquième roue du carrosse.

— Tyndall est un bon parti et bel homme, qui plus est. Mais je parie que cette Amy lui en fait voir de toutes les couleurs.

— Est-il vrai qu'ils ne vivent pas sous le même toit ?

— Ils seront certainement convenus d'horaires de visite. J'espère qu'il la garde à l'œil. Je n'aimerais pas la voir tourner autour de mon époux.

— Devons-nous comprendre que vous n'avez pas confiance en lui ?

Personne n'avait conscience de la passion dévorante qui avait uni Tyndall et Olivia, ni des tourments qu'ils endurèrent au cours de ces deux années.

Il avait fallu plusieurs mois à Olivia pour prendre ses marques à Fremantle et s'habituer à la vie sans Tyndall, dont la trahison signifiait à ses yeux la fin de leur relation. Hamish, lui, s'était vite adapté, il se plaisait à King's College où il s'était fait de bons amis.

Ses journées n'étant dorénavant plus rythmées par les activités de la compagnie, qui lui manquait cruellement, Olivia avait cherché une autre occupation dans laquelle investir son temps et son énergie.

Par l'intermédiaire d'amis de M. Barat, elle avait été invitée à travailler dans un hôpital pour les plus démunis. Elle y avait rencontré le Dr Gilbert Shaw, qui travaillait à la création d'un foyer pour jeunes femmes en situation de précarité, sous la houlette d'une œuvre de bienfaisance locale. Une riche veuve avait légué à cette dernière une maison située à Fremantle. Après avoir proposé ses services au comité de financement, Olivia s'était prise de passion pour le sujet. Le Dr Shaw, remarquant son intérêt, lui avait proposé de prendre une part encore plus active à ce projet.

Le Dr Shaw avait quinze ans de plus qu'Olivia. Cet homme séduisant avait une corpulence fine, des tempes grisonnantes, une voix douce, un tempérament prévenant et un regard qui respirait la gentillesse. Il était apprécié de ses patientes qui se sentaient suffisamment en confiance pour lui confier leurs problèmes les plus intimes. Sa femme, une invalide, était décédée trois ans plus tôt et le couple n'avait pas eu d'enfants. Depuis la mort de son épouse, il se consacrait à l'aide aux plus démunis.

Après s'être aventurée dans les quartiers des docks, parmi les plus défavorisés de Fremantle, Olivia comprit la nécessité de créer une telle structure d'hébergement. De jeunes métisses aborigènes et asiatiques se retrouvaient à la rue après avoir fui des employeurs tyranniques et des hommes peu scrupuleux qui les avaient violentées. Elles préféraient encore voler et se prostituer que de continuer à subir ce qui s'apparentait à de l'esclavage.

Olivia accepta la proposition du Dr Shaw de travailler directement avec lui et une jeune infirmière à la création du futur foyer situé sur Cantonment Street. Elle s'employa à aménager les lieux de façon qu'ils évoquassent davantage une pension de famille conviviale qu'une institution de bienfaisance. Elle avait en effet visité d'autres structures d'accueil publiques – un orphelinat, un refuge pour jeunes marginales – qu'elle avait trouvées froides et intimidantes.

Après avoir déambulé dans la maison fraîchement repeinte aux couleurs pastel choisies par Olivia, ils s'installèrent dans la salle à manger. Olivia prépara le thé tel que Gilbert aimait le boire. Gilbert lui sourit, songeant combien sa compagnie était agréable.

— Le moins que l'on puisse dire, c'est que ce lieu est nettement plus accueillant. Vous avez abattu un travail formidable, Olivia.

— On m'a beaucoup aidée. Cela dit, je soupçonne les autres hébergements d'être délibérément sinistres, pour dissuader les jeunes femmes en difficulté de s'y adresser à moins d'être désespérées.

— Notre établissement non plus n'aura pas vocation à les materner, souligna le Dr Shaw avec tact. Nous ne pourrons pas les nourrir, les héberger, les vêtir et les soigner indéfiniment. Ce ne sera pas un hôtel.

— J'ai conscience des contraintes financières, répondit Olivia, et je suis d'accord, ce foyer ne devra pas passer pour une pension gratuite. Mais ces jeunes femmes auront besoin d'être guidées afin de retrouver une place dans la société.

— C'est là que vous interviendrez, Olivia. Vous assisterez notre personnel. Si vous êtes prête à relever ce défi.

— Avec plaisir.

Gilbert prit la main d'Olivia et la serra dans la sienne.

— À la bonne heure. Vous êtes un rayon de soleil, une femme formidable, Olivia, et je suis persuadé que nous accomplirons de grandes choses ensemble.

Rien ne laissait sous-entendre que cette remarque dépassait le cadre professionnel. Olivia appréciait ses manières raffinées, son tempérament chaleureux et le respect qu'il témoignait aux femmes de façon générale.

Si Gilbert Shaw ne s'interrogeait pas plus avant sur ses sentiments et veillait à ne pas traiter Olivia différemment, il était conscient qu'elle suscitait en lui des émotions qu'il avait crues disparues depuis longtemps. Il se surprenait à attendre leurs entrevues avec impatience et trouvait sans cesse des prétextes pour passer plus de temps au foyer.

De son côté, Olivia se sentait utile et ce travail lui occupait l'esprit, de sorte qu'elle pensait moins à Tyndall et à Broome, en plus de lui garantir une indépendance financière, même si le salaire n'était pas très élevé. Elle vivait dans une maison située sur Phillimore Street, dans l'un des plus beaux quartiers résidentiels de Fremantle. Elle avait pu l'acheter grâce à la vente des perles baptisées « Étoile de la mer », qui couvrait également les frais de scolarité d'Hamish. Elle s'efforçait de ne pas penser à la tournure qu'aurait prise sa vie s'ils n'avaient jamais trouvé la magnifique constellation de perles. Elle continuait également à percevoir sa part des bénéfices générés par les activités de la compagnie. Elle avait proposé à Tyndall de la réduire étant donné qu'elle n'y était plus autant impliquée, mais il avait refusé.

De son côté, Tyndall n'avait plus goût à rien, il était comme englué dans un bourbier émotionnel dont il ne voyait comment s'extraire. Il rêvait de se réveiller un matin en apprenant qu'Amy s'était volatilisée et qu'Olivia était de retour à Broome. Seulement, n'ayant plus l'énergie de se battre, il se contentait de regarder les heures défiler en s'accrochant au vague espoir que la chance finirait par tourner.

L'inauguration du foyer pour jeunes filles consista en une cérémonie sobre sur laquelle Olivia ne s'était pas épanchée en amont. Quelques notables de la ville se retrouveraient autour d'un thé, puis la plaque apposée près de la porte d'entrée serait dévoilée par M. le maire.

Nerveuse, elle prit le Dr Shaw à part et se lança dans un petit discours personnel.

— Dr Shaw… Gilbert… Étant donné que vous m'avez laissé carte blanche, je me suis permis de prendre une décision sans vous consulter.

Le Dr Shaw haussa un sourcil amusé.

— Il a fallu trouver un nom pour le foyer, or depuis que je travaille pour vous et que je discute avec les habitants de Fremantle, je suis impressionnée par le respect que vous inspirez. Vous êtes un homme bon, Gilbert, aussi avons-nous décidé de baptiser le foyer « Shaw House ». Cela vous convient-il ?

— Si cela me convient ? Je suis extrêmement touché, Olivia. Je n'ai pas lancé ce projet dans l'intention d'ériger une sorte de monument à mon nom, mais il est très gratifiant d'entendre que d'autres approuvent mon travail. Votre geste me touche infiniment. Merci.

Lorsque Gilbert se pencha pour l'embrasser sur la joue, Olivia perçut dans son regard une lueur et une émotion qu'elle n'avait jamais vues auparavant et qu'elle savait destinées à elle seule.

En plus de trouver le temps long – Tyndall, loin de céder, était plus déterminé que jamais à mettre fin à leur mariage –, Amy constatait non sans vexation que ses charmes le laissaient de marbre. Elle avait bien essayé de le séduire mais Tyndall, non content de la repousser, la tournait en ridicule. Il avait également réussi à réduire ses dépenses en refusant d'honorer les factures laissées en ville à son nom. Si Amy insistait, les boutiques déclinaient poliment et demandaient que le capitaine vînt confirmer les achats en personne. Amy avait perdu de sa force de persuasion et Tyndall n'avait pas ménagé ses efforts pour ranger les commerçants de son côté.

Par ailleurs, Amy avait épuisé trois équipes de domestiques. Rosminah, désormais mariée à Yusef, était restée chez Tyndall. Minnie partageait son temps entre la maison d'Olivia, qu'elle continuait à entretenir avec Alf, et son travail auprès de l'épouse d'un riche commerçant chinois. Pour la première fois de sa vie, elle avait pris le bateau à vapeur et accompagné sa fille Mollie à Fremantle, chez Olivia, qui l'emploierait désormais.

Les exigences d'Amy, ses crises de colère et ses caprices extravagants furent bientôt connus de tous les domestiques de Broome. Les invitations devinrent plus rares, même si les notables et leurs épouses continuaient à se montrer courtois. Amy avait certes un tempérament volcanique, mais elle demeurait l'épouse d'un maître perlier.

La lassitude d'Amy s'évapora un jour qu'elle déjeunait au Lotus-Blanc, un salon de thé-restaurant tenu par un couple chinois, Junie et Henry Wang, et fréquenté par les maîtres perliers, leurs épouses ainsi que par les plongeurs les plus renommés. En soirée, l'arrière-salle et l'étage de l'établissement convivial et animé accueillaient des parieurs qui jouaient de fortes sommes, voire des souverains d'or et des perles.

Il était inhabituel qu'une dame blanche dînât seule, mais Amy n'en avait cure. En attendant sa commande, elle feuilleta le catalogue de mode londonienne arrivé par le dernier vapeur avec un an de retard. Elle décida de se faire confectionner une nouvelle robe, car même si les occasions de s'habiller élégamment étaient rares à Broome, cela aurait le mérite de lui remonter le moral.

Elle tenta de déguster sa brioche au porc avec des baguettes, avant de renoncer et de se munir d'une fourchette et d'une cuillère. Ensuite, le serveur posa devant elle un petit panier en bambou qui contenait deux triangles croustillants fourrés aux légumes. En dessert, elle dégusta de petits carrés de tofu. Après avoir terminé sa théière, Amy soupira intérieurement d'aise et promena son regard sur la salle. Comme ce n'était pas encore l'heure du déjeuner, elle était vide à l'exception d'un couple de Japonais, d'un vieux Chinois attablé devant un bol de soupe et d'un Blanc plongé dans un journal.

Amy s'attarda sur ce dernier, qui finit par interrompre sa lecture pour lui lancer un regard ouvertement approbateur et la saluer d'un signe de tête. Ce geste courtois semblait incongru, venant d'un homme aussi particulier. Il avait une peau tannée, des cheveux bruns gominés et une moustache cirée. Quant à ses sourcils broussailleux qui se rejoignaient presque au-dessus du nez et ses yeux foncés à l'éclat intense, ils lui donnaient une allure de pirate. Il portait une veste à l'européenne et un foulard de soie noué et glissé dans le col d'une chemise blanche. Lorsqu'il leva la main, Amy remarqua l'éclat d'une grosse bague en or et diamants.

Elle lui adressa un bref sourire puis se replongea dans son catalogue. En partant, l'homme passa près de sa table en laissant dans son sillage une forte odeur de cigare.

Amy n'y pensa plus puis se rendit dans une boutique de tissus pour admirer des rouleaux d'étoffe étalés devant elle comme autant de rivières de soie colorées. Elle en choisit plusieurs qu'elle plaqua contre son corps, alors que la Japonaise derrière le comptoir se répandait en compliments.

— C'est une très jolie soie de kimono qui conviendrait parfaitement pour une robe.

— En effet, renchérit une voix sonore dans le dos d'Amy.

Celle-ci se retourna d'un bond.

— Rebonjour, madame, ajouta l'homme du Lotus-Blanc, en levant son chapeau avec exagération.

Il était plus petit qu'Amy ne l'avait cru mais d'une corpulence musclée, et elle était sûre qu'il saurait se défendre dans une bagarre. Elle remarqua également une cicatrice longue et fine qui courait le long de sa joue. Si certaines auraient pu être repoussées par l'arrogance de l'homme et son étrange allure, Amy les trouvait amusantes.

Pendant que la vendeuse se lançait dans une tirade commerciale tout en désignant le fond de la boutique, l'inconnu lança par-dessus son épaule :

— Je vous conseille de prendre le tissu rouge.

Sur ce, il disparut derrière un rideau de perles.

— Qui était cet homme ? s'enquit discrètement Amy.

— C'est un homme très riche, je crois. Il fait beaucoup d'affaires…

Elle frotta ses doigts et posa un index sur ses lèvres.

— Et quel est son nom ?

— M. Karl Gunther.

Amy paya le rouleau de soie rouge et quitta la boutique.

Au cours des deux semaines suivantes, le chemin de Karl Gunther croisa celui d'Amy en plusieurs occasions, si bien qu'elle commença à ne plus croire aux coïncidences. Ils finirent par se retrouver à l'hôtel Continental, où Amy avait donné rendez-vous à Mabel Metta sous prétexte de vouloir consulter « une amie de la famille ». Elle avait besoin d'informations et espérait qu'en se disant inquiète pour son mari, Mabel accepterait de déjeuner avec elle.

Mabel arriva comme convenu à l'hôtel le jour dit.

— En quoi puis-je vous aider, Amy ? demanda-t-elle poliment alors qu'elle arrangeait les pans de son sari autour de sa silhouette replète.

— C'est Johnny, il est devenu très... irascible. Il boit plus que de raison...

— Comme à chaque épreuve qu'il traverse.

— Il dit aussi que les affaires vont mal, qu'ils ne trouvent pas de perles...

— C'est faux !

Regrettant aussitôt d'avoir parlé, Mabel se mordit la lèvre et laissa poursuivre Amy. Celle-ci baissa la tête et chuchota :

— Il m'arrive de craindre pour ma sécurité. Je sais qu'il m'en veut... mais il est mon mari, alors qu'y puis-je ? Je ne souhaite pas le quitter, je veux juste le rendre heureux. Seulement il me rejette sans cesse...

— Mon Dieu, murmura Mabel en se demandant si elle n'avait pas jugé Amy trop durement. Je ne sais que vous conseiller. C'est difficile à accepter, mais le temps finit par guérir les blessures.

— Je suis prête à attendre. Je me demande simplement s'il n'a pas d'autres soucis que j'ignore, concernant L'Étoile de la mer, peut-être. Mais vous dites que les affaires se portent bien ?

— Oh oui, vous n'avez pas à vous inquiéter pour cela.

— Me voilà soulagée. Je m'interrogeais, étant donné qu'il reverse encore de beaux bénéfices à Mme Hennessy... Enfin, peu importe. Je vais m'employer à le distraire du mieux que je peux.

La compassion de Mabel s'envola immédiatement.

— Mme Hennessy est associée à parts égales et a toujours réinvesti la majeure partie de ses bénéfices dans la compagnie, à ma connaissance, répliqua-t-elle. Je ne souhaite pas m'étendre sur les affaires privées de deux amis.

Sur ce, elle se leva.

— Vous m'excuserez mais je ne peux pas rester pour le déjeuner. Je dois m'occuper des enfants.

Mabel tourna les talons, furieuse de s'être laissé manipuler ainsi par Amy. Restait à espérer qu'elle n'avait pas trahi de secrets. En effet, elle savait par Tobias que les récoltes de L'Étoile de la mer étaient excellentes cette saison, mais aussi que Tyndall préférait garder ce genre de choses pour lui.

Amy, consciente qu'elle avait froissé Mabel mais satisfaite de lui avoir soutiré les informations qu'elle souhaitait, venait de commander lorsque Karl Gunther parut devant sa table.

— Vous déjeunez seule, madame Tyndall ?

Elle leva la tête et remarqua le rictus de défi qu'il avait aux lèvres.

— Souhaitez-vous vous joindre à moi, monsieur Gunther ?

— Eh bien, étant donné que nous nous côtoyons, d'une certaine façon… j'en serai ravi.

Il se glissa sur la chaise en face d'Amy avec l'air ravi d'un vieux matou devant un bol de lait.

Même s'ils étaient aux antipodes l'un de l'autre, il y avait entre la blonde voluptueuse aux grands yeux azur et le diamant brut au regard sombre une reconnaissance réciproque, la conscience qu'ils étaient de la même trempe : sans pitié, ambitieux, prêts à prendre des risques au besoin. Lui considérait une jolie femme comme un défi à relever, elle n'aimait pas les dandys, préférant les amants rustres voire brutaux aux vieux riches à la lord Campbell.

Amy trouvait le danger excitant, et au fil du déjeuner, elle comprit qu'elle avait peut-être trouvé un homme à sa mesure en la personne de Gunther. Sous les plaisanteries et les anecdotes romancées, chacun commença à se demander comment exploiter l'autre au mieux pour parvenir à ses fins.

Tobias Metta, qui s'attendait à voir sa femme déjeuner avec Amy, sortit sur la véranda et surprit cette dernière en pleine conversation animée avec Karl Gunther. Aussitôt, il courut prévenir Tyndall, et celui-ci eut peine à croire que son ennemi juré venait de frapper une fois encore. Cependant, cela tombait sous le sens qu'Amy fût attirée par cet homme dénué de scrupules, et réciproquement. Isolés, ils représentaient une menace potentielle ; ensemble, ils risquaient de former un duo explosif.

Tyndall fonça chez Amy et lui dit tout le bien qu'il pensait de ce déjeuner.

— Enfin, Johnny, ne sois pas jaloux, sourit Amy.

Tyndall se remémora alors les paroles qu'Olivia avait prononcées des années plus tôt.

— Écoute, Amy, tant que tu es à Broome, ton comportement a des répercussions sur moi et sur la compagnie. Qui plus est, cet homme a du sang sur les mains.

Amy haussa les sourcils en feignant un intérêt amusé.

— Tiens donc ? Tu m'intrigues.

— Je t'interdis de le revoir, Amy.

— Si tu connais un gentleman plus convenable à me recommander, je suis preneuse.

— Pourquoi refuses-tu de partir, Amy ? Nous n'avons aucun avenir, tu perds ton temps. Trouve-toi plutôt un vrai mari.

— J'en ai un, même s'il ne me traite pas comme une épouse. Tu sais que tu as des droits conjugaux...

Elle baissa les yeux, tandis que Tyndall la fixait. Comment parvenait-elle à se donner des airs aussi ingénus que provocants ?

Un soir, alors qu'il avait trop bu et se languissait des bras d'Olivia, il avait été pris d'une pulsion purement sexuelle. Il avait gravi la colline jusqu'à la maison, s'était arrêté et avait levé les yeux vers la chambre d'Amy. Il avait failli monter, mais le désir avait laissé place à une colère amère et il s'était dirigé vers Shiba Lane. Là-bas aussi, submergé par le souvenir d'Olivia, il s'était ravisé, regagnant son lit vide d'un pas triste.

En regardant Amy, il eut l'impression qu'elle voyait clair en lui, qu'elle savait quels tourments l'agitaient.

— Je n'ai nulle part où aller, Johnny, se contenta-t-elle d'ajouter, alors j'attendrai.

Tyndall battit en retraite. Tout était dit.

Cependant, Amy était loin de jubiler. Sitôt Tyndall parti, la mine effrontée qu'elle lui avait opposée s'effaça. Elle se retira dans sa chambre et s'affala sur ses oreillers, tout en contemplant la baie qui s'étalait sous ses fenêtres. À la vue de la mer qui s'était retirée, révélant les racines grises et dénudées des arbres de la mangrove, Amy crut soudain qu'un immense fossé la séparait du reste du monde. Elle se sentait enfermée, seule et minée par l'ennui. À quoi bon rester, en effet ? Elle avait échoué à reconquérir Tyndall et celui-ci contrôlait ses finances. Si elle réussissait à faire main basse sur l'argent, ce qui avait été la raison première de sa venue, elle pourrait fuir et mener une vie luxueuse en Australie, à défaut de renouer avec son mari. Alors qu'elle avait toujours considéré Tyndall comme un moyen de s'élever dans la société, il n'avait pas été à la hauteur de ses ambitions.

Amy devait se rendre à l'évidence : à Broome, ses chances de bonheur étaient plus que limitées.

Tyndall était à bout. Sa colère et son inquiétude constante générées par le pouvoir de nuisance d'Amy l'épuisaient. Comme à son habitude, il s'échappa en prenant le large.

Après être convenu avec Ahmed d'un rendez-vous en mer quatre semaines plus tard, il embarqua à bord du *Shamrock* avec deux Koepangers et un Manillais et mit le cap sur les gisements perliers où se trouvaient les lougres à ravitailler. Ensuite, il retenterait sa chance au nord.

Une fois au large, Tyndall se sentit renaître. La compagnie des membres d'équipage, la routine de la navigation, la sérénité qu'il ressentait en contemplant tour à tour la mer azur et le ciel légèrement voilé, le mouvement régulier du bateau, le cliquetis du gréement, le claquement des voiles apaisaient son esprit tourmenté.

Deux semaines avaient passé lorsque Tyndall décida d'aller explorer les environs des îles Lacépède.

Après deux jours de navigation sans incident notable, il fut surpris par le mauvais temps. De la pluie et des rafales de vent s'abattirent sur le *Shamrock*, qui poursuivit vaillamment son chemin grâce à ses instructions.

Plus tard dans la soirée, Tyndall vérifia le cap, discuta un peu avec les membres d'équipage puis descendit dans sa cabine pour dormir quelques heures, en leur demandant à être prévenu si le vent ou la houle se renforçaient.

Ils n'en eurent pas le temps, car le *Shamrock* fut balayé par une lame de fond et projeté contre un récif dans un fracas assourdissant. La force de l'impact déséquilibra les Koepangers, et une deuxième vague les entraîna par-dessus bord. Puis des trombes d'eau s'abattirent sur la goélette éventrée par les reliefs acérés des rochers. Au moment où le Manillais à la carrure solide sortait de la cale, l'une des chaloupes se détacha, l'assomma et le poussa à l'eau, avant d'être fracassée et emportée à son tour. En l'espace de quelques secondes, tous les hommes avaient disparu en mer, laissant Tyndall seul à bord de la goélette en partie détruite. Il rampa sur le pont désormais incliné à quarante-cinq degrés et saisit l'amarre de la seconde chaloupe. Les vagues grises et la pluie battante le fouettaient alors qu'il se débattait avec les nœuds dans l'obscurité. Quand il réussit enfin à libérer la chaloupe, il s'y précipita au moment même où le *Shamrock*, anéanti, était englouti par un mur d'eau.

Depuis la chaloupe à demi submergée, Tyndall vit la silhouette noire de la goélette si chère à son cœur se désintégrer dans un fracas déchirant de bois brisé et disparaître à tout jamais.

Amy le cherchait, l'air de rien. Tous les jours, elle se rendait en ville, s'arrêtait à la boutique de confection, au

Lotus-Blanc, flânait chez Streeter & Male, le long de Dampier Terrace, et prenait le thé au Continental.

Comme elle ne le voyait plus, elle supposa qu'il avait quitté Broome – jusqu'au soir où elle décida de rentrer à la maison en passant par Streeter's Jetty. Elle le vit alors rudoyer un Malais sur le pont d'un ketch noir à voiles rouges. Ses manches retroussées révélaient ses bras musclés, une pilosité fournie et noire dépassait du col de sa chemise. Lorsqu'il eut remarqué la présence d'Amy, il congédia d'une gifle l'homme qui partit en courant. Amy changea son ombrelle d'épaule et rebroussa chemin en marchant d'un pas lent, de sorte que Gunther la rattrapât avant qu'elle eût atteint le centre.

— Bonsoir, madame Tyndall.

— Bonsoir, monsieur Gunther.

— Vous rendez-vous dans un endroit précis ?

— Non, je me promène après une journée chargée.

— Quand le chat n'est pas là…

Amy haussa les sourcils.

— Que voulez-vous dire ?

Gunther laissa échapper un petit rire.

— Si vous êtes seule, pourquoi ne pas vous joindre à moi pour dîner ?

L'invitation avait beau être informelle, tous deux savaient qu'ils étaient à la croisée des chemins. C'était à Amy de choisir celui qu'elle emprunterait.

— Ne serait-ce pas inconvenant, alors que mon mari est absent ?

— Il peut s'agir d'un rendez-vous d'affaires. Je négocie toujours en privé au Cable Palace, une grande demeure avec vue sur la plage. Ses propriétaires sont des gens très intéressants.

— Parce qu'il y a des gens intéressants à Broome ? Me voilà intriguée.

— J'enverrai un de mes hommes vous chercher. Disons 19 heures ?

— Ai-je quoi que ce soit à craindre ? demanda Amy en minaudant.

— Vous êtes une femme qui sait parfaitement se défendre, et ce n'est pas pour me déplaire. Mais venez avec un chaperon, si vous préférez.

Il la salua d'un signe de tête et regagna son ketch.

Amy le suivit du regard, le cœur battant, sans savoir si elle était nerveuse ou pressée. Cet homme était décidément hideux avec sa stature trapue, carrée et tout en muscles, sa peau et ses cheveux huileux, son corps velu. Ses yeux noirs n'exprimaient pas la moindre chaleur, sa voix était rude et gutturale, et pourtant il émanait de lui un magnétisme animal qui attirait Amy comme un insecte dans une toile d'araignée. Amy gloussa en imaginant Karl Gunther sous les traits d'une araignée poilue qui trônerait au centre d'une toile en se croyant toute-puissante. *Ah, monsieur Gunther, n'avez-vous jamais entendu parler des veuves noires?* songea Amy. *Les femelles dévorent les mâles.*

Certaine de son invincibilité, Amy rentra chez elle en se demandant quelle robe affriolante elle porterait pour son rendez-vous secret.

Les femmes aborigènes atteignirent la côte avant les hommes. C'était la saison préférée de Maya, car ils campaient près des amas coquilliers qui avaient nourri plusieurs générations avant eux. Les cérémonies organisées ici différaient de celles du désert. Dès qu'elle arrivait, Maya allait tremper ses pieds dans l'océan pour sentir le lien entre ce rivage sur lequel elle se tenait et la terre lointaine de ses ancêtres par-delà les mers. Ces retrouvailles inconscientes et symboliques avec sa mère lui mettaient du baume au cœur.

Si les souvenirs précis qu'elle avait de sa mère s'étaient estompés au cours des deux dernières années, les impressions et les sensations qui y étaient associées demeuraient gravées dans son cœur et dans son âme.

Maya sortit de l'eau, s'assit sur le sable et regarda jouer les enfants, pendant que les femmes partaient à la recherche de nourriture. Puis elle examina ses pieds, désormais protégés par une épaisse couche de corne à force de marcher. La tribu avait parcouru de longues distances au rythme des saisons et des ressources que la nature avait à offrir, inchangées depuis des siècles. Ils campaient tant qu'il y avait à boire et à manger en abondance, puis ils investissaient un autre lieu à même de subvenir à leurs besoins et le cycle se répétait.

Maya avait développé une sorte d'instinct de la marche en grandissant. Toute petite, elle trottinait avec les femmes jusqu'à ce qu'elle fût fatiguée ; alors elle s'asseyait par terre et attendait que quelqu'un la soulevât de terre pour la porter. Maintenant qu'elle était plus âgée, elle considérait la marche comme un apprentissage. Les anciens lui montraient les empreintes d'animaux et les plantes comestibles ; parfois, s'imaginant en oiseau, en émeu ou même en gros poisson, elle ondulait et dansait en cheminant. Lorsque des images et des souvenirs étranges lui revenaient en mémoire, elle les laissait repartir sans curiosité ni crainte.

Les femmes la regardaient avec fierté quand elle imitait les mouvements des animaux. Maya était devenue une jeune fille magnifique, svelte mais robuste. Elle avait un teint doré, plus pâle que celui des autres Aborigènes, et de longs cheveux noirs soulignés de mèches auburn qui lui arrivaient au bas du dos.

Maya laissa filer une poignée de sable entre ses doigts tout en songeant qu'elle avait beau aimer la vie en communauté, elle ne pouvait s'empêcher de se sentir différente. Puis elle ouvrit la main et examina de près les grains restés accrochés à sa peau. Il n'y en avait pas deux de semblables, aucun n'avait la même taille, la même forme. Quand elle souffla doucement dessus, ils retombèrent sur la plage pour se mêler indistinctement aux autres. Maya pencha la tête sur le côté : cela avait forcément un sens, mais lequel ? Ne trouvant pas la réponse, elle bondit sur ses pieds et courut vers les jeunes enfants qui s'amusaient à creuser un trou à l'aide de gros coquillages.

Un peu plus tard, une fois le campement établi au bord d'un ruisseau derrière les dunes, un groupe de femmes et d'enfants dont Maya partit trouver celui qu'on appelait

« l'homme blanc ». Depuis plusieurs années, la tradition voulait que la tribu se rendît à la mission toute proche pour demander du sucre et de la farine au frère – une visite assortie d'un rituel. En effet, les Aborigènes devaient s'asseoir et l'écouter parler de « Dieu » avant de se voir confier les denrées. À leurs yeux, il était un homme affable quoique atypique, très différent des perliers, des éleveurs et des policiers qu'ils croisaient parfois. Le frère Frederick avait appris quelques rudiments de leur langue, en tout cas assez pour leur raconter ses histoires à propos de « Dieu », les aidait à soigner leurs maux et conseillait les anciens à leur demande sur la cohabitation parfois délicate avec les Blancs.

En arrivant à la mission, les femmes et les enfants saluèrent les Aborigènes installés là de façon permanente. Certains parlaient la langue de l'homme blanc, chantaient des chansons et fréquentaient un lieu sacré, le grand bâtiment où le frère Frederick s'adressait à « Dieu ».

Dans un joyeux brouhaha de rires et de bavardages, les visiteurs et les habitants s'assirent à l'ombre de grands manguiers pour s'échanger les dernières nouvelles. Peu après, le frère Frederick parut sur les marches de l'église, traversa la pelouse, s'assit et s'enquit de chacune des femmes du groupe, dont il connaissait le prénom et la situation familiale. Lorsque vint le tour de Maya, il prit le temps de réfléchir quelques secondes.

— Tiens, qui avons-nous là ?

Après que Maya lui eut été présentée, il demanda qui était sa mère et balaya le groupe du regard. Les femmes expliquèrent que les « tantes » veillaient sur Maya depuis que sa mère avait été « emportée par les eaux ». Le frère Frederick dévisagea la jeune fille souriante, déduisit de son teint que son père était blanc mais ne creusa pas la question.

Après avoir terminé de saluer tout le monde, il se lança dans une histoire tirée des Évangiles puis dans un chant sur « Dieu », accompagné avec enthousiasme par des chrétiens récemment convertis. Si les Aborigènes du bush ne connaissaient pas les paroles, ils tapèrent des mains en rythme et applaudirent à la fin, sachant que le frère appréciait ces expressions de joie.

Alors que les denrées étaient distribuées et que la conversation se poursuivait sous les arbres, les enfants partirent jouer un peu plus loin.

Dès son arrivée à la mission, Maya avait été fascinée par le grand bâtiment blanc surmonté d'une petite tour et d'une cloche. Il évoquait des souvenirs d'un autre temps, d'un autre lieu, des images vagues mais qu'elle savait liées à son passé. Elle faussa compagnie aux autres enfants, se dirigea vers la porte restée ouverte et jeta un coup d'œil à l'intérieur. Une fois ses yeux accoutumés à la pénombre, elle constata que les murs étaient presque intégralement recouverts de nacre et retint son souffle, ébahie.

— Comme c'est joli, murmura-t-elle en anglais.

— En effet, répondit une voix douce dans son dos.

Maya sursauta et faillit partir en courant.

— N'aie pas peur. Tu peux entrer pour mieux voir, l'invita le frère Frederick avec chaleur en lui tendant la main.

Maya hésita puis s'avança.

Ensemble, ils déambulèrent dans l'église. Maya promena ses doigts sur les nacres tandis que le frère lui posait quelques questions et lui expliquait la signification religieuse des décorations. Il fut surpris par sa maîtrise de la langue anglaise, même si elle cherchait parfois ses mots. Et il était sûr d'une chose : Dieu venait de lui confier cette enfant pour qu'il la sauvât.

Quelques jours plus tard, ce fut au tour d'un petit groupe d'Aborigènes qui vivaient sur la mission de rendre visite à la tribu du bush. S'ensuivit une longue discussion à propos de Maya, et le lendemain, les femmes du clan retournèrent à la mission pour un entretien avec le frère.

Plusieurs semaines passèrent, idylliques pour Maya. La journée, elle jouait dans le sable et dans la mer avec les autres enfants, pêchait des poissons ou ramassait des moules et des crabes. Le soir, elle s'endormait près du feu alors que ses compagnons chantaient et dansaient.

Le matin du départ, les tantes de Maya lui demandèrent de les accompagner à la mission. Elle obéit, déçue de voir qu'aucun autre enfant n'était de la partie.

Une fois installées sous les manguiers avec leurs amis, les femmes lui expliquèrent qu'elle ne retournerait pas au campement, qu'elle vivrait quelque temps à la mission. L'homme blanc allait veiller sur elle, la nourrir, la vêtir et lui dispenser des enseignements.

Maya fut abasourdie, ses lèvres tremblèrent et elle se mit à pleurer doucement.

Après avoir rassemblé les sacs de farine et de sucre, les femmes se tournèrent vers elle et agitèrent la main. Maya, qui se tenait devant l'église aux côtés du frère Frederick, les imita d'un air abattu, les larmes aux yeux, et les suivit du regard tandis qu'elles s'éloignaient.

Comme le frère Frederick serrait sa petite main dans la sienne, elle leva la tête vers lui. Il sourit, fouilla dans sa poche et sortit une friandise emballée dans un papier coloré.

— Tiens, Maya, je sais que tu aimes ça. Et maintenant, allons te trouver de vrais vêtements.

18

Tyndall bougea et releva légèrement la tête alors que des gouttes de pluie mouillaient sa peau brûlée. Sa bouche s'entrouvrit, sa langue gonflée soulagée de sentir l'eau qui humectait ses lèvres gercées. Il avait perdu la notion du temps, ne se souvenant que vaguement de nuits passées en mer sur la houle qui faisait tanguer la chaloupe endommagée. Alors que la pluie ruisselait à présent sur son visage, il prit peu à peu conscience qu'il était allongé sur le dos, ses jambes de part et d'autre de la barre transversale, et que l'eau pénétrait par un trou dans la coque. Il essaya de se mettre debout, en vain, car il était à bout de forces, s'affala de nouveau et referma les yeux.

Soudain, un tremblement suivi d'un fracas de bois brisé le ramena à la réalité. La chaloupe s'était fichée dans un interstice entre deux rochers, si bien que Tyndall fut entraîné par-dessus bord dans une eau profonde. Sous l'effet du choc, il reprit ses esprits pour de bon et se mit à nager en direction de deux îlots qu'il distinguait vaguement au loin. Dans des circonstances normales, il aurait progressé sans difficulté, mais ses vêtements le gênaient et ses quatre membres étaient comme autant de poids morts, car les journées passées à dériver dans la chaloupe l'avaient épuisé. Mais alors qu'il allait se laisser couler, il remarqua une grande forme qui se rapprocha de lui jusqu'à le frôler. Instinctivement, Tyndall enserra la carapace incrustée de bernacles d'une vieille tortue verte qui nageait à quelques centimètres sous la surface. Il parvint tout juste à garder la tête au-dessus de l'eau alors que l'animal nageait avec aisance vers le plus grand des îlots.

Arrivée près du rivage, la tortue se glissa entre deux gros rochers et s'échoua sur la plage. Tyndall roula sur le côté et resta étendu un moment avant de se redresser. Il eut à peine le temps de voir des dizaines de tortues qui attendaient le coucher du soleil pour creuser des trous dans le sable et y pondre leurs nombreux œufs, puis il s'évanouit.

Réveillé par la fraîcheur du soir, il rampa jusqu'à l'un des nids recouverts de sable, creusa à mains nues et réussit à extirper un œuf dans lequel il mordit. Retrouvant un semblant d'énergie mais toujours perclus de douleur, il marcha péniblement jusqu'à un arbre, se coucha à son pied en chien de fusil et s'endormit. Il partirait à la recherche d'eau et de nourriture le lendemain à la première heure.

Le choix d'Amy se porta finalement sur la robe de soie rouge que Gunther avait admirée. Le corselet rehaussé de dentelle noire dévoilait ses épaules, le décolleté soulignait son ample poitrine et le tissu qui moulait ses courbes s'arrêtait juste au-dessus des chevilles, que découvrait un ourlet festonné. Après avoir glissé ses pieds revêtus de bas rose pâle dans des souliers noirs, elle prit des gants, un éventail et une étole pour se prémunir des piqûres de moustiques.

Pour les gens de Broome, Cable Palace pouvait en effet être considéré comme un palais. C'était une imposante bâtisse reposant sur de hauts piliers, avec un grand escalier qui menait à une véranda à colonnades bordée de portes-fenêtres sur toute sa longueur. Mais en y regardant de plus près, la structure était fragile, la peinture s'écaillait et le tout semblait presque éphémère. Des lumières douces filtraient à travers des rideaux luxueux – une rareté, dans une ville où l'on comptait sur les volets et les persiennes pour garantir une certaine intimité. De plus, la demeure était non seulement séparée de la rue par une haute haie, mais cachée derrière des palmiers, des frangipaniers, des bananiers et des bougainvilliers grimpants.

Gunther, qui l'attendait sur la véranda, l'aida à descendre du sulky.

Les réticences initiales d'Amy s'envolèrent lorsqu'elle comprit que tous les invités soit avaient un passé sulfureux, soit préféraient rester vagues à propos de leurs activités du moment. Leurs explications évasives quant à leur présence à Broome ajoutaient encore au mystère. Ainsi, elle croisa un acheteur de perles viennois qui lui dit qu'il agissait pour le compte de « clients privés », également intéressés par l'or et les pierres précieuses ; un négociant japonais accompagné d'une magnifique jeune femme en kimono qui ne parlait pas un mot d'anglais, se contentant de glousser sans le quitter d'une semelle ; d'autres hommes d'affaires et un Malais couvert de bijoux. Les rares Européennes présentes faisaient pâle figure à côté d'Amy, qui attirait les regards masculins comme une chanteuse de music-hall.

— Qui est le propriétaire de cette demeure ? s'enquit-elle auprès de Gunther après avoir bu plusieurs verres.

— Il se présente comme un négociant. Antoine Dollinger, aussi connu sous le nom de capitaine Dolly. Il achète et vend… un peu de tout. C'est un homme à avoir dans son carnet d'adresses, souligna Gunther avec un clin d'œil.

— Vous le connaissez bien ?

— Assez, oui. J'ai fait affaire plusieurs fois avec lui. J'espère conclure une transaction qui me rapportera une coquette somme.

— Et je suppose que je n'aurai pas droit à davantage de détails ?

— La curiosité est un vilain défaut. Pourquoi tant d'intérêt ? Les dames sont censées se contenter d'être belles et ne pas poser de questions.

— On peut être belle *et* intelligente.

Gunther la dévisagea un instant.

— Certes, mais c'est rare.

— J'envisage moi aussi de me lancer dans les affaires. J'ai hâte de discuter avec le capitaine Dolly.

— N'hésitez pas à partager vos idées lumineuses avec moi. Je veillerai sur vos intérêts.

— Mes intérêts personnels ou professionnels ?

— À vous de voir, très chère. Je suis plein de surprises, et vous pourriez tomber sur pire que moi. Le monde des affaires est brutal, implacable, seuls les plus forts – et les plus malins – survivent.

— Je le sais, mais j'ai pour habitude de ne compter que sur moi-même. Comme je vous le disais, je suis à l'affût de nouvelles opportunités. Je n'ai pas l'intention de rester éternellement à Broome.

— Et le capitaine Tyndall ? Que comptez-vous faire de lui ?

— Il se débrouille très bien tout seul.

— C'est peut-être le problème. Vous avez besoin d'un centre d'intérêt à vous.

— C'est un centre d'intérêt lucratif que j'ai en tête.

Sur ce, elle se dégagea de Gunther, qui avait passé une main autour de sa taille. Elle restait sur ses gardes, elle qui s'était déjà frottée à de beaux parleurs dans son genre qui vivaient dans l'attente d'une fortune servie sur un plateau. Cependant, son sixième sens lui disait qu'il était sur un filon. Elle ne comprenait toujours pas pourquoi il exerçait sur elle une telle fascination. Malgré son apparence hideuse, il dégageait une puissance qui l'émoustillait.

Gunther s'étendit un peu plus longuement sur sa conception des affaires.

— Pour gagner de l'argent, il faut prendre des risques, enfreindre les règles, vivre dangereusement. Ce n'est peut-être pas votre vision des choses.

— Je ne dirais pas cela.

Ils échangèrent un regard appuyé, bien plus éloquent que leurs badineries.

— Dans ce cas, vous arriverez à vos fins peut-être plus vite que vous ne le pensez. Alors vous n'aurez plus qu'à lever l'ancre et aller là où le vent vous portera.

— C'est l'histoire de ma vie, confia Amy d'une voix douce.

Il n'en fallut pas plus à Gunther pour comprendre qu'ils étaient tous deux faits du même bois. Deux têtes brûlées qui étaient prêtes à tout pour gagner, sans se soucier des conséquences.

La soirée passa trop vite au goût d'Amy. Bien qu'étourdie par le vin et le porto, elle déduisit des bribes de conversation saisies entre Gunther et les autres hommes qu'ils appartenaient tous au même réseau nébuleux, dédié à des transactions aussi illégales que juteuses. Elle décida de l'intégrer, y voyant le moyen d'accéder à des destinations exotiques, à des fortunes à dépenser dans des loisirs futiles, à une vie rendue excitante par le frisson du danger.

Alors qu'ils discutaient de la fête sur le chemin du retour, Amy en profita pour tenter de soutirer à Gunther des informations sur les autres convives ainsi que leur hôte, le capitaine Dolly. Sous les apparences d'un simple bavardage après une soirée intrigante, elle sentait qu'une électricité indéfinissable circulait entre eux.

Lorsque le sulky s'arrêta devant chez elle, Gunther l'accompagna jusqu'à la véranda.

— Cette soirée a été… atypique. Merci, Karl.

— J'espère passer d'autres moments en votre compagnie. J'ai des projets susceptibles de vous intéresser, maintenant que je cerne mieux vos objectifs. Vous êtes une femme indépendante, et j'apprécie. Cette discussion mérite d'être poursuivie, mais c'est à vous d'en décider.

— Dans ce cas…

Amy se pencha vers Gunther et l'embrassa sur la bouche.

Il lui rendit son baiser, l'empoigna avec rudesse et lui caressa vigoureusement le postérieur.

— On dit qu'il ne faut pas mélanger les affaires et le plaisir, murmura-t-il.

— Quel dommage, répondit Amy dans un souffle. Dans quel camp suis-je ? Celui des affaires ou celui du plaisir ?

— Je précise que je n'ai jamais obéi à cette règle.

Il l'embrassa une nouvelle fois tandis qu'elle pressait sa poitrine contre son torse, puis ils s'écartèrent l'un de l'autre.

— Je vous recontacterai, dit Gunther.

— J'ai hâte.

Amy monta les marches de la véranda en ondulant des hanches et disparut dans la maison. Une silhouette sortit de l'ombre et lui emboîta le pas pendant que Gunther retournait à son sulky.

Ahmed prit le *Bulan* pour rallier le point de rendez-vous convenu avec Tyndall. Après une journée de navigation, il apprit que le *Shamrock* avait mis le cap au nord ; depuis, personne ne l'avait revu. Quand bien même Tyndall aurait découvert un bon gisement, il n'aurait pas raté leur rendez-vous. Ahmed patienta encore un jour, puis informa le lougre le plus proche qu'il partait lui aussi au nord en espérant y trouver son capitaine.

Ahmed était inquiet, cela ne ressemblait pas à Tyndall. Même s'il était déprimé depuis le départ d'Olivia, il restait le meilleur en mer. Ahmed sentit son estomac se tordre à l'idée que son ami était peut-être en danger.

Si Tyndall était allé jusqu'à l'archipel des Boucaniers, ils risquaient de se rater dans le dédale d'îles. Mais Ahmed garda le cap et attendit patiemment un signe.

Lorsque celui-ci survint, Ahmed sentit le sang se retirer de son visage. En effet, l'équipage hissa sur le pont une planche de bois brisée à laquelle était attachée une bouée de sauvetage portant l'inscription *Shamrock* en lettres rouges.

Suite à cette découverte, ils se lancèrent dans un quadrillage méthodique de la mer, tout en demeurant prudents dans cette zone mal cartographiée. Ils continuèrent ainsi à scruter la surface de l'eau, trouvant d'autres débris d'épave mais aucun signe de vie, jusqu'à ce qu'ils fussent obligés de jeter l'ancre pour la nuit.

Tyndall, qui n'en pouvait plus des œufs de tortue, réussit à capturer un oiseau qu'il dut manger cru, et trouva également de l'eau de pluie dans un creux entre deux rochers. Mais il n'allait pas rester là à espérer un sauvetage plus qu'improbable. S'il n'était pas en état de nager jusqu'à la côte, qui se trouvait à une vingtaine de milles, avec des courants et un vent favorables, il pourrait peut-être l'atteindre à la rame. Avec son couteau, qu'il n'avait heureusement pas perdu pendant le naufrage, il coupa des branches qu'il attacha à l'aide de lianes. À bord du radeau de fortune ainsi construit, il rejoignit le récif sur lequel la chaloupe s'était échouée.

Celle-ci n'était guère qu'une coquille de noix, mais elle le mènerait toujours plus loin que son radeau. À l'aide d'une planche brisée, Tyndall fit levier pour désencastrer l'esquif. Puis, profitant d'une vague plus forte que les autres pour s'élancer, il se servit de la planche comme d'une pagaye et prit la direction du littoral qu'il distinguait vaguement à l'horizon.

Les recherches d'Ahmed demeuraient infructueuses. Dans la lumière vive du quatrième jour, il étudia longuement la carte en se demandant s'il subsistait une petite chance pour que Tyndall fût vivant sur l'un de ces îlots pas plus gros qu'une tête d'épingle.

Soudain, un Koepanger assis sur une chaise de calfat installée près de la tête de mât repéra une tache au loin et demanda qu'on virât de bord. Ils crurent tout d'abord avoir trouvé d'autres débris ; puis, en approchant, ils découvrirent le corps d'un homme recroquevillé dans ce qui restait d'une chaloupe. Il avait utilisé sa chemise pour s'arrimer à la barre transversale et la peau de son dos était à vif, brûlée par le soleil. Difficile de dire s'il était mort ou vivant.

Ahmed reconnut Tyndall et adressa des prières désespérées à Allah pendant que les membres d'équipage le hissaient à bord.

Ils l'allongèrent sur le dos. Constatant qu'il respirait encore, ils entrouvrirent ses lèvres, y firent couler de l'eau douce et rincèrent son visage couvert de sel. Tyndall toussa, recracha, ses yeux se révulsèrent, puis il reprit connaissance pour de bon. Il essaya de bouger ses lèvres parcheminées mais ne put articuler que quelques sons incohérents, sa bouche étant trop gonflée. Après que l'équipage lui eut prodigué les premiers soins, Ahmed mit le cap sur Broome.

Amy retrouva Karl Gunther en deux occasions. Ceux qui les virent ensemble jugèrent qu'ils formaient un couple atypique – lui, l'aventurier rugueux à la réputation sulfureuse, elle, la beauté fardée habituée à attirer les regards des hommes. Mais il était évident pour Gunther et Amy qu'ils avaient beaucoup en commun.

Ils se considéraient comme des joueurs prêts à prendre des risques, à condition que la mise en valût la peine, et n'hésitaient pas à exploiter les autres. C'était leur philosophie de vie : saisir les opportunités dès qu'elles se présentaient, sans remords ni pitié. Ils pensaient à eux-mêmes avant tout et s'en félicitaient.

C'était la première fois que Gunther rencontrait pareille créature, lui qui voyait les femmes comme des objets tout juste bons à assouvir ses pulsions. Mais il comprit rapidement que, comme lui, Amy avait l'habitude d'être à la manœuvre. Elle était dotée d'une volonté de fer, et il soupçonnait son apparence coquette de cacher une personnalité redoutable, prête à tout pour arriver à ses fins. Elle était impatiente, à la recherche d'argent facile et rapide, et elle ne tarderait sans doute pas à quitter Broome. Seulement dépouiller Tyndall de sa fortune s'était manifestement révélé plus compliqué que prévu.

— Cette Olivia Hennessy a de l'emprise sur Tyndall, confia-t-elle un jour à Gunther autour d'un thé au Lotus-Blanc.

— Comment comptez-vous y remédier ?

— Je pensais détenir la carte maîtresse de par mon statut légal d'épouse, or il ne m'est pas d'une grande utilité puisque tous les actifs de mon mari sont liés à la compagnie.

— Qu'en est-il de la récolte de perles ? J'ai entendu dire que la saison avait été plus que correcte.

Amy lui décocha un sourire carnassier.

— C'est précisément le genre d'actifs sur lesquels j'espérais faire main basse.

— Ah, vous avez pour ambition de déambuler dans cette ville – ou ailleurs – avec de magnifiques colliers de perles.

— Non, pas du tout. Je les considère comme un moyen de parvenir à mes fins.

Gunther haussa un sourcil.

— Avez-vous un projet, un plan en tête ?

— Pas encore, mais je suis ouverte à toute suggestion.

— Si vous pouviez obtenir ces biens, envisageriez-vous un accord commercial ?

— Avec vous ? Cela aurait bien des avantages. Cependant, je dois encore... hum, acquérir le capital, disons.

— C'est votre problème.

— Mais je suis preneuse de tout conseil avisé. Quand les perles sont-elles vendues ? Où sont-elles conservées ?

— L'Étoile de la mer confie le nettoyage à Metta. J'imagine qu'une fois son travail terminé, elles sont rangées dans le coffre-fort du siège jusqu'à l'expédition au sud pour la vente.

— Il y a comme du défi dans l'air, n'est-ce pas ? dit Amy en souriant à Gunther.

Amy décida de se renseigner à la source et se rendit au siège de L'Étoile de la mer. Au pied du bâtiment, un Koepanger somnolait, assis sur une chaise près des marches. Il bondit en la voyant arriver.

— Y a personne, m'dame. Ils sont soit en mer, soit au village. Besoin d'aide, m'dame ?

— Donne-moi la clé. Je sais ce que je cherche.

Le jeune homme secoua la tête d'un air craintif.

— Ahmed m'a dit de la donner à personne.

— Et il a raison. Mais je suis Mme Tyndall et il y a des affaires dont je dois m'occuper. Donne-moi la clé, je n'en ai que pour une minute.

Elle tendit la main en le regardant droit dans les yeux.

— Vous me la rendez tout de suite après ?

— Bien sûr. Attends-moi là.

Amy se dépêcha de monter l'escalier.

Elle ouvrit la porte du bureau de Tyndall, balaya du regard le matériel éparpillé, les cordages, les bouteilles de whisky et la couverture jetée sur la chaise longue, parcourut rapidement les piles de documents posées sur le bureau. Ne trouvant rien d'intéressant, elle examina le coffre. La tâche s'annonçait délicate mais un expert saurait le forcer. Ensuite, elle ouvrit les tiroirs latéraux du bureau, parcourut leur contenu et sortit un registre où était consigné le détail des ventes de perles. Puis, dans le tiroir central, elle découvrit une bouteille de rhum à moitié pleine ainsi qu'un trousseau de clés.

— M'dame ? Vous êtes là ?

— Oui, j'arrive !

Amy se dépêcha de verrouiller la porte avec l'une des clés qu'elle venait de dénicher, sourit, glissa le trousseau dans sa poche et redescendit l'escalier.

— J'ai refermé à clé derrière moi, inutile de remonter.

— *Terimah kasi*, m'dame.

Le Koepanger rangea la clé dans sa poche et se rassit sur sa chaise.

En fin d'après-midi, elle reçut une invitation à dîner de la part de Karl Gunther. Le soleil était déjà couché lorsqu'elle monta dans le sulky qu'il lui avait envoyé. Sur la jetée, le cocher l'aida à descendre et, sans échanger un mot, ils longèrent plusieurs bateaux puis s'arrêtèrent devant la goélette rouge et noire qu'éclairait une lanterne accrochée au mât. Gunther sortit sur le pont et la fit monter à bord.

— Allez dans la cabine pendant que nous gagnons le large. La marée descend, évitons de nous faire piéger par la vase. Je préfère toujours avoir une porte de sortie.

— Moi aussi. Mais si je veux m'enfuir, ce sera à la nage ?

— Je crois que vous êtes à ma merci.

Plus loin dans la baie, ils jetèrent l'ancre et le seul marin à bord se fit discret.

— Je n'ai que du rhum, dit Gunther en se servant un verre.

Il en remplit un deuxième et poussa une carafe de citronnade en direction d'Amy.

— Tenez, pour vous.

— Ce n'est pas ma boisson de prédilection, répondit Amy, mais le champagne sera de rigueur une fois que je serai riche. Alors, cette proposition ?

— Nous allons parler piraterie, ma chère.

Amy pâlit.

— Oh non, Karl, rétorqua-t-elle. Vous avez peut-être le physique de l'emploi, mais ne comptez pas sur moi pour vous suivre là-dedans. À moins que ce ne soit le rhum qui parle.

Gunther renversa la tête en arrière et s'esclaffa.

— Ah, vous êtes impayable, Amy. Je ne dis pas que nous allons devenir des pirates. Nous allons nous associer à eux, tout simplement.

Il se pencha vers elle et la resservit.

— Je ne savais pas qu'il y avait encore des pirates en activité, répondit Amy, à la fois amusée et intriguée. Dois-je m'attendre à voir flotter des drapeaux noirs à tête de mort ?

— Voyez-vous, ma mignonne, en mer de Sulu, qui se trouve au nord, il reste des autochtones qui vivent de la piraterie. Ils ont des petits bateaux qui rapportent gros. Le problème, c'est que les gouvernements coloniaux renforcent leur surveillance par des patrouilles. Et c'est là que nous intervenons en leur fournissant des armes.

— N'est-ce pas dangereux ?

Gunther balaya l'inquiétude d'Amy d'un revers de main et se cala contre une cloison.

— Pas vraiment. L'astuce est de garder les meilleures armes pour soi.

— Et cela rapporte-t-il de l'argent ?

— Pas de l'argent… de l'or. Bien plus facile à écouler, et inutile de se rendre dans une banque qui risque de poser des questions. De plus, les pirates de la mer de Sulu sont du genre à amasser de belles réserves, donc le paiement ne se fera pas attendre. Ils seront prêts à débourser de fortes sommes pour les armes les plus récentes, en particulier les fusils américains.

— Et où trouverons-nous ces fusils ? Dans un grand magasin ?

Gunther faillit s'étrangler avec son rhum et s'esclaffa de nouveau en se tapant la cuisse.

— Décidément, Amy, vous êtes… « dans un grand magasin… ».

Et l'homme de partir dans un nouvel éclat de rire.

— Eh bien, j'attends, sourit Amy, pas mécontente de sa boutade.

— Nous irons les chercher à Darwin. J'ai un ami qui va réceptionner une cargaison venue de Sydney. Elle a été pour ainsi dire « perdue » dans un entrepôt il y a quelques mois. Bien sûr, elle ne transitera pas par les routes officielles. Nous la réceptionnerons à un endroit qui n'est pas contrôlé par les douanes. Puis nous mettrons le cap vers une île dont le chef est un ami, nous informerons qui de droit et nous négocierons un bénéfice de trois cents pour cent.

Les pensées se bousculaient dans la tête d'Amy, qui n'avait pas envisagé de se lancer dans le trafic d'armes. Mais trois cents pour cent de bénéfice, voilà qui méritait d'y réfléchir.

— Vous avez évoqué de meilleures armes, quelles sont-elles ?

Elle poussa vers lui son verre vide, qu'il remplit de rhum et de citronnade.

— Les hommes de Sydney ont également mis la main sur un fusil-mitrailleur Lewis Mark I, aussi redoutable que tout un escadron. Une arme coûteuse, hélas, mais un investissement primordial.

Il laissa le temps à Amy d'intégrer ces différentes informations puis demanda :

— Alors ? Êtes-vous intéressée ?

Leurs regards s'accrochèrent l'un à l'autre sans ciller, communiquant un message limpide : nous savons qui nous sommes, ce que nous voulons, ce que nous pouvons nous apporter mutuellement et nous savons tous deux que la réponse est oui.

Amy décida de jouer cartes sur table.

— Je ne dispose d'aucune liquidité, mais étant l'épouse de Tyndall, sa compagnie est aussi la mienne. Les perles du coffre représenteront ma part. En échange, Tyndall retrouvera sa liberté.

— Un divorce ?

— S'il accepte de s'occuper des formalités, car je n'en ai pas la moindre envie. Et après cette première transaction ?

— Vous aurez de l'argent, vous pourrez faire ce que bon vous semble.

— Sauf que je songe à réinvestir. Il faut que je prépare l'avenir.

Gunther lui lança un regard approbateur.

— Si nous nous entendons bien, pourquoi ne pas rester associés sur un projet ou deux ?

— Des projets strictement professionnels ?

Amy se pencha en avant et laissa courir sa langue sur ses lèvres.

— Nous devrions peut-être vérifier cette bonne entente dès maintenant, chuchota-t-elle d'un ton provocant.

Gunther baissa les yeux vers sa poitrine et lui prit la main.

— La couchette est juste à côté. Voyons à quel point nous sommes compatibles.

Amy n'eut qu'à écarter un rideau pour tomber directement sur la couchette. Elle gloussa, légèrement étourdie par l'alcool, et regarda Gunther qui se déshabillait. Elle savait que cela arriverait tôt ou tard, et elle qui aimait de toute façon le sexe ne se sentait plus désirable depuis que Tyndall l'avait repoussée. Elle avait désespérément besoin de l'attention d'un homme.

Gunther ne perdit pas de temps en préliminaires délicats. Amy, qui s'était attendue à un rapport brutal au terme duquel Gunther roulerait sur le flanc une fois satisfait, fut d'autant plus surprise par le plaisir qu'il suscita en elle. Il partit dans un rire lubrique tandis qu'elle criait d'extase.

Un peu plus tard, alors qu'elle était allongée, à la fois douloureuse et comblée, il lui révéla son secret. Il lui prit la main et la fit glisser le long de son sexe jusqu'au gland, où elle sentit une petite bosse.

— Est-ce à cela que je dois de telles sensations ?

Gunther sourit de toutes ses dents.

— Enfin une femme qui n'a pas peur d'assumer son plaisir. C'est une perle. La plus belle des baroques, insérée juste au bon endroit, sous la peau, pour satisfaire ces dames. Une astuce d'un plongeur japonais.

Amy ne put qu'acquiescer, ravie de ce partenariat avec Gunther qui lui serait profitable à plus d'un titre.

Le lendemain matin avant l'aube, alors que le sulky roulait dans les rues vides en direction de la maison sur la falaise, Amy repensa aux événements de la nuit passée. Comme toujours, une opportunité se présentait au moment où elle se sentait lasse et prise au piège.

Sa confiance en Gunther n'était pas absolue, toutefois elle savait qu'il pouvait lui donner accès à plus de richesses que Broome lui en offrirait jamais. Seulement l'entreprise n'était pas sans risques. À choisir, Gunther sauverait sa peau avant de sauver Amy, de même pour elle : si une meilleure opportunité venait à se présenter, elle s'en saisirait. En bref, chacun profitait de l'autre tant que cela servait ses intérêts. Après s'être interrogée sur cette alliance improbable et la fascination que l'homme sans foi ni loi exerçait sur elle, Amy mit ces considérations de côté pour réfléchir dans les détails au projet de Gunther.

Amy lui donna rendez-vous au Lotus-Blanc afin de parler affaires autour d'un thé au jasmin.

— Quand pourrons-nous quitter Broome ?

— Je suis flexible et tu m'as l'air pressée. Mais si nous partons trop tôt, nous risquons d'attendre la livraison à Darwin.

— Ce sera toujours plus sûr qu'ici. Lorsque j'aurai… récupéré mon investissement, il sera certainement plus sage que je ne m'attarde pas. Je préfère partir avant que Tyndall rentre et découvre le pot aux roses.

— As-tu réfléchi au moyen de faire main basse sur les perles ?

Amy décocha un sourire coquet à Gunther.

— J'ai les clés du siège mais pas du coffre. Je vais donc avoir besoin d'un expert.

— Et c'est là que j'entre en scène ? Pourquoi crois-tu que je saurais forcer un coffre ? demanda Gunther, une lueur amusée dans le regard.

— Si tu ne sais pas, tu connais certainement quelqu'un qui pourrait s'en charger.

— Un tel service a un prix, sourit-il.

En voyant Gunther si confiant et détendu, Amy devina qu'il avait le doigté et les outils nécessaires au crochetage d'une serrure.

— Ce prix est négociable, j'imagine ?

— Bien sûr.

Gunther reprit son sérieux.

— J'aurai besoin d'un jour ou deux. Disons mercredi soir ?

Amy, vêtue de sombre, se rendit juste avant minuit au siège de L'Étoile de la mer. Même si elle savait que le bâtiment était vide, elle prit soin de monter l'escalier à pas de loup, puis déverrouilla la porte du bureau de Tyndall et entra.

Comme Gunther se faisait attendre, Amy se dirigea vers la fenêtre et contempla la vue sur la baie qu'éclairait la lune. Elle fut presque hypnotisée par la lumière magnifique, le clapotis de l'eau qui léchait la mangrove et les poteaux de la jetée, le calme ambiant. Soudain, elle se sentit mal à l'aise car les émotions suscitées par ce spectacle étaient en décalage complet avec l'objet de sa visite nocturne. Elle songea qu'il était bien étrange de parcourir la moitié du globe et de se retrouver à forcer un coffre et à prendre la mer pour faire affaire avec des pirates. Ce n'était pas l'illégalité de la chose qui la perturbait, mais plutôt le mystère entourant les raisons qui la poussaient à l'accepter aussi facilement. Comment en était-elle arrivée là ? Par quelles forces était-elle mue ? Ce fut un rare moment d'introspection pour l'Amy rusée et pragmatique qui ne voyait aucun intérêt à analyser les turpitudes de la vie. Jamais elle ne prenait la peine de se pencher sur ses choix. Amy ne pensait qu'à Amy.

Soudain, elle sentit une main empoigner sa chevelure et la tirer en arrière. Alors qu'elle retenait son souffle, Gunther se pencha sur elle et lui mordit l'oreille.

— Tu ne m'as pas entendue, hein ?

— Non.

Elle le regarda, le cœur battant, en se demandant s'il allait ouvrir le coffre, prendre les perles et disparaître de son existence. Mais ses doutes s'envolèrent dès que Gunther l'attira vers lui pour l'embrasser avec rudesse, la faisant frémir de désir. Ensuite, il se dirigea vers le coffre et observa quelques instants la serrure à la lueur d'une bougie.

— Un jeu d'enfant, finit-il par chuchoter. Ils ont mis beaucoup d'argent dans l'acier mais pas dans le mécanisme de fermeture.

Il gloussa et ouvrit un rouleau de toile révélant toute une panoplie d'outils.

Elle le regarda travailler la serrure avec plusieurs brins de fil de fer puis de fines baguettes d'acier. Il poussa plusieurs jurons et s'arrêta le temps de fouiller le bureau à la recherche d'une bouteille d'alcool, qu'il trouva finalement dans le tiroir du bureau de Tyndall. Il la posa près de lui et se remit au travail, suant et pestant de plus en plus fort à mesure que l'agacement le gagnait. Amy le regardait s'affairer en silence ; il régnait dans la pièce une tension telle qu'elle osait à peine respirer.

Deux heures plus tard, au cours desquelles Gunther vida la bouteille et fit sursauter Amy en assenant plusieurs coups de pied au coffre, il soupira bruyamment et s'étendit de tout son long à même le sol en un geste d'intense soulagement.

— Ça y est, chuchota-t-il. Enfin…

Amy bondit de sa chaise et s'accroupit près de lui.

— Ouvre, ouvre.

Il se redressa, posa une main confiante sur la poignée, s'arrêta une seconde puis tira, et la porte s'ouvrit en grand. Amy, folle de joie, applaudit et plongea la main dans le coffre pour prendre les pochettes contenant les perles. Au clair de lune, celles-ci avaient un lustre magnifique.

— Alors, veux-tu bien de moi comme associée ? lança-t-elle à Gunther avec un sourire.

En guise de réponse, il lui sauta dessus, la plaqua au sol et mit une main sur sa bouche. Alors qu'elle étouffait un cri, il glissa son autre main sous sa jupe. Amy gloussa, lui retira sa ceinture de cuir et tira sur son pantalon en coton.

Ils se roulèrent par terre, Amy empoignant la tignasse huileuse de Gunther. Tout à leur fièvre, ils n'entendirent pas immédiatement les voix et le bruit soudain provenant de l'embarcadère. Ce furent finalement un cri et des pas pressés qui les arrachèrent à leur passion. Gunther et Amy, nus comme des vers, jetèrent un coup d'œil par la fenêtre.

— C'est Ahmed, il est de retour ! s'exclama Amy, tandis que Gunther proférait un juron.

— Ils descendent quelqu'un du bateau, il a dû y avoir un accident. Pourvu qu'ils ne montent pas.

Ils se rhabillèrent tout en tendant l'oreille. Ils apprirent ainsi que l'homme porté à terre était Tyndall et qu'un sulky allait l'emmener.

— Remets la porte du coffre en place, ordonna Gunther à Amy. Ils ne viendront pas l'ouvrir tant que Tyndall est dans cet état. Donne-moi les perles.

— Non, je les garde.

À ces mots, le regard de Gunther se durcit.

— Nous sommes associés. Tu n'as pas confiance en moi ?

— Non, rétorqua Amy, implacable. Elles sont ma seule garantie de quitter Broome.

Gunther sourit d'un air entendu, constatant une fois encore qu'ils étaient de la même trempe.

— Profitons de l'agitation pour filer. Nous trouverons certainement un moyen de retourner la situation à notre avantage. Si Tyndall ne survit pas, tous tes soucis s'envoleront. Tu seras riche et veuve.
— Ne nous emballons pas.

Aux premières lueurs du jour, Ahmed vint annoncer à une Amy tout ensommeillée que Tyndall était souffrant.
— Il est chez lui. Le docteur dit que c'est grave à cause du sel de mer, du soleil et des coupures de corail. Il va rester alité longtemps.
— Je dois aller à son chevet, le soigner. Mon Dieu…
Amy eut beau se tordre les mains en prenant un air éploré, Ahmed demeura impassible.
— M'dame, le docteur a envoyé une infirmière, et y a aussi Rosminah qui va bien s'occuper de lui. Ça va aller.
Amy feignit le soulagement, avant de souligner :
— C'est insensé, Ahmed. Je suis son épouse, je vais veiller sur lui. Laisse-moi le temps de m'habiller.
— Oui, m'dame.
Dès qu'elle se fut éclipsée, Yusef apparut près des marches menant à la véranda, signifia à Ahmed d'approcher et l'informa des rendez-vous clandestins entre Amy et Gunther.

Amy s'installa chez Tyndall, dans la chambre d'amis, en annonçant qu'elle allait veiller sur son époux bien-aimé. Elle envoya Rosminah lui chercher des vêtements de rechange et d'autres effets personnels, car elle n'entendait pas quitter son chevet jusqu'à ce qu'il fût complètement rétabli.
Tyndall, allongé dans un état de semi-conscience, ne percevait que très vaguement l'endroit où il se trouvait et ce qui se passait autour de lui. Des visions de requins, de vagues déferlant sur lui, la sensation de la peau à vif le hantaient. De plus, il souffrait d'une grave infection à la jambe et la douleur était telle que le médecin lui prescrivit de la morphine.
Après avoir congédié l'infirmière, Amy revêtit un tablier blanc ainsi qu'un chemisier pudique et s'assit au

chevet de Tyndall. Le médecin, constatant qu'elle était déterminée à rester, lui indiqua la posologie du remède. Il précisa qu'il rendrait régulièrement visite au patient mais, si l'état de celui-ci s'aggravait, elle devait le prévenir immédiatement.

— Docteur, je resterai à ses côtés jour et nuit. Ne vous inquiétez pas pour lui. Il aura toute mon attention.

La sollicitude et la compassion avec lesquelles elle s'exprima surprirent le médecin. Ce n'était pas la créature apprêtée qu'il avait vue se pavanant au Continental. Se remémorant certaines conversations entre son épouse et ses amies au sujet d'Amy Tyndall, il s'interrogea brièvement sur la complexité des femmes et de leurs relations. Amy semblait être une épouse tout à fait dévouée, et non la femme à la réputation douteuse que les dames avaient dépeinte.

Pendant ce temps, Ahmed alla voir Tobias Metta et lui demanda d'écrire à Olivia pour l'informer de l'accident de Tyndall.

Toby nota tous les détails de sa belle écriture déliée, reposa son stylo-plume et leva la tête vers Ahmed.

— Y a-t-il autre chose que tu souhaites lui dire, Ahmed ?

— Dites-lui que je suis très inquiet pour *tuan*. Pendant qu'il était pas là, m'dame Amy a vu Karl Gunther plusieurs fois. La nuit aussi. J'aime pas ça.

— Moi non plus, Ahmed. Mais il vaut mieux peut-être ne pas mentionner Mme Tyndall dans la lettre.

Amy s'installa bien confortablement près de Tyndall et ajusta sa jupe par-dessus les pochettes contenant les perles qu'elle avait attachées autour de sa taille.

— Pauvre Johnny, dit-elle en souriant à son mari endormi. Le destin nous joue de drôles de tours, n'est-ce pas, très cher ?

19

À l'approche de la mousson, la tribu quitta le désert pour la côte et ses poissons et fruits de mer savoureux.

Un matin, plusieurs femmes se mirent en route pour la mission en marchant d'un bon pas. Quand elles croisèrent un jeune Aborigène qui travaillait au potager, elles le saluèrent et lui demandèrent où était Maya. Il secoua la tête puis répondit qu'elle avait été envoyée loin, très loin. Chez les Blancs.

Les femmes s'assirent le temps d'en discuter entre elles. Elles savaient que certains enfants, après avoir été accueillis dans des missions pour y recevoir une éducation, entraient au service de familles blanches. Mais concernant Maya, c'était une surprise, et elles eurent du mal à accepter la nouvelle.

Sur ce, le frère Frederick les rejoignit et tenta de leur expliquer qu'il avait autorisé un prêtre en visite à repartir avec Maya pour lui offrir la meilleure des vies possibles. Après tout, elle avait passé une partie de son enfance auprès de Blancs et pouvait presque passer pour l'une des leurs. Or aux yeux des femmes de son clan, Maya faisait partie de la tribu, elle était passée par différents rituels initiatiques, avait reçu un pendentif, connu le Temps du Rêve, et cela ne pouvait lui être enlevé.

Lorsque les femmes voulurent savoir quand Maya rentrerait, le frère ne put leur répondre.

— Maya a pris un nouveau départ dans un nouveau foyer. C'est ce qu'il y a de mieux pour elle.

Pendant que les femmes se lamentaient, le frère Frederick alla prier à l'église. Il savait qu'il avait pris la bonne décision, que Maya aurait un foyer qui l'élèverait dans les valeurs et les traditions catholiques. Elle finirait par oublier les vicissitudes de sa vie de nomade; les rituels et les croyances auxquels on l'avait initiée lui paraîtraient un jour bien puérils. Il tâcha de ne pas se laisser perturber par les complaintes des femmes tandis qu'il priait pour Maya et ces âmes perdues se réclamant de sa famille.

Dans sa petite chambre blanche, mal à l'aise dans sa chemise de nuit en coton, Maya s'agenouilla près du lit et récita le Notre Père, ainsi qu'on le lui avait demandé. Puis elle se glissa entre les draps, et après que sa nouvelle « mère » eut soufflé la bougie, elle fredonna doucement les chansons qu'elle avait apprises autour du feu. Cela la réconforta quelque peu. Dans sa courte vie, Maya avait appris que le bonheur était éphémère, mais elle ne perdait pas espoir de trouver un jour sa place dans ce monde. En attendant, elle se raccrochait au souvenir des bras de sa mère, de sa voix douce et du rire tonitruant d'un homme qui s'amusait à la chatouiller.

Gilbert Shaw et Olivia, désireux de se renseigner sur le fonctionnement d'autres institutions, se rendirent au monastère de New Norcia.

Olivia apprécia ce long voyage. Dans le train confortable qu'ils prirent à Perth, tous deux purent discuter sans être dérangés. L'enthousiasme d'Olivia pour leur modeste foyer de jeunes femmes était débordant et Gilbert ne cessait de la regarder en souriant.

— Pourquoi avez-vous l'air aussi amusé en permanence ? s'enquit Olivia. Si je ne vous connaissais pas, je croirais que vous ne me prenez pas au sérieux.

— J'aime votre joie de vivre, Olivia. Vous abordez chaque problème de front et je trouve votre présence stimulante.

Il serra sa main dans la sienne.

— Grâce à vous, j'ai l'impression de servir encore à quelque chose.

— Mais enfin, Gilbert, évidemment ! Je suis tellement fière du travail que vous accomplissez. Et comme vous me laissez carte blanche, je me sens en confiance.

Elle marqua une pause.

— J'ai beaucoup de chance d'être à vos côtés.

— Non, c'est moi. Vous êtes surprenante, quand on sait ce que vous avez vécu. Vous avez le courage et la persévérance chevillés au corps, alors que d'autres auraient été brisés par les épreuves. Vous êtes à la fois forte et attentionnée, Olivia, et une source d'inspiration.

— J'ai appris à vos côtés qu'en aidant son prochain, on panse ses propres plaies. Cher Gilbert, vous êtes un homme si bon.

Lorsque Olivia lui sourit avec tendresse, Gilbert faillit la prendre dans ses bras pour l'embrasser avec passion jusqu'à l'étouffer. Mais il se contenta de sourire en retour et de lui caresser la main.

À la descente du train, ils furent accueillis par un jeune moine et un sulky. Pendant qu'ils roulaient sur la piste entre zones légèrement boisées et champs dégagés, l'homme discuta avec ses invités par-dessus son épaule et leur raconta les nombreuses facettes de la vie au monastère.

— Comment est le père Torres ? demanda Olivia.

— Il est très intelligent. Il est diplômé de l'université de Barcelone en arts et en sciences et il enseigne les mathématiques.

— Je crois savoir qu'il a des connaissances en médecine, dit Gilbert.

— Oh oui, et elles sont très utiles. Il est aussi très versé en philosophie et en musique.

À l'approche du monastère, Olivia et Gilbert remarquèrent un vignoble impeccablement tenu.

— Nous, les bénédictins, sommes connus pour planter des vignes partout où nous passons, sourit le moine.

Après avoir longé des vergers, des champs labourés et plusieurs bâtiments agricoles, Gilbert et Olivia découvrirent ce qui ressemblait à un petit village. Alors qu'ils se répandaient en compliments, le sulky s'arrêta devant une imposante bâtisse en pierre jaune.

Le moine les précéda dans un couloir de pierre menant à la salle d'accueil où le père Fulgentius Torres les attendait. Le beau prêtre espagnol les salua chaleureusement et leur proposa le vin du monastère en guise d'apéritif.

— Mon père, j'ai entendu parler des bonnes œuvres que votre ordre a accomplies ici auprès des populations locales. Nous sommes loin de la mission en plein désert que je pensais visiter, dit Gilbert.

— L'évêque Salvado a abattu un travail colossal. Maintenant que je lui succède, je veux doter ce lieu d'un centre éducatif à destination des Aborigènes. Je supervise également la construction d'un pensionnat pour jeunes filles, le collège Sainte-Gertrude.

— Qui le dirigera ? demanda Olivia.

— Le nouvel ordre des sœurs de Saint-Joseph du Sacré-Cœur. Et vous, parlez-moi de votre projet de foyer à Fremantle.

— La plupart des orphelines et jeunes filles en situation difficile sont envoyées aux sœurs de la Miséricorde à Subiaco. Les garçons, eux, vont à l'orphelinat de Clontarf. Nous serons une petite structure qui viendra en aide aux jeunes femmes en grande précarité, expliqua Olivia.

Le père Torres leur prodigua des conseils avisés, des suggestions pour la récolte des fonds et les mit en garde contre les effets contre-productifs des œuvres philanthropiques, lorsque celles-ci n'étaient pas soutenues par une institution.

— Notre expérience a été riche en enseignements.

— Les jeunes Aborigènes de la mission étudient-ils également leur propre culture ? s'enquit Olivia.

— Je ne suis arrivé ici qu'en 1901 et je connais peu les coutumes locales, reconnut le père Torres. De plus, nous cherchons à instruire les enfants de sorte qu'ils s'intègrent dans la société, tout en les éveillant à la foi. L'évêque Salvado avait à cœur de s'occuper des Aborigènes dans le respect des principes bénédictins : stabilité, labeur et piété. Nous avons aussi pour projet d'ouvrir un pensionnat de garçons, le collège Saint-Ildefonse, qui sera dirigé par des frères maristes venus de France.

— Nous travaillons à une échelle bien plus modeste, souligna Gilbert.

— Docteur Shaw, tout le réconfort et le secours que vous pourrez apporter à ces âmes en difficulté seront les bienvenus. Je vous souhaite beaucoup de succès.

Après un déjeuner simple mais copieux et une visite des lieux, Gilbert et Olivia profitèrent du retour en train vers Perth pour échanger leurs impressions sur le monastère de New Norcia et les conseils du père Torres.

— Alors, persistons-nous dans ce foyer pour jeunes femmes ?

— Bien sûr, Gilbert. Mais vous ne devez pas négliger votre cabinet.

— C'est la raison pour laquelle je m'en remets à vous concernant le volet pratique, Olivia. Il me semble que nous partageons la même approche. Si nos chemins se sont croisés, c'est peut-être par la volonté de Dieu.

— Je tiens à vous assister, ce n'est pas une simple distraction. J'ai à cœur de secourir ces jeunes femmes. Cependant, je préférerais que notre structure d'accueil n'ait pas toute cette dimension religieuse et éducative. C'est l'amour et la sécurité qui doivent primer.

— Eh bien, Olivia, je vois que vous embrassez une nouvelle carrière.

— Je garderai bien sûr mes parts dans L'Étoile de la mer. La compagnie ne m'accapare pas beaucoup mais je n'ai pas envie d'y renoncer, précisa-t-elle d'une voix douce.

— Avant de vous lancer dans une nouvelle vie, il vous faut dire adieu à l'ancienne.

Olivia sourit avec tendresse à l'homme bon qui était assis auprès d'elle. Gilbert n'était pas sans lui rappeler Conrad, bien qu'il fût plus âgé. Un brin conservateur, respectueux, doux… Elle avait également un profond respect pour cet homme qui consacrait sa vie à aider les autres.

De retour à Fremantle, Olivia et Gilbert Shaw retournèrent voir la vaste maison sur Cantonment Street. En partie cachée de la rue par de grands arbres, c'était un bâtiment en pierre pourvu de deux ailes de part et d'autre de l'entrée principale.

— Pensez-vous qu'il soit nécessaire d'ajouter un mur, une clôture ?

Olivia secoua la tête.

— Cela rendrait le lieu trop intimidant. Les jeunes femmes doivent se sentir libres de frapper à notre porte et avoir l'impression de se retrouver en famille.

— Hmm. Dans ce cas, nous devrions peut-être ajouter des éclairages à l'entrée et dans le jardin, pour rendre l'ensemble plus accueillant.

Ils entrèrent dans la maison léguée par leur bienfaitrice, une vieille dame décédée sans avoir d'enfants, et passèrent en revue les travaux qui touchaient à leur fin dans les chambres, transformées en un grand dortoir, la salle à manger et les différents salons. Le cabinet du Dr Shaw et le bureau d'Olivia se trouveraient à l'étage. Une infirmière serait là en journée, ainsi qu'une cuisinière et une femme de ménage ; une gouvernante et son mari vivraient sur place.

— Une fois installés, nous devrons nous faire connaître, dit Olivia.

— Je suppose que vous allez arpenter les rues et faire la tournée des établissements les plus douteux pour répandre la nouvelle, sourit Gilbert. Mais vous devrez être prudente, Olivia, nous ne sommes pas à Broome.

— Alors accompagnez-moi. Pas pour me protéger, mais pour sentir la rue.

C'était un défi que Gilbert ne pouvait pas ne pas relever s'il voulait conserver le respect d'Olivia. Il lui était dévoué et l'aimait, quoiqu'en secret. Mais connaissant la blessure que Tyndall lui avait infligée, il hésitait à exprimer la profondeur de ses sentiments. Par conséquent, il craignait qu'Olivia le trouvât insipide, voire froid.

— Je serai là. Nous commencerons par les docks. On dit que des filles y ont leurs quartiers.

Il fallut plusieurs semaines, mais la nouvelle de l'ouverture de Shaw House finit par se propager par le biais des employés d'établissements bon marché et des dockers qui connaissaient les filles des rues. Les premières jeunes femmes s'y présentèrent pour être soignées, nourries, habillées et guidées. Olivia s'efforçait de trouver une place à celles qui se montraient désireuses de travailler.

Cette activité était fatigante, mais riche en émotions et surtout gratifiante. Olivia ne pensait plus au passé et s'arrêtait de travailler uniquement quand Hamish rentrait à la maison pour les vacances. Il aimait beaucoup son école, était un sportif accompli, s'initiait au théâtre et se réjouissait déjà de découvrir l'exploitation agricole du père d'un de ses amis. Il ne parlait plus de Broome, au grand soulagement d'Olivia. Mollie, la fille de Minnie, y était retournée une fois depuis son arrivée à Fremantle ; à son retour, elle avait assuré que tout allait pour le mieux dans son ancienne maison, confiée aux bons soins de Minnie et d'Alf.

Alors que Shaw House, auparavant une demeure austère et décrépite, devenait un lieu d'accueil joyeux pour les jeunes femmes « en crise », pour reprendre l'expression de Gilbert, celui-ci et Olivia étaient amenés à passer le plus clair de leur temps ensemble. Ils discutaient des plans, des travaux, des aménagements et se répartissaient la charge de travail. Quand Hamish rentrait à Fremantle, il se joignait à eux, se voyait confier quelques menues tâches et s'intéressait beaucoup à la vie du foyer. Tous les trois mangeaient ensemble, et pour Gilbert, veuf et sans enfants, c'était une joie de se sentir appartenir à une famille.

Olivia était elle aussi heureuse de cette bonne entente entre Gilbert et Hamish. Celui-ci avait besoin d'une figure paternelle et le Dr Shaw était toujours de bon conseil, s'intéressait à ses activités sportives et discutait avec lui des affaires du monde. Olivia se rendait compte que plus le temps passait, plus Hamish ressemblait à son père. Cependant, bien qu'il eût la même réserve, les mêmes manières courtoises que Conrad, ses traits d'esprit étaient du pur Tyndall. Dans ces moments-là, elle sentait son cœur se serrer car l'humour contagieux et parfois ravageur de son ex-fiancé lui manquait terriblement. Mais le pragmatisme de Tyndall avait été riche d'enseignements pour Hamish, ainsi que le fait de côtoyer des personnes de toutes origines comme Ahmed et les Metta; le jeune garçon en avait retiré une vision équilibrée du monde. Dans l'une de ses lettres, Tyndall espéra qu'Hamish ne deviendrait pas snob en allant dans un pensionnat huppé.

Si elle ne ne s'épanchait jamais auprès de Tyndall sur sur sa vie personnelle, gardant toujours un ton strictement professionnel, elle savait que lui et Hamish correspondaient de leur côté. Elle veillait également à ne pas se laisser submerger par les souvenirs, car repenser à Broome, aux beaux moments qu'elle avait partagés avec Tyndall, à l'avenir radieux qu'elle avait envisagé à ses côtés, à sa trahison et à l'irruption d'Amy dans leur vie, c'était plonger dans un chagrin et une souffrance qui la dépassaient.

Elle remerciait régulièrement sa bonne étoile, le destin ou la Providence d'avoir mis sur son chemin l'homme compréhensif, doux et attentionné qu'était Gilbert Shaw. Elle voyait l'amour qu'il lui portait s'épanouir dans son regard, et depuis qu'il était dans sa vie, elle n'avait plus l'impression de se battre seule. La force qui l'avait poussée à aller de l'avant même dans ses heures les plus sombres l'animait toujours, mais Olivia se sentait plus douce, plus apaisée, comme si sa lutte n'était plus aussi acharnée.

Gilbert était un homme séduisant, mince, affûté, à la chevelure grisonnante et au visage doux, dont les traits exprimaient la compassion ainsi qu'une personnalité agréable. Il avait le contact facile, il était calme et sûr de lui. Olivia aurait été surprise d'apprendre qu'il était de plus en plus gêné par les sentiments qu'il nourrissait à son égard. Il craignait de paraître falot comparé au mystérieux Tyndall, d'être considéré davantage comme un père ou un oncle, de ne lui inspirer aucune attirance. Pourtant, sous ses manières courtoises, sa nature posée et son sourire naturel se cachait un désir de se comporter en homme jeune et fougueux. L'énergie d'Olivia, son enthousiasme et sa force de caractère éveillaient des sentiments chez lui qu'il croyait révolus, et il se languissait de lui déclarer sa flamme.

Contrairement à la perception que Gilbert Shaw avait de lui-même, Olivia le trouvait séduisant et attirant. Dans sa tranquillité, elle voyait de la force et du soutien ; dans sa timidité, elle voyait des manières raffinées et une bienveillance à l'égard de toutes les personnes qu'il était amené à rencontrer. À son contact, elle se sentait respectée, admirée, valorisée. Leurs personnalités étaient parfaitement compatibles, elle se sentait à l'aise et en sécurité avec lui. Certes, il n'y aurait jamais entre eux la passion, les émotions intenses qu'elle avait partagées avec Tyndall. Mais leurs chemins s'étaient croisés au moment opportun, pour lui comme pour elle.

Très vite, Amy se transforma en véritable cerbère. Elle interdit aux domestiques l'accès à la chambre de Tyndall, restait à son chevet vingt-quatre heures sur vingt-quatre et dormait sur la chaise longue près de la fenêtre. Le médecin avait laissé une petite fiole de laudanum qui, disait-il, contenait aussi de la morphine pour soulager les douleurs dues aux ulcères que Tyndall avait aux jambes, et il avait été très précis concernant la posologie. Tyndall était encore en proie à des crises délirantes, et quand il ne marmonnait pas des propos incohérents, il dormait d'un sommeil agité.

Durant ces longues heures passées dans la chambre, Amy eut tout loisir de réfléchir à son avenir et à ses choix.

Ahmed venait tous les jours frapper à la porte, et tous les jours, Amy refusait de le laisser entrer. Inquiet, il demanda à Rosminah de se renseigner sur l'état réel de Tyndall. Elle lui répondit que la porte était fermée à clé, et que les rares fois où Amy quittait la chambre pour aller dans la salle de bains, elle la verrouillait et gardait la clé sur elle.

— Je peux pas voir M'sieur. Il mange pas bien. Faut faire venir le médecin pour *tuan*, l'implora Rosminah.

— Il est à Beagle Bay, il a dit qu'il avait laissé des médicaments. Elle les lui donne ?

Comme Rosminah haussait les épaules, Ahmed soupira et lui dit qu'à la première occasion, elle devait s'introduire dans la chambre pour voir comment allait Tyndall.

Plusieurs amis du capitaine se présentèrent, mais Amy les renvoya poliment sous prétexte que son mari avait besoin de repos. Le sergent O'Leary accourut dès qu'il entendit la nouvelle. Amy l'autorisa à jeter un coup d'œil dans la chambre, puis le raccompagna à la porte en lui promettant de le prévenir dès que Tyndall serait en état de le recevoir. Si la visite du policier ébranla Amy, il se montra chaleureux à son égard et lui souhaita bon courage. Il dit aussi qu'il prendrait la déposition d'Ahmed pour informer les autorités du naufrage du *Shamrock* et de la disparition en mer de l'équipage. L'audition du capitaine pouvait attendre.

Dans un premier temps, Amy s'était précipitée au chevet de Tyndall de crainte qu'il ne fût pas vraiment souffrant et que le vol des perles fût bientôt découvert. Puis, constatant la gravité de son état, un immense soulagement l'avait envahie – ainsi qu'une pointe de compassion.

Cependant, les jours passant, elle s'inquiéta de voir l'état de Tyndall montrer de légers signes d'amélioration. En effet, il avait un peu plus d'appétit et dormait mieux. Quand il essayait d'échanger quelques mots avec Amy, il se fatiguait rapidement car elle ne répondait que par monosyllabes, préférant l'exhorter à se reposer. Plusieurs fois, il appela Olivia dans son sommeil, ce qui rendit Amy folle de rage.

Elle finit par se rendre compte que l'entre-deux dans lequel elle se trouvait lui sapait son énergie. Gunther lui avait dit que le bateau serait prêt à prendre la mer dans quelques jours, mais qu'il avait besoin de temps pour conclure certaines affaires en suspens ; de plus, il attendait des nouvelles en provenance de Sydney.

Pour l'heure, la vie de Tyndall dépendait d'elle et d'elle seule – une sensation à la fois enivrante et vertigineuse qui la maintenait éveillée pendant des heures, alors qu'elle cherchait désespérément à dormir. Et dans la solitude d'une nuit sans sommeil, elle se surprit à réfléchir à ce qu'elle gagnerait si Tyndall mourait. Elle parviendrait peut-être à hériter de tous ses biens, et plus rien ne l'obligerait alors à prendre la mer avec Gunther. Seulement ils étaient liés par le cambriolage, et elle ne pouvait pas revenir là-dessus.

Alors qu'Amy sentait les perles peser autour de sa taille, son esprit était ailleurs et des idées morbides se bousculaient dans sa tête. Tyndall ne mourrait pas, à moins... Là, elle se surprit à envisager un excès de laudanum, mais il s'agirait d'un meurtre. Chaque fois qu'Amy chassait cette idée, elle revenait l'obséder, plus forte encore. Elle la hanta jusqu'à ce qu'Amy tombât de sommeil, épuisée aussi bien émotionnellement que physiquement.

Elle se réveilla en frissonnant dans la fraîcheur qui annonçait l'aube et s'emmitoufla dans un châle en coton. Son regard se posa sur Tyndall, qui dormait d'un sommeil agité, puis sur le flacon de laudanum. De nouveau assaillie par de terribles pensées, Amy fondit en larmes et pria pour que le jour se levât au plus vite, dans l'espoir que la lumière la purgerait de ce poison.

Tôt dans la matinée, un message de Gunther lui fut remis par l'un de ses membres d'équipage.

Ma chère associée,

Tout sera prêt dans deux jours. La marée du soir tombera à point nommé et un petit festival japonais monopolisera l'attention. Prépare tes bagages.

Karl

***

Deux jours plus tard, ce fut le coup d'envoi du festival *O-bon Matsuri* en périphérie de la ville. Cette cérémonie en hommage aux ancêtres était un événement majeur à Broome et débuta au crépuscule dans le carré japonais du cimetière. Dans une procession solennelle, la communauté japonaise se rassembla devant les tombes avec des offrandes de nourriture, de saké et d'encens. Sur chaque sépulture, on déposa des fleurs fraîches ou en origami ainsi qu'une petite lanterne bleue. Le soir, après les prières, une danse cérémonielle appelée *O-bon Odori* fut exécutée par les femmes de Shiba Lane, qui apparaissaient rarement en public. Vêtues de kimonos en soie, les cheveux laqués, elles ondulaient avec délicatesse sur leurs *zôri*, des sandales à plate-forme de bois, tout en esquissant des mouvements graciles avec leurs mains qui n'étaient pas sans évoquer des colombes blanches.

Les Aborigènes qui assistaient à la cérémonie acquiesçaient, voyant des similitudes avec les rituels qu'eux-mêmes organisaient sur la terre rouge du *pindan* et dont le but était de célébrer les ancêtres.

Bien plus tard, après un grand pique-nique dans un parc de la ville, la foule suivit la communauté japonaise jusque sur les rives de la baie. Là, de petites barques en bois de mangrove où étaient déposées de la nourriture, des fleurs et une petite lanterne ou une bougie furent mises à l'eau pour guider les esprits jusque dans l'autre monde.

Alors que les Japonais s'agenouillaient sur le rivage en chantant des prières au rythme d'un tambour, les centaines de petites lumières, portées par la marée, s'éloignèrent vers le large.

Plus loin dans la baie, la goélette noire et rouge sortait de Dampier Creek. Alors qu'Amy contemplait depuis le pont les lumières de Broome et les lanternes qui flottaient sur l'eau, elle fut prise d'un doute fugace.

— Des regrets ? demanda Karl Gunther en la rejoignant.

— C'est un peu tard, non ?

Karl Gunther haussa les épaules.

— En effet. Mais pour gagner, il faut savoir jouer.

— Je préfère miser sur la sécurité quand c'est possible, répondit Amy.

— Enfin, Amy, rien n'est jamais gravé dans le marbre et je pensais que tu l'avais compris. La vie est un jeu, alors autant être du côté des gagnants.

— Serons-nous vraiment gagnants, Karl ?

— Nous avons les perles, nous avons un plan, nous avons une chance de gagner beaucoup d'argent. Rien n'est encore acquis, mais je dirais que nous sommes en tête de course.

Amy ne répondit pas tout de suite, repensant à sa position. Elle avait plus à gagner en misant sur Karl Gunther qu'en restant à Broome. Maintenant qu'elle n'y avait plus aucune attache, elle était prête à affronter ce que l'avenir lui réservait.

Alors que le bateau poussé par une brise rafraîchissante penchait légèrement à bâbord, Amy se tint à un hauban puis se tourna vers le large et la lune qui s'élevait dans le ciel. Soudain, elle se sentit exaltée et terriblement vivante.

— Tu as raison, lança-t-elle à Karl qui tenait la barre. Nous sommes en tête de course !

Lorsque Rosminah rentra du festival tard dans la soirée, elle trouva la porte de la chambre de Tyndall entrebâillée et s'aventura à l'intérieur. Une fois ses yeux habitués à l'obscurité, elle vit qu'il était vautré en travers du lit, un bras pendant dans le vide, et qu'il respirait avec difficulté. Le petit flacon de liquide marron était vide, près d'un verre vide lui aussi, et il y avait une flaque au pied du lit. Elle courut chercher le médecin.

À l'aube, ce dernier jugea que Tyndall avait passé la phase la plus critique. Il se frotta les yeux et sourit à Ahmed, qui se tenait de l'autre côté du lit.

— Il est tiré d'affaire. Heureusement, il n'a pas bu tout le laudanum. Le flacon a dû se renverser quand Tyndall a voulu boire un verre d'eau. Un peu plus et il n'aurait plus eu la force de respirer.

— Vous pensez qu'elle lui en a donné trop ?

— Vous devrez poser la question directement à Mme Tyndall. Elle n'a peut-être pas compris mes instructions. Je vais demander à une infirmière qualifiée de prendre le relais.

Sitôt le médecin reparti, Ahmed se lança à la recherche d'Amy.

En milieu de matinée, on lui rapporta qu'elle avait pris la mer avec Karl Gunther. Elle avait quitté la maison de la falaise en emportant ses effets personnels. D'après les informations qu'il glana sur l'embarcadère, Gunther faisait route vers l'est pour un « voyage prolongé ».

Ahmed murmura une prière de remerciements à l'attention d'Allah. Cette nouvelle contribuerait sans doute à un rétablissement rapide de Tyndall.

Le sergent O'Leary monta les marches menant à la véranda et appela Tyndall. Le cuisinier chinois l'accueillit, tout sourire.

— M'sieur est dans le jardin. Vous voulez du thé ?

— Oh, Ah Sing. Je veux bien quelque chose de plus fort, merci. Sortez le whisky et deux verres.

Il traversa la maison et rejoignit Tyndall qui se reposait dans un hamac tendu entre deux arbres. Le capitaine le salua gaiement et désigna un fauteuil en rotin.

— Installez-vous confortablement. Avez-vous dit à Ah Sing d'apporter de quoi boire ?

— Oui, même s'il est encore tôt.

Ah Sing approcha à petits pas avec la bouteille, les verres et une carafe d'eau fraîche. Pendant qu'O'Leary servait le whisky, Tyndall s'extirpa lentement du hamac et s'assit près du policier.

— Je suppose que vous êtes venu prendre ma déposition.

— Simple formalité, John. Ensuite, le procureur avisera. Quel dommage que vous ayez perdu le *Shamrock*. Vous n'êtes pas en veine, en ce moment. À la vôtre.

Il leva son verre. Après avoir bu une gorgée, Tyndall soupira d'aise.

— L'alcool est le meilleur des remèdes.

— Et il n'est pas aussi dangereux que d'autres, renchérit O'Leary. Vous ne savez toujours pas ce qui s'est passé ?

Tyndall grimaça.

— Non, cela reste un mystère. J'ai un vague souvenir d'Amy qui m'administre le remède, mais c'est arrivé plus d'une fois. Et je me revois en train de tendre le bras pour prendre un verre d'eau cette nuit. Enfin, entre la fièvre et les hallucinations… Ahmed est persuadé qu'elle a essayé de me tuer. Je ne sais pas… c'est difficile à accepter. Je ne conçois pas qu'elle ait pu me haïr à ce point.

O'Leary sortit un calepin et un crayon à papier dont il examina minutieusement la pointe avant d'inscrire la date du jour.

— Reste la question des perles.

— Il n'y a pas de doute, ce vol porte la signature d'Amy et de Gunther, affirma Tyndall.

Deux jours après la fuite d'Amy, Tyndall avait confié les clés du siège à Ahmed afin qu'il rangeât en lieu sûr les dernières perles retravaillées par Toby Metta. Ahmed avait alors découvert le pot aux roses.

— Je ne vois pas d'autre suspect, ajouta Tyndall.

— Ahmed ?

— Foutaises.

— Je suis d'accord. Bien, je vais noter les circonstances détaillées du vol mais je crains de ne pouvoir y remédier.

— Tant pis, mon ami. Mais tout bien considéré, je relativise. Grâce à Yusef, je peux maintenant demander le divorce pour adultère.

O'Leary sourit.

— Vous ne perdez pas le nord, John.

— Oh que non. Olivia est tout pour moi, Sean. J'ai une chance de retrouver ma liberté et de la reconquérir.

— Cela s'annonce tout de même un peu compliqué de demander le divorce sans savoir où est cachée l'épouse, observa O'Leary.

— Je trouverai une solution, répondit Tyndall avec fougue. Il y a forcément un moyen !

— Je lève mon verre à cette solution, dit O'Leary en les resservant généreusement.

Ce fut Toby Metta qui vint annoncer la nouvelle à Tyndall. Il arriva au village où le capitaine se préparait à reprendre la mer avec sa flotte.

Depuis le hangar, Tyndall le vit qui accourait, le visage luisant de sueur, en agitant un exemplaire du *West Australian*.

— Lisez l'entrefilet au bas de la page, parvint-il à articuler en s'affalant sur une chaise.

— Qu'est-ce qui vous arrive, Toby ?

— Lisez ce que j'ai souligné.

SINGAPOUR, vendredi

Les autorités britanniques doivent encore confirmer les identités des deux Occidentaux découverts assassinés à bord de la goélette baptisée SYLPH *dans le détroit de Malacca, mais ils viendraient d'Australie. L'homme et la femme ont été abattus de plusieurs balles. Le bateau mis à sac a été localisé hier et remorqué par un patrouilleur de la Royal Navy dans les eaux internationales à l'ouest du port de Malacca, une zone connue pour ses repaires de pirates. Les papiers du bateau indiquent qu'il a mouillé à Broome, en Australie-Occidentale, avant de naviguer en mer de Sulu. Le corps d'un marin japonais a également été retrouvé à bord. Le sort des autres membres d'équipage demeure incertain.*

— Il ne peut s'agir que de Gunther. Il s'est manifestement mis dans de beaux draps. Désolé de vous annoncer une telle nouvelle, John.

— Je voulais qu'elle sorte de ma vie mais pas de cette façon, répondit Tyndall, glacé par ce récit. Quelle fin horrible.

— Allez-vous envoyer un télégramme à Singapour ?

Tyndall réfléchit quelques instants.

— Oui, pour avoir de plus amples informations. D'ailleurs…

Il releva la tête d'un air décidé.

— Je vais même y aller pour me renseigner à la source. Je suis son mari, c'est mon devoir.

— Le temps que vous arriviez, elle sera inhumée et l'affaire, classée. John, je ne suis pas sûr que…

— Je l'ai déjà crue morte par le passé. Cette fois, je veux en être certain. Il le faut, martela Tyndall en remarquant l'expression légèrement choquée de Toby. Je ne pourrai pas épouser Olivia avant d'avoir la preuve que je suis un homme libre.

Toby se leva et replia le journal.

— Vous avez vécu une épreuve très pénible, et peut-être que le destin a décidé de vous sourire à nouveau. Je vous souhaite bonne chance, John.

Tyndall ne fut finalement pas obligé de se rendre à Singapour car le sergent O'Leary vint le voir avec de nouvelles informations transmises par les autorités singapouriennes : les identités de Gunther et d'Amy étaient confirmées, et il recevrait bientôt différents documents dont des certificats de décès.

Tyndall donna comme instructions d'inhumer Amy sur place et de léguer ses biens à une œuvre de charité. Aucun inventaire ne mentionna les perles. Quant à la goélette de Gunther, dont Tyndall ne savait pas du tout s'il avait de la famille, ordre fut donné de la brûler.

Tyndall prit un billet pour le prochain bateau à destination de Fremantle, renouvela sa garde-robe et plaça dans sa valise les perles trouvées en toute fin de saison, avec l'intention de les confier aux bons soins de M. Barat lorsqu'il le verrait à Perth.

Alors qu'il s'apprêtait à embarquer sur le vapeur, Ahmed, le sourire jusqu'aux oreilles, lui serra longuement la main.

— Revenez avec M'dame, *tuan*, elle nous manque.

— Elle me manque à moi aussi, Ahmed. Je vais peut-être finir par croire au destin. Tu as toujours dit que les choses allaient s'arranger et nous y sommes. Après une tragédie, certes, mais la vie continue.

— Bonne chance, *tuan*.

— Merci, Ahmed. Il faut encore que je plaide ma cause !

Cependant, Tyndall ne pouvait s'empêcher de sourire lui aussi. Il était persuadé qu'Olivia lui reviendrait, maintenant que la situation était réglée. Il s'attendait à ce qu'elle lui réclamât une période de transition, pour les convenances, mais elle finirait par l'épouser.

Après avoir passé une main nerveuse dans son épaisse chevelure et réajusté le col de son uniforme blanc, il se présenta sur le seuil de la maison de Phillimore Street.

Dès que la porte s'ouvrit, il reconnut Mollie, la fille de Minnie et d'Alf, qui s'écarta pour le laisser entrer. Tyndall lui donna des nouvelles de ses parents et demanda à voir Mme Hennessy.

Mollie secoua la tête.

— Elle est pas là, m'sieur. Elle est partie travailler à la clinique, comme tous les jours.

— Et cette clinique, où se trouve-t-elle, Mollie ?

— C'est là où M'sieur travaille. La Clinique Shaw, Cantonment Street.

— Comment ça, « M'sieur » ?

— Le Dr Shaw. M'dame s'appelle m'dame Shaw maintenant. Ils rentreront ce soir.

Tyndall eut du mal à intégrer ces paroles prononcées sur un ton détaché.

— Madame a *épousé* Gilbert Shaw ? Le type avec qui elle a ouvert un foyer pour jeunes femmes ?

Mollie opina, tout sourire.

— Pour sûr, m'sieur, y a deux mois de ça. J'étais là. C'était un beau mariage, avec un gros gâteau et...

Tyndall murmura un bref « au revoir » et ressortit en chancelant, tandis que son monde s'écroulait. La douleur qui étreignait sa poitrine était telle qu'il pouvait à peine respirer. Il reprit le chemin du port en marchant d'un pas machinal, entra dans l'hôtel Fremantle sur High Street et commanda un whisky. Après l'avoir bu à petites gorgées, il fut tenté d'en prendre un autre pour finalement se raviser, estimant qu'il ne pouvait repousser plus longtemps le supplice que serait le face-à-face avec Olivia. Il alla à Cantonment Street en priant pour que Shaw ne fût pas présent.

On l'introduisit à l'étage dans une petite pièce qui servait de bureau à Olivia. Celle-ci se leva, les mains jointes devant elle, en se mordant les lèvres. Ils se fixèrent à travers la pièce pendant qu'une jeune bonne refermait la porte sans bruit.

Pendant ces quelques secondes de silence, tout leur revint en mémoire : leur passé commun, leurs joies et leurs peines. Ils avaient beau essayer d'oublier, de s'en remettre au temps pour qu'il fît son œuvre, ils ne pouvaient oublier ce qui les liait. Leur alchimie était intacte, et Olivia était déstabilisée de se sentir toujours aussi attirée par Tyndall. Elle se maîtrisa tant bien que mal et tâcha d'arborer une expression neutre.

— Quelle agréable surprise, John. Pourquoi ne m'as-tu pas prévenue de ton arrivée ? Quelles sont les nouvelles de Broome ?

Sa politesse perturba Tyndall, lui qui s'était préparé à une avalanche de questions. À son tour, il s'efforça d'adopter un ton courtois mais détaché.

— Hum... il y a du changement et j'ai préféré venir t'en parler de vive voix.

— Y a-t-il un problème ? demanda Olivia, aussitôt inquiète. Quelqu'un a été blessé ? La compagnie...

— Non, pas exactement, l'interrompit Tyndall avec maladresse. C'est au sujet d'Amy...

Le visage d'Olivia se ferma et ses lèvres se crispèrent. Tyndall prit son courage à deux mains.

— Elle est morte.

Olivia le regarda, stupéfaite. Elle entrouvrit la bouche mais fut incapable de prononcer un mot.

— Je voulais te l'annoncer en personne.

— Que s'est-il passé ? murmura Olivia.

— Elle a été assassinée par des pirates dans le détroit de Malacca.

— John, c'est affreux. Que fabriquait-elle là-bas ?

— Elle a fui Broome avec Karl Gunther, qui a été tué lui aussi. Je suis tombé malade après un naufrage qui m'a coûté le *Shamrock*. Quand j'étais alité, Amy m'a soigné. J'ai failli y passer par accident... enfin, je crois.

— Je n'arrive pas à y croire. Pourquoi personne ne m'a contactée ?

— Ce n'est pas tout. Elle a forcé le coffre et dérobé la majeure partie des perles récoltées au cours de la saison. Nous en avons trouvé d'autres, mais elle a fait main basse sur les plus belles, soit un joli butin. Je suis navré, Olivia.

— Moi aussi, John, pour tout. Quel choc...

— Mais à quelque chose malheur est bon : je suis un homme libre et ma première pensée a été de te rejoindre. Je n'ai jamais cessé de t'aimer, Olivia, et je te suis resté fidèle. Je sais que tu as été blessée... Toute cette histoire avec Amy a été pénible et gênante, et je ne reviendrai pas dessus. Mais j'espérais que nous pourrions repartir de zéro et aujourd'hui, j'apprends que tu... que tu...

Il lui fut impossible de poursuivre.

Bouleversée, Olivia se détourna pour cacher ses yeux mouillés de larmes tandis qu'un cri montait dans sa poitrine. Elle prit deux profondes inspirations, releva la tête vers Tyndall et tressaillit face à son regard blessé et accusateur.

— Oui, j'ai été profondément blessée et humiliée. Gilbert est un homme bon. Nous avons beaucoup travaillé ensemble et il m'a été d'un grand réconfort. Je me sentais seule…

— Bon sang, Olivia ! Je n'ai jamais cédé à Amy et je t'ai juré de trouver une solution. Pourquoi ne m'as-tu pas attendu ?

— S'il te plaît, arrête de crier, John. N'oublie pas que la situation semblait inextricable. Non seulement tu m'avais menti, mais Amy n'avait pas l'intention de renoncer à toi. J'ai donc décidé de tourner la page. Il faut que je pense à mon fils.

Tyndall, qui ne la quittait pas des yeux, répondit plus doucement mais d'une voix vibrante de colère et de souffrance.

— Pourquoi ne m'as-tu pas au moins prévenu que tu envisageais de te marier ? J'aurais eu une chance.

— À quoi bon ? Tu étais dans une impasse.

— J'aurais peut-être réussi à te dissuader.

— Je ne pouvais pas prendre ce risque, dit Olivia d'une voix lasse et résignée. Tout est arrivé si vite… Cela m'a paru la meilleure chose à faire. Gilbert m'a demandée en mariage, j'ai accepté, nous avons organisé une cérémonie en petit comité, nous sommes partis quelques jours en lune de miel et nous sommes rentrés. Travailler pour Shaw House me comble.

Ils échangèrent un long regard.

— Mais tu m'aimes toujours, n'est-ce pas, Olivia ? demanda Tyndall d'une voix douce.

Elle ne répondit pas tout de suite et ferma les yeux.

— John, j'ai une nouvelle vie et je suis redevable envers Gilbert. Il m'a énormément aidée et je dois lui être loyale.

— Qu'en est-il de ta loyauté envers moi ? Nous allions passer le reste de nos jours ensemble. Tu me punis pour quelque chose qui n'était pas de mon ressort.

— Je t'en prie, John, ne revenons pas sur le passé. C'est trop tard.

Olivia prit une profonde inspiration.

— Je serai toujours ton amie, nous continuerons à nous partager les responsabilités au sein de L'Étoile de la mer, mais ce sera tout.

Tyndall approcha lentement d'Olivia et lui prit la main. Au contact de ses doigts, elle se dégagea aussitôt.

— Olivia, c'est notre seule chance de connaître le bonheur.

— John… Je t'en supplie. C'est trop tard. Tu me connais, je dois faire ce que j'estime juste. Or il est juste que je reste auprès de Gilbert pour venir en aide à ces jeunes femmes. J'y trouve une grande satisfaction…

— Et moi ?

Olivia sentit son ventre se tordre en lisant l'amour dans le regard de Tyndall et le désespoir sur son visage.

— Je ne sais pas quoi te dire…

— Je ne pourrai pas te faire changer d'avis ?

Tyndall avait beau insister, Olivia perçut l'abattement dans sa voix. N'ayant plus la force de parler, elle se contenta de secouer la tête.

— Dans ce cas, je te souhaite d'être heureuse, Olivia, murmura Tyndall en se dirigeant vers la porte.

— Que vas-tu faire ? lui demanda Olivia dans un souffle.

Arrivé sur le seuil, il se retourna.

— J'attendrai.

Lorsque la porte se fut refermée derrière lui, Olivia enfouit son visage entre ses mains et pleura en silence. Pourquoi n'avait-elle pas patienté un peu plus longtemps ? Par orgueil et par colère, elle avait anéanti leur seule chance de se retrouver.

Elle avait choisi, elle ne blesserait jamais Gilbert comme elle avait été blessée par le passé. Cependant, son cœur saignait pour Tyndall, qu'elle aurait encore préféré voir ivre ou fou de colère. Elle n'oublierait jamais la tristesse et le désespoir qu'il avait montrés, tout comme elle ne se pardonnerait jamais d'en être la cause.

20

Tyndall regarda ses chaussures blanches en daim à présent couvertes de poussière rouge, tout comme le bas de son pantalon. Il haussa les épaules et quitta le peu d'ombre que lui avait offerte un baobab ventru – la poussière était inévitable au champ de courses de Broome. L'endroit était encore spartiate, avec des aménagements limités, mais maintenant que le centre de l'hippodrome était défriché, on avait une vue dégagée depuis la tribune principale.

Le Trophée de Broome était l'un des événements mondains les plus importants de l'année, ainsi qu'une occasion rare pour ces dames d'exhiber leurs dernières tenues à la mode. Le tussor, une soie indienne, était un choix en vogue, tout comme les grands chapeaux à plumes et dentelles. Mais plus la journée avançait, plus les femmes souffraient de la poussière et du soleil écrasant. Le soir venu, elles se referaient une beauté avant de se rendre au bal.

Tyndall, qui avait misé une coquette somme, s'approcha après que le départ eut été donné.

Voyant que le favori, monté par un cavalier bien connu de la région, distançait rapidement ses concurrents, les parieurs crurent que la course était jouée. Mais un cheval fusa de l'arrière du peloton et dépassa le meneur, pour finalement l'emporter avec une longueur d'avance. Au moment où le jockey leva un bras en signe de victoire, on ne fut pas peu surpris de voir des cheveux s'échapper en cascade de sa bombe.

La foule retint son souffle en reconnaissant la fille adolescente d'un couple de notables. Le commissaire de courses se prit la tête entre les mains, tandis que les organisateurs se consultaient à la hâte.

Alors que l'un d'eux cherchait le règlement de l'hippodrome, Tyndall intervint.

— Elle a gagné à la loyale, vous devez l'accepter.

Les spectateurs, même ceux qui avaient perdu gros, abondèrent dans son sens et le commissaire officialisa la victoire de la jeune femme. S'ensuivirent des cris de joie puis une bousculade près du bar. Tyndall récupéra ses gains et retourna boire quelques verres en ville avant de se changer pour le bal.

Depuis quelque temps, il s'investissait dans la vie sociale de Broome, qui baignait dans l'insouciance et la gaieté sur fond d'affaires florissantes. Les rumeurs d'une potentielle guerre en Europe n'avaient que peu d'impact sur cette région lointaine de l'Empire britannique, malgré les gros titres de la presse londonienne.

Ce soir-là au bal, il dansa avec des mères, des filles et fit chavirer les cœurs. Depuis qu'Olivia et Amy ne faisaient plus partie de sa vie, Tyndall était l'un des célibataires les plus convoités de la ville, même s'il avait la quarantaine. Le jeune aventurier exubérant était devenu un maître perlier prospère, à la tête d'une compagnie en pleine expansion. Son allure virile et son charme s'étaient accentués avec les années, tout comme l'aura autour de sa vie haute en couleur.

Seulement Tyndall était loin de vivre l'existence à laquelle il aspirait. Il pensait à Olivia tous les jours ainsi qu'à sa fille disparue, et le vide qu'il ressentait allait grandissant. Il commençait à croire qu'une malédiction planait sur les femmes de sa vie, ce qui le poussait à maintenir toutes les autres à distance.

Tyndall profita de la mousson pour travailler avec Yoshi sur un projet de perliculture. Dans un premier temps, il avait rejeté toute idée de perles artificielles, même s'il savait que celles-ci étaient apparues sur le marché japonais à la fin des années 1890. De son côté, Yoshi s'était penché sur le sujet après avoir reçu des lettres de ses compatriotes et lu quelques articles de presse. Tyndall accepta finalement d'étudier la question. Même s'il demeurait convaincu que rien ne remplacerait jamais les perles naturelles, il gardait à l'esprit que les ressources n'étaient pas infinies. Au fil des ans, les perliers avaient compris qu'il fallait laisser aux gisements les plus exploités le temps de se reconstituer. À présent, Tyndall entrevoyait la possibilité d'une activité annexe mais lucrative autour d'un produit alternatif à destination de ceux qui n'avaient pas les moyens de s'offrir des perles naturelles. Les perles de culture créées par Mikimoto au Japon gagnaient en légitimité, et celui que l'on surnommait le « roi de la perle » avait construit deux grandes exploitations ainsi qu'une usine à Tokyo où de jeunes Japonais créaient des bijoux.

Ce fut en rentrant au port après la dernière expédition de la saison que Tyndall décida de se renseigner sur le succès de Mikimoto. Lui et Yoshi profitaient de ce que le *Bulan* fût porté tranquillement par un vent arrière pour se détendre et fumer une cigarette près de la barre.

— Songes-tu parfois à retourner au pays ? demanda Tyndall de but en blanc.

— Comment ça, « au pays » ? s'enquit Yoshi sans plus de réaction.

— Au Japon, pour revoir ta famille et tes amis.

Yoshi n'était rentré qu'une seule fois depuis l'île Thursday, avant même de venir travailler à Broome. Cependant, la majeure partie de sa paie était envoyée au Japon.

— Y a le contrat, capitaine. Pas le temps.

Yoshi ne perdait pas de temps en palabres, et effectivement, son contrat courait sur plusieurs années.

— Mais ne serait-ce pas une bonne idée ? insista Tyndall. J'envisage d'aller au Japon pendant la mousson et j'aimerais que tu m'accompagnes. La compagnie paiera, étant donné que c'est pour le travail. Qu'en penses-tu ?

— Ah. Quel genre de travail ?

— Je crois qu'il est temps de nous renseigner sur les activités de Mikimoto.

Tyndall attendit une réaction de Yoshi. Comme elle ne venait pas, il rit et ajouta :

— Tu pourrais en profiter pour trouver une gentille fille et la ramener ici.

Pour toute réponse, Yoshi sourit et leva un pouce vers le haut.

Toby Metta travailla les dernières perles de la saison et le reste de la récolte fut vendu rapidement, avec un léger rabais, pour financer le voyage et les activités qui se poursuivraient pendant la mousson. Après avoir laissé ses instructions à Ahmed et confié la maintenance de la flotte à quai au capitaine Evans, Tyndall et Yoshi embarquèrent à bord d'un vapeur pour Darwin. Un deuxième les transporta de Darwin à Singapour et un dernier de Singapour à Yokohama.

Ce ne fut pas chose aisée que de prendre contact avec Kokichi Mikimoto, malgré les lettres en japonais que Tyndall lui avait fait envoyer après en avoir pesé chaque mot. Mais sa persévérance finit par payer et il reçut une invitation, après quoi il demanda à Yoshi, parti dans son village, de le rejoindre. Puis ils prirent un petit bateau à moteur direction l'île de Tatoku, dans la baie d'Ago, où Mikimoto avait mis au point sa méthode de perliculture.

Alors que l'embarcation approchait du littoral, Tyndall et Yoshi remarquèrent des baquets qui flottaient sur la mer, maintenus par des cordes. Yoshi en toucha un mot au Japonais qui tenait la barre. Il sourit et ralentit pour leur permettre de mieux voir les installations. Soudain, des femmes surgirent à la surface de l'eau et déposèrent dans les baquets les huîtres qu'elles venaient de pêcher. Elles plongeaient en apnée, sans aucun équipement. Yoshi traduisit les explications du marin japonais à Tyndall.

— Les femmes plongent mieux que les hommes. Elles descendent à cinq brasses sans problème.

Vêtues d'un pagne traditionnel blanc et d'une blouse pudique, les cheveux attachés en chignon à la base de la nuque, elles plongeaient et remontaient à la surface avec aisance, comme des dauphins, tandis que des hommes installés dans des barques récupéraient les baquets une fois qu'ils étaient pleins.

Tyndall repensa aux femmes aborigènes des débuts de l'industrie perlière australienne.

— Elles sont plus à l'aise que nous avec le scaphandre, hein, Yoshi ? lança-t-il.

— Avec un peu de chance, y en a une qui voudra bien m'épouser, sourit Yoshi.

Tyndall s'assit sur un coussin face à Mikimoto en repliant non sans mal ses longues jambes sous ses fesses. Mikimoto, qui portait un kimono en coton, était un homme aux traits affirmés et à l'allure encore juvénile en dépit de ses cinquante ans. Deux petits bols contenant du thé brûlant leur furent servis sur la table basse en merisier qui se trouvait entre eux.

— Alors, capitaine Tyndall, dit Mikimoto en anglais, vous avez l'intention de faire pousser des perles comme des champignons ?

— Je suis votre exemple, Mikimoto-*san* !

L'homme renversa la tête en arrière et partit dans un rire sonore.

— Bien vu. J'avais un rêve et je n'ai pas baissé les bras. Cela m'a beaucoup coûté, mon temps, mon argent, ma vie de famille et même ma réputation. Ma chère Ume, ma défunte épouse, a toujours été à mes côtés et c'est grâce à elle que j'ai pu poursuivre mes expériences. Malheureusement, elle n'était plus là le jour où j'ai enfin réussi à créer une perle à l'arrondi parfait. C'est une leçon : écouter ce que son cœur désire et ne jamais renoncer.

Tyndall pensa aussitôt à Olivia mais s'efforça de se concentrer sur la raison de sa visite. Mikimoto répondit à ses questions sur la perliculture sans pour autant divulguer aucun de ses secrets.

Après avoir visité l'exploitation, Tyndall et Yoshi repartirent avec la conviction que cela valait la peine de tenter l'expérience dans les petites criques du nord-ouest, à l'abri des regards. Yoshi retourna dans son village afin d'organiser la venue en Australie de la jeune femme qu'il avait choisie pour épouse, puis rejoignit Tyndall à Yokohama et tous deux regagnèrent Broome.

Ils n'étaient rentrés que depuis quelques jours lorsque la guerre fut déclarée en Europe. Les projets d'expansion de Tyndall subirent un coup d'arrêt, et plus le conflit durait, plus l'industrie perlière pâtissait de la crise.

En regardant son jeune fils campé fièrement devant elle, si beau dans son uniforme de la marine royale australienne, Olivia ne put s'empêcher de ressentir une angoisse qui n'échappa pas à Hamish.

— Ne t'inquiète pas, maman. Je ne vais pas prendre la mer avant plusieurs mois.

— En es-tu sûr, mon chéri ? C'est tout à ton honneur de t'enrôler, mais tu n'as que vingt ans…

— Papa et toi êtes nés en Angleterre. Il est donc de mon devoir de défendre l'empire.

Bien qu'Olivia admirât son patriotisme, elle s'inquiétait des dangers auxquels il serait confronté. De son côté, Hamish s'engageait non seulement pour vivre une aventure et servir son pays, mais aussi pour préparer sa future carrière dans la marine. En effet, il ressentait l'appel de la mer depuis son premier voyage avec Tyndall à bord du lougre qui portait le prénom de son père.

Hamish était entré comme cadet dans la réserve de la marine royale australienne alors qu'il était encore scolarisé, participant à des exercices hebdomadaires, à des camps annuels et à des formations ponctuelles. Ainsi, lorsque la guerre éclata, il s'enrôla dans une unité du génie stationnée à Albany qui avait pour mission d'aménager des points de mouillage pour les navires de guerre ainsi que des postes de surveillance.

Ce fut à cette période qu'Hamish écrivit à Tyndall :

Cher oncle John,

Je n'ai jamais été aussi heureux de toute ma vie ! Même si je reste conscient du devoir qui nous a appelés ici et de l'importance du travail qui nous attend, j'en profite pour me faire plein d'amis. Tu serais si fier de mes connaissances maritimes… Je me rends compte à présent de tout ce que tu m'as appris et je t'en suis reconnaissant. Cependant, tu nous trouverais sans doute bien « précieux » dans nos uniformes immaculés !

Bien que le quotidien d'un marin et la vie à bord d'un lougre ne soient certainement pas comparables, j'ai hâte d'être un jour assez aguerri pour participer aux expéditions de L'Étoile de la mer.

Je sais que tu veilleras sur maman, peu importent les circonstances. Gilbert est un homme bon et c'est ce dont elle a besoin. Mais tu as toujours eu une place à part dans notre vie et je pense souvent à toi. Transmets mes amitiés à Ahmed, Yoshi, Taki et tous les autres.

Hamish

Quelques semaines plus tard, Hamish écrivit à sa mère :

Albany, octobre 1914

Je me plais ici et j'ai rencontré une jeune fille très bien. J'espère que tu la rencontreras un jour… après la guerre. En attendant, je n'ai qu'une envie, embarquer sur l'un des nombreux navires rassemblés au port ! C'est très impressionnant de voir autant de transports de troupes et d'escorteurs. Dire qu'ils ont convergé ici depuis l'Australie et la Nouvelle-Zélande… Bientôt, ils partiront à l'autre bout du monde.

Peu après, Hamish entendit parler d'un prochain départ pour l'Europe à bord du *Port Macquarie* et négocia un transfert. Lors de sa dernière permission en juin 1915, il embarqua sur un bateau à vapeur direction Fremantle pour dire au revoir à sa mère.

Autour d'une tasse de thé et d'une part de son gâteau préféré, Hamish lui expliqua en quoi consistait sa mission.

— Le Conseil de la marine envoie tout un convoi de soldats, d'équipements, de véhicules et de chevaux pour servir en Europe.

— Mais que vas-tu faire précisément, mon chéri ?

— Construire des ponts, des jetées, des embarcadères et des pontons pour permettre l'arrivée sur les plages d'invasion. Nous restons des officiers de marine mais nous passerons peut-être parfois sous les ordres de l'armée de terre.

— Y a-t-il un risque que tu sois envoyé au front ? s'enquit Olivia avec appréhension.

— Pas officiellement. Mais si nous devons aller nous battre, nous n'hésiterons pas, répondit Hamish d'un ton enthousiaste.

— Sois prudent, je t'en supplie, insista Olivia en lui prenant la main, avant d'ajouter avec un léger sourire : j'imagine que c'est bête à dire.

Hamish lui tapota la main.

— Maman, je ne supporterai pas de savoir que tu te fais du mauvais sang à longueur de temps, alors jure-moi de ne pas t'inquiéter. Pense à toutes les grandes choses que je vais accomplir, aux endroits que je vais découvrir. Dis-toi que je suis dans mon élément. Et si, sait-on jamais, je ne revenais pas, tu dois me promettre de ne pas être triste et…

— Ne dis pas ça, Hamish ! N'y songe même pas.

— C'est une possibilité à envisager, maman. J'y ai réfléchi et puis, tu sais… Je n'ai pas peur de la mort, alors souviens-t'en. Je veux que tu continues à vivre et que tu sois heureuse. Ainsi, je partirai le cœur léger.

Elle hocha la tête, l'embrassa sur la joue et le serra contre elle un long moment. Puis il se redressa, se resservit une part de gâteau et lui raconta son passage à Melbourne.

Au moment des adieux, Olivia puisa au plus profond d'elle-même pour garder son sang-froid.

— Tu ne veux pas que je t'accompagne jusqu'à Melbourne, tu es sûr ?

— Ce n'est pas un départ en grande pompe, contrairement au convoi qui a quitté Albany. Le *Port*, comme nous l'appelons, quittera tranquillement Port Philip sans tambours ni trompettes. Je préfère me souvenir de toi dans ce joli salon qui sent bon le gâteau et le thé, pas sur un dock balayé par le vent et la pluie.

— Les pauvres chevaux... J'espère qu'ils vont survivre au voyage, murmura Olivia, l'air absent.

Ils s'étreignirent longuement.

— Je vais dire au revoir à Gilbert et Mollie avant de partir. Reste là. Je t'aime, maman.

Arrivé sur le seuil, il se retourna, lui souffla un baiser puis referma doucement la porte derrière lui.

Tyndall écrivit à Olivia pour l'informer qu'il restait à Broome, même si les activités de la compagnie étaient en suspens. Certains opportunistes profitaient de la situation pour descendre des îles Aru, au nord, réclamer les licences non utilisées et constituer leurs propres flottes. Ces hommes, qui avaient jusqu'à présent employé une main-d'œuvre bon marché et exploité la zone juste à l'extérieur de la limite des trois milles, n'étaient pas les bienvenus à Broome. Tyndall ne comptait pas leur abandonner aussi facilement ce qu'il s'était échiné à construire, mais il reconnut dans sa lettre que les affaires allaient mal et qu'il serait difficile de maintenir la flotte en l'état, si la guerre venait à durer.

Le marché de la perle était en effet moribond, les acheteurs à Vienne et Paris annulaient leurs contrats, Broome devenait une ville fantôme. Certains perliers avaient déposé le bilan, d'autres tâchaient de ne pas se décourager et tentaient l'aventure dans le sud du pays ou à l'étranger. Quant à ceux qui n'étaient plus solvables, ils vendirent leurs bateaux, payèrent la solde de leurs membres d'équipage et devinrent ce qu'on appelait des « perliers de véranda ».

Tyndall, comme bon nombre d'entrepreneurs, s'inquiétait de la place grandissante des Japonais. Ceux-ci étaient réunis en un groupe influent de propriétaires et de marchands qui agissaient comme des banquiers auprès des plongeurs et marins japonais mêlés à des affaires de jeux, de ventes de perles au marché noir et de contrefaçons. Officiellement, un Japonais ne pouvait pas posséder de lougre, aussi soudoyaient-ils des « propriétaires » blancs pour qu'ils leur servent de prête-noms. La contrefaçon gagnait de plus en plus de terrain sans que personne n'intervînt, alors que le problème était connu des autorités.

Des voix s'élevaient contre la mainmise des Japonais sur le secteur mais se voyaient objecter qu'y mettre fin était « trop difficile ». Dans le même temps, les Japonais renforçaient leur position en refusant de former des plongeurs d'autres nationalités.

Lorsque Tyndall tenta de réunir les maîtres perliers blancs en coopérative, son projet ne fut pas bien accueilli. Ce milieu avait toujours attiré des hommes indépendants, certes prêts à socialiser avec leurs confrères mais qui, dès lors qu'il s'agissait d'argent, faisaient passer leurs intérêts avant ceux de la profession dans son ensemble.

Le seul sujet sur lequel ils tombèrent d'accord fut l'augmentation effarante des paralysies mortelles depuis la disparition des pompes à bras au profit des compresseurs à moteur. Si ceux-ci permettaient aux plongeurs d'atteindre des profondeurs plus importantes, les risques étaient accrus d'autant. Les plongeurs avaient en horreur la remontée par étapes qu'imposait cette pratique extrême, ils préféraient s'en remettre à un porte-bonheur que de rester suspendus à différents niveaux alors qu'ils progressaient vers la surface. Nombre d'entre eux durent leur salut à la chambre de décompression en acier présentée à l'hôpital de Broome par l'entreprise Heinke & Co, ainsi qu'aux scaphandres de Siebe Gorman, une société installée à Londres.

Assis à son bureau, penché sur un calepin, Tyndall travaillait à la rédaction d'une lettre ouverte adressée à tous les maîtres perliers de Broome. Après plusieurs versions qui finirent dans la corbeille à papier, il relut une dernière fois son œuvre avec satisfaction. Il proposait la perliculture comme activité annexe, revenait sur la visite qu'il avait rendue à Mikimoto et démontrait comment les perles de culture pouvaient venir à la rescousse d'un secteur en péril, tout en précisant que, loin de dénaturer les perles naturelles, elles en augmenteraient la valeur. Il expliquait que Mikimoto travaillait selon des critères très exigeants et que les perles non conformes étaient détruites. Il soulignait également que les perles de culture étaient produites par l'huître selon le même procédé que dans la nature une fois un « nucléus » introduit. Comme le recours à la nacre était menacé par l'industrie émergente du plastique, la création d'un marché intermédiaire de perles moins coûteuses était un moyen d'assurer la survie de leur métier.

On aurait dit que j'avais tiré un boulet de canon depuis Buccaneer Rock. L'Association des maîtres perliers et le Club japonais sont vent debout et m'accusent de vouloir saboter le secteur. Je passe outre les piques de mes amis du Lugger Bar. Je sais que certains y réfléchissent. Pour d'autres, c'est comme si je n'existais plus ! Seuls Toby et Mabel me soutiennent ouvertement pour l'instant. Ahmed est sceptique, mais je sais qu'il sera à mes côtés quoi que je décide. Quant à Yoshi, il est enthousiaste. Je suis toutefois surpris du manque d'intérêt de la communauté japonaise. D'après Yoshi, le sujet suscite de grandes inquiétudes au sein du Club. Qu'en pense ma chère associée ?

Affectueusement,

Tyndall

Cher John,

S'agissant de la perliculture, je crains de ne pas être la plus à même de te conseiller. L'option semble intéressante mais j'aimerais voir quelques spécimens. À combien se chiffreraient les installations nécessaires ? La perliculture n'en est qu'à ses balbutiements, il est peut-être prématuré de se lancer dans un tel projet. Plantons la graine comme le nucléus dans l'huître et attendons qu'elle germe. En d'autres termes, laissons la nature suivre son cours. Tu as tendance à être impétueux et à foncer droit devant.

Je suis navrée de ne pas me montrer plus enthousiaste, mais je connais la situation financière de L'Étoile de la mer et je suis également très prise par mon travail au foyer, que je trouve toujours aussi gratifiant. Hélas, les jeunes femmes à secourir ne manquent pas, avec tous ces hommes qui partent se battre.

J'espère que tu te portes bien. Toutes mes amitiés à Ahmed et aux autres employés.

Olivia

Tyndall replia sa lettre et la rangea soigneusement dans un tiroir avec le reste de leur correspondance. Au-delà de ces quelques mots polis, dépourvus de la moindre affection, il fut blessé par le manque d'intérêt d'Olivia. Décidément, il ne l'imaginait pas se consacrer corps et âme à un foyer pour jeunes femmes en situation de précarité.

Le débat suscité par le projet de Tyndall atteignit son paroxysme lors d'une réunion organisée par l'Association des maîtres perliers à l'hôtel Continental « pour toutes les parties intéressées ».

Dans la salle à manger étaient rassemblés des maîtres perliers venus avec leurs épouses, des entrepreneurs et, assis tout au fond, des membres influents de la communauté japonaise.

La présence de ces derniers provoqua quelques remous mais, après discussion avec M. Takahashi, qui dirigeait plusieurs magasins en ville, il fut convenu qu'ils pouvaient rester, sachant qu'ils risquaient d'entendre des remarques désobligeantes à leur égard.

M. Takahashi inclina la tête en signe de compréhension.

Une fois que tous les participants furent installés, le président de l'Association, M. Bernard, se leva derrière la petite table qui leur faisait face, reprit les propositions de Tyndall et suggéra d'écouter les différents points de vue. Plusieurs hommes bondirent et condamnèrent le projet les uns après les autres.

Assis à côté du président, Tyndall fulminait. Finalement, n'y tenant plus, il se leva à son tour et vitupéra :

— Contrairement à ce que vous dites, les perles de culture sont de *vraies* perles ! Elles ne sont pas une menace pour les perles naturelles !

Un autre perlier intervint.

— J'ai assisté à des essais de perliculture sur l'île Thursday, c'est un procédé complexe pour un résultat qui laisse franchement à désirer. J'ai également vu des perles japonaises dont le lustre était de piètre qualité. Si nous utilisons nos huîtres, qui sont bien supérieures, le risque est de produire des perles dont la nacre sera plus belle que nos perles naturelles, qui s'en trouveront alors dévaluées.

Il n'en fallut pas plus à Tyndall pour protester de nouveau.

— C'est tout l'intérêt ! Nous produirons de belles perles, avec un lustre tout à fait correct, qui répondront à la demande des gens qui n'ont pas les moyens de s'en payer de vraies !

Comme les réactions fusaient, Tyndall se rassit, le visage fermé, déçu du manque de soutien et d'ambition des autres maîtres perliers. Mabel Metta lui adressa un sourire d'encouragement qu'il accueillit d'un haussement d'épaules.

Le débat porta ensuite sur le contrôle de la perliculture, en admettant que celle-ci vît le jour. Très vite, quelqu'un dit tout haut ce qu'ils étaient nombreux à penser tout bas.

— Tôt ou tard, et certainement plutôt tôt que tard, les Japonais se l'approprieront, cria un maître perlier, déclenchant des murmures d'approbation chez presque tous les Blancs présents. Nous avons eu assez de problèmes avec leurs contrefaçons. Vous pouvez déjà parier qu'ils manœuvreront de sorte à s'approprier le monopole, et nous nous retrouverons sans rien.

S'ensuivit un tonnerre d'applaudissements, puis une voix polie s'éleva du fond de la salle.

— Monsieur le président.

C'était M. Takahashi. Toutes les têtes se tournèrent vers lui alors que M. Bernard lui donnait la parole.

— Après discussion, nous avons décidé de ne pas nous associer au projet du capitaine Tyndall, dit M. Takahashi après avoir esquissé une révérence. Nous pensons qu'il nuirait à la réputation de Broome, à nos plongeurs, aux entrepreneurs, et attiserait les tensions entre notre communauté et les Blancs. Nous n'autoriserons aucun Japonais à fabriquer des perles.

Après qu'il se fut rassis sous les acclamations, toute l'attention de l'assistance convergea de nouveau vers Tyndall. Celui-ci se leva lentement et affirma d'une voix calme :

— J'ai entendu les différents avis et je pense que vous vous trompez, que vous ne vous projetez pas sur le long terme. Kokichi Mikimoto a une vision, un rêve et une passion. Il pense à l'avenir. Un jour, Broome produira des perles à l'arrondi, au lustre et à la qualité tels que mon ami Tobias Metta ici présent ne saura pas les distinguer de celles que les plongeurs remontent actuellement du fond des mers.

Tyndall ne s'attarda pas après la réunion, préférant rentrer au siège avec l'intention d'écrire un compte rendu détaillé à Olivia. Mais au bout d'une demi-page, il roula sa feuille en boule, la balança par-dessus son épaule et se servit un verre de whisky.

Quelques semaines plus tard, il reçut une lettre d'Olivia qui ne lui fut pas d'un grand réconfort.

Cher John,

J'ai lu dans le journal un article revenant sur la réunion organisée par l'Association des maîtres perliers. J'imagine ton abattement. Les Metta m'ont raconté que tu avais vaillamment défendu ton projet. Il se peut que tu sois en avance sur ton temps, John. Les temps sont durs, avec cette guerre qui fait rage et ce bilan qui ne cesse de s'alourdir. Sois patient ; ton heure viendra, j'en suis sûre.

Il rangea la lettre dans le tiroir dévolu à sa correspondance et s'adressa avec amertume à la pièce vide.

— Tout ce qui m'importe, Olivia, c'est d'être avec toi. Mais cet espoir s'éloigne de plus en plus.

Olivia guettait les lettres d'Hamish, trop espacées à son goût. Quand elle reçut enfin une enveloppe épaisse expédiée de Port Saïd, elle se prépara une tasse de thé et s'installa au salon pour en savourer chaque ligne.

Hamish expliqua d'abord que cette lettre avait été confiée en toute illégalité à un ami qui se chargerait de la poster afin de contourner la censure. Il évoqua ensuite ses camarades, les endroits qu'il avait découverts, les gens qu'il avait rencontrés, ce qui lui manquait au pays…

*… surtout toi, ma chère maman. Les chevaux ont souffert lors du voyage en mer: nous en avons perdu soixante-dix-neuf de maladie et d'épuisement entre Melbourne et Bombay. Nous avons ensuite été envoyés dans le détroit des Dardanelles pour aider le IXe corps d'armée à débarquer en baie de Suvla. Mais comme nous n'avions ni remorqueur ni allège pour le déchargement, il a fallu fabriquer des radeaux de fortune pour acheminer les hommes, les vivres et les équipements à terre. Nous étions sur le départ lorsqu'on nous a annoncé avoir trouvé un petit vapeur, l'*Itria*. Nous avons donc dû démonter les radeaux et rapatrier tout le chargement! Puis nous nous sommes entraînés à construire des pontons pendant cinq jours. Maintenant, tout est rechargé sur l'*Itria* *en attendant le « vrai » débarquement. Nous avons travaillé d'arrache-pied, mais pour reprendre les mots de notre commandant, il n'est pas question d'échouer!*

***

Le 7 août, l'*Itria* mouilla au large de la plage du débarquement, et au crépuscule, Hamish fut dans le premier groupe à fouler le sable avec pour objectif de construire un ponton à partir de fûts et de troncs d'arbres. Les soldats ne fermèrent pas l'œil au cours des quarante-huit heures qui suivirent et travaillèrent sous les tirs d'obus et le feu nourri de l'artillerie ennemie; ils essuyèrent même le raid d'un avion Taube. Finalement, ordre fut donné de se replier.

Le 12 août, l'unité d'Hamish fut envoyée à terre pour organiser le ravitaillement. Hamish s'efforça d'ignorer les tirs sporadiques alors que lui et ses camarades s'activaient pour enterrer à la hâte des fûts dans le sable. Lorsque ce fut chose faite, ils remplirent ces citernes de fortune à l'aide de pompes et de lances à incendie empruntées sur les bateaux. Les hommes qui ne succombaient pas immédiatement à leurs blessures mouraient de paratyphoïde, de jaunisse, de pneumonie ou de septicémie due aux mouches et à la saleté sur des plaies même superficielles.

Alors qu'Hamish creusait un trou dans le sable pour y planter un poteau, un soldat qui se trouvait à quelques mètres de lui fut abattu et roula à ses pieds. Sans réfléchir, pris d'une bouffée de colère, Hamish saisit le fusil de son camarade et rampa jusqu'au sommet de la dune. Caché derrière des rochers, il attendit quelques minutes jusqu'à ce qu'il repérât une silhouette qui se détachait sur le ciel. Il tira encore et encore. Une fois certain d'avoir fait mouche, il retourna à son poste en ressentant une immense satisfaction.

— Vous autres marins n'êtes pas censés vous battre! cria un officier de l'armée de terre. Enfin, c'était bien visé.

Plutôt content de lui, Hamish sourit à l'homme qui appuya son propos d'un pouce en l'air, puis retourna à l'allège. Il allait monter à bord quand il ressentit une vive douleur dans le dos. Il cria, perdit connaissance et glissa sous la surface de l'eau rougie par le sang.

Chez les Shaw, toute la maisonnée se figea en apprenant le décès d'Hamish. Gilbert restait auprès d'Olivia qui, après avoir refusé tout sédatif, s'interrogeait sans fin sur Dieu et Sa cruauté. Elle ne savait pas ce qu'elle avait fait pour mériter pareil châtiment et se demandait comment elle allait continuer à vivre.

Gilbert lui prit la main.

— Il le faut et je sais que tu y parviendras. Hamish était tellement fier de ce que tu accomplis ici. Tu viens en aide aux autres. Ne m'as-tu pas dit qu'il t'encourageait dans ses lettres à veiller sur ces jeunes femmes ?

— Mais qui va veiller sur moi ? murmura Olivia.

— Moi, ma chérie. Nous tous ici. Mais tu dois t'occuper de toi aussi. Il y a tant de souffrance en ces temps de guerre… Tu vis un deuil cruel, et ta façon de le surmonter déterminera ta vie future.

— Je me fiche de ce qui peut bien arriver désormais.

— Olivia… ce n'est pas vrai. Écoute-moi. Une jeune fille vient de frapper à notre porte. Elle est enceinte et son mari – ou amant, je ne sais plus, en tout cas elle en était éperdument amoureuse – a été tué. Aide-la, et ainsi tu t'aideras toi-même. Fais-moi confiance.

— Mais comment, Gilbert ? Mon premier réflexe serait de lui dire de ne pas garder le bébé. Personne ne veut connaître la douleur de perdre son enfant.

À ces mots, Olivia s'effondra dans les bras de Gilbert et sanglota.

Lorsque Tyndall apprit la mort d'Hamish, il l'annonça sans attendre à Ahmed, Yoshi et Taki, qui à leur tour informèrent tous ceux qui l'avaient connu alors qu'il n'était encore qu'un petit garçon. Le cœur de Tyndall saignait pour Olivia, il ne souhaitait qu'une chose, la rejoindre au plus vite et la réconforter, mais il savait que ce n'était pas sa place. Il peina à lui écrire une lettre, essayant de trouver les mots justes pour évoquer ce nouveau deuil.

Ma chère Olivia,

Moi aussi, j'aimais profondément Hamish, que je considérais comme un fils depuis le meurtre de Conrad et la disparition de Maya. J'aime à croire que son amour de la mer remonte aux jours heureux que nous avons connus à Broome. Je voudrais tellement adoucir ton chagrin. J'ai toutes les peines du monde à comprendre pourquoi Dieu l'a rappelé à Lui, ainsi que tant de jeunes hommes prometteurs et pleins d'espoirs. Sois fière d'Hamish, il a accompli son devoir avec courage. Il y a sans doute une raison à tout cela, mais laquelle ? J'aimerais tant être d'un plus grand réconfort. Mais je suis à tes côtés en pensée et je chéris les bons moments que nous avons partagés. Garde-les en mémoire, Olivia.

Tu sais que si tu as besoin de moi, j'arriverai immédiatement.

Ton toujours dévoué,

Tyndall

Olivia parcourut la lettre rapidement puis la glissa dans la poche de sa jupe. Plusieurs fois dans la journée, elle la sortit pour la relire, avant de la ranger d'un geste décidé. La tendresse exprimée dans ces lignes la touchait au plus profond d'elle-même. Elle comprit que d'autres avaient aimé Hamish, qu'il avait marqué bien des vies. Des souvenirs affluèrent : le garçonnet qu'Ahmed promenait sur ses épaules, qui essayait le casque de Yoshi, qui se tenait à la barre aux côtés de Tyndall. Olivia fut quelque peu réconfortée à l'idée qu'à travers ces moments partagés, Hamish demeurait vivant dans d'autres cœurs que le sien.

La patience de Gilbert, sa compréhension et ses conseils avisés finirent par percer le voile de chagrin dans lequel Olivia s'était enveloppée. Elle se remit au travail en s'efforçant de masquer sa peine et en gardant à l'esprit que venir au secours d'autrui l'aiderait sans doute à surmonter son désespoir. Elle demanda à Gilbert de faire savoir à leur entourage qu'elle ne voulait pas de compassion ni de pitié. Elle retourna à la tâche et affronta avec stoïcisme chaque minute de chaque journée comme un obstacle à effacer.

Le personnel respecta son souhait et n'évoqua pas la mort d'Hamish. Comme le disait Gilbert, c'était la guerre, et chacun connaissait une famille qui était frappée par le même drame. La meilleure façon de continuer à vivre était de mettre le passé derrière soi et d'avancer.

Le matin de son retour au travail, Olivia rencontra la nouvelle venue qui partageait une chambre avec trois autres jeunes filles.

Elles se sourirent puis Olivia consulta son dossier médical.

— Maria, tu es en bonne santé et tu m'en vois ravie. Je suis sûre que tout va bien se passer.

Olivia s'assit sur le lit où Maria était assise en tailleur, vêtue de la blouse remise à toutes les arrivantes pour leur examen médical. Voyant que des larmes coulaient sur ses joues, Olivia lui prit la main.

— Ma petite, je sais ce que tu ressens, vraiment...

Comme Maria levait vers elle un visage dur et colérique, Olivia parvint à ajouter :

— La guerre m'a pris mon fils.

Les traits de la jeune fille s'adoucirent quelque peu.

— Je ne comprends pas pourquoi il est parti, dit-elle avec amertume. Rien ne l'y obligeait.

— Souhaites-tu me parler un peu de lui ?

Maria secoua la tête.

— Alors je te propose un pacte, poursuivit Olivia. Nous pouvons partager notre chagrin, sans pour autant en parler à longueur de temps. C'est un fardeau que toi et moi devons porter. On dit qu'il faut laisser le temps faire son œuvre, un jour après l'autre. Tu dois penser à ton enfant.

— Je suis perdue. Il m'est impossible de retourner auprès de mes parents, ils auraient trop honte... Nous allions nous marier, mais il a dû partir juste avant. Tout est arrivé si vite...

— Attendons que la situation se décante. Tu changeras peut-être d'avis après la naissance du bébé, et eux aussi. Ils seront grands-parents, après tout.

Si Maria demeura sceptique, les propos d'Olivia lui apportèrent tout de même un peu de réconfort.

Maria s'adapta très vite au quotidien de Shaw House, s'émerveillant de la compassion, de l'aide et de la générosité montrées envers les pensionnaires. Comme elle aimait se rendre utile, Olivia lui confia de plus en plus de tâches, au point de lui proposer de devenir son assistante quand elle aurait accouché. En plus de ses compétences, Olivia appréciait son calme et son caractère agréable, et ce fut ainsi qu'un lien particulier se tissa entre elles.

Gilbert encouragea cette amitié dans l'espoir qu'Olivia y trouverait une distraction. Ils ne parlaient jamais d'Hamish car elle gardait toute sa tristesse profondément enfouie. Elle avait d'ailleurs rangé toutes ses photographies au fond d'un tiroir. Un soir, toutefois, Gilbert la surprit dans l'obscurité en train de serrer un cadre contre son cœur. Ne sachant pas qu'elle se trouvait dans la chambre, il alluma la lumière et resta sidéré face au désespoir qui se lisait sur son visage blême.

Le bébé décida de naître au beau milieu de la nuit, et lorsque le Dr Shaw fut appelé au chevet de Maria, Olivia insista pour l'accompagner.

Elle fut traversée par toutes sortes de sentiments, de pensées et d'émotions étranges alors qu'elle veillait sur la jeune fille en plein travail. Le souvenir de la naissance de James lui revint en mémoire avec une grande intensité, et l'espace d'un instant, la perte de ses deux fils, ses seuls enfants, menaça de la submerger. En agrippant la main de Maria, qui poussait de toutes ses forces pour donner la vie, elle pria pour que sa protégée ne connût jamais les mêmes souffrances.

— C'est une fille, annonça Gilbert en montrant le bébé qui hurlait à pleins poumons.

Elle était magnifique, avec ses cheveux et ses yeux foncés semblables à ceux de sa mère. Olivia la pesa, l'enveloppa dans une couverture et la déposa dans les bras de Maria. Celle-ci posa la tête sur l'oreiller et ferma les yeux tout en tenant son bébé.

— On dirait une petite poupée, murmura-t-elle tandis que des larmes perlaient entre ses cils.

Olivia lui caressa les cheveux et quitta la chambre en silence, le cœur gros, consciente que Maria pensait au père de l'enfant qui ne partagerait jamais sa joie.

21

Au cours des deux années qui suivirent, Maria devint l'une des clés de voûte de Shaw House. Olivia la forma à la comptabilité et au secrétariat, tout en gardant à l'esprit qu'un jour elle volerait de ses propres ailes. Quant à sa fille, douée d'un caractère particulièrement espiègle, elle menait toute la maisonnée par le bout du nez. Gilbert et Olivia riaient à ses facéties et la considéraient comme un membre de la famille.

De son côté, Maria avait tissé avec les Shaw un lien à la fois filial et amical. Elle n'était jamais retournée voir ses parents, se contentant de leur envoyer une lettre pour les informer qu'elle avait eu une fille et qu'elle avait choisi de l'élever par ses propres moyens. Dans une missive aussi brève qu'amère, sa mère lui dit que si elle s'était résolue à abandonner l'enfant, un retour parmi les siens aurait pu être envisageable.

Comme Maria mentionnait que le deuxième anniversaire de sa fille approchait, Olivia lui proposa d'organiser une petite fête, non seulement pour célébrer l'occasion mais pour distraire le personnel et les pensionnaires de Shaw House.

— Oh, Olivia, ce serait merveilleux ! s'exclama Maria, ravie. Cela ne m'était pas venu à l'idée alors qu'à son âge, elle pourra en profiter. Mon Dieu, il nous reste peu de temps pour les préparatifs.

— Voyons, son anniversaire est samedi prochain et demain, nous sommes dimanche. Nous pourrons passer te chercher à l'église, déjeuner ensemble et convenir des détails.

Spontanément, Maria sauta au cou d'Olivia.

— Merci. Cela nous laisse la semaine pour nous occuper de la décoration. Tout le monde va pouvoir participer et les enfants vont adorer.

Après l'office, Gilbert et Olivia s'arrêtèrent à l'église catholique et attendirent la sortie de la messe. Lorsque Maria et sa fille furent sorties, ils rentrèrent tous les quatre. Pendant que Gilbert lisait le journal sur la véranda, les deux femmes burent une tasse de thé accompagnée de biscuits dans le jardin, à l'ombre d'un arbre.

Elles dressèrent rapidement la liste des achats à prévoir pour la fête ainsi que le menu composé de gâteaux, de sandwichs, de gelées, de friandises et de cordial, le tout en riant à l'évocation des anniversaires auxquels elles avaient eu l'occasion de participer dans leur enfance.

Alors qu'elles allaient rapporter les tasses de thé à l'intérieur, Olivia remarqua sans penser à mal :

— Bien sûr, c'est dommage que ta famille ne soit pas présente.

Comme Maria ne répondait pas, Olivia tourna la tête vers elle et constata qu'elle retenait ses larmes.

— Je suis désolée, dit-elle avec gentillesse.

— Ce n'est rien, vraiment. Seulement je ne suis même pas sûre de connaître ma famille.

— Que veux-tu dire par là ?

Olivia se rassit et invita Maria à faire de même. La jeune fille prit une profonde inspiration.

— Je ne suis pas blanche. J'ai des origines aborigènes.

Alors qu'Olivia retenait son souffle, Maria poursuivit.

— J'ai été adoptée par un couple de Blancs qui vit à Albany, mais je sais que, quelque part, j'ai une deuxième famille.

Elle n'acheva pas sa phrase. Une fois encore, comme depuis tant d'années, elle tenta d'assembler les quelques bribes de souvenirs qui lui restaient de son ancienne vie.

Olivia se pencha vers elle et lui prit les mains, en espérant ainsi l'encourager dans ce qui semblait être un moment cathartique.

— Tu n'as jamais parlé de tes origines à qui que ce soit ?

— Non. Papa et maman n'ont jamais abordé le sujet, tout comme les bonnes sœurs à l'école. C'était à croire que cette partie-là de ma vie n'a jamais existé, et je m'en suis contentée. Je dois même dire que cela m'arrangeait, étant donné le traitement réservé aux enfants autochtones. Je ne sais pas, tout est si confus... J'ai bien essayé de refouler mes souvenirs, mais impossible de les chasser de mon esprit.

Olivia la dévisagea ; effectivement, la peau mate de Maria et ses yeux marron laissaient supposer des origines aborigènes.

— Quel genre de souvenirs ? s'enquit-elle.

— Des chants, mais pas en anglais, des feux de camp...

Maria s'interrompit, presque en transe.

— Continue, chuchota Olivia. Que vois-tu d'autre ?

— Je me souviens d'une nuit en particulier où ma mère et moi étions au centre de l'attention. Mais je ne me rappelle pas bien son visage.

La lèvre inférieure de Maria se mit à trembler. Olivia attendit patiemment qu'elle se ressaisît, tentant de l'aider en serrant ses mains entre les siennes.

— Ce n'était pas une fête, plutôt une cérémonie qui se tenait sous les étoiles. Et on m'a remis quelque chose, une sorte de cadeau, j'imagine.

Maria dégagea ses mains et montra un lien tressé qu'elle avait autour du cou.

— Je ne le porte que pour aller à la messe. J'ai l'impression qu'il y a un lien entre l'Église et ces souvenirs.

Elle décrocha le pendentif caché par son chemisier pour le montrer à Olivia.

Celle-ci crut qu'elle allait défaillir. Le sang se retira de son visage alors qu'elle vacillait, le souffle coupé.

— Que se passe-t-il ? s'écria Maria. Quelque chose ne va pas, Olivia ?

— Le pendentif, articula Olivia d'une voix rauque. Je n'arrive pas à le croire… J'ai déjà vu ce dessin de nombreuses fois.

Elle scruta Maria encore plus attentivement à la recherche d'une information qui viendrait confirmer l'hypothèse invraisemblable en train de germer dans son esprit.

— Niah avait le même pendentif.

Les deux femmes se regardèrent dans le blanc des yeux.

— Niah…, murmura Maria. Niah… Ce prénom me dit quelque chose. Qui était-ce ?

Olivia respira un grand coup.

— Ta mère, si je ne me trompe pas. Ta mère aborigène.

Maria lâcha le pendentif et saisit les mains d'Olivia.

— Ma… mère ? articula-t-elle avec difficulté. Mais comment… ?

— J'ai du mal à y croire, moi aussi. C'est une histoire qui remonte à plusieurs années, alors que tu étais encore toute petite, et qui reste à confirmer. Mais tout concorde, tes souvenirs, ton âge, ta beauté et surtout ton pendentif. Niah nous a expliqué que ce dessin était une sorte de totem familial.

— « Nous » ?

Cette fois, Olivia dut sortir un mouchoir et se tapoter les yeux.

— Ton père, si tu es bien Maya, s'appelle John Tyndall. C'était l'un de nos amis à l'époque où mon premier mari et moi vivions à Broome.

— Qui était-ce ?

— Tu peux en parler au présent. Il est maître perlier à Broome, et j'ai des parts dans la compagnie qu'il dirige. Mon mari était son associé.

— Il est blanc ?

— Oui. Mais je préfère ne pas tirer de conclusions hâtives.

Submergée par ce flot d'informations, Maria prit le temps de fermer les yeux pour se calmer et réfléchir posément.

— Y a-t-il un moyen de vérifier ? demanda-t-elle, les yeux toujours clos.

— Il faudrait rendre visite à tes parents adoptifs à Albany. Je n'en vois pas d'autre pour le moment. Si notre hypothèse se révèle exacte, tu t'appelles Maya et non Maria.

— Et Niah ?

Ces deux mots en disaient peu, mais le regard de Maria était éloquent.

— Elle est morte quand tu étais enfant. Je suis navrée.

— Qu'est-ce que vous complotez, toutes les deux ?

C'était la voix de Gilbert, qui les regardait depuis la véranda, le journal en visière.

— Je vous vois en grande conversation depuis tout à l'heure.

Olivia lui sourit.

— Viens, Gilbert. Nous allons te raconter ce que nous venons de découvrir.

Quelques jours après la fête d'anniversaire, Maria et Olivia prirent le train pour Albany. Ensemble, elles avaient écrit aux parents adoptifs de Maria pour les prévenir de leur arrivée, puis Olivia avait réservé un hôtel par téléphone car il fallait compter une journée de voyage depuis Perth. À la gare, elles montèrent dans un taxi qui les conduisit jusqu'au petit cottage des Barstow et arrivèrent à l'heure du thé.

M. Barstow, instituteur de son état, avait quitté ses élèves un peu plus tôt pour les recevoir et leur ouvrit la porte. C'était un homme à l'air sévère, avec une moustache fournie, une chevelure clairsemée et un col de chemise boutonné jusqu'au menton.

— Bonjour, Maria, dit-il après un silence, avec un hochement de tête tout en raideur. Et bonjour à vous, madame Shaw. Si vous voulez bien entrer, mon épouse est au salon.

— Je suis contente de te revoir, papa.

Lorsque Maria lui montra sa fille, l'homme ne broncha pas, se contentant de dévisager l'enfant qui tendait les bras dans sa direction.

Dans le corridor, une porte à doubles battants menait à un salon au mobilier dépareillé, pas de première jeunesse mais à l'évidence confortable. Sur une vieille desserte recouverte d'un napperon étaient disposés un assortiment de sandwichs, un *sponge cake* et un service à thé en argent légèrement oxydé.

En entrant, Maria tenta de briser la glace.

— Bonjour, maman. Je te présente ta petite-fille, et voici Mme Shaw.

La fillette, qui avait repéré le gâteau, voulut se ruer dessus et déséquilibra Maria. Spontanément, Mme Barstow rattrapa l'enfant et se retrouva avec sa petite-fille dans les bras, un peu gênée. L'enfant la dévisagea un instant, puis sourit et lui plaqua un gros bisou sur la joue. S'ensuivirent quelques rires – forcés, certes, mais qui eurent le mérite de détendre un peu l'atmosphère.

Olivia observa Mme Barstow pendant que celle-ci servait le thé. Très maigre, elle portait une robe verte à col en crochet dont la coupe était aussi stricte que sa chevelure poivre et sel.

Après avoir bu une gorgée de thé, Olivia revint en détail sur ce qu'elle pensait être l'enfance de Maria. Les Barstow l'écoutèrent en silence.

— Papa, maman, il faut que j'en aie le cœur net, dit Maria quand Olivia eut terminé.

— À quoi bon ? rétorqua son père. Tu n'as rien à voir avec les Aborigènes, tu es des nôtres. Plus tard, la petite en pâtirait, tu peux me croire. Cela ne sert à rien de ressasser le passé, tu t'es déjà bien assez compromise avec ce jeune homme… Comment as-tu pu nous humilier de la sorte, après tout ce que nous avons fait pour toi ?

— Je vous en prie, monsieur Barstow, intervint Olivia, n'accablez pas Maria. Cette situation n'est pas facile pour elle, vous savez.

— Pour nous non plus, souligna Mme Barstow en réajustant la broche qui décorait son col. La honte, les ragots, les regards…

— Maman, je suis désolée pour la peine que je vous ai infligée, mais dès que j'ai su que j'étais enceinte, il était pour moi hors de question d'abandonner le bébé.

— Essayons d'être concrets quant à la situation actuelle, dit Olivia en espérant ainsi apaiser les tensions. Maria est déterminée à connaître son passé. Si vous refusez de lui en parler, nous trouverons un autre moyen. Mais elle est en droit de savoir et vous ne pouvez le nier, peu importent les conséquences. C'est son choix.

Les époux se consultèrent du regard, puis M. Barstow fut distrait par la petite fille qui essayait de grimper sur ses genoux en tenant un biscuit à demi mangé.

— Quelle gentille enfant, dit-il d'une voix un peu adoucie.

Il prit délicatement le biscuit et essuya la main de la fillette avec une serviette. Après avoir esquissé un sourire fugace, Mme Barstow se dirigea vers un secrétaire, fouilla dans les tiroirs et sortit une enveloppe jaunie.

— Vous y trouverez la lettre que nous avons reçue lors de l'adoption. Elle comporte peu d'informations concernant son passé, excepté que Maria vient d'une mission aborigène établie dans le Nord, près de Broome, et qu'elle est née de père blanc. Les gens de la mission seront certainement en mesure de confirmer.

Elle laissa le temps à Olivia et Maria de lire la lettre.

— Vraiment, Maria, je pense que tu commets une grave erreur, finit-elle par dire.

— Maman, ces souvenirs m'ont hantée toute ma vie. J'avais trop peur ne fût-ce que de les évoquer, même avec toi. Mais maintenant que le mystère se lève, tu n'imagines pas à quel point je suis soulagée. Je sais que je passe pour une Blanche et que les Aborigènes sont souvent considérés comme des êtres inférieurs, mais je ne peux pas nier mon identité plus longtemps. C'est comme si quelque chose m'appelait, une sorte d'esprit…

Maria s'affaissa dans son fauteuil, porta une main à son front et ferma les yeux.

— En fait, tout est si confus que je ne m'attends pas à ce que vous compreniez, car moi-même je suis dans le flou.

Olivia lui prit la main brièvement puis se tourna vers les Barstow.

— Je pense que Broome sera notre prochaine étape. Merci infiniment de nous avoir montré cette lettre. Elle prouve que nous sommes sur la bonne voie et c'est déjà beaucoup.

La petite fille, qui réclamait de l'attention, essaya de grimper sur les genoux de Mme Barstow. Celle-ci, obéissant à un réflexe naturel, la prit dans ses bras.

— C'est une belle enfant.

— Et une sacrée boule d'énergie, je peux te l'assurer, s'empressa de répondre Maria, profitant du fait que sa mère s'adoucissait. Elle ne tient pas en place et c'est une vraie casse-cou.

— Un peu comme sa mère, n'est-ce pas, Charles ? dit Mme Barstow en jetant un regard en coin à son mari. Tu n'étais pas en reste à ton arrivée.

Olivia se laissa à son tour gagner par les souvenirs.

— Petite, Maya, ou Maria, était une tête brûlée. Elle jouait beaucoup avec mon fils et ils nous en ont fait voir de toutes les couleurs.

La discussion se poursuivit encore quelques minutes, mais les Barstow veillèrent à maintenir une certaine distance et Olivia comprit qu'elles n'en obtiendraient pas davantage. Elle indiqua que la petite montrait des signes de fatigue et qu'il était temps de rentrer à l'hôtel.

— Avant de partir, Maria, si tu veux bien prendre certaines des affaires que tu as laissées, dit Mme Barstow.

Maria lui emboîta le pas et récupéra dans l'armoire de sa chambre un vieux cartable contenant des bijoux bon marché, de vieilles lettres, une poupée de chiffon et quelques photographies.

Au moment des adieux, formels mais courtois, M. Barstow serra la main aux deux femmes et les salua d'un petit signe de tête. Quant à Mme Barstow, elle se laissa aller à embrasser Maria et sa fille endormie sur la joue.

— Tenez-nous informés, lança-t-elle depuis la véranda, alors que le petit groupe atteignait le portail.

Le lendemain, il n'y avait pas foule dans le train et elles eurent un compartiment en première classe rien qu'à elles. Olivia eut tout le temps de raconter des anecdotes sur Broome, Tyndall, L'Étoile de la mer, sa première rencontre avec les Aborigènes de la même tribu que Niah, la naissance de son premier fils ainsi que d'autres événements qui permirent à Maya de mieux appréhender cette part d'elle-même.

Plus Olivia parlait de Broome, plus Maya s'enthousiasmait.

— Je meurs d'envie de découvrir la ville. Est-ce bien vrai que nous y allons, Olivia ? Pour moi, c'est une véritable aventure et comme vous le savez, j'ai peu de moyens…

— Gilbert arrangera cela, ne pense pas à l'argent. J'ai hâte de voir la tête de John quand il te rencontrera. Ce sera un moment magique pour lui. Il t'aimait tellement…

Elles burent une tasse de thé puis s'assoupirent, bercées par le mouvement du train et le cliquetis hypnotisant des roues. Alors qu'elles avaient encore deux heures de trajet jusqu'à Perth, Maria prit son vieux cartable sur le porte-bagages situé au-dessus de sa tête et l'ouvrit.

— J'adorais cette poupée de chiffon, dit-elle à Olivia en serrant le jouet contre sa joue. Je n'ai jamais pu me résoudre à la jeter. Elle a toujours la même odeur.

Sous le regard amusé d'Olivia, elle essaya quelques-uns de ses bijoux de pacotille puis les donna ainsi que la poupée à sa fille pour la distraire.

Maya parcourut ensuite les photographies.

— Tenez, regardez. C'est moi après avoir terminé le lycée. Papa et maman étaient tellement fiers qu'ils ont réservé une séance chez un professionnel.

Elle montra à Olivia le cliché sur lequel elle figurait en uniforme, l'air studieux, en tenant un diplôme ceint d'un ruban.

Lorsque Olivia leva les yeux pour lui rendre la photographie, elle vit que Maya en contemplait une autre, les yeux embués de larmes.

— Que se passe-t-il ? finit-elle par demander d'une voix douce.

Maya hésita, tandis qu'une larme coulait sur sa joue.

— J'aimerais vous montrer. C'est l'homme que j'ai aimé. Que j'aime toujours. Son père.

Elle regarda sa fille, qui était occupée à jouer.

— Cela me ferait plaisir de le voir, répondit Olivia.

Maya lui tendit la photographie renforcée au dos par un morceau de carton. Elle eut à peine le temps de saisir l'expression de surprise d'Olivia que celle-ci perdit connaissance. Alerté par le cri de Maya, un passager qui se trouvait dans le compartiment voisin accourut. Ensemble, ils soulevèrent Olivia et l'allongèrent sur la banquette.

— Que s'est-il passé ? demanda le voyageur.

— Je ne sais pas, nous regardions des photographies et elle s'est évanouie.

— Curieux. Ah, elle reprend des couleurs.

Olivia rouvrit les yeux et demanda un verre d'eau. Puis elle se redressa, remercia l'homme et lui assura qu'elle était remise. Elle attendit qu'il eût regagné son compartiment pour réclamer la photographie. Dès que Maya la lui tendit, Olivia eut les larmes aux yeux.

— C'est Hamish. *Mon* Hamish…, balbutia-t-elle.

— Il s'appelait bien Hamish, mais que voulez-vous dire par là ? s'exclama Maya.

— C'est mon fils.

Maya crut recevoir un coup au creux de l'estomac.

— Votre fils ? Oh, mon Dieu…

Elle se jeta dans les bras d'Olivia et toutes deux fondirent en larmes, blotties l'une contre l'autre.

Lorsque Olivia et Maya furent accueillies à la descente du train par Gilbert, elles se lancèrent dans un récit qui le laissa pantois. Ignorant les passagers et les porteurs qui jouaient des coudes sur le quai, elles revinrent en détail sur ce qu'elles appelaient leur « petit miracle ».

Plus tard, de retour à la maison, Gilbert ouvrit une bouteille de champagne et invita les deux femmes à trinquer.

— Il faut au moins cela pour célébrer la nouvelle. À l'avenir ! Je suis ravi de t'accueillir dans notre famille, Maria… pardon, Maya. Je vais devoir m'y habituer. Et n'oublions pas la petite. Je crois que je n'ai jamais vu mon épouse aussi heureuse.

— C'est drôle de devenir grand-mère du jour au lendemain, renchérit Olivia. Mais n'est-ce pas merveilleux ?

Elle et Maya s'enlacèrent par la taille et trinquèrent de nouveau. Puis elles s'assirent pour discuter de la meilleure façon d'annoncer la nouvelle à Tyndall. Compte tenu des circonstances, elles exclurent de lui envoyer un télégramme et convinrent de prendre le prochain bateau pour Broome.

Le soir venu, une fois seule avec Gilbert dans leur chambre, Olivia le remercia d'avoir accueilli Maya à bras ouverts et approuvé leur voyage à Broome.

— J'y ai laissé un certain nombre d'affaires en suspens et il faut que j'y retourne, Gilbert.

— Bien sûr, je comprends.

Malgré sa joie, alors que Gilbert dormait, Olivia fut rattrapée par la perte d'Hamish et ne put retenir ses larmes, étouffant dans son oreiller le chagrin solitaire d'une mère portant le deuil de son fils. Elle finit toutefois par sécher ses larmes, trouvant un peu de réconfort dans ce lien qui l'unissait encore à lui en la personne de sa petite-fille, Georgiana.

Elles étaient toutes trois accoudées au bastingage tandis que le bateau à vapeur s'amarrait dans le port de Broome. Maya prit la main d'Olivia et la serra dans la sienne, tenant de l'autre la petite Georgiana qui sautillait sur place, surexcitée. Les odeurs, les sons, la chaleur, les couleurs de Broome, particulièrement vives dans le soleil matinal, étaient autant de repères familiers pour Olivia, qui oscillait entre joie et nostalgie.

— Je me souviens. Je me souviens…, murmura Maya, elle aussi très émue.

Olivia n'avait prévenu personne de son arrivée afin de s'assurer d'être celle qui réunirait Tyndall et Maya. Mais en scrutant le littoral, elle se rendit compte que de nombreux lougres étaient encore en mer. Ceux qui restaient à quai depuis le début de la guerre étaient recouverts de toile de jute et gisaient comme abandonnés dans les canaux de la mangrove.

Dans les rues familières qui menaient au Continental, Olivia remarqua que si de nouveaux bâtiments avaient été construits, d'autres avaient fermé à cause de la guerre, les commerces et les familles ne s'étant pas remises de la récession qui frappait l'industrie perlière. L'embrasement du conflit avait fait plonger le marché, et Olivia n'était pas sans savoir que les stocks accumulés avaient été liquidés à Londres et à New York pour un prix dérisoire. Dans une lettre, elle avait suggéré à Tyndall que L'Étoile de la mer se tournât vers d'autres activités mais il s'y était refusé, soulignant que la perle était toute sa vie et que le marché se remettrait d'aplomb une fois la guerre terminée.

Malgré la tristesse ambiante, Olivia se sentit étrangement légère alors qu'elles marchaient dans les jardins de l'hôtel. En chemin, quelques visages familiers la saluèrent d'un signe de tête surpris, mais elle se contenta de sourire et de murmurer quelques banalités sans s'arrêter. Au moment du débarquement, elle avait fait prévenir Toby et Mabel, avec qui elle était toujours en contact, en espérant qu'ils la rejoindraient dès que possible s'ils étaient en ville.

Olivia, Maya et Georgiana venaient de s'asseoir pour prendre une tasse de thé lorsque les Metta montèrent en courant les marches qui menaient à la véranda.

— Olivia, pourquoi ne nous avez-vous rien dit ? s'exclama Mabel, folle de joie, en tendant les bras vers elle. Quelle merveilleuse surprise !

Les deux femmes s'enlacèrent avec effusion.

— Où est votre merveilleux mari ?

— Il n'a pas pu m'accompagner, mais je ne suis pas venue seule.

Olivia se tourna vers la jeune femme et la fillette assises à sa table.

— Saurez-vous deviner de qui il s'agit ? demanda-t-elle.

Mabel, pensive, dévisagea Maya qui la regardait avec un sourire timide, ne sachant pas si elle était censée reconnaître la femme replète à la peau foncée.

— Elle me rappelle…

Pendant qu'elle fouillait dans sa mémoire, Toby murmura :

— Niah. Elle ressemble à Niah.

— En effet, c'est Maya, la fille de Tyndall et de Niah, applaudit Olivia. Et elle-même a une fille, Georgiana, surnommée Georgia, que voici.

Une fois que les Metta se furent assis dans un joyeux brouhaha, Olivia leur expliqua toute l'histoire depuis le début. Comme Georgiana commençait à s'agiter, Maya l'emmena se promener sur le front de mer.

— J'ai remarqué que certains bateaux étaient restés à quai. Quand Tyndall et Ahmed ont-ils prévu de rentrer ? s'enquit Olivia.

— D'un jour à l'autre, répondit Tobias.

Olivia hésita, puis se lança :

— Comment va John ? Il ne m'a pas écrit depuis un certain temps. J'aurais dû le prévenir que je me remariais, mais je ne savais pas comment lui annoncer. Tout est arrivé si vite, et ensuite, cette guerre…

Les Metta hochèrent la tête avec compassion, sachant combien Olivia avait été blessée et furieuse du retour d'Amy puis dévastée par la mort d'Hamish.

— Il a un peu changé mais c'est normal, j'imagine, répondit Toby. Même si les temps sont durs, il reste optimiste.

— Il s'est investi corps et âme dans L'Étoile de la mer et dans rien d'autre, souligna Mabel. C'est son moteur. Il sera enchanté de cette nouvelle.

Toby changea de sujet.

— Et vous, Olivia, êtes-vous heureuse ? La vie à Fremantle vous comble-t-elle ? s'enquit-il avec sollicitude. Tout semble si différent là-bas et je ne peux pas m'empêcher de penser que…

— Ça suffit, Tobias, l'interrompit Mabel.

Le gentil couple avait été abasourdi d'apprendre le mariage d'Olivia, pour ensuite se dire que c'était sans doute mieux ainsi.

— « Heureuse » ? dit Olivia, songeuse. Disons que je fais progressivement le deuil d'Hamish. Tant d'autres mères ont perdu un fils. Mais j'aurais voulu… Oh, inutile de s'appesantir sur les regrets. On ne peut pas changer le passé, seulement continuer à vivre en tentant d'apporter chaque jour un peu de sens à son existence.

— C'est aussi la philosophie de John, dit Mabel. Il a été très affecté par la mort d'Hamish et espérait que vous trouveriez du réconfort auprès du Dr Shaw. Mais comme vous, il compose avec les épreuves. J'ai toutefois l'impression qu'il est dans l'expectative. Il se laisse porter par les événements, mais c'est comme s'il attendait que sa vraie vie commence pour de bon.

— Les retrouvailles avec Maya et sa petite-fille vont lui redonner un coup de fouet, se réjouit Toby. Ont-elles prévu de rester à Broome ? Où est le mari de Maya ?

Olivia prit une profonde inspiration.

— Je ne vous ai pas encore tout dit. Non seulement j'ai retrouvé Maya, mais je viens de découvrir qu'Hamish était le père de son enfant. Ils avaient prévu de se marier après la guerre, et elle ne savait pas qu'elle était enceinte quand il est parti. Elle est arrivée au foyer où elle ne me connaissait que sous le nom de Mme Shaw, alors que le nom de famille d'Hamish était Hennessy.

Les Metta regardèrent Olivia avec stupéfaction, tandis qu'elle poursuivait :

— Ils se sont rencontrés à Albany lorsqu'il y était stationné. C'est là que vivent les parents adoptifs de Maya.

— Autrement dit, l'enfant est aussi votre petite-fille…

— Naturellement, Gilbert et moi souhaitons les accueillir sous notre toit. Mais John doit être informé et la décision finale revient bien sûr à Maya.

— Les voies de Dieu sont impénétrables et Il a fait en sorte de tous vous réunir, dit Mabel en tapotant la main d'Olivia.

— La flotte sera de retour dans un ou deux jours, précisa Toby. Quels sont vos projets, Olivia ? Pourquoi séjournez-vous au Continental et pas dans votre maison ? Minnie sait-elle que vous êtes là ?

— Non, j'ai prévu de lui rendre visite. Je n'ai prévenu personne. Il aurait fallu que j'explique la raison de mon voyage et j'ai pensé que ce serait plus simple d'arriver directement avec Maya, même si cela doit sembler un peu étrange.

Elle haussa les épaules.

— Quant à la maison, j'envisage de la vendre. Non seulement je n'ai aucune raison de la conserver, mais entre la conjoncture économique et les frais que j'ai engagés à Fremantle, j'ai besoin d'argent. Et puis je dois tourner la page. Ma vie est dans le Sud, désormais.

— Je vous déconseille de vendre maintenant, Olivia, souligna Toby. En ce moment, les gens quittent Broome, ils ne s'y installent pas. Cela nous a aussi traversé l'esprit, étant donné que je pourrais trouver du travail ailleurs. Seulement nous sommes ici chez nous, et nous allons tenir bon. Tyndall est persuadé que l'activité va reprendre et prédit une embellie sans précédent pour la prochaine décennie.

— J'espère qu'il a raison, répondit Olivia.

Au coucher du soleil, Olivia emmena Maya et Georgia voir sa maison. Maya, qui parlait peu, se dit submergée par tous les souvenirs qui lui revenaient en mémoire. Auparavant, elles étaient passées au hangar, et à la vue de Georgia qui courait entre les sacs d'huîtres éclairés par les lucarnes du toit en tôle, elle s'était crue face à son double. Elle s'était alors remémoré les voix à l'accent chantant, les effluves iodés des coquillages et le rire d'un homme à la silhouette élancée.

Alors qu'elles se tenaient à présent devant le portail de l'ancienne maison d'Olivia, celle-ci désigna le jardin et la véranda protégée du soleil par une vigne vierge.

— Te souviens-tu de cet endroit ? Ton père t'amenait ici quasiment tous les soirs.

Maya secoua la tête.

— Non, pas précisément. Mais je sais que je suis déjà venue.

À cet instant, Alf sortit de la maison, s'arrêta net puis accourut, le sourire jusqu'aux oreilles.

— M'dame, ça alors ! Minnie m'a rien dit.

— Parce qu'elle n'est pas au courant. C'est une surprise.

Une voix de femme retentit.

— J'en croyais pas mes yeux tout esquintés, je me suis dit que j'imaginais des choses, mais c'est bien M'dame et Alf qui discutent comme dans le temps.

Minnie descendit les marches de la véranda et alla au-devant d'Olivia, tandis que celle-ci entrait dans le jardin. À cause de l'arthrite, la gouvernante ne se déplaçait plus aussi vite qu'avant mais elle voulait s'assurer qu'elle n'avait pas la berlue, que c'était bien sa chère Olivia qui se tenait face à elle en souriant.

— Pourquoi vous et Mollie m'avez rien dit ? dit-elle, tellement émue qu'elle se mit à trembler. Enfin, pas grave, vous êtes là et avec une bonne nouvelle, hein ?

Alors que Minnie la serrait contre elle, Olivia sentit les larmes lui monter aux yeux. Minnie avait toujours été chère à son cœur.

— En effet, j'aimerais te présenter quelqu'un.

Sur ce, Georgia courut entre elles deux et grimpa sur la véranda.

— Voici Georgia, ajouta Olivia en riant puis, se tournant vers Maya : Et voici…

Elle s'interrompit en remarquant l'expression de Minnie.

— Je sais qui c'est, pas la peine de me présenter à ma propre famille. C'est Maya et elle a bien grandi. Tu as toujours le totem que ta mère t'a donné ?

Aussi intimidée que perplexe, Maya porta la main à son pendentif. Minnie l'examina et hocha la tête d'un air satisfait.

— Je ferais mieux d'aller préparer du thé, on a plein de choses à se raconter.

Elle ouvrit la marche et prit Georgia dans ses bras.

— Attention, ma petite, Minnie est là pour te surveiller !

Maya et Olivia échangèrent un sourire puis la suivirent à l'intérieur.

Le lendemain soir, avec l'aide de Rosminah et de Yusef, toutes les trois étaient installées dans la maison, et tout de suite, Olivia se sentit de nouveau chez elle dans ce lieu où elle revivait les jours heureux : sa vie paisible avec Conrad et Hamish, l'enthousiasme suscité par le lancement de L'Étoile de la mer, la complicité entre Hamish et Maya, les apéritifs avec Tyndall sur la véranda, l'amitié des Metta, les discussions autour des perles, des plongées, des lougres, les récits d'aventure. En comparaison, la vie à Fremantle était bien calme, presque trop. Olivia s'efforça de ne plus ressasser le passé et imagina pour la énième fois les retrouvailles entre Tyndall et sa fille. En attendant, c'était Georgia qui accaparait l'attention de tout le monde.

— Cette coquine va leur donner du fil à retordre, confia Minnie en aparté à Alf.

— Elle est encore petite, Minnie, laisse-lui le temps de grandir.

Yusef avait été chargé de guetter le retour de la flotte. Un matin, alors que la brume se levait sur la mangrove cernée par une eau aux reflets dorés, il distingua à l'horizon les contours de trois lougres bien chargés, à en juger par leurs coques qui étaient basses sur les flots.

Yusef courut vers la maison pour prévenir Olivia que Tyndall, Ahmed, Yoshi et le capitaine Evans allaient bientôt arriver au village de Dampier Creek.

À l'approche des retrouvailles, Olivia se sentit gagnée par la nervosité et constata qu'il en allait de même pour

Maya. Elles confièrent Georgia à Minnie puis se mirent en route.

À chacun de ses retours, Tyndall avait le souvenir d'Olivia qui le guettait depuis le rivage, cheveux au vent et main en visière au-dessus des yeux, trépignant d'impatience à l'idée de le retrouver et de savoir si la pêche était bonne.

Ce jour-là, le capitaine se pensa sous l'effet d'un mirage comme il en survenait souvent par temps chaud, secoua la tête et scruta de nouveau la côte, où les silhouettes trapues des huttes se détachaient sur les palmiers comme des sentinelles.

Elle était toujours là, flanquée d'une femme élancée aux cheveux sombres qui lui arrivaient jusqu'à la taille. Un instant, il crut revoir Niah penchée par-dessus le bastingage du *Shamrock*.

Mais ce n'était pas le fruit de son imagination, ainsi que le lui confirma Ahmed après l'avoir rejoint.

— M'dame est de retour, murmura-t-il. C'est qui avec elle, *tuan* ?

Tyndall haussa les épaules sans répondre, subjugué par la vue d'Olivia qui l'attendait, tandis que son cœur s'accélérait et que sa peau se couvrait de chair de poule.

Après avoir jeté l'ancre et remonté les jambes de son pantalon au-dessus des genoux, Tyndall, presque en transe, approcha du rivage à bord de la chaloupe puis avança dans la vase jusqu'à Olivia, désormais seule, et plongea dans son regard. Quant à Olivia, qui avait eu le temps de se préparer à ce moment, elle lui sourit, s'efforçant de paraître calme et de ne rien montrer de l'attirance que Tyndall exerçait toujours sur elle. Il lui prit les mains mais n'osa l'enlacer, sans quoi il l'aurait écrasée contre sa poitrine et ne l'aurait plus lâchée.

— Olivia… Cette fois, c'est moi qui suis surpris. Qu'est-ce qui t'amène ici ?

— Comment vas-tu, John ?

— Bien… Bien, étant donné les circonstances.

— Et cette expédition ?

— Correcte, mais je crois malheureusement qu'il va falloir une autre saison et des prix décents pour compenser nos pertes.

Ils prirent la direction du village.

— Ahmed ne va pas tarder à nous rejoindre. Il sera ravi de te voir, comme nous tous. Mais tu ne m'as pas dit ce que tu fais à Broome. Qui était avec toi tout à l'heure ?

— C'est précisément la raison de ma venue.

En ce moment fatidique, Olivia ne trouva plus ses mots. Devait-elle ménager Tyndall ou annoncer la nouvelle tout de go ? Tyndall pouvait être si imprévisible…

— John, cela risque d'être un choc… enfin, une surprise…

Frappé par le ton grave d'Olivia, Tyndall l'interrompit.

— Olivia, j'ai tendance à ne pas trop aimer tes surprises…

Lorsqu'ils tournèrent au coin du hangar, le regard de Tyndall se posa sur Maya, assise un peu plus loin sur une chaloupe retournée. Ébloui par le soleil, il plissa les yeux pour mieux distinguer son visage.

— John…, murmura Olivia en lui prenant le bras.

Maya se leva et se dirigea vers eux. Olivia ne dit rien tandis que la distance entre père et fille diminuait. Chacun sonda le visage de l'autre, et alors que Maya n'était plus qu'à quelques mètres, Tyndall se figea un instant et remarqua le pendentif gravé qu'elle portait sur son corsage rouge foncé. Ses cheveux, ses yeux, sa silhouette gracile, son sourire…

— Niah… Maya…, murmura-t-il.

À son tour, Maya reconnut l'homme brun qui portait une perle à l'oreille. Olivia prit la main de Maya et la posa entre celles de Tyndall.

— Oui, John, c'est Maya. Cela fait tellement longtemps, pour tous les deux…

— Comment…, balbutia Tyndall.

Sur ce, la sidération laissa place sur son visage à un large sourire et tous deux se sautèrent dans les bras en pleurant de joie. Alors que Maya se blottissait contre le torse de Tyndall, que celui-ci lui caressait les cheveux avec une douceur et une tendresse infinies, Olivia sentit les larmes lui monter aux yeux, si bien qu'elle dut détourner le regard. À la joie qu'elle ressentait pour eux vint se mêler une pointe d'envie sur laquelle elle préféra ne pas s'attarder.

Plus tard, autour d'une tasse de thé devant le hangar, ils reconstituèrent toute l'histoire. Lorsque Olivia expliqua le lien entre Hamish et Maya, Tyndall lui lança un regard éperdu d'amour.

— Cela semble tellement logique que nous soyons unis par nos enfants, Olivia, lui dit-il.

Maya les observa à la dérobée et comprit que des émotions d'une grande intensité couvaient sous la surface.

— Et nous avons une petite-fille en commun, John, renchérit Olivia en esquissant un sourire.

— N'en jetez plus ! rit Tyndall en se prenant la tête entre les mains.

Olivia se leva.

— En parlant de cette petite tornade, je vais vérifier que tout se passe bien à la maison. Je vous laisse vous retrouver un peu. Dîneras-tu avec nous, John ?

Il se leva à son tour et la serra brièvement dans ses bras.

— Bien sûr, et j'apporte le champagne. Ce sera le plus beau dîner de ma vie. Comment te remercier, Olivia ? J'ai cru que tout mon monde s'était écroulé quand je t'ai perdue. En retrouvant Maya, je retrouve goût à l'existence.

— Maya, profite bien de ce moment avec lui avant que Georgia l'accapare, dit Olivia.

Tyndall prit la main de sa fille.

— Veux-tu voir le déchargement des lougres ? Je ne sais pas si tu te souviens d'Ahmed…

— J'ai tellement de questions à te poser sur ma mère, dit Maya. J'ai bien quelques bribes de souvenirs, mais je veux en savoir plus sur elle et sur sa famille.

— N'hésite pas à t'adresser à Minnie. Elle vient de la même tribu aborigène que Niah, elle pourra te parler de Macassar.

Olivia s'éclipsa en les saluant de la main. Mais au lieu de rentrer chez elle, elle demanda à un sulky de la conduire à la maison que Tyndall avait fait construire pour eux. Elle la contourna à pied et constata que les arbres avaient poussé. Dommage qu'il n'y eût pas de jardin, car Olivia adorait les fleurs. Elle décida qu'un jour, elle aurait le jardin de ses rêves, où se côtoieraient des buissons aux couleurs vives, des arbres, des vignes, des fleurs aux senteurs délicates comme celles de son enfance en Angleterre. Lorsqu'elle décida d'en parler à Gilbert à son retour, Olivia tressaillit en songeant que c'était la première fois en plusieurs jours qu'elle pensait à lui. Elle s'aventura jusqu'à la véranda, s'assit dans un grand fauteuil en bois et contempla la baie où la marée se retirait de la mangrove, révélant les racines entremêlées et engluées de vase.

Elle ferma les yeux et pensa à Tyndall. Il ne faisait aucun doute que Maya resterait à Broome. Tyndall avait une famille, désormais.

Une fois encore, la perte d'Hamish la frappa de plein fouet. Il ne verrait pas Georgia grandir, il ne partagerait pas son quotidien ni ses projets avec elle. Sa voix douce, son sourire chaleureux lui manquaient terriblement. Si elle jalousait Tyndall, elle ne devait pas oublier qu'elle avait Gilbert. Alors que des larmes mouillaient ses joues, Olivia admit que la vie dans le Sud ne la satisfaisait pas pleinement. Elle resta un long moment assise, perdue dans ses pensées, puis prit une profonde inspiration, sécha ses larmes et regarda de nouveau l'eau turquoise. C'était si beau – l'immensité de la baie, le ciel indigo légèrement voilé, la douce brise dansant sur les vaguelettes. Elle chassa une mèche de cheveux de son visage puis, prise d'un regain d'optimisme, songea qu'il était temps de se laisser porter par la vie et de ne plus s'inquiéter pour l'avenir. Elle sourit, reconnaissant là l'effet que Broome avait sur les gens.

22

Jusqu'au soir, Georgia ne lâcha pas Minnie d'une semelle. La gouvernante la garda occupée en lui confiant de prétendues activités culinaires censées contribuer aux préparatifs du grand dîner, mais qui ne firent que mettre la cuisine sens dessus dessous. Olivia et Minnie enjambaient le désordre avec de grands éclats de rire, tout en s'activant pour mitonner de bons petits plats, polir l'argenterie et sortir le linge de table d'une malle en bois de camphrier.

Maya rentra en fin d'après-midi, ravie mais épuisée par toutes les émotions qui avaient marqué la journée.

— Si je ne prends pas le temps de me reposer dans un bon bain, je ne vais pas tenir le coup, soupira-t-elle en sirotant une boisson fraîche dans la cuisine. Quelle journée mémorable. Mon père est un homme merveilleux, n'est-ce pas?

Comme Olivia souriait, Maya conclut:

— Tout est encore plus beau que dans mes rêves.

Tyndall arriva peu après le coucher du soleil, vêtu de son uniforme blanc de maître perlier et portant un paquet emballé dans du papier coloré. Les deux femmes se reposaient sur la véranda lorsqu'elles le virent ouvrir le portail. Pendant qu'Olivia l'accueillait en haut des marches, Maya courut chercher Georgiana.

— Bienvenue sur la véranda, John, le salua chaleureusement Olivia. Cela fait longtemps.

Elle lui tendit la main mais Tyndall ne put résister à l'envie de l'embrasser sur la joue.

— Merci, Olivia. Tu n'imagines pas la journée que je viens de vivre. Quoique si, peut-être.

Avant qu'elle eût le temps de répondre, Maya sortit avec Georgiana dans les bras et s'arrêta à quelques pas d'eux. Personne ne dit mot tandis que la petite fille dévisageait de ses grands yeux marron l'inconnu en uniforme blanc et au regard rieur.

— Georgiana, voici ton grand-père, dit Maya d'une voix douce.

Si Georgia ne répondit pas, elle esquissa un sourire sans le quitter des yeux.

— Bonjour, toi, dit enfin Tyndall. Je suis très heureux de te rencontrer. J'espère que tu aimeras le cadeau que je t'ai acheté. Veux-tu que je t'aide à l'ouvrir ?

Après que la fillette fut passée des bras de sa mère à ceux de son grand-père, ils déballèrent le cadeau ensemble. Maya porta une main à sa bouche en reconnaissant le lougre miniature avec lequel elle avait joué autrefois.

Le dîner fut un grand succès. Olivia aida à servir en veillant à laisser Maya et Tyndall converser tranquillement. À l'occasion, elle intervenait pour partager quelques anecdotes sur les débuts de la pêche à la perle, un sujet que Maya trouvait passionnant.

Olivia fut ravie d'entendre Tyndall proposer à Maya et Georgia de leur faire découvrir la baie à bord d'un des lougres. Mais sitôt eut-elle exprimé sa joie qu'un sentiment de culpabilité la submergea. Le souvenir des jours passés en mer avec Tyndall et la conscience que Gilbert l'attendait à Fremantle se heurtèrent avec la violence d'un cyclone tropical. Olivia lutta pour maîtriser les émotions intenses qui la traversaient, et dès que le thé fut servi, elle prit sa tasse et sortit de table.

— Je pense que vous devriez passer un peu de temps tous les trois avant que Georgiana s'endorme, ce qui ne saurait tarder. Il faut que j'écrive à Gilbert pour lui raconter vos retrouvailles et j'aimerais envoyer ma lettre par le prochain vapeur. Je te dirai au revoir tout à l'heure, John.

Elle plaqua une expression impassible sur son visage jusqu'à ce qu'elle franchît le seuil de sa chambre. Mais à peine eut-elle refermé la porte qu'elle s'y adossa et pleura en silence.

Maya la suivit du regard puis se tourna vers Tyndall.

— Vas-tu enfin me dire ce qu'il y a entre toi et Olivia ? J'ai comme l'impression que beaucoup de choses m'échappent.

Comme Georgia piquait du nez sur les genoux de Tyndall, celui-ci repoussa sa chaise et la cala contre son épaule. La fillette rouvrit les yeux et se mit à jouer avec sa boucle d'oreille.

— Je vais t'expliquer, Maya. Ta question est légitime, et je pense que cela me soulagera aussi. Mais avant toute chose, allons coucher cette petite dans ses quartiers.

La nouvelle des retrouvailles de Tyndall avec sa fille et sa petite-fille fournit à la ville un sujet de conversation plus joyeux que la série de banqueroutes dues à la chute du cours de la perle. Taki ayant décidé de rentrer au pays car son contrat était terminé, le Club japonais entreprit d'organiser en son honneur une fête au cours de laquelle plusieurs plongeurs et guides annoncèrent leur intention de l'imiter. Quant à Yoshi, il aspirait à ouvrir un restaurant de nouilles avec son épouse Sachiko et leur fils.

Inévitablement, après le retour d'Olivia, les spéculations au sujet de sa relation avec Tyndall allèrent bon train au sein de la communauté blanche. S'ils s'employèrent à ne pas alimenter les ragots, Tyndall reprit l'habitude de passer chez Olivia tous les soirs au coucher du soleil pour boire un apéritif et jouer avec Georgia.

Maya passait quasiment toutes ses journées avec lui, et Tyndall était heureux de la voir autant apprécier la compagnie d'Ahmed et de Yoshi, qu'elle pressait de questions sur les lougres et la plongée.

— Elle a de bonnes notions de comptabilité, souligna un jour Olivia. Les sœurs lui ont prodigué un enseignement de qualité, malgré ses premières réticences.

— Pauvre enfant, passer d'un bon foyer à Broome à l'errance pieds nus dans le bush, pour finalement devoir obéir à des sœurs… Elle mériterait plus de considération de la part des Barstow. Pour ma part, j'ai tellement de regrets…

— Rien de ce qui est arrivé n'est ta faute, John. Je lui ai dit que tu avais retourné ciel et terre pour les retrouver, elle et Niah. Maya est forte, elle n'a pas été épargnée par la vie et pourtant, elle garde le sourire en toutes circonstances. C'est un exemple pour moi. J'aimerais seulement qu'Hamish partage ces moments avec nous…

— J'ai parfois l'impression qu'il nous regarde de là-haut, répondit Tyndall avec douceur. Mais Maya aura besoin d'une présence masculine à ses côtés pour élever Georgia.

— Gilbert et moi lui avons proposé de vivre sous notre toit, mais tu as certainement d'autres projets.

— Oui, je pensais lui demander de s'installer à Broome. Vois-tu une quelconque objection à ce qu'elle participe à la gestion de la compagnie ?

— Non, au contraire. Bientôt, elle pourra me remplacer.

— Oh non, Olivia ! Il est hors de question que tu quittes L'Étoile de la mer. Nous avons besoin de toi.

La vive réaction de Tyndall soulagea Olivia, qui n'avait pas envie de rompre ce lien qui les unissait. Mais une petite voix lui disait également qu'il serait ainsi plus simple de larguer les amarres. Tyndall avait désormais une nouvelle vie et elle aussi.

Quelque temps plus tard, Maya et Georgia emménagèrent chez Tyndall. Rosminah et Yusef avaient un autre bébé, une petite fille, avec qui Georgia jouait pendant des heures. Olivia aida Maya à s'installer et à décorer sa chambre et celle de Georgia. Elles passaient leur matinée au siège et le soir, Tyndall apparaissait sur la véranda d'Olivia pour l'apéritif rituel. Elle était intriguée par son entrevue avec Mikimoto, et tous deux discutèrent de ce que pourrait apporter une ferme perlière à Broome ou dans les environs.

— Et si nous remontions un peu la côte ? Nous pourrions chercher un site adapté près d'un bras de mer. Tu n'as pas mis le pied sur un bateau depuis longtemps alors que tu adores naviguer.

— Nous emmènerons Maya et Georgia, s'empressa d'ajouter Olivia. Oh, ce sera formidable.

Le matin du départ, Yusef, censé conduire Maya et Georgia au bateau, descendit en courant la jetée où Tyndall et Olivia chargeaient le matériel. Il avait une mauvaise nouvelle.

— Georgia a mal au ventre et un peu de fièvre. Maya dit qu'elle préfère rester avec elle mais que vous pouvez partir.

Olivia insista pour retourner en ville et s'assurer qu'il n'y avait rien de grave. Quand ce fut chose faite, Tyndall proposa de maintenir le voyage.

— Tu t'en réjouissais, Olivia, et puis ce sera utile. Si nous trouvons un bon emplacement, nous pourrons envisager de le louer.

Olivia accepta à contrecœur, inquiète de se retrouver seule avec Tyndall étant donné les émotions qui l'agitaient depuis son retour à Broome.

Lorsqu'ils eurent quitté la baie et mis cap au nord à bord du *Mist*, la goélette que Tyndall avait achetée pour remplacer le *Shamrock*, Olivia oublia ses réserves, toute à sa joie de naviguer.

— Où est ton pyjama de marin ? demanda Tyndall en souriant.

Olivia rit.

— Je l'ai jeté par-dessus bord il y a déjà un moment ! Que penses-tu de cette tenue ?

Elle désigna sa jupe en coton, sa tunique ample à col marin et ses sandales. Avec sa tresse qui dépassait de son chapeau et tombait sur son épaule, Tyndall trouvait qu'elle n'avait pas pris une ride depuis leur rencontre.

— Ça fera l'affaire, répondit-il en feignant le détachement.

Deux jours plus tard, ils jetèrent l'ancre près d'une baie peu profonde, bordée d'une plage de galets et d'une clairière qui pourrait faire office de camp de base.

Après avoir gagné le rivage à la rame, Tyndall et Olivia s'aventurèrent à l'intérieur des terres et découvrirent un ruisseau d'eau douce dévalant les collines qui protégeaient la baie.

— C'est très discret et isolé. On dirait un repère de contrebandiers, dit Olivia.

— Si nous établissons une ferme expérimentale ici, personne ne le saura, observa Tyndall. Cela vaut la peine d'être tenté. Nos huîtres à lèvres dorées sont bien plus grosses que les *akoya* japonaises, et nos eaux sont plus chaudes. Je pense donc qu'une fois le nucléus implanté, le processus sera rapide.

— Et ces perles seront tout de même des vraies ?

— Bien sûr, puisque le but de notre intervention est seulement d'inciter l'huître à réagir. Elle essaie de déloger un corps étranger, comme elle le ferait dans l'océan.

— À t'entendre, c'est simple comme bonjour.

— Je sais que le procédé est complexe. Mikimoto et d'autres travaillent depuis des années pour le perfectionner. Mais cela ne nous empêche pas de tenter notre chance.

Olivia secoua la tête, amusée par l'enthousiasme presque enfantin de Tyndall.

Le soleil était haut dans le ciel, et plusieurs membres d'équipage avaient déjà plongé depuis la goélette dans les eaux cristallines de la baie.

— As-tu envie de te baigner ? demanda Tyndall.

— Que vont penser les autres ? Cela dit, j'ai mon maillot de bain, dit Olivia en désignant sa besace en corde.

— Tu penses à tout. Je ne suis pas aussi équipé.

Olivia s'éclipsa dans les buissons pour se changer tandis que Tyndall entrait dans l'eau en sous-vêtements.

Tout en se baignant, ils évoquèrent la possibilité de débaucher un perliculteur japonais qui aurait de l'expérience et accepterait de travailler pour eux.

— J'aime bien cette façon de parler affaires, dit Tyndall en flottant sur le dos. Je me souviens que cela nous arrivait souvent, mais sans maillot de bain.

— Les choses ont changé, répondit Olivia en se crispant.

— Vraiment ?

Elle ne répondit pas tout de suite, puis finit par murmurer en évitant de croiser son regard :

— John, s'il te plaît... Il ne faut pas.

— Il ne faut pas quoi, Olivia ? Dire ce que nous savons déjà ?

— Ce n'est pas juste. Pas ici, s'il te plaît...

— Justement, tu ne peux pas prendre la fuite. Il n'y a que toi et moi, Olivia. Reconnais que tu n'as jamais cessé de m'aimer.

Pour éviter de répondre, Olivia entreprit de regagner le rivage à la nage mais en quelques brasses, Tyndall fut à sa hauteur.

— Ose prétendre que tu ne m'aimes pas, Olivia, insista-t-il, et je te laisse tranquille.

— Je... Je...

Piquée au vif et déstabilisée, elle trébucha en voulant sortir de l'eau. Tyndall la rattrapa au vol et retomba en arrière.

— Aïe, dit-il alors que sa tête heurtait le sable.

Il ne lâcha pas pour autant Olivia, qui se retrouva allongée sur lui. Leurs visages n'étaient qu'à quelques centimètres.

— Tu n'as jamais su mentir, Olivia, dit-il avec un sourire entendu.

— Je suis tombée, protesta-t-elle faiblement.

— Tu ne peux plus m'échapper, ma chérie.

Il prit son visage entre ses mains et l'attira doucement vers le sien. Ignorant les vagues et les cailloux qu'elles charriaient, leurs lèvres, leurs cœurs et leurs corps s'unirent, comme si tout ce qui avait pu les séparer n'existait plus.

Comme Tyndall disposait désormais de deux pompes motorisées et de deux scaphandres à bord de la goélette, il proposa le lendemain à Olivia de plonger avec lui.

— D'accord, pourquoi pas ? dit Olivia, relevant le défi.

Avant d'enfiler son casque, Tyndall déposa un baiser furtif sur ses lèvres.

— Ne t'inquiète pas, je resterai à côté de toi.

Olivia trouvait que son cœur battait vite et que sa respiration était saccadée du fait de sa nervosité. Mais arrivée sur le plancher marin, une fois sa pression d'air ajustée, elle réussit à se détendre, rassurée par la présence de Tyndall. Il prit sa main gantée dans la sienne et tous deux cheminèrent ensemble en veillant à progresser au même rythme.

Cette fois encore, Olivia fut subjuguée par le spectacle féerique qui s'offrait à elle. La beauté mystérieuse de la végétation sous-marine, les reliefs des formations coralliennes, les poissons multicolores qui fusaient çà et là, la vie abritée dans les coquillages et les coraux formaient une sorte de planète miniature qu'Olivia et Tyndall auraient observée depuis l'espace en échangeant des sourires conquis.

Alors qu'un gros poisson s'arrêtait devant le hublot d'Olivia pour la scruter, Tyndall lui prit la main, signifia qu'elle ne devait plus bouger et leva lentement l'index. Deux raies-aigles géantes, pesant près d'une tonne chacune et mesurant six mètres d'envergure, passèrent au-dessus d'eux en faisant onduler leurs ailes noires comme dans un ballet. Olivia et Tyndall purent observer leur ventre blanc, leurs nageoires céphaliques semblables à de petites cornes, leur dard et leur queue aussi tranchante qu'une lame de rasoir. Tyndall savait que les raies attaquaient parfois les plongeurs, les attrapant entre leurs nageoires puissantes, sectionnant leurs tuyaux d'air avec leur queue et les broyant dans leur gueule. Si elles pouvaient se montrer redoutables lorsqu'elles chassaient en bancs, y compris pour les lougres, elles constituaient aux yeux d'Olivia un spectacle magnifique qui lui fit perdre la notion du temps. Elle vit également une pieuvre dévorer un mollusque et émettre un nuage d'encre quand Tyndall la taquina du bout de sa botte, puis ils cheminèrent parmi l'étrange végétation sous-marine.

Comme le moment était venu de remonter, Olivia se laissa guider un peu à contrecœur jusqu'à la surface puis remonta à bord du bateau en s'aidant de l'échelle. On lui retira son casque et elle put respirer l'air frais tout en ressentant un décalage étrange, comme si elle venait de rêver. Après ce moment passé dans l'eau avec Tyndall à l'abri des regards, la réalité la rattrapait soudain. Elle s'installa à l'écart pour boire une tasse de thé pendant que Tyndall régalait l'équipage avec la description des deux raies qu'ils avaient vues.

Lorsqu'ils regagnèrent Broome deux jours plus tard, Olivia se croyait prête à agir comme si de rien n'était, comme si la résurgence de leur passion n'était qu'un accident de parcours imputable à des circonstances extérieures. Cependant, dès qu'ils se retrouvaient dans l'intimité de la maison d'Olivia au coucher du soleil, c'était pour retomber dans les bras l'un de l'autre. Olivia était démunie face à ce feu dévorant, bien loin du couple dévoué mais routinier qu'elle formait avec Gilbert.

Quant à leurs discussions, elles tournaient autour des futures installations expérimentales de perliculture, du travail de Maya dans la compagnie, de Georgia qui n'allait pas tarder à commencer l'école, d'éventuels voyages en Europe pour se renseigner sur les autres débouchés de la pêche à la nacre.

— J'ai entendu dire qu'on utilisait la nacre pour fabriquer des boussoles, dit Tyndall. Elle ne sert donc pas que pour les boutons.

— Penses-tu vraiment qu'un jour, le plastique sera prédominant ?

— Le contexte est difficile, mais les choses vont s'arranger. Broome n'a pas dit son dernier mot.

Sur ce, Tyndall se pencha vers elle, lui pinça le bout du nez et l'embrassa.

Tyndall et Gilbert pouvaient difficilement être plus différents, songea Olivia. Gilbert se montrait toujours posé, objectif, réfléchi – et aimant, à sa manière. Alors qu'elle lui était dévouée, ainsi qu'à leur travail, Olivia se rendit compte à quel point l'aventure palpitante qu'était la pêche à la perle lui manquait, avec ses dangers, son imprévisibilité, ses personnages pittoresques, ses difficultés, et plus généralement la vie sauvage, presque étourdissante, sur la côte Nord-Ouest.

Si l'attitude et le mode de vie de Tyndall et de Gilbert étaient diamétralement opposés, Olivia ne pouvait s'empêcher de comparer les défauts de l'un et de l'autre. Si ceux de Gilbert étaient moins agaçants, elle ne pouvait se voiler la face : il n'arrivait pas à la cheville de Tyndall, qui l'attirait comme un aimant. C'était l'amour de sa vie, et paradoxalement elle le maudissait pour cela.

Un soir qu'ils déambulaient sur le front de mer en rentrant du village, Tyndall lui prit la main et lui demanda en toute simplicité :

— Qu'en est-il de nous deux ?

— Je ne sais pas, murmura-t-elle, désemparée.

— Moi, je sais. Le destin nous a réunis et tu vas devoir le lui dire. Tu ne peux pas vivre dans le mensonge.

— Gilbert a été si bon envers moi…

— Olivia, ma chérie… S'il est l'homme généreux que tu décris, il ne voudra que ton bonheur.

Comme elle ne répondait pas, Tyndall l'enlaça, plongea dans son regard et ajouta d'une voix douce :

— Olivia, va à Fremantle, explique-lui, plie bagage et reviens. Nous avons droit au bonheur, c'est là notre seule chance et tu sais que j'ai raison. Tu as beau essayer de ne rien montrer, je lis en toi comme dans un livre ouvert. Je soupçonne Gilbert d'avoir toujours su que tu m'aimais. Écoute ton cœur.

Les paroles de Tyndall eurent raison des dernières réticences d'Olivia.

Dans la douce lumière du crépuscule, Maya serra Olivia dans ses bras alors qu'elles se disaient au revoir sur le pont du bateau à vapeur.

— Reviens vite. Je sais que ce sera pénible, mais on ne trouve le grand amour qu'une fois dans sa vie...

Olivia sourit, le visage enfoui dans la chevelure de la jeune femme.

— Et encore, quand on a de la chance. Mais je prie pour que tu retrouves le bonheur.

Maya leva vers elle son visage mouillé de larmes.

— Olivia, tout ce qui compte pour moi aujourd'hui, c'est d'avoir retrouvé ma famille. J'ai toujours senti que tu étais quelqu'un de particulier pour moi, et voilà que nous sommes liées. Comme tu l'es à Tyndall...

La sirène du vapeur abrégea les adieux, et Tyndall les rejoignit après s'être assuré auprès du capitaine qu'Olivia disposerait de tout le confort nécessaire. Il portait son uniforme blanc dont il n'avait évidemment pas boutonné le col jusqu'en haut et sa vieille casquette de capitaine était calée sous son bras. Un large sourire illuminait son visage qui respirait l'amour.

Il serra fort Olivia contre lui.

— Courage. Si tu veux que je te rejoigne à Fremantle, envoie-moi un télégramme. Je ne dormirai pas, je ne mangerai pas jusqu'à ton retour. Je t'attends depuis toujours, Olivia. Dès que je t'ai vue, j'ai su que nous étions faits l'un pour l'autre.

Olivia déglutit avec difficulté et essuya une larme. Lorsqu'elle regarda Tyndall, elle crut que son cœur allait éclater et se contenta d'acquiescer en se mordant la lèvre.

— Nous penserons à toi, dit Maya.

— À chaque seconde, renchérit Tyndall.

Puis tous deux descendirent la passerelle menant à quai.

Olivia ne les quitta pas des yeux jusqu'à ce que le vapeur eût quitté la baie. Après le coucher du soleil, alors que les autres passagers s'installaient dans les salons ou dans leurs cabines, elle préféra rester sur le pont pour contempler les lumières de Broome qui s'éloignaient à l'horizon. Elle se sentait infiniment aimée, chanceuse et pleine d'espoir. Elle était triste aussi, bien sûr, mais au fond elle savait que Tyndall avait raison : Gilbert ne souhaitait que son bonheur. Ils trouveraient une issue, quelle qu'elle fût.

Elle finit par regagner sa cabine en songeant au contraste qu'il y avait entre ce voyage et son dernier départ de Broome. Elle espérait qu'Hamish veillait sur elle ; malgré l'affection et le respect qu'il avait portés à Gilbert, il avait toujours mis Tyndall sur un piédestal, le comparant souvent à un héros de roman.

Olivia sut que quelque chose n'allait pas à la minute où elle franchit le seuil de sa maison, sans qu'elle sût dire quoi. Elle regretta de ne pas être passée d'abord à Shaw House. Mollie, devenue le sosie de Minnie, descendit précipitamment l'escalier, décomposée, et balbutia quelques mots confus en se tordant les mains.

— Que se passe-t-il, Mollie ? l'interrompit Olivia en posant son bagage dans le vestibule.

— Oh, m'dame, on a essayé de vous prévenir... Le Dr Shaw est à l'hôpital. C'est terrible, il va pas bien du tout...

Olivia, sentant le sang se retirer de son visage, prit une profonde inspiration et saisit Mollie par les épaules.

— Je t'en supplie, sois plus claire. Y a-t-il eu un accident ?

— Je sais pas, m'dame, il est tombé et pouvait plus bouger...

Olivia tourna les talons et ressortit en vacillant, comme si elle venait de recevoir un coup de poing en plein visage. Quand elle arriva à l'hôpital de Fremantle, une infirmière à la mine bienveillante l'accompagna au chevet de Gilbert et lui expliqua qu'il avait eu une grave attaque.

— C'est arrivé il y a deux jours et il est toujours dans le coma. Pour l'instant, nous ne savons pas quelles seront les séquelles. Il peut parfaitement se remettre comme il peut...

— ... ne jamais se réveiller, murmura Olivia.

Elle eut un choc en découvrant Gilbert allongé sur un lit d'hôpital, le teint blafard. Il lui parut soudain si maigre, si fragile, si âgé… Lorsqu'elle eut pris place auprès de lui, le médecin, qu'ils connaissaient bien, entra dans la chambre.

— Ma chère madame Shaw, votre mari est malheureusement dans un état grave. Mais maintenant que vous êtes là, cela ne peut que l'aider.

— Docteur Harrington, s'il vous plaît, dites-moi ce qui s'est passé et à quoi je dois m'attendre.

— Le pronostic est sombre, hélas, et il est difficile de s'avancer sur les séquelles. On a déjà vu des patients revenir à eux comme si de rien n'était. On m'a dit qu'il s'était levé pendant la nuit et que votre domestique l'a retrouvé étendu par terre au petit matin. Il a repris connaissance quelques instants après son admission, vous a réclamée puis est tombé dans le coma.

Olivia prit la main de Gilbert, la serra fort et se pencha vers lui.

— Gilbert, est-ce que tu m'entends ? C'est moi, Olivia. Je suis là, mon chéri.

— Je vous conseille de rester auprès de lui, de lui parler et de le toucher autant que possible. Peut-être qu'il percevra votre présence, auquel cas cela l'aidera. Un patient m'a confirmé qu'il avait eu pleinement conscience de tout ce qui se passait autour de lui.

— Bien sûr, je passerai le plus de temps possible à son chevet.

Le médecin lui tapota l'épaule.

— Ne négligez pas le reste, que ce soit vos obligations ou votre propre personne. Dans ce genre de cas, on ne peut s'en remettre qu'à la nature.

Les heures s'égrenèrent avec une lenteur telle qu'Olivia finit par se sentir prisonnière d'une distorsion temporelle. Elle était bouleversée et s'efforçait de ne pas penser à Tyndall ; quand elle s'y laissait aller, la vision de Gilbert lui brisait le cœur et la submergeait de culpabilité.

Elle lui fit la lecture, lui parla et lui prodigua des massages. Deux jours après son retour de Broome, alors qu'elle était en train de se résoudre au pire, elle leva le nez du livre qu'elle lisait à Gilbert et sursauta à la vue de ses yeux grands ouverts qui la scrutaient avec intensité.

— Gilbert ! s'écria-t-elle. Peux-tu parler ? Est-ce que tu m'entends ? Comment te sens-tu ?

Il demeura immobile. Elle lui prit la main, mais la mollesse de sa poigne et son regard fixe la glacèrent.

Une fois Gilbert nourri et lavé, il subit une batterie d'examens dont aucun ne provoqua une quelconque réaction, qu'elle fût physique ou émotionnelle. Olivia ne lui lâchait pas la main et espérait déceler dans ses doigts un frémissement indiquant qu'il tentait de communiquer. Et même s'il ne pouvait pas bouger, pas même battre des cils, Olivia sentait au plus profond de son âme que Gilbert était parfaitement conscient de son état.

Lorsqu'il eut repris un peu de muscle grâce aux exercices des médecins, on le fit s'asseoir dans un fauteuil roulant au soleil, et comme il arrivait à déglutir, on lui donna une nourriture un peu plus consistante. Olivia se sentait désormais un peu plus libre de s'absenter quelques heures pour passer à Shaw House, où l'attendaient des tâches administratives.

Elle dut également se résoudre à prévenir Tyndall.

Mon cher John,

C'est la lettre la plus pénible qu'il m'ait été donné d'écrire. Nous venons de subir un choc immense. Sans que je comprenne pourquoi, dès que le bonheur semble à portée de main, un coup du sort vient m'en priver. Je vais finir par me croire maudite…

Gilbert a eu une attaque très grave qui l'a laissé handicapé. Il a besoin de moi, et même s'il est dans un état quasi végétatif, je sens que la vie ne l'a pas quitté. Je ne peux pas l'abandonner, autrement je crois que ma culpabilité finirait par détruire notre amour. Tu as Maya à présent, ainsi que notre adorable petite-fille, et je trouve un semblant de réconfort dans l'idée que tu n'es pas seul. Tes bras, tes lèvres, ton rire me manquent cruellement, tu sais que tu es l'amour et la lumière de ma vie. Mais j'ai un devoir moral envers Gilbert et je ne pense pas que tu me demanderais d'y renoncer. Peut-être qu'un jour, Dieu sait comment, nous serons réunis. Mais pour l'instant, cela est impossible.

À toi pour toujours,

Olivia

Au bout de plusieurs semaines, alors qu'Olivia commençait à envisager un retour de Gilbert chez eux, Tyndall lui répondit par quelques lignes qui laissaient transparaître sa peine.

J'ai beau avoir le cœur brisé, je compatis à ton malheur et je respecte ta décision. C'est sans doute l'une des raisons pour lesquelles je t'aime tant : tu es généreuse, sincère et loyale. Mes sentiments ne s'éteindront jamais et je serai toujours là. Et encore une fois, si tu as besoin de moi, j'accourrai aussitôt...

Maya proposa de rentrer à Fremantle pour l'aider à prendre soin de Gilbert, mais Olivia préférait la savoir aux côtés de Tyndall. Toby et Mabel lui envoyèrent également quelques mots de réconfort.

Après avoir consulté les médecins, Olivia prit une décision. Elle s'occuperait elle-même de Gilbert en espérant qu'ainsi, son état s'améliorerait.

Ce changement de vie ne fut pas des plus simples mais Olivia procéda étape par étape. Elle ne pouvait pas diriger Shaw House seule, et même si d'autres médecins étaient disponibles pour les consultations, Gilbert incarnait l'âme de l'institution. Elle sollicita un rendez-vous auprès du conseil d'administration de l'hôpital et proposa que Shaw House passât sous sa houlette. Les responsables politiques et religieux se dirent prêts à soutenir ce projet. De plus, la presse ayant relayé le destin tragique du Dr Shaw ainsi que la détermination de son épouse à poursuivre son œuvre, les dons affluèrent, garantissant l'avenir du foyer.

Olivia vendit sa maison de Fremantle et la demeure familiale de Gilbert pour acheter une grande maison de plain-pied sur les hauteurs de Perth. Elle était située sur un terrain en friche de plusieurs hectares, avec quelques arbres et surtout une belle vue sur la ville et le fleuve qui plairait à Gilbert. Olivia restait convaincue que malgré son apathie, il voyait, ressentait et pensait encore.

Après ces semaines d'activité intense, Olivia savoura la quiétude qui suivit l'installation dans la nouvelle maison. Une infirmière venait tous les jours, et avec l'aide de Mollie, Olivia arrivait à déplacer Gilbert de son lit à son fauteuil roulant. Elle embaucha le compagnon de Mollie, un Aborigène costaud prénommé Stan, pour la seconder dans l'entretien du jardin.

Olivia dessina les plans d'un petit kiosque que Stan érigea au centre d'une grande pelouse. Depuis ce lieu à la fois ombragé et proche de la maison, Gilbert pouvait profiter de la vue. Stan aménagea également des allées pour permettre à Olivia de manœuvrer le fauteuil roulant sans difficulté.

Quand la tristesse s'emparait d'elle, elle s'efforçait de ne pas s'apitoyer sur son sort. Cependant, elle ne pouvait ignorer le fait qu'elle était encore une femme relativement jeune, avec des besoins et des désirs, et que l'homme à même d'y répondre et de la rendre heureuse était bien loin. Pour tenir bon, elle se raccrochait à la loyauté qu'elle devait à celui qu'elle avait épousé.

Dans ce contexte, ce qui avait débuté comme un loisir devint une véritable passion pour Olivia. Elle se plongea à corps perdu dans le jardinage et devint absolument fascinée par la flore de l'Ouest australien.

— Gilbert, regarde cette orchidée, elle est d'un bleu extraordinaire. Et celle-ci, avec ses taches, ressemble à une fourrure de léopard. Stan a déniché des pattes de kangourou et tant d'autres plantes sur lesquelles je dois encore me renseigner. D'après lui, au printemps, certaines forment des tapis, comme des petites pâquerettes. Mollie dit qu'il est difficile de cultiver de telles fleurs, mais pour l'instant, je trouve que je me débrouille bien.

Debout près du fauteuil de Gilbert, Olivia contemplait les terrasses, la végétation qui entourait le pied des arbres, les parterres à l'anglaise et leurs explosions de couleurs, qui lui rappelaient les printemps de sa terre natale.

En revenant de la buanderie, Minnie s'arrêta devant Georgia qui jouait dans le jardin avec des pinces à linge en bois. Elle les enfonçait bien en rang dans le sol et leur donnait des ordres en fronçant les sourcils et en brandissant un index menaçant.

En voilà une qui ne se laissera pas faire, songea Minnie.

Elle trouva Maya dans la cuisine, rangea sa pile de linge et lui annonça :

— Maya, il est temps que tu ailles voir ton clan avec la petite. Les membres de la tribu savent que tu as été retrouvée et doivent se demander pourquoi tu leur rends pas visite.

— « Mon clan », c'est-à-dire ? Le peuple de ma mère ?

— Notre peuple. On est tous du même sang.

Maya, pensive, tira une chaise et s'assit à la table de la cuisine pendant que Minnie, pressentant une discussion sérieuse, préparait du thé.

— Tu te demandes jamais qui est ton vrai peuple, ma petite ?

Maya ne répondit pas tout de suite. Les années qu'elle avait passées à la mission à recevoir une éducation à l'occidentale puis chez un couple de Blancs l'avaient formatée de sorte à lui faire oublier sa langue, sa culture, ses croyances, jusqu'à ses origines.

— On ne m'a jamais autorisée à en parler, murmura-t-elle. Et je me suis coulée dans le moule parce que c'était plus facile. Mais depuis mon retour ici, tout se bouscule. Mon père, Olivia, Hamish, vous tous qui essayez d'accueillir Georgia au mieux… C'est la confusion dans mon esprit, et même si je suis heureuse d'avoir retrouvé une partie de mes racines, il y a quelque chose qui me tracasse.

Elle inspira profondément et dit d'un ton plus assuré :

— Il est sans doute temps que je comprenne qui je suis vraiment. Les Barstow m'ont caché que j'étais métisse et je n'ai que de vagues souvenirs de mes premières années ici et de ma mère.

Minnie posa avec bruit la théière sur la table et dévisagea Maya.

— Me dis pas que tu as honte d'être aborigène.

Maya tressaillit mais ne tenta pas d'esquiver.

— Pour être franche, Minnie, je n'en sais rien. Je ne pense pas. Mais c'est difficile, quand on a reçu une certaine éducation…

— On t'a dit que les Aborigènes étaient inférieurs, déduisit Minnie.

— C'était une idée répandue, qui me perturbait. Par moments, je me sentais en décalage par rapport aux personnes que les Barstow fréquentaient, à mes camarades de classe, alors que je n'avais jamais eu de contacts avec les Aborigènes. C'était inconscient. Quand des souvenirs resurgissaient, je les refoulais. Et maintenant que je me retrouve ici, je connais peut-être mon passé parce qu'on me l'a raconté, mais pas ma véritable identité. Je le déplore et j'en veux à ceux qui m'en ont privée. Mais pour te répondre, Minnie, non, je n'ai pas honte de mon « clan », comme tu dis.

— Mais tu dois apprendre à en être fière, rétorqua Minnie en remplissant les tasses. C'est la différence. Tu sauras pas qui tu es tant que tu auras pas tous les fils. Après, faut les tisser et ça y est, tu as ta famille. On t'a peut-être raconté des choses, tu as peut-être vécu en ville, porté des beaux habits et grandi comme une Blanche, mais on pourra jamais te prendre ce que tu as dans la tête et dans le cœur. Et tant que tu sauras pas qui tu es vraiment, tu seras jamais heureuse.

Maya but une gorgée de thé et esquissa un sourire hésitant.

— Tu as sans doute raison. Je pense que le moment est venu.

Minnie hocha la tête avec satisfaction et désigna le pendentif que Maya portait :

— Tu devrais partir avec la petite, même si elle est trop jeune pour comprendre la cérémonie. Et ton père, tu as qu'à lui dire que Minnie t'a conseillé de partir au sud. Il saura.

Lorsque Maya rapporta à Tyndall sa conversation avec Minnie, il abonda dans son sens.

— Elle a raison. Ces femmes ont joué un rôle si important dans notre vie, de par leur lien avec ton arrière-grand-mère, ta mère et toi, ainsi que dans celle d'Olivia. C'est une expérience que tu dois vivre avec Georgia.

— J'appréhende, mais j'ai hâte aussi.

— Écoute ces gens, Maya, retisse le lien avec ta famille. J'ai perdu contact avec la mienne et quand j'ai voulu rattraper le temps perdu, c'était trop tard. Toi et Georgia êtes tout ce qu'il me reste.

Il prit sa fille dans ses bras et la serra fort contre lui.

— Tu sais quoi ? Nous allons prendre la mer ensemble, avec Minnie. Ce sera une sorte de pèlerinage familial.

Tyndall et Minnie étaient assis avec Maya et Georgia sur le pont du *Mist* qui voguait vers le sud, tandis qu'Ahmed tenait la barre. Tyndall parla longuement du clan, de l'aide précieuse qu'il avait apportée à Olivia lors de la naissance du petit James, des anecdotes que Niah lui avait relatées sur sa grand-mère macassar et les récits de cette dernière à propos du pays de Marege, par-delà les vents de mousson.

À mesure qu'ils approchaient de Cossack, Maya passait de plus en plus de temps sur le pont à contempler la côte en silence, s'absorbant dans la beauté de cette nature semi-aride et éprouvant pour la première fois de sa vie un sentiment d'appartenance. À ses côtés, Minnie méditait elle aussi. Tout d'abord, Maya attribua cette sérénité nouvelle à la vie en mer, car il y avait quelque chose de réconfortant dans la progression fluide de la goélette, qui s'en remettait à la nature et se laissait porter par le vent. Elle ne pouvait s'empêcher de penser à ses ancêtres qui, dans un lointain passé, avaient parcouru ces mêmes eaux, portés par ces mêmes vents. Comme elle, ils avaient embarqué pour un voyage vers l'inconnu. Et dans le même temps, elle se sentait attirée par la terre qui semblait l'appeler en dépit de son apparente hostilité. Elle était impatiente de débarquer, de sentir le sol sous ses pieds.

— On approche de chez nous. Je crois bien que c'est notre clan là-bas, dit Minnie en désignant une colonne de fumée qui s'élevait de la forêt.

Maya sentit une main sur son épaule, leva la tête et sourit à son père.

— Nous n'allons pas tarder à jeter l'ancre, annonça Tyndall.

Dès que ce fut chose faite, plusieurs Aborigènes sortirent des buissons et avancèrent sur la plage en agitant les bras.

— Comment ont-ils su que nous arrivions ? demanda Maya, étonnée de cette apparition soudaine.

— C'est ce qu'on appelle le télégraphe du bush, répondit Tyndall. Ne me demande pas de t'expliquer. Tout ce que je sais, c'est qu'il fonctionne.

La chaloupe fut cernée dès que les hommes l'eurent traînée sur la grève. Les femmes étaient absolument ravies d'accueillir Maya, qui resta à côté de la chaloupe le temps que Tyndall procédât aux salutations d'usage en prenant soin de s'adresser aux anciens dans leur langue. Quant à Minnie, elle crut étouffer sous les embrassades des femmes et des enfants.

Enfin, Tyndall se tourna vers Maya et lui prit la main.

— Vous vous souvenez de Niah, annonça-t-il d'une voix sonore pour couvrir le brouhaha. Voici sa fille, Maya.

Certaines femmes en restèrent bouche bée, d'autres, plus âgées, fondirent en larmes et approchèrent de Maya pour la toucher.

La petite Georgia, qui assistait à la scène avec des yeux écarquillés, prit peur lorsqu'une horde d'enfants nus prirent la chaloupe d'assaut en parlant une langue qu'elle ne connaissait pas. Alors qu'elle réclamait sa mère, ce fut Minnie qui accourut pour la prendre dans ses bras. Celle-ci en profita pour annoncer à la cantonade que la petite était la fille de Maya, ce qui provoqua une nouvelle vague d'émotion. Comme les doyennes cherchaient à toucher la peau claire de Georgia et à scruter ses yeux, la fillette se mit à pleurer. Maya se fraya un chemin jusqu'à elle, la reprit à Minnie et entreprit de la rassurer avec l'aide de Tyndall.

Puis le groupe remonta vers la forêt et emprunta un chemin sinueux jusqu'au campement, établi près d'un ruisseau. En chemin, Minnie servit d'interprète à Maya, soumise à un feu de questions. Quant à Georgiana, elle était installée sur les épaules de Tyndall qui tenait ses petites mains dans les siennes.

Ils s'assirent à l'ombre des arbres pendant que l'eau chauffait. Tyndall parla avec les hommes, Minnie inonda ses compagnes de détails à propos de la vie de Maya qui, dans sa bouche, avait tout l'air de prendre des proportions épiques, pour le plus grand plaisir de la narratrice et de son auditoire.

Ensuite, plusieurs femmes présentèrent à Maya des coquillages arborant le même dessin que son pendentif.

— Ce sont tes tantes, se contenta de dire Minnie, décidant d'entrer plus tard dans les subtilités des liens familiaux.

Pendant tout ce temps, Georgiana se cramponna au bras de sa mère sans que celle-ci s'en rendît compte, submergée qu'elle était par un torrent d'émotions contrastées. Ce fut avec soulagement qu'elle entendit Minnie annoncer qu'il était l'heure du thé.

Au milieu des cris et des rires, on sortit plusieurs pains des cendres, on ouvrit une conserve de mélasse que Tyndall avait apportée à terre avec d'autres cadeaux, on servit le thé dans des tasses en fer-blanc. Pour Maya, ce fut la plus belle collation de sa vie ; par-dessus le rebord de sa tasse, elle croisa le regard de son père et tous deux échangèrent un clin d'œil en souriant. Cela l'aida à contenir les larmes qui menaçaient de couler de ses yeux embués.

Ensuite, les femmes partirent en promenade avec Maya, laissant les hommes et les enfants au campement.

— On va dans un lieu à nous, annonça simplement Minnie à Tyndall, qui s'abstint d'insister.

Maya lui adressa un petit signe par-dessus son épaule que Tyndall lui rendit. Comme Georgiana s'accrochait à sa jambe en pleurant, il s'accroupit à sa hauteur.

— Viens, Georgia, on va s'amuser au lac avec les autres enfants.

Le lac en question était situé en contrebas du campement, au pied d'une cascade. Les enfants plongeaient depuis un tronc idéalement placé ou se balançaient aux lianes qui pendaient des arbres. Ce fut un moment agréable pour tout le monde sauf pour Georgia, gênée par la blancheur de sa peau, la nudité des autres enfants et la barrière de la langue.

— Je veux retourner au bateau, ne cessa-t-elle de répéter à son grand-père.

Au coucher du soleil, Maya demanda à Tyndall d'aller chercher quelques affaires à bord du *Mist* car elle souhaitait dormir au campement. Elle ne vit pas d'objection à laisser Georgiana passer la nuit à bord.

— Je pense que c'est un peu trop pour elle, dit Maya en serrant sa fille dans ses bras. Attends-moi ici avec ton grand-père. On se verra demain matin, et tu pêcheras peut-être un gros poisson pour le déjeuner.

Georgia jugea l'idée excellente et embrassa sa mère.

Plus tard, après avoir endormi Georgia avec une version revisitée de *Boucle d'or et les trois ours*, Tyndall s'installa sur le pont pour fumer sa pipe. En voyant la lueur du feu de camp qui dépassait la cime des arbres, en entendant les chants, le bourdonnement entêtant du didgeridoo et le claquement des bâtons de pluie, il pensa à Niah et remercia une fois encore le ciel de lui avoir envoyé Maya.

23

Pendant les deux années qui suivirent, Olivia s'attela à faire de son jardin un spectacle permanent. À l'approche de l'automne, par une matinée ensoleillée, elle était assise à côté de Gilbert et se concentrait sur un coussin qu'elle brodait. Elle releva la tête, balaya son jardin du regard et dit à son mari :

— Je pensais ajouter un parterre de roses couleur crème en hommage à l'Angleterre. Qu'en penses-tu ?

Habituée aux conversations unilatérales avec Gilbert, Olivia se disait parfois qu'en société, elle serait d'une drôle de compagnie. Elle sortait rarement à part pour faire quelques emplettes et ne parlait plus qu'à Mollie et Stan, désormais mariés.

Tous deux étaient rentrés à Broome le temps d'assister aux obsèques de Minnie, dont le décès avait été aussi soudain que paisible.

Mabel Metta avait écrit à Olivia :

Elle étendait le linge et est tombée d'un coup, sans crier gare. Elle avait attrapé la grippe qui a fait de nombreuses victimes chez les Aborigènes. Alf est reparti vivre dans le Nord, sur une mission où des proches pourront s'occuper de lui.

— Je vais marcher un peu et choisir un emplacement pour mes roses, dit Olivia en réajustant la couverture sur les jambes rachitiques de Gilbert. Il y a un peu de vent et je ne veux pas que tu attrapes froid…

Elle s'apprêtait à s'éloigner lorsqu'elle sentit que quelque chose retenait sa main. Stupéfaite, elle baissa les yeux et vit que les doigts de Gilbert lui griffaient le poignet. Puis, incapable de parler tant elle était sous le choc, elle scruta son visage. Gilbert avait la tête penchée sur le côté et les lèvres qui frémissaient.

— Gilbert, tu as bougé ! Peux-tu parler ? Oh, mon chéri, tu reviens parmi nous !

Alors qu'elle lui prenait la main, Gilbert essaya d'articuler un mot sans qu'aucun son ne sortît de sa bouche. C'était cependant un progrès majeur.

— Attends, je vais demander à Stan de prévenir le médecin, dit Olivia, la voix tremblante d'émotion. Il doit absolument venir. C'est un miracle !

Elle regagna la maison en courant.

— Stan, prends ta bicyclette et dis au Dr MacDonald de venir immédiatement, articula-t-elle à bout de souffle. Mollie, prépare du thé et rejoins-nous au kiosque.

Olivia se dépêcha de retourner auprès de Gilbert. Les soins, la patience, les prières avaient fini par payer. Gilbert ne recouvrerait peut-être pas toutes ses facultés, et s'il avait définitivement perdu l'usage de la parole, ils communiqueraient par gestes. Elle lui poserait des questions, il répondrait en tapant du doigt une fois pour « non », deux fois pour « oui ». Euphorique, elle vit en arrivant au kiosque qu'il avait encore un peu bougé dans son fauteuil.

— Gilbert, ménage-toi…

Mais une fois face à lui, Olivia se figea. Gilbert était légèrement affaissé sur le côté, les yeux fermés et la bouche entrouverte.

— Gilbert ?

Quand elle essaya de lui redresser la tête, elle comprit qu'il était mort.

Mollie approcha, ravie de voir Madame tenir la main de Monsieur et contempler le jardin avec lui. Ce fut seulement lorsque Olivia lui prit le plateau de thé et le posa sur le petit banc que Mollie remarqua ses joues mouillées de larmes. Elle regarda Gilbert, porta une main à sa bouche et regagna la maison en courant, effrayée par cette irruption des esprits de la mort dans leur maisonnée par une si belle matinée ensoleillée.

Le Dr MacDonald expliqua qu'un problème de tension artérielle incurable avait sans doute entraîné deux nouvelles attaques.

— La première, relativement mineure, a provoqué une réaction musculaire, le mouvement soudain que vous avez vu, et a été suivie d'une deuxième, celle-ci fatale.

Olivia secoua la tête, incrédule.

— Non, Gilbert a voulu me dire au revoir.

Le médecin, qui connaissait Gilbert depuis la faculté de médecine, n'insista pas.

— Vous avez été une épouse dévouée et courageuse, Olivia. Je suis sûr que vous avez raison.

Un grand office en mémoire de Gilbert fut célébré à Perth. Une lumière pâle filtrait par les hautes fenêtres à armatures de plomb, dessinant aux pieds d'Olivia, assise au premier rang, une tache qui ressemblait à une flaque de lait sur le sol en pierre. Olivia se perdit dans sa contemplation, l'esprit tourné vers d'autres lumières et d'autres époques – les rues de Londres qu'elle avait arpentées avec Conrad à la lueur réconfortante des boutiques et des pubs ; sa première vision de l'Australie, depuis le pont d'un bateau à travers la brume de l'aube ; le soleil du matin à Broome, le ciel bleu délavé, l'eau turquoise et translucide, la mangrove, les vasières, les feuillages et les toits de tôle qui semblaient baigner dans un étrange halo doré. Pendant toute la durée de l'office, elle fut comme hypnotisée par cette tache de lumière, si bien qu'elle tressaillit lorsque le Dr MacDonald la prit par le coude et se leva. Après ce dernier hommage, Gilbert fut inhumé.

Dans les semaines qui suivirent, Mollie et Stan veillèrent sur Olivia, qui passait le plus clair de son temps à errer dans le jardin, l'air ailleurs. Jusqu'au jour où, alors qu'elle était agenouillée près d'un parterre de fleurs dont elle retirait les mauvaises herbes, une silhouette masqua le soleil et une main solide l'aida à se relever.

À la vue de Tyndall qui se tenait face à elle, Olivia n'exprima pas la moindre surprise, n'esquissa aucun geste, se contentant d'admirer le visage qui resterait à jamais gravé dans son âme.

Lui aussi se perdit dans son regard.

— Rentre à la maison, Olivia. Il est temps.

Ils regagnèrent tranquillement Broome par la marée du soir, au clair de lune et sous un ciel sans nuages, dans une atmosphère rafraîchie après le passage d'un orage. Tyndall et Olivia n'avaient prévenu personne de leur arrivée afin d'éviter un accueil en grande pompe. Après l'enterrement, Maya était restée à Fremantle avec Georgia pour lui montrer la ville et rendre visite aux Barstow à Albany.

En arrivant chez Tyndall, il n'y avait pas un bruit, seul un fumet de curry indiquait que Rosminah était en train de cuisiner pour Yusef dans la partie de la maison qui leur était réservée. Tyndall sourit, lâcha son bagage et souleva Olivia de terre.

— C'est peut-être un peu prématuré mais j'y tiens.

Il la porta en haut des marches, traversa la véranda, ouvrit la porte d'un coup d'épaule et se dirigea tout droit vers la chambre. Puis il l'embrassa et la déposa sur le lit.

— Yusef s'occupera du reste de nos bagages.

Olivia éclata de rire tout en tentant de se redresser.

— Vous ne manquez pas de panache, John Tyndall, je dois le reconnaître.

Plus tard dans la soirée, ils s'installèrent sur la véranda plongée dans l'obscurité pour contempler le clair de lune qui éclairait la baie.

— Maintenant, nous pouvons préparer notre mariage, dit Tyndall en baisant la main d'Olivia.

— C'est mon vœu le plus cher, mon chéri. Je pense que nous avons suffisamment attendu. Et je ne connais pas une personne en ville qui ne se réjouira pas de nous voir enfin réunis, répondit Olivia avec un petit sourire.

Cette nuit-là, alors que le sommeil les gagnait, blottis dans les bras l'un de l'autre, Olivia contempla le visage de Tyndall et sut, avec force et sérénité, qu'ils passeraient le reste de leur vie ensemble.

Les jours suivants furent marqués par les retrouvailles avec leurs amis de longue date. Le déjeuner que les Metta organisèrent au Conti fut pour Olivia un retour aux sources, entre planification des prochaines expéditions et débats autour du marché noir et des futurs débouchés du secteur. Il fut reconnu et accepté par la communauté blanche que le partenariat entre Tyndall et Olivia avait pris une tournure personnelle.

Lorsque Tyndall annonça leur mariage à Ahmed, celui-ci sourit jusqu'aux oreilles et serra vigoureusement la main de son patron sans plus pouvoir s'arrêter. Et quand Olivia se montra sur le campement, ce fut un accueil triomphal qu'elle reçut de la part des écaillers, des plongeurs, des guides et des autres employés.

Alors que les lougres reprenaient la mer, Olivia s'attela à la décoration et à l'aménagement de la maison ainsi qu'aux préparatifs du mariage.

— Ce sera une cérémonie toute simple, annonça-t-elle un jour à Mabel. À notre âge et après tout ce temps…

— Olivia, ne dites pas n'importe quoi ! Vous êtes dans la fleur de l'âge. La ville s'attend à un grand événement et toutes les communautés vous apprécient beaucoup.

— Nous verrons. J'en parlerai à John lorsqu'il rentrera.

Olivia longeait la baie par un petit chemin. Alors que les lougres tentaient leur chance jusqu'au dernier moment sur les fonds marins, la ville s'assoupissait dans l'air chargé d'humidité, prélude aux premières pluies de la mousson.

Elle s'arrêta pour observer un vieux pêcheur malais occupé à décharger des paniers de barramundis argentés et de bénitiers qu'il attacha à une perche pour les acheminer en ville. Son sarong aux couleurs délavées enserrait sa taille musclée, son couvre-chef noir était légèrement de travers et ses sandales soulevaient la poussière orange. Olivia se remémora les dîners d'antan, quand Minnie cuisinait les poissons ou les crabes de mangrove pêchés par Alf.

Lorsque les derniers vents de sud-est soufflèrent sur la baie et dans ses cheveux, elle respira à pleins poumons l'odeur d'iode, de la mangrove, de la vase, du goudron utilisé sur un bateau en réparation, d'un oranger planté devant une maisonnette à quelques pas de là. Et là, Olivia comprit qu'elle avait Broome dans le sang.

Ici, chaque matinée était une nouvelle promesse d'aventure, de succès, un sentiment que dans ce lieu reculé de la côte Nord-Ouest du continent, semblable à nulle autre, tout était possible ou presque. On appartenait à une communauté bruyante, énergique, cosmopolite, où se côtoyaient des pêcheurs, des aventuriers, des personnages hauts en couleur et pas toujours recommandables, mais tous animés par l'amour de la mer et de ses trésors. Ceux-ci étaient convoités par des gens riches et célèbres, éparpillés dans les métropoles du monde entier, qui ne concevaient même pas qu'un lieu comme Broome pût exister. Olivia frémit de joie à l'idée qu'elle portait dans ses tripes cette drôle de petite ville et le désert qui l'entourait. Elle savait désormais que sa vie de citadine à Fremantle, son travail au foyer et son couple avec Gilbert ne lui avaient apporté qu'une satisfaction de façade. Sa place était ici, dans l'outback, avec son quotidien âpre, sa terre et sa mer indomptables. Elle y avait découvert des émotions, des aspirations, des ressources qu'elle n'avait jamais imaginées. Broome était le lieu de sa renaissance.

Elle s'en ouvrit à Tyndall, qui la comprit parfaitement. Toutefois, s'il partageait son amour de la région, il devait reconnaître que son attachement s'expliquait davantage par la présence d'Olivia que par la vie qu'il y menait.

— Nous sommes faits pour cet endroit comme nous sommes faits l'un pour l'autre, lui murmura-t-il un soir au creux de l'oreille. J'ai toujours eu l'impression que quitter Broome, c'était prendre le risque de ne jamais te retrouver. Est-ce que tu comprends ou est-ce que je raconte n'importe quoi ?

Olivia rit et se blottit contre lui.

— Bien sûr que je comprends, mon chéri. C'est très beau, ce que tu dis. Beaucoup de gens doivent penser que nous sommes fous de rester ici, que nous passons à côté de plein de choses. Mais peu m'importe, tant que je suis avec toi.

Ils chérissaient chaque moment passé ensemble, ayant appris à leurs dépens que le bonheur pouvait être éphémère.

Olivia demanda à Yusef de lui trouver un petit flamboyant pour le jardin. Une fois l'emplacement choisi, il creusa un trou pour planter l'arbre. Après en avoir recouvert les racines de terre, Olivia recula, ferma les yeux et vit déjà le flamboyant déployer vers le ciel ses branches chargées de feuilles vertes et de bourgeons orangés, sa silhouette se détachant sur les eaux turquoise de la baie.

Plus tard, une fois seule, Olivia retourna voir l'arbre fraîchement planté, s'agenouilla, ouvrit la jarre remplie de la terre rouge qu'elle avait prise sur la tombe du petit James et la vida au pied. Puis elle creusa un petit trou, sortit de sa poche une médaille militaire qu'Hamish avait reçue à titre posthume et l'enterra.

— Mes deux fils sont enfin réunis, murmura-t-elle. Reposez en paix, mes garçons. Et toi, petit arbre, deviens grand et fort.

Elle caressa les feuilles plumeuses et regagna la maison, les larmes aux yeux.

Olivia abandonna progressivement ses fonctions au sein de L'Étoile de la mer, déléguant de plus en plus de tâches à Maya. Elle était heureuse de la voir aussi investie dans la compagnie, et père et fille avaient plaisir à travailler ensemble. Un jour, alors qu'elles rassemblaient des lettres et des colis à destination du Sud, Olivia dit à Maya que celle-ci semblait aimer son quotidien à Broome.

— J'avais peur que tu t'ennuies, après avoir connu la vie dans le Sud et toutes ses distractions, dit Olivia.

— J'étais blanche à l'époque, répondit Maya d'un ton détaché, tout en finissant de ficeler un colis.

Olivia, interloquée, se tourna vers elle.

— Que veux-tu dire par là?

À son tour, Maya la regarda, surprise de sa réaction.

— Eh bien, ce n'est pas facile d'être aborigène dans le Sud.

— Mais pour toi, c'est…

Olivia chercha le mot juste.

— Différent? suggéra Maya en haussant un sourcil.

Olivia, un peu mal à l'aise, se mit à arpenter le bureau.

— Pas tout à fait, c'est juste que… Tu t'es parfaitement adaptée, tout semble si… normal.

— Parce que c'est Broome et que Broome n'est de toute façon pas une ville «normale». Ici, il y a une mixité qu'on ne retrouve pas partout.

Elle passa un élastique autour d'une liasse d'enveloppes et poursuivit:

— Pendant longtemps, j'ai caché celle que j'étais vraiment. Aujourd'hui, je peux assumer mon identité aborigène, mais parce que je ne vis pas à Perth ou à Fremantle. Là-bas, on préfère ne pas trop approcher les autochtones, même s'ils ont la peau blanche. Je n'y retournerai jamais.

— Maya, je suis désolée de ne pas avoir abordé le sujet plus tôt, dit Olivia en lui prenant la main. J'ai cru que tout coulait de source.

— Tu n'as pas à être désolée, Olivia. Mais j'ai de la peine pour Georgia, j'ai vu comment elle a réagi quand nous sommes allées voir la tribu de Minnie. Cela m'attriste beaucoup qu'elle semble vouloir se tenir à distance de notre peuple. Seulement je ne peux pas changer, Olivia. Ce que j'ai découvert est trop précieux pour que j'y renonce.

— Je comprends, ma chère Maya, assura Olivia en la prenant dans ses bras.

Maya se dégagea et fit signe à Olivia de s'asseoir en face d'elle.

— Je vais te raconter quelque chose dont je n'ai jamais parlé à qui que ce soit, à part à papa.

Elle s'interrompit, réfléchit quelques instants puis laissa échapper un petit soupir.

— Te souviens-tu, après ton départ, quand je t'ai écrit pour te dire que j'étais allée voir ma famille sur la côte?

Olivia acquiesça.

— « Ma famille », répéta Maya, pensive. Cela peut paraître bizarre que je les appelle ainsi. En tout cas, c'était passionnant. J'ai trouvé ces gens du bush magnifiques, chaleureux, merveilleux... Mais il y a beaucoup de choses que je n'ai pas évoquées, faute de trouver les mots justes, et puis c'était trop personnel. Il y a eu dans cette rencontre une dimension spirituelle qui m'a changée à tout jamais. Cela t'aidera à comprendre ce que je ressens.

Maya s'appuya contre le bureau qui se trouvait derrière elle.

— C'était une expérience magique, Olivia. Magique.

Elle lui résuma l'accueil sur la plage, la collation autour du feu, la marche dans le bush en compagnie des autres femmes.

— Imagine la scène. J'avais mon grand chapeau de paille et j'étais vêtue comme pour aller faire les boutiques à Perth, alors que les autres femmes portaient tout juste de quoi couvrir leur taille. Et pourtant, nous formions toute une famille! Et elles m'ont emmenée dans un autre monde, sans que nous quittions celui-ci, un peu comme quand Alice rêve qu'elle passe de l'autre côté du miroir.

Maya raconta alors à Olivia comment elle avait appris, par l'entremise de Minnie, qu'elle était liée aux arbres et rochers vus sur le chemin, que certains paysages recelaient des lieux sacrés pour les femmes. Ainsi, elles l'avaient emmenée voir une petite grotte cachée par un surplomb rocheux et dont les parois abritaient d'étranges dessins peints en ocre.

— C'était tellement particulier, Olivia... Même avant les explications de Minnie, j'ai senti dans mon cœur, dans mon âme que ce lieu était important pour elles comme pour moi. Je ne peux pas tout te raconter car c'est un secret.

Maya guetta la réaction d'Olivia.

— Je comprends, Maya, je t'assure. Durant toutes ces années, j'ai beaucoup appris sur la culture aborigène grâce à Minnie. N'oublie pas que moi aussi, j'ai un lien particulier avec ce peuple.

— Mon Dieu, tu as dû vivre quelque chose de très fort. À peine arrivée d'Angleterre, tu t'es retrouvée seule aux confins du monde... J'ai du mal à t'imaginer enceinte en plein bush en train d'agiter un pistolet sous le nez de papa.

Elles éclatèrent de rire, puis Maya décrivit rapidement certaines cérémonies qui s'étaient tenues dans la grotte sacrée, en choisissant ses mots et sans entrer dans les détails.

— Elles ont organisé tout cela pour moi, Olivia, pour que je sois l'une des leurs, que je m'intègre à la famille, et à chaque heure qui passait, mon enfance parmi elles me revenait en mémoire. Les rêves que je faisais à Albany étaient en réalité des réminiscences. Je me suis souvenue d'endroits, de mots, de noms, j'ai reconnu des membres de la tribu, même certains enfants avec qui j'avais joué, et eux aussi se sont souvenus de moi. C'était à la fois étrange et palpitant... Et ce même soir, de retour au camp, nous avons dansé à la lueur des flammes.

Olivia ne put masquer son étonnement.

— Tu as dansé ?

— Oui, comme si une force m'y poussait. Cela m'est venu instinctivement.

Olivia, qui avait assisté à des danses aborigènes dans des missions ou lors d'événements organisés pour les représentants du gouvernement, eut du mal à imaginer Maya dans le même contexte.

— Tu as dansé pieds nus et… ?

— Oui.

Olivia étouffa un petit cri.

— Maya, je n'arrive pas à y croire. Tu n'étais pas gênée ?

— Non, car j'étais l'une des leurs. Je *suis* l'une des leurs. Cela m'a paru si naturel de laisser les femmes peindre mes seins, mes épaules, mon visage, puis de me lever et de danser. Elles sont conscientes que je vis dans un monde radicalement différent du leur, mais elles savent, tout comme je sais, que nous partageons la même spiritualité, et c'est quelque chose de très important. Je ne pourrai jamais le renier, Olivia, jamais.

Olivia se leva et toutes deux se prirent dans les bras.

— Je comprends ce que tu dis, Maya. Merci beaucoup de m'avoir raconté. Je suis très fière de toi.

Le lendemain, le bateau postal accosta en même temps que de nombreux lougres profitant de la marée pour rentrer au port en file indienne. Maya et Olivia étaient là pour accueillir Tyndall, qui sauta prestement par-dessus le bordé sur le quai avant même que la première amarre eût été lancée.

— Les deux femmes de ma vie ! dit-il en les serrant dans ses bras. Si vous saviez comme je suis content de vous voir !

— Alors, cette expédition ? demanda Maya. Avez-vous trouvé des perles ?

— Chaque chose en son temps, répondit Tyndall en lui décochant un clin d'œil. Et toi, ma chérie, quelles sont les nouvelles ? Comment va notre canaille de petite-fille ?

— Elle met l'école en émoi, les sœurs disent qu'elles n'ont jamais vu cela. Nous allons devoir la menacer de lui retirer son rôle de demoiselle d'honneur au mariage. Et maintenant, John, raconte-nous ton expédition.

Tyndall se glissa entre Maya et Olivia et tous trois remontèrent la jetée bras dessus bras dessous d'un pas guilleret.

— La pêche a été fructueuse. Je crois que Toby va être très occupé et M. Barat, très content.

Tyndall avait vu juste, cette période d'après-guerre était marquée par une embellie économique, un retour à la gaieté et à la confiance, voire à la fanfaronnade. L'activité reprenait après le coup d'arrêt dû à la guerre, les progrès de la mécanique avaient amené les moteurs sur les bateaux, les voitures en ville et même un utilitaire pour le facteur du bush. Il était également possible de voyager en avion Bristol, à condition de s'adapter aux horaires imprévisibles. Entre cette effervescence et la joie de retrouver Tyndall, Olivia avait l'impression d'avoir à nouveau vingt ans et s'affairait à préparer le mariage. Pour cela, elle pouvait compter sur l'aide et l'enthousiasme de Maya.

Un matin, alors qu'elle s'était installée sur la véranda pour peaufiner la liste des invités, Stan annonça qu'un « type de la famille d'Alf » attendait à la porte de derrière. Le « type » en question était un jeune Aborigène de la mission de Beagle Bay venu faire quelques courses en ville avec l'un des frères.

— Je m'appelle Tommy, m'dame. C'est Alf qui m'envoie, il a un message pour vous.

— Merci, Tommy. Je t'écoute.

— Il dit qu'il a trouvé la tombe de Niah.

Olivia, abasourdie, porta une main à sa bouche.

— Sais-tu autre chose, Tommy ? Alf est-il sûr de ce qu'il avance ?

— On jardinait dans le vieux cimetière, Alf a vu un coquillage gravé sur une tombe et a demandé à un frère, qui a vérifié dans un carnet. Alf m'a envoyé vous prévenir.

— Bien sûr, je comprends. Remercie Alf de ma part. A-t-il besoin de quoi que ce soit à la mission, Tommy ?

— Non, m'dame. Il se porte bien pour son âge.

Olivia annonça la nouvelle à Tyndall et Maya alors qu'ils rentraient ravis de leur journée au village.

— J'ai toujours voulu en avoir le cœur net, dit Tyndall en prenant la main de Maya.

— Je dois me rendre là-bas, murmura celle-ci.

— Bien sûr, nous irons ensemble. On annonce du beau temps, donc nous rallierons Beagle Bay par la mer. Olivia…

— Je comprends, partez au plus vite. Tous les deux.

Sans se le dire, Tyndall et Olivia comprirent qu'un cycle était en train de s'achever, alors qu'ils s'apprêtaient à s'engager l'un envers l'autre.

Tyndall et Maya accostèrent à bord de la chaloupe puis s'engagèrent sur un chemin sablonneux qui les mena jusqu'à la mission. Alf était assis dans un vieux fauteuil devant une maisonnette. Il les accueillit d'un geste joyeux en se levant avec raideur.

— Je savais que vous viendriez. Content de vous voir, m'sieur. Bonjour, ma petite Maya.

— Comment vas-tu, Alf ? s'enquit celle-ci en le prenant dans ses bras.

— Très bien. J'ai de quoi m'occuper, la nourriture est bonne et j'ai plein d'amis.

— Madame t'envoie son affection, dit Tyndall. Nous nous marions dans quelques semaines. Veux-tu venir fêter ce grand jour avec nous, Alf ? Nous nous arrangerons pour le trajet.

Alf passa une main dans sa chevelure clairsemée.

— Je sais pas trop, mais c'est une excellente nouvelle. Minnie serait folle de joie.

— Elle sera avec nous par la pensée, cela ne fait aucun doute.

Tyndall prit le vieil homme par le bras.

— Allons voir le frère qui pourra nous renseigner sur Niah. D'après ton jeune ami, vous avez trouvé sa tombe ?

— Oui.

Alf désigna le pendentif de Maya.

— J'ai reconnu le dessin gravé, c'est le même. Tout est écrit dans le carnet du frère.

Ils suivirent Alf jusqu'à l'église d'un blanc immaculé.

— C'est toujours le même ? demanda Maya. Je me souviens d'un homme chauve.

— Non, il est rentré au pays, en Allemagne, je crois.

Le frère Jean arriva suivi d'un groupe d'enfants, se présenta aux visiteurs et les invita à entrer dans la salle à manger meublée de grandes tables et de bancs alignés. Une jeune Aborigène leur servit du thé en souriant timidement et en regardant Maya avec intérêt.

Le frère Jean s'éclipsa le temps d'aller chercher un carnet relié de cuir où étaient décrits l'arrivée d'une jeune femme blessée, les soins prodigués par le frère Frederick pour tenter de la sauver, sa fascination pour l'intérieur de l'église décoré de nacre et sa triste mort. Le frère Frederick avait retranscrit son prénom phonétiquement, « Neea », et scellé son pendentif sur la pierre tombale.

— Je vous accompagnerai au cimetière lorsque nous aurons pris le thé, indiqua le frère Jean à Tyndall et Maya en leur remettant le carnet.

Le frère Jean les laissa seuls devant la modeste sépulture de Niah, ornée du pendentif si cher à son cœur. Tyndall le contempla longuement tandis que Maya se tenait près de lui, une main dans la sienne et l'autre refermée autour du bijou qu'elle-même portait au cou. Prise dans un tourbillon d'émotions où se mêlaient la tristesse, la joie, le soulagement ainsi qu'un étrange sentiment de complétude, elle fondit en larmes, tomba à genoux et enlaça la stèle, appuyant son front sur la pierre dure et froide.

Tyndall s'accroupit à ses côtés et la serra fort contre lui.

— Maya, chuchota-t-il.

— Tout va bien, papa, je t'assure.

Elle leva vers lui son visage baigné de larmes et sourit.

— C'est une telle libération de l'avoir retrouvée, de savoir enfin. Tant de choses me reviennent, sa voix, son chant, son rire, ses bras autour de moi…

À son tour, Tyndall pleura de joie et de tristesse.

— Laisse libre cours à ces souvenirs, mon enfant. Garde sa voix en mémoire ; de cette façon, tu ne la perdras plus jamais.

À leur retour à Broome, Maya se jeta dans les bras d'Olivia.

— Je me sens de nouveau entière, je sais qui je suis et je peux désormais transmettre mon histoire à Georgia. Nous sommes enfin une famille. J'espère qu'Hamish voit tout cela de là-haut.

— J'en ai la certitude, répondit Olivia en lui caressant les cheveux. Je sais que son esprit est parmi nous, à Broome, où vous vous êtes connus petits. Dieu, le destin, le cycle de la vie… J'ai l'impression que tout est écrit d'avance.

Le matin de son mariage, Olivia ouvrit les yeux, se tourna vers Tyndall et joignit les mains.

— Seigneur, je Te remercie pour cette journée et la vie que nous allons partager, murmura-t-elle. Après tout ce qui s'est passé, je prie pour connaître le bonheur. Je Te promets de veiller sur mon époux bien-aimé.

Rosminah entra avec deux tasses de thé et ouvrit les volets.

— M'dame, regardez ce grand soleil. La journée s'annonce parfaite.

Maya entra à son tour et s'assit sur le lit.

— Aujourd'hui, c'est une nouvelle vie qui commence.

Olivia réfléchit quelques instants.

— En fait, c'est comme si tout coulait de source. John m'a toujours dit que l'on ne connaissait le grand amour qu'une fois dans sa vie. Conrad et Gilbert ont beaucoup compté pour moi, mais la passion, l'amour qui emporte tout… c'est rare.

— Je sais, dit Maya d'une voix douce. Hamish était mon âme sœur. De toute façon, je n'ai pas envie ne serait-ce que de penser à quelqu'un d'autre.

— Maya, ma chérie, tu es jeune. Tu ne retrouveras peut-être jamais la même intensité, mais tu ne dois pas te résigner à rester seule jusqu'à la fin de tes jours.

— Il y a certaines choses que l'on *sait*, assura Maya en prenant la main d'Olivia. Pour ma part, je sais qu'Hamish restera le seul et l'unique. Mais ne sois pas triste pour moi. Je m'estime incroyablement chanceuse de l'avoir aimé, d'avoir Georgia et de t'avoir, toi.

Olivia n'insista pas. Elle était tellement consumée par son amour pour Tyndall qu'elle souhaitait à toute femme de connaître ce sentiment réciproque, qui donnait la force de soulever des montagnes.

Le mariage se tint au coucher du soleil dans l'église en bois qui se trouvait près des dunes de Roebuck Bay.

Une foule d'amis et de curieux se pressait sur la pelouse alentour. Sous les applaudissements des Japonais, des Chinois, des Malais, des Koepangers, des Aborigènes et des métis, le capitaine John Tyndall, resplendissant dans son uniforme blanc de perlier, marcha d'un pas décidé jusqu'à l'église, survola les quelques marches menant au porche, se retourna, souleva sa casquette et fit la révérence.

Une fois à l'intérieur, il reprit son sérieux et alla se placer près d'Ahmed en tripotant son col avec nervosité. Lorsqu'il reconnut Mollie et Stan, venus avec leur petite fille, il leur adressa un clin d'œil. L'église en elle-même était dépouillée, mais Maya et Mabel l'avaient décorée de cierges, de brassées de fleurs et de branches en bourgeons. Sur les côtés, les grandes fenêtres habituellement occultées par des volets étaient ouvertes de façon à laisser entrer la lumière dorée et l'ombre pommelée des palmiers environnants. De temps à autre, les murmures des invités à la noce étaient couverts par les croassements des grenouilles et le chant des courlis.

Olivia arriva dans la Ford rutilante de Toby. Après s'être arrêté devant l'église, il ouvrit la portière et aida la mariée à descendre. Aussitôt, Maya s'avança.

— Olivia, tu es une vraie princesse!

Elle portait une longue robe de soie ivoire et nacre, des roses de soie assorties décoraient sa chevelure et elle tenait un bouquet d'orchidées. Mais la foule remarqua surtout les perles qui ressortaient sur le col en dentelle guipure de la robe. C'était la « collection » de Tyndall, arrangée en collier par Toby, qui n'avait pas caché sa surprise en découvrant ce que son patron avait réussi à mettre de côté durant toutes ces années.

— J'ai commencé cette collection pour Niah et je l'ai continuée pour Olivia, en espérant la lui offrir un jour en cadeau de mariage, avait-il dit à Toby.

Maya, vêtue d'une robe turquoise évoquant les eaux de la baie, suivit Olivia alors que celle-ci marchait jusqu'à l'autel où l'attendait l'homme qu'elle avait toujours aimé.

À l'hôtel Continental, le romantisme de la cérémonie religieuse laissa place à une ambiance festive et exubérante. Les jardins accueillirent un vin d'honneur auquel se pressa tout Broome ou presque, puis les invités s'installèrent dans la salle à manger pour le dîner officiel. Toby, vêtu d'un smoking, le visage luisant de sueur et le sourire aux lèvres, prononça un discours. Mabel, éblouissante dans son sari rouge et or, se pencha vers Olivia.

— J'ai comme l'impression que mon cher mari, d'ordinaire si calme et posé, ne va pas bouder son plaisir ce soir. Certains vont se réveiller avec la migraine demain. Enfin, c'est un grand jour, après tout.

Mabel leva son verre de citronnade et trinqua avec Olivia et Maya.

— À vous et à John. Je suis aux anges de voir mon vœu le plus cher se réaliser.

— Merci, ma chère Mabel, d'être une amie si fidèle.

— Aux nouveaux départs, renchérit Maya.

***

Les dames quittèrent la noce dès que ces messieurs suggérèrent de terminer la soirée au Lugger Bar. Olivia, Mabel et Maya s'installèrent dans la cuisine de la mariée, burent une tasse de thé et revinrent en riant sur les événements marquants de la journée. Plusieurs perliers n'étaient pas restés insensibles à Maya, et l'inspecteur des pêches en personne l'avait invitée à danser par deux fois.

— C'est tout de même une drôle de nuit de noces, Olivia, souligna Mabel. Je croyais que vous aviez réservé la plus belle chambre du Conti.

— Tout juste, et j'espère qu'une bonne âme se chargera d'y déposer Tyndall. Lorsqu'ils ont commencé à chanter et à parler d'une tournée des bars, je me suis dit que je dormirais mieux dans mon lit habituel. John et moi avons toute la vie devant nous.

— Tu ne lui en veux pas ? s'enquit Maya.

— Comment le pourrais-je en le voyant si heureux ? Il est juste un peu gamin quelquefois. Il se rattrapera plus tard.

Mabel prit congé, puis Maya et Olivia montèrent dans leurs chambres respectives. Avant de se coucher, Maya se faufila dans le couloir et toqua à la porte d'Olivia.

— Bonne nuit. Fais de beaux rêves.

— Entre une minute, Maya.

Maya s'exécuta et trouva Olivia en chemise de nuit qui démêlait sa longue chevelure. Elle posa sa brosse et retira le collier de perles.

— Maya, un jour, ces perles seront à toi. Et à ton
tu les offriras à Georgiana.

— Oh, Olivia… Je ne sais pas quoi dire. Elles
ment magnifiques.

— Toi et moi, sans doute mieux que
autres femmes, connaissons le prix à pay
pas d'argent.

— Elles sont ensorcelantes, murm
les sphères parfaites couleur de lu

— Les hommes courent ap
pense, mais au fond, je pe
même qui les attire. J'
perles renferment l'âme
prennent vie sur ta
un écrin, porte-le

— Je m'en

Elles se
chambre.

doit être sa démarche. Pour l'instant, c'est sans doute trop difficile.

C'était vers Olivia et non Maya que Georgiana s'était tournée lorsqu'elle était sortie diplômée du lycée. Olivia s'était rendue exprès à Perth pour l'aider à entrer dans une école de secrétariat. Elle travaillait depuis pour une compagnie de transport maritime, ne rentrait plus à Broome pour les fêtes et ses lettres étaient de plus en plus rares.

Olivia, Tyndall et Maya furent d'autant plus surpris de recevoir un courrier de Georgiana annonçant qu'elle avait trouvé une place au siège principal de la compagnie à Sydney et qu'elle prendrait le bateau pour l'Est dans deux semaines.

Maya se précipita à la poste et lui envoya un télégramme : *Bonne chance et Dieu te bénisse. Maman.*

Puis elle rentra d'un pas lent, songeant tristement que ce
'istance plus grande
jugeait trop lourd

24

Maya leva la tête pour regarder l'avion postal MacRobertson Miller de Havilland qui survolait Broome avant d'atterrir. Elle dut avoir une prémonition, car le lendemain matin, Olivia lui remit une lettre que Georgia avait envoyée de Sydney.

Chère maman,

Je ne regrette pas d'avoir quitté Perth pour Sydney, où les opportunités sont bien plus nombreuses. J'ai été engagée comme secrétaire auprès du responsable des achats dans un grand magasin d'Elizabeth Street, où je me plais beaucoup. Tout cet entraînement laborieux sur la vieille Remington paie enfin. Grâce à des collègues, j'ai trouvé un petit appartement à Kings Cross, un quartier très bohème où vivent de nombreux artistes, écrivains et musiciens. J'ai beaucoup appris à Perth, même si je m'y ennuyais à mourir. Les amis d'Olivia et de Gilbert qui m'hébergeaient me voyaient comme une femme moderne et importante qui ne comptait que sur elle-même. Je pense qu'ils seraient choqués par certaines habitantes de Sydney. Ici, les gens sont très élégants et sortent beaucoup. Heureusement, je bénéficie de tarifs préférentiels au magasin qui me permettent de suivre la mode ! Les étrangers sophistiqués que je croise me donnent envie d'économiser le plus possible pour pouvoir partir en voyage d'ici un an ou deux. J'ai hâte de découvrir Londres. Embrasse Olivia et Tyndall pour moi.

Affectueusement,

Georgia

Maya replia la lettre à la grande écriture déliée, reconnaissable entre mille. Elle avait l'impression d'entendre le débit rapide de Georgia et l'imaginait poster l'enveloppe à la va-vite en allant au travail. Maya était à la fois heureuse de savoir sa fille aussi aventurière et débrouillarde – elle ne devait pas regretter Broome –, et triste que le caractère indépendant qu'elle avait montré dès son plus jeune âge impliquât de tourner le dos aux siens. Georgia n'avait jamais eu le sens de la famille et Maya ne comprenait pas pourquoi. Peut-être aurait-elle dû insister pour inculquer à sa fille les valeurs aborigènes, lui donner un sens d'appartenance à un groupe. Minnie avait toujours dit que Georgia devait connaître ses racines et participer aux cérémonies, et en retour, Georgia avait tout rejeté en bloc. Maya déplorait l'absence de ce lien et avait parfois l'impression que Georgiana était plus proche d'Olivia que d'elle.

Elle s'en ouvrit auprès d'Olivia après lui avoir montré la lettre.

— Elle m'a tout l'air d'être un esprit libre, Maya, mais je pense qu'elle est née ainsi, dit Olivia en essayant de la réconforter. N'aie pas de regrets quant à l'éducation que tu lui as donnée. Espérons qu'un jour, Georgia cesse cette fuite en avant et se réconcilie avec ses origines. Une fois mariée, elle comprendra peut-être l'importance de la famille.

Maria opina sans répondre. Elle n'imaginait pas Georgia rentrer dans le rang, devenir une fille aimante et dévouée, et elle vivait son attitude comme un rejet.

Tyndall entra sur la véranda quasiment déserte du Continental, qui aurait été jadis noire de monde juste avant le déjeuner, repéra la silhouette tout en rondeur de Toby Metta qui discutait avec Olivia et un homme mince vêtu d'un costume gris très élégant. Lorsqu'il arriva à leur table, l'inconnu se leva et Toby procéda aux présentations.

— Ah, John, je vous présente Claude Barat. Claude, voici le capitaine John Tyndall.

— Je suis ravi de vous rencontrer, monsieur. J'ai beaucoup entendu parler de vous.

Tyndall sourit et serra la main du bel Européen qui venait acheter des perles en Australie pour la première fois.

— Comment va votre père ? Son expertise et son amitié nous manqueront. Il est rare que des hommes d'une telle qualité s'aventurent jusqu'à Broome.

— Merci infiniment. Je sais que vous avez toute son affection. Il travaille encore mais évite désormais les longs déplacements. Pour ma part, la perspective de venir régulièrement à Broome me réjouit. En espérant que l'horizon s'éclaircisse, bien sûr.

— Un verre, John ? demanda Toby.

— J'ai commandé en arrivant, merci. Avez-vous finalisé vos transactions ? Vous aurez constaté qu'Olivia peut être dure en affaires, souligna Tyndall en décochant un sourire à son épouse.

— Mon père m'a dit que Mme Tyndall était toujours équitable et… charmante.

Le fils de M. Barat leva son verre en direction d'Olivia en inclinant respectueusement la tête.

— Le marché est un peu à la peine en ce moment, mais nous avons quelques perles de beau gabarit, indiqua Tyndall. Mais que sous-entendiez-vous par « En espérant que l'horizon s'éclaircisse » ? Voulez-vous parler des cours ?

— Non, des événements politiques en Europe, surtout en Allemagne. Les juifs sont victimes de terribles persécutions et Hitler se prépare à entrer en guerre. Les répercussions se feront sentir jusqu'à Broome, croyez-moi.

Olivia étouffa un petit cri de surprise et se tourna vers Tyndall, qui ne cilla pas.

— S'il y a un endroit qui ne risque pas d'être empêtré dans un conflit international, c'est bien Broome. Quoique, nous n'avons pas été épargnés par les petites guéguerres en tout genre, n'est-ce pas, Toby ?

— Certes, mais les troubles en Europe ne me disent rien qui vaille, répondit ce dernier en allumant une cigarette.

— À tel point que mon père a décidé de partir pour New York avec sa famille et son entreprise.

Tyndall haussa les sourcils.

— Ce n'est pas rien, surtout dans un contexte aussi difficile. La reprise est très lente depuis la Grande Dépression. Une guerre en Europe pourrait avoir des effets désastreux, signer la mort de notre secteur, et c'est hors de question. Il n'y a aucune comparaison possible entre le plastique et la nacre.

— Eh bien, les temps changent, capitaine Tyndall…

— Oui, et comment imaginer Broome sans l'industrie perlière ? C'est ce qui fait vivre la ville.

— N'envisagez-vous pas de prendre votre retraite, capitaine Tyndall ? Cela pourrait être l'occasion de vous retirer des affaires, avança Claude Barat avec tact.

— Alors ça, jamais ! répliqua Tyndall avec fermeté.

Le soir venu, il aborda de nouveau le sujet avec Olivia, non pas devant le coucher du soleil en buvant un verre, mais dans l'intimité de leur chambre alors qu'ils étaient blottis l'un contre l'autre.

— La remarque du jeune Barat a fait mouche, je dois l'avouer, dit Tyndall. Pourtant, je ne me sens pas changé… Et toi ?

— Par « changé », veux-tu dire « plus vieux » ? Non, mais en regardant dans le miroir, je suis parfois surprise en voyant cette « femme d'un certain âge » et je me demande ce qu'est devenue l'Olivia du passé.

— Elle est toujours là, dit Tyndall en resserrant son étreinte. Pour moi, tu restes la jeune femme vêtue d'un pyjama chinois, cheveux au vent.

Olivia sourit dans l'obscurité.

— Sauf que les faits sont têtus, mon chéri. Nous ne sommes plus tout jeunes, la navigation, le travail physique qu'implique notre activité commencent à peser.

— Olivia, je suis encore en forme et ne compte pas sur moi pour devenir un perlier de véranda.

— Je sais, John. Mais Claude a eu raison de souligner la mauvaise santé du secteur, et ces rumeurs de guerre sont très inquiétantes. Notre activité ne s'en remettra pas.

— Les prédictions du jeune Barat concernant une guerre qui nous frapperait directement me paraissent un peu tirées par les cheveux. Je doute qu'Hitler ait prévu de cibler le nord-ouest de l'Australie, mais je comprends que les Barat préfèrent partir pour New York. Quant à nous, nous continuerons à pêcher tant que cela sera possible.

Les événements n'allèrent pas dans le sens de Tyndall. Tout le monde suivait dans une tension grandissante la situation qui ne cessait de se détériorer en Europe.

Un matin, Maya réveilla Tyndall et Olivia en tambourinant à la porte de leur chambre.

— Nous sommes en guerre ! La nouvelle vient d'être annoncée à la radio. Comme le Royaume-Uni est en guerre avec l'Allemagne… ils ont parlé de la Pologne… Oh, mon Dieu…

Maya entra, s'assit au bord du lit et fondit en larmes.

Olivia lui prit la main.

— C'est incroyable, deux conflits aussi rapprochés… Comprendront-ils un jour ? Quand je pense à Hamish et à tous ces braves garçons qui sont morts…

— Je vais me renseigner, dit Tyndall.

Plus tard dans la matinée, alors que la nouvelle se répandait en ville, Tyndall, le chef des douanes, l'inspecteur des pêches, le sergent de police fraîchement nommé, l'évêque, le médecin, le directeur des postes, deux autres maîtres perliers et plusieurs notables se regroupèrent dans le jardin de la Résidence, où un jeune domestique malais en uniforme blanc leur servit des boissons fraîches. Les hommes discutèrent entre eux, digérant les dernières informations reçues de Londres par radio. Ils se turent quand le magistrat résident parut, se posta près du mât porte-drapeau et s'éclaircit la gorge.

— Messieurs, le gouvernement m'a chargé officiellement de vous annoncer cette regrettable nouvelle : l'Australie est en guerre, et en tant que citoyens de l'Empire britannique, notre devoir est de défendre notre pays. Dans ces jours sombres, je sais que je peux compter sur vous pour agir dans l'intérêt de l'empire. J'enverrai un télégramme à notre Premier ministre, M. Menzies, pour lui assurer que nous soutenons le gouvernement et le roi.

S'ensuivirent des vivats puis un *God Save the King* enthousiaste.

Plusieurs marins malais et japonais qui passaient dans la rue regardèrent le petit groupe rassemblé autour du drapeau. Lorsque l'hymne britannique retentit, ils s'arrêtèrent ainsi que le voulait la coutume. Puis ils poursuivirent leur chemin en secouant la tête, dépités. Il y avait déjà bien assez de lougres qui restaient à quai depuis la Grande Dépression, et une guerre risquait de porter un coup fatal à l'industrie perlière.

***

À force de voir Maya aussi inquiète et renfermée, Olivia finit par se dire que l'actualité mouvementée n'était pas la seule raison de son mal-être. De plus, elle était pâle et toussait en permanence. Un soir, alors qu'Olivia s'apprêtait à en parler avec Tyndall sur la véranda, Maya les rejoignit sans bruit et demanda si elle pouvait se joindre à eux.

— Que se passe-t-il, ma fille ? s'enquit Tyndall. Cela fait plusieurs semaines que je ne t'ai pas vue sourire.

— Le contexte ne s'y prête pas vraiment, soupira-t-elle.

— Voyons… Tu pourrais sourire parce que tu vis en sécurité dans un coin perdu, que le coucher de soleil est sublime et que tu as une famille qui t'aime.

— Tu as raison, papa, mais la guerre m'inquiète. Qu'allons-nous devenir ? Nos affaires en pâtissent.

Elle soupira derechef et s'allongea sur la chaise longue, les traits tirés.

— Ce n'est pas tout. Sans que je sache pourquoi, je ressens l'envie de rendre visite au clan sur la côte. J'ai peut-être besoin de m'aérer l'esprit.. Je ne suis pas allée dans le bush depuis des années.

— C'est une bonne idée, intervint Olivia tandis que Tyndall sondait sa fille du regard. La mousson touche à sa fin, le temps est calme et l'air de la mer te fera le plus grand bien.

— Dans ce cas, pourquoi ne pas partir tous ensemble? proposa Tyndall.

Il faillit ajouter que l'occasion se présentait peut-être pour la dernière fois.

Ainsi partirent-ils pour une « expédition familiale » le long de la côte. Olivia, Maya, Tyndall et Ahmed riaient et partageaient leurs souvenirs alors qu'ils se dirigeaient vers le sud sur une mer d'huile et par un temps radieux. Maya reprit des couleurs et Olivia était ravie de naviguer. Tyndall décréta qu'ils n'avaient pas pris une ride depuis l'époque de Cossack, et à le voir campé sur le pont, ses doigts fins manœuvrant délicatement la barre, les cheveux au vent et le dos bien droit, Olivia ne put qu'abonder. De son côté, quand Tyndall regardait sa chère Olivia, il retrouvait le menton affirmé, les yeux pétillants, les courbes du corps qu'il adorait. Certes, ses cheveux coiffés en une épaisse tresse étaient désormais poivre et sel et elle se déplaçait sur le pont avec un peu plus de précautions que par le passé, mais elle avait gardé la même posture assurée et gracieuse.

— Quel beau couple vous faites, dit Maya.

— Je suis d'accord, renchérit Tyndall. Le seul qui a pris de l'âge ici, c'est Ahmed.

Ahmed, qui avait le dos un peu voûté et les joues creusées mais le regard toujours rieur, sourit, dévoilant des dents tachées par la nicotine.

— C'est pas faux, *tuan*, dit-il en levant sa cigarette.

Cependant, son agilité et la fluidité de ses mouvements contredisaient les taquineries de Tyndall.

Lorsqu'ils jetèrent l'ancre, comme escompté, des membres du clan leur réservèrent un comité d'accueil. Leur nombre avait toutefois diminué et ils voyageaient moins depuis quelque temps – certains avaient choisi de s'établir définitivement sur la mission. Après s'être salués sur la plage dans une joyeuse cacophonie, tous empruntèrent le sentier qui traversait les dunes jusqu'au campement.

Pour Olivia, les bavardages ne furent bientôt plus qu'un bruit de fond alors qu'elle se remémorait la première fois qu'elle avait posé le pied ici – apeurée, épuisée, enceinte. Alors qu'elle avait cru à l'époque atterrir sur une autre planète, elle connaissait à présent presque tout le monde. L'histoire de son arrivée et de la naissance du petit James circulait encore parmi les femmes, à tel point qu'elle appartenait désormais au folklore. Que serait-elle devenue sans leur amitié ?

Quant à Maya, elle avait perdu son identité et l'avait redécouverte ici. Olivia, qui l'avait aidée à venir au monde, avait toujours ressenti un lien particulier avec elle, même avant de savoir qu'elle lui donnerait une petite-fille.

Plus tard, alors qu'ils dégustaient du pain tartiné de mélasse autour du feu de camp, Tyndall ressentit une immense fierté en voyant Olivia aussi gracieuse et détendue avec ces gens qu'elle appréciait visiblement beaucoup. Tous deux venaient de passer quatorze années magnifiques ensemble. Il sourit en se remémorant la première fois qu'il l'avait aperçue à quelques pas d'ici, seule, brandissant un pistolet, si forte et en même temps si vulnérable. Elle n'avait pas été épargnée par les tragédies, et pourtant, il n'y avait chez elle ni amertume ni dureté, que ce fût sur son visage ou dans son cœur. Il était tombé amoureux d'elle dès leur rencontre et ses sentiments n'avaient jamais rien perdu de leur intensité. Si Niah avait brièvement égayé sa vie, il devait reconnaître qu'elle n'avait fait qu'occuper temporairement la place réservée à Olivia. Il espérait avec ferveur que celle-ci avait été aussi heureuse à ses côtés que lui.

Comme si elle devinait ses pensées, elle tourna la tête vers lui et ils échangèrent un sourire plein de tendresse.

Ahmed les surprit et en eut chaud au cœur. Il considérait Tyndall comme sa famille et avait assisté en silence aux épreuves que son patron et Olivia avaient traversées. Il savait que les forces à l'œuvre entre eux étaient comparables à celles reliant la lune et les marées, et il avait beaucoup prié pour les voir un jour réunis.

Maya, elle aussi touchée par l'amour et l'amitié qui unissait le petit groupe, pensa à Georgiana, qui n'était pas là pour en profiter. Mais elle acceptait désormais le choix de sa fille de suivre son propre chemin dans la vie – avec son caractère indépendant, elle mènerait à bien tous ses projets. Maya se sentait apaisée ici, et vivre ce moment avec Olivia et Tyndall rajoutait encore à sa joie. Elle était réconciliée avec son identité et ses origines. Son enfance, même si elle ne s'en souvenait pas pleinement, était gravée dans sa psyché et participait à son sentiment spirituel d'appartenance. La sagesse transmise par les femmes de la tribu et qu'elles-mêmes tenaient de leurs ancêtres était pour elle source de force et de sérénité.

La tranquillité relative qu'affichait l'Australie depuis le début de la guerre vola en éclats avec l'attaque de Pearl Harbor. L'onde de choc tira de sa torpeur la petite ville perdue sur la côte nord-ouest de l'Australie.

— C'est un cauchemar, dit Olivia, les larmes aux yeux. Je n'arrête pas de penser à Yoshi, à Taki, à leurs familles et à tous les moments merveilleux que nous avons vécus ensemble.

— Les Japonais de Broome vont se retrouver dans une situation délicate. Je vais voir ce qu'il en est au Conti.

Olivia lança un regard attendri à Tyndall.

— Ce n'est plus un hôtel, c'est un véritable cabinet de guerre.

Sachant où trouver les notables de la ville, le magistrat résident se rendit directement au Continental, la mine sombre. Il se joignit au groupe de Tyndall qui se trouvait sur la véranda.

— Mauvaise nouvelle : je viens de recevoir l'ordre de rassembler tous les Japonais.

— « Nos » Japonais ? La moitié d'entre eux sont encore en mer à bord des lougres.

— Ils sont peut-être en route vers le Japon, plaisanta un homme, avant de se mordre les lèvres.

— Pourquoi les rassembler ? demanda Tyndall. Pour les renvoyer au pays ? Je ne pense pas qu'ils voudront partir.

— On me demande de les arrêter, soupira le magistrat résident. C'est idiot, ces braves gens ne représentent pas une menace pour le pays. Et puis il n'y a pas assez de place en prison.

— Qui va leur annoncer la nouvelle ?

Le magistrat résident regarda Tyndall, le plus ancien et le plus respecté des maîtres perliers.

— À vrai dire, j'espérais que vous alliez vous dévouer.

Tyndall revêtit son uniforme, noua fermement les lacets de ses chaussures fraîchement cirées, coiffa sa casquette de capitaine et, le cœur lourd, partit retrouver le sergent de police sur la jetée. Le magistrat résident y avait convoqué tous les Japonais. Tyndall se retrouva ainsi face à environ cent cinquante hommes qui attendaient.

— Bonjour, sergent MacIntyre. Quelle est la marche à suivre ? demanda-t-il.

— Je crois savoir que le magistrat résident vous a expliqué. Donc si vous voulez bien vous charger de l'annonce…

Tyndall acquiesça et avança lentement en direction du groupe de Japonais. Le fils de Takahashi, qui avait été élu porte-parole, l'imita.

Tyndall retira sa casquette et la cala sous son bras.

— Bonjour, Takahashi-*san*. Je suppose que vous avez entendu la nouvelle ?

— Oui, capitaine, et nous n'aimons pas cela. Personne n'a à y gagner.

Tyndall balaya du regard les visages sombres et soucieux qui l'observaient.

— Qu'avons-nous comme solution, capitaine ?

Tyndall prit une profonde inspiration et exposa la situation du point de vue du gouvernement australien, à savoir que les Japonais étaient désormais considérés comme des ennemis et qu'à ce titre, ils devaient être arrêtés et détenus jusqu'à la fin de la guerre.

Un murmure parcourut le groupe mais personne ne bougea. Tyndall dévisagea à nouveau les hommes qu'il connaissait depuis tant d'années. Ils avaient eu les mêmes rêves, avaient mené les mêmes batailles contre les dangers de l'océan, sur et sous l'eau, communié autour des fêtes des uns et des autres. Les Japonais faisaient tout autant partie de Broome que n'importe quelle autre communauté.

Takahashi s'inclina devant Tyndall.

— Nous comprenons, capitaine. Dites au magistrat résident et au sergent que nous leur obéirons.

Puis il ajouta en esquissant un triste sourire :

— Dommage, les huîtres sont belles en ce moment.

La prison et le terrain adjacent étaient bondés de marins, de plongeurs, d'ouvriers et de commerçants japonais, parfois avec femme et enfants, dont certains nés en Australie. Entre la chaleur et l'humidité, les conditions de détention étaient particulièrement pénibles. Les prisonniers devaient s'entasser dans des huttes construites à la va-vite qui tenaient à peine debout.

Les autres habitants de la ville tinrent à témoigner leur solidarité, les femmes se relayant pour apporter des plats maison ainsi que de petits objets susceptibles d'améliorer l'ordinaire.

Le magistrat résident, qui avait revêtu sa tenue d'apparat, chapeau à plume inclus, s'était adressé aux « prisonniers » et était ressorti de la prison marqué par leur patience et leur compréhension. Il les autorisa à se rendre en ville de temps à autre pour effectuer quelques courses et leur assura qu'ils seraient traités du mieux possible en attendant leur transfert dans des camps d'internement.

Lorsque les lougres revinrent au port, on laissa sortir les hommes par petits groupes pour les tirer sur la grève et les mettre en cale sèche le temps de la mousson.

Ahmed, qui assistait à la scène avec Tyndall depuis le hangar, secoua tristement la tête.

— J'ai comme l'impression que Broome va dormir jusqu'à la fin de la guerre, *tuan*.

Pour Olivia et Tyndall, la guerre fut reléguée au second plan par l'inquiétude que leur inspirait l'état de santé de Maya, qui avait attrapé la grippe. Olivia la soignait et le médecin venait la voir tous les jours. Tyndall, qui restait lui aussi à son chevet, se sentait impuissant devant ses difficultés à respirer, sa toux persistante et son inconfort évident.

— N'y a-t-il donc aucun moyen de la soulager ? s'enquit-il auprès du Dr Haynes.

— Elle ne réagit pas bien au traitement. Je pense qu'il serait plus prudent de l'hospitaliser pour des examens.

Maya contemplait la verdure luxuriante visible depuis son lit d'hôpital. Elle avait l'impression qu'un énorme rocher pesait sur sa cage thoracique, le simple fait de respirer était douloureux et son énergie semblait s'amenuiser à chaque minute qui passait. Elle tourna la tête en entendant le Dr Haynes entrer et n'eut qu'à le regarder pour être fixée. Elle ferma les yeux quelques instants, puis les rouvrit et adressa au médecin un sourire réconfortant.

— Docteur Haynes, j'ai comme l'impression que vous ne venez pas m'annoncer une bonne nouvelle.

— Non, Maya. Les résultats de votre radio indiquent que vous avez la tuberculose.

Il lui prit la main et poursuivit :

— Vous avez besoin de soins adaptés, d'une nourriture équilibrée et de beaucoup de repos.

— Je ne rentre pas chez moi ?
— Pas pour l'instant.

Tyndall et Olivia furent dévastés par la nouvelle.
— Ne serait-elle pas mieux dans un sanatorium ? demanda Tyndall. Cela dit, je ne supporterais pas de la savoir loin de nous.
— Elle est trop malade, John.
Tous deux passaient le plus de temps possible au chevet de Maya, mais malgré les soins, elle semblait dépérir à vue d'œil. Un jour, elle réclama dans un murmure de rentrer à la maison.
Maya semblait bien plus heureuse dans sa chambre, cependant son état se détériora encore, au point qu'Olivia suggéra d'envoyer un télégramme à Georgia.
Un soir, Olivia entra dans la chambre de Maya, qui n'avait quasiment rien mangé au dîner, s'assit et se pencha sur sa broderie.
— Olivia… ?
Celle-ci posa son aiguille et retira ses lunettes.
— Oui, trésor ?
Maya leva ses bras maigres et retira le pendentif qu'elle avait autour du cou. Constatant que ce simple geste l'avait épuisée, Olivia lui caressa les joues.
— Qu'y a-t-il, Maya chérie ?
Celle-ci parla d'une voix à la fois douce et étonnamment résolue.
— Je veux qu'il te revienne. Garde-le précieusement. Et un jour, tu le donneras à Georgia.
Maya referma la main d'Olivia autour du pendentif.
— Garde-le précieusement, répéta-t-elle.
Olivia faillit protester, dire à Maya de garder le bijou, mais ce geste lui tenait manifestement très à cœur.
— Je l'ajouterai à mon collier de perles, dit-elle en laissant courir ses doigts sur le dessin gravé. Minnie les appelait « les larmes de la lune ». Je trouve cela à la fois triste et magnifique.

Maya esquissa un sourire.

— Je les considère comme des larmes de joie. Les perles sont si belles, si... particulières. Elles symbolisent tant pour notre peuple...

Sa voix ne fut plus qu'un souffle et elle ferma les yeux.

Plus tard, Olivia montra le pendentif à Tyndall.

— Elle veut que je le remette à Georgia.

— Cela ressemble à un adieu. A-t-on des nouvelles de Georgia ?

— Non, on dit qu'elle a déménagé et ne fait pas suivre son courrier.

Peu après, la tuberculose de Maya dégénéra en pneumonie. Tyndall ne quitta pas son chevet, tenant sa main frêle et lui racontant des histoires du temps jadis bien qu'elle semblât à peine consciente.

Tyndall et Olivia hésitèrent à la faire admettre de nouveau à l'hôpital. Mais dans ses rares moments de lucidité, Maya secouait la tête et désignait la vue sur la baie.

— Une hospitalisation n'avancerait pas à grand-chose, dit le Dr Haynes. Si elle exprime le souhait de rester ici, c'est sans doute préférable. Toutefois, appelez-moi si son état empire soudainement.

Le soleil matinal inondait la chambre de Maya, accompagné d'une douce brise venue de la baie. Tyndall venait de prendre son petit déjeuner à ses côtés, Olivia se tenait sur la véranda, plongée dans ses pensées. Les jours heureux étaient comme perdus dans un épais brouillard, et la guerre avait beau se rapprocher des côtes australiennes, elle semblait à mille lieues de la bataille livrée par Maya.

Lorsque Olivia retourna à son chevet, elle trouva Tyndall assis sur le lit qui berçait sa fille dans ses bras en chuchotant. Il leva la tête vers Olivia et lui lança un regard éperdu de chagrin.

— Elle est partie, Olivia. Ma fille... s'en est allée.

Après la chute de Singapour, la population se mobilisa, la marine réquisitionna des lougres et on commença à évoquer une évacuation des familles blanches. On donna également l'ordre de transférer les Japonais au sud, dans un camp d'internement.

Regroupés sur l'embarcadère, ils formaient un groupe informel, discutant en famille ou avec d'autres habitants de Broome. Olivia et Tyndall rejoignirent les Metta pour assister au départ, aidèrent à la distribution de biscuits maison et de petits souvenirs aux hommes qui avaient contribué de façon aussi importante à la vitalité de Broome. Quand le bateau leva l'ancre, les Japonais penchés sur le bastingage agitèrent fiévreusement les bras vers la foule qui le leur rendit bien, et des larmes furent versées des deux côtés.

***

Tyndall, vêtu de son uniforme de maître perlier, entra dans la maison des douanes où l'officier à la tête de l'unité navale s'était installé et se campa devant le jeune homme.

— Je suis venu vous proposer mes services, s'il vous faut quelqu'un pour surveiller la côte. Je connais ces eaux comme ma poche.

Le lieutenant prit le temps d'observer l'homme vieillissant à la peau bronzée.

— Nous apprécions votre offre, capitaine Tyndall, mais la marine maîtrise la situation. Cependant, nous ne manquerons pas de faire appel à votre expertise, si le besoin vient à se présenter.

Il se montra courtois mais ferme.

Mais Tyndall était du genre têtu, et le soir même, il rentra du Lugger Bar l'air très content de lui.

— On m'a confié une mission, je pars dans le bush le temps de former des guerriers.

— Comment cela, « des guerriers » ? demanda Olivia sans parvenir à réprimer un sourire.

— Le sergent MacIntyre et un type du « ministère des Affaires locales », comme ils disent, ont mis au point une stratégie pour nous sauver, si les Japonais venaient à débarquer sur nos plages.

— Je t'écoute, dit Olivia d'un ton neutre.

— Eh bien, il s'agit d'apprendre aux autochtones à surveiller la côte et à combattre l'ennemi.

Alors qu'il se déshabillait, Olivia s'assit dans le lit.

— Pensent-ils sérieusement que nous risquons d'être envahis ?

— D'après le gouvernement, c'est à prendre en considération. Les Japonais sont au nord, pas très loin. Et comment protéger toutes les zones inhabitées du littoral ? Il est impossible d'y patrouiller correctement. C'est pourquoi un bureaucrate malin a proposé que nous formions les meilleurs guerriers aborigènes que nous connaissons. Nous en avons d'ores et déjà sélectionné une petite trentaine. Mon rôle sera de leur apprendre le maniement des armes à feu, les techniques de combat rapproché, entre autres, même si sur ce point ils en savent sans doute plus que nous. Nous allons diffuser la nouvelle auprès des différentes tribus pour qu'elles se tiennent prêtes à riposter si les Japonais débarquent.

— Les Aborigènes sont d'accord ?

— Eh bien, le clan qui vit à Blue Mud Bay, en terre d'Arnhem plus au nord, a déjà commencé. Ces gens connaissent le bush par cœur, se battent avec des lances et se déplacent comme des ombres, sans bruit. Avec de vraies armes, ce seront des guerriers hors pair.

Soudain, le cœur d'Olivia se serra. Pourquoi les hommes étaient-ils aussi excités à l'idée d'en découdre ? N'avaient-ils pas retenu la leçon du dernier fiasco et de son cortège de morts ?

Tyndall, percevant la mélancolie d'Olivia, la prit dans ses bras.

— Ne t'inquiète pas, rien ne dit que cela arrivera. Nous devons simplement être préparés.

25

Tyndall et Olivia se tenaient dans le couloir étroit sur lequel donnaient leurs bureaux respectifs.

— Un petit local en ville et quelques huttes délabrées sur l'avant-côte, voilà tout ce qu'il reste de L'Étoile de la mer. Ce n'est pas très représentatif de sa prospérité, dit Tyndall avec une pointe d'amertume.

— Elle a laissé bien d'autres traces, John, et tu le sais. Pense aux amis que nous avons rencontrés, aux aventures que nous avons vécues, à l'argent que nous avons gagné… et perdu. Reconnais que si c'était à refaire…

— … il y a certaines choses que je changerais, répondit tristement Tyndall en prenant la main d'Olivia.

— Nous ne pouvons pas ressusciter nos morts, dit-elle en se serrant près de lui tandis qu'ils descendaient le minuscule escalier. Il est peut-être temps de tourner la page. J'ai toujours une maison à Perth.

— Je n'ai pas une âme de jardinier, rétorqua Tyndall.

— Eh bien, tu pourrais préparer l'après-guerre, te pencher à nouveau sur la perliculture.

Ils rejoignirent Ahmed, qui les attendait dans la rue. Tous trois levèrent les yeux vers l'enseigne au nom de L'Étoile de la mer, désormais à peine lisible.

— J'ai bien envie de jeter une allumette là-dedans, bougonna Tyndall.

— On n'a plus de lougres, rien qu'une goélette. Qu'est-ce qu'on fait maintenant, *tuan* ?

— Rentrons et recueillons-nous en mémoire de L'Étoile de la mer, suggéra Olivia. Invitons Mabel et Toby à partager le succulent curry de la petite-fille de Mollie.

Ils se rendirent chez les Metta. Mais alors qu'ils atteignaient la véranda, Mabel sortit en panique de la maison.

— Mon Dieu, c'est affreux ! Qu'allons-nous devenir ?

— Que se passe-t-il, Mabel ?

Elle essuya ses larmes avec le coin de son sari.

— Vous n'avez pas entendu la nouvelle ? Darwin a été bombardé !

— Dieu du ciel ! s'exclama Olivia. Les dégâts sont importants ?

Tyndall se raidit.

— Olivia, oublions ce déjeuner, il faut que j'aille aux nouvelles. Nous risquons d'être les prochains.

— On est trop loin pour les avions japonais, *tuan*, observa Ahmed, tout de même inquiet.

— Entrez, Olivia. John, Toby est au Conti.

Ahmed emboîta le pas à Tyndall, qui cria par-dessus son épaule :

— Je passe à la Résidence et ensuite au Conti !

Plus tard, installés au Lugger Bar dans un brouhaha continu, Tyndall informa Toby des mesures à venir.

— Il est prévu d'évacuer les familles blanches, et les maîtres perliers vont devoir se cotiser pour régler la solde des équipages malais et asiatiques. Les Aborigènes de la ville se rendront à la mission de Beagle Bay avec les sœurs de Saint-Jean-de-Dieu.

— Que va devenir Ahmed ? s'enquit Toby.

— Je vais l'accueillir chez moi.

Craignant une invasion, le gouvernement racheta tous les lougres en état de naviguer et les autres furent détruits. L'aérodrome devint un point de ravitaillement de la Force aérienne royale australienne et des avions en route pour les Indes orientales néerlandaises.

Fin février 1942, Broome n'était plus que l'ombre d'elle-même.

Lorsque les Metta annoncèrent qu'ils quittaient Broome pour Perth, Olivia sentit une boule naître dans sa gorge. Alors que Toby tâchait de faire bonne figure, sa silhouette massive trembla d'émotion au moment des adieux. Quant à Mabel, elle semblait perdue dans son sari bordeaux et ses longs cheveux attachés en chignon à la base de sa nuque étaient parsemés de mèches grises, mais son sourire était plus étincelant que jamais.

— Ne tardez pas trop à nous rejoindre, implora Mabel. Il faut à tout prix que John accepte de partir.

Plusieurs navires d'État avaient déjà levé l'ancre avec des familles à leur bord, et celui sur lequel embarquaient les Metta serait le dernier.

— Ce n'est pas un voyage en première classe, nous sommes entassés et il fait très chaud, mais nous nous en contenterons, soupira Mabel.

De nombreux hommes restaient à quai, conscients que l'on aurait certainement besoin d'eux à Broome, et Olivia eut le cœur brisé en les voyant dire adieu à leurs épouses et à leurs enfants. Alors que le navire s'éloignait, Olivia se blottit contre la poitrine de Tyndall et fondit en larmes.

— J'ai l'impression que je ne vais jamais les revoir, murmura-t-elle.

— Mais non, tu peux retourner n'importe quand à Perth. Tu as toujours une maison là-bas.

— Je refuse de te quitter et de quitter Broome.

— Alors sèche tes larmes, ma chérie. Ta décision est prise.

Les rues étaient silencieuses, les bâtiments désertés, Shiba Lane abandonnée. Et alors que le dernier bateau d'évacuation gagnait le large, les hommes allèrent noyer leur chagrin dans les pubs.

Avec la percée japonaise dans les Philippines et les Indes orientales néerlandaises, Broome devint du jour au lendemain un centre de transit pour réfugiés. Des militaires et civils alliés ainsi que leurs familles furent évacués vers l'Australie *via* Broome, principalement par avion.

Olivia se porta volontaire auprès d'un centre d'accueil et de soins et travailla sans relâche pour venir en aide aux réfugiés. Il ne restait que très peu de femmes en ville, une infirmière, une standardiste et des sœurs de Saint-Jean-de-Dieu. Les hôtels étaient bondés et les habitants encore présents ouvraient grand leurs maisons pour accueillir les personnes qui affluaient par milliers.

Tyndall aussi jetait toutes ses forces dans la bataille, se démenant au port, peu adapté aux hydravions dont beaucoup s'échouaient à plus d'un kilomètre des côtes à cause des grandes marées. Il fallait alors patauger dans la vase jusqu'au rivage, et de nombreuses personnes âgées, des mères et leurs enfants préféraient ne pas quitter les hydravions, quitte à y être entassés. Ahmed travaillait avec Tyndall à installer des amarres pour les appareils et à convertir un lougre en point de ravitaillement.

— Le tarmac de l'aérodrome est trop endommagé. Les B-17 et les B-24 sont tellement massifs qu'il faut effectuer des réparations après chaque atterrissage, expliqua Tyndall.

— Tous les Malais et les Koepangers bossent dur là-bas, dit Ahmed.

— Les pilotes doivent être épuisés, ils ont à peine le temps de se poser pour se ravitailler qu'ils doivent repartir au secours de ces pauvres gens. On aurait vu plus de cinquante avions aujourd'hui et on annonce des évacuations dans l'Est, dit Olivia.

Contrairement aux paisibles couchers de soleil auxquels Tyndall et Olivia avaient l'habitude d'assister, ce soir-là, la baie grouillait de monde. Sous leurs yeux, deux hydravions de la marine royale néerlandaise amerrirent, glissant sur l'eau tels des goélands géants.

Après souper, Tyndall et Olivia retournèrent sur la véranda. En cette fin de mousson, la lune légèrement brouillée éclairait les eaux calmes où stationnaient des hydravions Catalina et Short Sunderland.

— On dirait de grands oiseaux qui flottent sur l'eau, dit Olivia. C'est si paisible…

— Pour l'instant. On continue à s'affairer dans la baie pour éviter que les hydravions s'échouent à marée basse.

— Qu'allons-nous devenir, John ? murmura Olivia.

— Qui peut le dire ? Nous allons faire de notre mieux, comme toujours. Souhaites-tu partir ? Nous devrions peut-être nous y résoudre.

— Toi, que veux-tu ?

— Un capitaine n'abandonne pas son navire. Ne t'inquiète pas, ma chérie.

— Dans ce cas, je reste à vos côtés, capitaine, dit Olivia, rassurée par les bras de Tyndall qui l'enlacèrent.

Deux jours plus tard, alors qu'une allège baptisée *Nicol Bay* et chargée de carburant s'avançait dans la baie pour ravitailler trois hydravions, Tyndall et Ahmed, qui travaillaient près de la jetée, s'interrompirent et levèrent la tête. Un bourdonnement distant se matérialisa dans le ciel sous la forme d'un petit aéronef qui les survola plusieurs fois avant de repartir en direction du nord-ouest.

Tyndall courut voir un ingénieur qui scrutait lui aussi le ciel.

— De quoi s'agit-il, à votre avis ?

— Je dirais que c'est un avion de reconnaissance japonais.

— Je n'aime pas ça. L'armée pense que nous sommes hors de portée de vol, mais au rythme où ils progressent vers le sud…

— Heureusement, très peu d'hydravions sont au port.

— Il y en aura plus ce soir, et servis aux Japonais sur un plateau, répliqua Tyndall d'un ton sombre.

— Je savais que d'autres hydravions arriveraient, déclara Tyndall alors qu'il buvait un mug de thé sur la véranda. J'en vois seize.

— Ils sont néerlandais, je crois, dit Olivia en le rejoignant.

— Je ferais mieux de descendre pour les aider à se ravitailler. Il faut qu'ils repartent avec la marée.

Il embrassa Olivia et lui remit son mug vide.

— À plus tard, ma chérie.

Pendant que les hydravions chargés de familles néerlandaises faisaient le plein de carburant, des pilotes fêtaient leur dernier sauvetage de réfugiés au bar du Conti. À l'aérodrome, le premier de six avions s'apprêtait à décoller. Un B-24 avait atterri à l'aube en provenance de Yogyakarta avec des hommes blessés à son bord.

Sur un coup de tête, Olivia avait décidé d'aller assister au décollage depuis l'embarcadère. Elle se joignit à un petit groupe d'habitants de Broome et de femmes évacuées avec leurs enfants attendant la chaloupe qui les transporterait jusqu'à leur hydravion.

Au Conti, les pilotes regardèrent l'heure – 9 h 30 – et vidèrent leur verre. C'était une belle matinée dégagée.

Dans un premier temps, le bourdonnement lointain au nord n'alerta personne. Mais quelques secondes plus tard, neuf taches argentées venant de Cable Beach survolèrent Roebuck Bay à basse altitude.

Olivia leva la tête vers le ciel et poussa un cri à la vue des chasseurs-bombardiers arborant le cercle rouge vif du Soleil-Levant sur leur fuselage. Pétrifiée d'horreur, elle ne put que regarder les avions frapper avec surprise et précision.

Dès qu'ils entendirent les mitrailleuses, les hommes sortirent du Continental et assistèrent impuissants à la destruction méthodique des hydravions.

Instinctivement, Olivia se jeta sur le sol à plat ventre et se boucha les oreilles pour ne pas entendre les hurlements des femmes et des enfants prisonniers d'un hydravion en flammes qui s'enfonçait dans l'eau.

Les chasseurs-bombardiers lancèrent une nouvelle attaque, leurs balles traçantes perçant les autres appareils qui avaient échappé au premier assaut.

Soudain, alors que des colonnes de fumée noire s'élevaient au-dessus de la baie, Olivia se ressaisit.

— John! hurla-t-elle en partant à la recherche de Tyndall et d'Ahmed.

Le capitaine de l'allège de ravitaillement et son équipage se précipitèrent au secours des rares survivants. Des femmes et des enfants qui ne s'étaient pas retrouvés piégés dans les hydravions se débattaient à la surface de l'eau malgré leurs brûlures. Soudain, un cri retentit:

— Des requins!

D'autres marins, bravant le danger, ramaient sur la mer en feu qui engloutit les hydravions en l'espace de quelques minutes. Tyndall et Ahmed étaient de ceux-là. Après avoir sauté dans une chaloupe trouvée sur la plage, ils progressaient entre les colonnes de fumée, Ahmed souquant de toutes ses forces pendant que Tyndall donnait de la voix. Ils réussirent à hisser deux femmes et une adolescente dans la chaloupe, puis une troisième femme qui tenait son bébé noyé dans ses bras et un homme grièvement brûlé.

— J'aperçois une tête à tribord, Ahmed.

— On peut pas en prendre plus, *tuan.* Faut les déposer et y retourner.

Après que l'on eut aidé les survivants à descendre de la chaloupe, Ahmed et Tyndall retournèrent dans l'enfer de la baie. Ils entendirent alors avec effroi le vrombissement des chasseurs-bombardiers qui revenaient pour une troisième salve, leurs balles traçantes fusant dans toutes les directions.

— Tu veux que je te relaie, Ahmed? lança Tyndall à son ami.

Ahmed secoua la tête, lui sourit puis s'affaissa soudain en poussant un cri.

— Mon Dieu, Ahmed, tu as été touché!

Tyndall se précipita vers lui et vit le sang qui imbibait déjà sa tunique blanche. Il l'allongea au fond de la chaloupe, s'empara des avirons et entreprit de regagner le rivage au plus vite. Il ne quittait pas Ahmed des yeux, priant le ciel pour que son fidèle second en réchappât.

— Tiens bon, mon ami, nous sommes presque arrivés. Je n'ai pas dit mon dernier mot!

Dès que l'un des avirons rencontra le sol vaseux, Tyndall bondit par-dessus bord et empoigna Ahmed.

Olivia courait paniquée sur la plage en essayant de voir à travers la fumée qui obscurcissait le soleil. Le son des mitrailleuses, le crépitement des flammes, les cris et les hurlements étaient abominables.

Elle croyait errer depuis une éternité en appelant John et Ahmed, mais le début de l'attaque remontait à quinze minutes à peine.

Soudain, ce fut comme une apparition: elle reconnut à travers les volutes de fumée la silhouette élancée de Tyndall qui portait Ahmed dans ses bras.

Dans la seconde qui suivit, ce fut tout son monde qui s'effondra. Au ralenti, elle vit Tyndall rejeter soudain la tête en arrière et tomber à genoux dans la vase. Il tenta dans un dernier effort de se relever, pour finalement retomber face contre terre aux côtés de son compagnon.

Le temps qu'Olivia les rejoignît, tous deux avaient rendu leur dernier soupir.

Olivia s'assit dans la vase, caressant d'une main la tête de Tyndall posée sur ses genoux, touchant de l'autre l'épaule d'Ahmed, sans prêter attention au chaos qui l'entourait.

Après la baie, les Japonais attaquèrent l'aérodrome et détruisirent les quelques avions qui se trouvaient encore sur le tarmac. Les volontaires présents pour le défendre répliquèrent furieusement avec leurs fusils .303, mais ceux-ci n'étaient pas de taille à lutter contre les chasseurs-bombardiers qui repartirent après avoir largué leurs réservoirs. Toutefois, un Néerlandais qui était en train de réparer son arme dans un atelier vida son chargeur en direction d'un avion et fit mouche.

L'un des pilotes japonais regarda par-dessus son épaule, vit un chasseur-bombardier piquer du nez et considéra que cette perte était un faible prix à payer, comparé à l'honneur de servir l'empereur.

Leur mission accomplie, les pilotes mirent le cap sur le Timor et leur base de Koepang, où des plongeurs étaient recrutés par l'industrie perlière de Broome depuis les années 1880.

Takeo Yoshikuri prit le temps de décrire une dernière et longue courbe au-dessus de Broome en scrutant avec curiosité cette petite ville qui ne payait pas de mine. Il en avait beaucoup entendu parler mais peinait à comprendre la fascination qu'elle exerçait encore à ce jour sur son père, qui y avait travaillé une grande partie de sa vie comme plongeur.

Alors qu'il rattrapait ses camarades, il repensa à la photographie que son père avait placée en évidence chez lui. Elle le montrait jeune, vêtu d'un scaphandre, sur le pont d'un lougre aux côtés d'un grand capitaine australien tout sourire. Comment s'appelait-il, déjà ? Son père parlait toujours de lui. Ah oui, Tyndall. Il reprit sa place dans l'escadron en se demandant ce que ce fameux capitaine faisait en ce moment même.

Épilogue

Broome, 1995

Dans la salle de lecture de la Société historique de Broome, Lily arriva à la dernière entrée du journal d'Olivia.

24 juin 1953

Cela fait une semaine que Georgia et Lily ont repris l'avion pour Sydney et elles me manquent terriblement. Leur visite a été un rayon de soleil qui m'a rappelé Broome pendant la saison sèche. Comme à son habitude, Georgia est tout feu tout flamme et pleine de projets, maintenant qu'elle a quitté les États-Unis suite à son divorce. Lily est une enfant magnifique, et je pense que son sérieux et son intelligence la mèneront loin. Elle me rappelle tant Hamish. Nous avons passé des moments formidables ensemble, en particulier dans le jardin. Quand j'étais avec elle, j'avais l'impression de retrouver un peu de ma jeunesse et de mon énergie. À présent, cette énergie s'en est allée et je reste avec mes souvenirs…

Dessous, quelqu'un avait ajouté : « Décédée le 15 juillet 1953. »

Lily referma le journal et appuya son menton sur ses mains en songeant combien ces derniers jours avaient été riches en enseignements sur ses ancêtres.

Elle se sentait à la fois épuisée et euphorique. Tant de pensées, tant d'émotions, un débordement d'amour, de fierté et d'admiration pour ces gens dont elle avait partagé le parcours. C'en était presque trop.

Aux deux tiers du journal, elle avait compris qu'elle avait du sang aborigène. La confirmation de son lien de parenté avec Niah à travers Maya, la grand-mère qu'elle n'avait jamais connue, était une révélation qu'elle devait encore digérer.

Voir son nom mentionné avec tellement de tendresse dans la dernière entrée acheva de la bouleverser, elle qui se trouvait assise en silence parmi les vestiges d'une autre époque, celle de John et Olivia Tyndall. Alors qu'elle ravalait difficilement ses larmes, quelqu'un entra.

— Je viens de fermer le musée et je me suis dit que nous pourrions prendre une tasse de thé.

C'était Muriel, l'énergique archiviste.

Lily essuya une larme à la dérobée et réussit à esquisser un sourire.

— Vous êtes adorable, Muriel. J'ai besoin d'un remontant, vous n'avez pas idée.

Muriel s'installa dans l'un des fauteuils exposés.

— Vous êtes venue à bout de votre lecture ? demanda-t-elle après avoir bu une gorgée de thé.

— Oui, mais je ne m'attendais pas à cela.

— Souvent, les gens en apprennent plus que ce à quoi ils s'étaient préparés, et ce ne sont pas toujours de bonnes nouvelles. À vrai dire, je vous sens un peu triste.

Lily acquiesça.

— Avez-vous envie d'en parler ?

— Pas maintenant, Muriel, mais merci. J'ai besoin de réfléchir.

Muriel avait beau frémir de curiosité, elle était parfaitement consciente de l'impact personnel que pouvait avoir une telle plongée dans le passé et jugea préférable de changer de sujet.

— Je suppose que vous allez rentrer dans le Sud, maintenant que vous avez achevé votre lecture. On peut dire que vous avez eu beau temps.

— J'ai apprécié chaque journée passée ici, répondit Lily. Je pense rester un ou deux jours de plus, j'ai encore quelques petites choses à régler.

Muriel se leva, rangea le journal d'Olivia sur une étagère et reprit les tasses.

— Un jour, moi aussi, je lirai certains de ces carnets jusqu'au bout. Je n'ai jamais dépassé les premières pages, il y a toujours trop de travail et pas assez de temps pour profiter pleinement des archives que nous avons ici. Dites-moi quand vous êtes prête à partir.

Lily balaya la salle du regard puis se déplaça de meuble en meuble, qu'elle effleura du bout des doigts en les imaginant dans la maison d'Olivia et de John. Ils s'étaient assis dans ces fauteuils, avaient ri sur cette chaise longue, utilisé cette porcelaine, regardé cette horloge. Et enfin, comme après chaque journée qu'elle avait passée à lire, elle s'arrêta devant le grand portrait de John Tyndall. Cette fois, elle vit dans ses yeux posés sur elle davantage d'affection et un léger amusement.

— Cher arrière-grand-père, vous devez vous demander comment je vais digérer toute cette histoire, murmura-t-elle. Eh bien, figurez-vous que moi aussi.

Après avoir repris son sac et ses notes, elle se tourna sur le seuil pour s'adresser au portrait une dernière fois.

— Je vais commencer par un verre au Lugger Bar.

Elle lui décocha un clin d'œil et referma doucement la porte.

Le lendemain matin, Lily téléphona à Rosie Wallangou, l'artiste aborigène qu'elle avait rencontrée au Cable Beach Club peu après son arrivée.

— Rosie, c'est Lily Barton. Nous nous sommes rencontrées au vernissage, vous vous souvenez ?

— Bien sûr, vous êtes venue de Sydney car vous recherchiez quelque chose. Alors ?

— J'ai trouvé, et votre tableau *Perles de lune* a une toute nouvelle signification pour moi.

S'ensuivit un silence.

— Rosie… ?

— Excusez-moi, j'ai été prise de court. Nous pouvons nous voir pour en discuter.

— Avec grand plaisir.

Rosie donna à Lily des indications qu'elle griffonna dans son carnet.

— Venez à pied, Lily. Cela ne vaut pas le coup de prendre un taxi.

Lily traversa la ville en portant un nouveau regard sur les bâtiments, les rues et l'embarcadère. Sous ses yeux, c'était comme si le Broome d'antan reprenait vie. Ignorant les rues propres, les magasins modernes et les touristes en balade, elle visualisa les lieux tels que les avait connus son arrière-grand-père. Il en restait d'ailleurs des vestiges, certains étant comme figés sous une couche de rouille – le tramway hippomobile, le cylindre de décompression, le fer forgé autour des tombes –, d'autres fraîchement repeints – le cinéma Sun Pictures, Shiba Lane, les anciens hangars abritant désormais des boutiques de perles.

Conformément aux instructions de Rosie, Lily longea l'avant-côte jusqu'au promontoire où une grande maison ancienne, ceinte d'une véranda sur tout le pourtour, surplombait la baie et ses eaux émeraude. Son cœur se mit à cogner dans sa poitrine lorsqu'elle reconnut l'immense flamboyant au pied duquel Olivia avait répandu la terre récupérée sur la tombe du petit James. Quand elle s'arrêta devant le portail, Rosie sortit sur la véranda et la salua gaiement.

— Bonjour, Lily. Vous êtes au bon endroit.

Presque en transe, Lily monta la volée de marches où l'attendait Rosie près d'un fauteuil en rotin. Pendant quelques secondes, elles se regardèrent sans dire un mot.

Ce fut Rosie qui rompit le silence.

— Oui, je le vois maintenant. Vous êtes l'une des nôtres. J'ai eu une intuition le soir du vernissage quand nous avons parlé du tableau, puis je me suis dit que j'imaginais des choses. Cela prouve que nous devrions toujours écouter l'esprit. Comment avez-vous su ?

— Par les journaux intimes de mon arrière-grand-mère qui sont archivés à la Société historique. Je les ai lus pendant plusieurs jours.

Lily s'interrompit le temps de retirer son chapeau de paille.

— Toutes ces informations sont un peu difficiles à assimiler. Je n'ai quasiment pas fermé l'œil de la nuit.

— Asseyez-vous, dit Rosie avec un petit rire. Je viens de préparer du café, vous arrivez à point nommé.

Elle remplit deux mugs et en tendit un à Lily.

— Donc vous pensez avoir compris le sens des *Perles de lune*. Quel est-il, d'après vous ?

Lily relata toute l'histoire aussi brièvement que possible, en mettant l'accent sur son lien de parenté avec Maya et Niah, puis sortit le pendentif de son sac à main. Rosie le prit avec déférence puis le rendit à Lily.

— Il est authentique. Et si vous faites partie du clan de Minnie, cela signifie que nous sommes parentes, souligna-t-elle en regardant Lily avec tendresse.

— Je crois bien que oui. Je suis désolée, c'est un peu compliqué…

Un immense sourire illumina le visage de Rosie.

— C'est un vrai choc, Lily, et vous n'avez aucune obligation. Tous les jours, des gens comme vous découvrent leurs origines. Venez visiter la maison. Si vous avez lu le journal d'Olivia, vous devez avoir la tête pleine d'images.

Lily sentit un poids immense s'envoler de ses épaules alors que Rosie la prenait par la main. Elles entrèrent dans le salon où une belle photographie d'Olivia était accrochée dans un cadre ovale.

— La voilà, dit Rosie avec admiration. Elle est magnifique, n'est-ce pas ? Si forte, si belle. Les clichés que l'on peut voir au musée n'ont rien de comparable. Ce portrait a été pris par un photographe japonais juste avant la guerre.

Olivia avait un regard amusé, comme si elle était sur le point d'éclater de rire. Son épaisse chevelure était coiffée en un chignon élaboré, elle portait une robe en chiffon de soie à l'imprimé discret, rehaussée par le collier de perles.

— Vous devez vous sentir très proche d'elle, dit Lily, touchée par l'affection avec laquelle Rosie parlait d'Olivia. Je ne l'ai rencontrée qu'une fois à Perth, quand j'étais toute petite. Maman venait de rentrer des États-Unis après son divorce. Je me souviens de m'être promenée avec Olivia dans son jardin. C'est à ce moment-là qu'elle a dû remettre le pendentif à Georgia.

— Sans doute, opina Rosie. Elle a été formidable avec moi aussi. J'ai été élevée par ma grand-mère, qui travaillait pour Olivia et John à la fin de leur vie. Olivia m'a aidée pour les devoirs puis a financé mes études. *Perles de lune* est l'un des premiers tableaux que j'ai peints à l'école d'art. Comme mes professeurs l'ont adoré, cela a contribué à ce que je sois fière de mon héritage. Il est cher à mon cœur, comme je vous l'ai dit l'autre soir.

— Et vous avez acheté la maison ?

— Oui, elle a été vendue à la mort d'Olivia, comme sa demeure à Perth. Je suppose que c'est votre mère qui s'en est chargée. Plusieurs personnes l'ont occupée avant que je puisse l'acheter… grâce à mes clients new-yorkais.

Elles regagnèrent la véranda qui donnait sur la baie.

— La vue est sublime, n'est-ce pas ? dit Rosie.

— Absolument magnifique. Jadis, ce devait être un sacré spectacle que de voir les lougres gagner le large toutes voiles dehors.

Elles restèrent silencieuses quelques instants, puis Lily se tourna vers la jolie femme vêtue d'un pantalon noir en coton et d'un t-shirt arborant un drapeau aborigène.

— Vous vivez dans deux cultures différentes, Rosie. Comment vous en sortez-vous ?

— C'est simple, je n'ai jamais rien connu d'autre. Mais je comprends votre question. Vous voulez savoir si c'est envisageable pour vous aussi. Eh bien, vous êtes la seule à connaître la réponse. Cela dépend de l'esprit qui vous habite. C'est une chose de découvrir que vous avez du sang aborigène, c'en est une autre de sonder votre âme pour savoir si vous êtes l'une des nôtres.

Rosie s'interrompit en entendant du bruit dans la cuisine.

— Par ici, mamie ! Nous avons une visiteuse un peu particulière.

Lily se retourna et retint son souffle en voyant qui franchissait le seuil. C'était Biddy, la vieille femme qu'elle avait rencontrée sur la langue de sable le jour de son arrivée à Broome.

— Tu as pêché de quoi dîner, mamie ?

— Oui. Bonjour, dit Biddy en sondant Lily du regard avant de révéler un sourire édenté. On s'est parlé sur la plage.

— Bonjour, Biddy. En effet, c'était mon premier jour à Broome.

— Dès que la marée le permet, mamie Biddy va pêcher. Et elle se débrouille bien pour ses quatre-vingts ans.

Rosie prit sa grand-mère par la main et l'invita à approcher.

— Je te présente Lily, l'arrière-petite-fille de John et d'Olivia. La petite-fille de Maya.

Lily surprit dans le regard de la vieille femme une étincelle qui lui fit chaud au cœur.

— Alors on est du même clan. J'ai oublié le nom de votre maman. Elle est partie au sud et elle est jamais revenue.

— Georgiana, répondit Lily.

— Ah oui, ça me revient. On l'appelait Georgia. Elle avait la tête dure.

Biddy se laissa tomber sur une chaise et retira ses vieilles savates.

— Mamie est la petite-fille de Mollie, autrement dit l'arrière-petite-fille de Minnie. Elle a travaillé pour Olivia jusqu'à son départ pour Perth après la guerre. Montrez-lui le pendentif.

Lily ressortit le bijou de son sac et le donna à Biddy. Celle-ci l'observa attentivement et esquissa un hochement de tête.

— Vous avez des enfants ? demanda-t-elle en rendant le pendentif à Lily.

— Oui, une fille. Samantha.

— Eh ben, il faut qu'elle rencontre la famille. C'est la tradition.

Lily resta sans voix. Cette déclaration spontanée de Biddy, l'évocation des liens familiaux et des responsabilités qui en découlaient l'ébranlèrent, toutes sortes de pensées se bousculèrent dans son esprit. Quelle serait la réaction de Samantha, alors qu'elle-même peinait à s'adapter à cette nouvelle réalité ?

Sentant que Lily était prise de court, Rosie vola à sa rescousse.

— Mamie, Lily n'a pas encore eu le temps de se pencher sur la question. Elle vient de découvrir ses origines, sa mère ne lui a jamais parlé de nous.

À ces mots, Biddy se releva péniblement.

— Bon, je vais mettre le poisson au frais. Vous dînez avec nous ?

— Avec plaisir, Biddy, merci, dit Lily avant d'échanger un sourire avec Rosie.

Après le dîner, Lily regagna sa chambre d'hôtel, s'allongea sur le lit et repensa aux événements de la journée en contemplant le ventilateur qui tournait au plafond : les retrouvailles avec Rosie et Biddy, le dîner puis la longue discussion au clair de lune autour des liens familiaux tels que les concevaient les Aborigènes... Elle s'interrogea également sur l'étrange confusion provoquée par les paroles de Biddy, « Alors on est du même clan ».

Comme son regard se posait sur le téléphone à côté du lit, elle hésita à appeler sa fille, puis son compagnon, puis sa meilleure amie, avant d'abandonner l'idée. Aucun d'entre eux ne comprendrait ce qu'elle traversait, et c'était à elle de trouver les clés. Elle était sur le point de s'endormir lorsqu'une pensée émergea dans son esprit fatigué. Demain, elle irait voir Niah. Puis elle plongea dans un profond sommeil.

Le lendemain matin, Lily appela l'agence de location de voitures, demanda expressément un véhicule robuste et s'élança avec confiance. Contrairement à la première fois qu'elle s'était engagée sur la route de sable rouge, elle ne fut pas gênée par la lumière vive, les nuages de poussière soulevés par les roues et le vent chaud qui soufflait dans l'habitacle.

Alors qu'elle roulait vers le nord, Lily déroula une fois encore son passé familial en touchant régulièrement son pendentif. Elle trouvait fascinante l'histoire des habitants de Broome, qui s'étaient toujours battus pour relever la tête – une histoire qui impliquait des personnes de tous horizons, une somme de parcours individuels qui l'avaient amenée là où elle était aujourd'hui. Et elle saisissait à présent pourquoi sa mère avait tourné le dos à sa famille et à son héritage. À cette époque, être métis ou aborigène dans une société dominée par les Blancs revenait à ne pas avoir de droits.

Comme Georgia, Lily pouvait repartir et feindre l'ignorance. Mais plus elle pensait à l'attitude de sa mère, plus elle se disait que Georgia était le produit de son temps. Et celle-ci n'avait pas rejeté en bloc ses origines, puisqu'elle avait envoyé les journaux d'Olivia, sa correspondance et ses photos au musée de Broome. Elle avait dû supposer que si Lily le souhaitait, elle saurait comment remonter aux sources et que la décision lui revenait.

Et comment réagiraient ses amis de Sydney ? Rosie leur ressemblait, mais Biddy ? Broome et le Nord en général étaient plus tolérants que les grandes villes, où le politiquement correct était de mise tant qu'on n'était pas directement concerné. Or Lily savait que certains de ses amis un peu snobs seraient effarés de découvrir ses origines.

En arrivant à la mission de Beagle Bay, elle trouva le frère William qui lisait un missel, assis sur une chaise devant l'église.

— Bonjour, frère William.

— Oh, bonjour. Je me souviens de vous. Vous posiez beaucoup de questions.

— Tout à fait.

Lily désigna un sac en plastique.

— Tenez, je vous ai apporté du pain de seigle et du pâté de foie que j'ai trouvés chez un traiteur à Broome.

Les yeux du vieil homme s'illuminèrent.

— C'est très gentil. Venez prendre le thé.

Ils s'installèrent dans la salle à manger, puis une jeune Aborigène apporta des tasses et des soucoupes pendant que Lily coupait des tranches de pain. Les deux femmes échangèrent un sourire, et Lily fut frappée de constater qu'elle portait un regard différent sur ces gens. Pouvait-elle décemment rentrer à Sydney, tourner définitivement le dos à Broome, ne rien raconter à personne et reprendre le cours de sa vie comme si de rien n'était ?

Elle discuta avec le frère William du temps jadis, relata la vie d'Olivia et de Tyndall après leur mariage et éluda toute référence au volet aborigène de son histoire.

— J'ai confié le journal de vos prédécesseurs à la Société historique, qui vous remercie. C'est une archive très précieuse.

Le frère William sourit.

— Nous nous sommes entraidés et c'est bien normal. Quel bon vent vous amène aujourd'hui ? Avez-vous d'autres questions ?

— Dans un sens, oui, mais je ne pense pas que vous soyez à même d'y répondre. C'est à moi de le faire. Désolée d'être aussi mystérieuse…

Le frère William partit dans un grand éclat de rire.

— Nous autres religieux nageons dans le mystère en permanence, croyez-moi. Puis-je tout de même vous aider en quoi que ce soit ?

— Pas vraiment, j'aimerais simplement marcher un peu seule. Cela ne vous dérange pas ?

— Bien sûr que non. Je vous en prie, prenez votre temps. L'église est ouverte, si vous souhaitez prier.

Depuis la véranda, il suivit du regard Lily qui se dirigea d'un pas lent vers le cimetière, ouvrit le portail et entreprit d'étudier les stèles. Il se gratta la tête puis opina plusieurs fois, l'air d'avoir soudain compris, et se dépêcha d'aller prier pour cette visiteuse inattendue.

La pierre tombale se trouvait dans un coin du cimetière plutôt négligé et envahi par les mauvaises herbes qui avaient foisonné lors de la dernière mousson. Elle ne comportait aucune inscription, seulement le pendentif incrusté ainsi qu'Olivia l'avait décrit dans son journal.

Lily s'agenouilla et promena ses doigts sur le dessin gravé, presque effacé par neuf décennies de poussière charriée par le vent à la saison sèche et de pluie battante durant la mousson. Mais cela ne faisait aucun doute, il comportait bien les symboles des voyages en mer et les cercles représentant les perles. Elle s'accroupit sur ses talons et contempla la pierre tombale.

Tout ce qu'elle avait appris et ressenti au cours de ces derniers jours extraordinaires la submergea de nouveau. Malgré la confusion qui régnait dans son esprit, elle comprit qu'elle avait désormais un rôle central à jouer dans l'histoire qu'Olivia s'était attachée à retranscrire. Son rôle, c'était d'être là, face à cette tombe, devant son ancêtre, et d'assurer une forme de continuité, même si les répercussions risquaient de la dépasser. Ce n'était plus un passé consigné dans un journal, c'était la réalité – une réalité qui avait tout d'un défi.

Lily repensa aux paroles que Rosie avait prononcées la veille. « L'identité aborigène n'est pas une casquette que l'on peut mettre et retirer quand bon nous semble, Lily. C'est un engagement spirituel sans lequel il n'y a pas d'appartenance possible. Vous devez vous demander si vous avez l'esprit. Tout n'est pas simple, croyez-moi, mais c'est quelque chose de précieux qui vaut la peine qu'on s'y raccroche. Et si vous l'avez, vous refuserez de le cacher. »

Lily était confrontée à un choix : révéler cette vérité au monde ou la garder pour elle. Ce ne serait pas une mince affaire que de retourner à Sydney et d'affirmer sa nouvelle identité. Tout comme il ne serait pas facile de la rejeter, maintenant qu'elle savait. Ses origines étaient indiscutables ;

son acceptation pleine et entière par sa famille aborigène était une tout autre question et dépendait de sa propre honnêteté.

Lily tendit de nouveau la main pour caresser le coquillage incrusté dans la pierre.

— Ai-je l'esprit en moi, Niah ?

Cet ouvrage a été composé
Par Atlant'Communication au Bernard (Vendée)

Impression réalisée par
CPI France
en janvier 2023
pour le compte des Éditions de l'Archipel
département éditorial
de la S.A.S. Écriture-Communication.

Imprimé en France
N° d'impression : 3051156
Dépôt légal : février 2023